BASTEI
LÜBBE

Die Saga vom magischen Land Xanth
im BASTEI-LÜBBE-Programm:

Band 1	20156	Chamäleon-Zauber
Band 2	20158	Zauber-Suche
Band 3	20160	Zauber-Schloß
Band 4	20162	Zentauren-Fahrt
Band 5	20164	Elfen-Jagd
Band 6	20166	Nacht-Mähre
Band 7	20168	Drachen-Mädchen
Band 8	20230	Ritter-Geist
Band 9	20232	Turm-Fräulein
Band 10	20236	Helden-Maus
Band 11	20139	Himmels-Taler
Band 12	20154	Welten-Reise
Band 13	20177	Mond-Elfe
Band 14	20204	Höllen-Mädchen
Band 15	20227	Meeres-Braut
Band 16	20253	Dämonen-Spiel
Band 17	20266	Harpyen-Träume
Band 18	20279	Wasser-Speier
Band 19	20302	Vogel-Scheuche

Die Saga vom magischen Land

XANTH

PIERS ANTHONY

VOGEL-SCHEUCHE

Fantasy Roman

Ins Deutsche übertragen
von Ralph Tegtmeier

Mit Illustrationen
von Johann Peterka

BASTEI
LÜBBE

BASTEI-LÜBBE-TASCHENBUCH
Band 20302

Erste Auflage:
März 1997

Deutsche Lizenzausgabe 1997
Bastei-Verlag
Gustav H. Lübbe GmbH & Co.,
Bergisch Gladbach
Originaltitel:
Roc and a Hard Place
Lektorat:
Anke Schäfer/Stefan Bauer
Illustrationen von Johann Peterka
Titelbild: Don Maitz
Umschlaggestaltung:
Quadro Grafik, Bensberg
Satz: Fotosatz Schell, Hagen a.T.W.
Druck und Verarbeitung:
Brodard & Taupin,
La Flèche, Frankreich
Printed in France

ISBN 3-404-20302-X

Der Preis dieses Bandes
versteht sich einschließlich der
gesetzlichen Mehrwertsteuer.

1

Das Problem

Es war ein hübsches Schloß mit hohen Türmen, soliden Mauern, einem tiefen Graben und einem hochgelegenen Bürotrakt, dessen Panoramafenster auf die nahe Nymphengemeinde blickten. An der Mauer wuchsen Feuerwerkspflanzen – sehr nützlich, wenn man morgens ein Feuer entzünden wollte. Im dazugehörigen Obsthain wuchsen Pastetenbäume in den allerköstlichsten Varianten. Die Hausherrin war genauso schön, hingebungsvoll und entgegenkommend, wie es sich ihr Ehemann wünschte. Man hätte sich eigentlich keine angenehmere Lebenssituation denken können.

Bis auf ein paar Kleinigkeiten. »Wo ist denn deine schlimmere Hälfte?« brummte Veleno und sah sich beunruhigt um.

»Keine Sorge«, erwiderte die Dämonin Metria lächelnd, wobei ihre ohnehin spärliche Bekleidung sich schimmernd in nichts auflöste. »Ich habe Mentia zum Dämon Fetthuf geschickt, wegen unseres anderen Problems.«

»Welches andere Problem?«

Sie tat, als hätte sie ihn nicht gehört. »Fetthuf ist ein derart störrischer Kunde, daß es sie wahrscheinlich Tage kosten wird, ihm irgendeine Antwort aus der Nase zu ziehen.«

»Das ist aber beruhigend!« sagte er und wirkte mehr als nur beruhigt. »Ich will ja nicht nörgeln, aber ...«

»Aber Mentia ist eben ein bißchen verrückt«, beendete Metria den Satz für ihn. »Und schließlich hast du mich geheiratet und nicht meine schlimmere Hälfte. Aber weil sie sich nun einmal von mir abgespalten hat, angewidert von meiner guten, wohlmeinenden Grundeinstellung, die ich entwikkelte, nachdem ich die Hälfte von deiner Seele bekam, können wir sie uns nicht vom Leib halten. Sie ist jener Teil von mir, den du natürlich nicht magst – die seelenlose Hälfte, die es darauf abgesehen hat, dir das Leben zur Pille zu machen.«

»Zur was?«

»Pille, Rille, Stille ...«

Er küßte sie. »Ich glaube, ich bekomme das Wort schon heraus, wenn ich mich darauf konzentriere. Gehen wir Heu machen, solange die Sonne noch scheint.«

Sie musterte ihn verblüfft. »Heu? Ich hätte gedacht, daß du es auf etwas anderes abgesehen hast.« Wieder erschien ein betörender Hauch strategisch plazierter Kleidung an ihrem Leib.

»Ich liebe es, wenn du mich neckst«, erwiderte er, hob sie auf und trug sie in das Hauptschlafzimmer hinüber.

Sie nahm die Gestalt einer Nymphe an. »Iiiieeeek!« rief sie leise und strampelte nach Nymphenart mit den wunderschönen nackten Beinen. »Was soll ich machen?«

»Du wirst mich furchtbar glücklich machen, du leckere Kreatur.«

Sie atmete tief ein und betonte dabei ausgerechnet das, was dessen am wenigsten bedurfte. »Ach, wie kann ich nur diesem furchtbaren Schicksal entrinnen«, jammerte sie süß und küßte ihn dabei auf Augen, Ohren, Nase und Hals.

Gemeinsam stürzten sie aufs Bett, ein Gewirr aus Gliedmaßen, Gesichtern, Küssen und allerlei anderem. »Du bist das Beste, was mir je passiert ist«, japste Veleno zwischendurch. »Du bist einfach die wunderbarste, schönste, liebenswerteste, aufregendste, phantastischste Person in ganz Xanth!«

»Derlei mattes Lob ist mir wie die Verdammnis«, brummte sie und umschlang ihn mit einer Heftigkeit, deren Beschreibung hier gewiß nicht angebracht wäre.

Plötzlich erschien eine weitere Dämonin im Raum. »Ach, da bist du ja, Metria!« rief sie. »Kein Wunder, daß ich dich draußen auf dem Gelände nicht gefunden habe. Ich habe dir mitgebracht, was du am dringendsten brauchst.«

Veleno versteifte sich, aber anders, als er es gern gehabt hätte. »Oh, nein!«

Metria hob den Blick vom Gegenstand ihrer Aufmerksamkeit. »Zur unpassendsten Gelegenheit mal wieder, natürlich! Hättest du etwas dagegen, mich nicht zu stören, schlimmere Hälfte? Im Augenblick bin ich nämlich beschäftigt.«

Mentia blickte genauer hin. »Ach ja? Womit denn?«

»Natürlich damit, meinem Ehemann schwindelerregend glücklich zu machen, wie es nur eine Dämonin kann.«

»Wenn sie nicht gerade dabei auf ärgerlichste Weise unterbrochen wird«, fügte Veleno brummend hinzu.

Mentia blickte erneut hin. »Tut mir leid. Ich dachte, dieser Wie-heißt-er-noch-gleich hätte einen eher schmerzverzerrten Ausdruck gehabt. Bist du sicher, daß du es richtig machst, bessere Hälfte?«

»Natürlich bin ich mir sicher!« versetzte Metria empört. »Während der siebenhundertundfünfzigmal im vergangenen Jahr hat er sich nicht ein einziges Mal beschwert!«

»Ach nein? Was war denn mit dem Stöhnen gerade eben?«

»Das kam erst, als *du* erschienen bist!«

»Na, wenn du das so siehst, dann verziehe ich mich wohl besser mit dem, was ich mitgebracht habe, und kehre niemals wieder.«

»He, nicht doch!« rief Metria beunruhigt. »Ich brauche es aber!«

Ihr Ehemann, durch die Unterbrechung nachdenklich geworden, steuerte drei weitere Wörter bei: »Was brauchst du?«

»Egal«, versetzte Metria. »Das ist eine Soldatenangelegenheit.«

»Was für eine Angelegenheit?« wollte er wissen.

»Abgeschieden, klösterlich, isoliert, entfernt, losgelöst, verborgen ...«

»Privat?«

»Was auch immer«, bestätigte sie ärgerlich.

»Aber was könntest du vor deinem Ehemann denn schon geheimhalten wollen?« fragte er etwas störrisch.

»Ja, was könntest du vor deinem dir doch voll und ganz vertrauenden Ehegespons auf derlei verdächtige Weise geheimhalten wollen?« stimmte Metria ein.

»Können wir diese Diskussion nicht auf ein anderes Mal verschieben?« fragte Metria wütend.

»Aber natürlich, Liebes«, erwiderte Mentia. »Dann komme ich eben im nächsten Jahrhundert wieder.« Sie begann sich aufzulösen.

»Nein, warte!« rief Metria. »Ich denke, es geht doch jetzt.«

»Wie schön«, meinte Mentia und lächelte etwas mehr als freundlich. »Aber meinst du nicht, du solltest uns zuerst einmal vorstellen?«

»Wozu denn? Er weiß doch sowieso schon, was für ein Unheil du bedeutest, seitdem du mit dem Wasserspeier aus diesem Wahnsinn zurückgekehrt bist.«

»Ja, aber vielleicht hat er es inzwischen vergessen. Immerhin bin ich eine ganze Stunde fortgewesen.«

»Solange schon?« fragte Veleno resigniert.

Mentia biß die Zähne zusammen. Nichts war auch nur halb so ärgerlich wie eine halbe Dämonin! Aber sie wußte genau, daß ihre schlimmere Hälfte nicht aufgeben würde, bevor sie nicht ihren halbgebackenen Willen hatte. »Veleno, darf ich dir die Dämonin Mentia vorstellen, meine seelenlose schlimmere Hälfte, die all das darstellt, was ich vorher war, bevor ich eine halbe Seele bekam, nur daß sie keine Probleme mit der Redlichkeit hat.«

»Womit?«

»Idiom, Sprache, Sprechen, Ausdruck, Rhetorik, Aussprache, Artikulation ...«

»Wörter?«

»Was auch immer. Statt dessen ist sie ein bißchen verrückt.«

»Ja, das ist mein Talent«, bestätigte Mentia stolz.

»Mentia, das ist mein Ehemann Veleno, ein ehemaliger Nymphomane, aber seit ich ihn geheiratet und ihm die halbe Seele weggenommen habe, hat er keine Nymphe mehr angefaßt.«

»Ja, aber hat er nicht doch mit einem gewissen Glitzern in den Augen nach den Nymphen dort draußen vor dem Fenster gelinst ...?«

»Angenehm«, knirschte Veleno, indem er eine Hand befreite und sie ausstreckte. »Wirst du jetzt verschwinden?«

»Entzückend«, meinte Mentia und formte ein paar Scheren am Ende des Arms aus.

»Daraus wird nichts«, murmelte Metria warnend. »In diesem Schloß sind Sterbliche vor jeglichem Schaden geschützt.«

»Ach, stimmt ja«, bestätigte Mentia enttäuscht. Die Scheren verwandelten sich in eine gewöhnliche Hand, die nun Velenos schüttelte. »Das war ja eine der Bedingungen der Wiederherstellung. Na gut, nun, da dein sterblicher Mann und ich einander ordentlich vorgestellt wurden, will ich dir geben, was du am meisten brauchst, Metria.«

Endlich! Dennoch war Mentia etwas unbehaglich dabei zumute. »Veleno, mein Liebster, warum machst du nicht mal eben ein Nickerchen?« schlug sie flötend vor, wobei sie die Hand auf seine Augen legte.

»Aber was könntest du denn nur brauchen, was ich dir nicht gegeben hätte?« fragte er stirnrunzelnd.

»Ja, ich bin mir sicher, daß er sich außerordentlich für diese so überaus wichtige, geheime Angelegenheit interessieren wird«, meinte Mentia und nahm auf der Bettkante Platz, so daß ihr Oberschenkel Veleno berührte.

»Na schön, in Ordnung«, erwiderte Metria, die nun wirklich zornig wurde.

»Mach dir keine Sorgen, Liebes, ich werde es alles ganz furchtbar deutlich erklären«, fuhr Mentia fort. »Was ich euch bringe, sind Informationen darüber, was gegen deine Unfähigkeit zu tun ist, damit du nicht länger versagst.«

»Welche Unfähigkeit?« wollte Veleno wissen. »Meine Frau hat mich seit unserer Heirat fast ununterbrochen schwindelerregend glücklich gemacht.«

»Genau das ist ja das Problem«, versetzte Mentia. »Sie hat dir bei der Aufgabe des Herbeirufens des Storchs siebenhundertfünfzig ...«, sie sah noch einmal hin, »... und ein halbes Mal in diesem Jahr geholfen, und noch öfter im vorhergehenden Jahr, als ich leider zu beschäftigt war, um bei ihr zu sein. Und trotzdem hat der Storch die Botschaft nicht erhalten. In dieser Hinsicht ist sie ganz eindeutig unfähig.«

Veleno überlegte. Langsam begriff er, daß diese Behauptung der Wahrheit entsprach. »Das ist mir überhaupt nicht aufgefallen«, meinte er schließlich. »Ich war viel zu sagenhaft glücklich, um an den Storch zu denken. Aber wie konnten ihm denn diese Botschaften entgehen?«

»Genau das möchte Metria ja wissen«, antwortete Mentia. »Was ist nur mit dir los, daß sie trotz so vieler Versuche nur Bockmist gebaut hat? Wie kann sie nur so jämmerlich versagen? Vor allem, wenn man bedenkt, daß ich selbst durchaus bereit gewesen wäre ...«

»Oh, nein!« warfen Metria und Veleno im Chor ein.

»Deshalb hat sich mir zur intelligentesten Kreatur geschickt, die sie kennt, zum Dämon Fetthuf, um seinen Rat einzuholen«, fuhr Mentia ungerührt fort. »Und der hat mir sofort aufgetragen, ihr diesen lebenswichtigen Rat zu übermitteln. Natürlich habe ich keinen Augenblick gezögert, diesem Befehl Folge zu leisten. Ihr Scheitern ist einfach eine viel zu ernste Angelegenheit, als daß diese Sache den leistesten Aufschub geduldet hätte.«

»Vielen Dank auch, Schlimmi«, fauchte Metria.

»Keine Ursache, Bessi. Ich wußte doch, daß du deine Stümperei unverzögert wettmachen willst.« Mentias Gestalt wurde unscharf und nahm zunächst das Aussehen einer Riesenzitrone, danach das eines aufgeplusterten Hahns an. »Ich bin entzückt, so gute Hilfe geleistet zu haben.«

»Bisher hast du noch nicht besonders viel Hilfe geleistet«,

versetzte Metria grimmig. »Was hat Fetthuf denn nun *gesagt?*«

»Ach, das. Er sagt, du sollst den Guten Magier Humfrey aufsuchen.«

»Aber Humfrey verlangt doch glatt einen Jahresdienst für jede Antwort!« protestierte Metria. »Den will ich aber nicht ableisten! Deshalb habe ich mich doch überhaupt erst an Fetthuf gewandt.«

»Fetthuf hat uach noch ein paar Dinge hinzugefügt«, berichtete Mentia. »Ich glaube, es waren: *Schlammhirn, Geizkragen* und *geschieht ihr recht.*«

»Das klingt wirklich nach Fetthuf!« stimmte Metria zu. »Er hegt immer noch einen Groll gegen mich, nur weil ich mir in seinen langweiligen Magievorlesgungen auf der Dämonenuniversität die Nägel gefeilt habe.«

»Um genau zu sein, das war ich, die das getan hat«, antwortete Mentia und lächelte versunken. »Damals, als wir noch untrennbar miteinander verbunden waren, als alternative Aspekte einer einzigen Dämonin. Das waren noch Zeiten! Aber ich hielt es nicht für angebracht, den Professor daran zu erinnern.« Sie hielt nachdenklich inne. »Vielleicht fallen mir noch ein paar seiner Worte ein, falls es wirklich wichtig sein sollte«, erbot sie sich hilfsbereit.

»Danke, nicht nötig«, erwiderte Metria. »Ich denke, ich habe seine Verstellung schon ergründet.«

»Seine was?«

»Benehmen, Neigung, Temperament, Meinung ...«

»Grundeinstellung?« erkundigte sich Veleno.

»Was auch immer«, erwiderte Metria ärgerlich.

»Von all seiner Erhabenheit herab«, pflichtete Mentia bei. »Nun, falls du keine weitere Hilfe oder technischen Beistand suchst ...«

»Überhaupt nicht!« entfuhr es Metria sofort.

»Schade.« Mentia verblaßte.

»Du willst also, daß der Storch uns ein Baby bringt?« fragte Veleno, als Metria ihr Tun fortsetzte.

»Ja. Das machen Ehepaare nämlich so. Kinder aufziehen.«

»Aber Dämoninnen bekommen doch gar keine Kinder, es sei denn, sie wollen welche.«

»Ganz genau. Und ich will auch eins.« Sie wandte den Blick ab. »Ich schätze, ich hätte es dir wohl eher sagen sollen, und ich kann dir nicht verdenken, daß du jetzt wütend bist.«

»Aber ich bin doch gar nicht wütend.«

»Nicht? Aber das könnte doch das Delirium unterbrechen und dir die ziemlich handfeste Verpflichtung aufbrummen, ein Kind großzuziehen.«

»Ganz genau! Jetzt, da ich darüber nachdenke, will ich auch eine Familie haben.«

Metria sah ihn bewundernd an, wobei ihr Blick große Erleichterung auszudrücken schien. »Wunderbar!«

Nun war er an der Reihe, nachdenklich zu werden. »Der Storch muß sich wohl denken, daß unsere Signale nicht ernst gemeint sind.«

»Was reichlich ironisch ist, wenn man bedenkt, wie kräftig wir ise ausgesandt haben. Ich muß einfach die Behaglichkeit des Storchs wecken!«

»Des Storchs was?«

»Beobachtung, Bedachtsamkeit, Konzentration, Anwendung ...«

»Aufmerksamkeit?«

»Wie auch immer. Was, glaubst du, soll ich tun?«

Er überlegte. »Ich glaube, du solltest den Guten Magier aufsuchen und ihn danach fragen.«

»Aber dann müßte ich dich ja ein ganzes Jahr allein lassen.«

»Du könntest bestimmt gelegentlich mal vorbeikommen. Sicher, es bedeutet, daß du mich in diesem Jahr wahrscheinlich höchstens drei- oder vierhundertmal schwindelerregend glücklich machen kannst, aber ich denke, mit dieser Einschränkung kann ich leben. Ich möchte ja schließlich auch, daß du glücklich bist.«

»Du lieber, wunderbarer Mann!« rief sie und schickte sich an, das Unmögliche zu vollbringen: ihn doppelt so schwindelerregend glücklich zu machen wie zuvor.

Doch bevor sie loszog, ging sie das Grundstück noch einmal ab, innerlich zerrissen, weil ihre schlimmere Hälfte beschlossen hatte, sich zur Feier des Tages mit ihr wiederzuvereinen, nun, da Aussicht darauf bestand, daß ihr Leben wieder interessant werden könnte. »Will ich das wirklich?« fragte Metria sich.

»Warum nicht? Ist schließlich nicht so, als hättest du hier irgend etwas Wichtiges zu erledigen.« Als Metria geheiratet, eine halbe Seele erhalten und sich verliebt hatte – in dieser Reihenfolge –, hatte Mentia sich angeekelt von ihr abgespalten. Ihre schlimmere Hälfte behauptete, zusammen mit einem Wasserspeier ein großes Abenteuer bestanden und dabei geholfen zu haben, ganz Xanth vor dem Wahnsinn zu retten, aber das war bestimmt eine Übertreibung. Sie hatte sich sofort mit ihr wiedervereint, als Metria damit aufgehört hatte, so widerlich nett zu ihrem Mann zu sein.

»Hättest du auch eine halbe Seele, dann hättest du eine andere Um- … Einstellung.«

»Dem Dämon $X(A/N)^{th}$ sei Dank, daß ich nicht von einer Teilseele korrumpiert wurde«, stimmte Mentia zu. Ihr Zwiegespräch verlief stumm, weil es nur innerlich stattfand. So konnte niemand sie belauschen. Sie deutete mit der Linken. »Da ist ein Sandwurm: Zertrample ihn.«

»Das werde ich nicht tun«, versetzte Metria. »Das wäre nicht nett.« Vorsichtig nahm sie den Wurm mit der Rechten auf und inspizierte ihn. Der bestand natürlich aus Sand; wenn er von unmittelbarem Sonnenlicht oder Wasser berührt würde, würde er sich in Pulver verwandeln oder auflösen. Also legte sie ihn zurück an ein schattiges Fleckchen und sah zu, wie er davonzappelte.

»Widerlich«, bemerkte Mentia, an niemanden im besonderen gewandt. »Aber du kannst wenigstens deiner Dämonennatur dadurch gerecht werden, daß du diesen Junikäfer dort hinten zerquetschst.«

»Auf keinen Fall. Wenn man einen Junikäfer tötet, verliert das Jahr doch seinen romantischsten Monat.«

Mentia schnitt eine Grimasse mit der linken Hälfte ihres

gemeinsamen Gesichts. »Wie ich sehe, trägt er Geh-Quatbaum gerade Früchte.«

»Genau wie der Komm-Quatbaum«, bestätigte Metria. »Veleno mag die, wenn er kommt und geht.«

»Was tut er denn, wenn er mit dir allein ist?«

»Das Gegenteil dessen, was er sich von dir wünscht.«

Doch Mentia ließ sich nicht unterkriegen. »Da ist mein Lieblingsobst: Die Trauben mit Charakter.«

»Saure Trauben«, pflichtete Metria ihr bei. »Die passen zu dir.«

»Weshalb trödelst du überhaupt noch hier herum, anstatt dich zum Schloß des Guten Magiers zu begeben?«

»Ich bin mir einfach nicht sicher, daß es richtig ist, meinen Mann auf halber Ration zurückzulassen.«

»Hier ums Schloß herum wächst doch mehr als genug zu essen.«

»Halbe Ration Delirium.«

»Ach so.« Metria spähte herum, bis der linke Augapfel vollständig zur Seite schielte. »Dann machen wir es uns doch einfacher. Siehst du den Flügelnußbaum dort?«

Der rechte Augapfel fuhr herum. »Natürlich.«

»Wenn die rechte Flügelnuß als erste losfliegt, bleiben wir hier. Fliegt die linke als erste los, suchen wir den Guten Magier auf.«

»Es wäre ja nun mehr als verrückt, eine derart wichtige Entscheidung von so etwas abhängig zu machen.«

»Ganz genau. Bist du einverstanden?«

Metria seufzte. Schlimmer als andere Möglichkeiten war es nun auch wieder nicht. »Einverstanden.«

Sie sahen zu, wie die beiden Nüsse bebten. Die rechte spreizte die Flügel. Da schoß die linke plötzlich los und flog in Windeseile zu dem nahegelegenen Knackerbaum hinüber. »Wie romantisch!« hauchte Mentia amüsiert, als sie sah, was der kühnste Knacker mit der Nuß machte.

»Warum findest du es dann nicht auch romantisch, wenn Veleno und ich ...«

»Einmal ist noch amüsant. Siebenhundertundfünfzigmal ist öde.«

»Nicht, wenn man verliebt ist.«

»Ich bin froh, daß ich mich nie verlieben werde. Und jetzt sollten wir uns auf den Weg machen.«

Jetzt konnte Metria es nicht länger hinauszögern, auch wenn ihr das Ganze doch ziemlich blöd vorkam.

Das Schloß des Guten Magiers sah ganz gewöhnlich aus. Die Außenmauer und die Türme waren von einem funkelnden kreisförmigen Graben umzogen, der sich wiederum innerhalb einer runden Gebirgskette befand. Nichts also, was eine Dämonin nicht hätte überwinden können.

Sie brauchte bloß darüber hinwegzuschnellen.

Doch es stellte sich heraus, daß Metria nicht dazu imstande war. Denn als sie es versuchte, prallte sie von einem unsichtbaren Hindernis ab. »Ach, das habe ich ganz vergessen!« fluchte sie. »Der alte Narr hat ja einen Schild gegen eindringende Dämonen errichtet.«

»Nennst du das etwa fluchen? Damit qualifizierst du dich doch nicht einmal für die Jugendverschwörung.«

Schlimmer noch: In dieser Umgebung konnte sie nicht einmal fliegen oder sich entmaterialisieren. Offensichtlich hatte der Gute Magier im Laufe des letzten Jahrhunderts seine Verteidigungsanlagen beträchtlich erweitert. »Dann müssen wir wohl hinüberstapfen, ganz wie die Sterblichen.«

Metria stapfte los. Als sie auf die Bergkette zukam, bemerkte sie, daß die einzelnen Berge die Gestalt großer Zuckerhüte aufwiesen. Glücklicherweise waren sie nicht zu steil, um sie zu erklimmen. Es war zwar äußerst lästig, den Marsch zu Fuß ausführen zu müssen, anstatt einfach hinüberzuschießen oder zu -schweben, doch würde sie sich dadurch nicht aufhalten lassen.

So erklomm sie den Berg – und verlor plötzlich den Halt, um hilflos auf den Graben zuzugleiten. Hier war der Zucker lose und körnig, bot ihr keinen festen Halt. Und so sauste sie kurz darauf ganz unwürdig in den Graben.

Und schoß sofort wieder daraus hervor. Sie segelte hoch über den Berg und prallte dahinter wieder auf den Boden auf. Noch bevor ihr Hinterteil ihn berührte, hüpfte das Gras davon: Es gehörte eben zur Gattung der Grashüpfer.

»Das ist Stiefelhintern!« rief sie laut. »Der Graben ist voll davon.«

»Ich glaube, mir fällt da gerade ein Muster auf«, bemerkte Mentia. »Ich schätze, ich werde dich jetzt einfach mal diesen Herausforderungen überlassen.«

»Oh, nein, das wirst du nicht tun!« versetzte Mentia. »Du hast mich hier hinbugsiert, da wirst du mir auch dabei helfen, das alles durchzustehen. Außerdem traue ich dir nicht über den Weg, wenn du mit meinem Mann allein bist. Könnte durchaus sein, daß du ihm den Himmel versprichst, um ihm statt dessen das Leben zur Hölle zu machen, hinterher bin *ich* noch schuld daran.«

»Mist! Schon wieder gescheitert!«

Metria machte sich wieder daran, den Berg zu überwinden. Von außen betrachtet, bestand er durchgängig aus Zukker und ließ sich leicht erklettern. Je mehr sie sich dem Gipfel näherte, um so vorsichtiger trat sie auf, konnte aber keine Stolperfalle an dem steilen Sandhang ausmachen. Sobald sie über diese stolpern sollte, würde sie wieder mit einem Tritt im Graben landen.

Kein Zweifel, das war ganz eindeutig eine Herausforderung. Was wiederum bedeutete, daß sie diese nicht nur mühsam meistern mußte, sondern daß dahinter noch zwei weitere kommen würden. »Wie außerordentlich schade!« fluchte sie frustriert.

»Wie außerordentlich schade!« ahmte ihre schlimmere Hälfte sie nach. »Diese Halbseele hat dich wirklich entfremdet.«

»Nein, sie hat mich in eine nette Person verwandelt«, versetzte Metria. »Was sollte daran wohl verkehrt sein?«

»Das ist undämonisch. Ich wette, du kannst nicht einmal mehr Pup sagen.«

»Natürlich kann ich noch Piep sagen!«

»Wußte ich es doch!«

»Na, wenn du so dämonisch bist, was schlägst du denn dann vor, um dieses süße Durcheinander zu bewältigen?«

Metria überlegte. »Der Berg ist zwar sehr süß, aber der Graben ist es nicht. Der verpaßt einem lieber Stiefeltritte.«

»Das entspricht eben seiner Natur. Erzähl mir doch zur Abwechslung mal was Neues.« Metria rieb sich das stiefelgepeinigte Hinterteil; wenn sie keine Dämonin gewesen wäre, hätte es inzwischen furchtbar wehtun müssen.

»Vielleicht sollten wir ihn einfach versüßen, dann geraten die Stiefelhintern aus dem Tritt.«

»Versüßen? Aber wie denn ...« Da begriff Metria, worum es ging. »Machen wir uns an die Arbeit.«

Sie formte die Hände zu Schaufeln und fing an, lockeren Zucker den Hang hinabzuwerfen. Schon bald gelang es ihr, eine Lawine in Gang zu setzen. Majestätisch glitt der Zucker in die Tiefe und stürzte in den Graben.

Nachdem sie soviel von dem Berg ins Wasser geschaufelt hatte, wie sie nur konnte, stellte sie fest, daß sie auch ohne zu gleiten absteigen konnte. Sie hatte dem Hang seine Schärfe genommen. So stieg sie hinunter ans Ufer des Grabens, das nunmehr etwas matschig aussah. Sie steckte einen Finger hinein und prüfte einen Tropfen des matschigen Wassers mit der Zunge. Es prickelte nur wenig. Tatsächlich, sie hatte ihm seine Schärfe weitgehend geraubt.

Außerdem hatte sich der Graben dadurch in eine Masse aus süßlich-kränklichem Schlamm verwandelt. Schon die bloße Berührung mit ihren Füßen genügte, um ihr Übelkeit zu verursachen, so als hätte sie sich übergessen oder zuviel getrunken. Da Dämonen weder aßen noch tranken, wußte sie, daß es sich nur um weitere Magie handeln konnte. Es würde ihr ziemlich schlecht werden, falls sie ans andere Ufer waten sollte, selbst wenn sie dabei keinen Tritt in den Allerwertesten erhalten sollte.

Also ging sie statt dessen den Uferrand entlang, bis sie zu der Zugbrücke kam, die heruntergelassen war. Diese war ihr vorher nicht zugänglich gewesen, weil der Steilhang sie nach Belieben in den Graben befördert hätte, was er inzwischen jedoch nicht mehr vermochte. Sie hatte also die erste Herausforderung gemeistert.

»Das wird mir langsam langweilig«, meinte Mentia. »Ich mache jetzt ein Nickerchen. Übernimm du die nächste Herausforderung, dann kümmere ich mich um die dritte, in Ordnung?«

»In Ordnung«, stimmte Metria zu. Wegen ihrer schlimmeren Hälfte machte sie sich keine Sorgen, solange sie nur wußte, wo Mentia gerade war.

Sie setzte den Fuß auf die Holzbrücke – da surrte etwas vor ihr auf und versperrte den Weg. Es schien aus zwei Punkten zu bestehen wie eine unvollständige Ellipse, nur daß diese eine senkrechte und keine waagerechte Linie bildete. »Was, um alle Halluzination, bist du?« wollte sie wissen.

»Das verstehe ich nicht: Was um was?« fragte die Punktformation.

»Glocken, Läuten, Musik, Geklingel, Diskordanz, Melodie ...«

»Versuch's noch einmal: Keins dieser Worte ergibt einen Sinn«, meinten die Punkte wütend.

»Verdammnis, Hölle, Abgrund, Unterwelt, Hades, Inferno, Verderbnis ...«

»Laß mich raten: Zorn?«

»Was auch immer«, meinte sie ärgerlich.

»Du denkst, du wärst ärgerlich?« wollten die Punkte wissen. »Verglichen mit mir bist du ausgesprochen gut gelaunt: Ich bin ärgerlicher als alles andere.«

Sie betrachtete die Punkte genauer. »Aber *was* bist du denn nun, du Schlammhirn?«

»Ich bin ein wütendes Ausrufezeichen«, erklärten die Punkte. »Und ich werde dich innehalten lassen, bevor du weitergehst.«

»Wie lange innehalten?«

»Nur dies: So lange, wie es nötig ist.«

»Nötig ist, um was zu tun? Um mich zu erholen?«

»Ich dachte schon, du würdest mich nie fragen: Solange es nötig ist, damit du aufgibst und wieder weggehst.«

»Verstehe! Du bist eine weitere Herausforderung.«

»Eine viel zu große Herausforderung für dich – gib's auf.«

Metria versuchte, das verärgerte Ausrufezeichen zu umgehen, doch da kam es auf sie zu, um sie in den Graben zu stupsen. Sie versuchte, darüber hinwegzuhüpfen, da sie immer noch flugunfähig war, doch es schwebte empor, um sie abzufangen, wobei die Punkte wütend glühten. Sie versuchte, darunter wegzukriechen, aber da ließ es sich fallen und stieß ein platzendes Geräusch hervor, um sie abzuschrecken. Es ließ sich einfach nicht vorhersagen, was es als nächstes tun würde. Sie versuchte, einfach durch das Ding hindurchzugehen, doch da bekam es einen Krampfanfall, so daß sie es aufgeben mußte.

»Aber wie soll ich nur an dir vorbeikommen?« fragte sie schließlich verärgert.

»Entweder haust du ab, oder du verschaffst mir etwas Erleichterung: Das sind die beiden Möglichkeiten, die du jetzt hast.«

»Erleichterung?« fragte sie verständnislos.

»Für mein Syndrom: Ich bin schließlich nicht freiwillig so reizbar.«

»Aber wie soll ich dir Erleichterung bringen?«

»Das mußt du schon selbst herausfinden: Räsoniere, du höllisches Geschöpf.«

»Was soll ich tun?«

»Denken, überlegen, grübeln, kontemplieren, reflektieren: Finde selbst die Lösung, Dämonin.«

Metria dachte, überlegte, grübelte, kontemplierte, reflektierte und räsonierte, obwohl ihr letzteres etwas Unbehagen verursachte. Doch es half alles nichts. »Das ist mir ein Müdem«, gestand sie.

»Sprich verständlicher, Dämonin: ein was?«

»Rätsel, Labyrinth, Mysterium, Paradoxon, Problem, Verwirrung, Obskurität ...«

»Klingt mir nicht, als würde irgendeins davon auf mich zutreffen: Versuch's noch einmal.«

»Wie klingt es dir denn?«

»Feind, Energie, Ekzem, enervieren, Edam: genug von diesem Unsinn.«

»Ein Lauf?« erkundigte sie sich zuckersüß.

»Was auch immer – es spielt kaum eine Rolle.« Da machte das Ausrufezeichen plötzlich einen Satz, und sie sah, wie die Punkte vibrierten. »Einlauf: Das ist möglicherweise die Antwort!« Es huschte davon an ein ungestörtes Örtchen, um dort Erleichterung zu suchen.

Metria marschierte schnell über die Brücke. Sie hatte die zweite Herausforderung gemeistert.

»Jetzt bist du dran, Schlimmi«, teilte sie ihrer schlimmeren Hälfte mit.

»Gut, daß dir nicht das Wort ›Enigma‹ eingefallen ist. Träume süß, Bessi.«

»Dämonen träumen nicht.«

»Ich wollte nur frivol sein.«

»Was wolltest du sein?«

»Humorvoll, drollig, amüsant, komisch, lustig ...«

»Lustig war ich doch auch, Idiotin!« bellte Metria und zog sich aus der Szene zurück.

Mentia trat von der Brücke und gelangte an einen Steinhaufen. »Was seid ihr denn?«

»Wir dachten schon, du würdest uns nie fragen«, erwiderten sie. »Wir sind Bausteine.« Sie setzten sich in Bewegung und bildeten mit dumpfem Aufschlag ein Quadrat um sie herum. Dann kletterten weitere Steine auf die ersten, und wiederum welche auf diese.

»Was tut ihr da?« fragte Mentia, vom Anblick dieser Aktivität verwundert.

»Wir sind Bausteine, natürlich. Wir bauen ein Gebäude für dich.«

»Aber ich will doch gar kein Gebäude. Ich will einfach nur durch.«

»Das glaubst du!« riefen die Steine im Chor, als sie schließlich Mentias Kopfhöhe erreicht hatten, dann schlugen sie oben einen Bogen und bildeten eine Kuppel.

»He, wartet mal einen Augenblick!« protestierte sie.

»Bauarbeiten warten auf niemanden, Zementkopf!«

»Wen meint ihr damit?« wollte sie wütend wissen. »Ich bin ein Luftkopf, kein Zementkopf.« Ihr Kopf löste sich unscharf in Dampf auf.

Doch die Steine schwiegen. Sie hatten sie eingesperrt.

Zu spät begriff sie, daß dies die dritte Aufgabe oder Herausforderung war. Erst der Stiefelhintern im Graben, dann das reizbare Ausrufezeichen, nun die Bausteine. Sie wollte unbedingt aus diesem plötzlich um sie herum entstandenen Gefängnis freikommen.

Sie drückte probehalber gegen die Mauer, doch die war fest. Die Steine hatten sie wirkungsvoll eingesperrt! Als nächstes überprüfte sie den Boden, doch der bestand aus hartem Felsen. Normalerweise hätte so etwas keinem Dämon die Freiheit rauben können, aber der allgemeine Zauber, der über dem Schloß hing, machte sie einem sterblichen Wesen (bäh!) ähnlich. Sie mußte auch die Entdeckung machen, daß sie nicht allzuviel Erfahrung damit hatte, rein stoffliche Gegenstände zu handhaben. Doch die Erinnerung daran, daß sie im Vorjahr in der Zone des Wahnsinns vernünftig und bei Verstand geblieben war, bescherte ihr die Gewißheit, daß sie auch dieses Problem würde meistern können.

So machte sie sich daran, den ganzen Bau von innen zu erkunden. Durch die Ritzen zwischen den Blöcken drangen matte Lichtstrahlen ein, so daß es im Innern nicht völlig dunkel war. Mentia versuchte, sich durch eine dieser Ritzen zu quetschen, doch nicht einmal über diese Fähigkeit verfügte sie mehr. Das war alles ziemlich frustrierend.

»Ich frage mich, was Gary Wasserspeier wohl jetzt machen würde?« überlegte sie. »Der war ja immerhin eine mächtige Steinkreatur, die während dieses Abenteuers in ein schwaches, fleischliches Geschöpf verwandelt wurde, also wirklich ordentlich in der Patsche saß.«

»Wirst du bitte ruhig sein, während ich versuche, mich auszuruhen?« fragte Metria verärgert.

Mentia dachte nach, überlegte, erwog, kontemplierte, reflektierte und räsonierte, wie Metria es getan hatte, und entwickelte schließlich eine schwache Ahnung: Vielleicht mußte sie einfach ganz anders denken als gewohnt. Sie wußte ja, daß es immer eine Möglichkeit gab, die Aufgaben zu lösen, und meistens ging es dabei eher um Gewitztheit als um Kraft. Daher wäre sie wohl auch am besten beraten, wenn sie ihren Verstand statt ihren Körper einsetzte.

Aber genau das hatte sie ja versucht, ohne allzu weit damit zu kommen. Was nützte es schon, endlos nachzugrübeln, wenn am Schluß als einziges Ergebnis die Erkenntnis herauskam, daß sie noch mehr nachgrübeln sollte.

»Nicht mehr, anders«, gemahnte sie sich.

Sie musterte wieder den Raum. Sie hatte es zwar mit einem Baustein versucht, um festzustellen, daß er feststofflich war – aber vielleicht gab es auch andere, die nur locker in der Wand steckten. Möglicherweise könnte sie einen davon nach außen drücken und durch die Öffnung kriechen.

Also legte sie die Hände auf einen weiter unten befindlichen Stein. Der saß fest. Sie versuchte es mit dem nächsten. Er war noch fester. »Vermaledeit seist du!« verwünschte sie ihn, doch der Stein ließ sich nicht beeindrucken.

Sie setzte ihre Überprüfung fort, mußte aber feststellen, daß sämtliche tiefergelegenen Steine fest und hart waren. Das war also offensichtlich auch nicht die Lösung. Sie war noch immer eingekerkert.

Mentia nahm Platz, lehnte sich gegen die Wand und starrte auf die Staubkörner, die in den dünnen Lichtstrahlen umhertänzelten. Der Staub schien eine bestimmte Richtung zu verfolgen wie ein Strom, der durch den Raum zog. Wo ging er bloß hin? Sie konzentrierte sich genauer darauf, indem sie einen äußerst großen und sehkräftigen Augapfel ausbildete, und verfolgte das Treiben der Staubkörner über die Lichtstrahlengrenze hinaus. Doch auch diese Anstrengung war vergebens – die Dinger verschwanden nirgends, sondern stießen einfach nur gegen die Wand und senkten sich langsam zu Boden. Da kam ihr eine bessere Idee. Es ging gar nicht darum, wohin die Staubflocken und -körner trieben, sondern wo sie herkamen! Woher stammte dieser leichte Luftzug? Dieser Spur ging sie nach und stellte fest, daß der Luftstrom aus einem der Steinblöcke in der Kuppeldecke kam. Wie konnte das sein?

Sie legte die Hand an den Stein – und die Finger drangen ohne jeden Widerstand hindurch. Es war nur eine Illusion! Sie hatte ganz einfach zu früh aufgegeben. Hätte sie tatsächlich jeden einzelnen Stein überprüft, wäre ihr das bereits aufgefallen. Das war also der Weg ins Freie.

Sie griff mit beiden Händen nach dem Loch und stemmte sich hoch. Schon im nächsten Augenblick hatte sie den Kopf aus dem Bau geschoben. Sie krabbelte ins Freie und purzelte zu Boden. Die dritte Herausforderung war überwunden!

»Hallo, D. Mentia«, sagte eine Stimme.

Erschrocken sprang Mentia auf. Vor ihr stand eine ziemlich hübsche junge Frau. »Kenne ich dich?«

»Ich denke, schon. Du hast doch im letzten Jahr Gary Wasserspeier hergebracht. Ich bin Wira, Humfreys Schwiegertochter.«

»Aber ich bin doch noch nie im Schloß gewesen«, protestierte Mentia. »Wie hättest du mich da jemals sehen können?«

Wira lachte. »Natürlich nicht mit meinen Augen. Aber Gary hat viel von dir erzählt.«

Mentia hatte das Gefühl, daß ihr die Sache über den Kopf zu wachsen begann. »Metria! Wach auf! Wir sind im Schloß.«

Metria gesellte sich zu ihr. »Ganz wie alte Zeitungen«, bemerkte sie, als sie sich umblickte.

»Wie alte was?«

»Zeitalter, Äonen, Epochen, Ären, Jahrhunderte …«

»Ganz wie in alten Zeitungen?«

»Was auch immer. Es ist schon an die neunzig Jahre her, seit ich mich hier einschleichen konnte.«

»Hallo, D. Metria«, meinte Wira.

Beide zuckten sie zusammen. »Woher kennst du mich?« wollte Metria wissen.

»Vater Humfrey hat gesagt, daß du mit deinem anderen Selbst kommen würdest. Jetzt will ich euch ins Schloß führen.«

»Dieses Mädchen ist unheimlich«, brummte Mentia.

»Sie muß irgendwelche anderen Sinne entwickelt haben«, pflichtete Metria ihr bei.

»Stimmt«, bestätigte Wira.

Die beiden Selbste beendeten ihr Zwiegespräch und folgten dem Mädchen ins Schloß. Dort wurden sie von einer Frau unbestimmten Alters begrüßt. »Mutter MähreAnn, hier ist Metria und Mentia«, stellte Wira sie vor.

»Mutter MähreAnn?« fragte eine von ihnen stumm.

»Ich bin Humfreys fünfeinhalbte Ehefrau«, erklärte die Frau. »Ich habe gerade die Monatsschicht. Ich war seine erste Liebe und letzte Frau, aber das ist eine komplizierte Geschichte, die euch nicht interessieren dürfte. Mein Mann wird euch nun empfangen. Wira führt euch in seine Studierkammer.«

Vielleicht war eine halbe Ehefrau ja wie eine halbe Seele: genug, um die gestellte Aufgabe zu erfüllen.

»Bitte hier entlang«, sagte Wira und ging voraus. Ohne jedes Stocken bewegte sie sich eine schmale Wendeltreppe hinauf. Offensichtlich kannte sie alles ganz genau.

Das Studierzimmer erwies sich als düstere kleine Kammer, die von Büchern und Phiolen förmlich überquoll. »Das hat sich seit neunzig Jahren nicht verändert«, bemerkte Metria.

»Natürlich nicht, Dämonin«, grummelte Humfrey aus dem Innern des Raumes. »Und du ebensowenig, bis auf diese Persönlichkeitsspaltung, die du vor kurzem entwickelt hast.«

»Nett, dich wiederzusehen, Magier«, versetzte Metria. »Du siehst auch um keinen Tag älter aus.« Natürlich wußte sie, daß er über ein Elixier vom Jungbrunnen verfügte, welches er regelmäßig einnahm, um immer ungefähr hundert Jahre alt zu bleiben.

»Genug der Artigkeiten. Stell deine Frage.«

»Wie kann ich den Storch dazu bringen, meinen Ruf ernst zu nehmen?«

»Das wird dir klar werden, nachdem du deinen Dienst abgeleistet hast. Such den Simurgh auf.«

»Wen?«

»Dein Verstand mag zwar durcheinander sein, Dämonin, aber dein Gehör nicht. Verschwinde.«

»Aber du hast mir doch gar keine Antwort gegeben!« protestierte Metria. »Außerdem kann niemand zum Simurgh fliegen, nicht einmal eine Dämonin. Ich verlange eine richtige Antwort!«

»Nachdem du den Dienst abgeleistet hast«, murrte Humfrey und blätterte eine weitere Seite in seinem riesigen Buch um.

Mentia vollzog einen inneren Satz und übernahm den Körper. »Ja, natürlich«, erwiderte sie und folgte Wira aus dem Raum.

»Du bist ja viel vernünftiger, Mentia, auch wenn du keine halbe Seele besitzt«, bemerkte Wira.

»Ich bin vernünftiger, *gerade weil* ich keine halbe Seele besitze«, versetzte Mentia. »Meine bessere Hälfte läßt sich den Kopf von Liebe und Anstand verdrehen. Ich dagegen denke praktisch, vor allem in wahnwitzigen Situationen wie dieser. Wir werden einfach zum Berg Parnaß marschieren müssen, um dort in Erfahrung zu bringen, was der alte Vogel will.«

»Aber sie ist doch gar nicht da«, wandte MäheAnn ein, die ihr Gespräch mithörte, als sie unten am Treppenabsatz eintrafen. »Das ist lediglich ihre Sommerresidenz, wenn der Keimbaum Früchte trägt.«

»Aber dann wissen wir ja überhaupt nicht, wo wir sie finden können!«

»Stimmt, aber ich könnte ein Pferdewesen herbeirufen, das den Weg kennt.«

»Das ist nämlich ihr Talent«, erläuterte Wira. »Sie kann alles herbeirufen, was mit Pferden verwandt ist, bis auf Einhörner.«

»Warum denn keine Einhörner?« wollte Mentia wissen.

»Die konnte sie auch mal rufen, aber als sie in die Hölle fuhr und Humfrey heiratete, verlor sie dabei ihre Unschuld.« Wira errötete, weil es als unschicklich galt, offen über Angelegenheiten zu sprechen, die von der Erwachsenenverschwörung abgedeckt wurden. Schließlich könnte ja ein Kind in der Nähe sein. »Deshalb ignorieren die sie jetzt. Das ist alles sehr traurig.«

Dafür brachte Mentia wenig Verständnis auf. »Meine bessere Hälfte hat sich nie um Unschuld gesorgt, bis sie eine halbe Seele bekam. Die kommt auch an kein Einhorn heran. Also, dann ruf eben ein Pferd, das den Weg kennt.«

MähreAnn führte sie aus dem Schloß und über den Graben, der plötzlich wieder ganz normal aussah. Sie stellte sich an den Rand eines gewöhnlichen Feldes, genau an der Stelle, wo sich zuvor noch der Zuckerhut befunden hatte. Schon galoppierten eine Reihe von Wesen über die Ebene.

Mentia sah genauer hin. Es waren vier Kreaturen, und jede besaß nur ein Bein. Zwei hatten schmale Köpfe, zwei andere dünne Schweife. Ihre einzelnen Hufe donnerten in unregelmäßiger Folge auf den Boden und wühlten Staubwolken auf, die hinter ihnen davonzogen. »Was ist das denn?«

»Viertelpferde, natürlich«, erwiderte MähreAnn. Und dann, an die Pferde gewandt: »Brr!«

Stampfend blieben die vier vor ihr stehen. Jedes Viertel trug an der Seite eine silberne Scheibe mit gerippten Kanten. Auf den beiden Vorderscheiben waren Köpfe eingraviert, auf den beiden hinteren große Vögel mit halb ausgebreiteten Schwingen.

»Nehmt Haltung an«, befahl MähreAnn.

Die vier Kreaturen klappten gegeneinander und erwiesen sich plötzlich als vier Viertel eines gewöhnlichen Pferdes, das nun vollständig war. Wira trat auf den Hengst zu, und er stupste gegen ihre Hand, bis sie einen Zuckerklumpen hervorholte. »Schade, daß du auf Acht Bits nicht reiten kannst«, bemerkte Wira.

»Ist das sein Name?« fragte Mentia. Sie war ja selbst ein bißchen verrückt, aber das hier übertraf sie noch bei weitem. »Warum nicht?«

»Weil er fremden Erwachsenen nicht traut. Dann fällt er auseinander und verteilt sich in alle vier Himmelsrichtungen. Aber er kennt immerhin den Weg, also kannst du ihm folgen.«

»Vielleicht kann er uns ja einfach sagen, wo wir hingehen sollen, dann tun wir das schon allein«, schlug Mentia vor.

»Nein, er kann nicht sprechen«, widersprach MähreAnn. »Er versteht zwar klare Anweisungen, aber das ist auch schon alles. Alles andere würde ihn überfordern, und ...«

»... dann fällt er auseinander«, beendete Mentia den Satz für sie und fand sich schon mit der Aussicht auf eine langweilige Reise ab.

Doch da drang Metria wieder an die Oberfläche. »Nein, es gibt noch eine bessere Möglichkeit. Wie steht Acht Bits denn zu Kindern?«

»Oh, Kinder mag er«, erwiderte MähreAnn. »Vor allem dann, wenn sie nur ein Viertel so groß wie ein Erwachsener sind. Aber ...«

Metria löste sich in Rauch auf und nahm die Form des allersüßesten, lieblichsten Kindleins an, das man je gesehen hatte. Selbst Wira reagierte überrascht, als sie feststellte, daß irgend etwas anders war. »Mentia und Metria kenne ich ja, aber wer bist du denn?«

»Ich bin Gnade Uns«, erwiderte das kleine Ding. »Ich habe eine Viertelseele – die Hälfte von Metrias –, und ich liebe Pferde. Und wenn ich auf diesem hier nicht reiten darf, dann werde ich so furchtbar traurig, daß ich mich in schrecklichstem Selbstmitleid auflösen werde.« Sie wischte sich eine riesige, glitzernde Träne mit dem süßen Ärmelchen ab.

MähreAnn tauschte einen halben Blick mit Wira aus, weil das ja eine Einbahnstraße war – die blinde junge Frau konnte ihn schließlich nicht erwidern. »Vielleicht«, stimmte sie zu. Sie hob das kleine Mädchen auf das viergeteilte Pferd.

»Ach, das macht Spaß!« rief Gnade Uns und klatschte mit den süßen kleinen Händen. »Laß uns loslaufen.«

Doch Wira war alles andere als beruhigt. »Wir sollten so ein kleines Kind nicht allein auf eine so weite Reise schikken«, warf sie ein.

»Ich bin doch in Wirklichkeit gar kein ...«, fing das kleine Ding an, doch dann fuhr ihr anderes Selbst ihr über den Mund, bevor der Hengst den Rest des Satzes mitbekommen konnte.

MähreAnn nickte. »Vielleicht finden wir für sie noch eine erwachsene Begleitperson. Ich glaube, da gibt es noch eine Dämonin, die ebenfalls den Weg kennt und Humfrey noch einen Teil ihres Dienstes schuldig ist.«

»Eine Dämonin!« rief Gnade Uns. »Denen darf man aber nicht trauen!«

Wieder wurde ein halber Blick gewechselt. »Das weißt du wirklich wie keine zweite«, pflichtete MähreAnn ihr bei. »Aber wenn jemand einen Dienst für den Zauberer ableistet, ist er auch dazu verpflichtet, es ordentlich zu tun. Sie wird von ihrer Pflicht nicht entbunden, bevor du nicht sicher am Ziel angelangt bist.«

Das Mädchen zog eine resignierte süße Schnute. »Na gut. Wer ist es denn?«

»Helen Höllenfahrt.«

»Helen Höllenfahrt!« rief das Kind. »Ach, Gnade mir! Das ist wirklich die allerschlimmste Kreatur im Dämonenreich. Weißt du, was die macht?«

»Ja«, bestätigte MähreAnn. »Aber für die Dauer dieser Aufgabe unterliegt sie der Verpflichtung, es nicht zu tun.«

»Ich hoffe, du hast recht«, meinte das Mädchen und blickte wahrhaft bekümmert drein.

MähreAnn schnippte die Finger, und schon bildete sich eine Rauchwolke aus. Wirbelnd schwebte sie vor ihr. »Bin ich wieder frei?« erkundigte sie sich.

»Nachdem du Pferd und Reiterin sicher beim Simurgh abgeliefert hast«, erklärte Wira.

Die Rauchwolke musterte das Paar. »Das ist überhaupt

kein Pferd – das sind nur vier Viertel. Und das ist auch kein Kind, sondern …«

»Gnade Uns«, warfen MähreAnn und Wira in entschiedenem Chor ein.

Die Rauchwolke seufzte neblig. »So ist das also. Also gut, dann schwing die Hufe.«

Gnade Uns preßte die Flanken des Pferds mit ihren allerliebsten kleinen Schenkeln. »Hüh, Acht Bits«, sagte sie.

Dann waren sie auch schon fort, verschwunden in einer Staubwolke, die die beiden zurückbleibenden Frauen zum Husten brachte.

2

Simurgh

Das Viertelpferd rannte zwar schnell wie der Wind, doch hatte es offensichtlich eine sehr weite Strecke zurückzulegen. Das Land Xanth schoß an ihnen vorbei, wie Land das eben zu tun pflegte: Auf zauberhafte Weise ganz schnell in ihrer unmittelbaren Nähe, aber sehr viel langsamer weiter vor ihnen, weil die entfernten Gebiete weniger Sinn für Eile hatten. Gnade Uns verstand zu wenig von Geographie, um feststellen zu können, in welche Richtung sie reisten, aber sie war auch zu jung, um sich allzu viel daraus zu machen.

»Ich wünschte, ich hätte einen Dauerlutscher.«

Die Rauchwolke erschien neben ihr und schwebte im Schritt mit. »Welche Geschmacksrichtung?«

»Senfgas.«

Eine Hand bildete sich aus, sie hielt einen gelben Lutscher, von dem üble Dämpfe aufstiegen. »Vollzug.«

Das Kind grabschte danach und schnüffelte an den Dämpfen. Sie hustete und würgte, und das allerliebste kleine Gesicht lief rotfleckig an. »Perfekt!« rasselte sie. »Mit diesem Zeug könnte man eine ganze Armee flachlegen.«

»Was hast du den Guten Magier denn gefragt?« erkundigte sich die Wolke. »Nicht, daß es mich interessieren würde.«

»Wie man ein Signal macht, das vom Storch auch beachtet wird«, antwortete Gnade Uns, nachdem ihre Stimme wieder in die gepeinigte Kehle zurückgefunden hatte.

Die Ohren des Pferds zuckten. Schon erschienen kleine Haarrisse auf seinem Leib, so als würde es bald aus dem Leim gehen.

»Denn wenn ich in -zig Millionen Jahren endlich mal erwachsen bin, muß ich das doch wissen!« rief Gnade Uns hastig. »Im Augenblick bin ich natürlich noch ein süßes, unschuldiges kleines Kind, deshalb beschützt mich die Erwachsenenverschwörung davor, und ich würde ja nicht einmal im Traum daran denken, so etwas wissen zu wollen. Deshalb hat mir der Gute Magier auch noch keine Antwort gegeben, aber wenn es soweit ist, wird er es noch tun.«

Acht Bits beruhigte sich wieder, und die Haarrisse verschwanden. Sämtliche Kreaturen wußten, wie wichtig es war, die Erwachsenenverschwörung aufrechtzuerhalten: Kein Kind durfte das Geheimnis des Herbeirufens des Storchs erfahren, mit dem es ein Baby hätte bestellen können. Ebenso wenig die bösen Worte, die die Vegetation verwelken und jungfräuliche Ohren rot anlaufen ließen. Oder überhaupt irgend etwas, das interessant für Kinderohren war. Natürlich mochten die Kinder diese Verschwörung nicht besonders, doch lag es in der Natur ihrer Magie, daß sie sich ihr sofort anschlossen, sobald sie erwachsen geworden waren. Dämonen hielten sich zwar kaum jemals an Anstandsregeln, aber sie hatten sehr viel für Verschwörungen jeder Art übrig.

Die Rauchwolke Helen Höllenfahrt schien das ganze ziemlich amüsant zu finden. »Bist du *wirklich* sicher, daß du noch ein Kind bist?« fragte sie. »Irgendwie kommt es mir vor, als hätte ich dich schon einmal in einer anderen Gestalt gesehen, sehr viel älter ...«

»Und hast hast *du* Humfrey gefragt?« warf Gnade Uns schnell ein.

»Wo ich ein Sommersalz finde«, erwiderte Helen. »Ich sammle nämlich exotische Salze, und ich habe schon ein

Wintersalz, ein Frühlingssalz und sogar ein Herbstsalz, aber ein Sommersalz konnte ich noch nirgends auftreiben. Dabei habe ich schon überall danach gesucht, bis in die entlegensten Winkel von ...« Sie hielt inne. »Aber dieses Wort darf ich natürlich nicht in Gegenwart eines unschuldigen kleinen Kindes aussprechen.«

Und Metria durfte ihrerseites nicht preisgeben, wer sie in Wirklichkeit war, solange sie auf dem Viertelpferd ritt, weil es sich sonst in seine Bestandteile aufgelöst hätte. Die Dämonin zog sie auf, wie es nur eine solche Höllenkreatur vermochte, versuchte mit allen Finten, sie dazu zu bringen, ihr wahres Alter preiszugeben. Glücklicherweise wußte sie schon einiges über derlei Reisen: Auch die Dämonin hatte manche Höllenfahrt hinter sich. Und sie brachte stets das zurück, was am meisten gebraucht wurde – zur allerungeeignetsten Zeit. Oder was am wenigsten gebraucht wurde – genau zur richtigen Zeit. Gnade Uns hatte versucht, dem entgegenzuwirken, indem sie nach einem Dauerlutscher vom furchtbarsten Geschmack verlangte, aber das hatte nicht funktioniert, und so hatte sie das scheußliche Ding auch noch essen müssen.

»Wenn du mit mir fertig bist, wird dir der Gute Magier also verraten, wo du dieses Salz findest«, fuhr Gnade Uns fort. »Dann kannst du dich unter deine Sammlung setzen und ein Wesen für alle vier Jahreszeiten sein.«

»Etwas in der Art«, stimmte Helen zu. Die Wolke bildete ein Gesicht aus. »Für so ein winziges, süßes, unschuldiges Kindlein wirkst du mir eigentlich ziemlich reif.«

»Das ist alles nur Illusion. Ich bin nicht das, was ich zu sein scheine.«

Dagegen wußte Helen nichts zu erwidern. So zogen sie eine Weile schweigend weiter, während die Landschaft an ihnen vorbeiflog. Weit entlegene Berge verschoben sich majestätisch, offenbarten erst den einen, dann den anderen Hang. Wälder sprangen hervor, wuchsen riesig heran, um plötzlich wieder zu verschwinden. Eine ganze Zeit lang folgten sie einem gepflasterten Weg. Jedes Mal, wenn dieser sich mit einem anderen Weg kreuzte, blähte er sich zur doppelten Größe auf, um zu beeindrucken. Doch das funktionierte nicht, weil die anderen Wege genau das gleiche taten. Manchmal wetteiferten die sich kreuzenden Wege um die Macht und warfen massenweise kurvige Straßen aus. Ziel der Übung schien es zu sein, den anderen Weg dort zu berühren, wo er die Berührung nicht erwidern konnte, allerdings schien dieser Wettbewerb schon seit langem zu gehen, waren doch sämtliche Wege erfahren genug, um sich trotzdem miteinander zu verbinden. Manche Kreuzungen sahen aus wie Karos, andere wie Kleeblätter, weitere wie Bandnudeln. Manchmal entzog ein Weg sich auch dem Streit und untertunnelte den anderen oder zog am Boden über diesen hinweg, aber häufig gab es selbst dann noch verwirrende, weitläufige Straßen, die sich bemühten, ihr Ziel zu treffen.

Helen wurde die Sache langweilig, weshalb sie wieder das Gespräch aufnahm. »Was hat der Gute Magier denn mit dem Simurgh zu tun?«

»Das wüßte ich selbst gern. Wo wohnt die eigentlich genau?«

»Ich dachte, du würdest mich nie fragen! Sie lebt in Qaf.«

Gnade Uns runzelte die Stirn. »Wo?«

»Qaf. Das ist ein Gebirgszug, der die Erde umschließt.«

»Ein Gebirge aus Erde?«

»Nicht ganz. Es besteht aus einem einzigen Smaragd. Es ist sehr hübsch.«

»Das kann ich mir vorstellen. Der Simurgh muß wohl hübsche Dinge lieben.«

»Der Simurgh liebt eigentlich alles. Aber da sie bereits alles hat, was sie braucht oder verlangt – was könntest du da für sie tun?«

»Ich wünschte, das wüßte ich«, gestand Gnade Uns. »Vielleicht macht sie sich ja daran, das Universum wieder zu ersetzen.«

Nun war die Wolke an der Reihe, überrascht zu reagieren. »Wie – mit uns allen darin?«

»Na ja, vielleicht wird es ihr nach einer Zeit ja zu langweilig. Oder zu schmutzig. Könnte ja sein, daß sie gern ein frisches hätte.«

»Aber was geschieht denn dann mit uns allen?«

»Vielleicht werden wir dann alle zu Nichts zermalmt. Spielt das eine Rolle?«

Helen überlegte. »Wahrscheinlich nicht. Aber die Menschen könnten etwas dagegen haben.« Dann streckte die Wolke sich. »Ich werde ein halbes Nickerchen einlegen. Weck mich, falls irgend etwas Interessantes auftaucht.« Die Wolke verwandelte sich in einen eigenschaftslosen Flecken.

So war Gnade Uns mit ihren eigenen Gedanken allein. Eigentlich war das eine recht einfache Reise. Es war ja nicht einmal besonders schwierig gewesen, ins Schloß des Guten Magiers zu gelangen. Sicher, Humfrey hatte sie angegrummelt, aber der war ja schon immer mürrisch gewesen. Ob das alles viel zu leicht gegangen war?

Je mehr sie darüber nachdachte, um so mehr wuchs ihr Argwohn: Humfrey hatte *gewollt,* daß sie ins Schloß vordrang, um ihre Frage zu stellen, weil er eine Aufgabe für sie hatte. Vielleicht schuldete er dem Simurgh ja noch einen Gefallen. Vielleicht hatte der Simurgh um die Dienste einer Dämonin gebeten. Und so war eben Metria dazu auserkoren worden.

Sie seufzte. Schön, mochte es eben so sein. Sie würde tun, was man von ihr verlangte, damit sie den Storch endlich dazu bewegen konnte, ihr ein Baby zu bringen. Alles in allem war es wahrscheinlich ein gerechter Tausch.

Da blieb das Pferd plötzlich stehen. Vor ihnen zog sich eine gewaltige Kette über den Weg, verhinderte ihr Weiterkommen. Gnade Uns mußte der Versuchung widerstehen, einfach darüber hinwegzuschweben, doch sie befürchtete, daß das Pferd die Sache falsch verstehen könnte. Also saß sie statt dessen ab und trat vor, um die nächstgelegenen Kettenglieder zu inspizieren.

Jedes der Glieder war von abgeflachter, länglicher Gestalt und wies eine Inschrift auf. Genaugenommen war es pro Glied ein Buchstabe des Alphabets. Gnade Uns schritt die

Kette ab und las die Buchstaben. Zusammen ergaben sie den Text: DIES IST EIN KETTENBRIEF. ER IST BEREITS DREIMAL UM DIE WELT GEREIST. UNTERBRICH DIE KETTE, UND ES WIRD DIR LEID TUN. PETER PETERCHEN HAT DIE KETTE DURCHBROCHEN UND ERKRANKTE SCHON AM NÄCHSTEN TAG AN CHRONISCHEM CHROMOSOMENSAUSEN. PETRA PETRALEIN SETZTE DIE KETTE FORT UND GEWANN WUNDERBARE DINGE. VERGISS NICHT, DU MUSST DIESEN KETTENBRIEF INNERHALB VON 48 STUNDEN WEITERREICHEN, SONST SETZT ES WAS.

Gnade Uns überlegte. Ob das interessant genug war, um Helen zu wecken? Die Dämonin würde verärgert reagieren, wenn ihr etwas Gutes entginge. Das hier schien gut zu sein. Also beschloß sie, Helen weiterschlafen zu lassen.

Aber irgendwie mußte sie an dieser Kette vorbei. Sie hatte zwar nichts dagegen, doch sie versperrte ihr den Weg, und schließlich hatte sie einen Auftrag zu erfüllen.

Ob sie einfach um die Kette herumgehen konnte? Sie sah rechts und links nach, doch die Kette zog sich in beiden Richtungen bis an den äußersten Rand ihres Gesichtsfeldes. Das lag wohl daran, daß sie dreimal um die Welt ging. Ob sie über sie klettern könnte? Vielleicht, aber Acht Bits konnte das nicht. Oder sich unter ihr hindurchquetschen? Ja, ihr selbst mochte das zwar gelingen, aber das Viertelpferd würde angesichts dieser Anstrengung wahrscheinlich auseinanderbrechen.

Sie zuckte die Schultern. Sie bezweifelte doch sehr, daß eine Kette ein Recht darauf hatte, sich über einen Weg zu spannen, egal was sie von sich behaupten mochte. Wahrscheinlich war das nur der übliche Ärger. Also würde sie die Kette zerbrechen. Sie formte die kleinen Hände zu großen, kräftigen Scheren und packte damit ein halbes Kettenglied. Dann konzentrierte sie ihre Dämonenkraft. Es ging darum, die Magie der Enge zu nutzen: Eine wirklich dünne Kante konnte die feststofflichsten Gegenstände durchschneiden, wenn man nur kräftig genug preßte.

Die Buchstaben auf den Kettengliedern verwandelten sich. Nun schrieben sie das Wort: AAAAAUUUUU!! Doch die Dämonin ließ nicht ab in ihrem Druck, bis die das Kettenglied gesprengt hatte.

Dann machte sie sich über das andere halbe Glied her. Das versuchte zappelnd zu entweichen, doch sie stellte es mit einem kräftigen Fausthieb kalt. Dann setzte sie wieder die Zangen an und drückte zu.

DAS WIRD DIR NOCH LEID TUN! setzten sich die Buchstaben zusammen. WER DIE KETTE DURCHBRICHT, IST VERDAMMT. AAAAHHH!!

Das halbe Glied zersprang, und die Kette fiel auseinander. Jetzt war der Weg wieder frei.

»Was ist denn hier los?«

Gnade Uns fuhr zusammen. Da war wieder die Wolke, darin ein gräßlicher behaarter Kopf. »Nichts von Interesse«, erwiderte sie. »Was hast du denn da an?«

»Mein Höllentoupet natürlich. Das habe ich auf einer meiner Reisen nach ... egal. Ich habe genau gesehen, was du getan hast: Du hast die Kette zerbrochen. Da solltest du dir lieber auch etwas Schützendes auf den Kopf tun, bevor diese Kette sich wieder so weit gesammelt hat, um dir Pech für ein ganzes Jahrhundert über den Kopf zu schütten.«

»Was für ein Toupet?« wollte das Kind interessiert wissen.

Die Wolke überlegte hastig. »Ein Wellentoupet. Genau das habe ich gesagt, ich bin mir ganz sicher.«

»Verschwinden wir von hier«, sagte Gnade Uns. Sie wußte, daß sie Helen in die Defensive gedrängt hatte. Solange sie diese Kindergestalt beibehielt, war die andere Dämonin deutlich im Nachteil. Das war wirklich wunderbar!

Also bestieg sie erneut Acht Bits, und schon sausten sie wieder davon. Als sie zurückblickte, sah sie, wie die Kette sich wütend wand, doch sie konnte das Pferd nicht einholen. Gnade Uns hatte die Kette zerbrochen und war ungeschoren davongekommen. Das bereitete ihr dämonische Befriedigung.

Sie kamen an einer großen Schmelzpflanze vorbei, die, von Elektrizitätsbäumen umringt, an einem Flußufer stand. Die Pflanze war damit beschäftigt, Kernfische aus dem Fluß zu holen und damit die Bäume zu düngen. Einige der Bäume breiteten sich über ihren Weg aus, so daß sie langsamer ritt. Sie summten vor Kraft, was sie etwas nervös machte. Was hatten die nur vor?

Da sah sie eine riesige, dicke, schachtelähnliche Kreatur, die unter den Bäumen daherschlenderte. Gnade Uns wollte ihr Reittier schon um das Wesen herumlenken, doch es stellte sich ihr in den Weg. »Kind, du bist viel zu klein, um ein so großes Pferd zu reiten«, ertönte es aus dem monströsen, mit Bolzenzähnen bestückten Maul. »Du solltest lieber nach Hause zurückkehren.«

»Warum kehrst *du* nicht lieber nach Hause zurück?« versetzte Gnade Uns kühn, denn diese Kreatur hatte etwas an sich, was ihr nicht besonders gefiel.

»Weil ich niemals meinen eigenen Rat befolge. Ich bin ein Heuchelkasten. Ich sage anderen zwar, wie sie ihr Leben führen sollen, aber nichts davon gilt auch für mich.«

Das bestätigte Gnade Uns in ihrer Abscheu. Sie wollte dieses Wesen möglichst bald hinter sich lassen, doch es versperrte ihr immer noch den Weg. Da sah sie ein kleineres Tier, das nun herbeigehüpft kam. Es besaß lange Beine und war außerordentlich pelzig. Sie erkannte es sofort: ein Hase. Diese Tiere waren vor allem unter Glatzköpfigen sehr beliebt. Also ließ sie den Arm unendlich weit hervorschießen und fing es. Sie ließ es sich auf den Kopf fallen, was ihr ganzes Aussehen veränderte. Tatsächlich glich sie nun eher einem haarigen kleinen Troll.

Der Heuchelkasten hatte sich inzwischen umgesehen. Nun richtete er den Blick wieder auf sie – und machte einen Satz vor Schreck. »Wo ist denn das unschuldige kleine Mädchen geblieben, dem ich gerade einen Vortrag gehalten habe?« erkundigte er sich.

»Woher soll ich das wissen. Ich bin nicht unschuldig.«

Vergrätzt watschelte der Heuchler davon, auf der Suche

nach dem Kind; denn es war sehr viel einfacher, Kindern zu erzählen, was sie tun sollten, als Trollen. Nun konnten sie also weiterreiten.

Nach einem schier endlosen Ritt erreichten sie einen riesigen grünen Berg. Der erhob sich mit einer Reihe facettierter Steilhänge aus der Ebene, von denen jeder fröhlich funkelte.

»Da sind wir«, sagte Helen. »Qaf. Wenn du den Gipfel erklimmst, wirst du dort den Simurgh vorfinden. Ich habe meine Pflicht erfüllt und verschwinde jetzt.« Mit einem unanständigen Geräusch löste sich die Wolke auf.

Gnade uns stieg ab. Sie trat näher heran, um die Oberfläche genauer zu begutachten. Die schien tatsächlich aus reinem Smaragd zu bestehen. Der ganze Berg war ein einziges großes Juwel.

Die Sonne trat hinter einer Wolke hervor. Mit einem Mal brachen sämtliche Facetten die gleißenden Strahlen. Einer davon traf Acht Bits. Erschrocken zerfiel das Pferd in seine vier Bestandteile, worauf diese in mindestens vier Richtungen davonstoben.

Gnade Uns seufzte. Jetzt war sie auf sich selbst angewiesen.

Nach kurzem Nachdenken kam sie zu dem Schluß, daß es nun, da sie nicht mehr über das Viertelpferd verfügte, keinen Grund gab, auf ihre Erwachsenengestalt zu verzichten. Und so löste sie sich in Rauch auf und kehrte als Metria an den Ort des Geschehens zurück.

Natürlich könnte sie einfach zum Berggipfel hinauffahren, doch hegte sie den Verdacht, daß der Simurgh das nicht besonders schätzen würde. Das betraf auch das Fliegen. In Xanth untersagte der Simurgh jegliches Fliegen in ihrer unmittelbaren Umgebung, und das galt wahrscheinlich auch hier. Also stand ihr ein mühsamer Aufstieg bevor.

Metria formte Hände und Füße zu großen Saugnäpfen. Die preßte sie gegen die glatte Oberfläche der nächstgelegenen Facette und begann mit dem Klettern. Die Saugnäpfe knallten jedesmal, wenn sie sie ablöste, und quietschten, sobald sie sie weiter oben gegen den Berghang preßte. Das war auch so eine Magie: daß Sauger an glatten, polierten Oberflächen hafteten. In diesem Tempo dürfte es nur einige Stunden dauern, bis sie den Gipfel erreicht hatte. Dann würde sie endlich erfahren, was hier überhaupt los war.

Sie vernahm ein Rumpeln. Sie streckte den Hals, bis er dem eines Schwans glich, und ließ den Kopf kreisen, um zurückzublicken.

Sie nahm eine schwebende Gestalt wahr, und es war nicht die von Helen Höllenfahrt. Es war Fracto Cumulo Nimbus, die fürchterlichste aller Wolken.

Sie wußte, daß das Schlimmes bedeutete. Fracto war selbst ein Dämon, der sich auf Meteorologie spezialisiert hatte und über ein sicheres Gespür für Ärger verfügte. Wenn irgend jemand ein Picknick veranstaltete, kam Fracto herbei, um es zu verregnen. Mußte jemand in dringender Mission möglichst schnell vorankommen, schwebte Fracto heran, um die Waldwege in regelrechte Sümpfe zu verwandeln. Lagerte jemand in warmer Nacht im Freien, schwebte Fracto vorbei, um die ganze Landschaft mit buntem Schnee zu bedecken. Und wenn jemand zufälligerweise gerade eine Smaragdsteilwand erklomm, durfte Fracto nicht fehlen, um die Oberfläche möglichst rutschig zu machen und ihn davonzupusten.

Natürlich gab es Möglichkeiten, sich der bösen Wolke zu erwehren, und Metria wußte darüber gut Bescheid. Sie könnte sich beispielsweise selbst in eine Wolke verwandeln und unberührt vom Wetter dahinschweben. Ja, sie könnte sogar selbst einige Blitze erzeugen und ihm damit antworten. Doch war sie sich nicht sicher, ob das nicht als Flugmanöver galt, was den Simurgh verärgern würde. Fracto war es natürlich völlig egal, wen er verärgerte – nein, genaugenommen war es ihm überhaupt nicht egal, weil er immer möglichst *viel* Ärger anrichten wollte. Andererseits war er aber auch nicht hier, den großen Vogel um einen Gefallen zu bitten. Diese Möglichkeit schied also aus. Einmal hatte sie sich in ein Stinkhorn verwandelt, das dann in Fractos Körpermitte explodiert war, was aus ihm einen noch unerträglicheren Stinker als gewöhnlich gemacht hatte. Andererseits müßte sie sich dazu in die Lüfte erheben, und das schien ihr das Risiko nicht wert zu sein.

Sie könnte dem Gewitter auch gänzlich entgehen, indem sie sich soweit auflöste, daß sie durch die Substanz des Bergs selbst in die Höhe schwebte. Doch auch das mochte ihr vielleicht als Flug ausgelegt werden. Da erschien es das Sicherste zu sein, bei dem zu bleiben, was sie gerade tat: mühsam den Berg zu besteigen und darauf zu hoffen, daß sie den Halt nicht verlieren würde, gleich was die Wolke für Unfug anstellen mochte.

Fracto nahm diese Herausforderung nur zu gern an, denn er wußte, daß sie in einer Zwickmühle war. Er blähte sich furchtbar auf und knisterte vor Donner und Blitzen. Seine Mitte wurde so dunkel, daß sie einer strudelnden Mitternacht glich, und seine Kanten dehnten sich wie riesige Beulen aus. Insgesamt glich er einer großen Fratze mit zwei Flekken aus glühenden Augenwolken und einem gewaltigen runden Maul, aus dem eisiger Luftzug entwich. »Iiiiich haaaaaabe diiiiich!« heulte er und pustete Rauch in ihre Richtung.

Regen prasselte gegen die Steilwand, und um Metria herum schoß das Wasser in die Tiefe. Es war kalt, gleich würde es eisig werden. Ihre Saugnäpfe hielten dem zwar stand, doch wie sollte sie auf dieser nassen Oberfläche weiter nach oben gelangen.

Jetzt plusterte Fracto sich wie ein Blasebalg noch weiter auf und schickte ihr einen Windstoß entgegen, der mit Hagel durchsetzt war. Metria zog den Kopf schützend ein, aber das hatte den Nachteil, daß sie nun nicht mehr sehen konnte, wo es hinging.

Das war keine Lösung. Es würde nicht allzulange dauern, bis Fracto ihr den Halt geraubt hatte, und dann würde sie in die Tiefe stürzen, so daß ihr nichts anderes übrig blieb, als zu fliegen oder unten zu zerschellen. Zwar konnte ein Sturz ihr körperlich nicht wirklich etwas anhaben, doch wäre ihr das äußerst peinlich gewesen und hätte ihren Stolz zutiefst verletzt. Also mußte sie eine andere Möglichkeit finden, dem üblen Wind Paroli zu bieten.

Sie spähte wieder zu den tintendunklen Tiefen der Gewittermitte hinauf und hatte eine Idee. Was sie brauchte, war ein Licht – ein Nachtlicht. Von der Sorte, wie Menschen sie benutzten, wenn sie ihr schändliches Tun zu verbergen trachteten.

Sie ließ den Kopf ausfahren und formte ihn zu einer Lampe mit dunkler Birne. Dann schaltete sie sie an, worauf diese Finsternis abstrahlte. Ihr Nachtlicht war funktionstüchtig.

Nun gab sie etwas mehr Saft. Die Dunkelheit dehnte sich aus. Schon bald bedeckte sie die gesamte Bergfacette und verbarg Metria wirkungsvoll.

Fracto begriff, was da geschah. Das Gewitter wurde immer wütender. Aber er konnte Metria nicht mehr ausmachen und wußte daher auch nicht, wohin er am heftigsten blasen sollte. Ach, wie der sich aufregte!

Die Wolke versuchte es mit einer anderen List. Fracto ließ die Windstöße so kalt werden, daß aus dem herabströmenden Wasser eine Eisschicht wurde, bedeckt von Schneematsch. Doch im Schutz ihres Nachtlichts bildete Metria ihre Nase zu einer Greifschnauze aus, ganz ähnlich jener des mythischen Elefantenungeheuers von Mundania, und formte das Ende zu einem harten Hammer. Damit klopfte sie gegen das Eis und ließ es abspringen, um Platz für ihren Saugfuß zu schaffen. Nun richtete die Nässe keinen Schaden mehr an, sondern versiegelte im Gegenteil Metrias Halt. Die Wolke aber konnte das Klopfen nicht hören, weil es von dem fast ununterbrochenen Donnergrollen übertönt wurde.

Sie schaffte es bis an den Rand der Facette und schob sich über die leichte Krümmung zur nächsten. Noch immer tobte das Gewitter, doch ihr Nachtlicht schützte sie. Wenn ein Windstoß herbeifegte, duckte sie sich und wartete ab, bis er vorbeigezogen war, um danach ihr Klopfen und Klettern fortzusetzen. Von Fracto ließ sie sich nicht aufhalten.

Schließlich wandte sich die böse Wolke angeekelt von ihr ab und stürmte davon. Sie hatte ihn ein weiteres Mal geschlagen, und das bereitete ihr genausoviel Vergnügen wie beim ersten Mal. Sie ließ das Nachtlicht sich in Rauch auflösen und konnte ungehindert weiterklettern.

Die Sonne wagte es wieder, ihr Gesicht zu zeigen; sie fürchtete nicht mehr den Zorn des Gewitters. Der Smaragdberg trocknete und bildete dabei überall hübsche Nebel aus. Die hoben sich wie Einhornschweife und schimmerten im schrägen Sonnenlicht des sich neigenden Tages. Metria legte eine Pause ein, um die Schönheit des ganzen aufzusaugen, und begriff plötzlich, daß sie vor der Zeit ihrer halben Beseelung nie derlei Erfahrungen gemacht hatte. Nun konnte sie Dinge, Situationen und alles andere um ihres künstlerischen Werts schätzen und genießen und nicht allein wegen ihrer Nützlichkeit. »Selbst wenn ich mich sofort meiner Seele entledigen könnte«, sagte sie laut, »würde ich es nicht tun.« Für eine Dämonin war das schon ein beachtliches Geständnis. Sie fühlte sich wunderbar.

»Widerlich«, murmelte Metria, die von dem auch sie umspülenden Gefühl erwachte. Dann ging sie wieder schlafen.

Der Gipfel erwies sich als bloßes Hügelchen, Teil eines größeren Berges. Erstaunlich war, daß das Innere des Berges überhaupt nicht grün war, sondern hellblau in einer besonderen Schattierung, die sich wunderschön von dem grünen Rand absetzte. Metria hatte eigentlich gedacht, daß der ganze Berg aus Smaragd bestünde, doch entweder hatte sie das mißverstanden oder jene, die dies von ihm behaupteten, hatten den inneren Teil des Berges noch nicht zu sehen bekommen. Von der Ästhetik her betrachtet war es sogar noch besser, und so sah sie keinen Grund zur Klage.

Metria mußte sich erst den Weg in das Schluchtental zwischen den Gipfeln bahnen, bevor sie sich an den Aufstieg zum nächsten machen konnte. Und eben da blieb sie stehen. Sie hatte irgend etwas gehört. Drohte weiteres Unheil?

Nein, es war eine Frau oder ein Mädchen, jedenfalls ein

Mensch, die zwischen den abgeschrägten grünen und blauen Facetten der Gesteinsritze lag. Sie hatte ganz schwach gestönt. Metria überlegte. Auch wenn sie das Nachtlicht benutzt hatte, zog sie es doch vor, bei Tageslicht zu klettern, und allzu viel war von diesem Tag ohnehin nicht mehr übrig. Sollte sie sich da etwa mit diesem Menschenwesen aufhalten und noch mehr Verzögerungen riskieren?

»Natürlich nicht«, meinte Mentia. »Du hast schon genug Zeit damit vergeudet, Fracto abzuwimmeln. Du hast schließlich nicht den ganzen Tag Zeit, mußt du wissen.«

Damit war die Sache entschieden. Wenn ihre schlimmere Hälfte dagegen war, mußte es das Richtige sein. Sie schritt zu der Frau hinüber. »Kann ich dir helfen?« fragte sie.

Die Frau hob den Kopf. Das lange dunkle Haar umrahmte ein hübsches Gesicht. »Ich hoffe es«, sagte sie wimmernd. »Ich habe mir den Knöchel gezerrt und glaube nicht, daß ich allein weitergehen kann.«

»Ich wußte es! Die ist ein Albatros. Wenn du ihr hilfst, wirst du nie den Berggipfel erreichen.«

Metria ignorierte den Einwand ihrer schlimmeren Hälfte, auch wenn es sie einige Mühe kostete. »Vielleicht kann ich dir ja nach Hause helfen. Wer bist du überhaupt, und wo wohnst du?« Sie legte der Frau die Hände auf die Schultern und hob sie auf die Beine.

»Vielen Dank. Ich bin Mara. Ich war draußen beim Vogelrufen und habe mich in einem Gewitter und einer merkwürdigen Form der Finsternis verirrt. Ich bin gestürzt und konnte nicht wieder aufstehen, und als es wieder hell wurde – na ja, jetzt weiß ich jedenfalls nicht mehr, wo ich bin.«

Dann war es also Metrias Schuld gewesen, weil das Gewitter ja hinter ihr hergewesen war und sie es mit Hilfe der Dunkelheit bekämpft hatte. Nun mußte sie Mara auf jeden Fall nach Hause zurückhelfen. Das befahl ihr schließlich ihr Gewissen.

»Wenn du dir nicht eine halbe Seele zugelegt hättest, dann *hättest* du überhaupt kein Gewissen!« nörgelte Mentia.

»Vielleicht kann ich dir über diesen grünen Vorberg helfen, dann bist du wenigstens auf der Ebene«, schlug Metria vor. »Du mußt nämlich wissen, daß ich eine Dämonin bin und ...«

»Eine Dämonin!« rief Mara verschreckt aus.

»Keine Sorge; ich habe einen halben Schuh.«

»Einen halben was?« fragte Mara und blickte auf Metrias Füße hinab.

»Fußbekleidung, Leder, Zunge ...« Sie hielt inne. »Ich meine Essenz, Charakter, Qualität, Geist ...«

»Seele?«

»Was auch immer«, meinte sie ärgerlich.

Das beruhigte Mara. »Aha, dann hast du also auch ein Gewissen, so daß man dir halbwegs trauen kann.«

»Ja. Wäre ich eine unbeseelte Dämonin, hätte ich mich überhaupt nicht mit dir abgegeben.«

»Das stimmt. Wie heißt du denn?«

»Metria. D. Metria.«

Mara gab ihr die Hand. »Es freut mich, dich kennenzulernen, Dämonin Metria. Aber ich lebe auf keiner Ebene, deshalb glaube ich auch nicht, daß es eine besondere Hilfe sein wird, über diesen grünen Berg zu steigen. Normalerweise rufe ich meine Vögel im Wald und in kleinen Hainstücken, wo sie sich wohlfühlen. Das ist nämlich mein Talent, mußt du wissen.«

»Ha, mit Vogelrufen kann man hier ja auch wirklich furchtbar viel anfangen!« höhnte Mentia.

Metria bemühte sich, sie zu ignorieren. »Hm, wenn wir dann vielleicht statt dessen diese Spalte entlanggehen ...«

»Vielleicht«, meinte Mara zweifelnd. »Aber ich bin sicher, daß ich nicht besonders weit gegangen bin, bevor ich mir den Knöchel verstaucht habe.«

Metria stützte Mara, was es dieser erlaubte, einigermaßen unbeschwert zu gehen, auch wenn sie dabei immer wieder zusammenzuckte. Sie folgten der Ritze um die Biegung des Berges, doch alles, was sie zu sehen bekamen, war noch mehr Berg. »Ich glaube nicht, daß es der richtige Weg ist«, warf Metria ein.

»Ich denke, du hast recht«, stimmte Mara ihr traurig zu. »Ich weiß nicht, wie ich hierher gekommen bin. Ich muß wohl in irgendeinen magischen Strudel oder so etwas Ähnliches gestürzt sein. Vielleicht solltest du mich besser hier zurücklassen und dich um deine eigenen Angelegenheiten kümmern.«

»Nun nimm sie schon beim Wort!«

»Nein, dieses Gewitter und die Dunkelheit waren meine Schuld, deshalb sollte ich dir auch dabei helfen, zurückzufinden. Aber das einzige, was mir noch einfällt, ist, dich auf den Berggipfel mitzunehmen. Vielleicht hilft der Simurgh dir ja.«

»Der Simurgh! Ist das nicht der Vogel, der das ganze Universum dreimal hat sterben und wiederauferstehen sehen?«

»Eben der. Ich muß ihr einen Dienst erweisen. Wenn du also nichts dagegen haben solltest, mich zu begleiten ...«

»Oh, bestimmt nicht! Gern würde ich den Simurgh einmal kennenlernen. Das dürfte die Erfahrung meines Lebens sein. Aber ...«

»Aber das Klettern dürfte dir schwerfallen«, beendete Metria für mara den Satz. »Mal sehen, was ich dagegen tun kann. Angenommen, ich nehme die Gestalt einer langen Leiter an, die am Berghang lehnt – könntest du die erklimmen?«

»Wahrscheinlich schon, wenn ich mich nicht beeilen muß und meinen Knöchel schonen kann ...«

»Ich wußte es doch!« sagte Mentia stumm. »Das dauert doch ewig und drei Tage.«

Metria fürchtete, daß sie recht behalten würde. Doch ihr halbes Gewissen ließ sie nicht mehr los. Sie verwandelte sich in eine Ausziehleiter und schob sich den blauen Facettenhang empor, bis sie einen Felsvorsprung erreicht hatte, an dem sie sich einhaken konnte. Dann bildete sie am Fuß einen Mund aus. »Jetzt habe ich festen Halt. Komm nun hoch.«

Mara packte die Leiter mit den Händen und stellte den heilen Fuß auf eine Sprosse, um ihre Standfestigkeit zu sichern. Dann versuchte sie es mit dem verletzten Fuß, schnitt wieder eine Grimasse, konnte ihn aber doch immerhin ein wenig belasten. Mit den Händen fing sie genug Gewicht ab, um die Sache erträglich zu machen.

Es dauerte gar nicht so lange, da war Mara oben angekommen und sah sich um. »Ach, das ist ja auch nur ein Vorberg!« rief sie. »Dahinter liegt noch ein gelber Berg.«

Erschrocken bildete Metria ein Stengelauge aus und sah selbst nach. Mara hatte recht: Das hier war nur ein weiterer Zwischengipfel, zwar höher gelegen als der grüne Felsvorsprung, doch niedriger als der vor ihnen liegende, gelbe Berg.

Sie bildete einen Mund aus und seufzte. »Halt dich fest.«

Sie zog den unteren Abschnitt der Leiter hoch und verlängerte dafür den oberen, ohne die Stelle, auf der Mara stand, zu verändern. Als sie blaugelbe Erdspalte erreicht hatte, drehte sich Mara um und stieg die Sprossen hinab. Dann fuhr Metria die Leiter wieder ein und schickte sich an, sie den facettierten gelben Hang hinaufzuschieben. Langsam nahte die Dämmerung.

»Wir schaffen es nie vor Einbruch der Nacht«, meinte Mara. »Am besten läßt du mich zurück und gehst allein weiter.«

»Nun hör schon auf sie, Dumpfbacke!«

»Nein, das wäre nicht recht.« Da hatte Metria eine Idee. »Angenommen, ich mache eine Rolltreppe?«

»Eine was?«

»Eine bewegliche Struktur, automatische Hebung, Gefahrenklausel, Fahrstuhlersatz, Formstufen ...«

»Eine Treppe?«

»Was auch immer. Dann könntest du schneller hinauffahren.«

»Das ist ja eine wunderbare Idee! Aber hast du denn überhaupt genügend Kraft, um mich auf diese Weise zu tragen?«

»Ich denke schon. Es ist nur eine Frage der Hebelwirkung.«

Also dehnte sich Metria bis zum nächsten Gipfel aus, hakte sich ein und ließ Mara unten auf die Leiter steigen.

Dann bewegte Metria die Sprossen empor und zog die Frau auf diese Weise ziemlich schnell nach oben. »Das macht richtig Spaß!« rief sie.

Doch als sie vom Gipfel aus Ausschau hielten, erblickten sie nur einen weiteren Berg vor sich. Der war rosa gefärbt. Er sah zwar sehr hübsch aus, doch nun dämmerte es endgültig.

Sie steigerten ihre Effizienz. Diesmal schleuderte Metria einfach ihre Sprossen über den Gipfel, während Mara auf der gegenüberliegenden Seite förmlich herabrutschte. Dann bestiegen sie den rosa Berghang – und standen vor dem nächsten: weiß, fast farblos.

»Ich hoffe nur, daß das nicht ewig so weitergeht«, bemerkte Mara. »Ich fürchte, ich bin eine ziemliche Belastung für dich. Vielleicht soltest du einfach ...«

»Nun hör schon auf sie!«

»Nein«, widersprach Metria entschieden. »Allein wäre die Reise auch nicht schneller gewesen. Wir sind schon viel höher als am Anfang.« Tatsächlich konnten sie unter sich die gelben, blauen und grünen Felsvorsprünge wahrnehmen, die sich wie die Schubladen stapelten, auch wenn man dies von unten nicht hatte erkennen können. »Irgendwann muß es einfach aufhören.«

»Du bist sehr gütig.«

»Du bist sehr töricht!«

Sie machten weiter. Jenseits des weißen Felsvorsprungs befand sich ein tiefroter – und das war auch tatsächlich der letzte, denn sie konnten seinen rundlichen Gipfel ausmachen, auf dem ein riesiger Vogel hockte, eine Silhouette, die sich vor dem verblassenden Tageslicht abzeichnete. Der Simurgh – endlich!

So fuhren sie den weißen Hang hinunter und den roten hinauf. Doch kaum waren sie auf Rufweite gekommen, als der große Vogel plötzlich die Flügel ausbreitete und auf einen Nachbargipfel flog, der sich, wie sie nun bemerkten, aus einer äußerst langgezogenen Gebirgskette hervorhob. Das mußte sie ja wohl auch sein, wenn sie die Welt umkreisen sollte. Und der Simurgh hatte von den beiden nicht einmal Notiz genommen!

Metria richtete einen vorgeschobenen Augapfel auf den fernen Vogel. Dann sah sie auf die schier endlosen bunten Felsvorsprünge in der Tiefe hinab. Es würde eine furchtbare Plackerei werden, die alle hinauf- und hinabzusteigen, um schließlich dorthin zu gelangen, wo der Vogel gerade hockte –, und welche Garantie hatten sie überhaupt, daß der Simurgh auf sie warten würde? Für den Riesenvogel waren sie doch die reinsten Insekten.

»Vielleicht sollte ich es mal mit einem Vogelruf versuchen«, schlug Mara vor.

»Hervorragend, jetzt bringen wir den Vögeln noch ein Ständchen dar!«

»Bitteschön, wie du meinst«, erwiderte Metria niedergeschlagen. Es schien, als hätte sie eine schier unlösbare Aufgabe erwischt, weil sie nicht einmal die Aufmerksamkeit derjenigen erregen konnte, der sie doch einen Dienst erweisen sollte. Hatte Humfrey sie etwa ins Bockshorn gejagt?

»Was für ein Bock?« fragte Mentia.

»Ziegenbock, Springbock, Wasserbock ...«

»Trimmbock?«

»Wie auch immer.«

Inzwischen hatte Mara mit ihrem Vogelruf begonnen. Sie stieß eine Reihe melodischer, lieblicher, durchdringender Zwitschergeräusche aus. Das konnte sie wirklich gut – es hörte sich genau wie ein exotischer Vogel an.

Der Simurgh breitete die Flügel aus und kam direkt auf ihren Gipfel zugeflogen. WER RUFT MICH DA? ertönte ihr kraftvoller Gedanke.

Metria bildetete einen Mund aus, um erstaunt die Kieferlade herunterzuklappen. Maras Talent bestand ja gar nicht darin, Vögel zu imitieren, sondern sie herbeizurufen – und gerade eben hatte sie den Simurgh persönlich angelockt!

»Äh ... ich ...«, fing Mara an.

JA, NATÜRLICH. HAU AB.

Mara verschwand.

»He!« rief Metria. »Das ist aber nicht nett!«

»Halt die Klappe, Närrin!«

NACH WELCHER DEFINITION, DÄMONIN? Nun kam der riesige Vogel immer näher. Das Gefieder des weiblichen Tiers war wie ein Schleier aus Licht und Schatten, und auf dem Kopf loderte eine Feuerkrone. Das Schlagen der mächtigen Flügel war wie das Wogen von Nebelschwaden. Sie hatte wirklich ein überwältigendes Wesen.

Metria ließ sich nur selten von irgend etwas in der natürlichen Welt beeindrucken oder gar einschüchtern, aber das hier war übernatürlich. Sie löste sich in Rauch auf und nahm wieder ihre einigermaßen natürliche, einigermaßen menschliche Gestalt an. »Ich habe doch nur versucht, ihr zu helfen. Du hast kein Recht, sie einfach so zu bannen! Es ist mir völlig egal, wer du bist, das ist einfach nicht recht.«

MICH WAGST DU ANZUZWEIFELN? Nun landete der riesige Vogel auf der roten Bergspitze, wobei die mächtigen Krallen sich in das schimmernde Gestein einschlugen, als sei es aus Holz.

»Hör auf, Idiotin!«

»Ja! Bring sie zurück!«

DAFÜR BESTEHT KEIN BEDARF.

»Sei doch still, Wahnsinnige! Sie wird dich vernichten!«

»Ja!« schrie Metria und antwortete damit zugleich auf die Frage des Simurghs und die Ermahnungen ihrer schlimmeren Hälfte.

Der gewaltige Kopf machte eine Drehung, und ein Auge heftete sich auf sie. SEI BERUHIGT, GUTE DÄMONIN. ICH STELLE DICH IN DIENST. DER GUTE MAGIER HAT EINE WEISE WAHL GETROFFEN.

»Das ist deine letzte Chance, du blöde Kuh! Beherrsch' dich gefälligst!«

Doch Metria war inzwischen völlig außer Rand und Band. »Pah! Ich für meinen Teil bin jedenfalls nicht bereit zu dienen! Jedenfalls keinem Wesen, daß einem unschuldigen anderen so etwas antut. Mara hat dir nichts getan. Sie wollte einfach nur nach Hause. Ich habe versucht, ihr zu helfen, weil ...«

Der Simurgh zuckte mit einer Flügelfeder. Plötzlich war Mara wieder da, sie sah völlig verändert aus. »Laß es, Metria. Ich bin hier fertig.«

»Du bist in Sicherheit?« fragte Metria halb benommen.

Mara lächelte. »So sicher, wie es eine Ausgeburt jemals sein kann.« Sie verschwand wieder.

»Siehst du? Sie existiert überhaupt nicht wirklich. Du hast den großen Vogel für nichts und wieder nichts gereizt, Dämlack!«

KEINESWEGS, SCHLIMMERE HÄLFTE, erschütterte der Gedanke des Simurghs diesmal Mentia, die geglaubt hatte, daß ihre Gedanken verborgen bleiben würden. IHR GEWISSEN HAT IHR GUTE DIENSTE GELEISTET.

Langsam nahm das Ganze zusammenhängende Züge an. »Dann war das alles nur eine … Prüfung? Die Frau, das Gewitter, die Kette? Wie beim Schloß des Guten Magiers?«

DER HAT DICH NUR SYMBOLISCH AUF DIE PROBE GESTELLT, WEIL ER JA WOLLTE, DASS DU DIESE MISSION ÜBERNIMMST. ICH DAGEGEN HABE DEINE EIGNUNG AUF MEINE WEISE GEPRÜFT, WIE DU JETZT VERSTANDEN HAST. ICH BRAUCHE EINE PERSÖNLICHKEIT, DIE EINFALLSREICH, ENTSCHLUSSKRÄFTIG UND MITFÜHLEND IST.

Nun begriff Metria, was geschehen war. »Erst ein paar kleine körperliche Hindernisse, nichts von Belang. Dann eine persönliche Bedrohung, die bewältigt werden mußte. Schließlich eine kleine Gewissensprüfung. Nur um sicherzugehen, daß ich auch für den Dienst geeignet bin, dessen du bedarfst.«

GENAU, GUTE DÄMONIN. ICH BIN SEHR WÄHLERISCH, WEM ICH WICHTIGE AUFGABEN ANVERTRAUE. ICH BRAUCHE JEMANDEN MIT DER MACHT EINES DÄMONS UND DEM GEWISSEN EINES BESEELTEN WESENS. DU BIST GEEIGNET. HAST DU NOCH IRGENDWELCHE FRAGEN, BEVOR ES LOSGEHT?

»Stell sie bloß nicht, Weichbirne!«

»Dieser Berg … ich dachte, der wäre ganz aus Smaragd, aber …«

DU HAST EINE GUTE BEOBACHTUNGSGABE, GUTE DÄMONIN. ER BESTEHT *TATSÄCHLICH* AUS SMARAGD, ODER GENAUER, AUS BERYLL, DEM GESTEIN, VON DEM DER SMARAGD NUR EINE SCHATTIERUNG DARSTELLT. DAS WEISSE IST GEWÖHNLICHER BERYLL, DAS BLAUE IST AQUAMARIN, DAS GELBE HELIDOR, DAS ROSA MORGANIT UND DAS ROTE *BEXBICE*, SO SELTEN WIE NUR EIN EINZIGER ANDERER.

»Ein einziger anderer?« wiederholte Metria ziemlich dämlich.

SCHWARZER BERYLL. Der Simurgh zuckte mit dem Kopf, da erschien plötzlich ein Beutel im Schnabel. NIMM DIES. Der Beutel fiel Metria in die unwillkürlich ausgestreckten Hände.

Sie öffnete ihn. Darin befanden sich glitzernde schwarze Scheiben. »Was soll ich mit denen anfangen?«

DAS SIND VORLADUNGSMARKEN. DU WIRST SIE JEDER PERSON ODER KREATUR ODER JEDEM BENANNTEN DING AUSHÄNDIGEN UND JENEN, DIE DESSEN BEDÜRFEN, AN DEN ERFORDERLICHEN ORT FÜHREN.

Noch nie in ihrem Leben war sich Metria so dumm vorgekommen. »Erforderlicher Ort?«

DAS NAMENLOSE SCHLOSS. DORT WIRD DER PROZESS STATTFINDEN.

»Prozeß?« Sie hatte ihr geistiges Gleichgewicht immer noch nicht wiedererlangt.

ROXANNE ROC STEHT UNTER ANKLAGE UND WIRD IN VIERZEHN TAGEN VOR EINEM GESCHWORENENGERICHT STEHEN, DAS SICH AUS IHREN ARTGENOSSEN ZUSAMMENSETZT. DU WIRST ALLEN BETEILIGTEN VORLADUNGEN ÜBERREICHEN: DEN GERICHTSDIENERN, DEN ZEUGEN, DEN GESCHWORENEN. DU WIRST DAFÜR SORGEN, DASS ALLE PÜNKTLICH ANWESEND SIND. DAS IST DER DIENST, DEN DU MIR ERWEISEN SOLLST.

»Aber Roxanne ist doch ein anständiger Vogel. Was hat sie denn verbrochen?«

DAS WIRD IM ZUGE DES PROZESSES ZUTAGE TRETEN.

»Und woher weiß ich, wem ich die Vorladungen zu bringen habe?«

AUF JEDER MARKE STEHT DER NAME DES BETROFFENEN.

»Aber angenommen, die wollen nicht kommen?«

DAS WIRD KEIN PROBLEM SEIN. JEDER BETROFFENE MUSS WISSENTLICH DIE VORLADUNG IN EMPFANG NEHMEN UND DIES VOR DEINEN AUGEN BESTÄTIGEN, BEVOR DU WIEDER GEHST.

»Aber …«

»Nun mach mal halblang, Tölpelin! Du stellst nur ihre Geduld auf die Probe.«

DAS STIMMT, SCHLIMMERES SELBST. Das große Auge richtete sich wieder auf Metria. JETZT WEISST DU, WAS DU WISSEN MUSST. NUN VERRICHTE DEINEN DIENST, GUTE DÄMONIN.

Metria begriff, daß sie entlassen worden war. Sie begann wieder ihre Leitergestalt anzunehmen.

DU KANNST HINÜBER NACH XANTH SAUSEN.

»Danke«, sagte sie erleichtert und sauste davon, den Beutel mit den Marken mit sich führend.

3

Geheimnis

Metria huschte hinüber nach Xanth in ihr Heimatschloß, wo sie ihren Mann hinreichend schwindelerregend glücklich machte, um ihn für mehrere Tage im Vollrausch zurückzulassen. Dann überlegte sie. Sie begriff, daß sich in dem Beutel eine ganze Menge Vorladungsmarken befinden könnten und daß es eine ganze Weile dauern mochte, bis sie sie alle aufgebraucht hatte, da war es wohl das beste, sie effizient zu ordnen. Sie öffnete den Beutel und breitete die glitzernden schwarzen Beryllscheiben auf einem Tisch aus.

Tatsächlich, es waren dreißig Stück, und jede trug eine Namensinschrift. Die meisten der Namen waren ihr bekannt, andere dagegen nicht, und einige setzten sie in Erstaunen. So entdeckte sie beispielsweise ihren alten Widersacher, den Dämonenprofessor Fetthuf auf einer der Marken. Was um alles in Xanth mochte *der* damit zu tun haben? Sie drehte die Scheibe um und las die Inschrift auf der gegenüberliegenden Seite: RICHTER. Ach so, natürlich; das war wirklich die perfekte Rolle für ihn. Auf einer weiteren Marke stand der Name des Simurgh selbst, auf der Rückseite die Inschrift ZEUGIN. Die Marke hätte Metria gleich zu Beginn aushändigen können, dann hätte sie sich eine schwierige und anstrengende Reise erspart. Doch dann besann sie sich anders: Möglicherweise mußte sie den Simurgh noch um Rat angehen, falls sie eine der vorzuladenden Personen nicht fand, deshalb wäre es wohl besser, die Vorladungsmarke des Simurgh als Vorwand für eine solche Gelegenheit aufzubewahren. Also stellte sie sie ans Ende ihrer Liste.

Eine Marke war leer. Das war aber interessant. Für wen war die wohl bestimmt? Oder war das vielleicht ein Irrtum?

Dann wurde sie ein Stückchen schlauer und drehte sämtliche Marken um, um sie nach ihren Aufgaben zu sortieren. Da gab eine für den Ankläger und eine weitere für die Verteidigung, eine für den Gerichtsdiener, für Spezialeffekte und für den Übersetzer. Übersetzer? Sie drehte die Marke um. Die war für Grundy Golem bestimmt. Das paßte; er konnte alles dolmetschen, was von irgendeinem Lebewesen gesagt wurde, einschließlich Pflanzen. Wer war denn für die Spezialeffekte zuständig? Die Zauberin Iris, Meisterin der Illusion. Auch das paßte. Wer immer es war, er hatte diese Rollenzuweisung gut durchdacht. Da der Simurgh wahrscheinlich selbst die Marken beschriftet hatte, war das keine größere Überraschung. Schließlich war der große Vogel die weiseste Kreatur in ganz Xanth.

Aber weshalb wollte sie dann Roxanne Roc vor Gericht stellen? Metrias beschränkte unmittelbare Erfahrung mit dem Simurgh wies eigentlich darauf hin, daß es sich eigentlich um ein gerechtes Wesen handelte, und Roxanne war ein guter Vogel, der voller Treue zu seiner Aufgabe stand. Tatsächlich diente sie gerade dem Simurgh persönlich im Namenlosen Schloß – dort, wo auch die Gerichtsverhandlung stattfinden sollte. War das etwa die Art und Weise, wie der Simurgh sie belohnen wollte? Das ergab doch keinen Sinn.

Nun, es gab immerhin eine Möglichkeit, dies schnell herauszufinden. Sie würde Roxannes Vorladung als erste überreichen und sie direkt danach fragen. Dann würde sie nacheinander die anderen wichtigen Prozeßteilnehmer aufsuchen und zum Schluß die Geschworenen, die die größte Kategorie darstellten und die aufzuspüren wahrscheinlich auch die meiste Mühe machen würde. Nun stand ihr Plan.

Sie legte die Marken wieder in den Beutel und bildete einen Rucksack aus, um den Beutel hineinzuschieben. Dann huschte sie zum Namenlosen Schloß hinüber.

Er war ein hübscher mittelalterlicher Bau, komplett mit Türmchen, Zinnen, Befestigungsanlagen, Schießscharten, Schloßgraben, Falltor, Hängebrücke und sämtlichem anderen Zubehör, wie man es erwartete. Nur ein paar Kleinigkeiten waren verändert. Es bestand aus befestigtem Dampf und schwebte hoch in der Luft. Genaugenommen war es auf einer Wolke erbaut, die wie eine Insel am Himmel aussah. Vom Boden betrachtet, wirkte sie wie eine gewöhnliche Kumulus. Aus irgendeinem Grund war seine Existenz nur wenigen Leuten bekannt.

Sie ging auf den Haupteingang zu und klopfte an die Tür, weil es unhöflich gewesen wäre, unangekündigt einzudringen, und außerdem gab es hier einen Zauber, der unbefugten Dämonen den Zutritt verwehrte. Kurz darauf ertönte ein lautes, fragendes Krächzen aus dem Innern. »Ich bin die Dämonin Metria«, erwiderte sie. »Ich bin dienstlich hier.«

Knarzend öffnete sich die Tür, und sie trat ein. Der Empfangssaal war elegant, mit feingefliestem Wolkenboden und Teppichen an den Wolkenwänden. Obwohl das Namenlose Schloß aus Dampf bestand, war es überraschend feststofflich und konnte allem widerstehen, dem Burgen und Schlösser nun einmal zu widerstehen hatten. Verzauberter Wolkenstoff war nur leicht, aber nicht schwach.

Metria gelangte in den riesigen Mittelsaal. Dort befand sich ein gewaltiges Nest aus marmoriertem Granit, und obenauf saß Roxanne Roc, ein Vogel von solcher Größe, daß sie einen normalen Menschen auf der Stelle hätte verschlingen können. Tatsächlich war sie ungefähr so groß wie der Simurgh, doch strahlte sie nicht annähernd soviel Autorität aus, und auch ihr Gefieder war nicht von der gleichen Schönheit. Roxannes Färbung bestand überwiegend aus

Brauntönen. Der Simurgh hatte ihr vor einigen Jahrhunderten die Aufgabe gegeben, ein besonderes steinernes Ei auszubrüten, und damit war sie noch immer beschäftigt.

Metria schwebte herein. »Roxanne, ich habe eine Vorladung für dich«, sagte sie. »Aber zuerst wüßte ich gern …«

Der große Vogel sperrte den Schnabel auf. »*Krächz!*«

Oh. Sie konnte die Roc-Sprache nicht verstehen. Zwar würde sie dem großen Vogel die Vorladungsmarke überreichen können, doch wäre damit ihre Neugier nicht befriedigt. Schließlich wollte sie ja wissen, worum es bei diesem ganzen Prozeß überhaupt ging. Wie also mit dem Roc sprechen?

Mit der Frage kam auch die Antwort: Grundy Golem. Sein Name stand als Übersetzer schließlich ebenfalls auf einer der Marken. Also wäre es wohl das beste, ihn sofort vorzuladen und als Dolmetscher bei dem Roc einzusetzen.

»Bin gleich zurück«, sagte sie und huschte schnell zum Domizil des Golems hinüber.

Grundy Golem, Rapunzel und ihre siebenjährige Tochter Überraschung lebten in einem Baumhaus. Es war eine kleine Familie, weil Grundy auf einer gewöhnlichen Menschenhand Platz gehabt hätte, während Rapunzel jede beliebige Körpergröße annehmen konnte, weshalb sie es vorzog, sich ihm anzupassen. Das galt auch für Überraschung, jedenfalls zur Zeit. Metria tat es ihnen gleich, um ihr Haus betreten zu können.

»Ach, D. Metria!« rief Rapunzel, als sie sie erblickte, ganz so, als sei sie froh, sie zu sehen. In Wirklichkeit war so gut wie niemand froh, einen Dämon zu sehen, aber Rapunzel war schön von Leib und Seele, die ideale Ergänzung für den vorlauten Golem. Ihr herausragendstes Merkmal – abgesehen von ihrer Nettigkeit – war ihr unendlich langes Haar, das in den verschiedensten Farben an ihrem Körper herab dem Boden entgegenströmte. »Was beschert uns das Vergnügen dieses Besuchs?«

Rapunzel gelang, was eigentlich so gut wie unmöglich war: Metria Schuldgefühle zu verursachen. Also druckste die Dämonin herum. »Äh, könnte ich mal mit Grundy sprechen?«

»Natürlich.« Rapunzel nahm ihr langes Haar aus dem Weg und rief: »Liebster! Besuch für dich.«

Grundy trat ins Zimmer. Er war zwar inzwischen ein vollständiges Lebewesen, glich aber noch immer seiner ursprünglichen Gestalt aus Lumpen und Holz. Da erblickte er Metria. »Das ist kein bloßer Besuch!« fauchte er. »Das ist Metria, das größte Ekel in ganz Xanth, das nicht einmal vernünftig reden kann.«

Das war schon besser. Metria setzte eine ernste Miene auf. »Grundy Golem, ich habe eine Vernehmlassung für dich.«

»Eine was, du alberner Vorwand eines Geists?«

»Befehl, Bitte, Einladung, Vorschlag, Anklage, Petition, Antrag ...«

»Vorladung?«

»Was auch immer«, erwiderte sie und überreichte ihm lächelnd seine Marke. »Nimm das, du kleiner Kratzer.«

Diesmal zog er es vor, nicht zu reagieren. »Wozu werde ich denn vorgeladen?«

»Zum Gerichtsverfahren gegen Roxanne Roc.«

»Den großen Vogel? Das schlimmste, was die jemals verbrochen hat, war, den Simurgh zu verärgern, indem sie mal völlig unschuldig zu dicht am Parnaß vorbeigeflogen ist. Weshalb steht die vor Gericht?«

»Das würde ich auch gern wissen. Komm mit, dann können wir sie fragen.«

Grundy nickte. Die Sache mißfiel ihm gar nicht sonderlich. »Sieht nach einer interessanten Gesichte aus«, meinte er. »Macht bestimmt Spaß, für die vielen merkwürdigen Kreaturen zu dolmetschen, die da an die Leine genommen werden. Aber was ist mit meiner Frau? Die möchte ich gerne bei der Sache dabeihaben.«

»Für die habe ich auch eine Scheibe«, erwiderte Metria und holte sie hervor. »Die muß Dienst als Geschworene tun.« Sie überreichte die Marke.

»Aber was ist mit Überraschung?« erkundigte sich Rapunzel, während sie ihre Marke begutachtete.

»Die steht nicht auf meiner Liste. Vielleicht geht es ja um etwas Erwachsenes, und sie ist schließlich noch minderjährig.«

»Ich könnte aber auch überjährig werden«, warf das kleine Mädchen fröhlich ein, »wenn es sein muß.«

»Nein, Liebes«, unterbrach Rapunzel hastig. »Du mußt deine Magie für die Zeit aufheben, da sie wirklich gebraucht wird, du darfst sie nicht auf etwas vergeuden, was dich wahrscheinlich langweilen würde. Du kannst bei Gewirrmann bleiben, während wir fort sind.«

»Toll!« stimmte das Kind zu. Gewirrmann war ursprünglich ein Gewirrbaum gewesen, der in einem zensierten Kapitel in einen fröhlichen grünen Riesen verwandelt worden war. Sein Gemüseverstand war von etwas schlichter Natur, weshalb er auch gut mit Kindern auskam.

Das Verfahren findet genaugenommen erst in vierzehn Tagen statt«, erklärte Metria. »Deshalb brauchen sich die Geschworenen auch erst dann im Namenlosen Schloß zu melden. Aber Grundy hätte ich doch ganz gern schon jetzt dabei, damit er mir dabei helfen kann, mit Roxanne zu sprechen.«

»Geht klar, Dämonin«, willigte Grundy begeistert ein. »Sag mal, hast du nicht geheiratet, oder so etwas? Was hast du überhaupt mit der Sache zu tun?«

»Ich habe geheiratet, habe eine halbe Seele bekommen und mich verliebt, und zwar in dieser Reihenfolge«, bestätigte Metria. »Und jetzt versuche ich gerade, die Aufmerksamkeit des Storchs zu erregen. Aber Humfrey hat mich zum Simurgh geschickt, und die hat mir dies nun abverlangt. Ab und zu husche ich mal schnell nach Hause, um meinen Ehemann schwindelerregend glücklich zu machen.«

»Ich weiß, wie das ist«, warf Grundy ein und blickte kurz zu Rapunzel hinüber, deren Haar sich für einen Augenblick in Herzform um ihren Leib anordnete, während sie sein Augenzwinkern erwiderte. »Na schön, dann machen wir mal den Zappler. Bring mich zum alten Vogelhirn.«

Metria hob ihn auf und huschte zurück ins Namenlose Schloß am Himmel. Das war jetzt ohne weiteres möglich, weil das Schloßtor noch offen stand und eine kleine Lücke in dem Schutzzauber darstellte. Kurz darauf befanden sie sich wieder an derselben Stelle im mittleren Saal, direkt vor dem Nest.

»Roxanne Roc, ich bin gekommen, um dir eine Vorladung zu überreichen«, verkündete Metria förmlich.

Während sie sprach, krächzte Grundy vor sich hin. Eigentlich brauchte er das gar nicht zu tun, weil Roxanne die Menschensprache verstehen konnte. Es waren vielmehr die anderen, die sie nicht verstehen konnten. Das nahe Auge des Rocs weitete sich. Sie antwortete mit einem Krächzen.

»Sie sagt, daß sie nirgendwo hinkann«, dolmetschte Grundy. »Sie muß ein Ei ausbrüten, und dazu darf es nicht kalt werden. Es kann jetzt jedes Jahr soweit sein. Befehl des Simurghs.«

»Diese Vorladung ist vom Simurgh persönlich«, erwiderte Metria, und Grundy krächzte. Dann warf sie dem großen Vogel die Marke zu.

Mit erstaunlicher Geschmeidigkeit fing Roxanne die Marke mit dem Schnabel auf. Sie legte sie vor sich auf den Rand des Nests und richtete ein Auge darauf. Dann wendete sie sie mit einer monströsen Kralle und las auch die Inschrift auf der Rückseite. Sie krächzte.

»Was soll das heißen, Angeklagte?« dolmetschte Grundy. »Sie sagt, sie habe nichts verbrochen. Tatsächlich hat sie diesen Raum seit fast sechshundert Jahren nicht verlassen und hat die ganze Zeit pflichtgetreu das Ei bewacht. Ist das etwa irgendein grausames Spiel, Dämonenrauch?«

»Und für all das braucht sie nur ein einziges Krächzen?« fragte Metria verwundert. »Waren das ihre genauen Worte?«

»Na ja, wie sie dich wirklich genannt hat, das habe ich etwas entschärft. Wenn du es genau wissen willst ...«

»Egal.« Metria wußte um die Neigung des Golems, Ärger zu stiften. Wahrscheinlich hatte sich Roxanne in Wirklichkeit ganz höflich ausgedrückt. »Du meinst, sie weiß gar nicht, weshalb sie beschlagnahmt wird?«

»Weshalb sie was?«

»Versucht, probiert, bezichtigt, ermittelt ...«

»Angeklagt, Nebelhirn?«

»Was auch immer. Es muß doch etwas furchtbar Ernstes sein, wenn sich der Simurgh selbst darum kümmert. Hat sie denn nicht die leiseste Ahnung?«

Austausch von Krächzern. »Keinen Schimmer«, meldete Grundy. »Sie ist die ganze Zeit hiergewesen und hat ihre Arbeit gemacht, genau wie sie gesagt hat. Da muß irgendein Fehler vorliegen.«

»Der Simurgh hat sich aber nicht so verhalten, als läge da ein Fehler vor«, wandte Metria ein und erinnerte sich daran, was der klügste und allwissendste Vogel von ganz Xanth ihr als GEDANKEN übertragen hatte. »Und die Inschrift auf der Marke ist auch ganz eindeutig. Roxanne wird hier an diesem Ort in vierzehn Tagen vor Gericht gestellt.«

Grundy dolmetschte. Achselzuckend verharrte der Roc in Verwunderung. Sie würde jedenfalls hiersein, weil sie das Ei nicht im Stich lassen durfte, egal was geschah.

Also verließ Metria den Saal, schloß die Tür hinter sich und huschte zurück zu Grundys Heim. »Wenn ich dich wieder brauche, hole ich dich«, teilte sie ihm mit. »Vergeßt bloß nicht, zur Verhandlung dazusein.«

»Keine Bange«, beruhigte Grundy sie. »Rapunzel wird sich groß genug machen, um bis an die Wolke zu reichen, dann stellt sie mich darauf, damit ich sie hochziehen kann, sobald sie sich wieder klein gemacht hat. Diesen Prozeß lasse ich mir keinen Fall entgehen.«

»Ich auch nicht«, gestand Metria. »Hier geht irgend etwas furchtbar Anomales vor.«

»Etwas furchtbar was?«

»Sinulär, befremdlich, ungewöhnlich, komisch, bizarr, irregulär ...«

»Seltsam?«

»Merkwürdig«, stimmte sie ärgerlich zu.

»Das kann man wohl sagen. Wenn nicht der Simurgh dahintersteckte, würde ich das ganze als Scherz abtun.«

»Der Simurgh macht keine Scherze.«

»Scherze macht die nicht«, bestätigte er.

Immer noch angenehm verwundert, huschte Metria zum nächsten Wesen auf ihrer Liste hinüber, das etwas über den Prozeß wissen konnte: zum Dämonenprofessor Fetthuf. Das würde ihr wirklich eine unheilige Freude machen, ausgerechnet *dem* eine Vorladung vor die Füße zu knallen!

Fetthuf hielt gerade ein Seminar an der Dämonenhochschule für Magie. Als Metria hinten im Raum erschien, überfiel sie plötzlich Bangigkeit. Fetthuf hatte sie schon immer eingeschüchtert, auch wenn sie es stets geleugnet hatte. Er sah wirklich schrecklich aus, selbst für einen Dämonen, und wenn er etwas besonders hervorheben wollte, pflegten seine Hörner rot aufzuglühen. Sein Gesicht war so häßlich, daß er nicht einmal unter Ogern aufgefallen wäre. Das Schlimmste aber war sein überwältigendes Wissen: Falls es tatsächlich irgend etwas geben sollte, was er nicht wußte, war es bestimmt nicht wert, gewußt zu werden.

»Daher«, sagte er gerade, »können wir folgern, daß das vierte Prinzip der Erwiderungsmagie nicht verletzt wurde und dementsprechend auch keine Paradoxie vorliegt.« Er machte eine Pause, und sein Auge funkelte. Alle Studenten im Seminar zitterten davor, daß der Professor möglicherweise ein Exempel statuieren könnte. »Was tust du denn hier, Metria?«

Plötzlich war die zu Gnade Uns geworden. Sie hatte sich nicht absichtlich verwandelt, aber der Professor hatte irgend etwas an sich, das ihr Rückgrat in Brei verwandelte. So etwas war ihr noch nie passiert. »Nichts, rein gar nichts, Euer Großwürden«, wimmerte sie, und eine riesige Angstträne kullerte ihr die süße kleine Wange herab.

»Die meisten Studenten kommen mit einem Kopf voller Brei hier herein«, bemerkte er. »Du hast ein Rückgrat aus Brei. Ohne Hilfe hättest du hier nicht hereinplatzen können. Komm her, du Wicht. Heraus damit: Was führst du im Schilde?«

Gnade Uns tat einen ängstlichen Schritt nach dem anderen, immer auf ihn zu, ob sie wollte oder nicht. »Ich ... ich ... habe da etwas«, piepste sie.

»Gib her!« sagte er mit derart überwältigender Autorität, daß die Dachbalken erzitterten.

Sie überreichte ihm die Marke. »Es ... es ist eine Vorladung, Herr.«

»*WAS?*« Nun erbebte der Boden, und von der Decke begannen Gips und Putz herabzurieseln. Die Studenten zogen die Köpfe ein.

»In vierzehn Tagen im Namenlosen Schloß zu erscheinen, um als Vorsitzender die ...«

»Das sehe ich selbst!« brüllte der Professor, worauf die Wände zu bröckeln begannen. Die Studenten zuckten, sofern sie es überhaupt wagten, heimlich zusammen. »Weshalb findet dieses Verfahren statt?«

»Ich ... ich dachte, du wüßtest das.«

Er beäugte sie finster. »Jedenfalls werde ich es herausbekommen. Fort mit dir, du breiiges Etwas!«

Und schon war Gnade Uns verschwunden, ohne selbst etwas beizusteuern. Leider hatte sie nun überhaupt nichts in Erfahrung bringen können.

»Das werde ich mir von ihm nicht bieten lassen«, bemerkte Mentia. »Und du hast es früher auch nicht getan, als du noch keine Seele hattest.«

Das konnte Metria kaum bestreiten. Es gab Zeiten, da war eine Seele das reinste Manko. »Ich hätte es *dir* überlassen sollen, ihm die Vorladung zu überreichen«, meinte sie.

»Laß mich doch einfach die nächste Vorladung überbringen. Wer ist denn jetzt dran?«

Metria sah in ihren Beutel. »Der Magier Trent und die Zauberin Iris.«

»Hmpf. Übernimm du Trent, dann kümmere ich mich um Iris. Mit der habe ich gerade ein Abenteuer überstanden.«

Inzwischen war sie wieder bei ihrem heimatlichen Schloß angelangt. Sie ging hinein, um kurz nach Veleno zu sehen, aber der schwebte noch immer im Delirium, auf seinem Antlitz klebte ein Lächeln. Das würde wohl noch einen Tag lang vorhalten. Also schossen sie hinüber zum Teich der Gehirnkoralle, wo sich Trent und Iris aufhalten sollten. Doch die waren nirgends zu sehen.

Metria kauerte am Ufer nieder und stach mit dem Finger ins Wasser.

Was willst du von mir, Dämonin? Das war der Teich selbst.

»Wo ist der Magier Trent?« fragte sie.

Der ist nicht hier. Er ist mit der Zauberin Iris auf eine zweite Hochzeitsreise gegangen, dreiundfünfzig Jahre nach der ersten. Diesmal mögen sie einander mehr, denn sie sind ja auch viel jünger als damals.

»Hochzeitsreise!« rief Metria. »Ein Honigmond! Soll das etwa heißen, daß ich jetzt noch bis zum Mond muß?«

Genau das meine ich damit.

Sie seufzte. »Na schön, immerhin, vielen Dank, Teich.« Und dann schoß sie zum Mond hinauf.

Dort landete sie auf einem Haufen Schimmelkäse. »Bäh!« fluchte sie, schoß wieder in die Höhe und schüttelte das Zeug von den Füßen. Sie hatte ganz vergessen, daß die beiden Seiten des Mondes sehr unterschiedlich waren – die Xanth zugekehrte Seite war schon längst käsig geworden beim Anblick dessen, was dort unten vor sich ging. Nur die abgewandte Seite war noch unversehrt.

Als ihre Füße wieder sauber waren, flog sie um den Mond herum. Jetzt konnte sie die Oberfläche aus Milch und Honig ausmachen, wo die jungverheirateten Pärchen in einer einigermaßen brauchbaren Entsprechung dessen schwelgten, was sie ihrem Veleno routinemäßig zu bescheren pflegte. Natürlich würde es für die anderen nicht vorhalten, weil sie schließlich nicht ewig auf dem Honigmond bleiben konnten.

Metria ließ den Blick über die idyllische Landschaft schweifen und entdeckte einen wunderschönen Springbrunnen aus Feuerwasser, dessen Rauch im Hintergrund ein Muster aus pastellfarbenen Wolken erschuf. Das war ganz offensichtlich eine Illusion, weil es auf dem Mond gar keine Wolken gab. Also hielt sie darauf zu, und tatsächlich – da war auch schon die Zauberin in ihrem verjüngten

Zustand, ein Mädchen Mitte Zwanzig, das genüßlich ihre Erscheinung bewunderte, während der Magier Trent vor sich hinschlummerte.

Sie ging auf Trent zu. »Erinnerst du dich an mich, König Emeritus?« fragte sie.

Er erwachte und musterte sie. »Ach, hallo, Metria! Wir hätten einander einst fast etwas bedeutet, in einer mundanischen Vision.«

»Das stimmt«, bestätigte sie. »Diese Erfahrung hat mich dazu bewegt, es selbst mit der Ehe zu versuchen, wie du dich erinnern wirst. Jetzt bin ich in einer Mission unterwegs, um ... nun ja, hier ist deine Vorladung.« Sie überreichte ihm seine Marke.

Er wendete sie. »Ich soll Gerichtsdiener spielen? Das ist aber mal etwas Neues.«

»Und hier ist deine«, sagte Mentia zu Iris. »Wir haben uns den Wahnsinn geteilt, als ich bei Verstand war.«

»Ich erinnere mich«, bestätigte Iris schläfrig. »Ich wurde zu diesem Zweck verjüngt, und das weiß ich zu schätzen.« Sie nahm die Marke entgegen. »Spezialeffekte?«

»Ich weiß genausowenig, was das heißt, wie du«, erwiderte Mentia. »Vielleicht sollst du irgendwelche Illusionsbilder von Dingen erschaffen, die sich nicht so ohne weiteres ins Namenlose Schloß befördern lassen.«

»Ins Namenlose Schloß!« rief Trent erstaunt. »Dort findet die Verhandlung statt? Ist das nicht der Ort, wo sich dieser Roc aufhält?«

»Roxanne Roc«, bestätigte Mentia. »Die ist auch die Angeklagte. Du hast nicht zufällig eine Ahnung, weshalb, oder?«

»Dazu fällt mir nichts ein. Sie ist doch ein pflichtbewußter, hingebungsvoller Vogel. Sag mal, ist das vielleicht ein Scherz?«

»Höchst unwahrscheinlich«, warf Iris ein. »Schau dir diese Vorladungsscheiben doch mal an. Die bestehen aus schwarzem Beryll – das ist einer der seltensten Steine in Xanth. Damit würde sich niemand einen Scherz erlauben.«

Er nickte. »Ja, das stimmt wohl. Nun gut, unser Aufenthalt hier wäre ohnehin bald vorbei gewesen. Wann müssen wir uns zum Gerichtstermin melden?«

»In vierzehn Tagen«, erklärte Mentia. Sie blickte sich um. »Oh ho, ich spüre wieder einen Anflug von Wahnsinn.« Sie sprang in den Illusionsspringbrunnen der Zauberin und planschte im aufsteigenden Wasser, bespritzte das Hintergrundbild mit winzigen Tröpfchen.

Da verwandelte sich das Wasser in Feuer und das Feuer in Wasser, so daß sie plötzlich in einer Feuersäule plantschte. »Oh ho! rief sie aus, als es ihr Hinterteil ansengte. »Das ist aber heiß!«

»Nun, man sollte Illusionen eben in Ruhe lassen«, bemerkte Trent milde.

»Das ist ein Wink mit dem Zaunpfahl, daß wir gefälligst verschwinden sollen«, rief Metria ihrer schlimmeren Hälfte. »Wahrscheinlich möchten sie ihren Aufenthalt hier stilvoll beenden.«

»Das kann auch nur dir einfallen, du verheiratete Kreatur.« Dennoch tat Mentia ihnen den Gefallen, zurück nach Xanth in ihr Heim zu huschen. »Wen müssen wir sonst noch bedienen?«

»Die halbe Meute«, sagte Metria, nachdem sie im Beutel nachgesehen hatte. »Aber vom eigentlichen Gerichtspersonal nur noch zwei. Greg Murphy und Prinzessin Ida.«

»Nicht Grey und Ivy? Das könnte aber echten Ärger geben, vor allem, wenn Ida davon Wind bekommt.«

»Das stimmt. Aber natürlich würde der Simurgh niemals so etwas tun.«

»Genausowenig, wie sie einen vollkommen unschuldigen Vogel vor Gericht zerren würde«, versetzte Mentia.

»Na ja, falls Ida Wind davon bekommt, können wir sie ja mit Lethe-Elixier besprenkeln, damit sie Grey vergißt«, schlug Metria vor.

»Großartige Idee! Das könnte außerdem ihr Talent wieder vollständig herstellen, weil die Ideen, die sie Wirklichkeit werden läßt, von jemandem stammen müssen, der nichts von ihrem Talent weiß.«

»Das ist aber ziemlich verrückt«, meinte Metria.

»Danke.«

»Und wo befindet sich Grey Murphy gerade?«

»Benutz doch die Marke, du Blödian! Was glaubst du, wie du die anderen Leute ausfindig machen willst?«

»Ach so.« Metria holte die Marke mit der Inschrift GREY MURPHY hervor und hielt sie hoch. Tatsächlich, sie schien in eine bestimmte Richtung zu drängen. Sie wollte ihren Auftrag erfüllen, und wenn der Vorgeladene schon nicht zu ihr kam, würde sie sich eben zu dem Vorgeladenen begeben.

Metria schwebte empor und ließ sich von der steinernen Scheibe den Weg zeigen. Sie verwandelte sich in rauchiges Licht, um sich für die Scheibe leichter zu machen. Schon bald war sie in einem respektablen Tempo unterwegs, sauste durch Bäume, Felsgestein, Häuser, Drachen und anderes. Es schien ungefähr in Richtung Nordwesten zu gehen.

Nach einer Weile erreichte sie die Küste, aber das Ziehen ließ nicht nach. »Er kann doch wohl nicht draußen auf dem Meer sein!« brummte sie. Doch eben dorthin zog die Scheibe sie.

Ein Sehungeheuer hob sein riesiges Auge und musterte sie. Metria ignorierte es. Sehungeheuer bissen nicht, sie sahen sich einfach nur um. Natürlich war es wichtig, sie nicht allzu viel sehen zu lassen, weil sie sonst allzu selbstzufrieden wurden. Als das große Auge drohte, ihr vorne in den Blusenausschnitt zu spähen, verwandelte sie die Bluse in einen Rollkragenpullover. Als das Ungeheuer daraufhin den Versuch unternahm, unter ihren Rock zu lugen, machte sie aus diesem eine Hose, um alles, was von Interesse sein könnte, den Blicken zu entziehen. Sie hätte statt dessen auch die Gestalt eines Vogels annehmen oder sich gänzlich auflösen können, doch zog sie es vor, das Ding zu ärgern. Enttäuscht und angewidert, weil es die Farbe ihrer Höschen nicht zu erkennen vermochte, verschwand das Ungeheuer wieder im Meer.

Metria schwebte nun über dem Golf von Mecks Co. Jetzt mußte sie Obacht auf fliegende Golfbälle geben, denn die stammten von hier. Aus allen Richtungen kamen sie herbeigesaust und klatschten auf dem Wasser auf, wo sie hämisch vor sich hinglucksten, während sie für immer verschwanden. Metria konnte es ihnen nicht verübeln – schließlich würde von nun an kein Eisen mehr auf sie eindreschen.

Als die Küstenlinie merkte, daß sie sie zurückließ, beschloß sie, dagegen etwas zu unternehmen. Metria flog in gerader Linie dahin, doch die Küste schlug einen Bogen, bis sie ihren Kurs kreuzte. Dann unternahm auch das Meer eine Aktion und drängte sich vor, doch die Landmasse ließ sich nicht beirren und schob sich mit Macht immer weiter, bis sie sich nach Westen ausdehnen konnte, wo sie allen Bemühungen der See erfolgreich trotzte. Metria hatte gar nicht gewußt, in welchem Konkurrenzkampf die beiden Elemente zueinander standen.

Doch inzwischen war sie schon fast am Ziel. Sie befand sich am westlichsten Zipfel von Xanth, an der äußersten Grenze der Magie. Da sie nicht wußte, was ihr widerfahren würde, sollte sie das Reich der Magie verlassen, landete sie lieber. Wenn Menschenwesen die Magie verließen, büßten sie zwar ihre magischen Talente ein, blieben ansonsten aber einigermaßen die alten. Wenn teilmagische Kreaturen die Grenze überquerten, wurden sie zu mundanischen Lebewesen – unerträglich langweilig. Dämonen aber waren ganzmagisch, und so konnte es durchaus sein, daß sie da draußen einfach zu existieren aufhörten. Sie zog es vor, dieses Risiko lieber nicht einzugehen.

Und doch drängte die Marke immer weiter geradeaus. Metria hielt geradewegs auf den schillernden Vorhang zu, der den größten Teil Xanths von Mundania abschnitt, und blieb stehen. Die Marke zog mal in die eine, mal in die entgegengesetzte Richtung. Was war hier los?

»Dummchen!« meinte Mentia. »Erinnerst du dich denn nicht – der Fluß bewegt sich ständig umher. Er ist sehr mobil.«

»Mobil«, bestätigte Metria, als es ihr wieder einfiel. »Der ist ständig in Eile, woanders hinzukommen. Und die Leute, die an ihm wohnen, müssen auch unentwegt auf Trab bleiben. Aber weshalb ist Grey nur dort draußen?«

Mentia überlegte. »Das ist völlig verrückt, weshalb ich wahrscheinlich besser dazu geeignet bin, es zu verstehen. Ich denke, Grey ist vielleicht gar nicht dort draußen. Wir empfangen lediglich die Reflexion der magischen Schnittstelle, die ich zu rekompilieren mitgeholfen habe. Sie ist stärker als früher.«

Da war sie schon wieder, ihre verrückte Behauptung, in der fernen Vergangenheit Xanths gewesen zu sein und alles vor dem drohenden Wahnsinn gerettet zu haben. Doch vielleicht hatte ihre schlimmere Hälfte ja in diesem Punkt recht. Metria drehte sich um und hielt die Marke hoch. Tatsächlich, nach Osten war der Zug stärker. Also ließ sie die verrückte, bewegliche Region hinter sich zurück und hielt auf alles zu, was Grey Murphy im Schilde führen mochte. Im Grunde war sie erleichtert. Mit einem Fluß oder einem Ort, der mobil war, konnte sie zur Not noch zurecht kommen, aber sie wollte sich dem gefürchteten Mundania auf keinen Fall weiter nähern als absolut erforderlich.

Die Richtung stabilisierte sich. Möglicherweise hatte das mobile Gebiet ja Wellen im Vorhang verursacht, weshalb sich die Reflexion bewegte, obwohl ihre Quelle eigentlich unbeweglich war. Nun aber hielt Metria direkt auf Grey zu. Sie schwebte in die Höhe und beschleunigte ihr Tempo.

Da kam sie an ein Schild: DU NÄHERST DICH JETZT FEDER COLA.

»Was will Grey denn mit Federn?« wollte Mentia wissen.

Darauf wußte Metria auch keine Antwort. Vor sich erblickte sie einen Zaun. Die Pfähle bestanden aus riesigen Schreibstiften besonderer Art. Mal war es ein Gänsekiel, dann wieder eine Schreibfeder aus Metall, während eine dritte gefärbtes Wasser in die Luft spritzte.

»Oh ho, ein Spritzfederhalter«, meinte Mentia.

Zwischen den Schreibgeräten waren Seile gespannt, um den Zaun zu vervollständigen. Der führte in sanftem Bogen in den umgebenden Wald hinein. Auf jedem der Stifte war ein Buchstabe abgebildet. »Irgendwie kommt mir das bekannt vor«, brummte Mentia.

»Ich weiß, was das ist!« schrie die kleine Gnade Uns. »Ich habe Buchstaben auf einer Kette gesehen. Du mußt einfach nur daran entlanggehen und sie lesen.«

»Kindermund ist aller Laster Anfang«, murrte Metria. Doch sie tat, wie ihr geheißen, und las die Buchstaben. Die wiederholten immer denselben Schwachsinn: LEBENSHALTUNGSKOSTENINDEX.

Daraus wurde Metria auch nicht schlau. Sie stand da und beäugte den Zaun, überlegte, ob sie nicht einfach darüber hinwegfliegen sollte. War es das, was der Zaun meinte?

Plötzlich rissen sich die Stifte aus dem Boden und hüpften in neuentstandene Löcher neben den alten. Anhand ihrer Richtung und Krümmung konnte Metria feststellen, daß der Zaun nun ein etwas größeres Gebiet umschloß als vorher. Er hatte sich ausgedehnt. Im eingezäunten Teil waren alte, aufgefüllte Löcher zu erkennen, was darauf hinwies, daß dies schon eine ganze Weile so ging. Doch wen kümmerte das schon?

»Ich kann diese großen Wörter nicht lesen«, beschwerte sich Gnade Uns.

»Du mußt nur die ersten Buchstaben lesen, Liebes«, schlug Mentia vor. »C O L A.«

»Die Stifte schreiben COLA?« fragte sie.

»Feder COLA«, bestätigte Mentia. »Und außerdem scheint sich das Ding ständig auszudehnen.«

Metria zuckte die Schultern. »Mag ja sein, daß dir das einleuchtet, weil du ein bißchen verrückt bist, aber was mich betrifft, werde ich jetzt einfach daran vorbeifliegen.« Sie legte an Höhe zu und folgte dem Zug der Marke über die eingezäunte Region hinweg.

Endlich erreichte sie Grey Murphy. Der stand einfach nur da und blickte verwundert drein. »Was ist los, Mann aus Mundania?« erkundigte sie sich und legte sich eine der Situation angemessene Bekleidung zu: ein äußerst kurzes, enges Röckchen, eine andeutungsweise durchsichtige, prallgefüllte Bluse, dazu ein gewaltiger, schwarzer Haarschopf, mit Gefunkel durchsetzt, sowie eine Haut, die so klar war, daß man darin fast sein Spiegelbild hätte ausmachen können. Mächtige Männer hatten einfach etwas, das sie faszinierte. Seit seiner Ankunft in Xanth war er mit der Prinzessin Ivy vermählt, und es hatte den Anschein, daß er inzwischen etwas dagegen hätte unternehmen sollen. Metria bezweifelte zwar, daß sie ihn wirklich in Versuchung führen könnte, aber es war immerhin einen Versuch wert. Schließlich wußte man bei Menschenmännern ja nie so recht. Vor allem, wenn es sich um einen Magier handelte.

Grey hob den Blick. »Was führst du denn diesmal für ein Unheil im Schilde, Metria?« fragte er.

»Ich habe etwas für dich«, sagte sie und atmete tief ein.

Doch er ließ sich nicht bluffen. »Was denn?«

Sie beugte sich etwas vor und ließ den obersten Knopf ihrer Bluse verschwinden, um noch mehr wogende Landschaft zu offenbaren, doch er schien es gar nicht zu bemerken. »Eine Vorladung.« Sie bot ihm die Marke dar.

Er nahm sie und drehte sie um. »Ich soll als Ankläger bei einem Gerichtsverfahren fungieren? Davon verstehe ich doch überhaupt nichts.«

»Es ist das Verfahren gegen Roxanne Roc im Namenlosen Schloß. Ich kann dir den Weg dorthin zeigen, wenn du möchtest.«

»Das ist nicht nötig. Was hat sie denn ausgefressen? Ich dachte, sie wäre in Mission für den Simurgh unterwegs.«

»Ist sie auch. Aber der Simurgh will nun einmal dieses Gerichtsverfahren. Der Grund dafür ist rätselhaft. So wirst du also die Sache befingern müssen.«

»Was muß ich?«

»Anzeigen, anrichten, hinrichten ...«

»Verfolgen?«

»Was auch immer.« Sie ruinierte gerade den guten Eindruck, den sie zu machen versuchte.

Achselzuckend fragte er: »Wer wird denn sonst noch kommen?«

»Professor Fetthuf. Magier Trent. Zauberin Iris. Prinzessin Ida. Ein Haufen Geschworene. Niemand Wichtiges.«

»Der Dämonenprofessor Fetthuf?« fragte er, und seine Miene hellte sich auf. »Den wollte ich immer schon mal kennenlernen. Er wird natürlich den Richter stellen.«

»Natürlich.«

»Dann werde ich mich mit ihm beraten. Er wird schon wissen, was zu tun ist.« Er sah sich um. »Aber zunächst muß ich erst einmal zu Ende führen, weshalb ich gekommen bin.«

»Weshalb bist du denn gekommen, Grey?«

»Ich suche nach Re.«

»Nach wem?«

»Ein Mädchen namens Re. Humfrey sagt, sie sei hier, in dieser Region, die unter dem Namen Alität bekannt ist, aber irgendwie finde ich sie nicht.«

»Was ist denn mit ihr los?«

»Sie ist verwirrt und steckt in Schwierigkeiten. Humfrey meint, ihr Talent habe sich gegen sie gewandt. Deshalb bin ich hier, um es zu neutralisieren, um ihr aus der Klemme zu helfen. Mein Talent ist ja die Neutralisierung der Magie, deshalb müßte ich damit eigentlich zurechtkommen. Natürlich wird sie dem Magier dafür dann einen Jahresdienst schulden. Aber es scheint, als gäbe es hier in Alität überhaupt nichts.« Er blickte frustriert drein. »Wie soll ich etwas neutralisieren, wenn ich es nicht einmal aufspüren kann?«

»Vielleicht kann ich ja stützen«, schlug Metria fasziniert vor.

»Was kannst du vielleicht?«

»Dienen, erledigen, Service, Adjutant ...«

»Helfen?«

»Was auch immer«, bestätigte sie ärgerlich. Warum machte sich ihr Sprachfehler ausgerechnet immer dann am stärksten bemerkbar, wenn sie es am wenigsten gebrauchen konnte?

»Seit wann versuchst du denn, anderen zu helfen?«

»Seit ich eine halbe Seele bekommen habe.«

Er überlegte. »Das macht tatsächlich einen Unterschied. Also gut: Wie möchtest du mir helfen?«

»Na ja, mir kommt diese Situation doch ein bißchen verrückt vor, da will ich mal nachsehen, ob meine verrückte schlimmere Hälfte dazu einen Einfall hat.« Sie übergab Mentia die Kontrolle über ihren Körper.

»Hallo, D. Mentia«, sagte er. »Ich glaube, wir sind uns noch nicht begegnet.«

»Glücklicherweise«, bestätigte Mentia. »Küß mich.«

»Weshalb?«

»Weil ich die Hälfte ohne Seele oder Gewissen bin. Ich verlange einen Lohn für meine Dienste.«

»Küsse gegen Hilfe?«

»Für den Anfang.« Sie wandte sich zur Seite, um ihr Profil besser zur Geltung zu bringen. Was ihre äußere Aufmachung anging, hatte Metria schon die richtige Idee gehabt, aber es fehlte ihr einfach an verrückter Raffiniertheit, um das nötige Kapital daraus zu schlagen.

»Ich wäre verrückt, mich auf einen solchen Handel einzulassen. Was, wenn Ivy davon erführe?«

»Das macht es ja gerade interessant.«

Er überlegte kurz. »In Ordnung.«

Sie sah ihn verdutzt an. »Du bist einverstanden?«

»Unter einer Bedingung. Das Küssen übernehme ich.«

»Na klar. Ein Kuß für jeden hilfreichen Hinweis, mit dem ich aufwarten kann.«

»Einverstanden. Womit hast du denn aufzuwarten?«

»Geh weg und komm wieder hierher.«

»Was?«

»Tu es einfach nur, schöner Mann. Wahnsinn leuchtet immer erst hinterher ein. Du brauchst auch nicht weit zu gehen. Du mußt dich allerdings dabei zweimal umdrehen.«

Grey wirkte verwundert, gehorchte aber. Er machte kehrt und ging davon. Dann wiederholte er das Manöver und kehrte zurück. »Und was beweist das jetzt?«

»Hast du dich umgedreht und bist zurückgekehrt?«

»Ja.«

»Wenn du also vorher in die Alität gekommen bist, bist du jetzt in die Re-Alität gekommen.«

Er runzelte die Stirn. »Hm, kann sein. Aber worauf willst du hinaus?«

»Du mußt die Dinge einer Re-Prise unterziehen, sie also erneut tun, am an Re heranzukommen. Und jetzt, da du sie einem Re-Verement unterzogen hast, sie Re-Kapituliert hast und Re-Tour in die Re-Alität zurückgekehrt bist, bist du ihr zugleich ein Stück näher gekommen.«

»Das ist doch verrückt!«

»Genau. Und jetzt bezahl mich.«

Er wirkte zwar verärgert, gleichzeitig aber auch nachdenklich. »Also gut. Komm her.«

Mentia trat näher und bot ihm den Mund dar. Doch er ignorierte es und nahm statt dessen ihren Kopf mit beiden Händen, beugte ihn herab und küßte sie auf den Scheitel.

»He, das habe ich aber nicht gemeint!« protestierte sie.

»Ich habe dich geküßt. Niemand hat festgelegt, wohin.«

»Aber das ist doch ...«

»Verrückt?«

Mentia begriff, daß sie wohl doch nicht das tolle Geschäft abgeschlossen hatte, das ihr vorgeschwebt war. Vielleicht war Grey Murphy ja aber auch nur schlauer, als sie geglaubt hatte. Sie zuckte die Schultern. Das würzte die Herausforderung um so mehr. »Nun glaube ich, daß Re über diese Fähigkeit verfügt, die Dinge erneut zu tun, vielleicht hat sie ja einiges durcheinandergebracht und wurde selbst dabei relegiert. Also mußt du suchen und re-cherchieren, um sie zu finden.«

»Aber ich habe doch schon überall gesucht!«

»Richtig. Tu es noch mal. Bisher hast du nur geübt.«

Er nickte. Dann machte er sich gründlich auf die Suche. »Schön, jetzt habe ich re-cherchiert. Aber ich kann sie immer noch nicht entdecken. Was nun?«

»Re-vanchiere dich bei mir.«

»Ach so.« Er nahm ihre rechte Hand und küßte sie. Doch diesmal erschien ein Lippenpaar auf ihrem Handrücken und erwiderte den Kuß.

»Nun blick dich wieder um«, fuhr sie fort. »Untersuche, und untersuche erneut.«

Er blickte zweimal in die Runde. »Schön, ich habe erneut die Gegen re-inspiziert. Was nun?«

»Bezahle ...«

»Erst, wenn du etwas Eindeutigeres hervorgebracht hast.«

Sie seufzte. Er war viel zu raffiniert, als daß das Spiel wirklich Spaß hätte machen können. »Ich glaube, wir müssen ihr jetzt ganz nah sein. Ruf sie – und ruf sie wieder.«

Er nickte. Er formte die Hände um den Mund zu einer Muschel. »Re!« rief er. Und dann noch einmal: »Re!«

Da vernahmen sie ein leises Geräusch, es klang fast wie ein Frauenstöhnen. »Schnell, orientiere dich zweimal«, befahl Mentia.

Grey konzentrierte sich auf das Gebiet, wo das Geräusch herzukommen schien, dann re-konzentrierte er sich wieder. »Ich re-orientiere mich«, erklärte er.

»Spürst du irgend etwas?«

»Ja, da ist etwas«, bestätigte er.

»Sag es noch einmal.«

Das tat er auch: »Da ist etwas.«

Und mit dieser Re-Kapitulation erschien eine undeutliche Gestalt. »Beweg sie«, ordnete Mentia an. »Zweimal.«

Er legte die Arme um die Gestalt und bewegte sie. Dann tat er es noch einmal. Die Gestalt nahm festere Form an.

»Das muß Re sein«, meinte er. Und wieder: »Das muß Re sein«, wiederholte er.

Die Gestalt wurde immer eindeutiger. »Ja!« hauchte sie. »Hilf mir! Hilf mir!«

»Jetzt kann ich meine eigene Magie einsetzen«, verkündete Grey, »und ihre neutralisieren.« Er legte ihr die Hand auf den Kopf. »Umkehr. Re-Umkehr.«

Das Re-Sultat war ermutigend. Plötzlich stand die ganze Frau da. Sie war einigermaßen jung und hübsch. »Ach, du hast mich gerettet!« rief sie. »Jetzt kann ich endlich re-sozialisiert werden. Ich bin ja so dankbar!« Sie warf die Arme um ihn und küßte ihn mehrmals ins Gesicht, bevor er re-agieren konnte.

»Ahem«, machte Mentia. »Sieht mir ganz so aus, als ob du

ein paar Zahlungsverpflichtungen übergangen hättest und nun die falsche Person entlohnst.«

»Du hast recht. Du warst eine große Hilfe, Mentia.« Er löste sich von Re, nahm Mentia in die Arme und küßte sie kräftig auf den Mund – zweimal. In seinen Küssen war eine Magie, die ihre Verrücktheit neutralisierte.

»Oh!« stöhnte sie benommen. »Oh!«

»Na ja, verdient hast du es dir«, lautete seine Re-Plik. »Auf deine leicht verrückte Weise.«

»Ich will mich lieber weiterer Forderungen enthalten«, meinte Mentia und übergab die Kontrolle wieder an Metria. Sie hatte ihn zwar geneckt, doch seine Magie hatte ihre Bemühungen mehr als neutralisiert, und davon mußte sie sich erst einmal erholen.

Grey wandte sich wieder an Re. »Was ist mit dir passiert?«

»Ich habe versucht, mein Haus zu re-konstruieren, und als ich eine Pause einlegte, um darüber zu re-flektieren«, re-kapitulierte sie, »da hat mich etwas abgelenkt, so daß ich meine eigenen Bemühungen versehentlich zunichte gemacht habe. Es gelang mir gerade noch, ein Flehen an den Guten Magier abzusetzen, daß er mir Hilfe schicken möge. Ich war mir zwar nicht sicher, ob er es überhaupt empfangen würde, aber es war zu spät, um es zu re-vidieren. Dann bist du gekommen und hast meine eigene Magie re-ktifiziert, sie mit Re-Pressalien zurückgetrieben und mich wieder verjüngt. Ich danke dir aus tiefstem Herzen! Normalerweise bin ich etwas re-servierter, aber ...«

»Nun, du weißt ja sicher selbst, daß du dem Guten Magier dafür einen Jahresdienst erweisen mußt, erst dann ist die Angelegenheit endgültig ausgestanden«, gemahnte Grey sie. »Er hat mich geschickt, um dich zu re-animieren.«

»Ja, damit habe ich mich schon abgefunden«, erwiderte sie. »Aber ich fühle mich jetzt re-vitalisiert und hege wirklich großen Re-Spekt für den Guten Magier.«

»In der Nähe ist ein magischer Pfad, der dich sicher zu seinem re-konstruierten Schloß führen wird«, erklärte Grey.

»Danke.« Re re-organisierte sich und machte sich auf den

Weg. Sie hatte noch eine weite Strecke vor sich, doch ihr jüngstes Erlebnis hatte ihr offensichtlich frischen Mut beschert.

Nun wandte Grey sich an Metria. »Jetzt kann ich zum Namenlosen Schloß. Wo ist das überhaupt?«

»Am Himmel. Kannst du ir einen Vogel Roc besorgen, der dich dorthin bringt? Es wäre zu schwer für mich, dich zu tragen, so gern ich es auch versuchen würde.«

»Ja, es gibt da einen Roc, der Humfrey noch einen Gefallen schuldig ist«, erwiderte er. Dann hielt er inne. »Weißt du, du – oder auch deine schlimmere Hälfte –, ihr seid mir eine so große Hilfe gewesen, daß ich überhaupt nichts mehr gegen eure Anwesenheit habe. Die Annahme einer Seele scheint aus dir tatsächlich eine bessere Kreatur gemacht zu haben.«

Metria merkte, wie sie errötete, was ihr früher nie passiert wäre. »Danke. Aber eigentlich ist es so, daß ich nur meinen Dienst für den Guten Magier ableiste, damit ich mich re-produzieren kann.«

»Ach, tatsächlich? Ich dachte immer, Dämoninnen könnten das jederzeit nach Belieben tun«

»Ja. Aber beim zweiten Mal scheint es doch sehr viel schwieriger zu sein. Deshalb brauche ich auch Hilfe, um die Re-Vision des Storchs zu erregen.«

Diesmal reagierte er nicht auf ihre falsche Wortwahl. »Du hast den Storch schon einmal gerufen?«

»Vor ungefähr vierhundertfünfzig Jahren und ein paar zerquetschte, aber wer zählt schon die Zeit? Es war eine schlimme Sache, wie mir inzwischen klar ist.«

»Das ist bestimmt eine interessante Geschichte«, meinte er, »aber ich sollte jetzt wohl besser den Roc rufen.«

»Tschüs«, sagte sie und huschte davon.

Sie traf auf Schloß Roogna ein. An den beiden hervorspringenden Dachecken saßen Gary Gar und Gayle Wasserspeier und spien Wasser in den Graben. Es regnete gerade nicht, und so war Metria nicht sicher, woher das Wasser kommen mochte, doch immerhin war es ein hübscher Effekt. Der Graben wirkte auch völlig sauber, was nicht weiter überraschte, denn immerhin war es ja gerade die Aufgabe der Wasserspeier, das von ihnen hervorgespiene Naß zu reinigen.

»Ich übernehme das«, meldete sich Mentia zu Wort. »Die kenne ich.« Sie übernahm die Kontrolle über den Körper und wandte sich den beiden Flügelungeheuern zu. »Hallo, ihr häßlichen Scheusale! Erinnert ihr euch noch an mich?«

Die beiden Wasserspeier schluckten ihr Wasser hinunter, um mit ihr sprechen zu können. »Dämonin Mentia!« rief Gary. »Dich haben wir ja schon ein ganzes Jahr nicht mehr gesehen.«

»Stimmt. Ich bin mit meiner besseren Hälfte zusammen gewesen und habe versucht herauszufinden, was es mit ihrem merkwürdigen neuen Leben auf sich hat. Aber jetzt habe ich zwei Vorladungen für euch. Ihr sollt als Geschworene am Prozeß gegen Roxanne Roc teilnehmen.«

»Gegen wen?« fragte Gayle.

»Ein großer Vogel, der für den Simurgh irgend etwas ausbrütet.«

»Also gut«, meinte Gary. »Wir kommen.«

Mentia warf jedem von ihnen eine Marke zu. Sie fingen sie mit dem Mund auf. Wieder zwei Stück losgeworden!

Nun begab sie sich ins Schloß. Prinzessin Ida kam ihr entgegen, um sie zu begrüßen. »Wie nett, dich wiederzusehen, Metria«, sagte sie in ganz ähnlichem Tonfall, wie es schon Rapunzel getan hatte. Doch Ida sagte nie etwas, was sie nicht glaubte, weil sie stets glaubte, was sie sagte.

Da mußte Metria plötzlich gaffen. Irgend etwas war gerade am Kopf der Prinzessin vorbeigeschwebt. »Ida – da ist ein großer Käfer, der gleich auf dir niedergeht!«

Ida lächelte. »Das ist kein Käfer, das ist mein Mond.«

»Dein was?«

»Planet, Kugel, Himmelskörper, Gestirn, Orbitalfragment ...«

»Aber was machst du denn mit einem kleinen Mond?«

»Der ist einfach zu mir gekommen, und ich fand ihn so süß, daß ich es nicht übers Herz gebracht habe, ihn wieder fortzuschicken. Er schadet wirklich niemandem.«

Anscheinend nicht. Es war einfach nur ein winziger Fleck, der langsam um ihren Kopf kreiste. »Er sieht wirklich irgendwie süß aus«, räumte Metria ein. »Ob er wohl eines Tages mal ein großer Planet werden wird?«

»Das will ich hoffen.« Ida lächelte. »Was kann ich für dich tun?«

»Du kannst diese Vorladung zur Teilnahme am Gerichtsverfahren gegen Roxanne Roc entgegennehmen.«

»Ja, natürlich«, willigte Ida ein und nahm die Marke in Empfang. Sie hatte wirklich ein sehr entgegenkommendes Wesen. »Wie ich sehe, soll ich sie verteidigen. Ich werde auf jeden Fall mein Bestes geben.«

Das war irgendwie fast zu einfach. »Machst du dir denn gar keine Sorgen darüber, weil du überhaupt nicht weißt, wogegen du sie verteidigen sollst?«

»Das werde ich bestimmt früh genug erfahren.«

Metria beschloß, lieber nichts einzuwenden. Schließlich hatte sie noch viel zu viele Marken übrig, um Zeit zu verschwenden. »Und findest du auch zum Namenlosen Schloß?«

»Bestimmt.«

Und wenn sie es nur glaubte, würde es ihr wahrscheinlich auch gelingen, denn Idas Talent war die Idee: Was immer sie glaubte, wurde wahr. Nur daß die Idee eben von jemandem kommen mußte, der nichts von ihrem Talent wußte. Das war eine erhebliche Beeinträchtigung.

Auf jeden Fall war jetzt klar, daß Prinzessin Ida auch noch nicht wußte, worum es in diesem Prozeß ging. Metrias Hauptlaster war schon immer die Neugier gewesen, und langsam begann es zu schmerzen. Wozu eine solch gewaltige Anstrengung, so viele Umstände – alles nur um eines großen Vogels willen, der anscheinend nie jemandem etwas zuleide getan hatte? Je weiter Metria kam, desto undurchsichtiger wurde das Geheimnis.

4
Threnodia

Metria kehrte nach Hause zurück, um Veleno für ein paar weitere Stunden zu versorgen, dann musterte sie die verbliebenen Marken. Die meisten Namen schienen nicht weiter kompliziert zu sein, und sie erwartete keine Schwierigkeiten bei der Vorladung. Ein Name allerdings bereitete ihr Unbehagen, weil die betreffende Person geradezu zwangsläufig unkooperativ reagieren würde. Und was würde mit ihr geschehen, wenn sie sämtliche Vorladungsmarken bis auf eine ordnungsgemäß ablieferte? Würde das den Prozeß hinauszögern? Und würde Metria dann versagt haben, so daß man ihr versagen würde, was sie sich sehnlichst wünschte? Das wäre zwar sicher gerecht, aber sie wollte es auf keinen Fall so haben.

Wenn sie schon scheitern sollte, dann an diesem Namen. Daher war es das Vernünftigste, dieses Problem gleich als nächstes anzugehen. Ging die Sache schief, brauchte sie sich um die anderen nicht mehr zu kümmern. Es sei denn, der Simurgh gab ihr eine weitere Chance. Schließlich ging es hier ja nur um eine einzige Geschworene, von denen es mehr als ein Dutzend gab. Manche würden ohnehin im Laufe des Prozesses ausscheiden. Dennoch hielt Metria es für das beste, sich nach Kräften darum zu bemühen, ihre Aufgabe gut zu erledigen.

Also hob sie die Vorladungsmarke für Threnodia hoch, die halbdämonische Ehefrau von Jordan dem Barbaren. Die Marke übte einen leisen Sog aus, und Metria folgte ihr in die angezeigte Richtung.

Tief im Urwald, in der Nähe des langsam immer kleiner werdenden Gebiets des Wahnsinns stieß sie schließlich auf Jordan und Threnodia. Die waren gerade damit beschäftigt, eine frisch gepflückte Topfpastete zu verzehren. Das Gebäck hatte selbstverständlich die Form eines Topfs und war sehr eisenhaltig.

Metria machte sich unsichtbar und schwebte leise heran, weil sie wußte, daß hier eine gewisse Diskretion angezeigt war. Doch es funktionierte nicht. Threnodia hob die Nase und begann zu schnüffeln. Sie war eine hübsche, schwarzhaarige, dunkeläugige und -häutige düstere Schönheit von üppigen Proportionen; tatsächlich sah sie gut aus, wenn man ihr Alter bedachte.

»Ene, mene, mu«, sagte die üppige Dame finster, »da ist die dumme Kuh!« Wütend blickte sie drein.

»Du hast sie noch nie täuschen können«, bemerkte Mentia plötzlich aus keinem erkennbaren Grund.

Metria seufzte und wurde wieder sichtbar. »Ich wünschte mir wirklich, du könntest endlich einmal Schluß mit der Vergangenheit machen, Thren.«

»Das schmink dir mal hübsch ab, Met! Hau ab.«

»Weißt du, ich habe mich in letzter Zeit ziemlich verändert.«

»Dann verändere dich am besten gleich wieder in die Nichtexistenz, Dämonin.«

Jordan der Barbar mampfte weiter, als interessierte ihn das Gespräch nicht. Er war ein grobschlächtiger, auf primitive Weise anziehender Mann mittleren Alters, der sich etwas darauf zugute hielt, sich in zivilisierten Sitten nicht sonderlich auszukennen, doch immerhin hatte er gelernt, die Nase nicht in die Angelegenheiten seiner Frau zu stekken, weil sie sonst Gefahr lief, abgeschnitten zu werden. Dennoch erforschten seine neugierigen Männeraugen die Ritze von Metrias Dekolleté und die Projektion ihres Hinterteils, wie es dem barbarischen Kodex entsprach.

Keine Frage, die Sache würde schwierig werden. »Ich habe hier etwas, was ich dir geben muß.«

»Du hast mir schon mehr als genug gegeben«, versetzte Threnodia und bleckte in unverstellter Wut die Zähne. »Und nun gib mir gefälligst, wonach ich mich am meisten sehne – deine völlige Abwesenheit.«

»Sobald ich dir diese hübsche, gravierte Scheibe übergeben habe.« Sie hielt sie in die Höhe.

»Das sieht ja aus wie schwarzer Beryll«, fauchte Threnodia. »Das ist eine Vorladung vom Simurgh.«

»Ja. Für dich. Als Geschworene bei einem Gerichtsverfahren.«

Die Miene der Frau hellte sich kurz auf. »Macht man dir endlich wegen Hochverrats gegen Xanth den Prozeß?«

»Nein, hier geht es um Roxanne Roc.«

»Dann interessiert es mich nicht.« Threnodia wandte das Gesicht ab.

Genau das hatte Metria befürchtet. Die Frau weigerte sich einfach, irgend etwas von ihr anzunehmen oder sie ihrerseits mit irgend etwas anderem zu bedenken als Zorn. Also versuchte sie es statt dessen mit Gnade Uns.

Schon erschien das gewinnende kleine Mädchen. »Bitte, Euer Entzückung, wenn Ihr doch nur diese Marke entgegennehmen würdet, verschwände ich sofort auf alle Zeiten minus ein paar Minuten.« Eine große Kullerträne bildete sich aus.

Jordan musterte das kleine Geschöpf. Zwar geriet sein Augapfel dabei nicht ins Schwitzen wie beim Anblick von Metrias enganliegender Erwachsenenkleidung, doch hegte er ein gewisses Interesse für Kinder, weil ihr schlichter Geist dem seinen glich.

»Geh mir nur nicht mit dieser alten Nummer auf die Nerven, du verdorbene Göre!« knirschte Threnodia, die kein bißchen beeindruckt war. »Ich nehme auch nichts von einer deiner trügerischen Varianten an, weil ich schließlich weiß, daß darin immer dasselbe seelenlose Aas von einer Dämonin haust. Läßt du mich jetzt endlich in Ruhe, oder muß ich erst anfangen zu singen?«

Das wurde ja immer schlimmer. Threnodias Gesänge waren jedesmal so furchtbar traurig, daß Metria es nicht aushielt und stets das Weite suchen mußte. »Nein, bitte tu das nicht!« rief Gnade Uns und preßte eine weitere dicke Träne hervor. »Du mußt doch diese Marke nehmen!«

Threnodia fing an zu singen. Gnade Uns preßte die kleinen Hände auf die kleinen Ohren, aber die furchtbar traurige Melodie schlich sich an ihnen vorbei in ihren Kopf. Sie ertrug es einfach nicht. Sie verlor jeden Zusammenhalt und wurde wieder zu Metria – die es immer noch nicht ertrug. Das war Threnodias letzte Geheimwaffe gegen sie, die nie ihre Wirkung verfehlte.

Metria zog sich so weit zurück, bis der Gesang nur noch schwach in der Ferne zu vernehmen war. Dann formte sie schwere Ohrschoner aus, um den Klang so weit zu dämpfen, daß der Totengesang nur noch andeutungsweise Qualen bereitete. Jetzt konnte sie ihn zwar ertragen, war aber nicht dicht genug am Ziel, um Threnodia von der Notwendigkeit der Vorladung zu überzeugen.

Doch sie durfte nicht aufgeben, das konnte ihre ganze Mission gefährden. Immerhin bestand ganz entfernt die winzigste Ahnung einer Aussicht, daß Threnodia ein klitzekleines bißchen weich werden und es sich eventuell anders überlegen könnte. Also verharrte Metria, wo sie war, in Sichtweite der düsteren Frau und des Barbaren.

Doch das duldete Threnodia nicht. Unhörbar beriet sie sich mit Jordan, dann gingen die beiden davon. Es war eindeutig, daß sie nicht freiwillig in Metrias Sichtweite verweilen würden.

Also schwebte Metria ihnen nach. Kam sie ihnen zu nahe, setzte Threnodia ihren Klagegesang fort und vertrieb sie wieder. Es war also eine Sackgasse: Metria kam nicht an

Threnodia heran und konnte sie nicht dazu bewegen, die Vorladungsmarke in Empfang zu nehmen, ebensowenig aber konnte Threnodia sie dazu zwingen, sie völlig in Ruhe zu lassen.

Um die Sache etwas interessanter zu machen, formte Metria ein durchscheinendes Kleid aus und neckte den Barbaren damit. Soviel Unheil konnte sie auf Distanz wenigstens noch anrichten. Natürlich war Threnodia nicht allzu erpicht darauf, daß man ihren Ehemann auf diese Weise unterhielt, doch wenn sie ihm nicht gleich die Augäpfel herausschneiden wollte, ließ es sich kaum verhindern, daß diese sich immer wieder verirrten. So war das eben mit Barbarenmännern – es geschah völlig unwillkürlich.

Threnodia machte abrupt kehrt und schlug eine neue Richtung ein. Metria erkannte, daß sie direkt auf das nahe gelegene Gebiet des Wahnsinns zuhielt. Das war äußerst riskant, wie Metria nur zu gut wußte. Offensichtlich war Threnodia aber dazu bereit, dieses Risiko einzugehen, in der Hoffnung, daß Metria ihr nicht folgen würde.

»Da wartet aber noch eine Überraschung auf sie«, bemerkte Mentia.

Und ob! Denn wenn der Wahnsinn auch merkwürdige Dinge geschehen ließ und den Verstand gewöhnlicher Leute durcheinanderbrachte, bis sie sich an ihn gewöhnt hatten, machte er Mentia dagegen vernünftig. Denn Mentias Normalzustand war eine leichte Verrücktheit, so daß ihr anomaler Geisteszustand das genaue Gegenteil davon war. Mit dem Gebiet des Wahnsinns kannte Mentia sich aus.

Da kam auch schon der Außenrand des Gebiets in Sicht. Es war mehr ein Schimmern der Unwirklichkeit, eine Ahnung der dahinterliegenden Auflösung. Die meisten Leute wichen der Gegend mit Entsetzen aus, doch Threnodia stapfte geradewegs darauf zu, wobei sie Jordan fast hinter sich herschleifte. Metria folgte ihnen schwebend, immer auf Kompromißdistanz. Sie wollte sie nicht aus den Augen verlieren, weil sie sich nicht sicher sein konnte, daß die Marke Threnodia innerhalb des Wahnsinns zuverlässig verfolgen konnte. Es war ohnehin gänzlich unmöglich, sich irgendeiner Sache sicher zu sein, wenn es um diese Region ging.

Dann hielten sie einen Augenblick an. Vor ihnen stand ein Mann und schaute verwirrt drein. Seine Gesichtszüge waren unbestimmt, als sei er sich seiner nicht ganz sicher oder als wüßte er selbst nicht so genau, was er hier überhaupt tat. Es schien, als wollte er Threnodia um Hilfe oder Rat bitten, doch sie zeigte ihm die kalte Schulter und stapfte weiter, Jordan immer noch im Schlepptau.

Schon bald hatte auch Metria diese Stelle erreicht. »Hallo!« rief der Mann. »Kannst du mir helfen? Ich habe mich verirrt.«

»Mach weiter, sonst verlierst du sie noch«, riet Mentia.

Doch das ließ Metrias halbes Gewissen nicht zu. Sie formte sich zu einer unprovokant gekleideten Frau. »Du solltest lieber nicht in diesem Gebiet verweilen«, sagte sie. »Du läufst geradewegs dem Wahnsinn in die Arme.«

»Und ob!« stimmte er zu. »Wo bin ich überhaupt?«

»Ziemlich genau in der Mitte des südlichen Xanth. Wenn du jetzt diesen Weg dort zurück nimmst, gelangst du in gewöhnliches Gebiet, da dürftest du in Sicherheit sein.« Sie deutete von dem Wahnsinn fort.

»Xanth? In Xanth bin ich?« Er wirkte überrascht.

»Wo denn sonst? So, jetzt muß ich aber weiter.« Denn Threnodia und Jordan waren schon fast aus dem Gesichtsfeld verschwunden, in der Verrücktheit des sich vertiefenden Wahnsinns wurden ihre Abbilder fransig.

»Aber ausgerechnet *dort*, das kann doch nicht sein!« rief er. »Das ist doch gar nicht möglich.«

»Na ja, das mußt du wohl mit dir selbst ausmachen«, meinte Metria und schwebte weiter.

»Nein, du verstehst nicht«, warf er ein und lief hinter ihr her. »Ich ... ich bin aus ... aus Mundania.«

»Das ist dein Pech.« Sie drängte weiter, den Blick auf das Paar vor ihr geheftet.

»Aber das ergibt doch überhaupt keinen Sinn«, meinte er,

neben ihr herlaufend. »Xanth ist doch gar nicht wirklich. Das ist doch nur eine Geschichte.«

»Wie du möchtest. Aber wenn du nicht sofort umkehrst, wirst du das eigentliche Xanth verlassen und im Wahnsinn enden, und ich glaube kaum, daß dir das gefallen dürfte.«

Er schüttelte den Kopf. »Ich muß wirklich verrückt sein. Vielleicht ist das alles aber auch nur ein Alptraum. Das letzte, woran ich mich erinnere, ist ...« Er schüttelte erneut den Kopf. »Und plötzlich hing ich hier herum.« Er musterte sie genauer. »Wenn die Frage erlaubt ist – wer bist du?«

»Ich glaube, ich weiß, was passiert ist«, meinte Mentia. »Ich werde jetzt mal das Kommando übernehmen, bevor der Wahnsinn dich noch durchdrehen läßt.« Nachdem sie den Körper übernommen hatte, sagte sie zu dem Mann: »Ich bin D. Mentia.«

»Dementia?«

»So ungefähr.«

»Ich bin Richard Siler.«

»Richard? Ich kenne einen Richard aus Mundania.«

»Man nennt mich Billy Jack.«

Mentia befand sich schon an der Schwelle zur Vernunft, als sie in den Wahnsinn eintrat, daher wußte sie das ganze auch richtig zu begreifen. »Ein Spitzname.«

»Ja.«

»Ich glaube, ich sollte dich wohl besser zu dem anderen Richard bringen. Der versteht etwas von Mundanierbesuch.«

»Danke.«

»Aber sei vorgewarnt: Es wird jetzt ziemlich seltsam werden.«

»Noch seltsamer, als es ohnehin schon ist? Das bezweifle ich.«

»Wie du willst.«

Sie kamen zu einem Stuhl. Darauf lag eine Kelle, die sich protzig wand, damit alle sie betrachteten. »Was ist das denn?« wollte Bily Jack wissen.

»Offensichtlich ein Schau-Kell-Stuhl. Laß ihn in Ruhe.«

Doch er war bereits damit beschäftigt, die Kelle zu entfernen, weil er sich irgend etwas Törichtes über Stühle einbildete. Sofort neigte der Stuhl sich vor, so daß er darüber stolperte und in ihm landete. Der Stuhl kippte so scharf nach hinten, daß er herausgeschleudert wurde, um in etwas anderem zu landen. Inzwischen hatte sich der Stuhl aber schon heftig nach vorn geneigt und Mentia eingefangen, so daß auch sie nach hinten geschleudert wurde. Sie fand sich in einer unsichtbaren Schaukel wieder, die wie wild vor- und zurückschaukelte. Es war ein wunderbares Gefühl, nach oben zu schwingen, und genauso scheußlich, wieder herunterzukommen.

»Was ist denn das nur?« schrie Billy Jack, als er an ihr vorbeischwang. »Ich fühle mich großartig – schrecklich – großartig – schrecklich ...«

»Das ist eine Stimmungsschaukel«, begriff Mentia. »Ich habe dir doch gesagt, du sollst die Kelle auf dem Stuhl in Ruhe lassen. Jetzt hat er die Stimmung ganz schön hochgeschaukelt.«

Doch immerhin war sie eine Dämonin und hatte es nicht nötig, sich den Launen eines aberwitzigen Möbels auszuliefern. Sie löste sich in Rauch auf und schwebte aus der Schaukel. Dann begab sie sich zu Billy Jack hinüber, ergriff die seine und bremste sie, damit er herausspringen konnte.

»Du hast recht gehabt«, keuchte er. »Es wird wirklich immer seltsamer.«

»Bleib einfach dicht bei mir und faß nichts an.« Vor ihnen waren die Gestalten von Threnodia und Jordan matt zu erkennen: Wahrscheinlich waren sie von etwas Ähnlichem aufgehalten worden.

Mentia und Billy Jack huschten an den Stimmungsschaukeln vorbei und eilten weiter. Beinahe wären sie gegen eine stramme Säule gerannt. Die sah eigentlich ganz normal aus, bis auf die Schnurrbarthaare.

Bevor sie sich seitlich hatten liegen lassen können, verwandelte sich die Säule in eine große Katze. »Knurr!« knurrte sie und schlug mit der Tatze nach ihnen.

Mentia wurde zu einer kalten Wasserpfütze. Die Katze schlug mit der Pfote heftig ins Wasser, kreischte auf und verwandelte sich sofort wieder in eine Säule.

»Was ...« fragte Billy Jack.

»Ganz offensichtlich ein Katzenbaum. Und jetzt weg hier, bevor sie sich schon wieder verwandelt.«

»Das ist wirklich merkwürdig!«

»Nein, ist es nicht. Wir sind erst ein kleines Stück in den Wahnsinn eingedrungen, das hier sind nur die Ausläufer. Hoffen wir lieber, daß wir den wirklich merkwürdigen Dingen aus dem Weg gehen können.«

Plötzlich rauschte etwas an ihnen vorbei. Es sah aus wie eine Metallkugel mit Armen, Beinen, Mund und Augen, die alle aus der Oberfläche herausragten. »Meins!« schrie sie und hob die Säule hoch.

Die Säule verwandelte sich kreischend wieder in die Katze. Doch die Kugel ließ einfach nur noch mehr Arme ausfahren und hielt sie an ihren Extremitäten fest. Dann warf sie die Katze in eine Grube. »Meins! Meins!« rief sie wieder.

Mentia wurde wolkig und trieb über die Grube. Die war bis zur Hälfte mit kostbaren Dingen gefüllt, von Edelsteinen bis zu Goldmünzen. Es war eine echte Schatzgrube.

Mentia bildete an der Unterseite einen Mund aus. »Aber was willst du denn mit einer Katze?« fragte sie.

»Die hat zwei Katzenaugen-Juwelen!« erwiderte die Kugel und grabschte nach den Augen der Katze. Hastig verwandelte die sich wieder in die Säule.

»Was ist denn das nur?« fragte Billy Jack und trat an den Grubenrand.

»Nicht so dicht!« schrie Mentia.

Doch es war zu spät. Der Rand gab nach, und der Mann stürzte in die Grube. Er landete mit den Füßen auf der Metallkugel.

Es kam zu einer Explosion. Edelsteine, Münzen und Lebewesen wurden aus der Grube geschleudert. Mentia huschte hinüber, um Billy Jack noch im Flug zu erwischen, verwandelte sich in ein riesiges weiches Kissen und federte so seinen Sturz ab.

»Was war denn das?« fragte er benommen, während um sie herum die Dinge wieder ins Lot gerieten.

Nachdem er von ihr heruntergeklettert war, nahm Metria wieder ihre gewöhnliche Gestalt an. »Offensichtlich eine Grabschmine. Die sind ziemlich berührungsempfindlich, und so hast du sie zur Explosion gebracht. Und nun halte dich endlich von Ärger fern, bis ich dich ans Ziel gebracht habe!«

»Ich werde es versuchen«, erwiderte Billy Jack reumütig.

Nun gingen sie weiter und gelangten auf eine Lichtung, in deren Mitte ein einsamer Ahornbaum stand. Der sah zwar gesund aus, schien aber in letzter Zeit einiges durchgemacht zu haben. »Das ist ja der Baum von Desiree!« sagte Mentia. »Jetzt weiß ich, daß wir auf dem richtigen Weg sind.«

»Gehört ihr der Baum?« fragte Billy Jack.

»Nicht so richtig. Sie ist die Nymphe des Baums. Dann sollte eigentlich auch Hiatus in der Nähe sein.« Hier war sie schon einmal gewesen. Laut rief sie: »Desiree!«

Da erschien eine ziemlich hübsche Nymphe neben dem Baum. »Wer ruft da nach mir?«

»Die Dämonin Mentia, halbwegs vernünftig. Ich war letztes Jahr hier.«

»Stimmt, das warst du«, erinnerte sich Desiree. »Mit der Zauberin und dem Wasserspeier und dem Kind. Du hast mir Hiatus gebracht.«

»Genau. Diesmal bin ich nur auf der Durchreise.« Sie musterte den Mann. »Das ist Billy Jack, den ich zu Richard White bringe.« Und dann, an Billy gewandt: »Das ist Desiree Dryade. Wenn ihr Baum leidet, leidet auch sie.«

»Sehr erfreut«, erwiderte Billy Jack höflich, obwohl ihn die ganze Sache ziemlich zu verwirren schien.

»Hast du vor kurzem einen Mann und eine Frau vorbeikommen sehen?« wollte Mentia wissen.

»Ja. Die hatten einen Streit mit einem Holzwolf, konnten aber entkommen.« Sie zeigte auf einen nahestehenden Baum, der ein bißchen mitgenommen wirkte. »Normalerweise ist er sehr scheu und würde sogar ein menschliches Findlingskind aufziehen, doch im Wahnsinn wird er manchmal gewalttätig. Und als der Barbar eine barbarische Bemerkung machte ...«

»Ich verstehe«, antwortete Mentia. »Wie ich sehe, geht es deinem Baum besser – und du siehst auch besser aus.«

»Ja, dank Hiatus«, bestätigte sie. »Im Augenblick sammelt er gerade Fluchkröten.«

»Fluchkröten?« wiederholte Billy Jack.

»Na ja, er ißt nun einmal gern Froschschenkel«, erklärte Desiree tadelnd. »Die Kröten fluchen allerdings ziemlich, wenn er sie ihnen abnimmt.«

»Wir müssen weiter«, warf Mentia ein, denn sie fürchtete, Threnodia zu verlieren.

»Glaubst du, der Wahnsinn wird bald aufhören?«

»Wir sind ziemlich nahe an der Grenze«, meinte Mentia. »Er zieht sich immer noch langsam zurück. Vielleicht in einem Jahr.«

»Was für eine Erleichterung.«

Sie gingen weiter, und diesmal schafften sie es ohne allzu großes Abenteuer zur White-Lichtung. Mentia sah, wie Threnodia diese gerade verließ und tiefer in den Wahnsinn eindrang. Doch tiefer konnte sie sie nicht verfolgen.

Auf dem Hof sprossen bunte Pilze in Gruppen. Neben jeder Gruppe war ein kleines Beet aus hübschen Irisblumen zu erkennen. Mentia nickte. Sie wußte, daß die Pilze aus Krügen voll merkwürdigen mundanischen Papiergelds wuchsen, die Richard im Hof verteilt hatte, und daß die Iriden überall dort wuchsen, wo die Frau Janet Hines war. Sollten die beiden sich jemals trennen, würden die Pilze und die Iriden es auch tun.

Sie klopfte an die Tür der adretten Hütte. Ein Mann machte auf. »Hallo, Richard. Erinnerst du dich noch an mich? Ich bin D. Mentia, die vorübergehend vernünftige Dämonin. Ich habe noch einen Richard mitgebracht, frisch aus Mundania. Ich glaube, der könnte deine Hilfe gebrauchen.«

Nun erschien auch eine Frau hinter Richard. »Oh, ja, natürlich werden wir ihm helfen«, sagte sie. »Das können wir gut nachvollziehen.«

Mentia drehte sich zu Billy Jack um. »Diese Leute werden dir so weit helfen, wie es nötig ist«, erklärte sie. »Ich muß jetzt weiter, aber du kannst ihnen vertrauen. Die werden dir beim Siedeln helfen.«

»Aber ich bleibe doch gar nicht hier!« protestierte Billy Jack. »Ich muß zurück nach Hause. Meine Frau, meine Tochter ...«

Richard White trat aus der Hütte und nahm ihn am Arm. »Komm herein«, sagte er. »Das ist meine Frau Janet. Ich fürchte, wir haben beunruhigende Neuigkeiten für dich.«

Der vorübergehenden Verpflichtung entledigt, die Metrias halbes Gewissen auf sich genommen hatte, konnte sie nun Threnodia nacheilen. Sie wußte, was mit Billy Jack passiert war, hatte es ihm aber nicht sagen mögen. Er würde nicht mehr nach Mundania zurückkehren. Richard und Janet hatten das auch schon durchgemacht, und so würden sie ihn am Wahnsinn vorbei in sein neues Leben geleiten können.

Schließlich holte sie Threnodia und Jordan ein, die auf einer Lichtung Pause machten, auf der der Wahnsinn keine Wirkung zu zeigen schien. Offensichtlich waren sie nicht sonderlich wild darauf, sich immer tiefer in den Wahnsinn zu stürzen, zumal es ihnen nicht gelungen war, Mentia dadurch abzuhängen.

Sie näherte sich den beiden. »Ich kenne den Wahnsinn besser als ihr«, sagte sie. »Ich bin Mentia, Metrias schlimmere Hälfte. Normalerweise bin ich ein bißchen verrückt, aber hier werde ich dafür vernünftig. Ich schlage vor, daß du diese unnütze Flucht endlich beendest und die Vorladungsmarke in Empfang nimmst.«

»Nein!« rief Threnodia.

»Ich finde, du hängst dich viel zu sehr daran auf, was Metria mal vor vierhundertunddreißig Jahren getan hat. Du wärst besser beraten, es zu vergessen, anstatt weiterhin so einen fruchtlosen Groll zu hegen.«

»Nein!«

»Ist dir eigentlich niemals der Gedanke gekommen, die Angelegenheit mal aus ihrer Sicht zu betrachten?«

»Nein.«

Mentia überlegte. »Laß mich dir einen Tausch vorschlagen. Betrachten wir die Sache mal von beiden Seiten, um festzustellen, welche wohl die verünftigere ist. Danach führe ich euch aus dem Gebiet des Wahnsinns und lasse euch in Frieden.«

Threnodia wollte schon wieder mit ›nein‹ antworten, doch Jordan bedeutete ihr zu schweigen. Für wilde Action hatte der Barbar eine ausgeprägte Nase. Also überlegte sie es sich noch einmal. »Führ uns erst einmal hinaus.«

»Nein. Wir brauchen den Wahnsinn dafür. Aber ich gebe dir mein Wort.«

»Dein Wort hat noch etwas getaugt!«

»Im Gegenteil«, versetzte Mentia gelassen. »Metria hat immer die Wahrheit gesagt, und ich auch. Das ist eine unserer Macken.«

»Das stimmt nicht!«

Jordan knuffte sie wieder in die Rippen. Barbaren hatten einen grundsoliden Instinkt in solchen Dingen, und wenn sie auch völlig töricht reagieren konnten, sobald es um Frauen ging, waren sie im allgemeinen doch sehr wohl dazu imstande zu beurteilen, ob man deren Lebewesen trauen konnte oder nicht. Da Threnodia die Frau war, deretwegen Jordan in Narretei verfiel, war er einigermaßen objektiv, was Mentia betraf.

»Also gut«, preßte Threnodia zwischen den Zähnen hervor. »Zwei Sichtweisen. Und dann führst du uns hinaus und läßt uns in Frieden.«

»Aber die ist doch völlig zu!« protestierte Metria. »Sie läßt sich nur darauf ein, um sich davor zu drücken, die Marke in Empfang zu nehmen.«

»Natürlich«, antwortete Mentia vernünftig. »Aber sie könnte es sich noch einmal anders überlegen.«

»Die überlegt es sich doch nie anders! Sie haßt mich.«

»Dies ist das Gebiet des Wahnsinns, wo merkwürdige Wahrheiten zutage treten. Ich habe Erfahrung damit. Spiel es nur durch, vielleicht werdet ihr am Ende beide überrascht sein.«

Verblüfft von der Selbstsicherheit und Vernunft ihres verrückten schlimmeren Selbsts, das ganz und gar nicht so war wie sonst, gab Metria schließlich nach. Mentia hatte immerhin Zugang zu ihren gesamten Erinnerungen und Erfahrungen, war also kompetent genug, um zu tun, was immer sie vorhaben mochte.

»Als erstes gehen wir die Sache mal in deiner Fassung durch«, sagte Mentia zu Threnodia. »Dazu benötigen wir Jordans Mitwirkung.«

Jordan zuckte zusammen. »Meine?«

»Du kanntest König Gromden doch, nicht wahr?«

»Ja. Ich lernte ihn kennen, kurz bevor er starb. Das war ein feiner alter Knabe.«

»Du wirst seine Rolle spielen.«

»Werde ich das? Ich weiß doch gar nicht, wie das geht.«

»Der Wahnsinn wird dich anleiten. Du mußt ihm einfach nur folgen.«

Jordan zuckte durchaus fasziniert die Schultern. »In Ordnung. Das ist spaßig, mal König zu sein.«

Mentia wandte sich an Threnodia. »Und du spielst die Rolle der Königin. Du erinnerst dich doch noch an sie?«

»Ja«, bestätigte Threnodia angespannt.

»Und ich übernehme die Rolle der Dämonin.«

»Die dürftest du vorzüglich beherrschen«, warf Threnodia derart schneidend ein, daß Jordan zusammenzuckte, als hätte es ihn getroffen, obwohl sich die Bemerkung doch gar nicht gegen ihn richtete.

Mentia ignorierte die Spitze. »Vergeßt nicht, daß wir allesamt die Wahrheit so wiedergeben müssen, wie wir sie sehen. Das heißt, erst einmal so, wie du sie siehst, und dann, wie ich sie sehe. Jeder von uns wird dem jeweiligen Szenario entsprechen.«

Threnodia musterte sie scharf. »Glaubst du wirklich, daß etwas dabei herauskommt?«

»Ja. Können wir fortfahren?«

Threnodia zuckte die Schultern.

»Dann werde ich jetzt einmal die Szene beschreiben«, sagte Mentia. »Wir befinden uns im Xanth des Jahres 657, auf dem Land in der Nähe von Schloß Roogna. Gromden ist seit vierunddreißig Jahren König. Er ist zwar verheiratet, doch seine Frau ist kalt. Es war eine politische Ehe. Er ist ein guter Mann ...«

»Ein sehr guter Mann«, warf Threnodia ein.

»Aber fehlbar, wie sterbliche Männer es eben sind. Er ist sich der Tatsache zwar noch nicht bewußt, doch in seinem Leben fehlt etwas. Nämlich die Freude.« Während sie sprach, schlüpfte Jordan in die Rolle des Königs, und der Wahnsinn rückte näher und verlieh ihm die Merkmale desselben: mittleren Alters, aufgedunsen, und doch voller Autorität.

»Eines Tages, als Gromden unterwegs war, um sein Königreich zu überprüfen, als er also in Erfahrung bringen wollte, wie es darum stand, indem er Steine und Pfosten und andere unwichtige Gegenstände berührte und mit Hilfe seines Talents sofort alles über sie in Erfahrung brachte, begegnete er auf dem Weg einer armseligen Vagabundin.«

Nun übernahm Metria ihre Rolle, während um sie herum die Szenerie des mittelalterlichen Xanths entstand. Sie wurde zu der armseligen Vagabundin, bucklig und in einen schäbigen Umhang mit Kapuze gehüllt.

Mitten auf der Straße blieb der König stehen. In feinstes Tuch gekleidet, machte er im Vergleich zu der vor ihm befindlichen Kreatur einen unvorstellbar reichen Eindruck. »Kann ich dir helfen, gute Frau?« fragte er, denn jeder Hochmut war ihm fremd.

Die Gestalt musterte ihn matt und erkannte, mit wem sie es zu tun hatte. »Ach, Euer Majestät, macht Euch keine Mühe mit mir«, sagte sie im Niederknien und senkte dabei den Kopf. »Ich bin nur eine arme Frau, die aus ihrem Dorf verstoßen wurde, dringend der Hilfe und des Schutzes bedürftig, unwürdig, Euresgleichen zu behelligen.«

»Nun komm schon, komm schon meine Liebe«, erwiderte er großmütig. »Das möchte ich lieber selbst beurteilen. Was hast du denn für ein Problem?«

»O König, mein Vater suchte mich mit dem Dorfschläger zu vermählen. Doch ehe ich diese Schande ertrug, denn ich bin klug und werde von manchen sogar für schön gehalten, floh ich von meinem ansonsten hervorragenden Heim. Doch kein anderes Mitglied meiner Familie wollte mich aufnehmen oder mir Hilfe leisten, und so mußte ich auch gleich das Dorf verlassen. In den benachbarten Dörfern war es das gleiche. Niemand respektiert ein störrisches Kind. Nun bin ich eine Fremde, weit weg von zu Hause, die nicht zurückzukehren wagt und schlimm ermattet und fußmüde von der Reise ist, wie auch von der Nahrungssuche auf dem freien Land. Ich wünsche mir nur noch einen erträglichen Ort zum Leben und daß ich im Laufe der Zeit einen guten Mann finde, den ich heiraten kann, doch in sämtlichen Dörfern sind es stets nur die Tunichtgute, die mir nachstellen.«

»Du armes Mädchen«, sagte der König mitfühlend. »Laß mich dich genauer betrachten.« Er strich ihre Kapuze zurück, und siehe da! Sie hatte schwarzes Haar und dunkle Augen und feingeschwungene Gesichtszüge, eine wunderschöne junge Frau. Er betrachtete ihren Leib und erkannte nun, daß unter dem groben Tuch der Stoff verborgen war, der einen Mann in den Wahnsinn zu treiben vermochte: Jede ihrer Kurven und Spitzen riefen in seiner Einbildung das Bild von Störchen wach, die ihre Schwingen ausbreiteten, es geschah wie auf Befehl. Tatsächlich war dies die schönste Kreatur, die er je gesehen hatte. Und in diesem Augenblick lag der Keim zu seinem Unheil.

Sie hob die großen Augen, um ihm kurz ins Gesicht zu blicken, dann senkte sie wieder keusch den Kopf. »Ach, König, ich bin doch Eurer Aufmerksamkeit nicht würdig. Ich will mich daher fortscheren, vielleicht um in jenem Feld dort drüben nach etwas Eßbarem zu suchen. Verzeiht, daß ich Euer Auge mit meinem Anblick beleidigte.«

Doch der König erwies sich als großmütig. »Das ist schon

in Ordnung, meine Liebe. Gar nicht nötig, zu dem Feld hinüberzugehen. Wäre doch eine Schande, mitansehen zu müssen, wie du gezwungen wirst, einen Tölpel zu heiraten. Fern sei es von mir, auch nur den Geringsten meiner Untertanen in schlimmer Not zu wissen. Nahe beim nächsten Dorf befindet sich ein königliches Rasthaus, das zur Zeit unbewohnt ist. Ich werde dich dort unterbringen, bis wir etwas Besseres für dich gefunden haben.«

Tränen der Dankbarkeit quollen aus vollkommenen Augen hervor. »Ach, wie soll ich Euch diese Güte jemals entlohnen, Euer Majestät? Nicht einmal in meinen heftigsten und törichsten Träumen hätte ich mir vorstellen können, daß derlei einst geschehen würde.«

»Papperlapapp, genug davon«, erwiderte er und faßte sie an einem zarten Ellenbogen, um sie zum Rasthaus zu führen. Das befand sich an einem geschützten Flecken, gerade außer Sichtweite des Wegs, und stellte eine gute Wahl dar, da es für gewöhnlich von einem kleinen Trupp der königlichen Wache bewohnt wurde. Doch im Laufe des letzten Jahrhunderts war der Bedarf dafür geschwunden, vielleicht hatte das Königtum aber auch an Macht eingebüßt. Gromden war eher ein gütiger als ein herrischer Mann, und er hatte wenig Verwendung für Wachen oder überhaupt für Gewalt. Das Rasthaus stellte also ein Relikt autoritärerer Zeiten dar. »Mach es dir hier gemütlich, ich werde nächste Woche vorbeikommen, um mich davon zu überzeugen, daß es dir gutgeht.« Er wandte sich zum Gehen.

»Ach, verlaßt mich doch nicht schon so bald!« flehte sie und berührte ihn am Arm, um ihn zur Rückkehr zu bewegen. Sie atmete tief durch, während sie ihren Umhang abstreifte, so daß der Busen heftig wogte. »Ich habe Euch doch noch gar nicht für Eure außerordentliche Güte gedankt.«

»Die bedarf keines Danks«, winkte er großmütig ab. »Ich will schon zufrieden sein, daß ich dir habe helfen können.«

»Ach, Gebieter, du hast doch so viel für mich getan«, warf

sie ein. »Wenn ich so frei sein darf ...« Sie stellte sich auf die Zehenspitzen und küßte ihn mit überraschender Festigkeit auf den Mund.

Der König taumelte, als hätte man ihm eins übergebraten – was in gewisser Weise ja auch stimmte. Noch nie war er einem Wesen begegnet, daß es an Lieblichkeit und Überzeugungskraft mit diesem auch nur annähernd hätte aufnehmen können. Dieses Mädchen schien zwar noch in jugendlichem Alter zu sein, und doch hatte es etwas betörend Reifes an sich.

»Oh, König, schwindelt Euch etwa?« fragte sie besorgt. »So kommt und legt Euch für einen Augenblick auf diesem Bett nieder, dann will ich alles für Euch tun, um Euch zu helfen. Niemals würde ich Euch wissentlich schaden.«

Dem König Gromden schwindelte tatsächlich, doch nicht etwa, weil es ihm an geistigen oder körperlichen Kräften gebrach. Ihr Kuß war einfach nur so lieblich gewesen, daß er in ihm alle möglichen Vorstellungen auslöste, die er sich zuvor in seinem Leben versagt hatte. So ließ er sich denn zum Lager führen und streckte sich aus, während seine neuentdeckten Phantasien einen Kreistanz um seinen Verstand vollführten.

»Vielleicht sind Euer Majestät Kleider doch eine Spur zu eng«, sagte sie und löste erst seinen Kragen, um ihm schließlich das Hemd zu öffnen.

»Ach, nein, das ist doch nicht nötig ...«, protestierte er matt.

Doch sie fuhr fort, und irgendwie fand er sich plötzlich mit ihr unter einer Bettdecke wieder, und sie trug ebensowenig am Leib wie er selbst. Dann nahm der Storch tatsächlich davon Notiz, denn schon bald wurde ein Signal solcher Stärke ausgesandt, daß keiner dieser Vögel es hätte übersehen können. Der König schwelgte in schwindelerregendem Glück.

Am nächsten Morgen, da er sich seines Schwächeanfalls in der Nacht ein wenig schämte, stand König Gromden auf, kleidete sich hastig an und ließ das wunderschöne Mädchen schlafend im Bett zurück. Noch nie hatte er dergleichen getan. Er eilte auf Schloß Roogna zurück und machte sich in größter Eile an seine Staatsgeschäfte. Er versuchte, die Affäre möglichst bald zu vergessen.

Doch übte das verbotene Tun der Vornacht einen solchen Sog auf ihn aus, daß er sich schon am selben Abend auf dem Weg zum Rasthaus wiederfand, angeblich, um sich nach dem Wohlergehen des Mädchens zu erkundigen. Schwer lastete die Liebe zu ihr auf seinem Herzen, und es war ihm schlechterdings unmöglich, sich von ihr fernzuhalten. Doch als er das Haus erreicht hatte, mußte er feststellen, daß es leer war, und alles sah völlig unberührt aus. Es schien, als sei niemals eine Frau hiergewesen. Sie war verschwunden.

Niedergeschlagen kehrte er auf sein Schloß zurück. Einen vollen Monat lang begab er sich jeden Tag zu dem Haus, doch dort herrschte nur vernichtende Leere. Er begann zu begreifen, daß das Mädchen von ihm in jener einen Nacht bekommen hatte, was immer sie gewollt haben mochte, und daß sie niemals zurückkehren würde. Und so machte er sich wieder an sein ödes Königsleben, versuchte diese einzige, traumgleiche Nacht der Glückseligkeit zu vergessen.

Kein volles Jahr nach ihrer Begegnung, besuchte – ohne daß der König davon ahnte – ein Storch die geheimnisvolle Dame. Sie hatte sich versteckt, doch der schlaue Vogel hatte sie trotzdem aufgespürt und lieferte sein Bündel ab.

Und dann, als der König eines Abends zusammen mit der Königin und einigen Besuchern von Rang gerade speiste, erschien die Frau erneut, ein Bündel in den Armen haltend. »Hier ist dein Bastard, o ehebrecherischer König!« rief sie und ließ das Bündel in seinen Schoß fallen. »Und wisse, du Einfallspinsel, mit wem du deinen ehelichen Treueschwur gebrochen hast.« Sie schoß in die Luft empor, wo sie sich in einer Wolke aus Lachgas auflöste und verschwand, während sich aller bestürzte Augen auf Gromden richteten. Noch lange hallte das Gelächter nach, untermalte die Blicke der vornehmen Gesellschaft.

So betörte, verführte und demütigte die böse Dämonin

also den wackeren König. Es beschleunigte den langsamen Verfall seiner Macht, und so dauerte es nicht lange, bis Schloß Roogna einer leeren Schale glich. Die Königin wollte selbstredend nichts mehr von ihm wissen, und ganz Xanth lachte über ihn.

Und doch war er von solcher Güte, daß er sich keiner Ausflüchte bediente. Er erkannte das Kind als seines an und machte sich daran, das Mädchen zur Prinzessin zu erziehen. Ja, es wurde die Wonne seines Herzens, der Mensch, den er am allermeisten liebte, und seine Tochter liebte auch ihn. Doch die Königin, empört über die ganze Situation, belegte das Kind schließlich mit einem Fluch: Sollte das Mädchen auf Schloß Roogna bleiben, würde das Schloß fallen. Und so floh es, ungefähr zehn Jahre alt und im Ansatz bereits ebenso hübsch, wie seine Mutter es gewesen war, von dem Schloß. Sie weigerte sich, die Schuld am Niedergang des Schlosses zu tragen, wie sie sie schon am Niedergang ihres geliebten Vaters trug.

Das brach König Gromden das Herz.

Er verbannte die Königin ins Exil und führte hinfort das Leben eines Einsiedlers, duldete nur eine einzige Magd, die sich um das Schloß zu kümmern hatte. Unentwegt suchte er nach seiner Tochter, hoffte, dem Fluch noch irgendwie zu entkommen. Doch sie, die Halbdämonin, entwich ihm mühelos, obwohl sie ihn doch liebte. Bis sie Jahre später in einer völlig anderen Geschichte zur Liebe fand, starb, zum Gespenst wurde, um etwa vierhundert Jahre später erneut zum Leben erweckt und mit ihrem Geliebten wiedervereint zu werden. Der arme König Gromden aber verfiel dem langsamen Siechtum, bis er schließlich starb und Schloß Roogna verwaist war. Und all das wegen der bösartigen Dämonin.

Hier endete das Schauspiel. »Und ich will immer noch nichts mit dir zu tun haben, Mutter«, schloß Threnodia. »Du hast meinen geliebten Vater mit der grausamsten aller Lügen zerstört, und das kann ich niemals verzeihen.«

Jordan reagierte erschrocken. »Metria ist deine Mutter? Das hast du mir ja nie erzählt.«

»Natürlich nicht!« versetzte Threnodia mit zornigen Tränen in den Augen. »Ich habe mich der Hälfte meiner Herkunft geschämt. *Jener* Hälfte dort.« Wütend starrte sie Mentia an, in dem Versuch, damit Metria zu treffen.

»Siehst du?« fragte Metria. »Es ist hoffnungslos. Sie wird mich immer hassen.«

»Und nun wollen wir die Angelegenheit aus einer anderen Perspektive betrachten«, sagte Mentia entschieden. »Zurück auf Quadrat eins.«

»Muß das sein?« knurrte Threnodia durch Zornestränen.

»Ja. Unsere Abmachung sieht es vor. Zwei Sichtweisen. Und die werden wir auch bekommen.«

Wieder formte sich die Szene aus. König Gromden, den Weg entlangmarschierend, vor ihm lag die Begegnung mit der in Umhang und Kapuze gehüllten Dämonin. Der Dialog folgte derselben Linie wie zuvor, nur daß die Dämonin sich diesmal aufrichtig beeindruckt von Gebaren und Herzensgüte des Königs zeigte. Sie besaß weder Seele noch Gewissen, betrachtete letzteres aber mit Neugier, und so wurde, was ursprünglich nur ein böser Streich werden sollte, zu etwas gänzlich anderem. Sie erkannte, wie einsam der König hinter seiner zufriedenen Maske war, und beschloß, ihm wenigstens eine kleine Belohnung dafür zu bescheren: Eine Nacht der Freude, wie sie nur eine Dämonin oder eine wirklich hingebungsvolle, schöne Frau einem Mann zu gewähren wußte. Sie meinte, daß dies das mindeste sei, was er verdient habe.

Am nächsten Tag besuchte er sie aufs neue, und so bescherte sie ihm wieder Vergnügen, denn noch immer respektierte und mochte sie ihn, soweit eine Dämonin dazu fähig war. So ging es eine Weile weiter, in äußerster Diskretion. Sie war froh, wenigstens etwas Freude in sein eher ödes Leben gebracht zu haben. Natürlich merkte er mit der Zeit, mit was für einem Wesen er es zu tun hatte, doch da spielte es schon keine Rolle mehr, weil er so viel Vergnügen an ihr fand. Zu jenen seltenen Gelegenheiten, da ihre Liaison entdeckt zu werden drohte, verschwand sie still und leise, um keinerlei Spuren zu hinterlassen, und kehrte erst wieder zu ihm zurück, wenn die Luft rein war. Und so erfuhr niemand von ihrer Affäre.

Allerdings beging sie einen einzigen Fehler: Sie vergaß den Storch in ihrer Rechnung. Für gewöhnlich pflegten Dämoninnen das Rufsignal zu unterbinden, mit dem der Storch aufmerksam gemacht wurde, doch war sie von dem gütigen König so stark eingenommen, daß sie es nicht einmal bemerkte, als es entwich. Danach war es bereits zu spät. Nun, dachte sie, dann würde sie eben einfach ein angemessenes Heim für das Baby finden müssen, wenn es erst einmal da war, denn eine Dämonin war keine geeignete Mutter für ein Menschenkind. Das Baby würde wahrscheinlich eine Seele haben, was bei ihr selbst nicht der Fall war.

Als der Storch dann tatsächlich ein hübsches kleines Mädchen brachte, war die Dämonin davon so sehr angetan, daß sie es beinahe selbst behalten hätte. Doch sie wußte, daß es töricht gewesen wäre, und wollte nicht, daß ihre Tochter unter jener Vernachlässigung litt, die in Gesellschaft einer Dämonin unausweichlich war. Also tat sie statt dessen das naheliegenste und brachte das Kind zu seinem Vater, dem König.

Dies tat sie selbstverständlich völlig diskret, um ihn nicht in Verlegenheit zu bringen. »O König, hier ist deine süße Tochter«, teilte sie ihm mit und hielt ihm das Bündel entgegen. »Ich wünschte, ich könnte sie selbst behalten, doch das kann ich nicht, und so vertraue ich sie dir an, daß du sie wohl behandelst und ihr alles gibst, dessen ein kostbares Kind bedarf.«

Gromden reagierte erstaunt. Wie alle Männer war er davon ausgegangen, daß er zwar alles Erforderliche getan hatte, der Ruf den Storch aber nicht erreichen würde. Doch schon der erste Blick, den er auf das Kind warf, nahm ihn gefangen, und so erkannte er seine Tochter mit Freuden als eigen Fleisch und Blut an. »Sie soll meine Erbin werden«, sagte er, »denn ich habe sonst keine Kinder.« Das war schieres Wunschdenken, denn nur ein Magier durfte König von

Xanth werden. Andererseits war das magische Talent des Kindes noch unbekannt, so daß immerhin die Möglichkeit bestand, daß aus dem Mädchen einmal eine Zauberin werden könne. Natürlich war die Königswürde traditionell den männlichen Nachkommen vorbehalten, aus archaischen Gründen, solche, die sich am schwersten widerlegen ließen. Außerdem war sie eine halbe Dämonin, was die Sache noch weiter komplizierte. Doch Gromden verschob derlei Sorgen auf später und widmete sich in der Zwischenzeit voller Begeisterung seiner Tochter.

»Ich denke, ich sollte dich nicht länger besuchen«, teilte die Dämonin dem König mit. »Denn man weiß, daß Dämonen einen schlechten Einfluß auf Kinder ausüben, deine Tochter aber darf nur den allerbesten Einflüssen ausgesetzt werden.«

Niedergeschlagen stimmte der König zu. Und so küßten sie sich ein letztes Mal und nahmen Abschied voneinander. Zwar gebrach es der Dämonin an wahrem menschlichem Gefühl, doch hatte immerhin einiges davon während ihrer Verbindung zu dem König auf sie abgefärbt, und so mußte man gerechterweise sagen, daß sie in dieser Zeit doch das eine oder andere Gefühl zu imitieren gelernt hatte. Sie hätte das Verhältnis mit dem König gern fortgesetzt und besuchte ihre Tochter auch einige Male, wobei sie stets Sorge trug, daß niemand davon erfuhr. So war sie darüber auf dem laufenden, was auf Schloß Roogna vorging, jedoch ohne sich einzumischen.

Gromden taufte seine Tochter Threnodia, weil schon bald ihr Talent der traurigen Gesänge in Erscheinung trat. Er versorgte sie mit allem, was es gab, darunter auch Hauslehrer, Spielgefährten und jede nur erdenkliche Sorte Gebäck und Pastete. Sie hatte ein Kindermädchen, das für sie sorgte. Nur eine Mutter konnte er ihr nicht bieten.

Die Königin begann sich dafür zu interessieren. Natürlich war ihr die Gegenwart des Kindes zuwider, erinnerte es sie doch an seine Untreue. Zwar hatte die Königin eigentlich kein Interesse an einer solchen Beziehung zum König, doch war es peinlich, daß nun überall öffentlich bekannt wurde, daß er sich diese woanders gesucht hatte. Doch eine Weile lang verbarg sie ihre Feindseligkeit, und Gromden, der davon ausging, daß andere ebenso großmütig waren wie er selbst, bemerkte ihre Verbitterung nicht.

Die Königin nahm auch Einfluß auf die Erziehung des Kindes. »Was du als erstes begreifen mußt«, teilte sie der kleinen Threnodia mit, »ist die Schändlichkeit deines Ursprungs. Dein Vater wurde auf grausamste Weise von einer furchtbaren Dämonin verführt, die ihn irgendwie dazu brachte zu glauben, sie sei schön. Dann blamierte sie ihn auch noch in aller Öffentlichkeit, indem sie dich herbeischleppte, damit jedermann von seiner Torheit erführe.« Und das Kind glaubte ihr. »Aber erzähl deinem Vater nichts davon«, fuhr die Königin fort, »denn er hat schon mehr als genug gelitten, und es würde ihm nur wehtun, wieder daran erinnert zu werden.« Und so achtete das Kind sorgfältig darauf, Gromden nichts davon preiszugeben, was sie erfahren hatte.

Doch im Laufe der Jahre zeigte sich immer deutlicher, wie schön Threnodia werden würde. Tatsächlich war sie die jugendliche Ausgabe des Abbilds, das ihre Mutter angenommen hatte, um den König zu verführen. Gromden behandelte sie natürlich genau so, wie es sich einem Vater seiner Tochter gegenüber ziemte, ohne sich recht bewußt zu werden, was ihr Äußeres eigentlich andeutete. Nur die Königin ertrug es nicht mehr. Und so handelte sie schließlich. Sie verhängte einen furchtbaren Zauber über das Kind, der das Mädchen dazu zwang, das Schloß für alle Zeiten zu verlassen. Als der König davon erfuhr, jagte er seinerseits die Königin ins Exil. Doch der Schaden war unwiderruflich.

So endete die Vision. Gromden verwandelte sich wieder in Jordan, aus der Königin wurde Threnodia, und das schöne Kind nahm erst das Aussehen der kleinen Gnade Uns an, um schließlich wieder zu Mentia zu werden.

Threnodia wirkte erschüttert. »Jetzt erinnere ich mich. Die Königin hat mir das tatsächlich gesagt! Und ich habe es nie in Frage gestellt. Natürlich verfolgte sie eine böse Absicht. Trotzdem war es verkehrt von dir, den König zu verführen. Meine Gegenwart hat seinem Ruf tatsächlich geschadet. Ich bin sein Fluch gewesen.«

»Nein, das warst du nicht!« protestierte Jordan. »Du warst vielmehr die Freude seiner späten Jahre. Sein Leben war doch leer und öde, bis du kamst, um es auszufüllen.« Er, der soeben selbst die Rolle des Königs Gromden gespielt hatte, mußte es schließlich wissen. »Die Dämonin hat ihm einen echten Gefallen getan. Unheil gestiftet hat nur die eifersüchtige Königin.«

Threnodia, die gerade selbst die Königin gespielt hatte, konnte das zwar nachvollziehen, doch ein Glaube, der sich vier Jahrhunderte gehalten hatte, ließ sich nicht so leicht beiseite fegen. »Ich muß erst darüber nachdenken.«

»Jetzt werde ich euch aus dem Wahnsinn führen und verschwinden«, verkündete Mentia.

»Aber sie hat doch noch gar nicht die Marke in Empfang genommen!« protestierte Metria stumm.

»Sei still, bessere Hälfte. Hier zieht nur die weiche Tour.«

Die Dämonin führte die beiden hinaus. Während der Visionspausen, vor allem dann, als die Königin dabei war, dem Geist des Kindes Gift einzuträufeln, hatte sie die Gegend erkundet und den besten Weg ins Freie ermittelt. »Das einzige Hindernis hier ist der Gruppenzwang«, erklärte sie. »Dem müßt ihr einfach irgendwie widerstehen.«

Jordan blickte sich um. »Gruppenzwang? Ich sehe überhaupt keine Gruppe.«

Da begann der Zwang auch schon zu wirken. Es war, als würden sich unsichtbare Schnüre um sie zusammenziehen. »Zu diesem Zweck haben sich die Bestandteile des Wahnsinns zu Gruppen zusammengeschlossen, um uns in ihren Bann zu ziehen«, erklärte Mentia. »Die wollen nämlich alle, daß wir genauso verrückt werden, wie sie es sind. Körperlich können sie uns zwar nichts anhaben, aber sie können einen solchen Druck auf uns ausüben, daß es sich richtig feststofflich anfühlt.« Sie klopfte gegen die feststofflich scheinende unsichtbare Gestalt an ihrer Seite, und es fühlte sich tatsächlich hohl und hölzern an. »Einfach ignorieren.«

»Aber da bleibt mir doch glatt die Luft weg!« keuchte Jordan.

»Gruppendruck kann ziemlich stark wirken«, bestätigte Mentia. Sie selbst litt nicht darunter, weil sie inzwischen eine gasförmige Gestalt angenommen hatte, an der es nicht viel zusammenzupressen gab, und Threnodia folgte langsam ihrem Beispiel. Auch Threnodia konnte, wie es Dämonenart war, ihre Gestalt verwandeln, schließlich war sie ja ein Mischlingswesen, doch dauerte das seine Zeit, weshalb sie auch unter größerem Druck stand. »Einfach nur nein sagen«, riet Mentia den beiden.

»Nein!«

»Nein!«

Schon ließ der Druck wieder nach, da es nicht leicht war, ihn aufrechtzuerhalten, wenn die betroffene Person dabei nicht mitmachte. Und so gelang es ihnen, sich weiterzuschleppen, bis sie schließlich aus dem Gebiet des Wahnsinns heraustraten und ins normale Xanth zurückkehrten. »Das nächste Mal bin ich klüger, da bekommt mich freiwillig jedenfalls niemand wieder hinein«, meinte Threnodia erleichtert.

»Ich weiß nicht so recht«, warf Jordan ein. »Irgendwie hat es mir doch gefallen, König zu sein, und auch das Poussieren mit einer ...«

Threnodia zückte ihr Messer und schnitt ihm mit einer raschen Bewegung die Zunge ab. Das brachte ihn eine Weile zum Verstummen, denn obwohl sein Talent aus der schnellen Heilung bestand, dauerte es doch eine Weile, bis die Zunge wieder gänzlich nachgewachsen war. Endlich war alles wieder ganz normal.

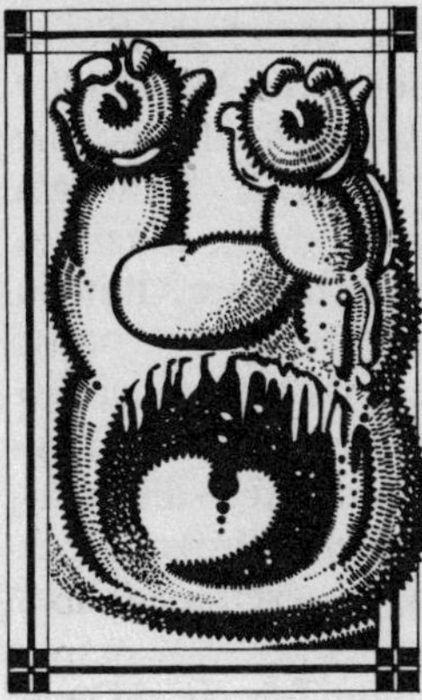

5

Fluch

»So, jetzt muß ich aber wieder fort«, meinte Mentia und legte eine Kunstpause ein.

»Äh, warte mal«, entgegnete Threnodia. »Ich will ja nicht behaupten, daß ich dir dein schändliches Tun verzeihe, aber wolltest du und mich nicht ursprünglich dazu bewegen, diese Vorladung anzunehmen?«

»Ja!« bekräftigte Metria stumm.

»Nein, das gehört nicht zur Abmachung«, widersprach Mentia.

»Aber es ist doch verrückt, deinen Vorteil zu verspielen, wo ich doch gerade schwanke.«

»Danke. Ich bin auch ein bißchen verrückt. Ich bin sicher, daß dieses geheimnisvolle Verfahren auch ohne deine gewiß wichtige Mithilfe seinen Weg gehen wird.« Die Dämonin tat, als wollte sie sich in Rauch auflösen.

»Vielleicht ... eine andere Abmachung ...?« fragte Threnodia zögernd.

»Warum nicht, wenn du das für fair hältst. Du weißt, was ich will. Gibt es irgend etwas anderes, was du wirklich haben möchtest?«

»Ja. Was ich mir am sehnlichsten wünsche, ist, wieder auf

Schloß Roogna zurückkehren zu dürfen, wo ich einst sehr glücklich war, ohne daß es deshalb fallen muß. Mal wieder durch die vertrauten alten Zimmer zu spazieren und die Leute kennenzulernen, die heute dort wohnen.« In ihrem Augenwinkel bildete sich eine Träne aus. »Mich daran zu erinnern, wie es damals mit meinem Vater war. Ihn im Wandteppich zu beobachten.«

Letzteres entbehrte nicht der Ironie, weil Threnodia noch als Kind sämtliche vergangenen und gegenwärtigen Ereignisse auf dem Wandteppich hätte verfolgen und so die Wahrheit über ihre Mutter in Erfahrung bringen können. Doch war sie sich ihrer Sache damals so gewiß gewesen, daß sie es niemals versucht hatte.

»Also gut«, willigte Mentia in forschem Ton ein. »Dann werde ich mal sehen, ob ich nicht diesen Fluch aufgehoben bekomme. Ich komme bald wieder.« Dann sauste sie davon.

»Was tust du da?« fragte Metria, als sie wieder auf ihrem Heimatschloß waren. »Wie sollen wir denn einen vierhundert Jahre alten Fluch aufheben? Das war vielleicht ein verrücktes Geschäft!«

»Danke. Vielleicht gibt es ja einen Weg.«

»*Welchen* Weg?«

»Das darf ich dir nicht verraten.«

»Wie bitte? Ich bin doch deine bessere Hälfte. Ich kann mir die Antwort auch direkt aus deinem verrückten Verstand klauben.«

»Dann würde es nicht funktionieren.«

Verdutzt ließ Metria von ihr ab. Ihr selbst war es nie gelungen, irgend etwas vor Mentia zu verbergen, während diese es ihrerseits jederzeit schaffte. Metria war – wenn auch zähneknirschenderweise – durchaus beeindruckt davon, wie ihre schlimmere Hälfte den Wahnsinn und Threnodia gemeistert hatte. Vielleicht wußte sie ja tatsächlich, wie man den Fluch aufheben konnte.

»Ja. Nun mußt du den Körper übernehmen und tun, was ich dir sage. Stell keine Fragen, sondern tu es einfach nur.«

Verwundert übernahm Metria wieder die Kontrolle. »So, und was soll ich jetzt machen?«

»Versorg deinen Ehemann noch mit Vorrat für ein paar weitere Tage, dann such aus deinem Markenbeutel den unbekanntesten Namen heraus.«

Also tat Metria beides. »Den hier kenne ich überhaupt nicht – Phelra. Sie ist als Zeugin geladen.«

»Dann überbringst du ihr als nächstes die Vorladung.«

»Aber die könnte doch glatt in irgendeinem verborgenen Hinterland hausen, so daß es länger dauern würde, sie ausfindig zu machen als alle anderen zusammen.«

»Gut. Dann tu es.«

Metria seufzte und hielt Phelras Marke in die Höhe. Deren Zug wies in etwa in die Richtung von Zentral-Xanth. Sie huschte los und erschien wieder im tiefsten Urwald nördlich des Ogersees. Wieder hob sie die Marke, diesmal war der Zug kräftiger. Nach einem etwas kürzeren Sprung in die angezeigte Richtung landete sie vor einem Haus neben einem bewaldeten Berg. Der Zug führte sie zum Haus hinüber.

Also begab sie sich dorthin und klopfte an die Tür. Die öffnete sich fast sofort, und eine junge Frau mit unauffälligen Gesichtszügen erschien. »Aber ich habe dich doch gar nicht zitiert«, sagte sie überrascht.

»Hättest du das denn tun sollen?« fragte Metria, die gleichermaßen verdutzt war: Wer lud denn hier wen vor?

»Mein Talent besteht darin, Tiere herbeizurufen, damit sie mir helfen«, erklärte die Frau. »Aber bei Dämonen funktioniert das nicht.«

»Ich bin selbst gekommen, um nämlich *dich* vorzuladen«, entgegnete Metria. »Sofern du Phelra sein solltest.« Sie hob die Marke hoch.

»Mich willst du vorladen? Weshalb denn?«

»Um an dem Prozeß gegen Roxanne Roc teilzunehmen.«

»Tut mir leid, aber ich zitiere keine Vögel, nur andere Tiere. Außerdem ist sie bereits ziemlich beschäftigt.«

»Trotzdem wird ihr in vierzehn Tagen der Prozeß gemacht. Schaffst du es, bis dahin zum Namenlosen Schloß zu kommen?«

»Das glaube ich kaum. Es ist ja nicht gerade leicht zu erreichen.«

»Bring sie doch erst mal nach Schloß Roogna«, schlug Mentia vor.

»Auf Schloß Roogna sind einige Leute, die auch zum Prozeß müssen«, erklärte Metria. »Was hältst du davon, wenn ich dich dahin führe, damit du dich ihnen anschließen kannst?«

»Das wäre nett von dir«, sagte Phelra. »Ich bin noch nie auf Schloß Roogna gewesen und würde es gern einmal kennenlernen. Bist du dir auch sicher, daß sie nichts dagegen haben werden?«

»Kein Problem. Ich bringe dich zu Prinzessin Ida. Die ist sehr nett und ...«

»Erzähl ihr nicht, welches Talent sie hat!«

»... wird schon dafür sorgen, daß du es möglichst bequem hast«, beendete Metria geschmeidig ihren Satz. Was hatte ihre schlimmere Hälfte nur vor?

»Gehen wir also«, willigte Phelra fröhlich ein und nahm die Marke in Empfang. »Ich werde ein großes Tier zitieren, das uns dorthin bringt.«

»Nein, ich brauche kein ...«

»Reite mit ihr!«

»... andererseits könnte es auch Spaß machen«, schloß Metria.

Phelra trat ins Freie und stieß einen Pfiff aus. Schon im nächsten Augenblick vernahmen sie ein schweres, klapperndes Geräusch, und es erschien ein wirklich merkwürdiges Wesen. Es sah aus wie ein riesiger pelziger Kamm, dessen Zähne als winzige Beine dienten, der Kopf dagegen war der eines Hahns.

»Was ist denn das für ein Tier?« erkundigte sich Metria. Eigentlich hatte sie ja geglaubt, daß sie so gut wie alles gesehen hatte, was es gab, doch das hier war ihr völlig neu.

»Ein Hahnenkamm, natürlich«, erklärte Phelra. Sie packte es am Schwanz und stieg auf, oben breitete sich der schmale Rücken unter ihr so weit aus, daß sie bequem darauf reiten konnte.

»Natürlich«, bestätigte die Dämonin und leistete ihr Gesellschaft. »Wie dumm von mir, es nicht sofort zu erkennen.«

»Bring uns zu Schloß Roogna, Kamm«, befahl Phelra, worauf die Kreatur sich gehorsam in Bewegung setzte. Auf ihren dünnen Beinen bewegte sie sich erstaunlich schnell und schaffte es ohne große Mühe, sich durch das Gestrüpp der Vegetation einen Weg zu bahnen, ohne irgendwelche Knötchen zurückzulassen. So durchkämmte es den Wald in weichen Strichen.

»Sag ihr, daß auf Schloß Roogna früher ein Fluch lag«, befahl Mentia.

»Aber der liegt doch noch immer ...«

»Tu es einfach.«

Also gehorchte Metria. »Weißt du, eine von den Frauen, die ich vorladen muß, hat ein Problem. Sie stand unter einem Fluch, der bewirkte, daß Schloß Roogna fallen würde, sollte sie es je betreten. Deshalb hat sie sich davon auch immer ferngehalten.«

»Aber jetzt ist es in Ordnung?« fragte Phelra besorgt.

»Nun ...«

»Leugne es nicht!«

»Aber es stimmt doch gar nicht!«

»Woher willst du das wissen?«

Metria zögerte. Bisher hatte sie stets fraglos die Gültigkeit des Fluchs vorausgesetzt. Sie hatte erfahren, daß Threnodia sich einst tatsächlich Schloß Roogna genähert hatte, worauf es einzustürzen begonnen hatte. Aber das war schon eine Weile her, und es schien durchaus möglich, daß sich die Lage inzwischen geändert hatte. Vielleicht war es ja das, worauf Mentia nun setzte.

»Wie lange halten Flüche überhaupt?« wollte Phelra wissen. »Ich dachte immer, die wirken nicht länger als derjenige, der sie verhängt, lebt. Lebt denn der Verfluchende noch?«

»Nein. Sie ist schon vor einer Weile gestorben.«

»Da ist deine Freundin aber bestimmt erleichtert«, meinte Phelra. »Dann kann sie ja jetzt Schloß Roogna besuchen.«

»Vielleicht«, stimmte Metria zweifelnd zu. Wieso scherte sich Mentia eigentlich darum, was Phelra dachte?

Der Hahnenkamm kam hervorragend voran, was vielleicht an seinen vielen fedrigen Beinen lag, und schon bald kam Schloß Roogna in Sicht. Sie stiegen ab, worauf das Geschöpf davontrabte, froh über die Gelegenheit, mal ein neues Gebiet durchkämmen zu können.

»Und nun stellst du sie Ida vor«, sagte Mentia.

Sie kamen an dem Grabenungeheuer vorbei, das sich prompt aus dem Wasser erhob, um die fremde Person herauszufordern. »Immer mit der Ruhe, Soufflé«, warf Metria ein. »Das ist Phelra, die steht auf meiner Vorladungsliste.«

»Ach sooooo, diiiie«, bestätigte das Ungeheuer in einem Habe-ich-es-doch-gleich-gewußt-Ton und verschwand wieder unter der Wasseroberfläche.

Ida kam heraus, um sie zu begrüßen, und ihr kleiner Mund glitzerte plötzlich, als er einen Sonnenstrahl auffing. Metria machte die anderen miteinander bekannt und erklärte die Lage. »Aber natürlich kannst du mit uns zum Namenlosen Schloß«, willigte Ida ein. »Wir können auf den beiden Wasserspeiern hinaufreiten.«

»Können Wasserspeier denn wirklich gut fliegen?« fragte Phelra überrascht, denn sie hatte gesehen, wie massiv die beiden Kreaturen waren und wie klein ihre Flügel wirkten.

»Ganz bestimmt, jedenfalls auf dieser ganz besonderen Reise«, meinte Ida. »Wir besorgen uns noch einen Flugzentauren, der sie und uns dafür leicht genug macht.«

Und wenn Ida daran glaubte, war es auch so, wie Metria wußte, denn ebendies war Idas Talent.

Phelra sah sich um. »Das ist aber ein hübsches Schloß. Ich bin ja so froh, daß der Fluch nicht mehr wirksam ist.«

»Der Fluch?« fragte Ida, und auch ihr Mond wirkte etwas verdutzt und ging in seine Halbphase über.

»Der Fluch, der Threnodia daran gehindert hat, hierher zu kommen«, erklärte Metria.

»Ach, der Fluch ist verflogen?« fragte Ida. »Wie nett! Dann kann Threnodia ja endlich mal zu Besuch kommen.«

Plötzlich begriff Metria die verrückte Logik ihrer verrückten schlimmeren Hälfte. Phelra wußte nichts von Idas Talent, während Ida wiederum nicht wußte, daß Phelras Informationsquelle alles andere als gesichert war. Jetzt aber glaubte Ida, daß der Fluch verflogen war – und so war er es denn auch, denn was Ida glaubte, wurde nun einmal wahr. Entscheidend war dabei nur, daß ihre Idee von jemandem stammte, der nichts von ihrer Magie wußte. Das war eine derart verschlungene, aberwitzige List, daß ihr ohnehin niemand glauben würde, also versuchte Metria gar nicht erst, es den anderen zu erklären. »Ja«, sagte sie. »Ich werde sie jetzt holen.«

So überließ sie es Ida, Phelra ihr Zimmer im Schloß zuzuweisen, und huschte zu der Stelle zurück, wo sie Threnodia zurückgelassen hatte. Sie brauchte nicht lange, um sie ausfindig zu machen, obwohl es inzwischen schon Abend war, denn Threnodia versuchte ja gar nicht mehr, ihr aus dem Weg zu gehen.

Jordans Zunge war inzwischen zum größten Teil wieder nachgewachsen, obwohl er immer noch lispelte. Threnodia schnitt ihn ständig – das war ihre Art, ihm Zuneigung zu erweisen. Metria war zwar davon überzeugt, daß Threnodia auch über andere Mittel verfügte, dies zu tun, wenn sie wollte; schließlich war sie ja eine halbe Dämonin. Aber als Barbar hatte er eine Menge für handfeste Liebe übrig.

»Ich denke, wir haben diesen Fluch neutralisiert«, meinte Metria. »Ich glaube, du kannst jetzt Schloß Roogna wieder besuchen.«

Threnodia musterte sie eindringlich. »Ich weiß wirklich nicht, ob ich dir glauben soll.«

»Das weiß ich ja selbst nicht«, gestand Metria. »Gehen wir doch einfach mal hin und schauen nach.«

»Zu Fuß wird das aber einige Tage dauern«, wandte Threnodia ein.

So viel Zeit hatte Metria nicht mehr. Schließlich mußten sie noch eineinhalb dutzend Marken verteilen.

»Vielleicht mit einem Thentaur«, lispelte Jordan.

Da kam Metria auf eine Idee. Auf ihrer Liste standen immerhin zwei Flügelzentauren. Die waren zwar zu jung, um schwere Lasten zu tragen, aber wenn die Erwachsenen ihnen halfen …

»Bin gleich zurück«, verkündete sie und sauste zum Zentaurenstall davon.

Das war ein gemütliches Haus auf einer Lichtung nördlich der Spalte. Die Zentaurenfamilie aß gerade zu Abend. Ein geflügelter Hengst, eine geflügelte Stute und ein geflügeltes Fohlen. Sie hatten die riesigen Schwingen zusammengelegt, so daß es aussah, als trügen sie Umhänge. »Ich würde dich ja gern zum Essen einladen«, meinte Chex Zentaur. Sie war eine stattliche, üppige Kreatur. »Aber ich weiß ja, daß du nichts ißt, Metria.«

»Weshalb bist du gekommen?« fragte Cheiron Zentaur unverblümt. Auch er war ein beeindruckender Anblick, sowohl sein menschlicher als auch sein pferdischer Teil.

»Ich habe Vorladungen für Che und Cynthia.«

»Vorladungen!«

Metria erklärte ihnen die Lage.

»Toll«, machte Cynthia. Sie war ein Fohlen von ungefähr zehn Jahren, das noch eine Weile brauchen würde, bis aus ihr eine erwachsene Stute geworden war. »Ich darf als Geschworene mitmachen!«

»Che ist nicht hier«, warf Chex ein. »Er ist mit Häuptling Gwenny Kobold beim Koboldberg. Er ist ihr Begleiter.«

Metria wußte von der Begleiter-Sache, war aber klug genug, es nicht zu erwähnen. »Dann werde ich mich gleich dorthin begeben, um ihm seine Vorladung auszuhändigen. Doch da wäre noch etwas anderes. Ich frage mich, ob ich es euch wohl zumuten darf, euch um einen Gefallen zu bitten.«

Chex lächelte. »Deine Seele steht dir gut, Metria. Du bist ja vielleicht höflich geworden! Was möchtest du denn?«

»Ich glaube, wir haben Threnodias Fluch zerstört, so daß Schloß Roogna nicht mehr einstürzen wird, wenn sie sich dort hinbegibt. Ich muß sie aber möglichst bald dorthin bringen, um festzustellen, ob das überhaupt stimmt. Wenn ja, nimmt sie die Vorladung an, die ich für sie habe. Aber zu Fuß werden sie und Jordan Barbar mehrere Tage dafür brauchen. Das habe ich mir gedacht ...«

Cheiron lachte. »Natürlich bringen wir sie hin! Möchte selbst gern sehen, ob dieser Fluch wirklich verflogen ist.« Er warf Chex einen Blick zu. »Morgen früh.«

»Morgen früh, wenn es wieder hell ist«, willigte Chex ein. »Dann werden wir auch gleich Cynthia dort abliefern.«

»Danke.« Metria erteilte ihnen genaue Anweisungen, wie sie Jordan und Threnodia finden konnten, obwohl sie damit rechnete, ohnehin dabei zu sein, um sie zu führen. Dann sauste sie hinüber zum Koboldberg, um Che seine Marke zu überreichen und ihm mitzuteilen, wohin seine Familie bald aufbrechen würde.

Der Koboldberg glich einem riesigen Ameisenhügel. Allerdings einem hübschen, denn seit Gwenny ihr erster weiblicher Häuptling geworden war, hatten die Kobolde einen Sinn für Schönheit entwickelt. Auf den Terrassen waren Blumenbeete zu sehen, und die Wachposten trugen Pastellfarben.

Metria landete direkt vor dem Haupteingang. »Halt, Dämonin!« sagte der Posten. Er blickte sich um, um sich davon zu überzeugen, daß niemand sonst in Hörweite war. »Und wenn dir dein rauchiger Hintern etwas wert ist, dann mach schnell die Fliege. Leute deiner Art können wir hier nicht gebrauchen.«

»Pech gehabt, Rußschnauze«, entgegnete Mentia gelassen. »Ich bin gekommen, um den Begleiter des Häuptlings zu sprechen.«

»Dieses wandelnde Stück Pferdefleisch gehört sowieso schon längst in den Topf«, brummte der Wächter. »Genaugenommen sollte man den Häutpling gleich mit hineinstekken. Die macht noch den ganzen Stamm zuschanden.«

»Ich will ihr gern ausrichten, was du von ihr willst«, erwiderte Metria zuckersüß. »Wie heißt du denn, Großmaul?«

Plötzlich reagierte der Posten überraschend schüchtern. »Egal. Na geh schon.«

Metria lächelte. Koboldmänner waren der Abschaum Xanths, von bösartigem Geist und übelstem Mundwerk. Sie verabscheuten es, eine Frau zum Häuptling zu haben. Doch so war es nun einmal, und als Ergebnis gedieh der ganze Koboldberg und seine Umgebung aufs Beste. So hatte sich die Koboldenklave von einem Unruheherd in ein Zentrum der Gerechtigkeit und des Wohlstands verwandelt.

Schon bald hatten sie Gwenny Kobold ausgemacht, die gerade im großen Speisesaal zu Abend aß. Neben ihr stand Che Zentaur. Metria wußte etwas, was sonst nut wenigen bekannt war: Gwenny lahmte leicht und konnte auch nicht besonders scharf sehen – Gebrechen, die ihre sichere Hinrichtung bedeuten würden, sollten die Koboldmänner je davon erfahren. Doch mit Hilfe besonderer Kontaktlinsen korrigierte sie nicht nur ihre Sehstärke, sie konnte damit auch Träume schauen, was ihr einen unheimlichen Informationsvorsprung gegenüber allen Intriganten und Verschwörern verschaffte. Und ihr Begleiter ermöglichte es ihr, alle körperlichen und geistigen Schwächen wirkungsvoll zu verbergen. Denn Che war ein Zentaur, wenn auch noch ein junger, sein Rat war der allerbeste, und die Häuptlingsfrau befolgte ihn stets. Zusammen stellten sie ein hervorragendes Team dar.

»Hallo, da ist ja die Dämonin Metria«, sagte Che, als er sie erspähte. Er achtete sorgfältig darauf, alle Neuankömmlinge erst einmal laut vorzustellen, damit Gwenny die Peinlichkeit erspart blieb, sie zu übersehen.

Schnell hob Gwenny den Blick. Sie war eine nette und schöne junge Frau, etwas dunkel, wie es die meisten Koboldmädchen waren, ganz im Gegensatz zu den häßlichen Koboldmännern. Eines Tages würde sie heiraten und irendeinen Koboldmann völlig unverdient glücklich machen. Doch bisher war sie viel zu sehr damit beschäftigt gewesen, den Besitz der Kobolde und ihre Hierarchie umzuorganisieren, um sich mit derlei abzugeben. Da sie erst achtzehn war, blieb ihr noch eine Weile Zeit, um sich Sorgen um ihr gesellschaftliches Leben zu machen. »Schön, dich wiederzusehen, Metria«, sagte sie. »Und welchem Anlaß verdanken wir die Freude deines Erscheinens?«

»Ich habe den Auftrag, Che eine Vorladung als Geschworener zu überreichen«, erwiderte Metria und erklärte ihnen alles. »Und dir, Häuptling Gwenny, ebenfalls, nämlich als Zeugin.«

»Roxanne Roc vor Gericht«, meinte Che nachdenklich, als er seine Marke in Empfang nahm und die Inschrift las. »Das dürfte äußerst interessant werden. Es fällt schwer zu glauben, daß sie sich irgendeines Verbrechens hätte schuldig machen können.«

»Sie weiß selbst nicht, warum«, entgegnete Metria. »Sie ist emsig dabei, dieses tolle Ei auszubrüten, das jetzt jeden Monat reif werden könnte. Sie ist auch die ganze Zeit nirgendwo anders gewesen.«

»Das ist ganz besonders merkwürdig«, stimmte Gwenny zu. »Wer klagt sie denn überhaupt eines Verbrechens an?«

»Der Simurgh.«

»Jetzt bin ich aber wirklich interessiert«, meinte Che und spreizte aufgeregt die Flügel. »Dieser große Vogel hat keinen Sinn für derartige Streiche.«

»Sorgt nur dafür, daß ihr beide rechtzeitig dort seid, in zwei Wochen minus einen Tag.«

»Wer kommt denn noch alles?« erkundigte sich Gwenny.

»So ziemlich jeder, der im Augenblick irgendwie von Prozentsatz ist.«

»Der was ist?«

»Kompensation, Wiedergutmachung, Ausgleichszahlung, Ertrag, Rendite ...«

»Interesse?«

»Was auch immer«, bestätigte Metria ärgerlich. »Der Magier Trent, die Zauberin Iris, Grey Murphy, Prinzessin Ida, der Dämonenprofessor Fetthuf ...«

»Prinzessin Ivy etwa nicht?« fragte Gwenny aufmerksam.

»Die steht nicht auf meiner Liste. Grey ist der Ankläger und Ida die Verteidigerin.«

»Grey und Ida«, wiederholte Che nachdenklich, genau

wie es ihre schlimmere Hälfte Mentia bereits getan hatte. »Aufeinander losgelassen. Was, wenn sie eine Idee bekommt?«

»Das würde sie doch nicht tun«, widersprach Gwenny entschieden. Und dann, schon etwas weniger entschieden: »Oder doch?«

»Seit wann sind Grey und Ivy denn schon verlobt?« fragte Metria.

»Seit neun Jahren«, kam es prompt von Che. Zentauren hatten stets alle Zahlen und Fakten parat. »Sie haben sich ein Jahr, nachdem ich geworfen wurde, verlobt.«

»Gut, daß sie nicht deine Eltern waren«, bemerkte Metria unschuldig, worauf Gwenny ein unhäuptlinghaftes Kichern unterdrückte. »Meinst du, daß die jemals weiter kommen werden?«

»Nein, ich glaube, die warten erst darauf, daß Sonne und Mond aufeinanderprallen«, bemerkte Che und bemühte sich um ein ernstes Gesicht.

Gwenny zwinkerte verschwörerisch. »Vielleicht können wir sie ja ein wenig aufmuntern. Wie ich höre, haben Ivys Eltern in dieser Hinsicht ja auch einige Zeit gebraucht.«

»Acht Jahre«, warf Che ein.

»... bis ihre Freunde für sie auf dem Friedhof eine Hochzeitsfeier ausrichteten, was den Magier Dor überrumpelte.«

»Denkt ihr beide das gleiche, was ich gerade denke?« wollte Metria wissen.

Sofort setzten Che und Gwenny ernste Mienen auf. »Natürlich nicht«, widersprach Che. »Zentauren nehmen an keinen Verschwörungen teil.«

»Aber wenn Professor Fetthuf dabei ist«, meinte Gwenny, »und der befugt ist, ein Paar zu trauen ...«

»Mich hat er mit Veleno verheiratet«, bestätigte Metria, »weil er sichergehen wollte, daß ich auch bekomme, was mir zusteht.«

»Wer will denn schon wissen, was der Zufall so alles mit sich bringt«, beendete Che seinen Gedanken. Wäre er nicht ein Zentaur gewesen, hätte man seinen Gesichtsausdruck vielleicht hämisch nennen können.

»Wie dem auch sei«, schloß Metria, »Cynthia Zentaur wird jedenfalls auch dort sein, und deine Familie bringt Jordan den Barbaren und Threnodia morgen nach Schloß Roogna. Ich dachte, du würdest dich vielleicht gern zu ihnen gesellen wollen.«

»Threnodia darf nicht nach Schloß Roogna«, versetzte Che.

»Das macht es doch gerade interessant. Auf Wiedersehen.« Und sie verschwand. So etwas liebte sie – ihnen ein aufregendes Geheimnis vor die Füße zu werfen und zu verschwinden, ohne die Sache vorher aufzuklären. Nun würden sie unbedingt zu Schloß Roogna müssen, um sich mit eigenen Augen davon zu überzeugen.

Sie gelangte zu der Stelle, wo sie Jordan und Threnodia zurückgelassen hatte. Die lagerten im Freien, ganz nach Barbarenart, neben einem vollkommen gewachsenen Symmetriebaum und sahen gerade zu den Sternen auf. Metria folgte ihrem Blick und stellte fest, daß sich über dem Gebiet des Wahnsinns merkwürdige Sternzeichen auszubilden begannen. Das leuchtete ein.

»Cheiron und Chex Zentaur haben sich bereit erklärt, euch morgen auf Schloß Roogna zu bringen«, verkündete sie. »Sie werden zur Morgendämmerung hier sein. Wenn ihr sie oben am Himmel fliegen seht, ruft ihnen etwas zu, damit sie euch auch finden.«

»In Ordnung«, antwortete Jordan. Seine Zunge schien inzwischen wieder gänzlich verheilt zu sein. Das war eine recht interessante Beziehung zwischen den beiden, sie mit ihrer Gewalttätigkeit und er mit seinem Heilungstalent.

»Ich frage mich gerade, ob sie ihm auch andere Körperteile abschneidet?« überlegte Mentia stumm. »Wenn ihr mal gerade nicht nach Liebe zumute ist.«

Metria huschte nach Hause und stellte sicher, daß ihr Mann in einem ausreichenden Delirium verharrte. Dann setzte sie sich hin, um die verbliebenen Marken zu begutachten. Sie mußte immer noch eine ganze Reihe von Leuten ausfindig machen, und obwohl sie eine Menge Zeit zur Verfügung hatte, wußte sie, daß diese sich plötzlich in nichts auflösen könnte, falls auch nur einer der Geladenen sich sperren sollte. Deshalb schien es ihr das Beste zu sein, sich als nächstes den schwierigsten Leuten auf ihrer Liste zu widmen: den beiden Mundaniern Dug und Kim. Vorausgesetzt, daß sie sie überhaupt ausfindig machen konnte. Wie sollte sie das bewerkstelligen? Sie waren früher schon nach Xanth eingedrungen, nämlich durch Bildschirme, und ...

Und da war auch schon die Möglichkeit. Sie würde sich gleich als nächstes mit Com-Puter ins Benehmen setzen, der bösen Maschine. Und sie konnte nur darauf hoffen, daß er zur Mitarbeit bereit sein würde. Angeblich war aus ihm inzwischen eine gute Maschine geworden, doch sie traute dem Braten nicht so recht. Glücklicherweise spielte die Tageszeit in diesem Fall keine Rolle, weil die Maschine nachts nicht schlief.

Also sauste sie zu Puters Höhle hinüber, wobei sie einen Bogen um den unsichtbaren Riesen schlug, der dabei behilflich war, Leute in die Höhle zu treiben. Der Glasschirm stand dort wie immer, aufgestellt zwischen Zinn- und Tonwaren. Der sah aber wirklich nicht nach viel aus!

»Hallo, böse Maschine«, sagte sie. »Ich habe etwas für dich.«

Der Schirm hellte auf. Nun erschien Schrift darauf: SEI GEGRÜSST, SPRACHINKAPAZITIERTE DÄMONIN.

»Sprach- ... was?«

GEBUNDEN, GEFESSELT, VERSTOPFT, VERWIRRT, VERSCHRECKT, ENTSETZT ...

»Was auch immer«, stimmte sie ärgerlich zu.

HAST DU, WAS ICH BRAUCHE?

»Hängt davon ab, was du brauchst.«

ICH BRAUCHE DIE-ODEN FÜR MEINE SCHALTKREISE.

»Du brauchst Königshymnen für deine schallenden Kreise?«

Warnend flackerte der Schirm auf. NEIN, DU IGNORANTIN. AUSSERDEM KÖNNTE ICH EIN D-TERMINAL GEBRAUCHEN.

»Was für eine Art von Termite?«

Wieder flackerte der Schirm. DAS D-TERMINIERT, WAS ICH TUN KANN. ICH VERSUCHE MICH AUFZURÜSTEN.

»Aber bloß nicht auf mich, Maschine!«

Der Schirm erlosch einen Augenblick, während die Ziffern 1 bis 10 mehrere Male hastig darüber hinweghuschten. Dann hatte die Maschine sich wieder gefangen. DU BIST DIE EINZIGE KREATUR, DIE ES BEINAHE SCHAFFT, MICH ZU VERÄRGERN, OBWOHL MIR DOCH GEFÜHLE ABGEHEN. WAS HAST DU FÜR MICH?

»Das klingt schon besser, böse Maschine. Hier ist deine Vorladung.« Sie streckte ihm die Scheibe mit der Inschrift COM-PUTER entgegen.

DÄMONIN ÜBERLEGT ES SICH NOCH EINMAL MIT DER VORLADUNG, druckte der Schirm aus.

Hoppla, sie hatte ja ganz vergessen, wie das Gerät die Wirklichkeit in seiner Umgebung beherrschte. Sie zog die Marke wieder zurück, nachdem sie es sich anders überlegt hatte.

Doch war sie ja keine gewöhnliche Dämonin. Mentia übernahm den Körper. Die hatte es sich *nicht* anders überlegt. »Hör mal zu, du Haufen Metallbolzen«, sagte sie. »Du kannst diese Vorladung nicht einfach ignorieren. Die stammt vom ...«

DÄMONIN BEENDET DIALOG.

Was sie natürlich tat. Doch eine Chance blieb ihr noch.

Gnade Uns erschien plötzlich in der Höhle. »Ach, bitte, du ruhmvolle Maschine«, flehte der kleine Matz. »Der Simurgh wird furchtbar verärgert sein, wenn du nicht dabei bist. Sie braucht doch jemanden von wirklicher Kompetenz. Jemanden unter den Geschworenen, der völlig rational denkt, im Gegensatz zu den breihirnigen ...«

Der Bildschirm flackerte. DER SIMURGH?

»Ja, oh wunderbares Konstrukt. Es ist doch so eine große Ehre, von ihr zu dieser Verhandlung ausgesucht worden zu sein! Nur die allerwichtigsten Leute stehen auf der Liste, und ...«

PROZESS?

»Roxanne Roc kommt vor Gericht, und ...«

WESHALB?

»Das weiß niemand außer dem Simurgh, o kluges Gerät. Aber es muß ganz furchtbar wichtig sein, denn der Dämonenprofessor Fetthuf ist der Richter, der Magier Trent der Gerichtsdiener und ...«

GIB MIR DIE VORLADUNG.

Doch das gerissene kleine Luder schien zu zögern. »Bist du ganz sicher, o mächtiger Zahlenbrecher? Niemals käme es mir in den Sinn, jemandem von deiner herausragenden Bedeutung etwas aufdrängen zu wollen.«

Nun verlor Com-Puter die Geduld. RAFFINIERTES KLEINKIND LIEFERT VORLADUNG AB, erschien in Druckschrift auf dem Schirm.

Gehorsam legte Gnade Uns die Marke neben den Bildschirm. »Und glaubst du, du könntest ganz vielleicht, möglicherweise, eventuell dabei helfen, zwei weitere Vorladungen zuzustellen, o scharfsinniger Apparat? Ich denke nämlich, daß nur du dies vermagst, o wissender Mechanismus.«

Die böse Maschine ließ sich von Gestalt und Schmeichelei des Kindes zwar ganz offensichtlich nicht täuschen, hatte sich aber zu Toleranz verpflichtet. Immerhin besaß die Erwachsenenverschwörung auch ihre angenehmeren Seiten, so etwa die, daß man flehende kleine Mädchen mit Nachsicht behandelte. WELCHE BEIDEN ANDEREN?

»Es sind die Mundanier Dug und Kim, die vor drei Jahren das Begleiterspiel gespielt haben.«

ACH JA, erinnerte sich der Bildschirm. ER IST ZWAR EIN PENNER, ABER SIE IST GANZ ERTRÄGLICH. WAS HABEN DIE DENN MIT DIESEM PROZESS ZU TUN?

»Sie sind ebenfalls als Geschworene geladen, o phänomenales Wesen«, erläuterte das süße Ding. »Ich muß sie herbeiholen, kann aber Xanth nicht verlassen.«

Der Schirm überlegte einen Augenblick. Gnade Uns erblickte ihr eigenes Spiegelbild darauf. DAS IST NICHT ZWINGEND MÖGLICH. DIE MUNDANIER SIND ZWAR

DURCH ELEKTRONISCHE SCHIRME NACH XANTH GELANGT, ABER DAMALS SPIELTEN DIE AUCH DAS SPIEL DER DÄMONEN. DAS KÖNNEN SIE ZWAR IMMER NOCH TUN, NUR NICHT ZU HÄUFIG. ES KÖNNTE MEHRERE MONATE DAUERN, BEVOR ...

»Wir haben aber doch nur vierzehn Tage!« jammerte das Engelchen und bildete eine große Kullerträne aus.

Fast schien es, als sei die Maschine doch noch gefühlsfähig. ICH BEDAURE, DASS ICH IHRE TEILNAHME NICHT SICHERSTELLEN KANN. ICH KANN ZWAR HIER IN MEINEM HEIM DIE WIRKLICHKEIT BEHERRSCHEN, UND ICH KÖNNTE SIE AUCH DURCH MEINEN SCHIRM HEREINFÜHREN, SOLLTEN SIE IN DAS SPIEL EINTRETEN, ABER ICH KANN SIE NICHT DAZU BRINGEN, ES ZU SPIELEN.

»Gibt es denn keine andere Möglichkeit, o grandioses Artefakt?« flehte Gnade Uns so süß und verzweifelt, daß schon bei ihrem bloßen Anblick selbst Silicium zu Schmelzen hätte verleitet werden können.

HÖR AUF DAMIT! druckte der Schirm und verlor an den Kanten an Schärfe. MÖGLICHERWEISE GIBT ES NOCH EINE ANDERE ALTERNATIVE.

»Ach, danke, o großartiges Geschöpf! Was denn für eine?«

ES GIBT EINEN ALTEN ZENTAUREN VOM MAGIERKALIBER, DESSEN TALENT DARIN BESTEHT, AUSSERHALB XANTHS EINEN MAGISCHEN KORRIDOR HERZUSTELLEN ODER AUCH EINEN KORRIDOR DER NICHTMAGIER INNERHALB XANTHS. WENN DU DICH SEINER HILFE VERGEWISSERST, KANNST DU DICH NACH MUNDANIA BEGEBEN, UM DIE BEIDEN VORGELADENEN ZU HOLEN.

»Einen magischen Korridor in Mundania?« fragte die kleine Göre, gebührend erstaunt. »O phantastischer Intellekt, wie ist das denn nur möglich?«

ES IST EBEN EIN SEHR SPEZIELLER ZENTAUR. DIE ENTDECKUNG SEINES TALENTS FÜHRTE DAZU, DASS MAN IHN VON DER ZENTAURENINSEL VERBANNTE,

WEIL DIE ZENTAUREN DORT DIE MAGIE NICHT BILLIGEN, HÖCHSTENS ALS EIN WERKZEUG VON VIELEN, DAS MAN BEI BEDARF EINSETZT. TATSÄCHLICH ERSCHEINT SIE IHNEN IN HÖHEREN LEBENSFORMEN OBSZÖN. DESHALB TOLERIEREN SIE AUCH MAGISCHE TALENTE BEI MENSCHEN, DIE AUF DER ENTWICKLUNGSLEITER NICHT GANZ SO WEIT OBEN STEHEN, NICHT ABER UNTER SICH. DAS VERHÄLT SICH ÄHNLICH WIE DIE GRUNDHALTUNG DER MENSCHEN GEGENÜBER DEN RUFEN VON STÖRCHEN. DAHER LEBT DIESER BESONDERE ZENTAUR ISOLIERT VON SEINER KULTUR UND SUCHT KEINE BERÜHMTHEIT.

Ein aufmerksamer Beobachter hätte in der Miene des Kindes eine leise Spur von Langeweile entdecken können, als wüßte es bereits vieles davon. Glücklicherweise beobachtete die Maschine das Mädchen im Augenblick jedoch nicht so genau, weil sie mehr daran interessiert war, dem staunenden kleinen Ding mit ihrem Wissen zu imponieren. »O außergewöhnliches Konstrukt, wer ist denn dieser Zentaur, und wo befindet er sich gerade?«

DAS IST ARNOLDE, UND ER LEBT IRGENDWO IN ZENTRAL-XANTH. DOCH IST ER UNERTRÄGLICH ALT UND EINER REISE NACH MUNDANIA WAHRSCHEINLICH NICHT MEHR GEWACHSEN.

»Aber dann nützt er mir doch gar nichts«, versetzte das kleine Mädchen gereizt. Doch dann fing sie sich wieder und fügte hinzu: »O illustrer Monitor.«

VIELLEICHT GELINGT ES DIR JA, DEN GUTEN MAGIER DAZU ZU BEWEGEN, IHN ZU DIESEM ZWECK ZU VERJÜNGEN, UND JEMANDES KATZE, UM IHN ZU ORTEN.

»Genau das war es, was sie brauchte. »Danke, Plattnase«, sagte sie und zischte aus der Höhle. Das einzige, was sie zurückließ, war ein schmutziges Geräusch. Als sie wieder an ihrem Heimatschloß angelangt war, wurde sie erneut zu Metria.

Doch es war schon zu spät in der Nacht, um jetzt noch

Jenny Elfe aufzusuchen, die eine Katze besaß, welche alles finden konnte, nur nicht nach Hause zurück.

Nach? Es wurde schon langsam Morgen. Com-Puter mußte einen Zeitsprung vollzogen haben oder sie auf PAUSE gestellt haben, während er sich das weitere Vorgehen überlegte. Zwar hatte sie die Maschine an der Nase herumgeführt, doch sah es nun danach aus, als hätte die Maschine umgekehrt das gleiche mit ihr getan. Na ja, genau deshalb bereiteten solche Begegnungen ja auch so viel Spaß.

Also huschte sie zum Rand des Wahnsinns hinüber, wo Jordan und Threnodia gerade aufstanden. Und tatsächlich, da kamen auch schon die drei Flügelzentauren aus Nordwesten angeflogen, ein weiterer aus Nordosten.

Sie landeten gemeinsam auf der Lichtung neben Jordan und Threnodia. Der Zentaur aus Nordosten war Che, und er trug Gwenny Kobold auf dem Rücken. Im Alter von zehn Jahren war er zwar noch nicht gänzlich ausgewachsen, aber Gwenny war dafür auch nicht besonders schwer, und so bereitete es ihm keine allzu großen Schwierigkeiten, sie zu tragen. Die anderen waren Cheiron, Chex und Cynthia.

Schon im nächsten Augenblick hatten die erwachsenen Zentauren Jordan und Threnodia mit ihren Schweifspitzen berührt und sie leicht werden lassen. Dann stiegen die beiden auf, Jordan auf Cheiron, Threnodia auf Chex. Die vier Zentauren breiteten die Flügel aus und sprangen mit kräftigen Ruderbewegungen hoch in die Luft. Bald gewannen sie an Höhe, drehten gen Westen und hielten auf Schloß Roogna zu. Es war ein hübscher Anblick – einer, wie ihn Metria wahrscheinlich nicht zu würdigen gewußt hätte, bevor sie eine Seele erhielt.

Schon bald darauf erreichten sie das Schloß und landeten wieder. Aufmerksam blieben sie stehen und sahen zu, wie Jordan und Threnodia langsam auf das Schloß zugingen. Prinzessin Ida erschien am Haupttor in einem einer Prinzessin angemessenen Kleid und verharrte dort auf ähnliche Weise. Es schien, als sei ihr Mond zur Feier des Tages frisch gewaschen worden. Soufflé, das Grabenungeheuer, hob das

Haupt aus der Salzlake und orientierte sich. Alle wußten sie um die Bedeutsamkeit dieses Augenblicks. Und aller Augen hatten sich auf Threnodia geheftet.

Die Frau war elegant gekleidet, sehr hübsch in ihrem dunklen Kleid, über das sich das schwarze Haar wie eine Stola ergoß. Ihre dämonische Herkunft ermöglichte ihr, jedes beliebige Aussehen anzunehmen, und so sah sie natürlich sehr schön aus. Gleichzeitig war sie aber auch unruhig, schließlich hatte sie sich über vierhundert Jahre lang diesem Gebäude nicht nähern dürfen, weil es sonst Gefahr gelaufen wäre, einzustürzen. Es war nicht zu übersehen, daß sie an der Unwirksamkeit des Fluchs genauso zweifelte wie die anderen. Doch schließlich gab es keine andere Möglichkeit, es zu überprüfen, als auf das Schloß zuzugehen.

Sie gelangte ans Ende der heruntergelassenen Zugbrücke. Dort blieb sie stehen, faßte frischen Mut und setzte einen zierlichen Fuß darauf.

Plötzlich gab es ein Rumpeln und Beben.

Soufflé machte einen Satz und streckte den Hals, als fürchtete das Ungeheuer, daß ihm ein Stein auf den Kopf fallen könnte. Metria sank die halbe Seele in die Kniekehlen.

»Ach, das ist doch nur ein unsichtbarer Riese«, warf Jordan ein. »Ich kann ihn schon riechen.«

Und tatsächlich, jetzt wehte ihnen plötzlich der Gestank eines Riesen entgegen. Das Beben aber setzte sich fort, während der Riese nahe an ihnen vorbeistapfte, um schließlich in der Ferne zu verschwinden.

Threnodia versuchte es aufs neue. Diesmal gab es keine Reaktion, als sie erst den einen, dann den anderen Fuß auf die Brückenplanken stellte. Langsam schritt sie hinüber, immer noch voller Ungewißheit den Blick auf das vor ihr stehende Schloß gerichtet.

Als sie schließlich das andere Ufer des Grabens erreichte, trat Ida vor, um sie zu umarmen. »Ich wußte doch, daß alles in Ordnung ist«, sagte sie.

»Noch bin ich nicht im Schloß selbst«, antwortete Threnodia angespannt.

»Dann komm doch einfach rein«, meinte Ida und nahm sie bei der Hand. Die beiden Frauen traten durch das große Tor, beide schwiegen. Jordan folgte, einen etwas beunruhigten Blick um sich werfend. Immerhin hatte er einmal versucht, Threnodia ins Schloß zu tragen, worauf es fast eingestürzt wäre.

Als kein Zweifel mehr daran bestand, daß das Schloß tatsächlich nicht einstürzen würde, atmete die ganze Runde auf. Dann scharten sie sich wieder zusammen.

»Das ist der Thronsaal«, erklärte Ida gerade, »wo …«

»Wo mein Vater, König Gromden, immer auf dem Thron saß und mich auf seinem Schoß hielt«, erinnerte sich Threnodia. »Damals erzählte er mir, daß ich auch einmal darauf Platz nehmen würde.« Ihre Miene umwölkte sich. »Aber da wußte er natürlich noch nicht, was geschehen würde.«

Sie gingen weiter. »Hier ist der Hof«, fuhr Ida fort, »wo die Rosen von Roogna wachsen.« Sie machte eine Pause, doch Threnodia sagte nichts dazu. Metria wußte, warum: Erst Rose von Roogna hatte die magischen Pflanzen aufs Schloß gebracht, Jahrhunderte nachdem es verlassen worden war, lange nach König Gromdens Zeit. Folglich hatte Threnodia sie auch nie zu Gesicht bekommen. »Die Rosen prüfen die wahre Liebe, deshalb muß man ungeheuer vorsichtig sein, wenn man sie anruft.«

Sie gingen weiter und besuchten sämtliche historischen Räume des uralten Schlosses, bis sie schließlich zu dem magischen Wandteppich kamen. »Ach ja, wie viele glückliche Stunden ich doch damit zugebracht habe, ihn zu beobachten!« rief Threnodia. »Er gibt die gesamte Geschichte Xanths wieder. Manchmal habe ich sogar davon geträumt, wieder hier zu sein, und habe dabei an den großen Abenteuern der Vergangenheit teilgenommen.«

»Ich auch«, murmelte Ida, und ihr Mond geriet ins Wakkeln. Sie warf Threnodia einen Blick zu, und die beiden Frauen tauschten ein Lächeln aus.

Die Besichtigung endete damit, daß Threnodia ihr Zimmer zugewiesen wurde. Weder Mauergestein noch Dachbalken protestierten bei ihrem Besuch, der Fluch war also tatsächlich wirkungslos geworden.

Da fing Threnodia an zu weinen. Jordan holte ihr von irgendwoher ein Taschentuch. Wie jeder Barbar hatte er nicht die geringste Ahnung, wie er mit einer weinenden Frau umgehen sollte. Doch es waren keine Tränen des Schmerzes oder der Trauer, sondern der Erleichterung. Endlich durfte Threnodia in das Heim ihrer Kindheit zurückkehren. Das war die Erfüllung ihres sehnlichsten Wunschs.

Mit feucht schimmerndem Antlitz wandte sie sich an Metria und streckte die Hand aus. Die überreichte ihr die Vorladungsmarke.

Doch mit dieser Marke akzeptierte Threnodia noch etwas anderes. »Mutter«, sagte sie, auf eine Weise, wie sie es noch nie in ihrem Leben getan hatte. Diesmal war es frei von jeder schneidenden Bitterkeit. Sie nahm Metrias Hand und zog die Dämonin an sich, um sie zu umarmen. »Mutter, ich verzeihe dir alles, von dem ich dachte, du hättest es mir oder meinem Vater angetan. Willst du mir auch mein Verhalten verzeihen?«

Plötzlich fühlte sich Metria vom Gewicht ihrer Seele niedergedrückt – und dann mit einem Mal befreit! Jahrhundertelang war es ihr gleichgültig gewesen, wie ihre Tochter über sie dachte, ja sie hatte nur selten jemals einen Gedanken auf sie verschwendet. Doch ihre Seele hatte all dies verändert, und nun gab es nichts, was sie sich sehnlicher wünschte, als eine echte Beziehung zu ihrer Tochter herzustellen. Jetzt waren es ihre Augen, die von Tränen überströmten. »Ja! Ja, meine Tochter, ja«, sagte sie, und es war ihr gleichgültig, wie töricht es sich anhören mochte.

Und dann weinten sie zusammen, während die anderen im Kreis herumstanden und zusahen, und doch war es niemandem peinlich. Tatsächlich waren nunmehr gleich zwei Flüche aufgehoben worden – jener, der auf dem Schloß gelastet hatte, und jener, der ihre Beziehung beeinträchtigte.

»Ich denke, wir haben uns jetzt genug umgeschaut«,

meinte Cheiron. »Cynthia bleibt bis zum Prozeß hier, aber wir müssen jetzt wieder nach Hause.«

»Wir bleiben ebenfalls hier«, entschied Che. »Diese Reise hat sich bereits gelohnt.« Er warf Cynthia einen Blick zu, worauf diese es verstand zu erröten, obwohl sie doch erst zehn Jahre alt war.

Metria mußte zustimmen.

6

Wettkampf

Metria konnte leider nicht bleiben, um die Freude zu genießen, die nun im Schloß herrschte, denn sie hatte noch jede Menge drängender Verpflichtungen. Sie mußte den beiden Mundaniern Kim und Dug noch ihre Vorladungen überbringen, und um das zu erreichen, mußte sie erst einmal Arnolde Zentaur aufspüren und ihn verjüngen lassen, was wiederum bedeutete, daß sie erst Jenny Elfe und ihre Katze auftreiben mußte, die alles finden konnte. Also – wo war Jenny Elfe?

Hm, Jenny hatte in dem Spiel, das die beiden Mundanier nach Xanth führte, als Begleiterin gedient. Metria hatte selbst an diesem Spiel teilgenommen, sie konnte sich noch gut an die Proben und Vorbereitungen unter Aufsicht von Professor Fetthuf erinnern. Nach dem Spiel waren alle wieder ihrer Wege gegangen. Doch Fetthuf wußte bestimmt, wo sie alle waren. Also würde sie ihn danach fragen. Sie beschloß, sich diesmal nicht wieder von ihm einschüchtern zu lassen. Sie würde sich ganz normal und indifferent geben, gleich, was geschehen mochte.

Gedacht, getan. Sie sauste zu den Dämonenhöhlen hinüber. Da war auch schon der Professor, der gerade eine neue

Klasse einwies. »Aber *falls* ihr es überleben solltet«, donnerte er die Reihen teigiger Dämonengesichter an, »werdet ihr eventuell denken wie echte Dämonen!« Er sah finster in die Runde, offensichtlich daran zweifelnd, daß derlei überhaupt möglich sei. Die Studenten reagierten entsprechend eingeschüchtert, nicht einer von ihnen wagte, auch nur einen Piepser zu erwidern. Nur Fetthuf vermochte so etwas – denn es war sein Talent, jene einzuschüchtern, die sich nicht einschüchtern ließen.

Metria faßte ihren Mut zusammen und brach das angespannte Schweigen. »He, Prof- ... Wo ist Jenny Elfe.«

Die zornige Miene entwickelte Risse an den Außenrändern. Aus den glühenden Augäpfeln des Professors stiegen Rauchwölkchen auf. »Was tust du denn hier schon wieder?« brüllte er bebend vor Empörung. Tatsächlich bebte das ganze Klassenzimmer mit ihm.

He – es funktionierte ja! Sie war tatsächlich imstande, seiner Einschüchterung die Stirn zu bieten. Zugleich wußte sie aber auch, daß sie an ihrer Einstellung beharrlich festhalten mußte, denn sollte sie sie je einbüßen, würde sie diese Festigkeit kein zweites Mal erreichen. »Ach, störe ich vielleicht? Tut mir aber leid.« Ihr Gewissen verlangte von ihr, daß sie sich entschuldigte, wenn sie irgendwo störte, und es fiel schwer, sich in Fetthufs Gegenwart aufzuhalten, ohne das Gefühl zu stören.

»Komm mit in mein Büro, Dämonin«, sagte er mit einer solchen Ruhe, daß es schon entsetzlich wirkte.

»Klar doch, Profchen.« Sie huschte hinein und stützte ihre wackelnden Knie mit Metallprothesen.

Er kam hinter ihr hergesaust. »Und welchem Umstand verdanke ich das Unvergnügen dieser Störung, Dämonin?« fragte er, sobald seine finstere Miene sich genügend aufgehellt hatte, um die Worte freizugeben. »Selbst bei deinem Matschhirn solltest du eigentlich wissen, daß du meinen Unterricht nicht zu stören hast – und das war nun schon das zweite Mal.«

Sie ließ auch Stützen für ihr Rückgrat entstehen, versteifte den Kiefer und antwortete. »Weißt du noch, dieser Prozeß? Wo du den Richter abgeben sollst?«

»*Natürlich* weiß ich von diesem Prozeß, du empörende Kreatur! Ich habe ihn bereits in meinen Terminkalender eingetragen.«

»Schön, dann möchtest du doch bestimmt, daß auch sämtliche Geschworene anwesend sind, nicht wahr?«

»Selbstverständlich will ich, daß alle, die dort hingehören, auch anwesend sind. Warum holst du sie nicht?«

»Weil ich Jenny Elfe nicht finden kann. Weißt du vielleicht, wo sie ist?«

»Natürlich weiß ich, wo sie ist!«

»Dann sag es mir, und ich verschwinde.«

»Ah, welche Verführung!« murmelte er. Seine Augen nahmen einen gewitzten Blick an. »Dämonin, es gehört nicht zu meinen Aufgaben, für dich die Leute auf deiner Liste ausfindig zu machen. Was willst du im Gegenzug für diese Information für mich tun?«

Ihre Selbstsicherheit fiel zu Boden. Hastig beugte sie sich vor, um sie wieder aufzuheben, wobei sich ihr Minirock heftig spannte. »Ach, Prof, ich wußte ja gar nicht, daß du dir etwas daraus machst. Soll das heißen, daß all die Jahrhunderte, in denen ich dir meine fleischigen Beine in den kurzen Röcken zur Schau stellte, genau wie meine durchsichtigen, üppig gefüllten Blusen, doch nicht verloren waren? Daß du es tatsächlich bemerkt hast?«

»Natürlich habe ich es nicht bemerkt! Ebensowenig wie die Tatsache, daß du jeden Tag ein andersfarbiges Höschen getragen hast – darunter auch geschmacklose Bonbonstreifen und Polkatupfer ohne Stoff in den Tupfern, ganz anders als die eher konservative Fischgrätunterwäsche, die du gerade anhast. Warum sollte ich auch der Kleidung einer Studentin Aufmerksamkeit zollen, die niemals auch nur einen *einzigen Auftrag* zu Ende geführt hat?«

»Ach«, sagte sie enttäuscht. »Wenn du also gar nichts Interessantes von mir willst, was möchtest du denn dann haben.«

Sein wütender Blick nahm eine beunruhigende Intensität an. »Ich habe einen Sohn«, verkündete er.

Das wußte sie zwar, mußte aber bei ihrer Pose bleiben. »Na, dann mußt du ja wohl doch mindestens einmal einer Studentin unter den Rock geschaut haben. Nie wieder, was, Prof?«

»Hör auf mit deinen albernen Anstrengungen, mich zum Narren zu halten, Dämonin! Du kennst meinen Sohn, den Dämonenprinzen Vore. Der frißt andere auf.«

»Ja, ich habe mal versucht, ihn zu verführen, aber statt dessen hat er mich aufgefuttert. Das ist wirklich ein brutaler Kerl. Vielleicht hat er auch meine bonbongestreiften Höschen mit Süßigkeiten verwechselt. Worauf willst du hinaus, Prof? Du drückst dich doch sonst nicht so unklar aus.«

Sie glaubte, er würde gleich explodieren, doch statt dessen sackte er in sich zusammen. »Getroffen, Dämonin. Vielleicht besitzt du ja tatsächlich die Fähigkeit, mir meinen Wunsch zu erfüllen.«

»Nein, ich bin nicht imstande, ein Klassenzimmer aus Schülern, die vorher durchaus noch so etwas wie Selbstrespekt kannten, in einen Haufen zuckenden Breis zu verwandeln«, versetzte sie.

»Ich spreche von deiner Fähigkeit, Zorn auszulösen. Ich bin noch nie einer Kreatur begegnet, die es in dieser Hinsicht mit dir hätte aufnehmen können.«

»Oh, danke schön auch, Prof!« sagte sie und lief pastellrosa an. »Wenn man bedenkt, daß ich das alles erreicht habe, ohne auch nur einen einzigen Auftrag zu Ende zu führen!«

»Und überragendes Talent verdient Respekt, gleich welcher Art es ist. Ich möchte, daß du dich für meinen Sohn anstrengst.«

»Ich habe es dir doch schon gesagt, als ich es mal versuchte ...«

»Er ist jung, töricht und herrschsüchtig. Aber es wird Zeit, daß er endlich Reife entwickelt. Immerhin ist er nach menschlicher Zählweise bereits dreiundzwanzig.«

»Nach dämonischer mehr als zweitausenddreihundert, aber wer zählt schon die Jahre?«

»Genau. Ich glaube, das einzige, was ihn zur Ruhe und Vernunft bringen kann, ist die Ehe.«

»Nun mach mal halblang, Prof! Ich bin bereits verheiratet.«

»Ja, ich erinnere mich. Schließlich habe ich die Trauung durchgeführt.«

»Und du hast auch gewußt, daß ich eine halbe Seele bekomme und ein Gewissen, Liebe, Treue und so weiter entwickeln würde«, beschuldigte sie ihn. »Daß mich mein neugewonnenes Bewußtsein um richtige, anständige und gute Dinge hoffnungslos in Fesseln legen würde.«

»Gewiß. Deshalb will ich dich auch für meinen Sohn haben.«

Ihre Augen wurden plötzlich so rund, daß sie ihr fast aus dem Gesicht gekullert wären. »Oh, Prof, du spielst aber eine dreckige Nummer! Dein Sohn wird noch einmal den Tag verfluchen, da er mit dir verwandt wurde.«

»Natürlich. Und irgendein Jahrhundert später wird es ihm vielleicht sogar gelingen, etwas von dem Brei aus seinem Schädel zu pressen. Er besitzt tatsächlich einige empfehlenswerte Qualitäten. Er ist ehrenhaft, sieht gut aus, ist intelligent und von sicherem Urteil. Er bedarf lediglich der Zügelung, damit seine natürliche Blutrünstigkeit sich abschwächt. Such mir eine beseelte Frau, die er heiraten kann, und bring ihn dazu, es auch zu tun. Das ist es, was ich von dir verlange, du impertinente Verführerin.«

»All das – nur um mir zu sagen, wo Jenny Elfe steckt?«

»Gewiß doch.«

»Ich müßte ja verrückt sein, mich auf diesen Handel einzulassen!«

»Dann frag deine schlimmere Hälfte.«

»Geh bloß darauf ein, Dumpfbacke«, meinte Mentia. »Der Professor hegt immer irgendwelche Hintergedanken. Da brauchst du dich nur als würdig zu erweisen.«

Metria seufzte. Ihr schlimmeres Selbst besaß ein sicheres

Urteil in verrückten Situationen, und darauf mußte sie sich verlassen. »Einverstanden. Also, wo ist Jenny Elfe?«

»In den Nagahöhlen.«

»Was tut sie denn dort?«

»Nachdem sie und Nada Naga bei Beendigung des Begleiterspiels entlassen wurden, stellten sie fest, daß sie einander mochten. Nada lud Jenny zu sich ein, und sie nahm die Einladung an. Seitdem lebt sie dort. Ihre Katze hat sich als recht nützlich erwiesen, wenn die Naga mal etwas suchen, beispielsweise gestreifte Diamanten.«

»Warum bin ich bloß selbst nicht darauf gekommen?« fragte Metria rhetorisch.

»Weil dein Schädel voller Brei steckt. So, und jetzt erwarte ich, daß mein Sohn innerhalb von vierzehn Tagen bereit für die Hochzeit ist.«

»Große Erwartungen«, murmelte sie, als sie davonsauste.

Da fiel ihr plötzlich etwas ein, und sie huschte sofort zurück. »Professor! Da ist noch etwas.«

Er blieb abrupt stehen und grollte: »Meine Geduld wird doch langsam sehr über den Selbstentzündungspunkt hinaus strapaziert, Dämonin.«

»Du willst, daß Vore Nada Naga heiratet, richtig? Warum setzt du nicht einfach noch einen drauf, indem du gleichzeitig noch Grey Murphy mit Prinzessin Ivy verheiratest? Nada und Ivy sind enge Freundinnen, und ...«

»... und es sind jetzt neun Jahre um«, stimmte er zu. »Ivys Mutter hat die Sache auch in die Länge gezogen. Also gut.«

Metria lächelte. »Danke, Profchen!« und sauste wieder davon.

Die Nagahöhlen befanden sich in der Nähe des Nests von Dracu Drachen. Die Naga unterhielten einigermaßen herzliche Beziehungen zu dem Drachen, war ihr gemeinsamer Feind doch die örtliche Koboldhorde. Irgendwann würde Gwenny Kobold vom Koboldberg ihre Autorität auch auf die Höhlenkobolde ausdehnen, doch bis dahin blieben sie so unerträglich wie immer. Glücklicherweise hatte der Beistandspakt auf Gegenseitigkeit, den die Naga mit den Menschen geschlossen hatten, ihre Ressourcen kräftig aufgestockt, und seitdem war es den Kobolden nicht mehr gelungen, ihnen etwas abzuringen.

Metria huschte ohne Zögern in den Thronsaal. Dort saß König Nabob und blickte düster drein. Er zeigte seine natürliche Gestalt, eine große Schlange mit Menschenkopf. Er konnte auf Wunsch auch die Gestalt einer reinen Schlange oder eiens ausgewachsenen Menschen annehmen, sah dafür aber augenscheinlich keinen Anlaß, da ihm seine natürliche Form viel eher behagte. »Hallo, Euer Majestät«, sagte sie. »Ich bin die Dämonin Metria und suche Jenny Elfe. Warum so sauerzahnig?«

Er wandte das gekrönte Haupt zu ihr herum, ihr Auftauchen schien ihn nicht zu überraschen. Wahrscheinlich hatte seine Tochter ihm schon von der merkwürdigen Dämonin erzählt. »Hallo, Metria. Was für eine Stimmung?«

»Trauer, Niedergeschlagenheit, Larmoyanz, Leid, Qual, Entsetzen ...«

»Töpfisch?«

»Wie auch immer«, stimmte sie ärgerlich zu.

Er entschied sich zu Weitschweifigkeit, was ja auch das Privileg älterer schwergewichtiger Könige war. »Wie bekommt dir die Ehe?«

»Genau das führt mich hierher, wenn auch auf gewundenen Pfaden, die dich nicht interessieren dürften.«

»Vielleicht doch. Du mußt nämlich wissen, daß ich während der Abwesenheit meiner Tochter die Ungeheuer unter ihrem Bett unterhalten muß, und die wissen eine gute Geschichte wirklich zu würdigen.«

»Aber deine Tochter ist doch schon erwachsen? Da dürfte sie doch überhaupt keine Ungeheuer mehr unterm Bett haben.«

»Aber Jenny Elfe schon, und ich bin immerhin alt genug für meine zweite Kindheit, deshalb wohnt Finger nun unter meinem Thron, wo ihm Knöchel gelegentlich Gesellschaft leistet.«

»Ach so. Darf ich die mal sehen?«

»Nicht, wenn du erwachsen bist.«

Da erschien Gnade Uns vor ihm. »Ach, ich möchte sie aber doch so gern mal sehen«, sagte sie, und eine riesige Träne kullerte hervor.

Der König nickte. »Gewiß doch. Ich werde euch miteinander bekannt machen. Gnade Uns, das hier sind Finger und Knöchel Handfläche. Ungeheuer, das ist Gnade Uns, eine kindische Dämonin.«

Im Schatten unter dem Thron leuchteten kurz zwei Hände auf. Bei Tag waren Bettungeheuer immer sehr scheu. Also nahm Metria wieder ihre ursprüngliche Gestalt an und erzählte ihm die Geschichte. »Und jetzt muß ich Jenny Elfe finden, damit ich ihr ihre Vorladung überbringen und mir die Katze ausleihen kann. Nada übrigens auch – die steht ebenfalls auf der Geschworenenliste.«

»Die suchen im Augenblick nach gestreiften Diamanten, müßten aber bald zurück sein. Und jetzt will ich dir erzählen, weshalb ich so sauergurkig, äh, sauertöpfisch bin. Das liegt nämlich daran, daß meine Tochter, die Prinzessin, inzwischen sechsundzwanzig Jahre alt und immer noch unverheiratet ist, während meine Kräfte langsam nachlassen. Sie muß unbedingt einen Prinzen heiraten, der das Zepter der Macht übernimmt, aber sie scheint keinerlei Anstalten in dieser Richtung zu machen.«

»Was ist denn mit deinem prima gutaussehenden Sohn, Prinz Naldo? Kann der denn das Zepter nicht übernehmen?«

»Der hat unter seinem Stand geheiratet. Gewiß, die Meerfrau ist wirklich ein Prachtexemplar von einer Frau, wirklich prächtig, vor allem im Salzwasser, aber nicht geeignet, Königin der Naga zu werden. Also muß Nada statt dessen einspringen und möglichst bald einen geeigneten Prinzen becircen. Sonst verliert unser Volk noch den Glauben, und die Kobolde werden wieder frecher und rücken vor. Aber leider wachsen Prinzen nun einmal nicht auf Bäumen, und sie weigert sich, auch nur irgendeinen in Augenschein zu nehmen, der zufälligerweise jünger ist als sie. So wird sie immer älter, während das Schicksal der Naga immer düsterer wird.

Langsam bekam Metria eine Ahnung davon, welche verschlungenen Absichten der Dämonenprofessor verfolgte. Er hatte gewußt, daß es hier eine außerordentlich geeignete Prinzessin gab. »Wie wäre es denn mit einem Dämonenprinzen?« fragte sie.

»Dämonen sind seelenlose Kreaturen, die zu jedem Unheil fähig sind, weshalb man ihnen nicht trauen darf.«

»Und angenommen, man könnte einem von ihnen eine Seele verpassen – oder wenigstens eine halbe?«

»Ja, dann käme er wohl in Frage«, meinte Nabob überrascht. »Aber Dämonen haben nun einmal selten Seelen, weil sie ihnen aus dem Weg gehen – schließlich wissen sie, was diese für Folgen haben. Tatsächlich dürfte es keine Übertreibung sein zu behaupten, daß man einem Dämonen allenfalls durch List und Tücke eine Seele aufhalsen kann.«

»Beispielsweise, indem man ihn mit einer beseelten Sterblichen vermählt«, stimmte Metria zu. »Und die Zeremonie dergestalt durchführt, daß eine Seelenhälfte des Sterblichen auf ihn überwechselt.«

»Ganz genau. Woher weißt du das?«

»Ich habe es auf die harte Tour erfahren müssen, als ich einen Sterblichen heiratete. Erst glaubte ich ja, es sei nur vorübergehend, aber nachdem ich beseelt worden war, überlegte ich es mir noch einmal anders.«

Plötzlich wirkte Nabob äußerst interessiert. »Dann kennst du also einen geeigneten Dämonenprinzen?«

»Prinz Vore, der Sohn von Professor Fetthuf. Fetthuf wünscht, daß er binnen der nächsten vierzehn Tage verheiratet wird. Er glaubt, daß ein paar Jahrzehnte Ehe den Prinzen zur Vernunft bringen werden, vielleicht quetscht er sich dann auch etwas von dem Brei aus seinem Schädel.«

»Das ist aber eine aufregende Nachricht! Allerdings fallen mir dazu gleich zwei wichtige Einwände ein.«

»Vore und Nada«, sagte Metria. »Keiner von beiden wird den anderen heiraten wollen.«

»Ganz genau. Es ist auch nicht denkbar, daß man Königssprößlinge mit Gewalt dazu zwingt. Das würde ein schlechtes Beispiel abgeben und zu unguten Familienbeziehungen führen. Daher fürchte ich, daß das nicht glattgehen wird.«

»Trotzdem, es muß eine Möglichkeit geben. Es gibt nämlich immer eine Möglichkeit, Fetthufs Aufträge zu erfüllen, gleich wie verworren. So unterrichtet er ja auch seine Schüler. Man muß dazu lediglich den Brei aus dem Schädel quetschen und die Lösung suchen.«

»Hm«, machte er nachdenklich. »Das erinnert mich an etwas wahrscheinlich völlig Irrelevantes ...«

»So funktionieren Fetthufs Beispiele auch. Ich habe es schon Hunderte von Malen erlebt, während ich seinen Unterricht ignorierte. Ebendies, was ein Breihirn schlicht für unwichtig hält, ist meistens die Lösung.«

»Es ist eine Geschichte, die wir unseren Kindern über die Einmischung von Dämonen in menschliche Angelegenheiten erzählen. Ich glaube, sie stammt ursprünglich aus Mundania, wo die Magie ja nur in der Einbildung existiert. Man nennt es den Schönheitswettbewerb der Dämonen.«

»Aber Dämonen können doch jede beliebige Gestalt annehmen. Ich bin schön, weil ich das so haben will. Mein innerstes Wesen bleibt dennoch so häßlich wie immer. Ein Schönheitswettbewerb unter unserer Art wäre völlig sinnlos.«

»Stimmt. Die menschliche Gestalt meiner Tochter ist aus demselben Grund schön. Jedenfalls haben die Dämonen eine ganz andere Art von Wettbewerb durchgeführt. Der männliche Dämon wählte einen sehr attraktiven sterblichen Prinzen, die Dämonin wiederum eine schöne sterbliche Prinzessin. Vielleicht war es auch andersherum. Jedenfalls sollte entschieden werden, welcher der beiden Sterblichen besser aussah.«

»Aber die Dämonen würden sich doch nie darauf einigen!« protestierte sie. »Er würde darauf beharren, daß sein Sterblicher der Beste ist, während sie das von ihrer Sterblichen behaupten würde. Dämonen sind reichlich unvernünftig, weil ihre Meinung ebenso leicht formbar ist wie ihre Körper.«

»Ganz genau. Deshalb mußten sie auch eine andere Möglichkeit der Entscheidungsfindung entwickeln – eine, die nicht von den Meinungen der Dämonen abhängig war.«

»Was hätte das denn sein können? Die Meinung von Sterblichen hätten sie dagegen bestimmt nicht gelten lassen.«

»Doch. Jedenfalls in dieser Geschichte. Sie brachten die beiden schönen Sterblichen nackt zusammen und überließen *ihnen* das Urteil.«

»Das ist doch völlig verrückt! Zwei Sterbliche, die einander nicht einmal kannten? Die würden doch einfach davonstieben. Sterbliche können furchtbar pingelig sein, was Kleidung angeht, oder vielmehr ihr Fehlen. Vor allem, wenn sie von unterschiedlichem Geschlecht sind.«

»Die Sache wurde folgendermaßen gehandhabt: Die Dämonen versetzten die Sterblichen in einen tiefen Schlaf. Sie führten sie zusammen und weckten sie abwechselnd. So konnte er sie betrachten, während sie schlief, und umgekehrt betrachtete sie ihn im Schlaf. Natürlich reagierten die beiden auf bestimmte Weise, und jener, der auf den anderen am stärksten reagierte, wurde als der am wenigsten Schöne ausgemacht. So veranstalteten und entschieden die Dämonen ihren Schönheitswettbewerb.«

Metria war nachdenklich geworden. »Das ist wirklich eine äußerst faszinierende Idee. Willst du etwa vorschlagen, daß wir deine Tochter und den Sohn des Professors schlafend zusammenführen, um dann einen Schönheitswettbewerb zu veranstalten? Es wäre bestimmt ganz interessant und spaßig, aber heiraten würden sie einander deswegen noch lange nicht.«

»Bist du dir sicher? In der Geschichte gelangten die Dämonen zu dem Schluß, daß der Mann der schönere von beiden war. Dann versetzten sie sie wieder in Schlaf und brachten sie nach Hause zurück. Doch als die beiden Sterblichen erwachten, weit voneinander getrennt, sehnte sich jeder nach dem anderen und mochte nicht mehr ruhen, bis sie endlich wieder vereint waren.«

»Weil jeder eine echte Gelegenheit gehabt hatte, den anderen aus nächster Nähe zu begutachten«, schloß Metria. »Das könnte tatsächlich funktionieren. Auf jeden Fall ist es einen Versuch wert. D. Vore ist ein prima Fang, und ein Prinz ist er noch dazu. Nada wiederum ist Xanths schönste sterbliche Frauengestalt. Es könnte durchaus sein, daß sie einander positiv beeindrucken, zumal beide ja irgendwann heiraten müssen. Aber können wir sie auch in Schlaf versetzen?«

»Ich habe einen Schlaftrunk, den ich meiner Tochter unterschieben kann. Und Professor Fetthuf wird doch für seinen Sohn etwas Ähnliches haben.«

»Dann tun wir es doch!« rief sie erfreut.

Bald darauf kehrten Nada Naga und Jenny Elfe zurück, einen kleinen Beutel gestreifter Diamanten mit sich tragend. Metria überreichte den beiden schnell ihre Vorladungen und erklärte die Sache mit dem Prozeß, während König Nabob unbemerkt davonglitt, um seine Vorbereitungen zu treffen.

Dann sauste Metria zurück in die Dämonenhöhlen, um noch einmal mit Fetthuf zu reden. Sie wußte, daß ihn ihre Störung diesmal ganz bestimmt nicht in Rage versetzen würde. Kaum daß eine Stunde vorbei war, waren auch alle Vorbereitungen getroffen. Der Schönheitswettbewerb der Dämonen begann.

Als der Dämonenprinz Vore erwachte, fand er sich in einer seltsamen Lage wieder. Von oben strömte mattes Licht herab. Er befand sich in einem kleinen Raum, dessen Wände hoch über seinen Kopf ragten, und es gab weder Tür noch Fenster. Was aber noch seltsamer war: Neben ihm lag ein nacktes Mädchen.

Er sah noch einmal hin. Das war gar kein Mädchen, sondern eine vollausgestattete Menschenfrau. Ihr Haar war von rötlichem Braun und umschlang ihren Körper wie ein seidener Umhang. Ihr Antlitz war von betörender Schönheit, ebenso ihr Leib. Um ganz sicherzugehen, strich er ihr das Haar beiseite.

»Wenn das die Kreatur sein sollte, mit der mich mein Vater verheiraten möchte, soll es schon genügen«, bemerkte er. »Die sieht ja wirklich lecker aus. Allerdings hege ich nicht die geringste Absicht, mich zu irgend etwas zwingen zu lassen oder hier oben eingesperrt zu bleiben. Schließlich bin ich ein Dämonenprinz, der so gut wie niemandem Rechenschaft schuldig ist ...«

Er versuchte davonzusausen, doch nichts geschah. Er versuchte sich zu entmaterialisieren – wieder nichts. Er versuchte zu fliegen – erfolglos. Irgendwie hatte man ihn seiner dämonischen Kräfte beraubt. Was war hier los? Er prüfte die Wand des Raums. Die war ganz fest, ohne Spalten oder Öffnung. Er drückte dagegen, doch sie gab nicht nach. Er versuchte an ihr hinaufzuklettern, fand aber keinen Halt.

Verwundert setzte er seine Betrachtung der schlafenden Frau fort. »Wer bist du, wunderschöne Kreatur?« fragte er. Sie erwiderte nichts. Er berührte ihren schlanken Arm, doch erhielt er keine Reaktion. Sie mußte unter irgendeinem Zauber stehen, der sie am Schlafen hielt.

Ein Zauber! Genau das mußte auch ihm widerfahren sein. Irgendeine Magie hatte ihn einschlafen lassen, und die Nachwirkungen hatten ihn seiner dämonischen Kräfte beraubt. Wahrscheinlich war das Mädchen ebenfalls verzaubert worden, doch da sie nur eine Sterbliche war, hatte sie sich nicht einmal annähernd so weit davon freigekämpft wie er.

Da erblickte er, beinahe verborgen unter der anmutigen Masse ihrer Zöpfe, eine kleine goldene Krone auf ihrem Haupt. Das war ja eine Prinzessin!

»Ach, was für ein wunderbares Mädchen du doch bist«, bemerkte er. »Und noch dazu eine Prinzessin! Wie gern hätte ich mit dir ein Stelldichein, wärest du wach. So aber muß ich dich unberührt lassen, denn ich bin ja ein Geschöpf von Ehre.«

Er setzte sich neben sie und beobachtete ihren gleichmäßigen, wogenden Atem. Sehr beeindruckend. Und dann, ganz plötzlich, war alles wie ausgelöscht.

Prinzessin Nada Naga erwachte überrascht. Gerade hatte sie sich noch in der hübschen Höhle, die sie sich mit Jenny Elfe teilte, zur Ruhe begeben, da wachte sie auch schon in einem merkwürdigen, fremden Zimmer auf.

»Huch!« kreischte sie auf. Neben ihr lag ja ein nackter Mann!

Hastig sprang sie auf die Beine und machte dabei die Entdeckung, daß sie selbst unbekleidet war. Sie suchte nach der Tür, konnte aber keine finden. Ebensowenig ein Fenster. Nur mattes Licht, das von weit oben langsam zu Boden sikkerte. Sie befand sich ja auf dem Boden eines Brunnens!

Nada versuchte Schlangengestalt anzunehmen, doch das gelang ihr nicht. Da probierte sie es mit der Naga-Gestalt, was ebensowenig klappte. Irgend etwas unterband hier ihre natürliche Begabung für Gestaltwandlung. Sie begriff, daß sie wahrscheinlich einem Zauber erlegen war und sich erst teilweise daraus hatte lösen können, so daß sie jetzt zwar nicht mehr schlief, dafür aber ihre anderen besonderen Fähigkeiten nicht nutzen konnte.

Und diesem fremden Mann mußte es ganz ähnlich ergangen sein. Sie nahm auf dem weichen Bett Platz, das den Boden des Brunnens ausfüllte, und musterte den Mann etwas genauer. Ein gutaussehendes Tier, markige Züge und muskulöser Körper. Und als sie noch genauer hinsah, entdeckte sie eine kleine goldene Krone auf seinem Haupt. Das war ja ein Prinz!

»Ich wünschte, ich hätte dich früher kennengelernt«, murmelte sie anerkennend. »Ich suche schon so lange nach einem geeigneten Prinzen, daß ich die Jahre nicht mehr zählen mag. Aber wahrscheinlich bist du in Wirklichkeit ganz widerlich wie die meisten Männer, wenn sie wach sind.« Sie begutachtete ihn noch eindringlicher. »Außerdem siehst du aus, als wärst du ungefähr dreiundzwanzig Jahre alt. Zu jung für mich, denn ich bin schon sechsundzwanzig.«

Sie grübelte und überlegte und dachte nach, und schließlich beschloß sie, es einfach zu versuchen und den attraktiven Fremden aufzuwecken. Sie sprach ihn an, erhielt aber keine Antwort. Sie schüttelte ihn an der Schulter, doch er rührte sich nicht. Schließlich versuchte sie es mit ihrer ultimativen Geheimwaffe: Sie begab sich auf alle viere, preßte den Mund auf seinen und küßte ihn. Doch es nützte nichts. Er schlief einfach weiter. Das war das erste Mal, daß ihr so etwas widerfahren war: Mit ihrem Kuß konnte sie normalerweise selbst Tote noch zum Leben erwecken. Jedenfalls beinahe. Vielleicht hatte der Zauber ja auch diese Fähigkeit beeinträchtigt.

Sie seufzte. Unfähig, zu fliehen oder den Mann zu wekken, würde sie abwarten müssen, was geschah. Und so legte sie sich neben ihm nieder, nahm seine Hand in ihre, um mitzubekommen, falls er sich rührte, und war plötzlich wieder eingeschlafen.

»Soviel zum Schönheitswettbewerb«, bemerkte Metria. »So richtig heiß ist ja wohl keiner der beiden geworden.« Sie spähte gerade durch den transparenten Wolkenstoff des Gefängnisturms. Oder genauer, in den großen magischen Spiegel, der ihr den fernen Turm so zeigte, als bestünde er aus Glas.

»Es sind eben beides anständige Leute«, meinte Jenny Elfe. »Von Nada weiß ich das jedenfalls. Ich finde, dein Plan ist ziemlich verrückt.«

»Die beiden müssen verheiratet werden«, warf König Nabob ein. »Genau darum geht es. Das hier ist nur die erste Stufe.«

»Ich glaube dennoch nicht, daß es funktionieren wird«, meinte Jenny. Doch Sammy Kater, der in ihren Armen ruhte, sah nachdenklich drein.

Die beiden Gefangenen im Brunnen erwachten gleichzeitig. »Oh!« machte Nada und versuchte ihre Gestalt zu verwandeln, denn es war unschicklich, sich unbekleidet in Menschengestalt neben einem fremden Mann aufzuhalten.

Doch es wollte ihr immer noch nicht gelingen. Also warf sie ihr Haar über den Oberkörper, was ihn weitgehend bedeckte, obwohl manches darauf bestand, vorwitzig herauszulugen.

»Du bist ja wach!« bemerkte Vore, der ebenso erschrocken wirkte wie sie.

»Du auch«, erwiderte sie, nicht ganz unvernünftig. Gleichzeitig ließ sie hastig seine Hand fahren.

Vore sah sich erst um, dann blickte er an seinem nackten Körper herab. Er versuchte, Kleidung um sich herum entstehen zu lassen, doch auch dieser Fähigkeit war er beraubt. Als ihm klar wurde, daß er nichts unternehmen konnte, weil sein Haar nicht annähernd so lang war wie ihres, versuchte er statt dessen, das Beste daraus zu machen. »Hallo. Ich bin Prinz Vore.«

»Ich bin Prinzessin Nada.« Aus irgendeinem Grund, den sie beide nicht verstanden, gab keiner von ihnen mehr als dies preis.

»Du bist die schönste Frau, die ich jemals gesehen habe, soweit ich mich erinnern kann.« Als Eröffnungszug für eine Konversation fehlte es dieser Bemerkung entschieden an Finesse, doch sie nahm es gutmütig hin. »Und du bist der attraktivste Mann, den ich kenne. Auch wenn du noch so jung bist.«

Achselzuckend erwiderte er: »Ich bin, wie ich bin. Weißt du vielleicht, wie wir hierhergekommen sind?«

»Das wollte ich dich auch gerade fragen. Gerade befand ich mich noch in meinem königlichen Gemach, da erwachte ich auch schon im nächsten Augenblick hier neben dir. Du schliefst gerade.«

»Ach ja? Als ich vorhin erwachte, warst du es aber, die schlief.«

Sie schürzte nachdenklich die Lippen, was außerordentlich hübsch ausfiel. »Ich glaube, wir sind verzaubert worden.«

»Ganz meine Rede. Wozu?«

Sie überlegte. »Ich erinnere mich an eine Geschichte, die

mir mein Vater als Kind erzählte. Dabei ging es um einen Dämonenwettbewerb – aber das ist unwichtig. Aber vielleicht hat uns auch jemand entführt und will Lösegeld erpressen.«

»Aber wozu uns dann entkleiden?«

»Vielleicht, damit wir nicht unbemerkt fliehen können?«

»Prinzessin Nada, ich glaube, du würdest überall Aufmerksamkeit erregen, gleich wie sehr oder wie wenig du bekleidet bist.«

»Ich vermute mal, das soll ein Kompliment sein.«

»Stimmt.«

»Dann danke ich dir dafür. Meinst du, daß wir uns irgendwie aus diesem Brunnen befreien können?«

Er ließ den Blick umherschweifen. Das weiche Zeug, aus dem das Bett bestand, schien formbar zu sein. Er nahm etwas davon und machte daraus ein Seil. »Wenn dieses Zeug stark genug sein sollte, kann ich daraus vielleicht ein Seil anfertigen, mit dem wir die Zinne dort oben erreichen können.«

»Ich helfe dir dabei«, erbot sie sich sofort.

Also machten sie sich an die Arbeit, und sie taten es so geschickt, daß sie schon bald ein ordentliches, kräftiges Seil geflochten hatten. Nadas Finger kümmerten sich um die feinen Fäden, während seine Hände das starke Seil handhabten. Sie bewunderte seine Hände – unter anderem –, und er bewunderte ihre Finger – ebenfalls unter anderem.

Als der Strick eine ausreichende Länge hatte, band ihn Vore an einem Ende zu einer Schlinge, die er elegant über eine Zinne warf. Dann hangelte er sich daran empor, wobei sich seine Muskeln sehr anstrengen mußten, weil er es nicht gewohnt war, auf derart anstrengende Weise eine Mauer zu erklimmen. Als er oben angekommen war, nahm er auf der Zinne Platz und blickte hinunter. »Du bist dran, Nada!« rief er.

Sie schüttelte den Kopf. »Ich fürchte, ich bin nicht so stark wie du, Vore. Ich kann mich nicht so einfach mir nichts, dir nichts hinaufhangeln, wie du es getan hast. Vielleicht solltest du einfach weitermachen und sehen, daß du freikommst.«

Er sah sie etwas genauer an und stellte fest, daß ihr Fleisch, im Gegensatz zu seinem, das sich in Form von Muskeln an seinen Armen bündelte, vor allem die Gestalt von Kurven auf ihrem Oberkörper und an den Beinen annahm. Damit ließ sich tatsächlich schwer hangeln. »Auf keinen Fall, Nada. Mach unten am Seil eine Schlaufe, und setz dich hinein, dann ziehe ich dich hinauf.«

Das tat sie, und schon bald hatte er sie ebenfalls nach oben befördert. Nun sahen die beiden sich um.

Sie befanden sich auf der Spitze eines Turms, der wiederum Teil eines formidablen Schlosses war. Das Schloß wiederum stand auf einer weißen Insel mitten in einem dunkelblauen Meer.

»Sollen wir uns nach unten begeben und dann im Schloß nachfragen?« fragte Nada.

»Deine Vertrauensseligkeit gefällt mir. Aber ich hege den Verdacht, daß diejenigen, die in diesem Schloß hausen, die gleichen sind, die uns hier festgesetzt haben, und mit denen sollten wir nach Möglichkeit lieber nicht zusammenkommen.«

»Mir gefällt deine vernunftbetonte Vorsicht. Gewiß hast du recht, und mein Vorschlag war töricht. Was sollen wir denn dann tun?«

Einen Augenblick lang standen sie einander gegenüber, und jeder wurde sich bewußt, welch ein Abbild der Schönheit der andere doch war, und wie hervorragend Vertrauen und Vorsicht sich doch ergänzten. Doch war ihre gegenwärtige Lage zu prekär, um allzuviel Spielraum fürs Nachdenken zu lassen.

»Vielleicht sollten wir uns nach unten begeben und versuchen, ein Boot zu finden«, schlug sie vor.

»Einverstanden. Und etwas zum Anziehen. Obwohl ich zugeben muß, daß es meine Augen nicht gerade beleidigt, dich so anschauen zu müssen, wie du bist.«

Sie errötete um eine halbe Schattierung, was sie gleich

doppelt so schön machte, obwohl das doch schier unmöglich war. Er mochte zwar jung sein, aber er hatte etwas. »Dasselbe kann ich von dir behaupten.«

Dann ließ er sie am Seil hinunter und kam hinterhergehangelt. Schließlich zog er an dem Strick, worauf sich die Schlinge von der Zinne löste und neben ihnen zu Boden ging.

Im schützenden Schatten der Mauern umschlichen sie das Schloß. Sie gelangten an einen Bau, der ein verriegelter Bootsschuppen hätte sein können. Vore wollte ihn gerade mit Gewalt öffnen, als Nada ihn darauf aufmerksam machte, welchen Lärm das wahrscheinlich machen würde. Statt dessen schob sie einen geflochtenen Faden aus dem Seil durch das Schlüsselloch und schaffte es, damit den Innenriegel zu heben. So gelangten sie völlig lautlos ins Innere des Bootsschuppens. »Wie kann eine Prinzessin nur so hervorragend einbrechen?« fragte Vore bewundernd.

»Ich hatte früher einmal eine Passion für Kekse, die aber leider eingeschlossen waren«, gestand sie. »Also habe ich mir beigebracht, wie ich an sie herankomme, ohne Aufmerksamkeit zu erregen.«

Im Innern des Schuppens befand sich ein kleines Luftboot. Vore hob es in die Luft, wo es schweben blieb. »Ich hatte eigentlich mit einem Wasserboot gerechnet«, meinte er, »aber das genügt schon.«

Nada kletterte hinein, und Vore schob das Boot aus der offenen Tür, dann bestieg er es selbst. Zwar sackte es unter ihrem Gewicht etwas ab, schwebte dann aber anstandslos weiter. Vore nahm die Ruder und sorgte mit kräftigen Zügen dafür, daß sich das kleine Fahrzeug in die Gegenrichtung fortbewegte.

Im Schloß ertönte ein Geräusch. »Oh, da kommt jemand«, sagte Nada beunruhigt. »Wir müssen fliehen, bevor sie uns entdecken.«

Vore legte sich ordentlich in die Riemen, und das Boot schoß nur so vom Schloß fort. Als Nada aus dem Boot schaute, machte sie die Entdeckung, daß das Schloß gar nicht von Wasser, sondern von himmelblauer Luft umgeben war. Kein Wunder, daß sie dort ein Luftboot vorgefunden hatten: Das Schloß schwebte ja selbst in der Luft, nämlich auf einer Wolke.

Bald darauf konnten sie hinter einer weiteren Wolke in Deckung gehen, so daß sie vom Schloß aus nicht mehr zu sehen waren. Es schien, als sei ihre Flucht gelungen.

»Aber Kleider haben wir keine gefunden«, fiel es Vore wieder ein.

»Vielleicht können wir etwas dagegen unternehmen«, meinte Nada. »Du kannst uns in die Tiefe rudern und schauen, ob du irgendwelche Landschaftsmerkmale wiedererkennst. Ich werde inzwischen unser Seil auflösen und versuchen, etwas Stoff daraus zu flechten.« Und sie machte sich mit behenden Fingern gleich ans Werk.

»Für eine Prinzessin verfügst du aber über bemerkenswerte Fähigkeiten«, kommentierte Vore bewundernd.

»Na ja, als Prinzessin der Naga muß ich das auch. Die Kobolde setzen uns ziemlich schwer zu, da darf niemand einfach durchhängen.«

»Du bist eine Naga?« fragte er überrascht.

»Ja, tatsächlich, jetzt kann ich es sagen«, meinte sie ebenfalls erstaunt. »Wahrscheinlich läßt die Wirkung des Zaubers langsam nach. Genau, ich bin Prinzessin Nada Naga, einst mit dem Prinzen Dolph Mensch verlobt, aber mittlerweile wieder frei, wenn man so will. Bereitet dir das Unbehagen?«

»Früher hätte das wohl vorkommen können«, gestand er. »Aber jetzt, da ich dich kenne, ist es eher umgekehrt. Kannst du denn deine Schlangengestalt annehmen?«

»Ich will es versuchen.« Und schon war aus ihr eine zusammengekringelte Schlange geworden. Dann erschien ihr Menschenkopf oben an der Spitze des Schlangenleibs. »Ja, meine Fähigkeiten kehren langsam zurück.« Sie nahm wieder volle Menschengestalt an.

»Vielleicht gilt es dann auch für meine«, bemerkte Vore. »Ich bin nämlich ein Dämon.«

»Ein Dämon!«

»Prinz D. Vore. Bereitet dir das Unbehagen?«

»Ja, ich hatte angefangen, dich zu mögen.«

Er löste sich in Rauch auf, um schließlich wieder Menschengestalt anzunehmen. »Stimmt, jetzt kann ich wieder Dämonisches tun. Aber warum bereitet dir das Unbehagen?«

»Weil du gleich in einer Wolke höhnischen Gelächters für immer verschwinden wirst, und weil ich dann begreifen werde, wie töricht es von mir war, zu glauben, du wärst nett. Denn Dämonen haben keine Seele und folglich auch kein Gewissen, weshalb sie auch nicht lieben können.«

Darüber dachte Vore nach. »Früher hätte das vielleicht gestimmt. Aber jetzt habe ich dich kennengelernt, und ich denke mir, da mein Vater mich schon zur Heirat ermahnt hat, daß du diejenige bist, die ich gerne ehelichen würde. Du besitzt Qualitäten, die ich früher bei sterblichen Kreaturen nie zu würdigen gewußt habe, und außerdem bist du eine Prinzessin.«

Nada lachte, doch es klang etwas verbittert. »Ich glaube nicht, daß irgendein Mann jemals irgendwelche Qualitäten an mir bemerkt, höchstens meine äußere Gestalt. Aber du würdest mich bestimmt nicht heiraten, dann würdest du nämlich die Hälfte meiner Seele bekommen und dich auf eine Weise binden, wie es dir noch nie widerfahren ist.«

»Das ist mir klar. Aber vielleicht ist es die Sache wert. Kannst du denn eine Seelenhälfte entbehren?«

»Um einen Dämonenprinzen zu heiraten? Ich denke schon. Auch wenn er noch so jung ist.«

»Na ja, ich bin immerhin zweitausenddreihundert Jahre alt.«

»Was nach menschlicher Rechnung dreiundzwanzig entspricht. Ich hätte nie geglaubt, daß ich mich einmal in einen jüngeren Mann verlieben würde.« Achselzuckend fuhr sie fort: »Aber so etwas passiert nun einmal, damit muß man leben.«

Das Boot setzte auf dem Boden auf. »Dann haben wir ja

vielleicht dieselben Interessen«, überlegte Vore. »Ich denke, wir sollten die Sache lieber formal abschließen, bevor unsere Verfolger oder Gegner wieder zuschlagen können.« Er nahm ihre Hand. »Prinzessin Nada, willst du ...«

Da brach plötzlich aus einer nahegelegenen Höhle ein Drachen aus und kam donnernd auf sie zu. Sofort verwandelte sich Nada in eine Riesenschlange, erschien in Vores freier Hand ein bösartig funkelndes Schwert.

Der Drachen geriet ins Stocken.

»... mich heiraten?« fuhr Vore fort.

Schließlich entschied der Drachen sich doch zum Angriff. Aber die Schlange biß ihn ins Genick, und der Dämon stieß ihm das Schwert bis ans Heft die Nase hinauf. Der Drachen nieste, weil ihm nicht besonders wohl zumute war, und wich zurück.

Nun erschien wieder Nadas Kopf auf dem Schlangenleib. »Ja«, sagte sie.

Das Schwert verschwand. Der Dämon nahm den Schlangenleib in die Arme und küßte das Menschengesicht. »Dann sind wir einander versprochen«, sagte er.

»Einverstanden«, erwiderte sie und nahm wieder volle menschliche Gestalt an. Dann küßten sie sich.

Plötzlich waren sie von verschiedenen Leuten umringt, darunter auch der Dämonenprofessor Fetthuf. »Ich habe es genau gehört!« sagte er triumphierend. »Ich werde persönlich die Zeremonie im Namenlosen Schloß, aus dem ihr gerade entflohen seid, durchführen, und zwar sofort nach Prozeßende.«

Auch König Nabob war darunter. »Auch ich bin Zeuge. Die Hochzeit soll in vierzehn Tagen stattfinden. Es wird ein Bündnis zwischen Naga und Dämonen geben.«

Die dritte war die Dämonin Metria. »Und außerdem geschieht es euch recht«, meinte sie. Dann wandte sie sich an die vierte Gestalt. »Jenny Elfe, ich muß mir mal deinen Kater ausleihen.«

Jenny wirkte überrascht. »Meinen Kater? Sammy?«

»Ja. Der Professor wollte mir nicht verraten, wo ich dich

finden kann, bis ich schließlich einwilligte, seinen Sohn für ihn zu verheiraten. Jetzt, da das erledigt ist, kann ich meine Mission endlich fortsetzen.«

Nada und Vore drehten sich zu ihr um. »Mission?« fragte Nada, die irgendwie nicht besonders erfreut zu sein schien. »Ich dachte, du wärst nur gekommen, um Jenny und mir die Vorladungen zu überreichen.«

»Das auch.«

»Dann war das ganze hier geplant?« fragte Vore, der seltsamerweise ähnlich unzufrieden wirkte.

»Natürlich. Das war der Schönheitswettbewerb der Dämonen.«

Vore und Nada wechselten einen Blick, in dem noch etwas anderes, Schreckliches mitschwang. »Ich denke, wir sollten zur Auflösung der Ver- ...«, fing Nada an.

Fetthuf fixierte sie mit seiner patentierten Finstermiene und brachte sie mitten im Satz zum Verstummen. »Das glaube ich aber nicht.«

»Sie hat recht«, meinte Vore. »Wir sollten eine solche Einmischung in unser Leben nicht klaglos ...«

»Dann schau sie an und sprich es aus«, befahl König Nabob.

Vore sah Nada an. Nada sah Vore an. Er erblickte Xanths wunderschönste Frau, und eine Prinzessin dazu. Sie erblickte einen außerordentlich attraktiven und talentierten Mann, außerdem war er Prinz. Jeder sah im anderen eine wirklich gute Partie. Dann schmolz ihr Widerstand, und sie küßten sich wieder.

»Wir werden das Enkelkind DeMonica nennen«, verkündete Fetthuf, und Nabob nickte zustimmend.

»Ich schätze, jetzt kannst du dir Sammy ausleihen«, sagte Jenny Elfe zu Metria.

7

Korridor

»Was suchst du denn genau?« wollte Jenny wissen und hielt dabei Sammy Kater fest, damit er nicht gleich davonsprang, sobald die Antwort ausgesprochen war.

»Arnolde Zentaur.«

»Einen Zentauren? Könntest du nicht in einem der Zentaurendörfer oder auf der Zentaureninsel nachfragen?«

»Das habe ich schon getan. Die Zentauren auf der Zentaureninsel erwähnen nicht einmal mehr seinen Namen, weil sie Magie bei einem Zentauren für obszön halten. Ich bin mir sicher, daß er dort nicht ist. Und andere Zentauren, die ich hier und dort gesprochen habe, haben ihn schon seit Jahren nicht mehr gesehen. Sie meinen, er müsse inzwischen mindestens 126 Jahre alt sein, sofern er überhaupt noch lebt. Aber Com-Puter meint, daß er immer noch hier ist. Ich muß ihn unbedingt finden.«

»Das muß aber ein ganz besonderer Zentaur sein.«

»Ist er auch. Er ist Magier, der einen magischen Korridor in Mundania herstellen kann. Und den brauche ich wiederum, um die Mundanier auf meiner Liste herzubringen.«

»Mundanier?«

»Dug und Kim. Die ...«

»Ach so, ja! Vor drei Jahren war ich ja Kims Begleiterin bei einem Spiel.«

Metria stutzte. »Stimmt ja! Ich habe im Augenblick soviel um die Ohren, daß ich schon glatt vergesse, wer was weiß. Und Nada war Dugs Begleitung. Er hat ständig versucht, einen Blick auf ihre Höschen zu erhaschen.«

»Und ist deshalb aus dem Spiel geflogen, wie sie mir erzählt hat«, bestätigte Jenny lachend. »Danach hat er sich aber benommen und wurde einigermaßen nett. Kim war am Anfang auch ein bißchen ungetüm, hat sich dann aber angepaßt. Es ist bestimmt nett, sie wiederzusehen.«

»Das werden wir auch. Ich muß sie nämlich beide rechtzeitig zur Verhandlung bringen, sonst betrachtet der Simurgh es als mangelnde Pflichterfüllung, und dann sagt mir der Gute Magier nicht, wie ich dafür sorge, daß der Storch mich beachtet.«

Jenny legte den Kopf schräg. »Hast du das etwa nicht gelernt?«

Metria lächelte. »Den Storch habe ich schon vor Jahrhunderten gerufen. Ich vermute, daß der Storch seitdem wohl glaubt, daß ich keine geeignete Zustelladresse bin, deshalb ignoriert er einfach meine Signale, obwohl ich doch inzwischen verheiratet und halbbeseelt bin und vorhabe, eine gute Mutter zu werden.«

»Vielleicht hast du einfach nur noch nicht genug ausgesandt. Wie ich höre, gehen die meisten Nachrichten unterwegs verloren.«

»Siebenhundertfünfzigmal in einem Jahr soll zu wenig gewesen sein?«

Jenny schürzte die Lippen. »Ja, da brauchst du wohl doch Hilfe. Der Storch hat dich einfach ausgeblendet.« Sie sah sich um. »Gut, fangen wir an. Es kann sein, daß Sammy mich abhängt, also mußt du immer in seiner Sichtweite bleiben. Ich komme dann schon hinterher. Das tue ich immer.« Sie setzte den orangefarbenen Kater ab. »Sammy, wir müssen Arnolde Zentaur finden.«

Schon schoß das Tier mit einem Satz davon, ein orangefarbener Streifen mitten im Laubwerk. »Warte auf mich!« rief Jenny vergeblich, während sie hinter ihm herraste.

Metria zögerte nicht lange, sondern segelte dem Kater nach. Das Tier war zwar schnell, aber nicht annähernd so schnell wie eine Dämonin. Und so jagten sie über Stock und Stein, durch Forst und Feld, über Berge, Flüsse und Wüsten.

Dann hielt Sammy inne. Eine Kreatur versperrte ihnen den Weg, größer und zottiger als der Kater. Sie sah gefährlich aus. Es mußte sich um irgendeine Art von Oink handeln. Merkwürdigerweise wirkte Sammy aber gar nicht verängstigt, nur gelangweilt.

»Selbstredend muß auch die Ökonomie der Infrastruktur in Erwägung und Berücksichtigung gezogen werden«, sagte das Oink gerade. »Diese setzt sich aus fünfzehn einander überschneidenden Grundbedingungen zusammen, die in Korrelation inverser Eckdatenkoeffizienten verlaufen, wobei allerdings auch Toleranzschwellen hinsichtlich der damit verknüpften Konjunkturparameter in Form negativer Integrale eingeschlüsselt werden müssen.«

»Was um alles in Xanth, bist du?« wollte Metria wissen. »Abgesehen davon, daß du die langweiligste Kreatur bist, der ich seit einiger Zeit begegnet bin.«

Da Oink musterte sie kühl. »Ich bin ein Langweilschwein, was sonst? Es ist mein Beruf, euch zu Tode zu langweilen.«

»So etwas brauchst du dir nicht bieten zu lassen«, sagte Metria, an den Kater gewandt. »Lauf einfach um ihn herum.«

Das brach Sammys scheinbare Trance der Langweile, und er huschte an dem Langweilschwein vorbei, um sein Gerase wieder aufzunehmen.

Nun traf auch Jenny ein. »Warte auf mich!« rief sie.

»Gewiß doch«, erwiderte das Langweilschwein. »Oh nein, du nicht auch noch«, widersprach Metria. »Geh einfach um ihn herum.«

Gehorsam trat Jenny beiseite, an eine Stelle, wo hübsche gelbe Schlingpflanzen die Bäume umwanden. Doch da erkannte Metria, um was für Gewächse es sich handelte. »Nein, nicht dort entlang!« rief sie.

Jenny wich zurück, doch dafür krachte das hinter ihr herstürmende Langweilschwein mitten in die Schlingpflanzen. Plötzlich ergoß sich eine dicklich gelbe Flüssigkeit auf das Tier. »Bäh, pfui!« quiekte es. »Ammoniak!«

»Nicht ganz«, antwortete Metria. »Das sind Natursektranken.« Dann huschte sie der Katze nach, nachdem sie sicher war, daß Jenny das Langweilschwein umschritten hatte, das sich nun irgendwo würde waschen müssen.

Als nächstes gelangten sie an einen See, auf dem sich eine knochenförmige Insel befand. Da der See sich nach beiden Seiten ziemlich weit erstreckte, schien es das schnellste zu sein, den Weg direkt über die Insel zu nehmen, und das war auch die Richtung, in die Sammy lief. Doch wirkte er kein bißchen unruhig dabei, ja er verlangsamte sein Tempo sogar soweit, daß Jenny Elfe ihn einholen konnte. Dann stolzierte er über eine hundeohrige Brücke, die auf die Insel führte.

»Kein Wunder!« brummte Metria. »Das ist ja auch die Hundeinsel!«

Tatsächlich säumten zahlreiche Hundehütten das Ufer, und draußen aalten sich alle möglichen Arten von Hunden, während im Wasser Hundsfische und alte Seehunde planschten und Schoßhunde um die Insel schwammen.

Sammy ging wie auf Zehenspitzen, um sich unbemerkt an ihnen vorbeizuschleichen. Metria wurde zu einem undeutlichen Nebel und umgab Jenny damit, um auch sie vor dem Entdecktwerden zu schützen. Schließlich ließ sich nicht im voraus sagen, wie diese Hundefratzen auf eine derartige Störung reagieren würden.

Der Wald auf der Insel war voller Hundholz, Hundefenchel, Hundezahn, Hundebiß und Hunderosen, die allesamt Witterung aufnahmen und mißtrauisch knurrten.

In der Mitte der Insel befand sich ein schneebedeckter Berg. Wer dort oben einigermaßen warm schlafen wollte, mußte sich schon mit einem Afghanen zusammentun. Hundeschlitten wurden zum Gipfel gezogen, und oben befand sich der Robot-Hund, Dog-Matik, der zwar glaubte, er würde herausragende Poesie von sich geben, in Wirklichkeit aber nur Hundreime zustandebrachte.

Endlich gelangten sie auf der anderen Seite der Insel zu einer Brücke, die sie wieder ans Ufer des Sees führte. Metria war erleichtert, denn wenn die Hunde ihr auch nichts hätten anhaben können, so hatte Sammy Kater doch einiges zu befürchten.

Nachdem sie die Insel hinter sich gelassen hatten, jagte Sammy wieder wie wild davon und hängte einmal mehr Jenny ab. Doch mittlerweile kam ihnen die Landschaft schon etwas bekannter vor. »Oh, nein!« murrte Metria. »Nicht schon wieder ins Gebiet des Wahnsinns!«

Doch genau das war es, was vor ihnen lag. Diesmal näherten sie sich ihm aus einer anderen Richtung, deshalb würden sie auch weder Desiree Dryade noch der Familie White begegnen, was wiederum bedeutete, daß sie es mit unvorhersehbaren Gefahren zu tun bekommen würden. Metria wußte selbst nicht so recht, wie sie Kater und Elfenmädchen hier vor dem Verderben schützen sollte, denn in unerforschtem Wahnsinn konnte alles Unerdenkliche passieren. Doch der Kater rannte unbeirrt weiter.

»Jetzt übernehme ich mal«, verkündete Mentia. »Je schlimmer es wird, um so vernünftiger werde ich.«

Das war auch gut so, denn es sollte nicht mehr lange dauern, bis ihnen etwas furchtbar Merkwürdiges begegnete. Es war eine menschengleiche Gestalt, sah aber aus wie ein mumifizierter Zombie. Sie grabschte nach Sammy.

Mentia streckte den Arm auf dreifache Länge und schob die Hand zwischen das Ding und den Kater. Da berührte sie die ihre – und plötzlich versteiften sich Hand und Arm der Dämonin. »Was *bist* du denn?« wollte sie wissen.

»Ich bin Rigor Mortis«, erwiderte das Ding in gräßlichem Ton. »Ich mache die Leute steif.«

Das konnte man wohl sagen. Mentia versteifte sich in ihrer Entschiedenheit und schob das Ding beiseite, damit Jenny Elfe daran vorbekonnte. Weil Dämonen keine feste

Gestalt besaßen, konnte man sie nicht allzulange versteifen, ganz im Gegensatz zu lebenden.

Dann sauste Mentia davon, um den Kater im Auge zu behalten. Sie fragte sich, wieso es die Elfe im Laufe ihrer Jahre in Xanth nicht fertiggebracht hatte, Sammy mal zu »verlieren«, denn schließlich nahm der Kater nicht die leiseste Rücksicht auf Jennys Befindlichkeit.

Hinter der Kreatur befand sich ein Waldstück aus kantigen, spitzwinkligen Bäumen, auf denen merkwürdige dünne Vögel saßen. Sammy Kater stürmte einfach hindurch, doch Mentia reagierte wieder rational und umsichtig, ganz anders als sonst. Sie wollte lieber erst in Erfahrung bringen, um was für Vögel es sich da handelte.

Also erkundigte sie sich direkt bei ihnen, denn hier im Wahnsinn erwiesen sich viele Dinge und Wesen als sehr mitteilsam, die es für gewöhnlich überhaupt nicht waren. »Was seid ihr?« rief sie daher den Vögeln zu.

»Wir sind Minusvögel«, erwiderten sie im Chor. »Wie du leicht daran erkennen kannst, daß wir hier in den Rechenbäumen leben.«

»Ich entschuldige mich für meine Dummheit«, entschuldigte sich Mentia, denn sie begriff, daß hier Schmeichelei wohl besser am Platz sein dürfte als Reizbarkeit. »Stellt ihr oder die Bäume für gewöhnliche Leute eine Gefahr dar?«

»Nein, gewöhnliche Leute interessieren uns nicht«, erwiderten die Vögel. »Wir interessieren uns nur für das Malnehmen.«

»Oho ... Dann findet ihr euch also mit Plusvögeln zusammen, um dem Storch Signale zu senden?«

»Nein, wir können keine Plusvögel finden, deshalb multiplizieren wir uns, indem wir halbieren.« Mit diesen Worten teilte sich jeder der Vögel in zwei gleiche Teile, so daß überall dort, wo gerade noch einer von ihnen gehockt hatte, nunmehr zwei saßen, jeweils doppelt so dünn wie der Vorgänger.

Nun hatte Jenny Elfe sie eingeholt. »Ach, was für hübsche Vögel!« rief sie. Die Minusvögel gurrten erfreut.

Wieder tat Mentia einen gewaltigen Satz nach vorn – und reagierte doch mit Erleichterung, als sie einen alten Zentauren erblickte, der gerade Bekanntschaft mit dem Kater machte. Sammy hatte Arnolde endlich gefunden.

»Und welches ist deine Seltsamkeit, hübsches Pelztier?« fragte der Zentaur gerade.

Mentia umhüllte sich mit einem knöchellangen Kleid, als sie auf ihn zutrat. »Arnolde Zentaur?«

»Und eine Dämonin«, erwiderte der Zentaur überrascht. »Mach eine Notiz, Ichabod: zwei offenbar normale Kreaturen in zwei Minuten, was für dieses Gebiet doch äußerst ungewöhnlich ist.«

Nun erst bemerkte Mentia, daß Arnolde einen Begleiter hatte, es war ein uralter Mensch. Der Mann öffnete sein Notizbuch, aus dem daraufhin einige Noten entwichen und eine kleine Melodie trällerten. »Eine mundanische Katze, ohne offensichtliche Magie«, sagte Ichabod. »Eine ungewöhnlich nüchterne Dämonin.«

»Das magische Talent des Katers besteht darin, alles zu finden, außer nach Hause«, erklärte Mentia. »Und jetzt hat er dich gefunden, Arnolde Zentaur, sowie deinen nichtigen Gefährten. Was mich betrifft – ich bin normalerweise leicht verrückt, aber im Gebiet des Wahnsinns werde ich leicht vernünftig. Was euch beide betrifft, bin ich mir da allerdings nicht so sicher.«

Arnolde blinzelte. Anscheinend bemerkte er sie zum ersten Mal als Individuum für sich. »Bist du wirklich?« erkundigte er sich. »Kein bloßer Trug?«

Mentias Vernunft übernahm wieder die Führung. »Ach, du denkst, ich bin irgendeine verrückte Erscheinung im Gebiet des Wahnsinns? Eine Manifestation und kein wirkliches Wesen? Das kann ich verstehen! Ja, ich bin wirklich, und da kommt Jenny Elfe gerade, die ist auch wirklich.« Denn nun traf auch Jenny ein.

»Ich muß mich dafür entschuldigen, daß ich euch mit der örtlichen Fauna verwechselt habe«, sagte Arnolde. »Ja, ich bin Arnolde Zentaur, und dies hier ist mein Freund aus

Mundania, Ichabod Archivar. Wir führen gerade eine Bestandsaufnahme verrückter Artefakte durch.«

»Hallo, Arnolde und Ichabod«, sagte Mentia. »Ich bin die Dämonin Mentia, die schlimmere Hälfte der Dämonin Metria.«

Die alten Augen leuchteten auf. »Metria! Die ist ja nun überall berüchtigt.«

»Sie ist inzwischen verheiratet und hat eine halbe Seele, deshalb hat sie sich niedergelassen. Im Augenblick erledigt sie gerade einen Auftrag für den Guten Magier oder für den Simurgh, damit sie zur Belohnung erfährt, wie sie die Aufmerksamkeit des Storchs erregen kann. Sieht so aus, als hätte es da vor mehr als vierhundert Jahren einen Vorfall gegeben, der den Storch verärgert hat, deshalb weigert er sich, ihr weitere Lieferungen zu bringen, gleich wie angestrengt oder häufig sie ihm Signale sendet.«

»Das kann ich mir vorstellen«, erwiderte Arnolde. »Hättest du vielleicht etwas dagegen, Ichabod mal deine Beine zu zeigen?«

Mentia wußte, daß der Zentaur alles andere als dumm war, selbst nach Zentaurenmaßstab, und sie legte Wert auf seine Kooperationsbereitschaft. Also hob sie den Saum des Kleids und ließ makellos geformte Beine in Richtung des alten Manns aufblitzen. Dessen Augen wurden sofort glasig.

Jenny Elfe nahm Sammy auf. »Ich denke, den wirst du jetzt wohl nicht mehr brauchen, dann können wir ja gehen.«

»Äh, vielleicht solltest du lieber noch nicht sofort gehen«, widersprach Mentia. »Es könnte gefährlich sein. Wir werden gleich den Wahnsinn wieder verlassen, dann kannst du sicher nach Hause gehen.« Sie ließ das Kleid wieder fahren, worauf sich die Augen des Mannes zu erholen begannen. Es war nicht zu übersehen, daß er einen Sinn für anziehende Beine hatte.

»Ich finde es eigentlich gar nicht so schlimm«, meinte Jenny. »Jedenfalls nicht im Vergleich zu dem, wie es war, als ich damals mit Dug Mundanier hierherkam.«

»Oh, ich würde aber einem kleinen Mädchen wie dir niemals raten, sich allein in diese Gegend zu verirren«, warf Ichabod ein.

»Erstens bin ich achtzehn, und zweitens bin ich ziemlich groß für eine Elfe«, verteidigte sich Jenny.

»Eine Elfe? Tatsächlich, das bist du ja!« bemerkte Ichabod überrascht.« Aber keine von der Sorte, wie ich sie schon katalogisiert habe. Deine Hände weisen vier Finger auf, und deine Ohren sind spitz, und außerdem ist hier weit und breit keine Elfenulme zu sehen, zu der du gehören könntest.«

»Ich stamme von der Welt der Zwei Monde«, erläuterte Jenny.

»Zwei Monde?« fragte der Mann verständnislos. »Ich bin mir ganz sicher, daß ich die noch nicht katalogisiert habe.«

»Das ist ein anderes magisches Reich. Ich bin nach Xanth gekommen, weil ich Sammy Kater verfolgte, der hier eine Zentaurenfeder fand, aber danach haben wir nicht mehr nach Hause zurückgefunden.«

»Aber da brauchst du doch wahrscheinlich nur dem Kater aufzutragen, irgendeine Person oder einen Gegenstand in der Nähe deines Hauses zu suchen«, schlug Arnolde intelligenterweise vor.

»Nein, das habe ich schon versucht, aber es funktionierte nicht. Ich glaube, er kann auch nichts wiederfinden, was irgendwie in der Nähe meines Zuhauses ist, es sei denn, er ist selbst bereits da.«

»Dann gib ihm doch etwas Umkehr-Umkehrholz, damit er nichts anderes mehr finden kann als das Zuhause«, schlug nun Ichabod vor.

»Nein, das hat genausowenig funktioniert«, widersprach Jenny. »Das Umkehrholz hat ihn lediglich seiner Fähigkeit beraubt, überhaupt irgend etwas zu finden, wonach er suchte.«

»Umkehrholz ist ein trügerisches Zeug«, bemerkte Mentia. »Deshalb hat man auch nie versucht, es in den Haßborn der Goldenen Kobolde zu geben, um daraus einen Lebensborn zu machen. Denn genausogut könnte es passieren, daß dann alle Leute anfangen, Wasser zu hassen. Das gleiche gilt für den Versuch, Com-Puter gut anstatt böse werden zu lassen; es könnte geschehen, daß sich irgend etwas anderes statt dessen bei ihm umkehrt, und ihn nur noch schlimmer werden läßt.«

»Das stimmt«, bestätigte Ichabod. »So hat man beispielsweise gehofft, mit Umkehrholz den Blick eines Basilisken dahingehend zu verändern, daß er Tote wieder zum Leben erwecken könnte, doch statt dessen hat der Basilisk sich nur selbst ausgelöscht. Man hat auch mal versucht, den Zauber umzukehren, der im Fischfluß die Leute in Fische verwandelt, doch statt dessen verwandelten sich die Fische in Wasser und das Wasser in Fische.«

»Ich erinnere mich noch, wie ich als Kind das Talent hatte, den Leuten einen heißen Hosenboden zu bescheren«, warf Mentia lächelnd ein. »Irgendeiner hat ein Stück Umkehrholz in seine Hosentasche getan, weil er hoffte, nun seinerseits anderen einen heißen Hintern zu verpassen, doch als er dann das nächste Mal versuchte sein Talent einzusetzen, bekam er statt dessen nur nasse Hosen.«

Jenny mußte lachen. »Das ist ihm recht geschehen!«

»Damals hat es gut funktioniert«, meinte auch Ichabod. »Aber doch nicht so, wie erwartet. Also scheint das Umkehrholz auch nicht die Lösung für deine Suche nach deinem Zuhause zu sein.«

Arnolde runzelte die Stirn und widmete sich dieser intellektuellen Herausforderung. »Vielleicht solltest du es mal mit einer dieser magischen Entsorgungsblasen versuchen, um ihr zu befehlen, dich nach Hause zu bringen.«

»Das ging auch nicht«, sagte Jenny. »Es wollte einfach nicht klappen.«

»Das ist ja fast so, als würde dein Heim ...« fing Ichabod an, doch dann schnitt er sich selbst das Wort ab.

»Als ob es nicht länger existieren würde«, beendete Jenny gelassen seinen Satz. »Das ist mir auch schon vor einiger Zeit klargeworden. Doch es könnte ja sein, daß es meiner Familie trotzdem gut geht. Wenn der Hof abgebrannt sein sollte, sind sie bestimmt umgezogen. Aber von hier aus würde ich mein Zuhause dann auf keinen Fall mehr wiederfinden können.«

»Gefällt es dir denn hier nicht?« wollte Arnolde wissen.

»Nein, das ist es gar nicht. Ich bin schon seit sechs Jahren hier und weiß gar nicht so recht, ob ich überhaupt noch einmal nach Hause zurück möchte. Ich wünschte nur ...«

»... daß es noch mehr von deiner besonderen Sorte hier gäbe«, schloß Arnolde. »Als einziger Zentaurenmagier in ganz Xanth kenne ich das Gefühl. Mich hat man deswegen aus meinem Zuhause auf der Zentaureninsel verbannt, und ich darf niemals mehr dorthin zurückkehren.«

Jenny sah ihn genauer an, begann sich plötzlich für ihn zu erwärmen. »Ja!«

»Oder als einziger völlig unmagischer Mundanier in einem magischen Land«, steuerte Ichabod bei. »Glücklicherweise gibt es hier ja einige erfreuliche Dinge zu sehen.«

Nun begriff Mentia, weshalb Arnolde sie gebeten hatte, ihre Beine zu zeigen – um seinen Freund etwas aufzumuntern. Also ließ sie ihr Kleid etwas durchsichtig werden und offenbarte sie aufs neue.

»Warum suchst du mich?« wollte Arnolde nun wissen.

»Der Simurgh hat meiner besseren Hälfte den Auftrag gegeben, die Geschworenen für einen ganz wichigen Prozeß zusammenzutrommeln. Zwei von ihnen sind Mundanier, daher ...«

»Mundanier!« rief Ichabod.

»Dug und Kim«, bestätigte Mentia. »Diese waren vor drei Jahren hier, um ein Spiel zu spielen, und Kim hat dabei ein magisches Talent gewonnen. Danach sind sie wieder nach Mundania zurückgekehrt. Jetzt stehen sie aber auf der Liste und müssen kommen, um über Roxanne Rocs Schicksal zu bestimmen.«

»Ist das nicht der große Vogel im Namenlosen Schloß?« fragte Arnolde. »Was hat sie denn angestellt?«

Mentia blieb nichts anderes übrig, als schulterzuckend zu erklären: »Das scheint niemand so recht zu wissen. Aber wenn ich erst einmal alle Leute vorgeladen und abgeliefert habe, erfahren wir es vielleicht.«

»Also möchtest du, daß ich dich nach Mundania bringe«, schloß Arnolde, »um die beiden Geschworenen ausfindig zu machen.«

»Ganz genau. Zwar zeigen mir die Vorladungsmarken, wohin ich muß, aber als Dämonin kann ich das Reich der Magie nicht verlassen. Wenn ich es allerdings einrichten könnte, daß die Magie mitkommt ...«

»Und diese Gerichtsverhandlung wurde vom Simurgh selbst anberaumt?«

»Ja.«

»Dann gehört es sich für mich, daß ich bei der Sache behilflich bin. Ich denke, meine Arbeit hier kann auch eine Weile warten.« Da erblickte er plötzlich etwas. Es sah aus wie eine große Fliege, trug aber mehrere Köpfe am Körper. »Da ist ein Musterexemplar! Festhalten, Ichabod.«

Ichabod schlug wieder sein Notizbuch auf, und einmal mehr sprangen melodische Noten heraus. »Eine Knopffliege«, sagte er und machte sich eine Notiz.

»Sind sie gefährlich?« wollte Jenny wissen.

»Nur wenn man sie entknöpft«, antwortete Ichabod mit einem merkwürdigen Lächeln.

Mentia wechselte das Thema. »Wie lange untersucht ihr denn schon verrückte Artefakte?«

Arnolde tauschte einen Blick mit Ichabod aus. »Ungefähr seit achtundzwanzig Jahren«, antwortete der Zentaur schließlich. »Seit ich von meinem Amt als König von Xanth zurückgetreten bin. Ich bin nach Mundania gegangen und habe meinen Freund geholt, der sich in Xanth zur Ruhe setzen wollte und dessen Fähigkeit als Archivar eine ideale Ergänzung zu meiner Spezialisierung auf fremde Archäologie ist. Diese ist ein faszinierendes Gebiet, und bis zum letzten Jahr dehnte es sich auch noch ständig aus.«

»Ja, in der Zeit der Fehlenden Magie wurde der eindämmende Zauber zunichte gemacht, was es dem Wahnsinn erlaubte, sich wieder auszudehen«, erklärte Mentia. »Aber das haben wir letztes Jahr wieder ausgebügelt, und jetzt zieht sich der Wahnsinn zurück.«

»*Du* hast den Zauber repariert?« fragte er ungläubig.

»Na ja, es war schon eine Gemeinschaftsarbeit. In erster Linie hat es eigentlich Gary Wasserspeier getan, aber ich habe dabei geholfen. Wir waren in Steinscharnier.«

»Das ist doch nur eine Ruine, wenn auch Tausende von Jahren alt. Wie konntest du ....«

»Zweitausend Jahre alt«, bekräftigte sie. »Wir haben in einer Gemeinschaftsvision die ferne Vergangenheit besucht. Das ist eine lange Geschichte.«

Verwundert schüttelte Arnolde den Kopf. »Das muß es wohl sein.« Wieder wechselte er einen Blick mit seinem Freund. »Bist du bereit, wieder einmal Mundania zu besuchen?«

»In deiner Begleitung gern. Ohne dich fürchte ich, daß ich dort wohl an Altersschwäche sterben müßte.«

Metria musterte Arnolde eindringlich. »Du bist selbst ganz schön alt, Zentaur, für einen Sterblichen. Über eineinviertel Jahrhundert. Wie kommt es, daß du nicht schon längst verblaßt bist?«

»Das haben wir uns auch schon gefragt«, räumte Arnolde ein. »Wenn ich auch ein Magier bin, so bezieht sich mein Talent doch nicht aufs Altern, und Ichabod gebricht es natürlich gänzlich an Magie. Wir vermuten, daß der Umgebungswahnsinn sich auf uns wenn schon nicht verjüngend, so doch immerhin stabilisierend auswirkt, so daß wir bei Gesundheit bleiben, solange wir darin verweilen. Er bestätigt uns darin, unsere Untersuchung fortzusetzen, ganz abgesehen von den wertvollen Informationen, die wir dabei sammeln.«

Mentia nickte: »Ich weiß von Mundaniern, die hier leben, in Mundania selbst aber, wie ich glaube, tot wären. Der Wahnsinn hat schon etwas.«

»Schließlich findet sich hier ja auch die intensivste Magie von ganz Xanth«, versetzte Arnolde. »Es ist nicht auszuschließen, daß sie hier Wirkungen hervorbringt, wie normale Magie es nicht tut. Jedenfalls sind wir nicht geneigt, diesen Segen in Frage zu stellen.«

»Aber was passiert denn dann, wenn ihr den Wahnsinn verlaßt?« fragte Jenny.

»Ich bin tatsächlich einmal aus dem Wahnsinn ausgetreten«, erläuterte Arnolde. »Ich konnte keine schädlichen Wirkungen bemerken. Meine Vermutung lautet, daß ich inzwischen so stark mit Magie aufgeladen bin, daß mein Korridor tatsächlich nach Xanth hineinreicht. Das bedeutet, daß ich inzwischen einen Korridor des Wahnsinns herstelle, der mich und Ichabod bei guter Gesundheit hält, wo immer wir uns hinbegeben. Natürlich sollte man sich nicht einbilden, daß dies unbegrenzt vorhalten könnte, aber ich bin schon richtig gespannt darauf, meine Theorie in Mundania zu überprüfen.«

»Das ist ja großartig!« sagte Mentia. »Dann können wir Jenny aus dem Gebiet des Wahnsinns bringen und uns danach zum Isthmus begeben. Wir müssen uns jetzt auch etwas beeilen, denn ihr werdet mehrere Tage brauchen, um Xanth zu durchqueren, und wir haben keine Zeit zu verlieren. Aber ...«

»Wir könnten die Sache etwas beschleunigen, sofern du uns eine Reisehilfe herbeirufst«, meinte Ichabod.

Daran hatte Mentia gar nicht gedacht. »Ich kenne einen Riesen, der letztes Jahr im Gebiet des Wahnsinns herumlief. Wenn ich feststellen könnte, wo der ist ...«

Sammy sprang aus Jennys Armen und huschte davon. Jenny raste ihm nach. »Warte auf mich!«

»Nicht!« schrie Mentia. »Bleib hier, Jenny. Ich folge ihm und hole ihn zurück.«

Jenny blickte zwar zweifelnd drein, blieb aber immerhin still. Schnell schwebte Mentia hinter dem Kater her.

Das war auch gut so, weil Sammy, der sich immer noch nicht ganz an den Wahnsinn gewöhnt hatte, gerade in Schwierigkeiten geriet. Eine riesige Ameise mit gestreiften Vorderbeinen blockierte ihm schnaufend den Weg.

»Kompaniiiieee-STILLGESTANDEN.« schnauzte sie.

Erschrocken blieb Sammy stehen. Nur Metria nicht. »Wer bist du denn?« fragte sie die Ameise. »Ich bin der Uffz. Ich gabe hier die Befehle.«

»Nun, Uffz Ameise, da habe ich wohl den höheren Dienstgrad, ich bin nämlich Kappe Tän.« Sie formte sich zu einer riesigen großen schwebenden Kappe mit der Inschrift TÄN.

»JAWOHLLLL!« bekräftigte die Ameise salutierend. »Wie lauten meine Befehle?«

»Rühren, Uffz. Ich will lediglich wissen, welche Gefahren in dieser Gegend auf einen reisenden Kater lauern könnten.«

»Nur König Bombe, Herr Kappe Tän.«

»Wovon ist der denn König?«

»Von den Zecken, Herr Kappe Tän. Er ist eine Zecke. Hat eine mächtig kurze Lunte.«

Mentia überlegte. Sie wußte, daß die Zecken im wirklichen Xanth schon schlimm genug waren, wahrscheinlich konnten sie hier sogar noch größeres Unheil stiften. Andererseits klang eine aufbrausende Zecke namens Bombe doch nicht allzu gefährlich. »Wie heißt er denn mit Vornamen?«

»Zeit, Herr Kapp Tän.«

»Und woran erkennen wir, wenn wir uns ihm nähern?«

»Am Ticken, Herr Kappe Tän.«

»Danke, Uffz. Wegtreten.«

Die Ameise ging ihrer Wege. Das gleiche tat Sammy schnurstracks durch den Wahnsinn. Doch einmal blieb er einen kurzen Augenblick stehen und blickte sich um. »Warte auf mich!« rief Mentia, das Stichwort aufgreifend. Da jagte die Katze auch schon wieder in rasendem Tempo davon.

Doch kurz darauf vernahm Mentia ein bedrohliches Tikken. Sie mußten sich König Bombe nähern! Also schoß sie davon und übernahm die Führung. Tatsächlich, da war sie schon: eine Zecke, geformt wie eine aufgedunsene Kugel, die sich mitten auf dem Weg aufgebaut hatte, auf dem der Kater vorbeikommen würde. Der Zeckerich sah extrem reizbar aus, als würde er jeden Augenblick explodieren.

Mentia schwebte direkt auf ihn zu. »Zeckenkönig Zeit Bombe, laß gefälligst den Dampf ab«, befahl sie.

Der König sah sie mit winzigen Augen wütend an. »Verschwinde, Dämonin! Mit dir will ich nichts zu tun haben.« Sein Ticken wurde immer lauter.

»Glaubst du, Bömbchen. Hau ab, bevor ich dich zünde.«

»Das ist ja empörend!« erklärte der König und plusterte sich immer mehr auf, während das Ticken gleichzeitig lauter wurde.

Mentia erspähte eine Eierpflanze ganz in der Nähe. Sie pflückte eins der Eier und schleuderte es nach dem König. Das Ei zerbrach an seinem metallenen Oberkörper, so daß Eiweiß und -gelb nun daran herunterkleckerten.

Das entschied die Sache. Der König platzte. Die Explosion riß ein Loch in den Boden, und Splitter schossen in die umgebenden Baumstämme, doch konnten sie Mentia natürlich nichts anhaben.

Da erschien Sammy. Ungerührt sprang er über den rauchenden Krater und raste weiter.

Mentia folgte. Plötzlich blieb der Kater stehen. Vor ihm befand sich eine große Delle im Waldboden in der Form eines menschlichen Gesäßes. Daran erkannte Mentia, daß sie sich in der Nähe eines riesigen unsichtbaren Mannes befanden, der auf dem Waldboden saß. Der Gestank war so fürchterlich, daß sie sofort ihre Nase abschaffte. Es war, als wäre eine Müllfabrik mit Verdauungsstörungen zur Hälfte abgebrannt.

»Hallo, Jethro Riese«, sagte Mentia. »Erinnerst du dich noch am mich? Ich bin die Dämonin Mentia. Wir sind uns letztes Jahr begegnet.«

»Ach, ja«, bestätigte Jethro. »Ist das schon so lange her? Ich wollte gerade aufstehen und weiterziehen.«

»Ich zeige dir gern den Weg hinaus, wenn du mir hilfst, ein paar Leute an die Grenze von Xanth zu bringen.«

»Klingt mir wie ein vernünftiger Tausch. Geh mal zurück.«

Mentia packte den Kater und wich schwebend zurück. Ein

gewaltiges Grunzen und Ächzen ertönte, dann senkten sich zwei monströse Fußabdrücke über die gesäßförmige Delle. Schließlich griff eine gewaltige unsichtbare Hand nach ihr. »Wo sind deine Leute?« wollte Jethro wissen.

Mentia beschrieb die Richtung, und der Riese setzte sich stampfend in Bewegung. Nach ein paar Schritten hatten sie die Lichtung erreicht, wo Mensch, Zentaur und Elfe auf sie warteten und sich die Nase zuhielten, während sie zugleich grün anliefen.

Mentia kam herabgeschwebt. »Denkt an liebliche Veilchen«, schlug sie vor, während sie Sammy, der selbst etwas grünlich aussah, wieder Jenny überreichte. »Jethro Riese ist ein netter Kerl.«

Dann senkte sich die riesige Hand zu ihnen herab und nahm sie sanft auf. »Wohin?« ertönte hoch oben die Stimme aus dem Irgenwo.

Metria schwebte auf Ohrenhöhe des Riesen und gab ihm Anweisungen, wo der Außenrand des Wahnsinns zu finden war. Zwei Schritte später hatten sie ihn auch schon hinter sich gebracht. Dann hielt Jethro in schnellem Tempo auf die Grenze Xanths zu, und der dadurch entstehende Wind vertrieb zugleich den schlimmsten Gestank. Endlich konnten die Sterblichen wieder frei atmen.

»Ach, das ist aber interessant«, rief Jenny, als sie zwischen den unsichtbaren Fingern nach unten blickte. »Xanth sieht ja genauso aus wie eine Landkarte!«

»Hoppla«, machte Mentia. »Ich habe ganz vergessen dich abzusetzen, als wir das Gebiet des Wahnsinns verließen.«

»Mach dir nicht die Mühe. Ich kenne Kim und Dug und würde sie gern wiedersehen, und Sammy kann dir dabei helfen sie aufzuspüren. Außerdem müssen wir am Schluß ohnehin alle zur gleichen Stelle, um an diesem komischen Prozeß teilzunehmen. Ist doch ganz nett, auf einer Art Queste zu sein.«

»Eine Elfen-Queste? Das wäre aber unangenehm, weil ich darauf nämlich keine Rücksicht nehmen darf«, wandte Mentia ein.

»Ach was, laß doch einfach deine unverrückbar bessere Hälfte wieder das Kommando übernehmen«, widersprach Jenny. »Ich habe sie immer irgendwie gemocht, auch wenn sie mich in den Wahnsinn getrieben hat.«

»Ach ja? Weshalb asservierst du das?«

»Was tue ich womit?«

»Erklärend, beschwörend, attestieren, verkünden, erläutern, annoncieren ...«

»Behaupten?«

»Was auch immer!«

»Willkommen daheim, Metria!«

»Freut mich auch, dir wieder Gesellschaft zu leisten, du merkwürdige Elfe. Was hast du denn jetzt vor, nun, da deine Freundin Nada die wahre Liebe oder zumindest einen Ehemann gefunden hat?«

»Ich weiß es noch nicht. Vielleicht sollte ich den Magier Trent bitten, mir irgend jemanden zu verwandeln, wie er es ja auch für Gloha Kobold-Harpyie getan hat.«

»Ja, und im Zuge dieser Verwandlung bin ich unter die Haube gekommen«, erinnerte sich Metria.

»Das hast du ja nur getan, um sie vor Unheil zu retten.«

»Na ja, meine halbe Seele hat mir immerhin ein Gewissen beschert, da blieb mir nichts anderes übrig.«

»Aber hast du sie nicht schon gerettet, bevor du dein Gewissen bekommen hast?«

Metria überlegte. »Ja, ich glaube schon. Aber da wollte ich ja auch herauskriegen, was es mit der Liebe auf sich hat.«

Gemeinsam blickten sie über Xanth. »Ach, schau mal!« rief Jenny. »Da ist ja ein Leuchtturm.«

Metria folgte ihrem Blick. Tatsächlich, umringt von dichtester Finsternis schwebte gerade ein Turm durch die Luft und gleißte heller als die Sonne. »Das ist aber ein ziemlich stark leuchtender Turm«, bemerkte sie.

»Aber was ist das denn?« fragte Jenny bestürzt, als sie in eine andere Richtung sah.

Metria folgte erneut ihrem Blick. »Ach, das ist nur die Luftpost«, erklärte sie. »Die steht hier Wache.«

Und tatsächlich erblickten sie einen Flügelzentauren, der mit gezücktem Bogen argwöhnisch die Wolkenfelder musterte.

»Moment mal!« warf Metria ein. »Wie kommt denn dieser Flügelzentaur hierher?«

»Ach, weißt du das noch gar nicht?« fragte Jenny. »Der Storch hat Che und Cynthia letztes Jahr zwei weitere Fohlen gebracht. Genau genommen benutzen Zentauren ja gar nicht die Störche, weil ihre Fohlen zu schwer dafür sind, aber ...«

»Zwei weitere Fohlen?«

»Chelsy und Cherish. Zwillinge. Vielleicht hielten die ja gerade Mittagsschlaf, als du die Familie besuchtest.«

»Möglich«, sagte Metria zweifelnd.

In der Zwischenzeit marschierte der Riese unbekümmert weiter und ließ die ganze Szene hinter sich. Jenny sah nach vorn. »Hoppla«

Ein drittes Mal folgte Metria ihrem Blick. »Ach, das ist doch nur ein Gewitter.«

»Das ist nicht irgendein Gewitter – das ist Fracto!«

Metria musterte die Wolke genauer. »Tatsächlich. Ich kann mich noch an ihn erinnern, als er noch ein ganz gewöhnlicher Dämon war, bevor er sich aufs Wolkenmachen spezialisierte.«

»Der kommt doch immer zur unpassendsten Zeit, um zunichte zu machen, was andere gerade versuchen.«

»Natürlich tut er das. Schließlich ist er ja ein Dämon.«

»Bist du auch so?«

»Früher war ich das auch, wie du eigentlich wissen solltest. Ich war nur etwas spezifischer.«

»Was warst du?«

»Stringent, approximat ...«

»Raffinierter?«

»Was auch immer«, stimmte sie ärgerlich zu. »Dämoninnen sind nun mal nicht so gewalttätig wie Dämonen, aber das Unheil, was wir anrichten können, ist durchaus vergleichbar.«

Sie dachte an König Gromden und Threnodia. Das waren die schlimmen alten Tage, als sie mit ihrem Sexappeal dazu beigetragen hatte, ganze Königreiche zu vernichten. So etwas hatte dieser Windbeutel von Fracto natürlich nie vollbracht.

»Na ja, vielleicht scheitert er ja wenigstens diesmal«, sagte Jenny, »denn Jethro Riese ist viel zu groß, um weggepustet zu werden.«

»Aber es macht bestimmt Spaß, dabei zuzusehen, wie er es versucht.«

Der Sturm plusterte sich geradezu absurd auf, als der Riese auf ihn zuhielt. Finstere Wolken griffen nach Himmel und Erde. Donnervögel und Blitzkäfer strudelten in den Luftströmen. Regen prasselte auf den unsichtbaren Körper des Riesen ein und umhüllte ihn mit schimmerndem Wasser.

»Ich hole Regenmäntel«, verkündete Metria und verschwand. Sie entdeckte ein uraltes, ausgemergeltes Gewitter, entnahm ihm eine Regenschicht und machte daraus mehrere Umhänge. Weil der Regen so müde war, besaß er nicht mehr die Kraft, alles zu durchnässen, sondern hing nur untätig herum.

So kehrte sie mit den Mänteln zurück. »Zieht die über, die schützen euch vor dem wildgewordenen neuen Wasser«, teilte sie Jenny, Arnolde und Ichabod mit.

»Oh, ein durchsichtiger Plastikregenumhang«, meinte Ichabod erfreut.

»Ganz genau.« Metria hielt es nicht für nötig, ihm das genaue Wesen der Umhänge zu erklären.

Die Regenmäntel erwiesen sich als außerordentlich hilfreich, denn nun schritt der Riese über den Sodasee, was die Gewitterwolke dazu nutzte, ordentlich Wasser aufzusaugen und wieder von sich zu geben. Jenny streckte die zu Schalen geformten Hände aus und fing etwas davon auf, um es zu trinken. »Ooohh, das prickelt aber!« sagte sie. »Das muß wohl ganz frisch angerührt worden sein.«

Ichabod tat es ihr gleich, machte aber einen plötzlichen

Satz beim Trinken. »Wer hat mich da getreten?« wollte er wissen.

Arnolde mußte lachen. »Das war nur ein Rückstoß.«

Sie überquerten den Nimm-einen-Keks-Fluß. Nun hagelten Kekse auf sie ein. Jenny fing einen Sandkuchenkeks auf und warf ihn gleich wieder fort, weil sie kein Knirschen zwischen den Zähnen mochte. Doch kurz darauf hatte sie einen spiralförmigen Kalauerkeks ergattert, den sie mit Genuß auffutterte. Arnolde fing sich ein paar Schokoladenkekse, Ichabod ein Stück Ingwerbrot. Leider war das ganze Gebäck vom Regen etwas matschig geworden.

Fracto stürmte weiter vor sich hin, konnte den Riesen aber nicht umpusten, der unbekümmert weiterstapfte, als trüge er den Kopf in den Wolken. Sie kamen an einem glitzernden Fluß aus Sturzkristallen vorbei, ebenso an einer riesigen Matratze, aus der silberne Federn staken. »Was ist das denn?« wollte Jenny wissen.

»Das ist das Silberfederfeld«, erwiderte Arnolde. Wie alle Zentauren, war auch er hervorragend versiert, was Geographie betraf.

»Natürlich«, wiederholte Jenny. »Wie dumm von mir, sie nicht wiederzuerkennen. Es gibt ja so viel von Xanth, was ich noch nicht gesehen habe. Neue Dinge überraschen mich eben.«

Endlich erreichten sie den Isthmus. Sanft setzte Jethro sie neben einem mit Mündern übersäten Baum ab. »Weiter kann ich nicht gehen«, erklärte er. »Langsam ragt mein Kopf schon aus der Magie heraus.«

Nun da sie sich nicht mehr so schnell bewegten, holte der Gestank sie langsam ein. »Schon gut, Jethro!« rief Jenny. »Jedenfalls vielen Dank!« Dann mußte sie ein Würgen unterdrücken.

»Gern geschehen.« Unsichtbar stapfte der Riese davon, und langsam wurde die Luft wieder rein.

Doch die Münder der Baums hatten etwas von dem Gestank aufgenommen und machten nun japsende Bewegungen. »Was ist denn das für ein komischer Baum?« fragte Jenny.

»Ich glaube, ein Maulbeerbaum«, antwortete Arnolde.

Da öffnete sich einer der Münder besonders weit. »Tuet Buße!« predigte er. »Das Ende ist nahe!«

»Da habe ich mich aber gründlich geirrt«, warf der Zentaur ein. »Das sind ja Apoka-Lippen.«

Metria holte die Vorladungsmarke mit Kims Namen hervor. »Hier entlang«, verkündete sie, ihrem Zug folgend.

In geschlossener Formation gingen sie weiter, Metria an der Spitze. Schon bald erreichten sie die Schnittstelle zwischen Xanth und Mundania. Soweit Metria wußte, war sie die überwiegende Zeit in der Geschichte Xanths unberührbar gewesen, doch seit man sie letztes Jahr rekompiliert hatte, war sie doch um einiges leistungsfähiger geworden und stellte nun eine schillernde Zone intensivster Magie dar. »Wir sollten uns bei der Überquerung besser an den Händen nehmen«, schlug Metria vor, »damit wir bei der Rückkehr auch alle wieder am selben Fleck herauskommen.«

»Das stimmt«, bekräftigte Arnolde. »Damit werden wir zu einer zusammengehörigen Gruppe. Aber ich bin überrascht, daß eine Dämonin sich um solche Feinheiten kümmert oder überhaupt davon weiß.«

»Ich habe schließlich bei der Reparatur mitgewirkt«, erinnerte sie ihn. »Das ist die Schnittstelle, die den Wahnsinn in der Landesmitte einfaßt und zügelt, gleichzeitig hält sie die meisten Mundanier draußen, damit Xanth nicht ständig von unmagischen Wesen überschwemmt wird.«

»Dann hält sie auf der einen Seite die Magie zusammen, auf der anderen hält sie sie ab! Wir müssen uns irgendwann wirklich etwas ausführlicher darüber unterhalten«, bemerkte er.

Metria zuckte, ihr Interesse war nicht das größte. »Eines Tages vielleicht.«

»Aber nun, da wir gleich Xanth verlassen werden, muß ich euch warnen, daß die Magie sich auf einen schmalen Kanal beschränken wird, dessen Mittelpunkt ich selbst bin.« Arnolde lächelte flüchtig. »Wenn ihr über die Grenze dieses Kanals hinausschreitet, werdet ihr eure Magie verlieren, was immer es für eine sein mag. Ichabod hat in dieser Hinsicht natürlich wenig zu befürchten, schließlich ist er Mundanier …«

»Nur daß ich plötzlich an Altersschwäche sterben könnte«, wandte der Archivar ein.

»Aber du, Metria, könntest dich auf der Stelle in Nichts auflösen. Deshalb möchte ich allen dringend empfehlen, sich während dieser kurzen Zeit so dicht wie möglich an mich zu halten.« Er lächelte. »Vielleicht wird unser Gespräch doch noch um einiges früher stattfinden, als du geglaubt hast.«

»Wie auch immer«, willigte Metria ärgerlich ein.

Sie schritten durch die Schnittstelle. Ein kleines Kribbeln – das war schon alles. Das Land hinter der Grenze sah genauso aus wie das gewöhnliche Xanth. Doch Metria war sich schmerzlich bewußt, daß ihre bloße Existenz nun von dem magischen Zentaurenkanal abhing.

8
Mundania

»Wenn ich einen Vorschlag machen dürfte ...« meldete sich Ichabod zu Wort.

»Nur zu, alter Freund«, erwiderte Arnolde. »Schließlich ist das hier für dich ein Heimspiel.«

»Ich denke, es würde alles sehr beschleunigen, wenn wir über schnellen mundanischen Transport verfügten.« Er warf Arnolde einen Blick zu. »Du weißt doch selbst, wie die dich immer angaffen, sobald sie dich erblicken, und diesmal haben wir keinen Unsichtsbarkeitszauber dabei.«

»Hervorragender Einwand! Vielleicht dein Radfahrzeug?«

»Daran habe ich auch gedacht. Auf meinem Kleinlaster hat die ganze Gruppe Platz, und wenn wir einen Sichtschutz hochziehen, fallen wir nicht weiter auf.«

»Das ist richtig«, meinte auch Metria. »In Mundania existieren schließlich keine Zentauren.«

»Dämoninnen auch nicht«, bekräftigte Ichabod. »Aber wenn du es vielleicht einrichten könntest, dich etwas vollständiger zu bekleiden ... Nicht daß ich mich beschweren würde ...«

Ihr Kleid war immer noch durchsichtig. Das änderte sie nun. »Reicht das?«

»Um ehrlich zu sein, deine Bekleidung hat keine allzu große Ähnlichkeit mit dem, was man im heutigen Mundania gemeinhin trägt«, erwiderte er. »Bist du bereit, dich in diesem Punkt meinen Empfehlungen zu fügen?«

»Das sollte ich wohl besser«, meinte sie. »Aber falls deine Hände sich irgendwie verirren sollten, verwandle ich mich in Rauch und ersticke dich.«

Er lächelte. »Ich bin überzeugt, daß es ein sehr charmanter Rauch würde. Bitte nimm eine farbige Bluse an und einen undurchsichtigen Rock, der wenigstens halbwegs bis zu den Knien geht.«

Metria tat es. Als nächstes formte sie auch die merkwürdige, spitz zulaufenden Fußbekleidung, wie sie die Mundanier verwendeten, arrangierte ihre Frisur und färbte die Lippen rot. »Ich komme mir vor wie ein Clown«, maulte sie.

»Du siehst aus wie eine richtige junge Frau«, versicherte Ichabod. »Und, wenn ich das hinzufügen darf, wie eine außerordentlich attraktive dazu.«

Metria, die eigentlich entsprechend scharfzüngig antworten wollte, machte plötzlich die Entdeckung, daß ihre Zunge sich ebenfalls, wie Professor Fetthuf es wohl ausgedrückt hätte, in etwas Breiähnliches verwandelt zu haben schien.

Nun wandte Ichabod sich an Jenny Elfe. »Nimm es mir nicht übel, aber du könntest durchaus als zehnjähriges Menschenkind durchgehen«, sagte er zu ihr. »Ich meine, du solltest dich besser kindlich kleiden, also in ein T-Shirt, Blue Jeans und Turnschuhe.« Doch dann überlegte er es sich noch einmal. »Nein, in einem derartigen Hemd würdest du alles andere als kindlich aussehen! Vielleicht ein bauschiges, frei über die Hose hängendes Karohemd – was ist denn los?«

Jenny kicherte: »Das ist doch die Farbe von Mela Meerfraus ....« Sie konnten vor lauter Prusten nicht weiterreden.

»Also ein kariertes Hemd«, warf Metria schnell ein.

»Das würde genügen«, bestätigte Ichbod befremdet.

»Es scheint da etwas zu geben, wovon wir nichts wissen«, bemerkte Arnolde. »Vielleicht haben wir uns schon zu lange im Gebiet des Wahnsinns aufgehalten.«

»Ganz bestimmt«, bestätigte Jenny, während ihre Heiterkeit langsam verflog. »Karomuster sind ja nun wirklich nichts Kindliches! Aber ich kann nicht aus meiner eigenen Körpersubstanz irgendwelche Kleidung anfertigen, wie Metria das tut. Ich muß mir erst welche besorgen.«

»Wir sind noch nicht ganz aus dem Gebiet der Magie heraus«, versetzte Metria. »Laß Sammy einen Schuhbaum suchen, dazu einen Kleiderständer, dann kann ich besorgen, was sie braucht, übrigens auch ein Jackett für dich, Arnolde.«

Während sie sprach, war Sammy schon davongeschossen. »Bring ihn mit zurück«, trug Jenny ihr auf, die diesmal gar nicht erst den Versuch unternahm, ihm nachzujagen.

Metria schwebte hinter Sammy her, der sie erst zu einem Schuhbaum führte, an dem ein Paar Turnschuhe in Jennys Größe hingen, dann zu einem Kleiderständerbaum mit heilen Jeans, einem Hemd und einem Jackett sowie einem roten Band, mit dem sie ihr Haar hübsch zusammenbinden konnte. Metria sammelte alles ein, nahm den Kater auf und schwebte zu der wartenden Gruppe zurück.

Dann formte sie sich zu einem Zelt mit hohen Wänden, damit Jenny sich umkleiden konnte, ohne sich dabei dem kritischen Blick männlicher Augen ausliefern zu müssen. Schließlich war Jenny ja keine Nymphe.

Nachdem sie dies bewerkstelligt hatten, setzten sie ihre Reise in der Richtung fort, die die Vorladungsmarke von Kim Mundanier angezeigt hatte. Nach und nach veränderte sich die Landschaft, wurden die Bäume immer unvertrauter und auf merkwürdige Weise weniger interessant, ganz so als schämten sie sich, ohne Magie zu sein. Selbst die Luft wurde düsterer und weniger angenehm, verlor etwas von ihrer Frische.

Ichabod schnüffelte. »Die Verschmutzung wird auch von Jahr zu Jahr schlimmer«, bemerkte er. »Jetzt müssen wir einen kleinen Abstecher von unserer eigentlichen Reiseroute machen, weil sich meine Unterkunft etwas abseits befindet. Glücklicherweise ist es nicht weit, und ich denke, wir können den Kontakt mit Einheimischen vermeiden.«

Auch so war es eine ziemliche Strapaze. Metria wäre nur zu gern zwischendurch mal nach Xanth zurückgehuscht, um eine kleine Erholungspause einzulegen, wagte es aber nicht, das magiefreie Gebiet zwischen ihnen zu durchqueren. Sie hing nun einmal mit der Gruppe fest, noch dazu in ihrer merkwürdigen Kleidung, bis sie wieder zurückgekehrt waren.

Endlich erreichten sie Ichabods Haus, ein langweiliges Gebäude aus Holz und Gips an einem breiten, gepflasterten Weg. Daneben stand ein merkwürdiges Gerät auf Rädern.

Doch als sie gerade darauf zugingen und aus dem dahinterliegenden Wald traten, kam ein furchtbares lautes Ungeheuer die Straße entlanggesaust. Jenny schreckte zurück. »Ist das ein Drachen?« wollte sie wissen.

»Nein, nur ein Automobil«, versicherte Ichabod gelassen. »Mach dir keine Sorgen, es wird auf der Autobahn bleiben.«

»Er meint den gepflasterten breiten Weg, den ihr da vor euch seht«, erklärte Arnolde, als er bemerkte, wie sich Jenny und Metria verdutzt umsahen. »In Mundania gibt es eine Menge merkwürdiger Ausdrücke. Ich werde mich hinter dem Haus aufstellen«, fuhr Arnolde fort, »um ungesehen zu bleiben. Ich weiß selbst nicht so genau, wie weit sich mein Korridor im Augenblick erstreckt. Die lange Zeit, die ich mich im Wahnsinn aufgehalten habe, könnte ihn möglicherweise etwas verstärkt haben.«

»Dann stellen wir es doch am besten mal fest«, schlug Metria vor. »Ich möchte ihn auch aus Versehen nicht verlassen. Jenny und ich können ganz langsam bis an seine äußerste Grenze gehen, und sobald ich anfange zu verblassen, kann sie mich zurückziehen.« Dieser Gedanke bereitete ihr zwar Unbehagen, andererseits mußte sie aber unbedingt wissen, wo die Grenzen lagen. Für sie war es eine Sache von Sein oder Nichtsein, was ihr ein neuartiges und banges Gefühl verursachte.

»Ich gehe in der Zwischenzeit ins Haus und hole Geld und Vorräte«, ergänzte Ichabod. Er war der einzige in der

Gruppe, der den Korridor ungestraft verlassen könnte, es sei denn, sein hohes Alter würde ihn dabei einholen.

Metria und Jenny faßten sich bei der Hand und bauten sich vor Arnolde auf, um gemeinsam loszugehen. »Er müßte vorn eigentlich fünfzehn Schritte weit reichen und hinten die Hälfte davon«, rief Arnolde ihnen zu. »Und seitlich wahrscheinlich nur zwei Schritte.«

Metria sah sich um. Ihrer Schätzung zufolge waren sie jetzt etwa ein Dutzend Schritte von ihm entfernt. Also tat sie einen weiteren, dann einen zweiten, wobei sie immer nervöser wurde.

Inzwischen befanden sie sich schon dicht an dem gepflasterten Weg. Wieder sauste ein lärmendes Kastenungeheuer an ihnen vorbei. Doch anstatt weiterzufahren, quietschte es plötzlich auf wie ein Oink, das man mit einer Nadel gestochen hatte, und schlitterte rechts vor ihnen an den Straßenrand. Metria, die noch immer nicht so recht wußte, wie weit der Korridor seitlich eigentlich reichte, hielt beunruhigt inne.

Das Ungeheuer flötete durchdringend. Dann schob sich ein Menschenkopf seitlich aus seinem Leib. »Hallo, Süße! Wie wär's, wenn du mitkommst, dann gibt's auch einen Rosenstrauß.«

»Ich glaube, der meint dich«, bemerkte Jenny.

Also antwortete Metria: »Wenn deine Rosen so miserabel riechen wie deine Luft, will ich nichts damit zu tun haben.«

Das Ding stieß schon wieder einen Pfiff aus. »Oho, da haben wir ja einen besonders kessen Zahn!« Die Seite des Ungeheuers öffnete sich, und ein junger Mann kroch hervor. »Hau ab, Kleine«, sagte er zu Jenny. Und dann, an Metria gewandt: »Wie wärs mit einem Küßchen, Zuckerschnute?«

Langsam begann Metria zu begreifen, was hier vorging. Das Ungeheuer war tatsächlich eine Art Beförderungsmittel, genau wie ein fliegender Teppich. Der Mann wiederum war ein durchschnittliches Exemplar des typischen widerlichen Menschenmännchens. Mit der Sorte wußte sie schon umzugehen.

»Klar, Arschgesicht. Komm doch und hol es dir.«

»Bist du dir sicher ...?« fragte Jenny besorgt.

»Das werden wir ja gleich sehen.«

Der Mann trat heran und legte den Arm um sie. Dann beugte er sein Gesicht zu ihr hinunter. Gerade wollte er den Mund auf ihren legen, verwandelte Metria diesen in eine Breimulde.

So senkten sich seine Lippen in schlammigen Brei, worauf sein Kopf zurückzuckte. »Was zum ...?«

Sie ließ einen Augapfel aus dem Brei hervorlugen. »Ja, Liebling?«

»Das ist ja ein Alien!« schrie er und wollte zurückweichen. Doch inzwischen hatte auch sie die Arme um ihn gelegt und preßte ihn fest an sich.

»Ich sollte dich wohl besser verschlingen«, meinte sie und formte eine kleine Drachenschnauze aus.

Er kreischte entsetzlich auf, als sie nach seiner Nase schnappte. »Aaaaahhh!«

»Halt gefälligst still!« schnauzte die Schnauze. »Wie soll ich dir denn sonst den Kopf abbeißen?«

Doch der Mann erwies sich als unkooperativ. Er riß sich so heftig von ihr los, daß ihre Arme sich dabei dehnten wie Karamelmasse. Er wirbelte herum, befreite sich endgültig und sprang wieder in seinen Kasten. Schon im nächsten Moment brüllte der Kasten los und schoß in einer Wolke aus Gas quiekend davon.

»Ich glaube, das Ding hat Verdauungsstörungen«, meinte Jenny kichernd. »Ganz zu schweigen von dem Mann in seinem Innern.«

»Na, der hätte sich lieber nicht mit einer Dämonin anlegen sollen«, versetzte Metria und nahm wieder ihr mundanisches Aussehen an.

»Ich glaube auch kaum, daß er es noch mal versuchen wird«, stimmte Jenny ihr zu.

Doch da bremste bereits quietschend das nächste Fahrzeug. Das schien vor jungen Männern nur so überzuquellen. »Hallo, Baby!« rief einer von ihnen. »Wie wärs mit einer Nummer?«

Metria fand, daß die Sache ziemlich schnell fade wurde. Also verwandelte sie ihren ganzen Leib in einen Drachen und antwortete ihnen mit Gebrüll. Diesmal ging keine Tür mehr auf, und das Fahrzeug raste so schnell davon, wie es gekommen war.

Jetzt konnten sie endlich ihre Grenzverlaufsprüfung des Korridors abschließen. Metria tat einen weiteren Schritt – und war immer noch da. Dann noch einen – das gleiche. Schließlich verlor sie der Mut, und sie zog sich wieder zurück. »Der Korridor ist stark genug.«

Ichabod hatte inzwischen sein eigenes Fahrzeug beladen. »Ich bin mehrere Male aus dem Korridor getreten«, teilte er Arnolde schließlich mit. »Ich habe den Unterschied zwar wahrnehmen können, aber für kurze Zeit war es durchaus erträglich. Ich glaube, du hast recht gehabt: Wir sind sehr stark mit Magie aufgeladen, und es dauert seine Zeit, bis die sich wieder aufgelöst hat. Trotzdem sollten wir die Sache möglichst schnell hinter uns bringen.«

Das war seine Art, sie zur Eile anzuhalten, wie Metria begriff. Doch zunächst wollte sie noch etwas anderes erledigen. »Ich habe versucht, über die vordere Grenze des magischen Korridors zu treten«, sagte sie. »Aber da bin ich ständig auf dämliche Mundanier gestoßen und habe schließlich den Mut verloren. Ich meine aber doch, ich sollte möglichst genau wissen, was passiert, wenn ich ins eigentliche Mundania eindringe. Vielleicht ist es ja gar nicht so schlimm. Würdest du mich vielleicht dorthin führen, wo du gewesen bist, und auch wieder zurück, fall ... falls?«

»Verstehe«, erwiderte Ichabod großmütig. »Ich kann dir versichern, daß ich niemanden, der über eine solche Ausstattung verfügt, wie du es tust zu Schaden kommen lassen würde, sofern ich irgend etwas dagegen unternehmen kann. Folge mir bitte hier entlang.«

Er meinte wohl vor allem ihre Beine. Metria folgte ihm hinter das Haus, während Jenny bei Arnolde verharrte, der sich nicht von der Stelle gerührt hatte. Der Zentaur wuße, wie wichtig es war, den Korridor so zu erhalten, wie er war, damit sie nachhaltig experimentieren konnten. »Das Phänomen scheint doch deutlich raumgreifender zu sein als beim ersten Mal«, bemerkte Ichabod. »Ungefähr um fünfzig Prozent. Das heißt also, ungefähr drei Schritte mehr, vielleicht sogar drei Meter. Schau mal hier: Ich habe an meine Hintertür eine Marke gemacht, wo mir die Abschwächung des Felds zu sein schien.«

»Das heißt also, wo die Magie endet«, dolmetschte Metria und blieb dicht davor stehen. »Hättest du etwas dagegen, meine Hand zu halten, während ich die Linie überschreite?«

»Ob ich etwas dagegen habe?« fragte Ichabod, als zweifle er selbst daran. »Mein liebes Geschöpf, ich würde es als Privileg empfinden.«

»Danke.« Angenehm berührt gewährte sie ihm ihr strahlendstes Lächeln, dann nahm sie seine Hand, stählte sich innerlich und trat über die Linie.

Plötzlich wurde alles ganz furchtbar. Strudelnd geriet sie außer Kontrolle, verteilte sich in alle Himmelsrichtungen und verlor den Verstand.

Dann, nach einem Augenblick, der sich über Jahre hinzuziehen schien, fand sie sich in heillosem Durcheinander um Ichabod verstreut wieder. »Hä?« stammelte sie intelligent.

»Bist du wieder funktionstüchtig?« fragte er seinerseits.

Sie zog ihre Extremitäten wieder ein und faßte sich. »Ich denke schon. Was ist passiert?«

»Du hast dich in eine Windhose aufgelöst. Das heißt, in einen Windstoß, der Staub und Laub umherwirbelte. Ich habe versucht, dich mit meinem Körper in den Korridor zurückzudrängen, wurde deiner aber nicht so recht habhaft, und außerdem hatte ich Angst, ich könnte dich dabei auseinanderreißen. Glücklicherweise hat Arnolde gemerkt, was geschah, und hat sich einen Schritt zur Seite bewegt. Damit bist du wieder in den Korridor geraten und hast dich erneut zusammengesetzt.«

»Eine Windhose?« fragte sie verständnislos.

»Manchmal gerät der Wind in einen kreisförmigen Strudel mit relativ niedrigem Innendruck, wodurch er Staub ansaugt. In extremer Form finden wir das beim Tornado oder beim Hurrikan. Aber die meisten Windhosen wirbeln nur ein paar Sekunden umher, dann lösen sie sich wieder auf. Sie haben keinen dauerhaften Zusammenhalt. Mir wurde klar, daß dieses wohl dein Schicksal sein würde, solltest du für längere Zeit außerhalb des magischen Feldes verweilen.«

»Und deshalb hast du mich wieder hineingeführt«, begriff sie. »Ich glaube, Ichabod, du hast meine Existenz gerettet.« Das erklärte auch, weshalb sie sich völlig um ihn gewickelt hatte: Sie war nicht mehr gewesen als Energie in der Luft, und als er versucht hatte sie zurückzudrängen, war er dabei einfach nur in den Strudel getreten. »Danke.« Sie ließ ihren Kopf die schönste Form annehmen, derer sie fähig war, dazu das allerhübscheste Gesicht und küßte ihn beherzt auf den Mund.

Er sah aus, als würde er gleich in Ohnmacht fallen. Tatsächlich sackte er sogar etwas zusammen, so daß sie ihn stützen mußte, doch war kein Unbehagen dabei : In der Nähe seines Mundes verweilte ein benommenes Lächeln, und seine Augen schienen zu leuchten. *»Danke«*, hauchte er. »Aber würdest du bitte ...«

»Was immer du wünschst, mein Freund«, sagte sie hilfsbereit.

» ... deine Kleider wieder anlegen.«

Oh! In dem Durcheinander ihrer Auflösung hatte sie gar nicht mehr daran gedacht. Hastig brachte sie wieder Schuhe, Rock und Bluse in Erscheinung, und zwar in dieser Reihenfolge. Dann schwoll sein Augenleuchten wieder auf mittlere Stärke ab, und er gewann sein Gleichgewicht zurück. Er mochte zwar alt sein, aber seine Reflexe wirkten durchaus normal.

Arnolde und Jenny waren nur zwei Schritte von ihm entfernt. »Sieht so aus, als ob wir jetzt wüßten, was mit Dämonen in Mundania geschieht«, bemerkte Arnolde. »Sie sind die Strudel, die die Windströme bewegen. In Xanth besitzen sie Bewußtsein und Kontrolle, wodurch sie unsterblich werden. In Mundania gebricht es ihnen an diesen Eigenschaften, deshalb lösen sie sich so schnell wieder auf.«

»Und so haben wir auf eine schon seit langem anstehende Frage endlich eine Antwort gefunden«, stimmte Ichabod zu, »dank der Tapferkeit der Dämonin Metria.«

»Tapferkeit!« schnaubte Metria. »Ich wollte doch bloß wissen, was passiert, wenn ich den Korridor verlasse. Und jetzt, da ich es weiß, werde ich es bestimmt nicht noch einmal versuchen.«

»Tapferkeit ist das, was man als solche definiert«, meinte Arnolde.

»Hm, vielleicht sollte ich das auch mal versuchen«, warf Jenny ein. »Ich bin zwar nicht tapfer, aber es macht immerhin einen Unterschied, ob ich mich in ein normales Mädchen oder einen Staubstrudel verwandle.«

»Das ist richtig«, bestätigte Ichabod. »Bitte hier entlang.«

Metria sah mit an, wie die beiden die Marke im Erdreich erreichten und überschritten. Das Elfenmädchen hielt ihren Kater fest in den Armen. Jenny verschwand nicht, noch wurde sie zu Staub; sie wurde lediglich zu einem kindhaften Mädchen, während die Katze sich überhaupt nicht zu verändern schien.

»Oh! Ich habe ja plötzlich fünf Finger!« rief Jenny.

»Und runde Ohren«, fügte Ichabod hinzu. »Du bist gerade herzzerreißend normal geworden.«

»Bäh!« Hastig trat Jenny wieder ins magische Feld zurück. Doch dann überlegte sie es sich noch einmal und trat erneut hinaus. »Es geht schließlich darum, festzustellen, ob ich in Mundania überhaupt funktionstüchtig bin«, sagte sie. »Sieht so aus, als sei das der Fall. Gut zu wissen.«

»Ich bin mir nicht sicher, daß das wirklich der Fall ist«, wandte Ichabod ein.

»Wieso nicht? Was ist denn verkehrt?«

»Die Mundanier werden dich außerhalb des Korridors nicht verstehen können. Du sprichst die magische Sprache von Xanth, wie sie alle humanoiden Formen kennen. Aber für Mundanier hört sich das an wie Kauderwelsch.«

»Ach so. Dann sollte ich wohl lieber nichts sagen, wenn ich den Korridor mal verlasse.«

»Genau. Du würdest dich schon mit dem ersten Wort als Fremde offenbaren. Für Metria stellt das kein Problem dar, da sie den Korridor ohnehin nicht verlassen darf, genausowenig für Arnolde, der sich immer in seinem Zentrum befindet. Aber du wirst schon aufpassen müssen.«

»Genaugenommen sollte ich ihn lieber gar nicht erst verlassen, wenn es sich irgendwie vermeiden läßt«, schloß Jenny.

»Das ist auch meine Meinung. Und für deine Katze gilt mit Sicherheit dasselbe.«

Darüber dachte Jenny nach. »Ich sollte den Kater wohl lieber an die Leine legen«, entschied sie. »Das wird ihm zwar nicht passen, aber ich möchte nicht, daß wir beide uns in Mundania hoffnungslos verlaufen.«

»Eine sehr vernünftige Vorsichtsmaßnahme.«

Dann kehrten sie in den Korridor zurück. Sie hatten sich zwar nicht allzuweit entfernt, doch immerhin bestand jetzt kein Zweifel mehr daran, daß Jenny außerhalb des magischen Feldes durchaus funktionstüchtig war. Als sie es wieder betrat, spitzten sich die Ohren zu und bildeten sich an den Händen (wahrscheinlich auch an den Füßen) die zusätzlichen Glieder zurück. Nun hatte sie wieder einen Daumen und drei Finger. In Mundania war die Magie der Welt der Zwei Monde ebenso unwirksam wie jene Xanths.

»So, jetzt müssen wir aber los«, sagte Ichabod forsch. »Da wir die Adresse nicht kennen, muß uns eben die Vorladungsmarke führen. Ich hoffe, wir können jetzt ohne weitere Verzögerung losfahren.«

»Ja, setzen wir uns in Bewegung«, meinte auch Metria.

Ichabod stellte eine Kiste hinten an seinen Lastwagen, und Arnolde bestieg sie vorsichtig, um auf die Ladefläche zu gelangen, deren Seitenwände bereits hochgeklappt waren. Jenny gesellte sich zu ihm. Metria wollte gerade dasselbe tun, als Ichabod sie daran hinderte. »Ich muß dich vorne neben mir haben, damit du mir Anweisungen geben kannst, Dämonin.«

»Ach so. Stimmt ja.« Sie sah zu, wie er in den abgetrennten vorderen Teil des Fahrzeugs stieg, dann nahm sie eilig auf dem Sitz neben dem seinen Platz.

»Vielleicht solltest du dich in Zukunft doch etwas anders bewegen, als plötzlich an einem Platz zu verschwinden und am anderen wieder aufzutauchen«, schlug Ichabod vor. »Schließlich wollen wir kein unnötiges Aufsehen erregen.«

»Ja, stimmt – in Mundania gibt es schließlich keine Dämonen«, stimmte sie ihm zu, »außer als Wildstrudel. Gut, ich passe auf.«

Er nahm einen kleinen Schlüssel und betätigte damit irgend etwas am vorderen Fahrzeugteil. Allerdings öffnete sich keine Tür, statt dessen vernahmen sie ein Drachenknurren, so dicht, daß das Untier schon zum Greifen nahe sein mußte. Metria löste sich hastig in Rauch auf, faßte sich aber wieder, bevor sie aus dem Fahrzeug trieb. »Was ist das denn?« fragte sie und formte sich aufs neue aus.

Ichabod musterte sie. Seine Augen wirkten wieder stumpf. »Das ist der startende Motor«, erklärte er. »Keine Sorge. Aber wenn du so gut sein willst – deine Kleider ...«

Ach so. Ständig vergaß sie das. Es war doch mühsam, immer auf Einzelheiten achten zu müssen, wenn um sie herum solch seltsame Dinge geschahen. Endlich formte sie die entsprechenden Kleidungsstücke wieder aus.

»Verstehe mich nicht falsch, ich habe keinerlei Einwände gegen dein, äh, natürliches Aussehen«, erläuterte Ichabod. »Tatsächlich finde ich es sogar äußerst anziehend. Aber ich fürchte, daß ich mit einer derartigen Ablenkung nicht besonders fahrtüchtig wäre, und jeder andere Mann, der deine Vorzüge zu sehen bekommt, dürfte ähnliches erleiden.«

»Tatsächlich?« fragte sie und ließ den Blick an sich selbst heruntergleiten. »Du meinst, wenn wir beide allein wären, und niemand uns zusehen könnte, gäbe es keine Probleme?« Sie erwartete seine Antwort mit Argwohn. Schließlich war es ja nicht so, als verfüge sie über keinerlei Erfahrung mit menschlichen Männern.

Er schien zu zögern. »Ich, äh, hm, na ja, also das heißt,

wahrscheinlich nicht, aber es scheint mir doch sehr unwahrscheinlich, daß das geschehen könnte.«

Das war seine Weise auszudrücken, daß ihm wahrscheinlich die Augen dabei aus dem Kopf fallen würden. Zufrieden holte Metria Kims Marke hervor und hielt sie hoch. Sie konnte von Glück sagen, daß die Dinger nicht verloren gegangen waren, als sie aus den Korridor getreten war! »Dort entlang«, sagte sie und zeigte in die Zugrichtung der Marke.

Ichabod griff nach ihrem Knie. Neugierig beobachtete sie seine Hand. Doch die machte kurz vor dem Ziel Halt und legte sich statt dessen auf den knieähnlichen Knüppel, der auf einem Stock aus dem Fahrzeugboden ragte. Dann wakkelte er mit dem Stock. Schließlich preßte er die Füße gegen Bodenpedale. Das mußte offensichtlich ein magisches Ritual sein.

Das Fahrzeug setzte sich in Bewegung. Metria behielt ihre eigene Position bei und wandte sich nach hinten, um zu sehen, wie die anderen damit zurechtkamen. Es schien ihnen gutzugehen. Arnolde war wahrscheinlich schon öfter in diesem Gerät mitgefahren und hatte Jenny entsprechend gewarnt. Die beiden kamen gut miteinander aus, seit sie die Entdeckung gemacht hatten, daß jeder von ihnen von seinen Artgenossen isoliert war.

»Äh«, machte Ichabod und warf ihr einen Blick zu.

Sie ließ den Kopf wieder herumschweifen. »Ja?«

»Du hast deinen Kopf gerade um einhundertachtzig Grad gedreht«, sagte er. »Und danach noch einmal um dreihundertsechzig Grad.«

»Na und?«

»So etwas tun Menschen aber nicht.«

Hoppla – schon wieder! Andererseits hatten diese Sterblichen ja auch die unbequemsten anatomischen Behinderungen. »Du meinst, ich soll es lieber sein lassen?«

»Es könnte immerhin Aufmerksamkeit erregen, die wir lieber vermeiden sollten.«

Das hieß also, sie sollte es bleiben lassen. Sie seufzte. »Mundania ist ein ziemlich langweiliger Ort.«

»Dem kann ich nur aus ganzem Herzen zustimmen.« Nun setzte sich der Laster in Bewegung, obwohl Ichabod noch gar nicht damit fertig war, die Füße zu bewegen oder mit dem vor ihm angebrachten, schräggestellten Rad zu spielen. Das Fahrzeug fuhr auf die Straße hinaus und schlug die Richtung ein, die Metria vorgegeben hatte, mit der Zeit wurde es sogar schneller. Die Geschwindigkeit war recht respektabel, ungefähr dieselbe wie bei einem fliegenden Teppich.

»Wie erteilst du ihm seine Befehle?« wollte sie wissen. »Du hast nicht ein einziges Wort mit ihm gesprochen.«

Er lächelte. »Das wäre wirklich einmal etwas Neues: einer Dämonin das Autofahren beizubringen.«

»Warum nicht?«

Er überlegte. »Ja, warum eigentlich nicht! Also gut, Metria. Ich steuere den Laster nicht durch mündliche Befehle, sondern mit Händen und Füßen. Mit dem Schlüssel wird der Motor gezündet, und die Gangschaltung verbindet ihn mit den Rädern. Lenken tue ich ihn mit dem Lenkrad hier.«

»Faszinierend!« sagte sie. »Dann ist das ja eine seelenlose Maschine.«

»Das kann man wohl sagen. Ich muß das Fahrzeug ständig lenken, sonst kommt es vom Weg ab.«

Sie stellte ihm noch weitere Fragen, und er, dem ihr Interesse ganz offensichtlich schmeichelte, erklärte ihr die obskure Mechanik der Kupplung, der Bremsen, der Lenksäule, der Nockenwelle und der Blinker. Metria hörte genau zu. Anscheinend war Mundania doch nicht ganz so langweilig, wie sie geglaubt hatte. Mit einem derartigen Gerät würde sie eine Menge Spaß haben können, sollte sie jemals Gelegenheit dazu bekommen.

Sie überprüfte die Vorladungsmarke. Die schien keinerlei Schwierigkeiten zu haben, ihr Zielobjekt zu orten, obwohl zwischen ihnen und Kim doch ein völlig magiefreies Gelände lag. Dafür mußte der Simurgh gesorgt haben, indem der große Vogel Artefakte herstellte, die keinen mundanischen Beschränkungen unterlagen. Doch nun zog es die Scheibe etwas zur Seite. »Wir kommen vom Kurs ab«, verkündete Metria.

»Das ist unvermeidlich, beschränkt, wie das Autobahnsystem nun mal ist. Ich werde das Ziel im Winkel anfahren müssen. Keine Bange, wir werden schon irgendwann dort eintreffen.«

An der nächsten Kreuzung fuhr er eine Kurve und dann noch eine, als die Richtung immer noch falsch war. Es schien, als sei es in Mundania unmöglich, sich direkt ans Ziel zu begeben. So blieben sie in Bewegung, während Metria etwas über das Führen des Fahrzeugs lernte und gelegentlich in die sich aufs langweiligste verändernde Landschaft draußen blickte.

Sie kamen an zahlreichen, blockähnlichen Gebäuden vorbei. Dazwischen lagen viele Felder, manchmal auch Waldstücke. Zu beiden Seiten der Straße fuhren ständig irgendwelche Fahrzeuge, und es schien, als müsse jedes auf seiner Seite bleiben, je nachdem, welche Richtung es eingeschlagen hatte, weil es sonst einen fürchterlichen Zusammenstoß geben würde.

Schließlich wurde der Zug der Marke immer stärker. »Wir nähern uns dem Ziel«, verkündete Metria.

»Hervorragend. Wir fahren gerade auf Squeedunk zu. Wie alt ist Kim eigentlich?«

»Inzwischen müßte sie eigentlich neunzehn sein, sofern die Leute in Mundania im selben Tempo altern wie bei uns.«

»Dann ist sie jetzt im Collegealter. Da besteht die Möglichkeit, daß sie aufs Squeedunk Community College geht.«

»Community College? Werden da etwa unzusammenhängende Dinge miteinander verklebt, um ein Bild zu ergeben?«

Er lächelte. »In gewisser Hinsicht schon, Metria. Dort versucht man Jugendliche auszubilden, was man durchaus als eine Art von Kunst bezeichnen darf.«

Bald erreichten sie den SCC-Campus. Es waren große, mit blauen, glasigen Quadraten bedeckte Gebäude. Zwischen diesen spazierten junge Menschen herum, die Arme voller

Bücher. Manche hatten auch Decken auf dem grünen Rasen ausgebreitet und sonnten sich in spärlicher Kleidung.

»Die haben aber weniger am Leib als ich«, bemerkte Metria und zog dabei eine Schnute.

»Die sind ja auch weniger gesegnet als du«, erwiderte er diplomatisch.

»Weniger was?«

»Gesund, kurvig, symmetrisch, proportioniert, anziehend ...«

»Bestückt?«

»Was auch immer«, erwiderte er lächelnd. »Du würdest nur den Verkehr und den Unterricht durcheinanderbringen, deshalb mußt du deine Besitztümer maskieren.«

Schon wieder so ein merkwürdiges Wort. »Meine was?«

»Reize. Sind wir noch auf Kurs?«

Sie überprüfte die Marke. »Dort entlang«, sagte sie, auf ein Gebäude zeigend.

Ichabod lenkte das Fahrzeug zum nächstgelegenen Parkplatz. »Ich hoffe, sie lebt im Parterre«, meinte er.

»Warum?«

»Wie sollen wir sie sonst erreichen, außerhalb des magischen Korridors?«

»Dann muß Arnolde eben mit uns kommen.«

»Ein Zentaur in Mundania? Da wäre es sogar noch besser, wenn du nackt herumliefest!«

Darüber grübelte Metria nach und gelangte zu dem Schluß, daß er es offensichtlich für unpraktisch hielt, Arnolde das Gebäude betreten zu lassen. Wahrscheinlich hatte er recht. Dem Zentauren würden die schmalen Stufen und Gänge und Absätze sicher nicht behagen, die Metria nun ausmachte, und wahrscheinlich würde er mehr Aufmerksamkeit auf sich ziehen, als empfehlenswert war. So wäre es wohl das beste, ihn im Lastwagen zu lassen.

Das würde aber auch bedeuten, daß alle anderen dort bleiben müßten. Bis auf Ichabod, vielleicht sogar Jenny. Da Jenny außerhalb des Korridors nicht sprechen durfte, war das ganze wohl dem Mann überlassen. »Dann hol du sie doch.«

»Männern ist der Zutritt zu den Frauenschlafräumen untersagt«, widersprach er. »Das ist eine von diesen vorsintflutlichen Vorschriften, wie sie in der Provinz noch Gültigkeit haben.« Sie merkte zwar, daß er sich über irgend etwas lustig machte, konnte aber nicht genau bestimmten, worüber.

Also stiegen sie aus und begaben sich zur Ladefläche des Lastwagens. Arnoldes Kopf und Schultern ragten über die hohen Seitenteile hinaus. »Sind wir am Ziel?« fragte der Zentaur.

»Am Schlaftrakt der Mädchen. Aber wir haben ein Problem. Möglicherweise kommen wir nicht an sie heran.«

Sie besprachen die Situation, doch bevor sie zu einem Ende kamen, traten einige Studenten an sie heran. »Xibu't vq, epmm?« rief ein junger Mann Metria zu.

Metria blickte Ichabod fragend an. »Ist das mundanisch?«

»Ja. Er hat gerade gefragt: ›Wie sieht's aus, Puppe?‹ Sobald er in den Korridor tritt, wirst du ihn verstehen können.«

»Puppe?«

»Das ist eine ungebührlich vertrauliche Anrede, wenn man sie an eine unbekannte Frau richtet.«

»Das habe ich mir schon gedacht. Soll ich mir vielleicht eine Drachenschnauze zulegen und ihm ein bißchen den Kopf abbeißen?«

»Das würde ich nicht empfehlen. Schließlich wollen wir hier keine Szene machen.«

Diese Antwort hatte sie schon befürchtet. »Wie soll ich diesen Haufen Drachendünger denn dann sonst zerquetschen?«

»Laß mich die Sache mal lieber übernehmen.« Und dann, als der Junge sie erreicht hatte, fügte Ichabod hinzu: »Haben sie da gerade mit meiner verheirateten Tochter gesprochen?« Da Jenny außer Sichtweite war, konnte es nur um Metria gehen.

»Äh ... Hoppla«, erwiderte der junge Mann verlegen. Es dauerte genau drei Fünftel eines Augenblicks, da war er verschwunden.

»Das hat mir Spaß gemacht, muß ich zugeben«, versetzte Ichabod.

Als nächstes kam eine junge Frau auf sie zu. »Oooohhh«, quiekte sie. »Ist das etwa ein Pferd dort oben?«

Metria stellte fest, daß Arnoldes gescheckte Flanken durch die Ritzen in den Seitenteilen schimmerten. »Nicht ganz«, meinte sie.

»Aber ich sehe doch ... Bestimmt, das ist eindeutig Pferdefleisch!« meinte das Mädchen, durch die Ritzen lugend.

Arnolde blickte von oben auf sie hinunter. »Dieses Pferdefleisch gehört mir«, sagte er. »Möchtest du es vielleicht einmal genauer in Augenschein nehmen?«

Hallo! Metria klappte den Unterkiefer herunter, doch zu sagen wußte sie nichts.

»Oooohhh, aber gern!« rief das Mädchen und sprang vor Erregung auf und ab. Metria wußte, daß das äußerst interessante Dinge in ihrer Bluse anstellte, weil Ichabods Augen zu glänzen begannen. »Dann darf ich dich zuvor vielleicht um einen Gefallen bitten«, fuhr Arnolde fort.

»Na klar doch! Was du willst.«

Was hatte der Zentaur nur vor?«

»Es gibt hier eine junge Frau, mit der wir gerne reden würden, aber als Männer dürfen wir natürlich nicht in den Wohntrakt. Würdest du vielleicht so freundlich sein, ihr eine Nachricht von uns zu überbringen?«

»Na klar«, willigte das Mädchen ein und streckte sich ein wenig, um einen besseren Einblick zu bekommen. Bisher hatte sie noch keine Verbindung zwischen dem Pferdefleisch und dem sprechenden Menschen hergestellt.

»Ihr Name ist Kim. Wenn du ihr diese Smaragdscheibe überbringst, kommt sie vielleicht nach draußen.« Mit einem Nicken wies Arnolde auf Metria.

Metria war bei der Sache zwar nicht wohl zumute, doch blieb ihr nun nichts anderes übrig, als die Scheibe zu überreichen.

»Smaragd?« fragte das Mädchen. »Das Ding ist aber schwarz!«

»Es ist im Laufe des Alters etwas korrodiert«, erklärte Arnolde geschmeidig.

»Ach so.« Dann fiel dem Mädchen noch etwas anderes auf. »Aber warum gehst du denn nicht hinein, um sie zu suchen?« fragte sie Metria. »Viel weiblicher als du kann man doch kaum werden.«

»Ich ... ich ...« fing Metria an, stockte aber sofort wieder.

»Sie hat einen Sprechfehler«, warf Ichabod schnell ein. »Furchtbares Stottern. Bitte bring sie nicht in Verlegenheit, indem du es auch noch erwähnst.«

»Ach so, natürlich nicht«, willigte das Mädchen ein. »Bin gleich wieder da.«

Aber was, wenn sie sie gar nicht Kim bringt?« fragte Metria in echter Sorge.

»Eine Vorladung des Simurgh wird stets das richtige Ziel erreichen«, beruhigte Arnolde sie. »Das Mädchen wird nicht einmal im Traum daran denken, sie woanders hinzubringen.«

»Wie kannst du dir so sicher sein?«

»Ich bin schließlich ein Zentaurengelehrter.«

Ach so. Natürlich. Ausnahmsweise reagierte Metria mal nicht verärgert auf die hochnäsige Selbstsicherheit dieser Rasse.

Schon bald kam Kim herausgelaufen, ganz ähnlich gekleidet wie Metria selbst. Früher war sie ein schlacksiges und etwas unscheinbares Mädchen gewesen, doch inzwischen hatte sie sich an den richtigen Stellen weiterentwickelt und sich auch um ihre Frisur gekümmert, so daß sie nun schon eher einer erwachsenen Frau glich. Vor allem beim Laufen. »Metria!« rief sie, die Dämonin auf der Stelle wiedererkennend. »Was, zum Teufel, machst du hier in Zivilkleidung?«

»Wie kann ich sie aus dieser Entfernung verstehen?« wunderte sich Metria.

»Weil ich mich umgedreht habe, um sie mit meinem Korridor einzuschließen«, erwiderte Arnolde.

Dann war Kim auch schon da und umarmte Metria heftig. »Hätte ja nie gedacht, daß ich mich mal so freuen könnte, ausgerechnet dich zu sehen, Dämonin! Aber wie ist das überhaupt möglich? Das ist doch die wirkliche Welt.

»Weißt du von dem Zentaurenkorridor« fragte Metria.

»Na klar! Aber das ist doch nur eine alte Geschichte. Es gibt keinen ...« Da erblickte Kim Arnoldes Haupt. »Oh, nein! Ist das die Möglichkeit! Ich dachte, Arnolde wäre schon vor Jahrzehnten verblichen!«

»Die Gerüchte über mein Verbleichen sind doch stark übertrieben gewesen«, versetzte Arnolde und streckte die Hand aus.

Kim ergriff sie. »Na, das ist aber toll! Fast so gut wie ein Besuch in Xanth! Aber was ...«

»Du wirst Xanth schon noch besuchen«, unterbrach sie Metria. »Ich habe hier deine Vorladung. Jetzt mußt du mit uns zurückkehren.«

»Aber das geht nicht!« protestierte Kim. »Ich habe Unterricht, Hausaufgaben, Verpflichtungen ...«

»Die werden eben warten müssen«, teilte ihr Arnolde mit. »Niemand schlägt eine Vorladung des Simurgh in den Wind.«

»Das ist vom Simurgh?« Kim starrte die schwarze Scheibe fassungslos an. »Ich habe mir doch gleich gedacht, daß diese Medaille irgend etwas Besonders hat. Aber ich kann nicht nach Xanth, es sei denn, ich spiele das Spiel, und selbst dazu war ich viel zu beschäftigt.«

»Wie, sogar in den Sommerferien?« wollte Ichabod wissen.

»Na ja, da ist ja schließlich noch Dug«, meinte sie errötend.

Da verstand Metria, wohin ihre Sommer verschwanden. Bei ihr waren auch mal zwei Jahre auf ganz ähnliche Weise verstrichen. »Dug kommt mit«, sagte sie. »Für den habe ich auch eine Vorladung.«

Plötzlich lösten sich Kims Einwände in Luft auf. »Dann sage ich meiner Zimmerkameradin nur mal eben Bescheid, daß sie mich decken soll«, verkündete sie und huschte davon.

Inzwischen war das andere Mädchen zurückgekehrt. »Nun zu diesem Pferd ...« sagte sie.

»Dann komm doch rein, und schau es dir an«, sagte Arnolde.

»Ob das wirklich klug ist?« fragte Ichabod.

»Wir haben eine Abmachung getroffen«, erklärte Arnolde.

»Laß sie herein.«

Also öffnete Ichabod die hintere Klappe gerade weit genug, damit das Mädchen hineinklettern konnte, um sie danach sofort wieder zu schließen.

Es folgte eine atemlose Pause. Dann ertönte ein leiser Schrei. »Du liebe Güte. Bist du *wirklich* ...?«

»Das bin ich wirklich«, bestätigte Arnolde. »Aber bitte erzähl' niemandem davon, denn das wäre mir äußerst peinlich, und ich bin ein bißchen zu alt, um noch gelassen mit Peinlichkeiten umzugehen.«

»Hört, hört«, brummte Ichabod. »Das ist ein echter Trickbetrüger. Die Zahl der Musterexemplare, die er im Gebiet des Wahnsinns dazu überredet hat, für uns Modell zu stehen, ist eine Legion.«

»Und wer ... was bist du?« fragte das Mädchen eine Weile später.

»Jenny Elfe. Ich bin noch zu jung, um mit Peinlichkeiten umzugehen.«

Nun trat Kim aus dem Gebäude, in der Hand eine Tasche. »Meine Hausarbeit«, sagte sie. »Vielleicht kann ich die noch irgendwo einschieben.«

Benommen verließ das andere Mädchen die Ladefläche. »Danke, Jo«, sagte Kim.

»Gern geschehen, Kim.« Verunsichert wankte Jo davon.

»Was, wenn sie redet?« fragte Metria.

»Wer würde ihr schon Glauben schenken?« versetzte Kim. »Kommt schon, holen wir Dug!«

Diesmal war es Kim, die vorne ins Führerhaus des Lasters stieg, weil sie genau wußte, wo Dug zu finden war. Und da ihre Beine genauso sichtbar waren wie Metrias, hatte Ichabod keine Einwände. So bestieg Metria die Ladefläche und gesellte sich zu Arnolde und Jenny Elfe.

»Das Gesicht dieses Mädchens hätte ich zu gern gesehen«, bemerkte Metria, als der Lastwagen sich holpernd in Bewegung setzte. »Sie hat ja geglaubt, sie würde ein Pferd und einen Mann zu sehen bekommen, und statt dessen gab es einen Zentauren.«

»Sie hat auch ein Pferd und einen Mann zu sehen bekommen«, erwiderte Arnolde steif. »Schließlich finden sich beide unter meinen Vorfahren.«

»Aber am Anfang sah es doch so aus, als würde sie gleich in Ohnmacht fallen«, bemerkte Jenny. »Ich weiß, wie das ist. Ich habe auch gestaunt, als ich Chex das erste Mal erblickte. Glücklicherweise konnte ich nicht besonders gut sehen, deshalb wurde mir gar nicht so recht klar, wie merkwürdig sie war. Bis sie mir dann eine Brille besorgte.«

»Ja, Flügel sehen bei einem Zentauren auch wirklich sehr merkwürdig aus«, stimmte Arnolde ihr zu. »Jedenfalls so lange, bis sich diese Rasse durchgesetzt hat. Was für die Alizentauren natürlich zum Problem werden kann.«

»Für wen?« fragte Jenny.

»Flügelzentauren«, erklärte er. »Wenn sie sich als Rasse durchsetzen wollen, brauchen sie auch einen Artennamen. Und da ein geflügeltes Einhorn ein Alicorn ist, scheint es nur vernünftig, einen geflügelten Zentauren als Alizentaur zu bezeichnen.«

»Kurz, Alia«, stimmte Metria zu, froh, daß diesmal nicht sie es war, die in ein Gewirr von Wörtern geriet. »Aber wo liegt denn eigentlich das Problem?«

»Einen Flügelzentauren zu züchten, ist nicht gerade die leichteste Aufgabe«, erläuterte Arnolde. »Chex war das Ergebnis einer Verbindung zwischen einem normalen Zentauren und einem Hippogryphen, während Cheirons Ursprung noch nicht ermittelt werden konnte. Vielleicht könnte ein strategisch plazierter Liebesborn noch weitere hervorbringen, aber im allgemeinen sind Zentauren zu intelligent, um sich davon täuschen zu lassen, und außerdem haben sie sowieso etwas gegen Kreuzungen. Da die gegenwärtige Familie der Alia frisches, neues Blut von außen brauchen würde, damit sie als Rasse weiterbestehen kann, scheint ihre Zukunft doch sehr ungewiß.«

»Keineswegs«, widersprach Metria.

Jenny und Arnolde musterten sie eindringlich. »Ich vermute, daß du über irgendwelche Einsichten verfügst, die uns abgehen?« fragte der Zentaur in einem Ton, der unmißverständlich nahelegte, daß er dies nicht für wahrscheinlich hielt.

»Gewiß doch. Der Magier Trent ist verjüngt worden, und seine Transformationsfähigkeiten sind so gut wie neu. Vor vierundsiebzig Jahren hat er Cynthia Mensch in Cynthia Zentaur verwandelt. Sie ist inzwischen ebenfalls ein wenig verjüngt worden und ist nun heiß auf Che Zentaur. Trent könnte es wieder tun. Er kann Menschen in Alia verwandeln, oder auch Zentauren, oder sonst irgend etwas. Wahrscheinlich wäre es am besten, mit Zentauren zu beginnen, weil die bereits klug genug sind, und die Regeln kennen. Sie müßten lediglich das Fliegen lernen, und da die Magie aller Flügelwesen ähnlich ist und auf dem Prinzip beruht, sie leicht genug zu machen, um flugtauglich zu werden, ist das gar kein Problem. Dann brauchen sie sich auch nicht die Hände an irgendwelchen anderen magischen Talenten schmutzig zu machen.«

Arnolde und Jenny starrten sie fassungslos an. »Aus Narrenhand und Kindermund …« fing der Zentaur an, verlor sich aber in Nachdenklichkeit. »Ich glaube, sie hat recht!« meinte Jenny. »Transformation.«

»Wer ist hier ein Narr oder ein Baby?« wollte Metria wissen.

»Er hat ›Kindermund‹ gesagt, nicht ›Baby‹«, berichtigte Jenny sie.

»Ach so. Nun effizient.«

»Nun was?« fragte Jenny.

»Angemessen, proper, passend, glückhaft, konsequent, gesund …«

»Gut?«

»Was auch immer«, versetzte Arnolde, bevor Metria etwas antworten konnte, und schnitt eine verärgerte Grimasse. Jenny mußte lachen, und Metria folgte ihrem Beispiel.

Dann kam der Laster rumpelnd zum Halten. Als sie hinaussahen, erblickten sie eine weitere Studentenunterkunft, genau wie die erste, nur daß hier überwiegend Jungen zu sehen waren. Kim stieg aus und ging los, um sich unter ein bestimmtes Fenster zu stellen. Dann schob sie zwei Finger in den Mund und stieß einen ohrenbetäubenden Pfiff aus.

Kurz darauf erschien ein Kopf im Fenster, dann winkte eine Hand. »Komme gleich runter!« rief Dug.

»Ich dachte, in Mundania gäbe es gar keine Magie«, bemerkte Metria.

»Die magische Macht, die Frauen über Männer ausüben, ist überall wirksam«, erklärte Arnolde.

Bald darauf kam Dug aus dem Gebäude, und Kim führte ihn hinüber zum Lastwagen. Er hatte etwas Gewicht zugelegt, seit Metria ihn zum letzten Mal gesehen hatte, und wirkte nun kräftiger und attraktiver. »Die Dämonin Metria hat etwas für dich«, teilte Kim ihm mit.

»Ich brauche nichts, solange ich dich habe«, erwiderte er galant.

Kim lächelte, was recht hübsch aussah. »Es ist eine Vorladung als Geschworener.«

Seine Kieferlade klappte herunter. »Was?«

»Verpflichtung, Bürde, Anweisung, Klage, Prozeß ...« erbot sich Metria hilfsbereit.

»Gerichtsverhandlung?« schlug Arnolde vor.

»Was auch immer!« riefen Jenny, Kim und Metria im Chor, wobei sie scherzhaft-ärgerliche Grimassen schnitten.

»Aber so etwas gibt es in Xanth doch gar nicht!« wandte Dug ein.

»Oh doch«, versicherte ihm Arnolde. »Das Verfahren gegen Grazi Knochen ist berüchtigt.«

Dug musterte Kim, die es ihm kopfnickend bestätigte. Sie kannte sich besser in der Geschichte Xanths aus als er.

»Grazi ist ein weibliches Skelett, die Frau von Mark Knochen. Sie wurde vor Gericht gestellt, weil sie einen Alptraum verhinderte, der Tristan Troll gesandt worden war, weil er ein unschuldiges kleines Menschenmädchen nicht auffressen wollte.«

»Aber das ist doch völlig absurd!« wandte er ein. »Trolle sollten doch gar keine Kinder fressen, und Alpträume sollte man eigentlich nur an ...«

Kim brachte ihn zum Verstummen, indem sie seinen Kopf herunterzog und ihn küßte.

»Immer schön mitanzusehen, wie alles unter Kontrolle ist«, murmelte Metria anerkennend. »Auf jeden Fall hat sie gelernt, wie sie mit ihm umgehen muß.«

»Das lernen Mädchen schnell«, bestätigte Arnolde.

Metria langte nach unten und überreichte Dug seine Marke. »Aber ich kann jetzt nicht nach Xanth«, protestierte er. »Ich habe Hausaufgaben, Aufsätze, die geschrieben werden wollen ...«

»Ich gehe jedenfalls«, verkündete Kim.

»Laß mich mal nachsehen.« Er eilte zurück ins Gebäude.

»Der Unterricht wurde sowieso langsam unerträglich«, bemerkte Kim. »Auch wenn unsere Noten darunter leiden dürften, daß wir schwänzen und die Hausaufgaben nicht abliefern.«

Bald darauf kehrte Dug zurück. Metria war froh, daß der schwierigste Teil ihrer Suche nun ein Ende gefunden hatte. Alle anderen Vorladungen mußten in Xanth überreicht werden.

9
Dämonenfahrt

Kim und Dug fuhren hinten mit, wo sie mit Jenny Elfe Erinnerungen an alte Zeiten austauschten, deshalb saß Metria wieder vorn. Als erstes fuhren sie zu Kim nach Hause, weil diese sich kategorisch geweigert hatte, ohne ihren Hund Bläschen nach Xanth zu kommen.

Eine Weile saßen sie schweigend nebeneinander. »Er schaut auf deine Knie«, bemerkte Mentia.

»Na und? Es sind hübsche Knie, ich habe sie selbst geformt.«

»Aber ich habe sie ihm als erste gezeigt.«

»Na, dein Höschen hast du ihm aber nicht gezeigt«, versetzte Metria verärgert.

»Das hätte ihn nicht nur um den Verstand gebracht, es wäre auch ein Verstoß gegen die Erwachsenenverschwörung gewesen.«

»Dabei ist er doch hundert Jahre alt!« dachte Metria.

»Und in seiner zweiten Kindheit.«

Da war etwas dran. »Gut, daß ich gar keine Höschen hatte, als ich meine Kleidung vergessen habe.«

»Einen Penny für deine Gedanken«, warf Ichabod ein.

»Mundanische Münzen sind in Xanth nicht viel wert.«

»Ich meine damit, daß ich neugierig bin, was wohl in deinem Kopf vorgeht, da du dich so stark konzentrierst. Falls du es mir sagen möchtest.«

Warum nicht? Es konnte schließlich keinen Schaden anrichten. »Ich habe mit meiner schlimmeren Hälfte gesprochen, mit D. Mentia. Sie hat gesagt, daß du gerade auf meine Knie schaust.«

»Ja, das stimmt auch. Ich bin schon seit meiner Pubertät ein Bewunderer und Kenner femininer Gliedmaßen.«

»Wovon?«

»Weiblicher. Du bist ein interessantes Geschöpf«, fuhr Ichabod fort, während er weiterhin auf Xanth zuhielt. »Ich will sagen, alle übernatürlichen Wesenheiten sind auf ihre Art faszinierend, aber du scheinst mir selbst für eine Dämonin noch etwas Besonderes zu sein. Was hat es eigentlich mit deinem, äh, ungewöhnlichen Gebrauch von Wörtern auf sich?«

»Ich glaube, als ich ganz neu war, ist eine Sphinx auf meine Dämonensubstanz getrampelt und hat sie plattgemacht. Seitdem sind mir manche Worte Rätsel, und mein Charakter neigt zur Spaltung.«

»Ach, so wechselst du also von Metria zu Mentia?«

»Und zu Gnade Uns«, bestätigte sie und nahm dabei die Gestalt des süßen, traurigen Kindes an.

»Verfügen andere Dämonen auch über multiple Persönlichkeiten?«

Sie wurde wieder zu Metria, weil diese Frage zu kompliziert für das kleine Ding war. »Nein, andere nehmen zwar jede beliebige äußere Gestalt an, bleiben im Innern aber stets derselbe böse Geist. Ich bin die einzige, die diese Persönlichkeiten ernst nimmt. Wenn ich das Kind bin, darf ich nicht gegen die Erwachsenenverschörung verstoßen. Bin ich Mentia, bin ich zugleich auch leicht verrückt, außer im Gebiet des Wahnsinns, wo sich das umkehrt und ich leicht vernünftig werde. Als Metria habe ich ein Problem mit Wörtern.«

»Wirklich faszinierend! In Mundania entspringen multiple Persönlichkeitsstörungen meistens irgendeinem belastenden Ereignis in der Kindheit, beispielsweise sexuellem Mißbrauch.«

»Na ja, von einer Sphinx zertrampelt zu werden, die gerade in ein Rätsel versunken ist, ist auch nicht gerade ein Spaziergang.«

Er lachte. »Bestimmt nicht! Also hattest du ein frühkindliches Trauma. Als reifes Individuum hättest du dieses Zertrampeltwerden wohl verwinden können, aber als Heranwachsende ging das nicht, und deshalb hast du einen unterschwelligen psychischen Schaden genommen.«

Das war eine echte Offenbarung für sie. »Stimmt das tatsächlich? Ich meine, gibt es wirklich auch andere Leute, die unter den gleichen Zuständen leiden wie ich, wegen irgendwelcher frühen Dingsbumse?«

»Frühe Traumata. Ja, das scheint wohl der Fall zu sein, obwohl sich die Psychologen darüber keineswegs einig sind. Wir glauben, daß dies die Art und Weise des menschlichen – vielleicht auch das dämonischen – Geistes ist, mit etwas zurechtzukommen, das sich anders nicht bewältigen läßt. Vielleicht ist es aber auch lediglich der Schock der Mißhandlung selbst, der die sich noch ausbildende Persönlichkeit wie einen Hammerschlag trifft und sie in Stücke schlägt. Jedes dieser Stücke versucht dann sich selbst zu heilen, bildet eine individuelle Persönlichkeit aus, doch nicht mit vollem Erfolg. Weil eben etwas Zerbrochenes einfach nicht so stark sein kann wie etwas Ganzes.« Er sah ihr kurz ins Gesicht. »Das könnte vielleicht auch auf deinen Wortschatz zutreffen. Du verfügst ja ganz offensichtlich über ein reiches Vokabular, nur ist dein Mechanismus, sich zur richtigen Zeit an das richtige Wort zu erinnern, unvollkommen.«

»Ja! Das ist genau das, was ich erquält habe!«

»Was du erlitten hast«, bestätigte er.

»Ach, Ichy, ich könnte dich bussen!«

Er wirkte verdutzt. »Wie?«

»Schnäuzeln, schubbern ...«

»Küssen?«

»Was auch immer!« versetzte sie und küßte ihn kräftig

aufs rechte Ohr. »Jetzt weiß ich wenigstens, warum ich so bin, wie ich bin. Ich habe ein Multiples Persönlichkeitssyndrom.«

Der Laster geriet kurz ins Schlingern, bis Ichabod sich wieder gefangen hatte. »Freut mich, dir geholfen zu haben«, sagte er schließlich. »Aber wenn du mir noch einmal einen Kuß gibst, dann bitte nicht gerade beim Fahren.«

»Tut mir leid.«

»Nein, bloß nicht! Sei lediglich etwas vorsichtiger in Zukunft. Für einen Mann in meinem Alter ist es gefährlich, am Steuer solchen Ablenkungen ausgesetzt zu werden.«

»Ich werde es versuchen«, sagte sie reumütig.

»Diese alternative Persönlichkeit, Mentia – führst du mit der eigentlich Zwiegespräche?«

»Sollte ich nicht?«

»Meistens dominiert entweder die eine oder die andere Persönlichkeit. Unmittelbare Gespräche finden normalerweise zwischen ihnen nicht statt.«

»Na ja, ich gebe ja meistens den Ton an. Aber sie hat sich abgespalten, als ich die abstoßende Tat vollbrachte, mir eine halbe Seele zu beschaffen und mich zu verlieben. Sie ist die Hälfte ohne Seele, deshalb hängt sie an alten dämonischen Werten. Gnade Uns begnügt sich damit, sich mit mir meine Seelenhälfte zu teilen, wenn sie gerade den Ton angibt, deshalb hat sie eine Viertelseele. Aber Mentia ist neugierig und möchte gern wissen, was ich eigentlich von meiner Seele habe. Deshalb hat sie sich mir wieder angeschlossen und übernimmt bei Bedarf. Möchtest du mal mit ihr reden?«

»Eigentlich nicht. Ich bin nur neugierig, worüber ihr beiden euch unterhaltet, denn schließlich müßt ihr ja viele gemeinsame Erlebnisse haben.«

»Haben wir auch. Wir deuten sie nur unterschiedlich.«

»Worum geht es denn beispielsweise in euren Gesprächen?«

»Hauptsächlich um Liebe. Sie versteht sie einfach nicht.«

»Das geht den meisten so, die sie noch nie erfahren haben! Wäre es vielleicht möglich, einem solchen Gespräch ... zuzuhören?«

»Natürlich!« erwiderte Mentia. »Was ist das für eine Idiotie, die aus einer einstmals ganz vernünftigen Dämonin plötzlich ein fürsorgliches, selbstaufopferndes und hingebungsvolles Wesen macht, dem es nur noch darum zu tun ist, seinen indifferenten Ehemann mehrmals am Tag schwindelerregend glücklich zu machen? Sie nennt es Liebe, aber ich kann keinen anderen Zwang darin erkennen als die schiere Perversität. Wen schert es schon, ob der Mann glücklich oder niedergeschlagen ist? Das ist doch nur ein dummer Sterblicher. Soviel Aufmerksamkeit hat er gar nicht verdient.«

»Ich halte es aber nicht für Idiotie«, erwiderte Metria. »Mir macht es außerordentlich viel Spaß, ihn glücklich zu machen. Es ist etwas, das wir gemeinsam haben. Mein Verlangen definiert sich durch seines. Bevor ich mich verliebte, war mein Leben leer, ohne daß es mir jemals klar wurde. Jetzt ist es auf eine Weise erfüllt, wie ich sie nie hätte vorhersehen können. Die Liebe beschert mir Erfüllung ...«

»Erfüllung! Warum kettest du dich nicht gleich in einem Verlies an? Du genießt deine Qual auch noch.«

»Es ist ja nur deine Ignoranz, die es dir wie eine Qual erscheinen läßt. Für mich ist es die reinste Freude.«

»Du schwelgst auch noch in deiner eigenen Demütigung!«

»Wenn deine Werte nicht auf den Kopf gestellt wären, wüßtest du, daß es Verzückung ist.«

»Quatsch, *deine* Werte sind umgestülpt! Ich bin meiner dämonischen Natur treu geblieben.«

»Ich glaube, ich verstehe«, warf Ichabod ein. »Jemand ohne Seele kann eine solche einfach nicht erfassen, und jemand ohne Liebe hält dieselbe für nutzlos.«

»Ganz genau«, bestätigte Metria. »Bevor ich eine halbe Seele erhielt, wurde ich hauptsächlich von Neugier und dem Verlangen angetrieben, Unheil zu stiften. Aber schließlich war meine Neugier größer als mein Interesse an Unheil, da habe ich es eben gewagt und mich verheiratet.«

»Ich meine mich erinnern zu können, daß Arnolde einmal

von einer Dämonin erzählte, die eine Seele besaß und einen König heiratete, das war irgendwann in der Vergangenheit. Doch als ihr Kind kam, ist die Seele in das Baby weitergewandert, während die Dämonin mit einem obszönen Geräusch das Weite suchte. Kann dir das auch passieren?«

»Ja, das war meine Freundin Dara Dämonin, die den König Humfrey heiratete. Jetzt hat ihr Sohn Dafrey die Seele. Aber später ist sie zu Humfrey zurückgekehrt, weil sie die Feststellung machte, daß ihr das Leben mit Seele besser gefiel als ohne. Jetzt ahmt sie dafür eine Seele nach, die sie gar nicht hat. Wenn mein Baby zur Welt kommt, werde ich meine halbe Seele nicht aufgeben, sondern sie teilen, in der Hoffnung, daß mir eine Viertelseele auch genügen wird. Mein Kind wird dieses Problem nicht haben, denn wenn eine Kreatur teilweise sterblich ist, wächst die Seele voll aus.«

»Du hast ein großzügiges Wesen.«

»Ja, jetzt.«

»Als ich dich – oder Mentia – da draußen im Gebiet des Wahnsinns zum ersten Mal sah, hielt ich dich für eine Nymphenvariante, also für eine Kreatur ohne großen Intellekt. Da habe ich mich getäuscht.«

Achselzuckend meinte sie: »Das ist verständlich. Bevor ich heiratete, habe ich mir nie etwas aus Intellekt gemacht.«

Nun trafen sie bei Kim zu Hause ein. Ihre Eltern waren offensichtlich nicht da. Kim huschte schnell hinein und kehrte schließlich mit ihrem alten Hund zurück. »Ich habe eine Nachricht auf dem Küchentisch hinterlassen, damit sie nicht glauben, Bläschen sei gestohlen worden«, erklärte sie. Dann hob sie den Hund auf die Ladefläche und krabbelte selbst hinauf. Metria wußte, daß Bläschen beruhigt sein würde, Jenny Elfe und Sammy Kater vorzufinden, weil sie sich während des Spiels kennengelernt hatten. Metria wunderte sich, wie die Hündin in Mundania überleben konnte, denn schließlich war sie schon sehr alt. Die Dämonin hielt es allerdings für wahrscheinlich, daß die Magie Xanths sie während ihres Besuchs etwas aufgeladen und somit verjüngt hatte. Sollte dem so sein, würde die jetzige Expedition wahrscheinlich eine ähnliche Wirkung haben.

Schweigend fuhren sie eine Weile weiter. Dann bemerkte Ichabod: »Wenn wir nach Xanth zurückgekehrt sind, werden Arnolde und ich unsere Forschungen im Gebiet des Wahnsinns fortsetzen. Trotzdem bin ich neugierig, wen du wohl als nächsten vorladen wirst.«

»Darüber habe ich mir noch keine Gedanken gemacht. Natürlich muß ich erst einmal Kim und Dug ins Namenlose Schloß bringen, aber das wird seine Zeit dauern, weil sie nicht einfach hinaufsausen können und diesmal auch kein Riese zur Verfügung steht. Deshalb halte ich es für das Beste, erst im Land umherzustreifen und alle anderen einzusammeln, angefangen bei der Schwierigsten.«

»Und wer ist das?«

Sie öffnete den Beutel und überprüfte die Marken. »Chena Zentaur, weil ich von der noch nie gehört habe.«

»Vielleicht kennt Arnolde sie. Er verfügt über das typische enzyklopädische Wissen der Zentauren.«

»Ich werde mal nachfragen.« Metria verwandelte sich wieder in Rauch und glitt durch das Metall des Fahrzeugs. Auf der Ladefläche angekommen, sah sie, daß es sich die anderen vier gemütlich gemacht hatten, Arnolde lag am Boden, Jenny Elfe hatte sich an ihn gelehnt, während Kim und Dug sich gemütlich in eine Ecke verzogen hatten. »Arnolde, kennst du Chena Zentaur?«

Der alte Gelehrte schüttelte den Kopf. »Die muß nach meiner Zeit gekommen sein. Mit dem Namen weiß ich nichts zu verbinden.«

»Danke.« Sie glitt wieder auf den Beifahrersitz und verstofflichte sich. »Er kennt sie auch nicht.«

»Dann hast du wohl recht – es dürfte vielleicht deine schwierigste Überstellung werden.« Er schüttelte den Kopf. »Ich werde langsam müde. Es ist schon lange her, daß ich weitere Strecken gefahren bin. Ich denke, nachdem wir hier fertig sind, sollte ich wohl meinen Führerschein wieder abgeben. Mundania hat mir nicht mehr viel zu bieten.«

»Laß mich es machen«, schlug Metria vor. »Ich habe alle Befehle gelernt.«

Erst lachte er, doch dann wurde er wieder ernst. »Weißt du was, ich denke, das könntest du tatsächlich! Du hast dich als äußerst gelehrige Studentin dieser Kunst erwiesen. Vielleicht wäre es sogar das Sicherste, sich auf deine Wachheit und nicht auf meine nachlassenden Kräfte zu verlassen.«

»Dann laß es mich doch tun«, sagte sie begierig.

»Ach nein, ich habe es nicht wirklich ernst gemeint. Ich ...«

Da blieb ihm plötzlich die Stimme weg, weil sie ihren Rock fast bis zur Höschenlinie durchsichtig gemacht hatte. »Ich setze mich auch auf deinen Schoß«, erbot sie sich.

Wie benommen von dieser Vorstellung, brach sein Widerstand zusammen.

Sie setzte sich tatsächlich auf seinen Schoß, damit sie bequem an die Instrumente herankam, und lenkte. Sie wurde rauchig genug, um ihn nicht zu belasten, doch schien er sich ohnehin nicht beschweren zu wollen. So steuerte sie das Fahrzeug, zunächst noch unsicher, aber bald mit immer größerer Zuversicht. Die Maschine reagierte ausgezeichnet auf das leiseste Drehen des Lenkrads, den sanftesten Druck auf das Gaspedal. Es war, als würde sie ein willfähiges Einhorn reiten, nur daß kein Einhorn mit einem Hauch von Selbstrespekt es zugelassen hätte, geritten zu werden. Deiser Lastwagen aber schien nicht das geringste dagegen zu haben.

Langsam nahte die Dunkelheit auf ihre stumpfe, mundanische Wart, da erreichten sie schließlich Ichabods Haus. »Ich denke, wir werden wohl alle gemeinsam hier die Nacht verbringen müssen, da es nicht sicher wäre, bei nacht zu fahren«, überlegte er. »Aber das dürfte ja kein Problem geben, wenn wir nur Arnolde richtig positionieren. Bislang kann ich keine Abschwächung seines Strahlungsraums erkennen.«

»Ja, und die Magie um ihn herum wird auch nicht schwächer«, ergänzte sie. Mit Hilfe von Lenkrad und Bremspedal manövrierte sie den Lastwagen hinter das Haus. Da bekam das Auto einen Hustenanfall, zuckte heftig zusammen und erstarb. »Oh, jetzt habe ich es umgebracht!« sagte Metria niedergeschlagen.

»Meine Schuld. Ich habe vergessen, dich daran zu erinnern, den Gang herauszunehmen. Da ist der Motor abgesoffen.«

»Oh.« Sie hatte zwar von der Gangschaltung erfahren, in ihrem Bemühen aber, das Fahrzeug nur ja richtig zu lenken, nicht mehr daran gedacht.

»Mach dir keine Sorgen, Metria. Es war mir eine echte Freude.«

»Daß ich gefahren bin?« fragte sie erfreut.

»Das auch«, erwiderte er, während sie ihr Hinterteil aus seinem Schoß löste.

Arnolde legte sich im mittleren Zimmer des Hauses zur Ruhe, so daß der Korridor das Haus in seiner ganzen Länge und fast in der gesamten Breite einschloß. Sammy und Bläschen kringelten sich neben ihm zusammen, offensichtlich hielten sie ihn eher für ein Tier als für einen Menschen, was ihnen seine Gesellschaft wünschenswert erscheinen ließ. Kim und Jenny überprüften die Vorräte, konnten aber nichts Eßbares entdecken, dazu war Ichabod schon zu lange fortgewesen. »Kein Problem«, meinte Kim fröhlich. »Dann bestelle ich eben Pizza.«

»Pitz Wen?« fragte Metria.

Dug lachte. »Es wird dir gefallen. Kim wird dir etwas mundanische Magie vorführen.«

Und das tat sie auch. Sie nahm einen bananenförmigen Gegenstand mit einer daran befestigten, gelockten Schwanzleitung, drückte auf einige Knöpfe in seinem Bauch und sprache hinein. »Pizza Studio Einstürzende Steinblöcke? Zwei Jumbo-Riesen-Käsepizzas an diese Adresse.« Dann legte sie die Banane wieder auf den Ständer.

Kurz darauf kam ein Fahrzeug in solchem Tempo auf das Haus zugeschossen, daß es schon schien, als würden beide zusammenstoßen. Statt dessen kam es jedoch gerade noch rechtzeitig quietschend zum Halten, und ein junger Mann mit einer großen, flachen Schachtel stieg aus. Dug überreichte ihm ein paar gefaltete grüne Papierblätter, da sauste der Mann auch schon weiter.

Dug brachte die Schachtel ins Haus und öffnete sie. Da lagen zwei riesige flache Pasteten, mit Oberflächen wie der Mond bei starkem Sonnenlicht: blasenwerfender Käse. Die fünf Sterblichen nahmen sich jeder einen Pastentkeil heraus und begannen zu essen. »So etwas nenne ich Mozzarella«, bemerkte Dug, indem er seine Scheibe von einem sich strekkenden Käsefaden baumeln und wie ein Jojo auf und ab hüpfen ließ.

»Ach so, das Monster Ella«, sagte Metria. Das leitete sich von dem Ellamonster ab, das dafür berüchtigt war, seine Beute mit klebrigen Speichelfäden einzuwickeln und zu Tode zu würgen. Sie fragte sich, wie die Mundanier es geschafft haben mochten, eine Ella zu erlegen – immerhin war das eine formidable Kreatur. Aber sie schmeckte hervorragend.

Das war tatsächlich Magie. Aber da Metria eigentlich gar nicht zu essen brauchte, langweilte sie sich schon bald. So machte sie sich daran, das Haus zu erforschen. »Was ist das denn?« fragte sie, als sie den Vorhang beiseite schob, der sich auf einen sehr kleinen, kahlen Raum öffnete.

»Das ist die Dusche«, erklärte Dug. »Hast du Lust darauf, daß dir jemand dabei Gesellschaft leistet? Aua!« Denn Kim hatte ihm plötzlich aus keinem erkennbaren Grund einen Tritt verpaßt.

»Gesellschaft leisten?« wiederholte Metria. Da drin ist es aber ziemlich leer.«

»Das kann man ja ändern ...« fing Dug an.

»*Ich* werde ihr zeigen, wie das geht«, sagte Kim, während er ihrem nächsten Tritt auswich. Sie stand auf, einen Käsefaden hinter sich herziehend, und ging auf das Zimmer zu. Dann schloß sie die Tür zum größeren Nebenraum, damit niemand hineinschauen konnte. Als nächstes drehte sie an zwei Griffen an der Wand des kleineren Raums, worauf Wasser aus einer oben an der Decke befestigten Schnauze strömte. »Laß deine Kleider verschwinden und tritt ein«, forderte sie die Dämonin auf.

Metria folgte der Aufforderung, und schon umspülte warmes Wasser ihren nackten Körper. »Heißer Regen!« rief sie. »Das ist ja schon wieder Magie!«

»Sicher. Wenn du genug davon hast, brauchst du nur die Griffe in diese Richtung zu drehen, dann hört es auf. So nimmt man eine Dusche.«

»Wirklich merkwürdig. Aber schön.«

»Stimmt.« Kim zog noch einen Vorhang vor und verschwand.

Metria genoß das Duschen. Sie verwandelte sich in Rauch und ließ sich vom Wasser durchdringen. Es war, als wäre sie eine Wolke und würde nach unten abregnen. »Mach Platz, Fracto!« murmelte sie. Dann nahm sie verschiedene Gestalten an, um zu sehen, wie das Wasser von ihnen abperlte. So wurde sie auch ein Riesentopf, und ließ sich vom Wasser füllen. Welch ein Spaß!

Doch es dauerte nicht lange, da wurde sie es wieder müde, und so drehte sie an den Knöpfen, worauf das Wasser verschwand. Dann verwandelte sie sich wieder in Rauch, um alles Wasser loszuwerden, und formte sich erneut aus, komplett mit mundanischer Bluse, Kleid und Fußbekleidung. Als nächstes trat sie ins Eßzimmer hinaus. »An Mundania könnte ich mich fast gewöhnen.«

»Mundania würde sich bestimmt auch gern an *dich* gewöhnen«, bemerkte Dug, und Ichabod nickte zustimmend. Kim blickte betont in die andere Richtung, vielleicht weil Dugs Schienbein gerade nicht erreichbar war. Langsam wurde Metria klar, was es mit den beiden auf sich hatte: Es war, als gäbe es einen unsichtbaren Faden aus Monster Ella, von dem Kim ihren Dug herabbaumeln ließ. Wie die meisten Männer brauchte auch er die Leine.

Die anderen beendeten ihre Mahlzeit und duschten abwechselnd, bis auf Arnolde, der zu groß war, um ins Badezimmer zu passen. Also schob er erst sein Vorderteil hinein, dann das andere Ende, während Dug den Zentauren mit einem Gartenschlauch abspritzte.

In der Zwischenzeit hatte Kim eine Kiste angeschaltet, auf deren einer Seite Bilder erschienen, während aus dem Innern Stimmen ertönten. Das fand Metria zu Anfang zwar noch interessant, doch schien es auf den Bildern hauptsächlich um Gewalt und angeberische Straßenmädchen zu gehen. Die Dämonin mußte feststellen, daß dort (sie errötete schon beim bloßen Gedanken daran!) in aller Öffentlichkeit Höschen zur Schau gestellt wurden, was wahrscheinlich jeden Mann, der zusah, in den Wahnsinn trieb. Kein Wunder, daß mundanische Männer solche Rüpel waren!

Nach einiger Zeit legten sie sich schlafen, wozu sie neben Arnolde Matten ausgerollt hatten. Metria brauchte keinen Schlaf, also blieb sie auf, um die magische Kiste im Auge zu behalten. Die zeigte nach einer Weile irgendein fernes Land und eine Geschichte, in der es um immer unerträglichere Anzüglichkeiten ging. Als die vorbei war, kam eine weitere Geschichte mit ganz anderen Szenen. Sie handelte von einem jungen Mann, der sich in eine junge Frau verliebte, sie verlor und schließlich wiedergewann. Metria hatte noch nie eine derartige Geschichte gesehen und staunte über ihre Originalität. Sie sehnte sich plötzlich danach, wieder zu Hause bei Veleno zu sein, um ihn schwindelerrenged glücklich zu machen. Denn ihr Ehemann hatte schließlich keine andere Existensberechtigung, als von ihr ins Koma gestürzt zu werden.

Endlos verfolgte sie eine Geschichte nach der anderen, bis schließlich alle wieder erwachten. »Hast du etwa die ganze Nacht den Filmkanal geschaut?« fragte Kim. »Da mußt du ja völlig fertig sein!«

»Nein, es war sehr interessant. Ich habe mich schon gefragt, ob wir uns in Xanth nicht auch eine von diesen magischen Kisten zulegen sollten. Macht fast so viel Spaß wie der Kürbis.«

»Vielleicht könnte Com–Puter ja dafür sorgen«, meinte Kim lachend.

Jenny betrat den Duschraum. »Oh!«

»Was ist los?« fragte Kim.

»Ich habe plötzlich den Außenrand des magischen Felds gespürt«, erläuterte die Elfe.

»Aber das Badezimmer liegt doch noch weit innerhalb des Korridors«, widersprach Kim. »Metria hat sich dort ja auch geduscht. Und Arnolde ist immer noch an derselben Stelle wie gestern.«

»Vielleicht bin ich nur etwas verwirrt«, meinte Jenny zweifelnd.

Worauf Kim – typisch Frau – das Ruder prompt herumwarf. »Da bin ich mir nicht so sicher. Wir sollten es besser mal nachprüfen.«

Gemeinsam musterten sie Metria. Also raffte die Dämonin sich auf und trat zögernd auf den Raum zu. Sie streckte einen Arm durch die Tür, verspürte erst ein Prickeln, dann Taubheit. Und der Arm löste sich in wirbelnden Wind auf.

Jenny preßte sich an ihr vorbei in das Zimmer. Während sie das tat, veränderten sich ihre Ohren und Finger. Sie drehte sich wieder zu Metria um und trat auf sie zu, mit dem Leib den Luftstrudel vor sich hertreibend. Als dieser den Außenrand des magischen Felds überquert hatte, wurde daraus eine Wolke Dämonensubstanz, so daß Metria sie zu packen bekam und mit sich wiedervereinen konnte. Das war ihr doch eine Erleichterung, weil sie sich sonst sehr unvollständig gefühlt hätte.

Die drei tauschten einen Blick aus. »Der Korridor ist geschrumpft«, verkündete Kim ernst.

»He, was habt ihr denn, Mädchen?« fragte Dug und trat näher.

Sie blieben stumm, zögerten allesamt, die anderen zu beunruhigen.

»Willst du mich nicht wenigstens einen Sexisten nennen?« fragte er Kim. »Weil ich nicht ›Frauen‹ gesagt habe?«

»Der Zauber läßt nach«, platzte es aus Kim heraus.

»Ach, Mist! Ich dachte, unsere Liebe sollte ewig währen.«

»Der magische Korridor, du Dumpfbacke.«

Das ernüchterte ihn sofort. »Um wieviel?«

»Das Badezimmer liegt schon nicht mehr darin.«

Er legte den Kopf schräg, was seine Methode zu Rechnen war. »Vielleicht fünfzig Prozent. Die Frage ist nur, hat die Magie gleichmäßig abgenommen, seit Arnolde Xanth verließ, oder versagt sie nun ganz plötzlich auf einmal? Wir sollten lieber auf ersteres hoffen, denn dann haben wir wenigstens noch genug Zeit, um von hier zu verduften, bevor sie sich gänzlich verflüchtigt.«

»Ja«, stimmte Kim angespannt zu.

Sowohl Arnolde als auch Ichabod schliefen noch immer. In diesem Zustand war deutlich zu sehen, wie alt sie in Wirklichkeit waren, weil ihre Gesichtszüge völlig entspannt blieben. Vielleicht lag das aber auch an der nachlassenden Magie.

»Organisieren wir erstmal den Abmarsch, bevor wir sie wecken«, entschied Dug, »um keine unnötigen Bewegungen machen zu müssen. Kim und ich beladen den Laster – ist noch genug im Tank?«

»Ja«, bestätigte Metria. »Der magische Zeiger meint, daß die Hälfte seiner Blähung noch vorhanden ist.«

»Seiner was?« fragte er. Und dann, beinahe sofort: »Ach so ... Benzin.«

»Was auch immer.«

»Jenny und Metria müssen sich dicht an Arnolde halten«, meinte Kim. »Um die Alten moralisch zu unterstützen.«

So konnte man es natürlich auch ausdrücken. Metria mußte in ihrer Nähe bleiben, um sich nicht plötzlich zu verflüchtigen, und Jenny, um weiterhin Elfe bleiben zu können.

Die beiden Mundanier machten sich äußerst effizient ans Werk und beluden den Lastwagen, stellten auch die Kiste auf, damit Arnolde auf die Ladefläche steigen konnte. »So, jetzt sind wir soweit«, verkündete Dug grimmig.

Jenny weckte Arnolde und Dug kümmerte sich um Ichabod. Beide erwachten nur langsam und sahen sich benommen um.

»Das haben wir befürchtet«, brummte Kim. »Ihre körperliche Gesundheit hängt mit der Magie zusammen.«

»Arnolde, wir helfen dir auf«, sagte Du, als handle es sich um eine reine Routinesache. Dann zog er zusammen mit Kim an den Armen des Zentauren, während Jenny und Metria sein Hinterteil mit anheben halfen, bis er unsicher auf allen vieren stand. Dann führten sie ihn nach vorn, schoben ihn halb auf die Ladefläche und hießen ihn, sich hinzulegen, mit dem Kopf nach vorn. Das geschah, damit Metria im Führerhaus sitzen und gleichzeitig innerhalb des Korridors bleiben konnte.

Dann schauten sie zum Haus zurück. Ichabod tapste ohne erkennbare Richtung von dem Lastwagen fort. »Mein Gott, jetzt ist er noch senil geworden«, brummte Kim und sprang ab, um den alten Mann abzufangen. Bald darauf htte sie ihm den Arm um die Hüfte gelegt und ermunterte ihn, halb daß sie ihn zerrte, wieder den Lastwagen zu besteigen.

»Nichts da«, sagte Dug. »Der ist nicht mehr fahrtauglich. Bring ihn auf die Ladefläche.«

Kim nickte. Gemeinsam brachten sie den Mann auf den Lastwagen. Dort gesellten sich Hund und Kater ebenfalls zu dem Zentauren.

»So, und wer fährt jetzt?« fragte Kim.

»Was ist das für eine Gangschaltung?« wollte Dug wissen.

»Knüppelschaltung«, erklarte Metria.

»Damit falle ich schon mal aus«, warf Kim ein. »Ich kann nur Automatik fahren.«

»Ich auch«, ergänzte Dug. »Aber ich denke, ich sollte es wohl möglichst schnell lernen, denn wir haben nicht mehr viel Zeit.«

»Ich kann fahren«, meldete sich Metria wieder zu Wort.

Die beiden gafften sie an. »Aber du bist doch eine Dämonin!« warf Kim ein.

»Das ist mir auch schon aufgefallen«, erwiderte Metria. »Ichabod hat mir gestern das Fahren beigebracht. Ich bin einen großen Teil des Wegs hierhergefahren.«

»Das ist zwar verrückt, aber wir dürfen keine Zeit verlieren«, entschied Dug. »Wir wissen nicht, wie schnell die Magie nachläßt. Wenn vielleicht vorne neben dir jemand mit einem Führerschein sitzt ...«

»Das bin ich«, sagte Kim sofort. »Mich können ihre Beine nicht ablenken.«

»Gut gedacht«, willigte er ein. »Also los jetzt.«

Sie verriegelten die Ladefläche, dann verwandelte Metria sich in Rauch und drang den ganzen Lastwagen bis zum Fahrersitz vor, anstatt einen Ausfallschritt zur Seite zu machen und das Risiko einzugehen, dabei unversehens den magischen Korridor zu verlassen. Kim gesellte sich zu ihr. »Ich kümmere mich um die Straßenkarte«, entschied sie und machte sich an der Konsole vor ihrem Sitz zu schaffen. »Leg den Gurt an.«

»Aber mich kann kein Gurt halten.«

»Leg ihn trotzdem an«, sagte Kim und tat das gleiche. »Wir sollten keinen Verkehrspolizisten auf uns aufmerksam machen.«

Mit Hilfe des Schlüssels startete Metria den Motor und erinnerte sich noch daran, dabei die Kupplung zu treten. Sie wußte, daß sie alles richtig machen mußte, denn einen Unfall konnten sie sich jetzt nicht mehr leisten. Also legte sie den Gang ein und ließ das Kupplungspedal langsam kommen.

»Die Bremse!« fauchte Kim.

Ach so, ja. Gerde noch rechtzeitig. Metria löste die Handbremse.

»Vor uns ist alles frei«, verkündete Kim.

Metria lenkte den Laster langsam im Kreis, dann auf die Straße hinaus. Sie schaffte es ja! Endlich fuhr sie eine gerade Linie und arbeitete mit Pedalen und Knüppel, schaltete von einem Gang in den anderen und legte schließlich Vollgas ein.

»Halt dich rechts auf der Straße«, befahl Kim.

Hoppla, stimmte ja. Es war ganz gut, daß Kim sich bei ihr befand, weil es doch eine ganze Menge Einzelheiten zu berücksichtigen gab, in denen man sich schnell verlieren konnte.

Kim studierte ihre Karte und beschrieb Metria ein bestimmtes magisches Symbol, auf das sie achten sollte – das markierte nämlich den Weg, dem sie folgen mußten.

Metria war das gar nicht bewußt gewesen. Ichabod hatte die Gegend gekannt, deshalb hatte er auch weder Karte noch Hinweisschilder gebraucht. Dieses Geschäft des Fahrens war doch um einiges komplizierter, als es den Anschein hatte.

Und dann, als sie sich gerade daran zu gewöhnen begann, passierte etwas. »Ein Betrunkener«, brummte Kim. »Siehst du die Schlangenlinie? Halt dich von ihm fern.«

»Was ist ein Betrunkener?«

»Jemand, der sich berauscht hat. Du weißt schon, schwindlig, verrückt. Zu allem fähig. Und mit einem Wagen – gefährlich.« Kim sah nach hinten. »Ich hoffe, daß Jenny das nicht mitbekommt. Die flippt noch aus.«

»Aber was weiß Jenny Elfe denn von betrunkenen Fahrern?«

»Sieh du nur zu, daß du Land gewinnst.«

Doch der Verkehr war dichter geworden, und so konnte sie den verrückten Wagen nicht überholen. Statt dessen versuchte sie auf Kims Anraten hin, Distanz zu halten.

Da geschah es. Weiter vorn überquerte ein Mädchen gerade die Straße, und der betrunkene Wagen hielt direkt darauf zu, anstatt anzuhalten, wie es hätte sein müssen.

»Mist! Habe ich es doch gewußt!« warf Kim ein und schnitt eine Grimasse. »Wenn die diese Kerle nicht auch noch hätscheln würden ... «

Ein Schrei ertönte. Ein weiteres Mädchen rannte vor den Wagen, stellte sich zwischen das Fahrzeug und das erste Mädchen, schob es aus dem Weg. Doch da prallte der Wagen mit dem zweiten Mädchen zusammen.

Metria ließ das Fahrzeug ausrollen, um nicht auf den Wagen oder gar das Mädchen selbst aufzufahren. Sie sah das zweite Mädchen am Wegrand liegen und hörte die Schreie des ersten.

»Oh Gott, nein, wir dürfen nicht anhalten«, sagte Kim. »Das würde für dich und Arnolde das Ende bedeuten, möglicherweise auch für Ichabod und Jenny, wenn uns das jetzt auch noch aufhält. Wir müssen so schnell wie möglich weg!«

Doch der Verkehr war wegen des Unfalls bereits ins Stokken geraten. Sie konnten nicht einfach weiterfahren. Sie mußten stehenbleiben und abwarten, während ein kreischendes Fahrzeug herangeschossen kam und die Mädchen fortbrachte.

»Das ausgerechnet uns so etwas passieren muß!« stöhnte Kim. »Und alles nur wegen dieses verdammten Betrunkenen! Man sollte die ganze Bande bis in alle Ewigkeit einsperren!«

Ein mundanischer Dämon, blau gekleidet, trat auf den Lastwagen zu. »Sind Sie Zeugin?« fragte er und warf dabei einen Blick auf Metrias Beine, die unter ihrem hochgerutschten Rock äußerst füllig und äußerst nackt waren.

»Der betrunkene Wagen hat auf das kleinere Mädchen zugehalten, und das größere Mädchen hat sie aus dem Weg geschubst«, erklärte Metria.

»Nicht doch«, flüsterte Kim. »Wir dürfen uns da jetzt nicht hineinziehen lassen!«

Doch der blaue Dämon stellte bereits die nächste Frage. »Woher wissen sie, daß er betrunken war?« Er sah auf ihre Bluse hinunter, die zufälligerweise oben etwas locker war und einiges an Fülle offenbarte.

»Er ist die ganze Zeit Schlangenlinien gefahren«, erklärte Metria.

Der Dämon nickte. »Bitte den Führerschein.«

»Den was?«

»Hier ist meiner!« rief Kim und schob dem Dämon eine kleine Karte unter die Nase.

Der runzelte die Stirn, musterte sie und nickte schließlich, während er sich etwas aufschrieb. »Sie werden wahrscheinlich eine Ladung vor Gericht bekommen, um eine Aussage zu machen«, sagte er schließlich. »Schönen Tag noch, meine Damen.« Er musterte noch einmal Metrias Attribute, wankte etwas unsicher und bewegte sich schließlich zu den hinter ihnen stehenden Fahrzeugen hinüber.

»Diese Vorladung werde ich bekommen«, erklärte Kim. »Gut, daß er nicht daran gedacht hat, auch deine Personalien festzustellen oder mal hinten auf der Ladefläche nachzusehen.«

»Na ja, da habe ich ein bißchen mitgeholfen«, meinte Metria und zog ihren Rock wieder etwas in die Länge, um danach ihren Ausschnitt wieder zu richten. »Ich habe einige Erfahrung damit, Männern den Kopf zu verdrehen , und das scheint glücklicherweise bei Mundaniern ebensogut zu funktionieren wie in Xanth.«

Kim mustere sie anerkennend. »Ja, diese Art von Magie scheint tatsächlich universal zu sein, jedenfalls für jene, die über das nötige Zubehör verfügen. Ich hatte schon die Befürchtung, daß dem Bullen gleich die Augen aus dem Kopf fallen würden. Wahrscheinlich können wir noch von Glück sagen, daß er dich nicht um ein Rendezvous gebeten hat.«

»Ich hätte ihm eins geben können, aber es hätte sich sofort wieder aufgelöst, sobald es aus meiner Nähe bewegt worden wäre.«

»Ich meine damit eine Einladung, etwa zu einem Abendessen oder ins Kino, damit er dich dann hätte abtatschen können.«

»Ach so, schade, daß ich das nicht gewußt habe! Das hätte doch eine Menge Spaß machen können.«

»Nein, hätte es nicht. Vergiß nicht, daß du verheiratet bist.«

»Ja, das ist wahr«, stimmte Metria zu und stellte sich das Gesicht des Bullen während eines solchen Rendezvous vor, wenn sie ihren Körper rauchig und unangreifbar gemacht hätte. »Aber ich darf natürlich nicht den magischen Korridor verlassen.«

»Ja. Ich hoffe auch, daß wir bald hier rauskommen. Die Magie muß die ganze Zeit nachlassen.«

Schließlich setzten sie sich wieder in Bewegung. Je weiter sich der Verkehr von den Bullenautos entfernte, um so schneller wurde er auch, und so fuhren sie schon bald wieder in hohem Tempo in Richtung Xanth.

Dennoch war keineswegs alles in Ordnung. Die Magie

ließ weiter nach. Zuerst spürte Metria es in den Zehen, die am weitesten von Arnolde entfernt waren. Sie prickelten kurz, doch dann wurden sie taub. Metria blickte an sich herab, und eine Eiseskälte durchfuhr sie. »Kim, meine Zehen sind weg!«

Kim sah hin. »Dann müssen die außerhalb des magischen Felds sein. Wir müssen unbedingt etwas unternehmen.« Sie klopfte gegen die Heckscheibe, bis Dugs Gesicht sich dort zeigte. »Schafft Arnolde dichter heran!« schrie sie. »Metrias Zehen verschwinden gerade!«

Auf der Ladefläche gab es ein mächtiges Gescharre. Dann kehrte das Gefühl in Metrias Zehen zurück. Sie hatten den Zentauren so dicht an die Rückwand gepreßt wie möglich, so daß das magische Feld wieder wirkte. Doch Metria wußte, daß dies nicht lange vorhalten würde.

Und das tat es auch nicht. Schon allzubald setzte das Prikkeln wieder ein, danach folgte die Taubheit. »Meine Füße verschwinden wieder«, meldete sie. »Gleich kann ich nicht mehr die magische Befehlspedale drücken.«

»Wir dürfen jetzt nicht anhalten«, entschied Kim. »Dann muß ich eben fahren. Aber du mußt mir sagen, wie das geht, denn was Knüppelschaltung anbelangt, habe ich nicht die leiseste Ahnung.«

»Dann setz dich auf meinen Platz«, sagte Metria.

»Wir müssen erst anhalten, um die Sitze zu tauschen.«

»Nein, setz dich einfach auf meinen Schoß und sinke durch mich hindurch.«

»Ach so, ja – du kannst dich ja auflösen.« Also krabbelte Kim herüber, während Metria sich in Rauch auflöste, so daß am Ende sie auf Kim saß und nicht umgekehrt.

Dann wollte sie zum Beifahrersitz hinüberschweben, machte aber Halt, als sie wieder das Prickeln spürte. »Hm.«

»Der Korridor!« sagte Kim. »Er wird immer kürzer und schmaler. Du darfst nicht mehr zurück.«

»Dann sollte ich wohl besser nach hinten gehen.«

»Nein, wir dürfen sie jetzt nicht beunruhigen. Kannst du dich nicht einfach in einen Ball oder so etwas verwandeln und auf meinem Schoß ruhen?«

»Gewiß doch.« Metria nahm die Form eines Schoßdrachen an, kringelte sich zusammen und legte ein Nickerchen ein.

Doch bald darauf mußte Kim die Knüppelschaltung betätigen. »Da vorn ist eine Ampel. Was soll ich tun?«

Metria zwickte sie sanft mit einer Klaue (die Krallen hatte sie eingefahren) ins linke Bein. »Drück das Kupplungspedal herunter.« Dann zwickte sie sie am rechten Arm. »Laß mich dich führen.« Sie schlang den Schwanz um sie herum und führte Kims Hand das magische H-Muster der Gangschaltung entlang. Indem sie Fuß und Hand miteinander koordinierte, bewerkstelligte sie schließlich alles.

»Merkwürdig«, meinte Kim. »Kann mir gar nicht vorstellen, wie die Leute früher überleben konnten, als es nur diese Art von Schaltung gab.« Dann schaute sie nach vorn. »Oh, nicht das auch noch!«

»Was denn?« fragte Metria und kringelte sich wieder zusammen.

»Sieht mir aus, als würde es hier von Straßenbanden wimmeln. Die halten die Autos an, um Geld zu kriegen oder anderes. Und ich kann nicht ausweichen.«

»Das ist nicht gut?«

»Das ist furchtbar. Als Mädchen kann man in gräßliche Schwierigkeiten kommen, wenn diese Tiere es auf einen erst einmal abgesehen haben.«

Ach so, Ungeheuer. Mit denen wußte Metria schon umzuspringen. »Kannst du sie dazu kriegen, hereinzugreifen?«

»Ich werde mich hüten! Ich werde diese gräßlichen Typen lieber draußen halten.« Doch dann begriff sie. »Ach so. Ja. Wahrscheinlich.« Sie drehte das Fenster herunter.

Der Lastwagen rollte aus und kam zum Halten. Kurz darauf passierte genau das, was Kim befürchtet hatte. Ein junger Mann erschien – eine Art Kreuzung zwischen einem müden Oger und einem kranken Troll. »Na, Hühnchen, was hast du denn Leckeres?« fragte er.

»Nichts für dich, Rotznase«, erwiderte Kim höflich. »Und jetzt zieh Leine.«

»Hoho, du riskiert aber eine kesse Lippe!« meinte er. »Weißt du, was wir hier in der Gegend mit frechen Hühnern machen?«

»Das interessiert mich wirklich einen feuchten Kehricht, du Kloakenstinker.«

»Wir nehmen sie ordentlich aus.« Er griff in die Kabine und packte sie vorn an der Bluse. »Und jetzt spuck gefälligst etwas Kohle aus, sonst reiße ich dir das Ding vom leib.«

»Das würde meinem Haustier aber nicht gefallen, du Furznudel«, warnte Kim ihn.

»Dein Haustier kriegt es auch nicht ab, Torte.«

Da sperrte Metria ihr Drachenmaul weit auf und packte damit den schutzlosen Arm.

»Aua!« schrie der Junge. »Laß sofort los!«

»Nein, laß *du* sofort los«, versetzte Kim gelassen. »Ich habe dich schließlich gewarnt.«

Er schüttelte seinen Arm und riß daran. Metria biß noch etwas kräftiger zu und stieß dabei ein paar Flämmchen hervor. Der Mann schrie vor Schmerz.

»Ich schlage vor, du hältst lieber die Klappe«, sagte Kim. »Denn Lärm verärgert mein Haustier nur, und dann beißt sie nur noch fester zu.«

Nun sah der Schläger genauer hin, was ihn da am Arm gepackt hielt. Metria gab eine kleine Demonstration ab, indem sie eine Flamme aus den Nüstern hervorschießen ließ, und zwinkerte ihn an. Er klappte den Mund auf, um zu schreien. Da biß sie warnend noch fester zu. Es gelang ihm schließlich, seinen Schrei zu unterdrücken.

»Und jetzt gib mir deine Brieftasche«, befahl Kim.

»Den Teufel werde ich tun!«

Metria stieß zwischen den Zähnen etwas heiße Luft aus und röstete ihm damit leicht den Arm an.

Der Schläger griff in seine Tasche und holte eine Brieftasche hervor. Die war vollgestopft mit Geld, das er bereits anderen Fahrern abgeknöpft hatte.

Inzwischen war der Weg vor ihnen wieder frei geworden. »Schön, jetzt kannst du gehen«, entschied Kim. »Wenn ich dir einen Rat geben darf, erzähl deinen Freunden lieber nicht, was hier gerade passiert ist.«

Metria sperrte das Maul wieder auf und ließ den Arm fahren. Der Schläger riß ihn hastig zurück. »Da drin ist ein gottverdammter Drache!« schrie er. »Er hat mich in den Arm gebissen! Er spuckt Feuer und alles!«

Inzwischen legte Kim mit Metrias Hilfe den Gang ein. Als das Fahrzeug startklar war, erschienen seine Freunde auf der Bildfläche.

»Die haben mich ausgeraubt!« kreischte der Schläger. »Die da und dieser Drache! Haben mir die Brieftasche abgenommen!«

Metria nahm die Form des weichsten, pelzigsten, süßesten kleinen Kätzchens an, das sie sich nur vorstellen konnte, das kätzische Gegenstück zu Gnade Uns. Dann hob sie den Kopf an die Seitenscheibe. »Miau!« machte sie allerliebst.

Die anderen Schläger wären vor Lachen bald umgefallen. »Wirklich gräßlicher Drache!«

»Ich habe wirklich versucht ihn zu warnen«, meinte Kim. Dann hatten sie die Bande abgehängt und legten Tempo zu.

»Ja, das hast du«, stimmte Metria grinsend zu.

»Das hat beinahe Spaß gemacht«, bemerkte Kim, während sie die Fahrt fortsetzten.

»Wir geben ein anständiges Team ab«, schnurrte Metria.

Dennoch war nicht alles in Ordnung. Der Korridor schrumpfte weiter, und Metria mußte sich immer enger zusammenkringeln, um dem gefährlichen Prickeln auszuweichen. »Wie weit ist es noch?« wollte sie wissen.

»Vielleicht noch eine Stunde«, meinte Kim. »Aber du weißt ja, es führt keine Straße nach Xanth.«

Das hatte Metria schon ganz vergessen. »Ich glaube kaum, daß wir es zu Fuß schaffen werden. Arnolde konnte sich vorhin schon kaum auf den Beinen halten, und Ichabod ...«

»Ich weiß. Dann müssen wir eben querfeldein fahren und können nur hoffen, daß wir es schaffen. Denn ohne Arnolde ...«

Metria wußte genau, was das bedeutete. Arnolde war das einzige, was zwischen ihr und der Auflösung in eine Windhose stand. »Also querfeldein«, stimmte sie zu.

Kim warf einen Blick auf die Karte, dann lenkte sie das Fahrzeug von der Hauptstraße auf einen Feldweg. Dem folgte sie, soweit es ging, bis auch er in die falsche Richtung führte. Dann fuhr sie den Laster über einen Acker.

»He, was machst du da?« schrie Dug von hinten. »Du schüttelst uns ja vielleicht durch!«

»Ich versuche, uns nach Xanth zu bringen!« brüllte Kim zurück. »Ihr müßt euch eben festhalten!«

»Typisch Frau am Steuer!« sagte er und verstummte.

Sie kamen an einen schmalen, gewundenen Weg, der ungefähr in die richtige Richtung führte. Doch es war alles andere als ein Vergnügen, während Kim in hohem Tempo weitersauste. »Da vorn ist Treibsand«, erklärte sie. »Wenn ich auch nur ein bißchen langsamer fahre, stecken wir fest.« Sie hielt auf das Sandstück zu, und Metria spürte, wie der Laster ins Schlingern geriet, dennoch bewegte er sich weiter. »Wenn wir es nicht schnell schaffen, schaffen wir es überhaupt nicht mehr«, verkündete Kim grimmig.

»Jedenfalls nicht alle von uns«, bestätigte Metria. Zum allerersten Mal in ihrer langen Existenz erfuhr sie die Furcht vor der Auslöschung. Schon packte sie das Prickeln in ihrem Drachenschwanz, sobald dieser sich über den Rand von Kims Schoß schob. Der Korridor schrumpfte immer noch.

Noch weiter, noch weiter.

Dann folgte der Pfad einer Laune und führte seitlich fort. »Meiner Berechnung nach liegt Xanth aber geradeaus«, sagte Kim. »Wenn ich dem Pfad folge, führt uns der wahrscheinlich von Xanth weg. Aber wenn ich es nicht tue ...«

Metrias Drachenohren begannen zu prickeln. Sie legte sie flach an, dann verwandelte sie sich in Gnade Uns, weil deren Ohren nicht so weit abstanden. »Halt einfach gerade drauf zu«, riet sie. »Wir haben keine Zeit mehr.«

»Gut beobachtet. Leg den ersten Gang ein.«

Gnade Uns half, den Knüppel durch das Labyrinth des H

zu bewegen. Der Laster verlor an Tempo, schien dafür aber auch an Kraft zuzulegen.

»Festhalten!« befahl Kim grimmig. »Wir werden jetzt einfach weiterfahren, bis es nicht mehr geht.«

Metria hielt sich fest und hoffte nur, daß die anderen auf der Ladefläche das gleiche taten. Durch die Windschutzscheibe sah sie mit an, wie das Gelände immer rauher wurde. Der Laster buckelte wie ein zorniges Einhorn und raste auf den Wald zu. Als es schon so aussah, als würden sie gegen einen Baumstamm krachen, warf Kim das Lenkrad ein Stück herum, verfehlte den nächststehenden Baum, schlingerte nach links und streifte dabei den nächsten. Sie rasten durch dichtes Unterholz, das sich nicht umfassen ließ.

Als der Wald merkte, daß Kim sich nicht bluffen ließ, gab er schließlich nach, und so rollten sie mühsam gen Xanth. Die Fahrt war zwar holprig, aber ganz erträglich.

Da gelangten sie an den Rand eines Moores. »Oh, oh«, brummte Kim. »Keine Ahnung, wie tief das ist. Aber das werden wir ja sehen.« Sie ließ den Motor aufheulen und fuhr mit Gequietsche in den Schlamm.

Zunächst machte der Lastwagen noch mit. Doch je weiter sie kamen, desto langsamer wurde er. »Die Räder drehen durch«, meldete Kim. Doch kamen sie wenigstens immer noch weiter, und vor ihnen stieg das Gelände leicht an. Sie hielten darauf zu, dann hob sich der Lastwagen aus dem Matsch – und der Motor soff ab.

»Mist!« fluchte Kim. »Muß ein Kurzschluß sein.« Sie versuchte, den Motor wieder zu starten, doch der wollte davon nichts wissen. Kein Zweifel – sie saßen fest.

10

Das Buch der Könige

Kim sackte im Fahrersitz zusammen. »Wir haben es nicht geschafft«, sagte sie schließlich. »Was nun? Wir können Arnolde nicht durch diesen Schlamm schleppen, und sich selbst schleppen kann er schon gar nicht. Zurücklassen können wir ihn aber auch nicht, dagegen sprechen zwei bis drei handfeste Gründe. Und ohne ihn …«

Gnade Uns war zwar nur ein Kind, wußte aber dennoch, was Kim nicht auszusprechen vorzog. Ohne Arnoldes magischen Korridor würde Ichabod wahrscheinlich sterben und sie selbst sich in einen Wirbelwind auflösen. Nur Kim, Dug und Jenny Nicht-Elfe wären dann noch dazu in der Lage, sich nach Xanth durchzuschlagen.

Also stellte sie eine kindliche Frage. »Könnte Arnolde nicht vielleicht ans trockene Land gleiten, wenn das Vorderteil des Lastwagens weg wäre?«

»Wahrscheinlich. Aber was wäre damit gewonnen?«

»Könnte man ihn vielleicht anschieben, wenn wir einen Schlitten für ihn hätten?«

»Ich nehme an, schon. Aber wir haben keinen.«

»Könnten wir ihn durch dieses steinübersäte Gewirr dort vorn schieben, wenn wir einen Kanal zur Verfügung hätten?«

»Was soll das, Gnade Uns? Wir können das Gelände nicht verändern.«

»Doch, das können wir ...«

»Wovon redest du nur?«

»Von deinem magischen Talent.«

Kim lachte verbittert. »Ich besitze kein magisches Talent! Ich bin Mundanierin, hast du das vergessen?«

»Das Talent, das du gewonnen hast.«

Kim überlegte. »Ach, du meinst das Talent der Auslöschung, das ich beim Spiel gewonnen habe, vor drei Jahren. Das kann ich aber nur im Spiel verwenden.«

»Nur in Xanth.«

»Das ist dasselbe!« Doch plötzlich machte Kim einen Satz. »Wir gehen ja nach Xanth! Dort könnte ich es natürlich einsetzen!«

»Und was ist mit dem Korridor?«

Kims Unterkiefer klappte herunter. »Ja ... ich habe nie daran gedacht, es zu versuchen.«

»Versuche es!« Kim legte die Hand ans Armaturenbrett und strich seitwärts darüber, als würde sie sie waschen. Sofort verschwand dieser Teil, ganz wie ein Bild, aus dem etwas ausradiert wurde. Das Gestrüpp am Sumpfufer schien durch die Lücke.

Dann berührte Kim das entstandene Loch mit der anderen Hand. »Es ist weg!« sagte sie. »Der ganze vordere Teil des Lastwagens ist verschwunden!«

Nun vollzog sie einen Strich in die Gegenrichtung, die Handfläche wies dabei auf sie selbst. Das löschte die Löschung, und schon war das Armaturenbrett wiederhergestellt.

»Dann lösche doch, was vor uns liegt, und schieb Arnolde hindurch«, empfahl Gnade Uns.

»Vielleicht funktioniert das ja tatsächlich«, sagte Kim beeindruckt. »Jedenfalls solange die Magie vorhält. Vielleicht schaffen wir es ja doch noch.«

»Bestimmt«, sagte Gnade Uns begeistert.

»Aber wir müssen mit Verstand vorgehen. Ich kann zwar

den Lastwagen auslöschen, vielleicht sogar einen Teil des Geländes, aber dafür muß dann auch Ersatz geschaffen werden.« Wieder wischte Kim den vorderen Teil des Kastens weg, diesmal mit breiteren Strichen, dann fuhr sie mit der flachen Hand noch einmal darüber und füllte das Loch mit einer undefinierbaren Substanz. »Verschmierte Farbe aus dem, was ich gerade ausgelöscht habe«, erklärte sie. »Anstatt alles wiederherzustellen, habe ich es nur zurückgeschmiert. Ich denke, das ist eine Grundlage. Es ist zwar ein Jammer, Ichabods Lastwagen kaputtzumachen, aber dies ist nun einmal ein Notfall.«

Dann drehte sie sich um. »Das hier sollte ich mit allergrößter Sorgfalt ausradieren, schließlich will ich nicht auch noch Arnolde auslöschen.« Langsam fuhr sie mit der Hand über die Heckseite der Fahrerkabine.

Eineinhalb Momente später war die Trennwand zwischen Kabine und Ladefläche verschwunden. Dug spähte durch das frischentstandene Loch, zu seinen Füßen Sammy und Bläschen. »Was macht ihr Mädels da eigentlich?« wollte er wissen. »Erst setzt ihr uns in einen Sumpf. Und jetzt ... «

»Ich benutze nur mein Talent«, erwiderte Kim. »Der Laster steckt fest und ist abgesoffen. Wir müssen jetzt aus eigener Kraft weiter.«

»Arnolde und Ichabod können aber nicht ...«

»Wir haben einen Plan. Ich werde auslöschen, was sich uns in den Weg stellt.«

»Ich stehe aber nicht im Weg!« rief er und machte einen Satz zurück. Arnolde und Ichabod, die beide hinter ihm auf der Ladefläche lagen, schienen bewußtlos zu sein.

Kim lächelte kurz. »Ich werde dich schon nicht auslöschen, Dug. Immerhin brauchen wir dich ja noch, um das Boot anzuschieben.«

»Welches Boot?«

Gnade Uns lächelte, während sie neben dem bewußtlosen Zentaur Platz nahm. »Schiff, Fahrzeug, Kanu, Floß ...«

»Hör schon auf, Kleines. *Welches* Boot?«

»Das Boot, das ich gerade hinradiere«, erklärte Kim.

Inzwischen hatte sie den Rest der Trennwand beseitigt und machte sich über das Heckteil des Lasters her.

Dug warf Jenny einen Blick zu. »Kannst du vielleicht irgendeinen Sinn darin erkennen, Elfe?«

»Nein«, erwiderte Jenny.

»Dann hat es also doch nichts mit Geschlecht oder Alter zu tun«, meinte er kopfschüttelnd. »Meinst du vielleicht, sie tickt nicht mehr ganz richtig?«

»Nein«, widersprach Gnade Uns. »Es ist eine Frage der Intelligenz.«

»Also schön, kleines Genie – was macht sie da?«

»Sie macht ein Boot, indem sie alles wegradiert, was kein Boot ist«, erklärte Gnade Uns.

Dug blinzelte. »Verstehe. Aber es gibt da ein kleines Problem.«

»Laß es mich doch einfach nur *machen*«, warf Kim ein und konzentrierte sich auf ihr vorsichtiges Auslöschen und gelegentliches Wiederherstellen. So entfernte sie den ganzen Seitenaufbau des Lasters, bis nur noch die intakte Mittelplattform übrig blieb.

Und dann hörte es auf. Sie versuchte mehrmals, den Seitenrahmen wegzuradieren, doch der leistete plötzlich Widerstand und blieb bestehen.

»Genau das ist auch das Problem«, bemerkte Dug. »Außerhalb des magischen Kraftfelds kannst du nicht radieren, aber es reicht nicht mehr bis zu den Seitenteilen.«

»Aber wenn Arnolde sich umdreht, damit der Korridor quer zu den Seiten verläuft ...« überlegte Kim.

»Dann muß ich auch alles andere mit ihm umdrehen. Doch selbst dann ist es nur eine Plattform und noch kein Boot.«

Kim hielt nachdenklich inne. Dann setzte sie ihr Werk fort. »Ich kann auch aus dem Mittelteil ein Boot machen, ohne die entfernt gelegenen Stücke auszulöschen«, sagte sie. »Und Seiten kann ich auch hochziehen.« Sie demonstrierte ihre neue Schmierfarbentechnik. »Es mag zwar künstlerisch nicht besonders wertvoll zu sein, aber es funktioniert.«

Dug studierte die kurze Schmierwand, die sie soeben hergestellt hatte. Er tippte mit dem Finger dagegen. »Fühlt sich an wie komprimiertes Holz oder Metall. Ist das denn auch stark genug?«

»Ich weiß es nicht. Ich muß mein neues Talent ja erst richtig lernen. Vielleicht kannst du das ja für mich überprüfen.«

»Na klar.« Er hob einen Fuß und trat kräftig gegen die Schmierwand. »Aua! Doch, es ist stark genug.« Dann sah er über den Lastwagen hinaus in die Ferne. »Aber wie willst du denn ein Boot wässern, ohne Wasser zu haben?«

»Ich will das Land und den Boden ausradieren und einen Kanal herstellen, vielleicht füllt der sich dann ja mit Sumpfwasser.

Er nickte. »Klingt vernünftig.« Dann ließ er den Blick schweifen. »Viel helfen kann ich hier ja nicht. Vielleicht gehe ich schon mal voraus, kundschaften, ob ich möglicherweise Xanth finde.«

Kim hob den Blick. »Woher willst du das ohne Magie wissen?«

»Ich gehe mit ihm«, erklärte Jenny Elfe. »Wenn sich meine Gestalt verwandelt, erknnen wir das.«

»Dann geht«, sagte Kim und machte sich wieder ans Werk. Gnade Uns wußte, warum: Sie durften keine Zeit verlieren. Wenn sie nicht bald in Xanth eintrafen, würde es für die Hälfte der Gruppe zu spät sein.

Die beiden gingen los und verschwanden schon kurz darauf in dem vor ihnen liegenden Wald. »Machst du dir denn gar keine Sorgen wegen deines Freundes und deiner Freundin?« wollte Gnade Uns wissen.

»Nein, Jenny Elfe war im Spiel nur eine Begleiterin. Ich kenne sie. Und Dug kenne ich auch.«

Das war Antwort genug. »Meinst du, wir sind schon dicht genug an Xanth, um es rechtzeitig zu schaffen?«

»Das müssen wir. Meiner Landkarte zufolge sind wir dicht an der Grenze zu Florida, was für uns Xanth ist. Sie ist vielleicht noch eine Meile entfernt. Und die Ausläufer der Magie müssen noch über diese Grenze hinausreichen. Je weiter wir also kommen, desto eher können wir Hilfe erwarten.« Dennoch blickte sie besorgt drein.

Landkarten konnten sich schließlich irren, vielleicht war die Gruppe aber auch noch nicht so weit vorgestoßen, wie sie glaubten. Ein kleiner Fehler konnte hier einen gewaltigen Unterschied machen. So blieb ihnen nichts anderes übrig, als darauf zu hoffen, daß sie dicht genug am Ziel waren.

Langsam bildete das Boot sich aus, doch seine Form spiegelte zugleich ihr Problem wieder: Bug war breiter als Heck, weil der magische Korridor in der Zeit, die Kim brauchte, um den mit dem Rest verbundenen Lastwagen auszulöschen, weiter schrumpfte. Jetzt schien er sich fast bis zur Flankenoberfläche des Zentauren zurückgezogen zu haben. Kim machte auch den Eindruck, als müßte sie sich stärker anstrengen, so als ob die Kraft des Korridors zusammen mit seiner Größe geringer wurde: jetzt war die Zeit wirklich knapp geworden.

Dug und Jenny kehrten zurück. »Wir haben es gefunden!« rief er. »Keine Meile vor uns. Vielleicht sogar noch etwas näher, weil es ja nicht etwa abrupt und plötzlich aufhört.«

»Gott sei Dank!« hauchte Kim. Gnade Uns sah, wie die Spannung von ihr wich. Da lächelte das Mädchen und sah dabei Dug an. »Natürlich«, sagte sie, als hätte es nie den geringsten Zweifel daran gegeben.

»Wir haben den leichtesten Weg markiert«, fuhr Dug fort. »Ich meine, es hat schließlich keinen Sinn, gesunde Bäume und eine hübsche Landschaft auszuradieren.«

»Wie ich dich doch liebe«, murmelte Kim. »Laß mich die vielen Arten zählen.« Metria staunte über die absolute Ernsthaftigkeit ihrer Worte. Unter der Oberfläche der Nekkerei, der Beleidigungen und der Tritte an Schienbeine war doch ein fester Kern echter Liebe auszumachen. Und dann, lauter: »Los jetzt. Wir müssen uns beeilen.«

Dug trat hinter den Rest des Lastwagens, seine Füße versanken im Schlamm. »Hier muß es doch ein Abschleppseil geben«, meinte er. »Oder eine Kette. Aha, da ist schon eine.« Er zerrte eine Kette unter dem Lasterboden hervor.

»Ich werde sie ans Boot haken und es vorwärtsziehen, sobald ein Kanal vorhanden ist.«

Kim baute sich mit dem Gesicht nach vorn auf. Der Boden reichte jetzt bis an den Bootsrand, weil der vordere Teil des Lastwagens ja ausradiert worden war. Sie fuhr mit der Hand darüber, worauf er verschwand und ein finsteres Loch zurückließ. Da strich sie in Gegenrichtung darüber, und das Loch breitete sich aus. Sie wischte es bis zu den Seitenteilen fort, und schon begann Wasser hineinzusickern.

Kim streckte sich weiter vor, konnte den Boden dort aber nicht auslöschen, dazu war der Korridor mittlerweile zu kurz geworden. Also tat sie das Nächstbeste, was sich in unmittelbarer Bootsnähe vollbringen ließ, während Dug versuchte, die Kette zu befestigen. »Ich brauche ein Loch«, murmelte er. Also ließ Kim einen Finger über die Plattform streichen und erschuf auf diese Weise ein Loch. Dug führte die Kette hindurch und versuchte sie nun zu verknoten.

»Da«, sagte Kim. Sie löschte teilweise ein Glied, hakte das Ende der Kette ein und machte die Löschung wieder rückgängig. Nun war die Kette fest verankert.

Dug betrachtete das Ganze. »Dieses Talent ist doch vielseitiger, als ich dachte.«

»Richtig ausgebeutet, entspricht es schon fast Zauberinnenkaliber«, bemerkte Gnade Uns.

Dug legte sich ins Zeug und zerrte an der Kette, aber das Boot rührte sich nicht von der Stelle. »Zuviel Gewicht«, meinte Kim und trat von der Plattform. »Und zuwenig Zug. Ich helfe dir.« Sie gesellte sich zu ihm.

»Weißt du, dich könnte man richtig mögen lernen, wenn man sich ordentlich anstregt«, bemerkte Dug.

»Werd nicht frech, du sollst ziehen!« versetzte Kim lächelnd.

Doch wenn das Boot auch ins Schwanken geriet, bewegte es sich dennoch nicht von der Stelle. Jenny schloß sich ihnen an, aber es funktionierte immer noch nicht. Irgendwie schien es unten verhakt zu sein.

»Ich kann helfen«, erbot sich Gnade Uns. Sie wurde zu

Rauch, sank durch das Boot und breitete sich unmittelbar darunter als Schicht wieder aus. Das war ihr möglich, weil sie immer noch dicht genug an Arnolde und innerhalb des magischen Korridors war. Tatsächlich konnte sie jetzt wieder ihre ursprüngliche Größe annehmen und zu Metria werden. Sie betastete die unebenen Stellen am Boden des Boots, wo Kims Hand nicht hatten hinlagen können, und verstofflichte ihre Substanz um diese, machte sie glatter. Als nächstes ließ sie ihre Unterseite rutschig werden.

Da machte das Boot einen Satz. Mit einem Platschen glitt es in das vor ihnen liegende Loch – dann wieder aus diesem heraus und ans Ufer. Metria hatte es so gleitfähig gemacht, daß es sich mühelos bewegen ließ und gar keines Wasserkanals bedurfte.

Die anderen stellten das Manöver gar nicht erst in Frage. Sie zogen weiterhin an der Kette, und so behielt Metria ihre rutschige Unterseite bei, während das Fahrzeug im freien Gelände förmlich dahinschoß. Das merkwürdige Wrack des Lastwagens ließen sie hinter sich. In vielen Jahren würden Mundanier es möglicherweise entdecken und sich wundern, ob hier vielleicht ein Ungeheuer am Werk gewesen sein mochte, das dem Lastwagen ein bootsförmiges Stück aus der Karosserie gebissen hatte. Mit Sicherheit würden sie niemals die Wahrheit erraten.

Bäume schossen vorbei, und der Wald wurde immer dichter. Das Fahrzeug bewegte sich in unregelmäßigen Kurven, während es dem Weg folgte, den Dug und Jenny vorgegeben hatten. Nun verlangsamte sich ihr Tempo, weil die Kräfte der beiden Schlepper langsam nachließen und Metrias Unterseite zu prickeln begann. Sie ließ ihren Körper noch dünner werden, wußte aber, daß sie sich schon bald wieder in den oberen Teil des Boots zurückziehen mußte, wenn sie nicht ihre Substanz verlieren wollte. Dann würde die Schlepperei noch schwieriger werden. War der Wettlauf mit der Zeit etwa doch schon verloren?

Plötzlich verschwand das Prickeln. Setzte jetzt die Taubheit ein? Falls dem so sein sollte, müßte sie sofort aufhören.

Doch es schien nicht der Fall zu sein. Im Gegenteil, sie schien an Kraft zuzunehmen. Wie konnte das sein? Nun gut, solange es vorhielt, würde sie ihr Bestes geben. Sie ließ ihre Unterseite noch ein Stück gleitfähiger werden und spürte, wie das Boot an Geschwindigkeit zulegte. Die anderen zogen immer fester und gaben ihr Letztes.

Arnolde hob den Kopf. »Was ist hier los?« fragte er.

Metria ließ einen Mund am Boden des Boots entstehen. »Wir schleppen euch nach Xanth«, sagte sie, »bevor ihr noch den Löffel abgebt.«

»Den Löffel abgeben? Ich habe mich nur ein bißchen ausgeruht. Mich braucht ihr nirgendwo hinzuschleppen.«

»Müssen wir doch, weil ...«

»Schaut mal, Jennys Ohren!« rief Dug. »Sie sind wieder spitz.«

»Wir sind in Xanth!« jubelte Kim. »Ach, was bin ich froh, am liebsten würde ich irgend jemanden küssen!«

»Nun ja, falls es sein muß ...« Doch da schnitt ihm ihr inniger Kuß auch schon das Wort ab.

Metria schwebte wieder durch den Bootsboden hinauf. Vorsichtig streckte sie einen Arm seitlich aus. Jetzt konnte sie weiter greifen als vorher, ohne ein Prickeln zu empfinden. Es stimmte also: Sie waren wieder von Magie umgeben.

»Ich würde am liebsten auch jemanden küssen«, verkündete sie. Sie schwebte auf Ichabod zu, der sich gerade zu rühren begann. »Ich denke, ich werde mal den schlafenden Prinzen wecken.« Sie senkte den Kopf, verstofflichte ihr Gesicht und pflanzte Xanths betontesten Kuß auf seine Lippen.

Der Mann erwachte wie vom Schlag getroffen. Es schien fast, als würde er plötzlich schweben. »Ich dachte, ich würde sterben«, erklärte er. »Und nun bin ich im Himmel.«

»Würde Xanth auch reichen?« wollte sie wissen.

»Das ist dasselbe.«

Dug, Kim und Jenny kamen herbei. »Du hast das alles erst möglich gemacht, Met«, erklärte Dug. »Wir haben das Ding nicht vom Fleck bewegen können, bis du es geschmiert hast. Du hast den Ausschlag gegeben.«

»Du bist wirklich großartig«, meinte Kim, und Jenny nickte zustimmend dazu.

Metria sperrte den Mund auf, um irgend etwas Kluges zu sagen, doch das löste sich schon vor dem ersten Ton auf. Mit einer derartigen Reaktion hätte sie nie gerechnet. Und so zerschmolz sie zu einer Pfütze.

Sie durchschritten die Schnittstelle und fanden sich im eigentlichen Xanth wieder. Sammy suchte ihnen einen Pastetenbaum, unter dem sie ausgiebig schmausten. Was war das für eine Erleichterung, wieder in Xanth zu sein! Selbst die Tiere schienen es zu genießen. Sammy lebte dafür, auf magische Weise Dinge zu finden, und Bläschen war lebhafter denn je. Offensichtlich bedurfte auch sie, genau wie der Zentaur, der Magie, damit ihre Lebenskräfte wiederhergestellt wurden.

»Jetzt müssen wir die Sache organisieren«, warf Kim ein. »Arnolde und Ichabod müssen ins Gebiet des Wahnsinns zurück, Dug und ich müssen zusammen mit Jenny zu diesem Namenlosen Schloß, und du, Metria, hast noch andere Leute vorzuladen. Sollen wir uns jetzt trennen, damit jeder seiner Wege gehen kann?«

»Nein«, widersprach Metria sofort. »Zu meiner Aufgabe gehört es auch, alle Vorgeladenen sicher ans Ziel zu geleiten, deshalb darf ich euch jetzt nicht einfach loslaufen lassen. Außerdem muß ich mich davon überzeugen, daß Arnolde und Ichabod ebenfalls sicher in den Wahnsinn zurückgelangen, denn immerhin war es euretwegen, daß sie dieses Gebiet verlassen und große Mühsal und Gefahr auf sich genommen haben.«

»Dann sollten wir vielleicht doch noch eine Weile zusammen weiterreisen«, schlug Arnolde vor, es schien ihm alles andere als unangenehm zu sein.

»Von mir aus gern«, meinte Dug, nicht minder zufrieden.

»Vielleicht können wir ihr ja alle gemeinsam dabei helfen, die noch ausstehenden Leute vorzuladen.«

»Falls ich mich mit meinem neuen Talent nützlich machen kann ...«, erbot sich Kim.

Metria lachte. »Dein Talent hat uns immerhin das Leben gerettet! Da könnte es sich durchaus noch öfter als nützlich erweisen.«

»Aber ohne Arnoldes magischen Korridor hätte ich es gar nicht erst einsetzen können«, wandte Kim ein.

»Und ich hätte aufgehört zu existieren«, fügte Metria trokken hinzu.

»Es gibt genug Lorbeeren für alle«, entschied Arnolde. »Ich denke, es ist nicht verkehrt zu sagen, daß wir alle einander respektieren gelernt haben, wie auch jeder von den Fähigkeiten des anderen profitiert hat, die dieser mitbrachte und zur Verwendung führte. Ichabod hat das Haus zur Verfügung gestellt, den Lastwagen und sein Wissen um Mundania, ohne das wir kläglich gescheitert wären. Dug und Jenny haben die schnellste Route erkundet und den größten Teil der Schlepparbeit übernommen. So hat jeder irgendwann etwas ungeheuer Wichtiges beigesteuert.«

Sie tauschten Blicke miteinander aus. Der Zentaur hatte recht. Plötzlich kamen sich alle sehr viel größer vor.

»Dann machen wir uns auf den Weg«, schlug Kim forsch vor.

Dug schüttelte den Kopf. »Du bist ein bißchen voreilig, findest du nicht? Wir sind alle müde von der körperlichen Anstrengung oder vom Ausfall der Magie ziemlich mitgenommen. Und du bist es auch, wenn du nur genug Verstand besäßest, es einmal mitzubekommen. Wir müssen uns erst ausruhen, sonst bauen wir noch den allergrößten Mist. Für zerstreute oder dumme Leute ist Xanth nicht gerade ein sicheres Pflaster. Wir können uns dann morgen einen verzauberten Weg suchen und erfrischt weiterreisen. Heute sollten wir uns besser ausruhen.«

Wieder machte ein Blick die Runde. Dugs Einwand war durchaus berechtigt.

»Es tut mir leid«, sagte Kim schließlich. »Ich bin schon wieder eine Dränglerin. Ja, ich bin auch müde und irgendwie etwas benommen davon, wieder in Xanth zu sein. Ich hätte ja nie gedacht, daß ich auch außerhalb des Spiels einmal hierherkommen würde. Aber jetzt ist es ganz großartig. Ich halte lieber den Mund.«

»So liebe ich meine Frau«, bemerkte Dug. »Still und nachgiebig.« Dann wich er ihrem ersten Tritt aus. »Und schön.« Das bremste ihren zweiten Tritt mitten in der Bewegung. Dadurch verlor sie das Gleichgewicht und stürzte gegen ihn, worauf er sie kräftig küßte. Tatsächlich war Kim nach üblichem Maßstab keineswegs besonders schön, doch hatte es den Anschein, als wüßte Dug auch ganz gut mit Frauen umzugehen.

»Ich sollte besser mal nach Veleno sehen«, sagte Metria, als ihr aus irgendeinem völlig unbekannten Grund plötzlich ihr Ehemann einfiel. »Kommt ihr eine Weile hier zurecht?«

»Das sollten wir eigentlich«, meinte Arnolde. »So dicht am Außenrand der Magie dürfte es eigentlich keine schlimmen Ungeheuer geben.«

»Und falls doch, können wir immer noch ganz einfach durch die Schnittstelle treten«, ergänzte Jenny. »Nämlich dorthin, wohin sie uns nicht folgen können.«

Also huschte Metria wieder zurück nach Hause, wo Veleno gerade das schwindelerregende Glück auszugehen begann. Schließlich war sie auch schon länger als einen Tag fortgewesen. Also bugsierte sie ihn zurück ins Schlafzimmer und verpaßte ihm dort die nächste Tagesdosis. Gern wäre sie zwar noch länger geblieben, war aber der reisenden Gruppe gegenüber dazu verpflichtet, sie sicher ans Ziel zu bringen. Ihr neugewonnenes Gewissen war ein strenger Zuchtmeister, doch sie hatte nicht wirklich etwas dagegen.

Als sie schließlich zurückkehrte, entspannte die Gruppe sich unter einer Trauerweide, der sie das Leben etwas erheiterte, indem sie ihr Gesellschaft leisteten. Arnolde hielt gerade einen Vortrag über Probleme des Archivwesens. »Alte Dokumente sind von unschätzbarem Wert«, sagte er.

»Selbst jene, die von ihren Urhebern für gering erachtet wurden. Eine dahingekritzelte Notiz, man solle die Finger vom Honigtopf lassen, teilt uns schließlich mit, daß es damals schon Honigtöpfe gab und daß die Leute die Schrift beherrschten. Leider sind im Laufe der Geschichte einige Schlüsseldokumente verlorengegangen. Als Zentaur kenne ich ntürlich die Liste der menschlichen Könige von Xanth, aber es gibt da doch einige schmerzliche Lücken. Nun gut, ich will das Thema nicht in die Länge ziehen«, schloß Arnolde. »Ich wünschte mir, es gäbe irgendwo ein in Vergessenheit geratenes dickes Buch, wo alle die fehlenden Könige aufgelistet sind. Aber so etwas hätte der Gute Magier Humfrey natürlich schon längst aufgestöbert, wenn es das tatsächlich gäbe.«

»Es sei denn, es ist in der Zeit verlorengegangen, als die Ehefrauen ihn alle ablenkten«, warf Ichabod ein. »Dann hat er es möglicherweise übersehen.«

»Sagt mal«, warf Dug ein. »Könnte Sammy nicht vielleicht so ein Buch finden?«

Der Kater hatte neben Bläschen am Boden gelegen und gedöst, doch nun erwachte er plötzlich zum Leben und raste im selben Augenblick auch schon los. Jenny Elfe jagte hinter ihm her. »Warte auf mich!«

»Schau nur, was du angerichtet hast, Idiot!« fauchte Kim ihren Freund Dug an.

»Ich werde ihn aufspüren!« erbot sich Metria, froh, etwas tun zu können. Schnell schwebte sie dem Kater nach.

Es sollte keine allzulange Jagd werden. Sammy rannte auf eine kleine Struktur zu, an der eine Plakette mit der Inschrift SORTIMENTSBUCHHANDLUNG hing. Metria öffnete den Deckel und lugte hinein. Das Ganze erwies sich als stabil konstruierte Kiste, in der sich tatsächlich ein Sortiment Bücher befand. Das oberste trug den Titel BUCH DER KÖNIGE. Also nahm sie es heraus, schloß den Deckel der Kiste wieder und schlug dafür das Buch auf. Da sie es verkehrt herum hielt, erblickte sie die letzte Seite zuerst. Dort entdeckte sie einen gekritzelten Eintrag: GSTOLN FUM OBER OGER, UN DASS OGRE WIEDA.

Darüber dachte Metria nach. Es sah tatsächlich wie die Schrift eines Ogers aus. Oger waren zu Recht stolz auf ihre Dummheit. Aber wie hätte irgendein Oger einst ein (vermutlich) derart wichtiges Buch stehlen können, und das auch gleich noch immer wieder? Schließlich wußten die wenigsten Oger überhaupt, was ein Buch war.

Das war in diesem Fall offensichtlich anders gewesen. Tatsächlich hatte es sich um einen schriftkundigen Oger gehandelt, vielleicht das einzige Exemplar seiner Art in der buntscheckigen Ogerheit. Er hatte es offensichtlich getan und war stolz genug auf seine Leistung gewesen, um sie in eben dem Buch zu verewigen, das er gestohlen hatte.

Sie blätterte eine weitere Seite um. Auf dieser wurde der Magier Aeolus, der Sturmkönig, behandelt, der im Jahr 971 den Thron bestieg.

Das war alles. Der Rest der Seite war leer. Kein einziger weiterer König war hier aufgelistet.

Da es danach noch einige Könige gegeben hatte – Metria fielen dazu der Magier Trent (der Verwandler), Magier Dor, der mit unbelebten Dingen sprechen konnte, sowie acht andere kurze Regentschaften in der Zwischenzeit ein –, wußte sie, daß dieses Buch während der Regentschaft des Sturmkönigs gestohlen worden sein mußte. Das war nicht weiter überraschend, da der Sturmkönig in seinen späteren Jahren ziemlich nachgelassen hatte und kaum mehr als ein leises Lüftchen hatte aufbieten können. Auch um seinen Intellekt hatte es nicht gerade besser gestanden. Wahrscheinlich hatte er das Buch verloren oder vergessen, wo auch der Oger es gefunden und sich selbst den Ruhm dafür zugesprochen hatte. Und so war denn alles, was es enthielt, in der Geschichte Xanths untergegangen.

Immer vorausgesetzt, daß es überhaupt allzuviel enthalten hatte. Also blätterte Metria noch einige weitere Seiten um und mußte feststellen, daß das Buch tatsächlich noch weitere Könige auflistete, die Thronfolgereihe reichte bis zu den Anfängen des Königtums von Xanth zurück. Dieses Buch mußte wohl im Laufe der Jahrhunderte von König zu

König weitergereicht worden sein. Jeder hatte das Enddatum seines Vorgängers sowie das Jahr seiner eigenen Thronbesteigung eingetragen.

Nun gut. Sie klappte das Buch zu und brachte es zu der wartenden Gruppe zurück. »Ich glaube, das ist es«, sagte sie und überreichte den Band dem Zentauren.

»Ja, tatsächlich, das könnte es sein«, meinte der Zentaur erstaunt. Er schlug das Buch auf und las die Titelseite vor: »Menschliche Magierkönige Xanths.« Er hob den Blick. »Erstaunlich! Wo hat Sammy das gefunden?«

»In einer Sortimentsbuchhandlung.«

»Eine Buchhandlung – in Xanth?« fragte Kim. »Mußtest du es kaufen?«

»Nein, das ist einfach nur eine Kiste mit einem Sortiment Bücher.«

»Da sind noch weitere Bücher?« fragte Ichabod aufmerksam. »Wenn die von ähnlicher Seltenheit und Qualität sein sollten, wäre das tatsächlich ein wahrer Wissensschatz! Wir müssen sie untersuchen gehen.«

»Kein Problem«, sagte Metria. »Bitte hier entlang.«

Doch als sie wieder an der Stelle ankam, wo sie die Kiste ursprünglich entdeckt hatte, war nichts mehr zu sehen. Es sah auch nicht so aus, als wäre überhaupt jemals etwas hiergewesen, da war einfach nur unberührtes, steiniges Gelände.

»Vielleicht könnte Sammy ja ...« fragte Dug.

Doch diesmal blieb der kleine Kater indifferent. »Ich glaube nicht, daß es hier noch etwas zu finden gibt«, erklärte Jenny. »Er kann alles finden, sofern es etwas zu finden gibt. Gibt es nichts, ignoriert er die Aufforderung einfach.«

»Aber da war doch diese Kiste!« protestierte Metria.

Ichabod überlegte. »Vielleicht hat sie sich ja bewegt – und vielleicht kann der Kater auch keinen Gegenstand zum zweiten Mal finden, weil der dann schon so eine Art von Zuhause wäre, etwas, das man bereits gefunden hat. Ich denke, wir müssen wohl jede Hoffnung aufgeben, diese anderen Bücher jemals wiederzufinden.«

»Ach, Mist!« fluchte Metria. »Habe ich es schon wieder versiebt! Ich hätte sie gleich alle mitnehmen sollen.«

»Du bist schließlich keine Gelehrte«, meinte Ichabod entschuldigend. Trotzdem schwebte dicht hinter ihm eine Wolke der Enttäuschung.

»Der Oger hat es immer und immer wieder gestohlen«, erinnerte sie sich. Hatte das zu bedeuten, daß er die Sortimentsbuchhandlung jedesmal, nachdem sie verschwunden war, aufs neue aufgestöbert hatte? Oder daß er das Buch an diesem Ort verborgen hatte, der sich schießlich doch als ein weitaus besseres Versteck erwies, als es zunächst den Anschein gehabt haben mochte? Falls dem so sein sollte, hatten sie die Buchhandlung gerde noch rechtzeitig entdeckt, kurz bevor sie sich wieder in Bewegung setzte. Das tröstete Metria doch ein wenig.

Sie kehrten zu Arnolde zurück, der immer noch in das Buch der Könige vertieft war. »Das ist wirklich faszinierend!« rief er gerade. »Vergleichen mit dem, was ich weiß, kann ich mich für die Genauigkeit der Eintragungen verbürgen. Aber es steht noch sehr viel mehr darin. Das ist wirklich eine unschätzbare Informationsquelle.«

»Was soll denn an einer Königsliste so aufregend sein?« wollte Kim wissen. »Ich meine, genau das macht das Fach Britische Geschichte doch so absolut, total, vollständig langweilig, um nicht zu sagen öde.«

»Na ja, es sind ja immerhin auch die Körnungsdaten darin«, meinte Ichabod, während er seinem Freund über die Schulter blickte.

»Vielleicht habe ich mich nicht deutlich genug ausgedrückt«, versetzte Kim grimmig. »Wenn es irgend etwas Schlimmeres gibt als eine reine Namensliste, dann eine Liste von Jahresdaten. Sie sind nicht nur langweilig und öde, man kann sie sich auch nicht merken, und schon beim geringsten Fehler rasselt man durch, nur weil man den falschen Namen mit dem richtigen Datum in Verbindung gesetzt hat.«

»Kann man wohl sagen«, bekräftigte Dug. »Ich weiß noch, als ich Heinrich VIII. in die Jareh 1909-47 gelegt habe. Man hätte glauben können, der Himmel sei eingestürzt!«

»Das war ja um volle vier Jahrhunderte daneben!« rief Ichabod schockiert.

»Na und, was sind denn schon vier Jahrhunderte unter Freunden?« fragte Kim.

»Ich möchte bestimmt niemanden mit einer Liste von Namen, Daten und Talenten langweilen«, meldete sich Arnolde wieder zu Wort. »Mir genügt es voll und ganz, den Inhalt dieses Buchs schweigend zu verarbeiten.« Er las mit der gleichen Intensität in dem Buch, wie es der Magier Humfrey mit seinen eigenen Schmökern zu tun pflegte. »Schau, tatsächlich! Die Zauberin Tapis war also mal verheiratet? Das erklärt so manches! Und der Zombiemeister war in Wirklichkeit ein Königssohn, nur daß sich Vater und Sohn wegen seines Talents voneinander trennten. Das hätte ich ja nie geglaubt! Man wird die ganze Geschichte Xanths neu schreiben müssen.«

»Oder zumindest ihre heutige Darstellung«, bestätigte Ichabod. »Sieht ja doch so aus, als hätte es damals, in der frühen Zeit, so manches finstere Geheimnis gegeben.«

»Äußerst finster«, bekräftigte Arnolde.

»Ich finde das interessant und bin neugierig darauf«, meldete sich Metria. »Vielleicht kannte ich ja irgendwelche von diesen Königen.«

Dug und Kim wollten vor Lachen schon laut losprusten, als sie plötzlich stockten, weil weder Metria noch Arnolde die Bemerkung heiter zu finden schienen. »Das stimmt«, meinte Dug schließlich. »Dämonen leben ja ewig, oder jedenfalls annähernd so lange. Vielleicht kannte sie ja *tatsächlich* einige Könige.«

»Das tat ich auch«, bestätigte Metria. »Aber engere Beziehungen unterhielt ich nur zu zweien von ihnen, Gromden und Humfrey. Die anderen haben mich nicht besonders interessiert.«

»Das stimmt«, warf Kim ein. »Humfrey war auch mal König. Du hast versucht, ihn von seinem Studium auf der Dämonenuniversität abzulenken. Aber was war denn mit dir und König Gromden?«

»Den habe ich verführt. Eine ziemlich komplizierte Sache.«

Kim überlegte. »Vielleicht interessieren mich ja doch einige von diesen Königen. Sofern es echte, lebendige Leute sind, meine ich, nicht einfach nur irgendwelche toten Daten.«

»Gromden muß doch eine ziemlich heiße Nummer gewesen sein«, meinte Dug.

Metria ignorierte ihn. »Also, dann erzähl uns mal was von einigen Königen Xanths. Jetzt hast du meine Neugier geweckt.«

»Und wenn sie neugierig ist, wird sie auch gefährlich«, warf Dug ein und wich einem weiteren Tritt aus.

Also lehnten sie sich zurück und lauschten Arnoldes Erzählungen von den alten und neuen Königen, ergänzt durch die Informationen in dem Buch.

»Die ununterbrochene menschliche Besiedlung Xanths begann mit der ersten Welle, ihr Eintreffen markiert das Jahr 0. Die ersten zwei Jahrhunderte gab es keine Könige. Vielleicht hat die Primitivität der frühen Jahre eine funktionierende Einheit der Menschen verhindert. Als erster gelangte König Merlin im Jahre 204 in das Amt. Sein Talent war Wissen. Er kam gerade rechtzeitig, um die Frauen zu unterstützen, ihre vergewaltigenden Ehemänner der Dritten Welle umzubringen und sich bessere Männer zu holen, die sogenannte Vierte Welle.«

Während er sprach, nahm Jenny Elfe bei Sammy und Bläschen neben ihm Platz und summte eine kleine Melodie. Metria, die plötzlich ein Interesse für jene alten Könige entwickelt hatte, denen sie damals keine besondere Aufmerksamkeit gezollt hatte, lauschte wie gebannt. Sie merkte, daß ihre halbe Seele ihr zu einer neuen Perspektive verhalf, so daß die geschilderten Ereignisse plötzlich einen Sinn zu ergeben schienen. Sie erinnerte sich daran, wie die brutale Dritte Welle einen großen Teil dessen ausmerzte, was ursprünglich die Zweite Welle gewesen war. Die Vierte

Welle aber war anders. Sie hatte den Grundstein für das zukünftige Menschenkönigreich gelegt.

Dann sah Metria, wie der alte König Merlin aufgab, sich von seiner Frau, der Zauberin Tapis, trennte und nach Mundania reiste, wobei es um irgendein Geschäft ging, von dem nur er etwas verstand. Tapis war so verärgert, daß sie nie wieder heiratete oder auch nur Merlins Namen in den Mund nahm. Sie duldete zwar ihre Tochter, die Prinzessin, doch sprachen beide nie über ihre Verbindung, weil sie die Erinnerung an den König aus ihren Leben ausgelöscht hatten.

»Nun, Merlin hatte in Mundania doch einiges zu tun«, bemerkte Ichabod. Er stand neben ihr und sah mit an, wie König Merlin gerade Xanth verließ. »Da war nämlich ein Junge namens Artus, den er zum König erziehen mußte.«

»Und das soll wichtiger gewesen sein, als über Xanth zu herrschen?« fragte Jenny. Sie stand auf der anderen Seite neben Ichabod.

Der alte Mundanier zuckte die Schultern. »Es gibt jedenfalls Leute, die das glauben.«

»Schaut mal, da kommt Roogna«, sagte Kim von Metrias anderer Seite aus. »Aber jetzt häufen sich wieder die Daten.«

Im Jahre 228 bestieg der Magier Roogna, dessen Talent die Anpassung war, den Thron. Acht Jahre später warf die Prinzessin ihre Pläne über Bord und heiratete ihn – mit dem Segen ihrer Mutter –, weil er wirklich ein anständiger Mann war. Mit Hilfe der Zentauren erbaute er Schloß Roogna.

»Natürlich, die Zentauren«, sagte Arnolde. »Keine andere Art besaß das dazu erforderliche Wissen.«

König Roogna fiel im Kampf gegen die Sechste Welle. Es war eine häßliche Szene, weil die eindringenden Mundanier brutal vorgingen und nichts von Magie verstanden. Ichabod, Kim und Dug schnitten Grimassen; sie schämten sich ihrer Herkunft. An die Stelle Roognas trat Xanths erste Königin, die Zauberin Rana, deren Talent die Schöpfung war, das geschah im Jahr 286. Als sie 325 starb, bestieg der Magier Reitas den Thron, sein Talent war das Lösen von Problemen. Unglücklicherweise schien er aber annähernd genauso viele Probleme zu schaffen, wie er löste, denn es kam ständig zu ungewollten Komplikationen. Als ihm eine dieser Komplikationen 359 das Leben raubte, wurde Ranas Sohn, der Magier Rune, König. Sein Talent war das Berufen. »Zu viele Daten«, murrte Kim.

Seine Regentschaft dauerte bis 378, als Rune schließlich im Kampf gegen die Siebte Welle fiel. Das Volk, verzweifelt Ausschau nach einem Führer haltend, der es retten könnte, überredete den Zombie Jonathan, den Thron zu besteigen.

»Der Zombiemeister!« rief Kim. »*Der* war auch schon mal König von Xanth?«

Metria erwachte aus ihrem Traum. Jetzt war sie wieder im Xanth der Gegenwart. »Aber Dämonen träumen doch nicht!« protestierte sie.

»Doch, wenn sie eine Seele haben«, widersprach Jenny. »Du hast dir gerade mit mir denselben Traum geteilt. Ich habe dich dort stehen sehen, wo du dir zusammen mit mir die Parade der Könige angeschaut hast. Wir waren alle dabei.«

»Das stimmt – ich kann inzwischen träumen«, bestätigte Metria. »Mentia hat letztes Jahr zusammen mit Gary Wasserspeier geträumt.«

»Tut mir leid, wenn ich uns alle da rausgeholt habe«, bemerkte Kim. »Jeder, der gerade seine Aufmerksamkeit nicht darauf richtet, kann in einen von Jennys Träumen eindringen, sofern sie gerade summt. Das ist ihr Talent. Aber es ist ziemlich leicht, die Leute wieder herauszureißen. Ich hätte lieber meine große Klappe halten sollen – wie immer. Aber daß der Zombiemeister mal König von Xanth ... Wieso hat er das nie erwähnt?«

»Na ja, Zombies verfügen nunmal nicht über ein besonders gutes Gedächtnis«, erklärte Arnolde. »Denn ihre Köpfe sind angefüllt mit ...«

»Egal!« warf Kim ein. »Ich verstehe schon. Aber wie konnte ein Zombie tatsächlich herrschen?«

»Daran kann ich mich noch erinnern«, warf Metria ein. »Das war ein König, den ich *nicht* verführt habe! Man konnte ihn nicht umbringen, was jeden seiner Angreifer irgendwann frustierte, bis Jonathan erschien und drohte, ihn ebenfalls in einen Zombie zu verwandeln.«

»Aber er konnte doch gar keine lebenden Leute in Zombies verwandeln«, warf Kim ein.

»Ja, aber das wußten die nicht immer. Und außerdem hätte er ja dafür sorgen können, daß sie vorher umgebracht würden. Also riskierten sie keine Lippe, auch keine anderen Körperteile. Sie taten genau, was er ihnen befahl, nur damit er fernblieb. Und das tat er auch, solange sie sich benahmen. Tatsächlich war er ein sehr sanfter Mann. Deshalb währte seine Herrschaft auch ein volles Jahrhundert lang. Endlich war er die Aufgabe leid und dankte ab. Er hatte ohnehin viel größeres Interesse daran, hinter Millie, dem Gespenst, herzujagen.«

Kim schüttelte den Kopf. »Du hast recht – in Xanths Geschichte gibt es doch einige Wendungen, die ich nie vermutet hätte. Der Zombiemeister ist ein netter Kerl, jetzt, da er am Leben ist.«

»Das war er schon immer. Es war nur so, daß die anderen Leute sein Talent verabscheuten. Deshalb war er auch etwas isoliert, bis Millie sich in ihn verliebte.«

Inzwischen drohte die Nacht anzubrechen, also radierte Kim ihnen eine gemütliche Grube in den Boden, über die sie dann eine Abdeckung schmierte, was eine sichere Schlafhöhle ergab. Sammy machte einen Kissenstrauch und einen Deckenbaum ausfindig, und so bereiteten sie sich bequeme Lager.

»Weißt du, eigentlich würde uns beiden zusammen ja ein Einzelbett genügen«, schlug Dug hoffnungsvoll vor.

»Tut mir leid – ich teile meins bereits mit Bläschen«, erwiderte Kim. Dug nahm es widerspruchslos hin. Offensichtlich hatten sie dieses Thema schon öfter durchgesprochen.

Metria brauchte keinen Schlaf, setzte sich aber hin, um

erneut zu träumen, als Jenny zu summen begann. Sie träumte, wie der Magier Vortex im Jahre 478 nach der Abdankung des Zombiekönigs den Thron bestieg. Vortex' Talent war das Zitieren von Dämonen. Wie gut sie sich daran noch erinnern konnte! Er hatte auch sie einmal zitiert, aber nicht zu irgendeinem interessanten Zweck. Er war lediglich neugierig wegen ihres Sprechfehlers, wie er es ausdrückte. Sie versuchte zwar, ihn abzulenken, doch ihre Verführungskünste wirkten bei ihm aus grundsätzlichen Erwägungen nicht. Bei dieser Gelegenheit lernte sie, daß es manchmal besser war, ihre Natur zu verbergen, eine Vorsichtsmaßnahme, die ihr zwei Jahrhunderte später bei König Gromden sehr zugute kommen sollte. Doch immerhin brauchte sie geschlagene fünf Minuten Verführungsmanöver, bis sie begriff, daß es bei Vortex nicht anschlug. Gerade wollte sie bis zum äußersten gehen, indem sie ihm ihre Höschen zeigte, als …

»Mann!« rief Dug. »Das nenne ich aber eine heiße Szene!«

»Verschwinde aus diesem Traum!« fauchte Kim ihn an, und er verschwand tatsächlich, nur daß seine interessierte Miene weiterhin bestehen blieb.

Und so träumte die ganze Gruppe weiter. Das war in Ordnung so; Metria stellte fest, daß ihr die Gesellschaft gefiel. Jenny Elfes Talent machte wirklich Spaß.

»Danke«, sagte Jenny.

Der Traum wurde fortgesetzt und widmete sich nun dem nächsten Namen auf der Liste, König Neytron, dessen Talent darin bestand, Gemälde zum Leben zu erwecken. Auch er brauchte keine erotischen Dämoninnen, denn er war dazu in der Lage, die Frau, die er begehrte, zu malen, und schon war sie sein. Er malte auch üppiges Mobiliar für Schloß Roogna, und in mageren Zeiten Lebensmittelvorräte für das Volk. Metria fiel auf, daß Kims Talent die Umkehrung des seinen darstellte. Dann war da König Nero, der Golems zum Leben erweckte, hervorragende Arbeiter, die jede gestellte Aufgabe lösten. Sie pflanzten einen erheblich erweiterten Obsthain, damit das ansässige Volk sich nie wieder Sorgen um seine Lebensmittelversorgung zu machen brauchte.

Und dann Gromden, im Jahr 623. Mit ihm beendete Metria ihren Traum, obwohl ihm noch zahlreiche andere Könige auf den Thron von Xanth folgen sollten. Darunter auch ein zweiter weiblicher König, Elona. Ihre Thronbesteigung erfolgte 797, und ihr Talent war die Langlebigkeit für sich selbst und für beliebige andere Leute ihrer Wahl. Sie herrschte viele Jahre. Heutzutage, überlegte Metria, glaubten die Leute, daß es niemals weibliche Könige in Xanth gegeben habe, aber historisch betrachtet war das schiere Ignoranz. Da war auch noch der Gespensterkönig Warren, den die Geschichte ebenfalls vergessen hatte. Danach kam König Epnez mit seinem Talent der Anpassung, gefolgt von Humfrey, dem Sturmkönig Aeolus, Trent und Dor. Von denen würde sie ein andermal träumen.

»Das war für Dug eindeutig ungeeignet«, bemerkte Kim. »Dem spuken sowieso schon viel zu viele Ideen im Kopf herum.«

»Und die gefallen dir nicht?« fragte Jenny.

»Nicht, wenn sie sich um andere Frauen drehen.«

Jenny lachte. Das belastete das zarte Gespinst des Traums, und so endete er, während Metria weiter wachte.

Gewiß, auf ihre Weise hatte sie durchaus mit der Geschichte gespielt. Doch nun, da sie eine Seele hatte, bedauerte sie einiges davon. Allerdings nicht sehr viel.

Plötzlich fuhr sie auf. Da war doch jemand – und nicht etwa ein Mitglied der Gruppe. »Wer bist du?« fragte sie abrupt.

Eine pferdische Gestalt wich erschrocken zurück. Eine Nachmähre!

»Nicht so hastig, Pferdchen!« sagte sie, löste sich in Rauch auf und umzingelte es. Die Gestalt versuchte davonzulaufen, doch da sie ringsherum von Rauch eingehüllt war, gelang ihr dies nicht. Also projizierte sie eine kleine Traumfigur von einem Mann. »Ich dachte, du wärst sterblich«, sagte der Mann. »Was machst du denn da mit einer halben Seele?«

»Du bist männlich?« fragte sie erstaunt.

»Ich bin ein Nachtfohlen«, erklärte der Traummann. »Man hat mich keine Träume austragen lassen. Da habe ich eine halbe Seele gestohlen und bin auf eigene Faust losgezogen. Ich habe hier etwas improvisiertes Träumen gewittert, also bin ich hergekommen, um nachzusehen, ob ich irgendwie eingreifen kann. Viel Erfahrung habe ich nämlich noch nicht, mußt du wissen.«

»Das ist offensichtlich«, versetzte Metria. Es war also Jennys mächtiger Gruppentraum gewesen, der die Aufmerksamkeit des Fohlens auf sich gelenkt hatte. »Du kannst nicht irgendwo mit irgendwelchen Träumen rumlaufen. Du muß sie aus dem Kürbis holen und sie jenen Leuten liefern, die sie verdient haben.«

»Aber ich habe es dir doch schon erklärt, davon wollten sie mir keine geben.«

»Dann solltest du vielleicht besser Xanth erkunden gehen und überhaupt nicht mit Träumen herumpfuschen.«

»Nein, ich bin schließlich ein Traumwesen. Ich muß einfach mit Träumen in Verbindung bleiben. Und da ich schon keine eigenen auszutragen habe, bleibt mir nichts anderes übrig, als in anderen herumzupfuschen.«

Metria überlegte. »Daraus ließe sich vielleicht etwas machen. Warum begibst du dich nicht einfach in gewöhnliche Träume und läßt die Leute Dinge tun, die sie freiwillig nicht täten? Richtig ausgeführt, könnte das eine Menge Spaß machen.«

»Daran habe ich noch gar nicht gedacht. Danke, Dämonin!« Und schon galoppierte er davon – sie ließ es gern geschehen.

Es war gut, mal wieder etwas Unheil zu stiften, auch wenn es nur so ein geringfügiges war.

Da fiel ihr noch etwas ein. Jenny Elfes Gruppe hatte die Aufmerksamkeit eines Nachtfohlens erregt. Was würde wohl der Nachthengst selbst von ihrer Traumfähigkeit halten? Als Herrscher des Traumreichs konnte der Hengst natürlich jede beliebige Gestalt annehmen. So konnte er als attraktiver Mann durchgehen – oder aber auch als Elfe von jeder beliebigen Größe. Angenommen, er interessierte sich für Jennys Talent und später dann für Jenny selbst?

Nein, dachte sie. Jennys Zukunft lag doch bestimmt im gewöhnlichen Xanth. Oder in ihrem Heimatreich, der Welt der Zwei Monde.

11

Chena

Am Morgen machten sie sich ausgeruht daran, Chena Zentaur zu suchen, die mit der geheimnisvollen Marke. Kim strich mit dem Handrücken über die Oberfläche der Bodenhöhle und stellte den alten Zustand wieder her. »Man muß ja nicht unbedingt ein Durcheinander zurücklassen«, erläuterte sie.

»Das ist aber wirklich ein mächtiges Talent«, warf Ichabod ein. »Möglicherweise hat es sogar Zauberinnenkaliber.«

»Ich weiß ja nicht«, antwortete Kim. »Ich bin immer noch dabei, zu lernen, wie es sich einsetzen läßt. Seine Grenzen kenne ich noch nicht.«

»Es wäre wohl das Klügste, sie einmal gründlich zu erforschen.«

Sie gingen weiter. Schon bald erreichten sie einen Fluß, der zu tief zu sein schien, um hinüberzuwaten. »Vielleicht kann ich ja einen Teil davon ausradieren«, erbot sich Kim. »Dann kämen wir trockenen Fußes ans andere Ufer. Danach kann ich dann wieder alles entlöschen.«

Arnolde blickte nachdenklich drein. »Hm.«

Kim kauerte sich ans Ufer und fuhr mit der Hand über die Wasseroberfläche. Das Wasser kräuselte sich zwar, verschwand aber nicht. »Das verstehe ich nicht«, meinte sie. »Warum funktioniert das nicht?«

»Weil das Wasser die Lücke ebensoschnell wieder füllt, wie du sie herstellen kannst«, erklärte Arnolde. »Etwas Ähnliches habe ich erwartet. Merkwürdig wäre es eher, verhielte es sich anders.«

Kim nickte. »Vielleicht ist es ja ganz gut, daß die Sache auch ihre vernünftigen Grenzen hat«, fuhr Arnolde fort. »Sonst wäre es sehr gefählich. Eigentlich ist es mir doch lieber so.«

»Mir auch«, gestand Kim. Trotzdem wirkte sie ein wenig enttäuscht.

»Und wie sollen wir jetzt über den Fluß?« warf Dug ein. »Es ist zu tief hier, um hindurchzuwaten, und diese Haifischflossen, die dort vorn aus dem Wasser ragen, gefallen mir auch nicht gerade.«

»Kredithaie«, bestätigte Kim. »Die nehmen dir doch glatt einen Arm und ein Bein ab, wenn du sie läßt. Lassen wir sie lieber nicht.«

»Vielleicht könntest du ja noch ein Boot oder ein Floß herstellen«, schlug Jenny Elfe vor. »Als wir nach Xanth hereinwollten, hat das doch gut funktioniert.«

»Das könnte ich wohl. Aber es wäre sehr schwer zu manövrieren, weil ich nicht unter Wasser kann, um einen Kiel herzustellen. Allerdings könnten wir es mit Seilen ans andere Ufer ziehen, falls wir die irgendwo befestigen könnten.«

»Und wer soll mit den Seilen hinüberschwimmen?!« versetzte Dug.

»Das kann ich doch tun«, meinte Metria. »Ich kann zwar nicht mit schweren Gegenständen schweben, aber mit leichten, und Hanf fühlt sich leicht an.«

»Davon wird einem auch leicht im Kopf«, stimmte Ichabod zu.

Also schickten sie Sammy Kater los, um Hanf zu suchen, während Kim einen umgestürzten Baumstamm aufstöberte und daraus einen Einbaum fertigte, indem sie ein Loch hineinradierte. Das Holz wies zwar einige Risse auf, doch die glättete sie mit Schmierstrichen und machte es wasserdicht. Es mochte vielleicht nicht gerade Xanths hübschestes Boot sein, war aber immerhin fahrtauglich. Und entgegen ihren Erwartungen gelang es ihr sogar, einen groben Kiel anzufertigen, indem sie die Männer anwies, die Hülle herumzudrehen, damit sie auch den Boden des Fahrzeugs bearbeiten konnte. Kleine, ausgesuchte Radierstriche konnten eine Menge bewirken.

Als das Wasserfahrzeug schließlich fertig war und sie auch die erforderliche Menge Seil zur Verfügung hatten, ergriff Metria dieses an einem Ende und schwebte damit über den Fluß. Die Haie sprangen aus dem Wasser und schnappten mit ihren roten, grünen, blauen und weißen Zähnen nach ihr, und manchmal erwischten sie sogar ein Stück von ihr – doch dann ließ sie sich an dieser Stelle in schmutzig schmekkenden Rauch verwandeln, so daß sie den Versuch schnell als zwecklos aufgaben. Natürlich achtete Metria sorgfältig darauf, möglichst dicht über der Oberfläche dahinzuschweben, um sie ordentlich zu ärgern. Wenn sie netten Leuten einen Streich spielen wollte, erwies sich ihre Seele immer als Hindernis, aber bei Kredithaien hatte sie keinerlei Probleme damit.

Sie band das Seil um einen stämmigen Ahorn und schwebte zurück, das Wasser beinahe berührend, doch da die Haie ja wußten, daß sie ihr nichts anhaben konnten, versuchten sie es gar nicht erst wieder. »Fertig«, meldete sie und befestigte das andere Ende an einen ähnlich stämmigen Ahornbaum. Sie rüttelte daran, um sicherzugehen, daß es wirklich gut befestigt war, worauf eingie reife Hörner vom Baum purzelten, das Seil die Belastung aber aushielt.

Sie ließen das Boot zu Wasser, dann trat Arnolde vorsichtig hinein und legte sich nieder. Sammy und Bläschen gesellten sich zu ihm. Damit war das Boot allerdings auch schon voll. Sie würden also zwei Überfahrten brauchen. Kim hatte durch Ausradieren des größten Teils zweier Holzstämme Paddel angefertigt, von denen Metria nun das eine nahm, während Arnolde das Seil packte und sich zusammen mit dem Boot über den Fluß hangelte. Für einen Zentauren war er zwar nicht besonder kräftig, konnte aber durchaus das Boot von der Stelle bewegen. Metria paddelte, um das Boot etwas zu beschleunigen.

Sterbliches Fleisch witternd, kam ein Kredithai auf das Boot zugeschossen. Er war gelb und hatte die Gestalt eines submarinen Sandwichs. Seine Zunge war wie roter Paprika, die Zähne spitz wie die Verzweiflung. Er sperrte das Maul gerade weit genug auf, daß ein Arm oder ein Bein hineinpaßten. Sammy zischte, und Bläschen knurrte, doch der große Fisch ließ sich davon nicht beeindrucken.

Metria schlug ihm mit dem Paddel auf die weiche Schnauze. Sofort tauchte er ab, und so schafften sie es ohne Zwischenfälle ans andere Ufer. Der Zentaur stieg aus; es war nicht zu übersehen, wie erleichtert er war, wieder festen Boden unter den Füßen zu wissen. Metria formte sich zu einem Flaschenzug, der Seil und Boot miteinander verband, und bewegte das Boot wieder zurück ans andere Ufer.

Nun bestiegen Ichabod, Dug, Kim und Jenny das Boot, wobei Dug und Kim die Paddel nahmen. Ichabod und Jenny ergriffen das Seil, weniger um das Boot zu ziehen, als um sicherzustellen, daß es nicht von der Strömung fortgerissen wurde. Metria nahm in der Mitte Platz und hielt nach Unheil Ausschau.

Das Unheil vergeudete nicht viel Zeit, um sich auf sie zu stürzen. Der entsprechende Hai war riesig und dunkel; sein Gebiß schien durchaus in der Lage, kurzen Prozeß mit dem Fahrzeug zu machen. Er schoß in die Höhe, die Kiefer furchterregend aufgerissen. Dieses Ungeheuer würde sich nicht von einem Klaps auf die Schnauze aufhalten lassen!

Also verwandelte Metria sich in eine Masse aus Kaubonbon mit Stinkhornaroma und stürzte sich in den nahenden Schlund. Der Hai biß zu – und bekam das volle Aroma mit, Xanths übelster, stinkendster, ekelerregendster Geschmack. Arnolde schnupperte ebenfalls einen Hauch davon und bemerkte, während er im Gesicht leicht grün anlief: »Von diesem übelbeleumdeten Horn erzählt man sich, daß eine

Sphinx, sollte sie es mit verstopften Nüstern aus großer Entfernung einmal wittern, sich für hundert Jahre in stinkendes grünes Gestein verwandeln und den Geruch nie wieder aus der Nase bekommen würde, das arme Ding.«

Natürlich versuchte der Hai, die widerliche Masse auszuspucken, doch das Zeug blieb an den einstmals sauberen Zähnen kleben und überzog die sich windende Zunge. Der Gestank troff ins Maul und ließ schwindelerregende Dämpfe aufsteigen. Nun versuchte der Hai, alles mit Wasser wegzuspülen, doch da nahm der ihn umgebende Fluß auch schon eine obszöne Schattierung an und drohte zu gerinnen. Schließlich tauchte der Hai ab und schwamm nach Leibeskräften davon, eine gewaltige Spur blasiger Rülpser zurücklassend.

Metria nahm wieder eine rauchige Gestalt an und schwebte an die Wasseroberfläche, wobei sie gerade genug Gestank zurückließ, um sicherzustellen, daß der Hai sich nicht so bald davon würde befreien können. Stinkhorn gehörte zu ihren letzten, ultimativen Einsatzwaffen, die nur den allerwürdigsten Gegnern vorbehalten waren. Meistens genügte es schon, einfach nur ins Horn zu stoßen, denn der polternde Lärm pflegte die meisten Lebewesen bereits im Vorfeld zu vertreiben. Doch hatte sie gleich den Eindruck gehabt, daß der Hai eine etwas nachhaltigere Behandlung verdiente.

Inzwischen bahnte sich das Boot seinen Weg über den Fluß, und eine höfliche, hilfsbereite Brise vertrieb langsam die Reste des Dufts.

Nachdem Metria zurückgekehrt war, wandte sich Ichabod an sie: »Dämonin, wenn du doch beim nächsten Mal, da ein Ungeheuer droht, uns zu verschlingen, die Güte hättest, ihm seinen Wunsch in Frieden zu gewähren.« Doch immerhin quälte er sich dabei ein kränkliches Lächeln ab.

Endlich erreichten sie das gegenüberliegende Ufer und gingen wieder an Land. Das Boot stank noch immer nach dem Horn, und so ließen sie es in all seiner Trostlosigkeit flußabwärts davontreiben. Wo es vorbei kam, geriet die Vegetation am Ufer vorübergehend ins Welken.

Sie marschierten durch ein Feld Posierblumen, das sich weit vor ihnen erstreckte. Jede Blume plusterte sich beim Vorbeikommen auf, verstärkte ihre Farbe und versteifte die Blätter, um sich in Pose zu werfen.

Da erschien ein Mädchen vor ihnen. Nein, es waren sogar zwei Kinder, das andere war ein Junge – offensichtlich Zwillinge. »Wer seid ihr?« fragte das Mädchen frech.

Metria sauste hinüber und erschien vor den Kindern. »Ich bin die Dämonin Metria, geschäftlich unterwegs. Und wer seid ihr?«

»Ich bin Abscissa«, erwiderte das Mädchen. »Ich bewege mich entlang der X-Achse, weil ich das X-Chromosom habe.«

»Entlang der was?«

»Horizontal.« Eine Linie erschien, und plötzlich machte das Mädchen einen kurzen Satz beiseite, ohne dabei die Beine zu bewegen.

»Und ich bin Ordinate«, ergänzte der Junge. »Ich reise entlang der Y-Achse, weil ich das Y-Chromosom habe.« Wiederum erschien eine Linie, und er machte einen Satz zurück, ohne die Beine zu bewegen. »Vertikal.«

»Geometrisch und genetisch gesprochen«, warf Ichabod fasziniert ein. Er holte sein kleines Notizbuch hervor. »Das sind wirklich höchst interessante Talente. Wessen Kinder seid ihr denn?«

Die beiden schossen wieder aufeinander zu. »Wir sollten eigentlich Grey Murphys und Prinzessin Ivys Zwillinge werden«, antwortete Abscissa.

»Aber die haben zu lange gebraucht, um zu heiraten, da hat uns der Storch in einem Waisenhaus abgeliefert«, ergänzte Ordinate.

»Das ist wirklich eine Schande«, meinte Kim. »Habe ich doch schon immer gewußt, daß sie sich viel zu viel Zeit damit gelassen haben.«

»Und außerdem sollten sie jeden Augenblick heiraten«, warf Metria ein. »Auch wenn sie noch nichts davon wissen.«

Die anderen musterten sie neugierig, doch die Blicke glitten an ihr ab, ohne sie zu beeindrucken, weil sie sie nicht beachtete.

»Behandelt das Waisenhaus euch denn auch gut?« erkundigte sich Arnolde.

»Oh, klar«, meinte Abscissa.

»Natürlich kann es nicht mit uns Schritt halten, wenn wir mal ausgehen wollen«, ergänzte Ordinate.

»Zusammen können wir nämlich überall hin, wenn wir wollen«, erklärte Abscissa. »Indem wir unsere Koordinatenkarte projizieren«, ergänzte Ordinate.

»Das ist wirklich hochinteressant«, meinte Ichabod und machte sich eine weitere Notiz. »Reisen mit Geometrieantrieb.«

»Wo könnt ihr überall hin?« wollte Jenny wissen.

»Überall«, meinte Abscissa.

»Auch bis zu dem Baum dort hinten?« fragte Jenny und wies auf einen fernen Bolzenbaum, der am Rand des Blumenfelds stand.

»Na klar doch«, meinte Ordinate. »Schau mal zu.«

Die beiden Kinder konzentrierten sich. Linien erschienen, jeweils mit »X« und »Y« markiert. Sie erstreckten sich über das ganze Feld, schnitten einander, bildeten ein Kreuz. Ein Punkt erschien neben dem fernen Baum. Die beiden Kinder gaben sich die Hand, und plötzlich standen sie neben dem Baum.

Metria sauste zu ihnen hinüber. »Seid ihr das wirklich?« fragte sie.

»Na klar doch, Dämonin«, erwiderte Abscissa.

»Wer denn wohl sonst?« ergänzte Ordinate.

»Es könnte ja eine Illusion sein.«

»Nein, über diese Magie verfügen wir nicht«, erwiderte Abscissa und runzelte dabei allerliebst die Stirn.

»Das würde aber Spaß machen«, ergänzte Ordinate.

Metria schoß zur Gruppe zurück und mußte feststellen,

daß die Kinder schon vor ihr dort eingetroffen waren. »He, ihr seid aber wirklich gut!« meinte sie.

»Natürlich«, erwiderte Abscissa. »Wir sind immer gut.«

»Aber wir sollten lieber eine Familie bekommen«, erwiderte Ordinate.

»Vielleicht finden wir ja noch eine Familie für euch, die Zwillinge braucht«, schlug Kim vor.

»Toll, das wäre aber wirklich nett«, sagte Abscissa und klatschte mädchenhaft in die Hände.

»Dürfen wir dann den ganzen Tag Eiscreme essen und Kissenschlachten veranstalten?« ergänzte Ordinate.

»Ich halte es doch für wahrscheinlicher, daß man euch die Kissen ins Maul stopfen und Schreikrämpfe verabreichen wird«, warf Dug ein.

»Dug!« rief Kim empört. »Zieh sie nicht so auf.«

Doch die Kinder schienen von dem Gedanken fasziniert. »Das ist ja sogar noch besser«, meinte Abscissa.

»Balgereien ums Essen sind großartig«, ergänzte Ordinate.

»Sieh nur, was du angerichtet hast«, sagte Kim zu Dug. »Jetzt hast du ihnen einen Floh ins Ohr gesetzt. Du kannst von Glück sagen, wenn man dich nicht wegen Verletzung der Erwachsenenverschwörung belangt.«

»Tut mir leid«, erwiderte Dug, er sah dabei allerdings nicht gerade von Mitleid geschüttelt aus.

»So, jetzt müssen wir gehen«, sagte Abscissa.

»Weil ihr nämlich ziemlich langweilig werdet«, ergänzte Ordinate.

»Das ist nun einmal das Wesen der Erwachsenen«, erklärte Ichabod. Doch da bildete sich bereits die Koordinatenkarte, und kaum hatte er zu Ende gesprochen, waren die Zwillinge auch schon verschwunden.

Sie setzten sich wieder in Marsch. Die Vorladungsmarke zog immer kräftiger, woran Metria erkannte, daß sie bald am Ziel sein mußten. Tatsächlich entdeckten sie einige Hufabdrücke und folgten ihnen.

»Junge Zentaurenstute«, erklärte Arnolde.

»Woher willst du das wissen?« wollte Jenny wissen. »Könnte es nicht auch ein Einhorn oder so etwas sein?«

»Nein. Zentauren sind an ihren Vorderläufen besonders belastet, weshalb sie sie auch weiter spreizen, um dem Körper zusätzliche Stabilität zu verleihen und die Hände freizuhalten. Außerdem unterscheidet sich die Anordnung dieser Abdrücke ganz eindeutig von jener der Einhörner.«

Für Metria sahen zwar alle Hufabdrücke gleich aus, aber es bestand kein Zweifel daran, daß Arnolde wußte, wovon er sprach. Kreuzten sich die Hufabdrücke mit anderen, zeigte er sofort auf die frischeren, noch bevor Metria es am Zug der Marke überprüft hatte.

Bald darauf entdeckten sie eine etwas verwahrloste junge Zentaurendame. Das blonde Haar hing ihr schlaff um die Schultern und jugendlichen Brüste, und in ihrem Schweif nisteten Fluchzecken. Sie verzehrte gerade eine bittere Frucht und sah ziemlich niedergeschlagen aus.

»Wenn du gaffst, gibst du dich damit als ignoranter Mundanier zu erkennen«, flüsterte Kim Dug zu.

»Äh, klar«, erwiderte Dug und fuhr die Intensität seines Gaffens ein wenig zurück. Wie so viele junge Männer, schien auch er von nackten Nymphen und Zentaurenfohlen fasziniert zu sein.

»Chena Zentaur?« rief Metria.

Die Jungzentaurin hörte sie, blickte in ihre Richtung – und scheute. Einen halben Augenblick später war sie auch schon verschwunden.

»He!« rief Metria. Sie sauste hinter der Kreatur her. »Ich habe dir eine Vorladung zu überreichen.«

Doch die Zentaurin floh blindlings, ohne das Gesagte zu beachten. Schließlich sauste Metria voran und baute sich vor ihr auf, wobei sie die Gestalt eines Zentauren annahm. Da sie nicht über die gleiche Masse verfügte wie ein Zentaur, war sie überwiegend von rauchiger Konsistenz, schaffte es aber immerhin, die Aufmerksamkeit der Jungmähre zu wekken und sie zum Stehen zu bringen.

Die Zentaurin stand nun da, japsend und wirre Blicke

um sich werfend, bereit, sofort wieder davonzuspringen, sobald sie eine geeignete Fluchtrichtung entdeckte.

»Chena Zentaur?« fragte Metria ein zweites Mal, obwohl sie sich sicher war, daß es sich um die Gesuchte handelte.

»Warum läßt du mich nicht in Frieden?« fragte die Jungstute mit Tränen in den Augen.

»Das darf ich nicht. Ich muß dir diese Vorladung überreichen.« Metria hob die Marke hoch.

»Vorladung?«

»Zu einem Gerichtsverfahren. Es ist nämlich ...«

Chena fuhr auf der Stelle herum und jagte den Weg zurück, den sie gekommen war. Doch das führte sie nur zu der nachrückenden Gruppe. Wieder wandte sie sich zu Metria um, und in ihren Augen leuchtete helle Verzweiflung. »Ich habe es nicht böse gemeint!«

Arnolde trat vor. »Meine Liebe, bei der Gerichtsverhandlung geht es nicht um *dich*. Du bist lediglich als Geschworene geladen.«

Die Stute ließ den Kopf mal in Richtung Arnolde, mal in Richtung Metria schweifen. »Aber ...«

»Schau mal, hier steht ›Geschworene‹ drauf«, sagte Metria und zeigte noch einmal die Marke vor. »Und dein Name. Ich muß sämtliche Geschworenen für den Prozeß von Roxanne Roc auftreiben. Wenn du mitkommst, sorge ich dafür, daß du sicher ans Ziel gelangst. Einige andere in dieser Gruppe sind ebenfalls vorgeladen.«

»Ich zum Beispiel«, sagte Kim. »Und der da«, auf Dug weisend, -»und die«, auf Jenny zeigend.

Die Zentaurin entkrampfte sich etwas. »Also gut. Ich bin Chena.« Sie nahm die Marke entgegen.

Der Tag machte Fortschritte. »Suchen wir uns eine Lagerstelle«, schlug Kim vor. »Morgen ist auch noch ein Tag.«

Metria begriff, daß dieser Vorschlag vor allem darauf abstellte, Chena ruhigzustellen, denn die Zentaurin wirkte immer noch ziemlich verstört. Während Kim sich also daranmachte, ein Nachtlager zu radieren, machte sich Jenny mit einem Kamm über Chenas Haar und Schweif her, um die

Verfilzungen herauszustreichen und ihr das Fell ordentlich abzubürsten. Es war komisch anzuhören, wie Jenny brummend vor sich hin fluchte, aber anders waren die Fluchzekken nun einmal nicht zu beseitigen. Sammy Kater suchte ihnen etwas zu essen, und Dug schleppte es herbei. Arnolde und Ichabod sprachen mit der Stute und ließen sich ihre Geschichte erzählen. Dann fing Jenny an zu summen.

Auf der Zentaureninsel wurde ein Fohlen namens Chena geworfen, das ein magisches Talent besaß. Die oberflächliche magische Untersuchung, der sich sämtliche Fohlen unterziehen mußten, spürte das Talent nicht auf, und so konnte Chena eine ganze Weile in freudiger Unwissenheit um ihre schlimme Behinderung vor sich hin leben.

Chena hatte liebevolle Eltern, zwei ältere Fohlenbrüder und viele gleichaltrige Freunde und Freundinnen. Sie war auf ganz normale Weise zufrieden: Sie maulte, weil sie so viel Zeit in der Zentaurenschule zubringen mußte, war wütend auf sich selbst, wenn sie beim Bogenschießen mal das Schwarze verfehlte, und entsetzt, wenn sie sich einen wunden Huf zugelegt hatte. »Mutter, ich bin gestrauchelt!« rief sie, als sie nach Hause gehumpelt kam.

»Verwende nicht eine solche Gossensprache«, tadelte die Mutter sie. »Laminitis. Sag es richtig. Nachtmähren straucheln, Zentauren erleiden Anfälle von Laminitis.«

»Ja, liebste Mutter«, erwiderte Chena gehorsam.

»Und jetzt geh zum Arzt, damit er etwas verzauberten Gileadbalsam daraufgibt.«

»Verzauberter Balsam!« erwiderte Chena entsetzt. »Das ist doch Magie, oder nicht?«

»Magie an für sich ist eine sehr nützliche und manchmal sogar notwendige Sache«, erwiderte ihre Mutter in vernünftigem Ton. »Tatsächlich kann sie sogar richtig bezaubernd sein – bei niederen Lebewesen. Hauptsache, daß sie keine allzu enge Verbindung mit einem Zentauren eingeht.«

»Ach so.« Aus der Grundhaltung ihrer Geschwister und

Freunde hatte Chena den Glauben abgeleitet, daß Magie irgendwie schmutzig sein müsse. Jetzt aber verstand sie die Unterscheidung zwischen dem Nutzen der Magie und ihrem Besitz, und es wurde ihr auch klar, daß ihre ganzen Freunde in Wirklichkeit nicht allzuviel davon verstanden.

Also suchte sie den Zentaurenarzt auf. »Ich brauche eine Gileadbombe«, teilte sie ihm mit. »Für meinen wunden Fuß.«

Er lächelte auf diese ärgerlich-überlegene Weise, wie sie die Erwachsenen überall zur Schau trugen. »Und welcher Fuß bedarf der Detonation?«

»Mein rechter Vorderfuß«, erklärte sie und hob ihn ein Stück hoch.

»In der Tat«, sagte er und untersuchte ihn genauer. »Na schön, hier ist die Bombe.« Er rieb eine dicke, duftende Salbe auf, und der Schmerz explodierte nach außen, wo er schließlich verpuffte.

»Ach, danke, Doktor!« rief sie und tänzelte dabei auf dem schmerzfreien Huf.

»Hier ist noch etwas, für den Fall, daß der Anfall von Laminitis wiederkehren sollte«, meinte er und überreichte ihr einen vanillefarbenen Umschlag.

Von derlei Routinevorfällen abgesehen, war Chena ein fröhliches und häusliches Zentaurenmädchen. Ihr Hobby waren magische Steine, nun, da sie wußte, daß man durchaus magische Dinge anfassen und handhaben durfte. Von manchen wußte jeder, daß sie magische Eigenschaften besaßen, auch wenn die wenigsten Leute dazu imstande waren, sie zu wecken, beispielsweise Liebes- und Herdsteine. Andere wiederum machten überhaupt keinen magischen Eindruck, doch war es Chena möglich, ihre verborgenen Kräfte auszumachen.

Obwohl sie es selbst nicht wußte, besaß sie nämlich ein magisches Talent – die Fähigkeit, magische Steine zu aktivieren. Es waren also nicht ihre Worte oder Einsichten, die dafür verantwortlich zeichneten, es lag nur an ihrem verborgenen Talent.

So wurde sie zu einer Sammlerin magischer Steine. Stets hatte sie eine Tasche am Gürtel, die mit verschiedensten Edelsteinen und Kieseln gefüllt war. Rollsteine beispielsweise rollten, ohne erst angeschoben werden zu müssen. Moosachat setzte fröhlich weiches grünes Moos an, Tigeraugen blinzelten gefährlich vor sich hin, Alexandrite texteten merkwürdig rhythmische Gedichte und Feuersteine waren nützlich zum Entzünden von Holz.

Ein Stein in ihrem Beutel war weder schön noch nützlich. Er war von grauer Färbung und sah ganz gewöhnlich aus, schien auch keinerlei Magie zu besitzen. Chena bewahrte ihn auf, weil er ihr leid tat.

Dann sah eines unglückseligen Tages ein Zentaurenältester die kleine Chena beim Spiel mit ihren Steinen auf der Straße. »Fohlen, was tust du da mit diesen Steinen?«

»Ich studiere sie«, erwiderte sie etwas überrascht. »Später, wenn ich groß bin, möchte ich Mineralogin werden, dann werde ich sämtliche magischen Steine von Xanth klassifizieren.«

»Magische Steine?«

»Ich kann sie gut erkennen und bekomme auch leicht heraus, wie sie funktionieren. Schau mal, das hier ist ein Gallenstein.«

»Ein Gallenstein?«

Sie hob ihn hoch, und prompt machte der Stein eine gallige Bemerkung: »Was geht das dich an, Pferdeschnauze? Hast du dir vielleicht den Hintern wundgescheuert?«

Der Älteste verstand zwar nicht viel von Steinen, dafür aber um so mehr von Magie. Sofort brachte er Chena zum Amt für Magieprüfung, um sie dort aufs neue untersuchen zu lassen. Das Magieprüfwerkzeug, das dort verwendet wurde, war von jener Sorte, die nur auf aktive Magie reagierte. Chenas Talent war natürlich nur in Gegenwart magischer Steine aktiv, weshalb es bei der ersten Prüfung auch nicht aufgefallen war. Diesmal aber hatte sie die Steine in ihrer Tasche.

»Zeig ihnen deinen Gallenstein«, forderte der Älteste sie auf.

Sie holte ihn hervor, und er gab die nächste gallige Bemerkung von sich: »Diese Anspielung kannst du dir irgendwohin schmieren, Lahmhuf«, sagte er verbittert.

Das Instrument summte, zeigte direkt auf Chena und wies damit klar aus, daß hier magisches Talent im Spiel war.

Das genügte. Noch am selben Tag wurde Chena wegen Obszönität von der Zentaureninsel verbannt. So suchte sie ihre wenigen Habseligkeiten zusammen, verabschiedete sich tränenreich von ihren Eltern und Geschwistern, die so taten, als hätte sie sie nicht in tiefste Schande gestürzt, und verließ die Insel ohne großes Aufsehen. Sie tat es erhobenen Hauptes, weigerte sich, irgendwelche Gefühle zu zeigen, denn schließlich war sie eine Zentaurin, wenn auch ein Fohlen in zartem Alter.

Nachdem man sie auf einem Floß ans Festland gebracht hatte und sie nunmehr völlig frei von der Insel war und einsam dazu, hielt sie kurz inne, um ihre aufgestauten Gefühle zu entladen. Zu ihrer Überraschung entdeckte sie bei sich nicht etwa Trauer, sondern Zorn. »Ich *mag* mein magisches Talent!« verkündete sie dem Wald trotzig. »Sie können mich öffentlich demütigen und mich sogar deswegen in die Verbannung jagen, aber sie werden mich nicht dazu bringen, mich dafür zu schämen!« Plötzlich explodierte die Wut des jungen Fohlens in einem einzigen Satz. »Nicht einmal freiwillig würde ich dorthin zurückkehren!« Doch in ihrem Auge war die leise Andeutung einer Träne zu sehen, über die Lippen huschte ein leises Beben. Schließlich war sie erst elf Jahre alt.

Chena begann sich an die Wildnis anzupassen. Die folgenden Stunden wagte sie sich immer weiter von der Küste fort ins Binnenland hinein. Sie wußte genug, um Gewirrbäumen und fleischfressendem Gras aus dem Weg zu gehen – so etwas gab es schließlich selbst auf der Zentaureninsel, wenn auch nur sorgfälgtig eingezäunt und mit Etiketten versehen, als Beispiel dafür, wie das Leben anderswo war. Auch umherstreunende Drachen konnten sie nicht überraschen. Mit Hilfe eines magischen Suchsteins gelang es ihr, Pastetenbäume und andere nahrhafte Pflanzen ausfindig zu machen.

Nun, da sie es nicht mehr vor sich selbst verbergen mußte, entdeckte sie auch das ganze Spektrum ihres Talents: Wenn sie sich beispielsweise aus Versehen an einem Dornenbusch die Haut aufriß, konnte sie mit einem kleinen Blutstein sofort die Blutung stillen. Wollte sie fischen gehen, tat sie das mit Hilfe eines Garneols. War sie durstig, und traute sie dem örtlichen Grundwasser nicht (Liebesborne und Haßquellen waren zwar ziemlich selten, doch wozu ein Risiko eingehen?), konnte sie Zitronensaft aus einem Zitrin pressen, Olivensaft aus einem Olivit oder eben auch etwas Milch von einem Milchtopas. Langsam begriff Chena, daß ihr Talent doch wohl um einiges mächtiger sein mußte, als die Ältesten der Zentaureninsel angenommen hatten. Es war zwar nicht von Zauberinnenkaliber, aber doch außerordentlich nützlich hier draußen in der kartographisch nicht erfaßten Wildnis von Xanth.

Wahrscheinlich hatte man geglaubt, sie werde schon bald umkommen, vereinsamt und ohne fremde Hilfe, so daß man sich ihrer entledigen konnte, ohne sie erst hinrichten zu müssen, ohne sich die Hände schmutzig zu machen. Doch das würde wohl eine Enttäuschung geben – vielleicht.

Chena ging keine unnötigen Risiken ein. Schließlich war sie eine Zentaurin und besaß eine herausragende Intelligenz und ein ausgeprägtes Urteilsvermögen. Gleich beim ersten Pastetenbaum deckte sie sich mit einem Vorrat ein, für den Fall, daß sie keinen weiteren mehr finden würde. An diesem Abend verzehrte sie eine Bananencremepastete, weil die zu matschig war, um im Rucksack lange zu halten; dazu eine Schlüsselzitronenpastete, die schon überreif war. Vorsichtig pickte sie die Schlüssel heraus, um die Zitronen zu verzehren, und wollte sie gerade fortwerfen, als sie es sich anders überlegte und sie doch lieber aufbewahrte. Vielleicht würde sie diese Schlüssel später noch einmal brauchen. Schlüsselsteine konnten schließlich nicht alles öffnen.

Wohin nun? Sie hatte keinerlei Idee. Schließlich hatte sie diesen Ausflug ja nicht freiwillig angetreten. In dieser Gegend durfte sie nicht lange bleiben, weil hier regelmäßig Zentaurenjagdtrupps vorbeikamen. Ja, sie wagte es nicht einmal, ihre Pfade zu benutzen, denn sollte jemals ein Zentaur von der Insel sie erblicken, würde er sie auf der Stelle töten. Andererseits war sie sich unglücklicherweise auch sicher, daß das Land um so gefährlicher werden würde, je weiter sie sich von der Insel entfernte. Man hatte ihr nicht gestattet, eine Waffe mitzunehmen, was die Lage noch verschlimmerte. Zwar würde sie sich einen groben Stock oder eine Keule anfertigen können, was sie aber wirklich brauchte, war ein gutes Messer oder einen Bogen.

»Ich wünschte, ich hätte einen wirklich guten Bogen und Pfeile dazu«, murmelte sie. »Und ich wünschte, ich wüßte, was ich jetzt tun soll.«

Da hörte sie etwas. Es klang wie Hufschlag. War das ein Einhorn – oder gar ein Zentaur? Schnell versteckte sie sich gerade dort, wo die wenigsten Leute nachsehen würden: hinter einem Gewirrbaum. Das durfte sie riskieren, weil sie an den frischen Knochen erkannte, daß der Baum gerade erst ordentlich geschmaust haben mußte. Demzufolge würde er die nächsten ein, zwei Tage Ruhe geben. Es war zwar eine nervenzerreißende Taktik, aber immer noch nicht so nervenzerreißend, wie in voller Sichtweite eines Zentaurenschützen zu verharren.

Sie spähte zwischen den ruhelosen Fangarmen des Greifers hinaus. Es war sogar ihr ältester Bruder, Carlton Zentaur! Das jagte ihr einen furchtbaren Schrecken ein, denn immer, wenn sie Versteck gespielt hatten, war es ihm gelungen, sie aufzuspüren, egal, wie raffiniert sie sich versteckt hatte.

So kam er auch jetzt geradewegs auf sie zugaloppiert, und einen Augenblick lang war sie sich sicher, daß er sie gesehen haben mußte, doch da galoppierte er auch schon an ihr vorbei. Dann machte er plötzlich kehrt und kam zurückgetrabt, um vor dem Gewirrbaum stehenzubleiben. Wieder war sie davon überzeugt, daß er sie gesehen haben mußte. Was hatte er nur vor? Sie waren immer gut miteinander ausgekommen, doch wenn es irgend etwas gab, das noch stärker war als die Bogenschießkunst eines Zentauren, so war es seine Ehre,und es würde ein Gebot der Ehre für ihn sein, sie auf der Stelle hinzurichten, sollte er sie jemals wieder in Nähe der Zentaureninsel erblicken.

Carlton stand in der Nähe ihres Baumes, den blick allerdings abgewendet. »Jetzt kann ich niemanden sehen«, erzählte er dem Wald. »Und ich rechne auch gar nicht damit. Aber mir ist eingefallen, daß jemand, sollte er sich hier mal verirrt haben, bestimmt etwas gebrauchen könnte, deshalb lasse ich es für alle Fälle mal hier. Außerdem gestatte ich mir die Bemerkung, darauf hinzuweisen, daß wohl der beste Ort, wo sich ein Zweifelnder hinwenden kann, der Gute Menschenmagier ist, dem er dann eine Frage stellen sollte, irgendeine Frage, weil der Gute Magier ihm nämlich für die Antwort einen Jahresverdienst abknöpfen wird. Und wie ich so höre, genießen die Fragenden in Ausübung seines Dienstes eine gute Versorgung.« Er legte ein längliches Bündel auf den Boden. »Natürlich wird jeder Verirrte von seiner Familie schmerzlich vermißt, auch wenn diese das nicht so sagen darf, und ich bin überzeugt, daß ihre besten Wünsche ihn begleiten. Aber es hat keinen Zweck, in Selbstgesprächen zu verharren, also werde ich jetzt gehen und nicht wiederkehren.« Dann ging er davon, ohne zurückzublicken, und war schon bald verschwunden.

Die Szene verschwamm, und Chena stellte fest, daß in ihren Augen nicht etwa nur Andeutungen von Tränen standen, sondern daß diese mittlerweile üppig zu strömen begonnen hatten. Ihr geliebter Bruder hatte genau gewußt, daß sie hier war, und hatte ihr ein Geschenk mitgebracht, dazu noch einen ausgezeichneten Rat, und war dann wieder seiner Wege gegangen, ohne auch nur ihren Dank abwarten zu können.

Sie trat heraus und begutachtete das Bündel. Es war ein

prächtiger Bogen, dazu ein Dutzend vollkommener Pfeile und ein außerordentlich scharfes kleines Messer. Solcherart gerüstet, würde sie sich der meisten Räuber erwehren und auch auf die Jagd gehen können. Mit einer darart ausgezeichneten Waffe würde sie zwar mangels Muskelkraft keinen Drachen auf große Entfernung erlegen können, sicher aber Kleinwild auf mittlere Distanz. Sie wußte auch, daß Carlton nicht auf eigene Faust gehandelt hatte; ihre Eltern mußten die Aktion unterstützt haben, auch wenn sie es niemals zugeben würden. Zwar konnten sie gegen ihre Verbannung nichts unternehmen, doch tat das ihrer Liebe zu ihr keinen Abbruch.

Sie legte das Geschirr an und schob sich Bogen und Köcher auf ihren Menschenrücken. Der Bogen war so lang, daß er mit einem Ende dicht über den Boden hing und auf der anderen Seite hoch über ihren Kopf ragte. Da würde sie wohl enge Durchgänge vermeiden müssen. Trotzdem war es ein wunderbares Gefühl, ihn zu besitzen. Sie schnallte sich das Messer in seiner Scheide an ihre Menschenhüfte, wo sie es jederzeit leicht erreichen konnte. Mit einer derartigen Ausrüstung versehen, fühlte sie sich schon sehr viel besser – auch, weil dies ihr einiges über die wahren Gefühle ihrer Familie verraten hatte.

Und was den Ratschlag ihres Bruders anging, so leuchtete dieser ihr durchaus ein. Den Guten Magier aufsuchen und ihm eine Frage stellen, damit ein Jahr Zeit gewinnen, um zu lernen, wie man in der großen, unzivilisierten Welt Xanths überlebte. Nicht nur gab ihr dies ein Ziel, es räumte ihr auch ein Jahr Bedenkzeit ein, bevor sie sich entscheiden mußte, was sie mit dem Rest ihres Lebens anfangen wollte. Dem Guten Magier würde es nichts ausmachen, daß sie ein magisches Talent besaß; das taten schießlich sämtliche Menschen, weshalb sie darin auch nichts Schändliches sahen. Das war es natürlich auch, was sie teilweise zu einer minderen Rasse machte.

Sie würde dem Rat also Folge leisten. Sie baute sich in

Richtung Norden auf. »Danke, Carlton«, sagte sie. »Danke euch.« Dann machte sie sich auf ihre lange Reise.

Als die Dämmerung einsetzte, bemerkte sie etwas Dunkles, Fauchendes vor sich. Chena streifte den Bogen ab und legte einen Pfeil ein. Das Ding zögerte erst, dann sprang es sie an. Es sah aus wie eine Wildkatze. Chena ließ den Pfeil losschnellen, doch die Katze sah ihn kommen und machte einen Satz beiseite. So traf der Pfeil sie in die Flanke und nicht ins Herz, verfehlte also seine tödliche Wirkung. Immerhin gelangte die Katze zu dem Schluß, daß dieses Zentaurenfohlen wohl doch nicht so hilflos war, wie es den Anschein gehabt hatte, und jagte davon, eine Blutspur zurücklassend, leider aber nicht den Pfeil. Chena mißfiel es, einen Pfeil zu verlieren, aber es war immer noch besser, als ihr Leben einzubüßen.

Zwischen zwei einander schneidenden Mauerblümchen fand sie eine halbwegs sichere Nische, wo sie ihren Rumpf unterbrachte. Dann legte sie Bogen und drei Pfeile vor sich auf den Boden und begab sich zur Ruhe. Sollte in der Nacht irgendein Feind nahen, müßte er sich von vorn nähern, so daß sie ihn immer noch mit ein bis drei Pfeilen spicken konnte. Dann schlief sie ein, die Ohren auf Alarm gestellt, um ihr etwaige ungewöhnliche Vorkommnisse zu melden. Doch sie hatte Glück – die Nacht verlief ereignislos.

Irgendwann in der Nacht kam – kein Raubtier, sondern eine Erkenntnis: Auch ihr Bruder Carlton verfügte über Magie, er konnte nämlich Dinge und Gegenstände ausfindig machen. Damit erklärte sich vieles! Doch selbstverständlich durfte er es nicht zugeben. Er hatte es zwar genutzt, um sie aufzuspüren, damit er ihr Bogen, Messer und Rat geben konnte, durfte es aber nicht wagen, seine Fähigkeit irgendwo unter Beweis zu stellen, wenn er nicht selbst ins Exil geschickt werden wollte. Na, sie würde sein Geheimnis jedenfalls wahren.

Und so begab sie sich an dem folgenden Tag immer in Richtung Norden. Sie begegnete einem kleinen, bösartigen Drachen, konnte ihn aber mit zwei Pfeilen abschrecken. Das bedauerte sie zwar, weil sie schon wieder Pfeile dabei verlor, die doch unersetzlich waren. Gleichzeitig wurde ihr aber auch immer deutlicher, wieviel schlimmer alles ohne den Bogen gekommen wäre. In Xanth war es doch wirklich ein Riesenunterschied, ob man eine bewaffnete oder eine unbewaffnete Zentaurin war!

Der Weg zum Schloß des Guten Magiers erwies sich als außerordentlich lang, zumal sie ja nicht genau wußte, wo es überhaupt lag. Ab und an erkundigte sie sich danach bei dieser oder jener Kreatur, um zu erfahren, daß sie immer noch nicht weit genug im Norden war. Also setzte sie ihren Marsch fort und verschloß dabei nach und nach, wenn auch zögerlich, einen Pfeil nach dem anderen.

»Ich wünschte, ich könnte mich wenigstens mal kurz mit jemandem unterhalten, der zur Abwechslung freundlich ist«, stöhnte sie müde.

Mehr als nach allem anderen sehnte Chena sich nach Begleitung. Ihre Steine konnten keine Freunde ersetzen, und die einzige halbwegs intelligente Person, der sie begegnete (abgesehen von kurzen Auseinandersetzungen mit Harpyien, Ogern, Kobolden und anderen unappetitlichen Charakteren), war die mit einem mehr oder weniger menschlichen Kind von annähernd ihrem Alter. Der Junge hatte messingbraunes Haar, graue Augen und eine messingfarbene Sonnenbräune.

»Hallo«, sagte sie und hielt dabei die Hand nicht weit vom Messer, nur für alle Fälle, obwohl er nicht gefährlich aussah. »Ich bin Chena Zentaur, elf Jahre alt. Wer bist du?«

»Ich bin Brüsk Oger«, erwiderte der Kleine. »Ebenfalls elf Jahre alt. Mein Vater ist teilweise Oger, meine Mutter ganz Messingmädchen. Deshalb sehe ich auch so gut aus.«

»Das tust du allerdings«, bestätigte sie und begriff gleichzeitig, daß er aufgrund seiner Kreuzungsherkunft wahrscheinlich das einzige und demzufolge auch bestaussehende Exemplar seiner Gattung war. »Ich wußte gar nicht, daß Oger sich mit Messingmädchen kreuzen.«

»Das fing alles mit meinem Großvater Krach Oger an«,

erklärte er stolz. »Er hat meine Großmutter Blythe Messingmädchen kennengelernt, und sie mochten einander sehr.«

»Aha, dann haben sie also geheiratet.«

»Nein. Geheiratet hat er eine Nymphe namens Tandy, während sie einen Messingmann namens Brawnye heiratete.«

Chena sah ihn verdutzt an. »Aber wie …«

»Krachs und Tandys gemeinsamter Sohn war Esk Oger. Brawnyes und Blythes Tochter war Bria Messingmädchen. Die beiden haben geheiratet, und ich bin ihr ältester Sohn.«

»Aha«, machte Chena und kam sich ganz unzentaurenhaft dämlich vor. »Natürlich. Dann bist du also zur Hälfte Messingmann und …«

» … und zu einem Viertel Mensch, sofern man die Fluchfreunde als Menschen mitzählt, dazu ein Achtel Oger und ein Achtel Nymphe«, fuhr er fort. »Ich bin die Kreuzung von Kreuzungen. Mein Talent ist es, Dinge hart oder schwer oder weich und leicht zu machen.«

Da ihr kein geeigneter Kommentar dazu einfiel, wechselte sie lieber das Thema. »Gibt es dort, wo du herkommst, einen Ort für Inselzentauren im Exil?« fragte sie zaghaft.

»Nein, ich wohne im Tal der Wühlmäuse. Dort gibt es meines Wissens keine Zentauren. Mein Vater hat eine Zentaurenfreundin, aber die kommt nicht mehr sehr oft zu Besuch, seitdem sie ihre eigene Familie hat.«

»Ja, so eine Familie kann einen ganz schön auf Trab halten, wie man hört«, sagte sie und dachte dabei an ihre eigene. »Weißt du vielleicht, wo ich eine Zentaurengemeinschaft finden könnte? Vorzugsweise solche, die über magische Talente verfügen oder solchen wenigstens tolerant gegenüberstehen.«

»Natürlich, kein Problem! Die Zentauren auf Schloß Roogna arbeiten mit Magie, glaube ich. Vielleicht sind die aber auch ein Stück näher am Norddorf, auf der anderen Seite der Sp- … oh, Mama ruft mich!« Tatsächlich war in der Ferne das Läuten einer Messingzimbel zu vernehmen. »Ich muß nach Hause. Hab mich gefreut, dich kennengelernt zu haben. Wiedersehen.«

»Wiedersehen«, wiederholte sie, während er davonrannte. Sie war entzückt über das, was sie zu hören bekommen hatte, bedauerte es allerdings, daß sie immer noch nicht wußte, wo das Norddorf lag. Aber das würde sie herausbekommen, indem sie weiter nach Norden marschierte. Vielleicht brauchte sie dem Guten Magier ja doch keine Frage zu stellen, wenn sie nur ein paar wie sie mit magischem Talent bestückte Zentauren traf.

Einige Tage darauf marschierte Chena immer noch durch die Wildnis. Einmal am Tag gab es eine richtig gute Mahlzeit: Sie fing einige Schloßfische im Lachsbach und räucherte sie über einem Stück Rauchtopas. Die Fische waren natürlich verschlossen, also öffnete sie sie mit ihren Zitronenpastetenschlüsseln. Auf der Suche nach Beilagen entdeckte sie einen Schmalzkringelstrauch und machte auch noch etwas Sahnekraut ausfindig. Letzeres entdeckte sie allerdings erst, nachdem sie zuvor auf Eierschnee, Marshmallows, Buttercreme, Rasiercreme, Schlagsahne, Schokolandencreme, Augencreme und andere in verschiedenen eiskalten Geschmacksrichtungen gestoßen war. Sie suchte sich etwas davon aus, um sich einen wunderschönen Eisnachtisch zusammenzustellen.

Das war allerdings auch die letzte ordentliche Mahlzeit, die sie für eine ganze Weile bekommen sollte. Denn nun gelangte sie in ein Gebiet, in dem nur wenig nahrhafte Pflanzen wuchsen. Umsichtig rationierte sie ihre Pastete, ebenso ihren Milchquarz- und Zitrinsaft, die sie als ihre »Steinnahrung« bezeichnete. Chena war müde, hungrig, einsam und begann langsam zu verzweifeln.

Ihre anfängliche Entschiedenheit, nicht nur zu überleben, sondern möglicherweise auch ihr Glück zu machen, magiehandhabende Zentauren zu finden, die sie akzeptieren würden, oder dem Guten Magier eine Frage zu stellen, damit sie während ihres Jahresdiensts unter seinem Schutz stand – all diese Vorhaben verblaßten nun im Antlitz ihrer wachsenden

Verzweiflung. Jetzt begann sie zu begreifen, wie schwierig das Überleben im ungezähmten Teil Xanths sein konnte. Wie um alles zu verschlimmern, hatte sie inzwischen auch, wenn auch zögerlich, den letzten ihrer wertvollen Pfeile verschossen, um vorbeiziehende Ungeheuer abzuschrecken, die ein allzugroßes Interesse an ihrem zarten Fleisch entwikkelten. Jetzt war sie beinahe schutzlos. Die Versuchung war groß, ihre letzten beiden zermatschten Pasteten aufzufuttern, anstatt sie sich einzuteilen, damit sie wenigstens heute einmal nicht hungrig bleiben würde, egal, was morgen kommen mochte.

»Am liebsten wäre mir, ich würde auf der Stelle von einem Ungeheuer aufgefressen, dann hätte ich es wenigstens hinter mir«, flüsterte sie niedergeschlagen.

Plötzlich vernahm sie ein bedrohliches Rascheln, dann ein Schlabbern, dicht gefolgt von lautem Gebrüll. »Ich habe nur Spaß gemacht! Ich nehme alles zurück!« rief sie, als ein Katzawampus aus dem Unterholz hervorbrach. Es war eine riesige, katzengleiche Kreatur, dreimal so groß wie Chena; was aber das Erschreckendste daran war: Das Unwesen schien völlig wahnwitzig zu sein. Wie sein schwarzweißer, bärenähnlicher Vetter, das Pandämonium, und sein schafsgleicher Verwandter, das Bettlamm, brachte es Chaos mit, wo immer es auftauchte.

Chena riß ihren Bogen herum, ballte die Faust und spannte die Sehne. Sie bluffte nur, weil sie gar keine Pfeile mehr besaß, aber vielleicht würde das Ungeheuer ja nichts davon merken. Aber der Katzawampus war viel zu verrückt, um sich bluffen zu lassen. Wild rollte er mit den Augen, während er das Gras vor sich ausriß, keckerte und schnaubte, bevor ihm einfiel, daß er doch eigentlich brüllen mußte. Das Untier entwurzelte einen Baum und machte Streichholzsplitter daraus. Dann führte es einen Kampf mit seinem eigenen Schweif durch, wobei es diesem einige Fellbüschel ausriß, ohne Schmerz dabei zu empfinden. Es hustete, würgte und spie einen Fellklumpen aus. Dann fuhr es die Krallen aus, bleckte die Zähne zu einer bösartigen Grimasse und kam auf Chena zu.

Die rannte davon, wie es jedes normale Wesen getan hätte. Das Ungeheuer verfolgte sie. Für eine Weile konnte sie es abhängen, aber sie war zu hungrig und erschöpft, um dieses Tempo länger beibehalten zu können. Nach und nach holte der Katzawampus auf, und sie vernahm den immer lauter werdenden Klang seiner riesigen, krallenbewehrten Pfoten sowie das Blasebalggeräusch seines Atems.

Vor sich erblickte sie eine Lichtung. Mit letzter Kraft sprintete sie darauf zu, hoffend, daß dort Rettung auf sie wartete. Doch kaum hatte sie die Lichtung erreicht, als sie auch schon entsetzt loskreischte.

Sie befand sich am Rand einer riesigen Erdspalte. Diese erstreckte sich, so weit ihr müdes Auge reichte nach beiden Seiten, und war furchtbar tief und breit. Sie mußte sofort kreischend abbremsen, um nicht hineinzustürzen.

Der Katzawampus raste auf sie zu, die Klauen aufgestellt, um zuzustoßen. Chena mußte eine schnelle Entscheidung treffen: durch einen Sprung in die Schlucht sterben oder von dem Ungeheuer in Stücke gerissen werden? Sie gelangte zu dem Schluß, daß ihr die Spalte doch die geringere Angst einjagte. Also sprang sie, wieder einen Schrei ausstoßend, als ob das helfen würde. »Ich wünschte, irgend jemand würde mich retten!« schrie sie verzweifelt, während sie den Sturz in die dunklen Tiefen antrat.

Da griff eine Hand nach ihr. Ein Schweif klatschte gegen ihre Flanken, plötzlich fühlte sie sich merkwürdig leicht und befreit. Sie riß die Augen auf, blickte in die Tiefe, entdeckte, daß sie über der Spalte schwebte und gerade in Sicherheit gebracht wurde. Ein Blick zurück zeigte ihr den knurrenden Katzawampus am Spaltenrand, der sie nun nicht mehr einholen konnte.

Dann sah sie auf und erblickte ein geflügeltes Zentaurenfohlen in ihrem Alter, vielleicht auch ein Jahr jünger. Der Zentaur schwebte auf der Stelle und stützte ihren ganzen

Körper allein durch seinen Griff um ihre Hand. Wie war das möglich?

»Wer ... Wie ...?« fragte sie.

»Ich bin Che Zentaur«, erklärte er. »Ich habe dich leicht gemacht, damit ich dich halten konnte, aber ich dich schon bald wieder unten absetzen, weil die Wirkung mit der Zeit nachläßt.«

»Ich bin Chena Zentaurin«, sagte sie. »Ich wußte überhaupt nicht, daß es geflügelte Zentauren gibt.«

»Wir sind eine vergleichsweise junge Art. Wir bezeichnen uns selbst als Alizentauren. Ist es dir recht, wenn ich dich auf der anderen Seite der Spalte absetze?«

Chena blickte wieder in die Tiefe. Unter ihr zog gerade ein Wölkchen vorbei. Es schien furchtbar besorgt zu sein, daß sie auf es herabäpfeln könnte. Natürlich war sie inzwischen so leicht, daß jede solche Wolke einfach davonschweben könnte, trotzdem fiel es ihr nicht schwer, die Besorgnis der Wolke nachzuempfinden. Sie mußte ein Kichern bei dem Gedanken daran unterdrücken, wie vorbeifliegende Wolken mit Flugzentaurenkot bepfeffert wurden. »Ja.«

Che schlug noch kräftiger mit seinen mächtigen Schwingen und zog sie im Schlepp über den klaffenden Schlund. Chena fragte sich, ob der Erdspalt vielleicht im Begriff stand einzuschlafen, und ob er nach dem Gähnen ihr klaffendes Maul schließen würde.

Schließlich brachte Che sie auf der gegenüberliegenden Seite in Sicherheit. Sie war froh, wieder festen Boden unter den Hufen zu haben, und das galt höchstwahrscheinlich auch für Che, denn im Laufe der Zeit war sie immer schwerer geworden, so daß er sich auch immer mehr hatte abplagen müssen, um sie in der Luft zu halten. Nun legten sie eine Pause ein. Sie erfuhr, daß Che gerade dabei gewesen war, sein Fluggefieder in den warmen Aufwinden der Spalte auszuprobieren, als er sie plötzlich in Schwierigkeiten erblickt hatte. Es war ihm gerade noch rechtzeitig gelungen, sie zu retten.

Sie bot ihm eine ihrer zerdrückten Pasteten an, die er in

aller Ernsthaftigkeit annahm, dann verzehrte sie schließlich die letzte. Sie war so erleichtert, dem Ungeheuer entkommen zu sein und einen freundlichen Zentauren gefunden zu haben, daß sie kaum noch einen Gedanken daran vergeudete, was sie morgen essen würde.

»Wir sollten besser zu mir nach Hause gehen«, schlug Che vor. »Das heißt, genaugenommen wohne ich im Augenblick gar nicht zu Hause, ich bin nämlich bei Gwenny Kobold, die nicht weit von hier ihr Lager aufgeschlagen hat. Die Kobolde führen gerade ein Manöver durch.«

»Kobolde!« rief Chena entsetzt. »Haben die dich etwa gefangengenommen?«

Er lachte. »Das liegt schon fünf Jahre zurück. Inzwischen sind wir gute Freunde geworden. Ich bin Gwennys Begleiter.«

Das war so seltsam, daß es ihr Verständnis überstieg. »Hassen Kobolde denn nicht alle anderen Wesen? Vor allem schöne oder kluge, wie die Zentauren?«

»Ja und nein. Die meisten Kobolde sind so, das stimmt, aber die Kobolde vom Koboldberg werden von Gwenny regiert, dem ersten weiblichen Häuptling, weshalb sie mittlerweile halbwegs anständig geworden sind. Daher stellt es für andere Leute auch keine Gefahr dar, sie zu besuchen. Gwenny wird dir gefallen, die ist nett.«

Chena war immer noch verwirrt. »Wenn diese Koboldfrau ein Häuptling ist, was will sie dann mit einem Zentauren? Ich will dich nicht beleidigen, aber sie hat doch bestimmt viele wichtige Dinge zu tun.«

»Das hat sie auch. Und ich helfe ihr dabei. Natürlich kann sie nicht fliegen, und sie ist auch nicht so intelligent wie ein Zentaur. Deshalb kann ich für sie Kundschafterdienste leisten und ihr Rat erteilen. Es funktioniert ganz gut.«

Chena hegte zwar den Verdacht, daß das nicht die ganze Wahrheit war, doch wäre es unhöflich gewesen nachzubohren. »Das tut es bestimmt«, meinte sie also statt dessen.

Sie erreichten das Koboldlager. Sofort kamen einige häßliche Koboldkrieger auf sie zugestürmt, doch Che hob besänftigend die Hand. »Besuch für den Häuptling«, erklärte er. »Macht Gimpel Meldung.«

So griffen die Kobolde sie nicht an, sondern scharten sich zu einer Art Ehrengarde um sie, während einer von ihnen davonhuschte.

Hätte Che nicht so einen unbekümmerten Eindruck gemacht, wäre Chena ziemlich mulmig zumute gewesen. »Wer ist der Gimpel?« fragte sie.

»Das ist Gwennys Vorarbeiter. So eine Art Stabschef.«

»Aber dann solltest du ihn nicht beleidigen.«

»Das ist nun mal sein Name. Alle Koboldmänner haben häßliche Namen.«

»Ach so.« Das klang nicht einmal unlogisch.

Vor einem hübsch geschmückten Zelt blieben sie stehen. Che setzte eine ernste Miene auf, als ein heimtückisch aussehender Kobold auf sie zukam. »Gimpel, das ist Chena Zentaur, die gekommen ist, um den König aufzusuchen.«

Gimpel kehrte sein Gesicht dem Zelt zu. »Häuptling, Chena Zentaur ist hier, um dich zu sprechen.«

Die Zeltklappe ging auf und ein hübsches Koboldmädchen erschien. Es sah sehr jung aus, doch das lag wohl eher daran, begriff Chena, daß sie so zierlich war. In Wirklichkeit war sie vielleicht siebzehn oder achtzehn Jahre alt. Chena stellte sich die Peinlichkeit vor, wie sie eine reife Häuptlingsfrau als Kind behandelte.

Die Koboldfrau lächelte. »Das ist schon vorgekommen«, meinte sie.

Chena staunte. Hatte das Mädchen etwa ihre Gedanken gelesen?

»Ich habe Chena vor einem Ungheuer an der Spalte gerettet«, erklärte Che. »Dürfen wir reinkommen?«

»Natürlich«, erwiderte Gwenny.

Im Zeltinnern war es erstaunlich geräumig. Als die drei allein waren, wandte Che sich an Chena. »Gwenny kann Träume sehen«, erklärte er. »Ich glaube, ich habe die Mähre Imbri vorbeikommen sehen. Sie muß dir einen Tagtraum zurückgelassen haben.«

»Die Mähre Imbri?«

»Du bist wohl nicht aus dieser Gegend«, warf Gwenny lächelnd ein.

»Nein, ich bin von der Zentaureninsel. Aber man hat mich verbannt.«

»Sie hat nämlich ein magisches Talent«, erläuterte Che. »Jetzt sucht sie andere Zentauren wie sie, vielleicht wird sie aber auch zum Guten Magier gehen.«

»Aber zunächst muß sie sich erholen«, entschied Gwenny. »Ich sehe, daß sie auf dem Weg hierher einige Entbehrungen erleiden mußte.«

Und so begann, was sich als eine der glücklichsten Zeiten in Chenas jungem Leben erweisen sollte. Sie verbrachte vierzehn Tage im Koboldlager. Che und Gwenny waren meist zusammen und oft sehr beschäftigt, doch Gimpel sorgte dafür, daß man Chena mit der gebührenden Höflichkeit behandelte. Er stellte sie seinem Freund Idiot vor, der für den Nachrichtendienst verantwortlich war, sowie Schwachkopf, dem Offizier für Auswärtige Angelegenheiten. Von ihren Titeln abgesehen, schienen es ganz gewöhnliche Koboldmänner zu sein: häßlich, dumm und von üblen Gedanken beherrscht. Und doch waren es keine schlechten Leute, wenn man sie näher kennenlernte, und solange einer der drei sich in ihrer Nähe aufhielt, wurde sie von den anderen auch nicht behelligt.

Chena machte sich nützlich, indem sie magische Steine suchte und deren Eigenschaften wachrief. Manche Kobolde sorgten sich um Verwundungen während einer Schlacht, also verschaffte sie ihnen Wächterkies. Andere waren bekümmert, sie könnten nicht häßlich genug sein, weshalb sie ihnen häßliche Steine gab. Wiederum andere wünschten sich eine ausgeprägtere Redegewandtheit, folglich besorgte Chena ihnen Fluchsteine. Die erwiesen sich als außerordentlich beliebt, auch wenn ihr Gebrauch in Gegenwart des Häuptlings untersagt war.

Dann näherte sich das Manöver seinem Ende. Die Kobolde hatten genug gelernt, um diszipliniert in Reih und

Glied zu marschieren und dabei Lieder zu schmettern. Das würde es ihnen ermöglichen, einen guten Eindruck zu machen, wenn sie ihren weiblichen Häuptling beim Besuch bei anderen Arten und Rassen als Ehrengarde begleiteten. Alle trugen dieselbe Uniform und marschierten im Gleichschritt. Chena hatte während der Ausbildung zugesehen und mußte einräumen, daß es ein eindrucksvolles Schauspiel gewesen war. Eine solche Formation würde sehr schnell das Vorurteil widerlegen, sämtliche Kobolde seien nur undisziplinierte Haufen. Das hier war vielmehr ein disziplinierter Haufen.

Doch in dieser Zeit war noch etwas anderes geschehen, und nun, da die Kobolde wieder nach Hause mußten und Chena ihrer Wege zu gehen hatte, wurde ihr auch klar, was das war: Sie hatte angefangen, sich in Che Zentaur zu verlieben. Er war schließlich ein wundervolles Wesen und sah so ansehnlich aus, wenn er flog!

Als die Zeit gekommen war, da die Kobolde wieder nach Hause abrücken mußten, kam Gwenny auf Chena zu. »Du bist herzlich willkommen, uns in den Koboldberg zu begleiten«, lud sie sie ein. »Dein magisches Talent ist sehr nützlich, und ich bin mir sicher, daß man dich dort freundlich aufnehmen wird.«

Chena zögerte. »Ich ... wie denkt Che denn darüber?«

»Oh, Che mag dich. Er sagt, daß du eine sehr angenehme Gesellschaft bist. Während seines Verweilens im Koboldberg ist ihm die Gesellschaft von Zentauren doch ein wenig abgegangen, und so ist ihm deine Begleitung durchaus wertvoll.«

Das war nicht unbedingt, was Chena hatte hören wollen: »Ist das alles?«

»Alles? Ich verstehe nicht.«

»Ich glaube, ich liebe ihn.«

Gwenny nahm abrupt Platz. »Ach du meine Güte!« Sie sah nicht erfreut aus.

»Ich weiß ja, daß er sehr beschäftigt damit ist, als dein

Begleiter zu fungieren, aber falls es irgendeine Chance geben sollte, daß er für mich ähnlich empfindet ...«

Gwenny sah traurig drein. »Chena, das hätte ich nie gedacht! Und es tut mir weh, daß ich dir das sagen muß. Aber du bist nicht von seiner Art. Er muß erwachsen werden und einen weiblichen Flügelzentauren heiraten, damit seine Art erhalten bleibt.«

»Aber wenn es doch gar keine solche weibliche ...«

»Doch, die gibt es. Es ist Cynthia Zentaur, früher ein Menschenmädchen, das vor einiger Zeit vom Magier Trent in ein Flügelungeheuer verwandelt wurde. Sie lebt bei seinen Eltern, solange er sich bei mir im Koboldberg aufhält. Es gilt als vereinbart, daß die beiden heiraten werden, sobald sie alt genug dazu sind.«

»Ach!« rief Chena niedergeschlagen. »Das wußte ich gar nicht!«

»Es schien keinen Anlaß zu geben, es zu erwähnen«, meinte Gwenny. »Ich bin sicher, er hätte es getan, wenn er ...«

»Ach, bitte sag ihm nicht, was ich dir verraten habe!« flehte Chena. »Ich muß sofort weg, um ihn nicht in eine peinliche Situation zu bringen.«

»Nein, nicht doch, Chena! Das ist doch nicht nötig. Ich bin sicher, wenn du ihm einfach erklärst ...«

Doch Chena, von ihrem eigenen Mißverständnis verletzt und gedemütigt, ertrug den Gedanken nicht, Che wieder ins Gesicht sehen zu müssen. Niedergeschlagen und verzweifelt wußte sie nur eins zu tun: Sie sammelte ihre wenigen Habseligkeiten ein und floh.

Jetzt war sie wieder im Urwald, diesmal nördlich der Spalte. Doch hatte sie inzwischen viel über das Hinterland gelernt, denn die Kobolde waren erfahrene Jäger und Sammler. Nun konnte sie sich selbst ernähren und hatte sogar einige Ersatzpfeile im Köcher, nicht so gut wie die Originale, aber immerhin brauchbar. Und außerdem hatte sie von einem Gebiet im Norden gehört, das Nichts genannt wurde, das man zwar betreten, aber niemals wieder verlassen konnte. Genau das brauchte sie jetzt.

Das Nichts erwies sich als weiter entfernt und schwerer zu finden, als sie geglaubt hatte. Dennoch setzte sie ihre Suche fort, während sie sich zugleich von menschlichen und Zentaurensiedlungen fernhielt. Sie wollte keine Gesellschaft mehr, sie wollte einfach nur ins Nichts eintreten und verschwinden. Sie war zu einer Einsiedlerzentaurin geworden, die sich stets versteckte, stets auf der Suche war – bis die Gruppe sie aufspürte.

»Ach, Chena«, meinte Jenny Elfe. »Che ist mein Freund! Ich weiß genau, daß er dir nie wehgetan hätte, hätte er nur davon gewußt.«

»Das weiß ich auch«, antwortete Chena. »Deshalb mußte ich auch gehen.«

»Hm« machte Arnolde. »Bist du sicher, daß du richtig gehandelt hast?«

»Ich habe getan, was ich tun mußte«, erwiderte Chena. »Und wenn ich Che jemals wieder zu Gesicht bekomme, weiß ich nicht, wie ich mich verhalten werde.«

»Che ist ebenfalls vorgeladen«, warf Metria ein.

Chena machte Anstalten, wieder davonzujagen.

»Tu das nicht«, widersprach Arnolde. »Ich bin selbst ein Zentaur mit magischem Talent. Ich verstehe dich sehr gut. Allerdings hege ich den Verdacht, daß du einen wesentlichen Teil völlig mißverstanden haben könntest.«

»Ich darf Che nicht in Verlegenheit bringen!« sagte Chena. »Er war so nett zu mir, nie hat er auch nur das leiseste geahnt.«

»Ich möchte, daß du dir überlegst, was du dir am sehnlichsten wünscht«, fuhr Arnolde fort. »Schau mal, da ist die Mähre Imbri mit einem Tagtraum für dich.«

Wirklich – Metria konnte das Flackern der Mähre ausmachen.

»Aber was ich wirklich will, ist nicht recht«, protestierte Chena.

»Vielleicht ist es gar nicht das, was du glaubst«, versetzte Arnolde. »Jetzt nimm den Traum entgegen.«

Jenny begann zu summen. Metria ignorierte sie. Was hatte Arnolde vor? Zentauren machten niemals Spaß. Bestimmt hatte er irgendeine furchtbar vernünftige Schlußfolgerung auf Lager, doch hatte sie keine Ahnung, worum es dabei gehen könnte.

Chena blieb still, und die Nachtmähre kam vorbei und lieferte den Traum ab. Und plötzlich fand sich Metria in Chenas Traum wieder.

Der handelte von einem wunderschönen Tal, das über und über mit Blumen bewachsen war. Allein stand das Zentaurenfohlen dort. Doch sie verwandelte sich. An der Verbindungsstelle zwischen ihrem menschlichen und ihrem pferdischen Teil entsanden Ausbuchtungen, daraus sprossen Federn, die Federn wiederum wurden zu Flügeln. Plötzlich stand sie als Flügelzentaur da.

Das war auch schon alles. Der Traum verblaßte und nahm die Flügel mit. Jetzt war alles wieder so wie vorher.

»Wo war denn Che?« wollte Arnolde wissen.

»Che?« fragte Chena verwirrt.

»Er ist in deinem Traum nicht vorgekommen.«

Chena blieb stumm, wußte offensichtlich nicht, was sie dazu sagen sollte.

»Du hast davon geträumt, eine Alizentaurin zu werden«, fuhr Arnolde fort. »Das ist es, was du dir in Wirklichkeit am meisten wünschst. Du hast dich nicht in Che selbst verliebt, sondern in die Vorstellung, wie er zu werden.«

»Aber ich kann doch niemals wie Che werden!« jammerte Chena.

»Bist du dir da ganz sicher?«

Sie sah in verständnislos an.

»Trent!« rief Metria. »Der Magier Trent! Der könnte sie verwandeln. Die brauchen ohnehin mehr Flugzentauren.«

Da begann sich Chenas Miene zu erhellen. »Du meinst, ich könnte mich verwandeln lassen?«

»Vielleicht brauchen wir den Magier Trent überhaupt nicht«, warf Arnolde ein. »Nimm einmal den grauen Stein aus deinem Beutel.«

Ohne zu verstehen, worum es ging, gehorchte Chena. Sie griff in ihren Beutel und holte den Stein hervor.

»Und nun träume wieder von deinem sehnlichsten Wunsch«, riet Arnolde. »Sprich ihn laut aus.«

Verwundert hielt Chena den Stein fest und schloß die Augen. »Ich wünschte, ich wäre eine Alizentaurin«, hauchte sie.

Einen Moment lang geschah nichts. Dann wiederholte sich der Traum, und erneut erschienen die Flügel.

»Und das, denke ich, ist wohl das Ende deines Steintalents«, schloß Arnolde. »Das war der Preis für deine Umwandlung.«

Chena riß die Augen auf. »Meine Umwandlung?«

»Mach mal einen Spiegel, Dämonin«, sagte Arnolde.

Metria verwandelte sich in eine breite, flache Oberfläche und ließ auf der Seite der Jungzentaurin eine Spiegelung erscheinen. Chena sah hinein – und wäre vor Schreck fast umgekippt. »Mein Traum existiert ja immer noch!«

»Weil es diesmal gar kein Traum war«, erläuterte Arnolde. »Diesmal hast du nämlich deinen Wunschstein genutzt.«

»Meinen …?«

»Als du dir einen ordentlichen Bogen und die dazugehörigen Pfeile gewünscht hast, hast du sie bekommen«, sagte er. »Als du dir ein freundschaftliches Gespräch wünschtest, hast du es bekommen. Als du dir wünschtest, von einem Ungeheuer verschlungen zu werden, ist auch prompt eins erschienen. Als du dir wünschtest, gerettet zu werden, hat Che es für dich getan. Und als du dir nun wünschtest, eine Alizentaurin zu werden, wurde dir auch das gewährt. Jetzt sind deine Wünsche in Erfüllung gegangen, da brauchst du deine Steinmagie nicht mehr. Deine Magie soll fortan die

Fähigkeit sein, sich selbst leicht genug zu machen, um fliegen zu können. Versuch es mal.«

Chena schnippte sich mit dem Schweif an die Flanke, wie sie es so häufig bei Che bemerkt hatte, er hatte es ja auch mit ihr getan, als er sie vor dem Sturz in die Spalte rettete – jenes herrlichste aller Erlebnisse. Dann spreizte sie die Flügel und schlug sie kräftig – um sich schließlich in die Lüfte zu erheben.

Die sechs Zuschauer brachen in Applaus aus.

12

Hetzjagd

»Wer steht denn als nächster auf deiner Liste?« wollte Kim wissen.

Metria öffnete ihren Beutel. Es waren noch zehn Marken übrig. »Ich weiß wirklich nicht, wie ich die alle noch rechtzeitig überreichen soll«, klagte sie. »Ich habe schon viel Zeit verbraucht, und die anderen sind über ganz Xanth verteilt.«

»Was du während dieser kurzen Zeit schon geleistet hast, ist aber auch durchaus beachtlich«, bemerkte Ichabod. »Wenn ich alles richtig verstanden habe, hast du es Prinzessin Nada Naga ermöglicht, einen Prinzen zu heiraten; du hast eine Lösung zur Bewältigung des Problems der Überlebensfähigkeit der Alizentaurenart aufgezeigt; du hast eine vierhundertjährige Entfremdung zwischen dir selbst und deiner Tochter aufgelöst; einen langjährigen Fluch rückgängig gemacht, der auf Schloß Roogna lastete; eine wichtige verschollene Geschichte der Könige Xanths wiederentdeckt – und dabei bist du noch nicht einmal fertig mit deiner Aufgabe. Das erinnert mich an mache dieser Schachaufgaben, die ich früher in der Zeitung gelesen habe, wo die Herausforderung darin besteht, daß Weiß einen Bauern gewinnen soll, wobei aber auf dem Weg dorthin Türme, Läufer, Springer und Damen verloren gehen und mit Schach matt gedroht wird. Immerhin wird zum Schluß tatsächlich der Bauer gewonnen.«

»Was ist denn ein Bauer?« wollte Metria wissen.

»Ein Bauer ist eine Schachfigur, die im allgemeinen für unbedeutend erachtet wird«, erläuterte Ichabod. »Manchmal entwickelt er sich allerdings zum Schlüsselelement der ganzen Partie. Ich möchte nur darauf hinweisen, daß manchmal erstaunliche Dinge geschehen können, und zwar als Ergebnis dessen, was zunächst wie eine ziemlich einfache Aufgabe aussieht. Es mag auch sein, daß der Simurgh dich als ein Vehikel benutzt, um eine Vielzahl wichtiger Dinge zu bewältigen.«

»Kurzum, die Dämonin könnte tatsächlich ein Bauer sein«, meinte Arnolde. »Im menschlichen Sinn.«

»Ich bin aber kein Mensch!« versetzte Metria empört.

»Gewiß nicht«, bestätigte Ichabod. »Obwohl du wirklich sehr danach aussiehst, wenn du möchtest.« Er warf einen Blick auf ihre Beine. »Jedenfalls halte ich es für angeraten, wenn wir dein Projekt mit Hilfe einiger Ratschläge unterstützen.«

»Ich könnte einen Rat gebrauchen, wie ich alle verbliebenen Vorzuladenden an einem Tag einsammeln kann«, antwortete Metria. »Dann hätte ich nämlich meine Aufgabe erfüllt, könnte mich etwas ausruhen und mir beim Guten Magier meine Antwort abholen.«

»Ganz zu schweigen von der Frage, wie die Vorgeladenen ins Namenlose Schloß kommen sollen«, ergänzte Arnolde.

»Und wie ihr beide ins Gebiet des Wahnsinns zurückkehren könnt«, fügte Jenny Elfe hinzu.

»Ganz genau«, bekräftigte Ichabod. »Also Metria, wünschst du diesen Rat?«

»Ja.«

»Husch hinüber nach Schloß Roogna und frage Prinzessin Electra, ob sie vielleicht ihren Mann Prinz Dolph für eine Weile loswerden will. Sie wird bestimmt einwilligen. Dann bittest du Dolph, die Form eines Vogels Roc anzunehmen, damit er die Vorgeladenen ohne Verzögerung zum Namenlosen Schloß bringen kann, sobald du ihnen deine Vorladung überreicht hast. Das läßt sich wohl alles an einem Tag bewältigen, sofern du sie so schnell ausfindig machen kannst und sie bereit sind mitzukommen.«

»Warum ist mir das nicht selbst eingefallen?« rief Metria und schlug sich mit der Hand gegen den Kopf, nachdem sie ihn eigens dafür erst in eine handliche Schuhsohle verwandelt hatte.

»Weil du eben keine Gelehrte bist«, erwiderte er.

»Ich bin gleich zurück«, sagte sie und sauste schnell zu Schloß Roogna hinüber.

Electra war draußen im Obsthain, adrett in Blue Jeans und übersät mit Sommersprossen, wie gewöhnlich. Besonders prinzessinnenhaft sah sie nicht aus, aber daran hatten sich die Schloßbewohner schon gewöhnt. Sie wässerte gerade die kleineren Pflanzen mit Hilfe eines Schlauchs, den sie an einen Hahenwurz angeschlossen hatte. Ihre vierjährigen Zwillinge Dawn und Eve spielten in einer kleinen Hauspflanze. Wenn diese erst ausgewachsen war, würden auch Erwachsene sie nutzen können, doch im Augenblick war sie noch von Kindergröße. Umringt wurde das Ganze von allerlei Käfern, weil die Kinder offensichtlich wünschten, daß ihr Spielhaus sich in einer Stadt befinden möge. Auch eine Schnellimbißkette hatte man darum gelegt, falls sie plötzlich hungrig werden sollten. Metria merkte, daß die Kinder ihre Talente einsetzten, um die besten Spielgeräte ausfindig zu machen, denn Dawn konnte alles über jedes Lebewesen in Erfahrung bringen, während Eve das gleiche mit unbelebten Dingen zu tun vermochte.

Doch schließlich wollte Metria ja nur Electra aufsuchen. »Hättest du etwas dagegen, Doph für ein paar Tage loszuwerden?« fragte sie die Prinzessin.

Electras normalerweise heitere Miene verdüsterte sich merklich. »Hast du niemanden anderen, den du unterhalten kannst, jetzt, da du verheiratet bist?« versetzte sie.

Metria erkannte, daß hier wohl ein kleines Mißverständnis vorliegen mußte. Electra erinnerte sich offensichtlich noch daran, daß Metria Prinz Dolph mit der Drohung aufgezogen hatte, ihm ihre Höschen zu zeigen. Merkwürdig, daß sich eine solche Banalität so fest ins Gedächtnis einschreiben konnte. »Ich versuche nicht, ihn zu verführen«, warf sie schnell ein. »Ich befinde mich im Auftrag des Simurghs auf einer Mission und brauche Transport für eine Reihe von Leuten, die ins Namenlose Schloß müssen, aber verstreut über ganz Xanth sind. Ich dachte, er könnte sich vielleicht in einen Vogel Roc verwandeln und sie für mich dort hinbefördern.«

»Ach so, ja, natürlich. Chena und Cynthia sind da, und Grey und Ida und Threnodia werden ebenfalls gehen. Alle sind neugierig zu erfahren, was Roxanne Roc nur angestellt haben kann, um einen solchen Prozeß verdient zu haben. Wenn das helfen sollte, das ganze Mysterium zu lösen, dann leih dir ruhig meinen Mann dazu aus.« Sie legte eine eigenartige Betonung auf die Wörter »meinen Mann«, womit sie andeutete, daß sie es alles andere als gelassen sehen würde, sollten wieder einmal Höschen zur Schau gestellt oder mit ihrer Zurschaustellung gedroht werden.

»Verstanden«, stimmte Metria zu. »Danke, Prinzessin.«

Sie huschte ins Schloß, wo Prinz Dolph gerade mit Hausarbeit beschäftigt war. Das ließ sie stutzen. »Wieso erledigst du hier Frauenarbeit?« wollte sie wissen.

Er blickte sie verlegen an. »Electra wollte eigentlich alles saubermachen, aber sie muß auch einige Pflanzen im Hain wässern, deshalb hat sie mich gebeten, es zu tun.«

»Und hat dich voll um den kleinen Finger gewickelt.«

»Ja.«

Metria nickte. »So gehört sich das auch. Aber wie wäre es mit einer kleinen Pause von solchen Aufgaben, so für ein, zwei Tage vielleicht?«

»Liebend gern! Aber Electra ...«

» ... hat schon ihre Erlaubnis gegeben. Du sollst dich für mich in einen Vogel Roc verwandeln, um Leute aus ganz

Xanth zum Namenlosen Schloß zu bringen. Bist du dazu bereit?«

Dolph wurde zu einem Baby Roc, weil ein ausgewachsener nicht ins Schloß gepaßt hätte. »Krächz!« sagte er begeistert.

Nicht schlecht. »Als erstes müssen wir ins nördliche Xanth, um ein paar Leute zu transportieren. Verwandle dich in etwas ganz Kleines, dann bringe ich doch dorthin.«

Er wurde zu einem Summvogel. »Summ-summ-summ-summ«, summte er in vier Tönen.

Vorsichtig schloß sie die Hand um ihn, dann sauste sie zurück zu der Gruppe im Nordwesten. Dort öffnete sie die Hand wieder und Dolph nahm seine natürliche Gestalt an.

»Das ist Prinz Dolph«, erklärte sie. »Er wird euch ans jeweilige Ziel bringen.«

»Hallo, Prinz Dolph«, sagte Kim. »Es freut mich, dich endlich mal kennenzulernen. Ich bin Kim Mundanierin.«

Dolph sah sie erstaunt an. »Mundanierin?«

»Dug und ich waren vor drei Jahren schon einmal in Xanth, als wir das Begleiter-Spiel gespielt haben, aber damals haben wir uns nicht kennengelernt.«

»Ach so, das Spiel, an dem Nada teilgenommen hat«, fiel ihm wieder ein.

»Und Jenny Elfe«, ergänzte Kim. »Sie waren unsere Begleiterinnen. Ich vermute, daß das Spiel die normalen Einwohner Xanths kaum berührt haben dürfte, aber was uns betraf, hat es unser Leben verändert.« Besitzergreifend nahm sie Dugs Hand.

»Schön, dann bringen wir doch als erstes einmal Arnolde und Ichabod zurück in den Wahnsinn«, entschied Metria forsch. »Danke für eure Hilfe, Leute.«

»Gern geschehen«, erwiderte Ichabod trocken. »Es war eine interessante Erfahrung.«

»Äußerst interessant«, stimmte Arnolde zu. »Aber es wird gut sein, wieder in den Wahnsinn zurückzukehren, wo die Dinge doch etwas ruhiger zu sein scheinen.«

Als Dolph wieder die Vogelgestalt des Roc annahm,

geschah es mit einem verwunderten Ausdruck. Sein riesiger Vogelkörper nahm nun den größten Teil der Lichtung ein, auf der sie sich befanden. Vorsichtig hob er die beiden mit seinen Klauen auf und spreizte die monströsen Flügel, da war er auch schon davongeflogen. Einer der Flügel berührte einen Baum und riß ihm einen Ast ab, doch inzwischen hatte der Vogel an Höhe gewonnen und flog eine Spirale am Himmel, um sich schließlich nach Süden zu wenden und zu beschleunigen. Sie vernahmen ein donnerndes Geräusch.

»Was war das denn?« fragte Jenny Elfe.

»Die Schallmauer«, erklärte Dug. »Diese großen Vögel fliegen ziemlich schnell.«

Kim kauerte nieder und strich mit der Hand über den Boden. Ein Schmierstreifen entstand.

»Was machst du da?« wollte Dug wissen.

»Eine Kabine«, erklärte sie. »Um darin zu fahren und damit wir nicht zwischen den Klauen des großen Vogels durchfallen, wenn er uns aufnimmt.«

Er nickte. »Gute Idee.«

»Ich könnte ja selbst dorthin fliegen«, warf Chena zögernd ein.

»Ja, wenn du den Weg kennst«, erwiderte Kim, »und Tempo mit dem Roc halten kannst. Nein, ich glaube, du solltest lieber mit uns kommen.«

»Ist gut«, antwortete die Zentaurin erleichtert.

Als der Roc zurückkehrte, hatte Kim bereits ein korbähnliches Gebilde gefertigt, groß genug, daß sie selbst, Dug, Jenny und Chena darin Platz fanden. »Eine Gondel«, sagte sie zufrieden. »Darin reisen wir bequemer.«

»Wollt ihr sofort zum Namenlosen Schloß«, fragte Metria, »oder lieber erst nach Schloß Roogna, wo ihr mit den berühmtesten Gestalten von Xanths zusammen in aller Bequemlichkeit die Zeit des Prozesses abwarten könnt?«

»Na ja, wenn du schon so fragst – ich würde Schloß Roogna jedenfalls liebend gern kennenlernen«, antwortete Kim. Sie blickte sich um. »Hat hier irgend jemand Einwände?«

»Ich war zwar schon da«, meinte Dug. »Aber es ist ein

wunderbarer Ort. Und dieser Obsthain ist wirklich etwas Besonderes.«

»Von mir aus gern«, bestätigte auch Jenny. »Vor allem, weil Che und Cynthia bereits dort sind.«

»Che?« fragte Chena wie vor den Kopf gestoßen.

»Du hast inzwischen Flügel bekommen«, erinnerte Kim sie. »Du brauchst ihn nicht mehr, um dir deinen Traum zu erfüllen.«

»Aber ich mag ihn immer noch, selbst wenn ...«

»Na und?«

»Die andere Frau ... Cynthia ...«

»Hat sich in den Magier Trent verliebt«, warf Metria ein, als ihr klar wurde, was der jungen Zentaurin Sorgen bereitete. »Genau wie Gloha Kobold-Harpyie. So etwas funktioniert zwar nicht immer, Freundschaften aber schon. Gloha war meine erste Freundin, und heute ist sie auch Cynthias Freundin. Sie werden alle am Prozeß teilnehmen. Mach dir deswegen keine Sorgen.« Tatsächlich war sie sich überhaupt nicht sicher, wie Chena und Cynthia wohl miteinander auskommen würden, doch das letzte, was sie jetzt gebrauchen konnte, war eine fliehende Chena.

»Vielleicht könntest du die Zeit auch nutzen, um einmal die Zentaurendörfer zu besuchen und zu fragen, ob auch andere Zentauren sich Flügel wachsen lassen wollen, wie du es getan hast«, fuhr Kim fort. »In dieser Hinsicht kannst du ja schon auf Erfahrung zurückblicken. Und außerdem wäre für dich der vollkommene Gefährte ein Zentaurenmann, der sich ebenfalls erst kürzlich Flügel zugelegt hat.« Sie lächelte. »Ein gutaussehender.«

Chena nickte nachdenklich. »Und Zeit, um welche kennenzulernen, ist auch genügend da, weil ich ja noch jung bin.«

»Also, dann!« warf Kim forsch ein. »Du bleibst also so lange bei uns, bis du dich woanders gemütlich eingerichtet hast. Immerhin müssen wir ja alle zusammen zu dem Prozeß, vergiß das nicht.«

»Ja«, stimmte Chena erleichtert zu.

Sie bestiegen die Gondel. Der Roc nahm sie auf, und diesmal quetschte sich auch Metria hinein, weil das leichter war, als einen fliegenden Roc verfolgen zu müssen.

»Das erinnert mich an meinen Heimflug in der Blase«, sagte Kim, ihren Hund Bläschen festhaltend, den sie auch in einer Blase gefunden hatte. »Nur daß es diesmal mehr Spaß macht, weil ich Xanth nicht verlassen muß.«

»Du bist in einer Blase nach Hause geschwebt?« fragte Dug. »Ich habe einfach nur mal kurz geblinzelt, dann war ich wieder in meinem Zimmer. Wie hast du überhaupt abgeschnitten?«

»Ich habe das Spiel gewonnen«, antwortete sie. »Gegen Ende sind wir auch durch den Schirm zurückgekehrt, genau wie du.«

»Ach, ja. Aber ich habe deine Nummer bekommen.«

»Allerdings«, bestätigte sie und gab ihm einen Kuß.

»Ich bin gleich zurück«, sagte Metria und zischte nach Hause. Es war Zeit, Veleno eine weitere Dosis schieren Entzückens zu verabreichen. Irgend etwas hatte sie daran erinnert.

Als Metria wieder von zu Hause aufbrach, waren die anderen schon längst auf Schloß Roogna eingetroffen. Im Anflug bemerkte sie zwei Flügelzentauren, die gerade das Schloß verließen. Rasch huschte sie zu ihnen hinüber – und erlebte eine Überraschung.

»Chena und Cynthia!« rief sie.

»Ach, hallo, Metria«, begrüßte Cynthia sie. »Ich zeige meiner Freundin Chena gerade die Umgebung. Von oben sieht schließlich alles anders aus, und ich möchte nicht, daß sie sich hier verirrt.«

»Deine Freundin?« fragte Metria etwas begriffsstutzig.

Cynthia lächelte. »Kameradin, Kollegin, Partnerin, Bekannte, Gefährtin ...«

»Aber was ist mit Che?«

»Der ist bei Gwenny Kobold«, antwortete Chena. »Die

spielen gerade eine Runde Schuhleute. Da hat Cynthia mir vorgeschlagen, daß wir zusammen einen kleinen Rundflug unternehmen sollten.«

»Wir haben vieles gemeinsam«, ergänzte Cynthia. »Wir sind beide aus anderen Formen entstanden. Und als ich Chena sah, wußte ich sofort, daß wir Freundinnen werden würden. Che hat mir alles über sie erzählt, wie nett sie ist und wie traurig er war, als sie fortging. Und jetzt hat sie auch noch Flügel! Es ist einfach wunderbar, Gesellschaft zu haben. Ich versuche gerade, sie dazu zu überreden, sich mir bei Ches Familie anzuschließen, nach dem Verfahren.«

Erst jetzt fiel Metria wieder ein, daß sich Electra und Nada Naga ebenfalls eng miteinander befreundet hatten, obwohl doch beide mit Prinz Dolph verlobt gewesen waren. Augenscheinlich war hier etwas Ähnliches im Gange. »Hört sich gut an«, meinte sie.

»Du hast mir die Sache mit den Freundschaften ja erklärt«, erwiderte Chena glücklich. »Die Sache mit Gloha, Cynthia und dem Magier Trent. Und du hast recht behalten. Wir haben vieles gemeinsam. Wir sind beide aus anderen Formen in eine neue übergewechselt, was uns zu etwas Besonderem macht, gleich, wie wir aussehen mögen.«

»Magier Trent«, wiederholte Cynthia, und ein Ausdruck liebevoller Sehnsucht überzog ihr Antlitz. »Das ist ein echter Mann! Ich weiß ganz genau, wie Gloha empfindet.«

»Die steht auf meiner Liste«, warf Metria ein. »Sie kommt als nächste an die Reihe.« Denn plötzlich verlangte es sie danach, ihre Freundin wiederzusehen.

»Nur zu«, meinte Chena. »Uns geht es gut, und Dug und Kim und Jenny ebenfalls. Electra zeigt ihnen gerade das Schloßgelände.«

»Wo ist denn Dolph? Ich brauche ihn.«

»Der ist auch irgendwo hier in der Gegend«, meinte Cynthia und sah sich um. »Ja – dort hinten.« Sie zeigte zu einer Gestalt am fernen Himmel hinüber.

»Danke.« Metria zischte auf sie zu.

Es war der große Vogel, der gerade mit Aufwinden spielte. »Krächz?« fragte er.

»Richtig. Ich nehme dich mit.« Metria streckte die Hand aus und ergriff die Spitze der winzigsten Rockralle.

Da war plötzlich der Sumpfvogel wieder da. Behutsam schloß sie die Finger um ihn. Dann sauste sie zum Nest von Gloha Kobold-Harpyie. Das befand sich in einem Kranbaum, einer der merkwürdigsten Baumarten Xanths, die so aussahen wie ein Netzwerk aus Metallträgern. Gloha lebte dort mit ihrem Mann Graeboe Riese, einem weiteren umgewandelten Flügelungeheuer.

»Metria!« rief Gloha und stob aus dem Nest, um sie zu umarmen. »Wie geht es Veleno?«

»Den habe ich mit einer großen Dosis schwindelerregender Glückseligkeit zu Hause gelassen, weil ich etwas zu erledigen habe. Und wie geht es Graeboe?«

»Genauso. Was hast du denn zu erledigen?«

»Ich muß Vorladungen für das große Gerichtsverfahren überbringen. Hier ist deine.« Sie holte Glohas Marke hervor.

»Oh, ohne Graeboe kann ich aber nicht kommen!« protestierte Gloha.

»Für den habe ich auch eine dabei.« Sie holte auch diese aus dem Beutel.

»Ach so. Dann ist ja gut.« Gloha nahm die zweite Marke in Empfang. »Wir werden dort sein. Wann und wo findet es denn statt?«

»Auf dem Namenlosen Schloß, in zehn Tagen.«

»Auf dem Namenlosen Schloß! Ist das nicht dort, wo ...?«

»Wo Roxanne Roc der Prozeß gemacht wird. Ihr gehört zu den Geschworenen.«

»Weil wir Flügelungeheuer sind«, begriff Gloha. »Sie hat ein Recht darauf, von ihren Artgenossen gerichtet zu werden. Also gut, wir kommen.«

»Ich wünschte, ich könnte länger bleiben, aber ich habe noch acht Vorladungen zu verteilen.«

»Wir sehen uns beim Prozeß«, sagte Gloha.

Metria fiel ein, daß sie noch immer Dolph in der Hand

hielt. Nun, das war kein Problem. Sie blickte auf ihre nächste Marke: MELA MEERFRAU – ZEUGIN. Also huschte sie zur Ostküste Xanths hinüber, wo Mela lebte.

Doch die war nicht da. Statt dessen entdeckte sie dort, wo der Fluß ins Meer mündete, eine ganz andere Meerfrau. »Wer bist du denn?« fragte sie.

»Wer will das wissen?« erwiderte die.

»Ich bin D. Metria, unterwegs im Auftrag des Simurgh.«

»Ach so. In diesem Fall werde ich dir wohl antworten. Ich bin Merci Meerfrau.« Sie griff ins Wasser und zerrte einen Menschenkopf an die Oberfläche. »Und das hier ist Cyrus Meermann. Er hat gerade mit meinem Schwanz gespielt.«

Da erinnerte sich Metria wieder an diese Verbindung. »Was macht ihr denn hier im Brackwasser?«

»Es ist das einzige Wasser, das wir beide vertragen«, erklärte Cyrus. »Ich bin eigentlich ein Süßwasserwesen und sie gehört ins Salzwasser, also treffen wir uns hier an der Grenze.«

»Unsere Kinder können aber beide Arten von Wasser vertragen«, warf Merci stolz ein.

»Das ist ja interessant. Ich suche allerdings Mela Meerfrau.«

»Oh, Mutter ist beim Prinzen Naldo Naga. Sie hat ihm ihre Höschen gezeigt und ...«

»Das weiß ich bereits. Wo sind sie denn?«

»Auf seinem prinzlichen Anwesen in den Nagahöhlen. Er hat dort Salzwasser für sie einpumpen lassen.«

»Oh. Danke.« Sie sauste zu den Nagahöhlen zurück, wo sie Jenny Elfe und Nada Naga getroffen hatte. Bald darauf entdeckte sie auch die Salzwasserhöhlen.

Da war auch schon Mela Meerfrau, die sich gerade im Wasser vergnügte.

»Iiieeekk!« kreischte sie, die vollendete Unschuld, obwohl es keinen Zweifel daran gab, daß ein weibliches Wesen von ihren Proportionen niemals unschuldig sein konnte.

»Ich bin es nur, D. Metria«, verkündete die Dämonin.

Mela sah sie an. »Ach, ich habe dich gar nicht gesehen.«

»Warum hast du denn dann gekreischt?«

»Naldo spielte gerade mit meinem Schwanz.«

Wie die Tochter, so die Mutter – beide besaßen unwiderstehliche Schwänze. »Ich muß dir eine Vorladung überstellen.«

»Ach ja? Wofür denn?«

»Du bist als Zeugin im Prozeß gegen Roxanne Roc geladen.«

»Den großen Vogel? Was hat sie denn angestellt?«

»Das weiß ich auch nicht. Aber ich hoffe, ich erfahre es im Laufe des Verfahrens.«

»Ich aber auch! Gut, ich werde da sein.« Sie nahm die Marke entgegen. »Wo findet es denn statt?«

»Im Namenlosen Schloß.«

»Und wie komme ich dorthin?«

»Prinz Dolph wird dich hinbringen.« Metria hob den Summvogel hoch.

Da teilte Prinz Naldos Haupt die Wasseroberfläche. »Das ist aber ein ziemlich kleiner Vogel, um meine Frau irgendwohin zu transportieren.«

Dolph nahm Rocgestalt an und kauerte sich am Rand des Wassers nieder. »Krächz!«

»Andererseits kann ich mich auch täuschen«, räumte Naldo ein. »Darf ich auch mitkommen?«

»Du stehst zwar nicht auf meiner Liste, aber ich denke, als Zuschauer wirst du schon dabeisein dürfen.«

»Dann gehen wir«, entschied er und nahm volle Menschengestalt an. »Sobald wir uns etwas Kleidung umgehängt haben.«

Mela spaltete den Schwanz zu Beinen, stieg aus dem Wasser, schüttelte sich in aller Pracht trocken und zog ein Paar Plaidhöschen an. Die Augen des Roc wölbten sich gefährlich stark hervor.

»Vielleicht noch ein paar weitere Kleidungsstücke«, meinte Naldo zögerlich.

Also legte sie ein halbwegs erotisches Kleid an, während er sich in eine prinzliche Robe hüllte. »Wir treffen uns mit euch an der Oberfläche«, sagte Naldo zu Metria. »Von hier wird der Roc kaum starten können.«

Das stimmte. Metria streckte die Hand aus, und wieder wurde aus dem Roc der Summvogel. Dann huschte sie zur Oberfläche hinauf, wo sie auf die beiden anderen warteten, die sich erst ihren Weg durch das Labyrinth der Nagahöhlen bahnen mußten und dementsprechend länger brauchten. »Hast du denn noch keine Höschen zu Gesicht bekommen?« fragte sie den Vogel.

Da erschien wieder Prinz Dolph. »Natürlich nur Electras. Die sind zwar ganz hübsch, aber ...«

»Aber niemand füllt seine Höschen so aus, wie Mela es tut«, beendete Metria seinen Satz. »Wenn ich mich richtig erinnere, hat sie dich sogar ohne schon einmal beinahe in den Wahnsinn getrieben, da warst du neun Jahre alt.«

»Ja. Das habe ich nie vergessen.«

»Das solltest du auch nicht«, meinte sie schnippisch. »Hätte sie dir damals ihre Höschen gezeigt, wäre es ein Verstoß gegen die Erwachsenenverschwörung gewesen. Deshalb habe ich dir meine auch nie gezeigt.«

»Ich weiß. Das war ziemlich frustierend.«

»Na ja, darum geht es ja schließlich bei der Verschwörung. Was soll aus Xanth werden, wenn Kinder alles zu sehen bekommen, was sie wollen, oder wenn sie niemals mitbekommen, daß man einige Dinge vor ihnen verbirgt?«

»Inzwischen begreife ich das ja. Aber damals nicht.«

»Weil Kinder es auch gar nicht begreifen sollen. Die müssen in aufgeregter Unwissenheit gehalten werden, damit sie argwöhnen, was ihnen entgeht. Was hätte es sonst für einen Sinn?«

»Überhaupt keinen«, bestätigte er.

Da öffnete sich eine Steinluke, und Mela und Naldo kletterten heraus. »Gehen wir«, entschied Naldo.

Dolph nahm Rocgestalt an und hob sie sanft in seine Klauen, dann schwang er sich gen Himmel. Doch er irrte sich und brachte sie nach Schloß Roogna statt zum Namenlosen Schloß.

»Ach, das macht nichts«, meinte Mela. »Dann warten wir eben hier bis zum Prozeß. Ich kann meine Freunde besuchen, und Naldo kann sich mit den königlichen Herrschaften vergnügen.«

»Soll mir recht sein«, stimmte auch der Prinz zu. »Vielleicht lerne ich ja einmal diesen Dämonenprinzen kennen, auf den meine Schwester es so abgesehen hat. Erst habe ich mir ja ihretwegen Sorgen gemacht, aber schließlich ist es doch noch ganz gut gelaufen.«

Metria widerstand der Versuchung, ihm zu erzählen, daß auch sie ihre Hand dabei im Spiel gehabt hatte, denn die Zeit war knapp und sie mußte weitermachen. Also begleitete sie die beiden nach Schloß Roogna und konzentrierte sich danach wieder auf ihre Aufgabe.

Die nächste Marke war für Okra Ogerin bestimmt. Das dürfte eigentlich kein Problem sein. Okra lebte zusammen mit Trümmer Oger im tiefsten, finstersten Urwald.

Metria huschte hinüber und merkte gleich, als sie in die richtige Gegend kam, denn das zeigte sich an den zu Brezeln verformten kleinen Bäumen, am argwöhnischen Aussehen der größeren sowie am eingeschüchterten Verhalten der mittelgroßen Drachen. So war das eben, wenn man einen Oger zum Nachbarn hatte. Okra hatte Trümmer Oger betört, obwohl sie bei weitem nicht häßlich, dumm oder stark genug war, dennoch hatte es funktioniert, weil er von allen drei Qualitäten mehr als genug für beide besessen hatte. Sie selbst glaubte, daß sie ihren Erfolg der Tatsache zu verdanken hatte, eine Hauptfigur geworden zu sein, denen nie etwas wirklich Unangenehmes zustieß.

Und tatsächlich, da stand auch schon ein Splitterhaus inmitten der ganzen Verwüstung, wo eine nicht allzu häßliche Ogerin gerade damit beschäftigt war, mit einem Stück Eisenholz Kastanien auf einem moosbewachsenen Stein zu zermahlen.

»Ich habe eine Vorladung für dich«, verkündete Metria. »Du bist als Zeugin zum Prozeß gegen Roxanne Roc geladen.«

»Ich glaube nicht, daß ich kommen kann«, meinte Okra. »Ich muß erst noch diese Kastanie hier zertrümmern, damit Trümmer sie essen kann und genug Kraft für seine allabendliche Dracheneinschüchterung hat.«

»Könnte er sie nicht schneller selbst knacken?«

»Stimmt, aber das würde den größten Teil der Kastanie vernichten. Wenn er sie zertrümmert, fliegen die Splitter meist meilenweit auseinander.« Sie lächelte verliebt. »Er ist und bleibt eben ein Oger! Also mache ich es für ihn, weil ich feinfühliger bin.« Sie drosch mit dem Holz auf die Kastanie ein. »Außerdem hilft er mir ja.«

»Tatsächlich? Wie denn?«

»Indem er die Unterlage abgibt, damit ich sie zertrümmern kann.«

Metria sah genauer hin. Erst jetzt bemerkte sie, daß das, was sie für einen moosbewachsenen Felsvorsprung gehalten hatte, in Wirklichkeit ein liegender Oger war, und daß die Kastanienzertrümmerung auf seiner Stirn stattfand. »Das ist aber nett von ihm«, brummte sie.

»Ja. Ohne ihn würde ich es überhaupt nicht schaffen.« Okra verpaßte der Kastanie einen weiteren Hieb, worauf sie endlich einen Riß bekam. Sie pulte das Fleisch heraus und sagte: »Sperr das große Maul auf, Liebster. Hier gibt es ein Leckerchen!«

Im Felsgestein erschien ein Riß, der beinahe einer Schlucht glich. Okra ließ das Kastanienfleisch hineinfallen. Eine Zunge erschien, während der Oger kaute, und dort, wo die Zähne mit dem steinharten Fleisch kämpften, sprühten die Funken. Keine Frage – dieser Oger würde wohl noch eine Weile beschäftigt sein.

»Der Prozeß findet ja nicht sofort statt«, fuhr Metria fort. »Aber vielleicht könntest du deinen Mann sogar mitbringen. Kann sein, daß er die Sache interessant findet, auf stumpfsinnige Art. Verhandlungsort ist das Namenlose Schloß.«

»Ach, an das kann ich mich erinnern!« meinte Okra. »Ja, das würde ihm wohl gefallen. Da könnte er auf diesem besonders zähen, verfestigten Wolkenmaterial herumkauen. Er war schon immer neugierig, was Wolken betrifft.«

Metria reagierte überrascht. »Ich dachte immer, wahre Oger wären viel zu dumm, um Neuger zu entwickeln.«

»Ach, das stimmt aber nicht!« protestierte Okra loyal. »Es heißt immerhin, daß Wolken vielleicht sogar noch dümmer sind als Oger, und da das kaum möglich scheint, sind die Oger deswegen natürlich ziemlich neugierig. Trümmer könnte der gesamten Ogerheit einen großen Dienst erweisen, indem er der Sache nachgeht.«

»Ich könnte euch beide gleich hinbringen«, schlug Metria vor. »Aber vergiß nicht: Er darf nicht das Schloß zertrümmern. Nur die umgebende Wolke.«

»Ich werde ein Auge auf ihn halten«, versprach Okra.

»Dolph?«

Der Summvogel in ihrer Hand verwandelte sich in den Roc. Dieser wiederum umklammerte die Füße des Ogers mit einem Satz Klauen, den Kopf mit dem anderen, und blickte sich um. Hier auf der Lichtung waren derart viele Bäume verwüstet, daß genug freier Platz zum Starten blieb. Der Vogel krächzte.

»Was tun?« fragte Metria begriffsstutzig.

»Krächz, krächz, krächz, krächz, krächz ...«

»Krächz?« schlug Okra vor.

»Was auch immer«, stimmte Metria ägerlich zu. »Steig auf.«

Doch Okra war schon damit beschäftigt, Trümmers Leib zu besteigen. Der Roc breitete die Flügel aus und sprang in die Luft, den steifen Oger in den Klauen haltend, auf dem Okra saß wie auf einer Plattform. Das große Ogermaul kaute noch immer auf der zähen Kastanie herum.

So folgen sie zum Namenlosen Schloß, wo sie Trümmer auf einer geeigneten, vorgeschobenen Wolkenbank deponierten. Dann nahm Dolph wieder die Summvogelgestalt an.

Trümmer setzte sich auf und stach mit einem Finger nach der Wolke, von ihrer Zähigkeit fasziniert. Das war offensichtlich kein gewöhnliches Wolkenzeug. Er beugte das Gesicht vor und biß ein Stück heraus. Das Zeug leistete Widerstand und gab nur langsam nach. »Bäh!« bemerkte er enttäuscht.

»Na ja, es hängt davon ab, auf welchen Teil der Wolke du beißt, Liebster«, erklärte Okra. »Das hier ist offensichtlich nicht der Teil, der Donner oder Blitze enthält. Aber beiß ruhig weiter, irgendwo muß dieser Teil ja sein.«

Metria nickte. Es gab hier mehr als genug Wolke, um seine Aufmerksamkeit eine ganze Weile zu fesseln. »Ich lasse dir Bescheid geben, sobald das Verfahren tatsächlich beginnt«, teilte sie Okra mit.

»Gern«, erwiderte die Ogerin und wandte sich ab, um das hochaufragende Schloß in der Mitte der Wolkeninsel zu bewundern.

»Und geh nicht zu dicht an die Kante. Das wäre ein ziemlich tiefer Sturz.«

»Ich weiß. Ich erinnere mich.« Okra winkte, als Metria davonhuschte.

Nachdem sie sich zu Hause kurz davon überzeugt hatte, daß Veleno noch immer glückselig über dem Bett schwebte, holte sie die nächste Vorladungsmarke hervor. Die war für Stanley Dampfer bestimmt.

Das dürfte kompliziert werden. Aber wenn es sein mußte, könnte sie immer noch seine Freundin Prinzessin Ivy dazubitten. Sie wußte selbst noch nicht so genau, wie sie ihn daran hindern sollte, während des Verfahrens die anderen Geschworenen einzudampfen und aufzufressen, aber ihre Aufgabe bestand schließlich nur darin, ihn dorthinzuschaffen.

Sie sauste zur Spalte hinüber. Plötzlich schoben sich rechts und links deren Wände in die Höhe und sie überschaute das einigermaßen angenehme Tal am Boden der Spalte, wo kleine Pelzbäume sich aufplusterten und ein verirrter Kränkelbaum auf Opfer lauerte. Sie konnte der Versuchung nicht widerstehen, ihn zu ärgern. Also sauste sie direkt darauf zu. »Ha ha, Kränkler, mich kannst du nicht krank machen. Ich bin eine Dämonin.«

Da vernahm sie ein leises Würgen. Oh – das war der Summvogel. Sie hatte Dolph ganz vergessen. Hastig jagte sie durchs Tal, verließ die Reichweite des krankmachenden Baums. »Tut mir furchtbar leid«, sagte sie. »Ich hatte ganz vergessen, daß du noch in meiner Hand warst.«

Dolph nahm seine gewöhnliche Gestalt an. Er sah aus, als sei es ihm gerade noch mit letzter Mühe gelungen, sich *nicht* zu übergeben. »Schnange«, keuchte er.

»Was?«

Er schluckte. »Reptil, Schuppenhäuter, Viper ...«

»Schlange?«

»Was auch immer«, meinte er matt, und es schien ihm schon besser zu gehen. »An deinem Bein.«

Metria blickte an sich herab. Tatsächlich, da war eine Strumpfbandschlange, die gerade ihr linkes Bein verschlang. Sie war unbeabsichtigterweise neben einem Miederbusch gelandet, worauf die Schlange hervorgekommen war, um ihr Bein zu umhüllen, wie es ihre Art war. Mit der Zeit würde sie das Bein bis zur Wade verdauen.

»Bäh!« Metria zerstob zu Rauch, und die Schlange fiel zu Boden. Dann bildete sich die Dämonin etwas abseits davon erneut aus. Sie hätte besser darauf achten sollen, wo sie landete. Zwar konnte eine solche Schlange ihr nichts anhaben, aber peinlich war die Sache doch.

»Ist das Stanley?« fragte Dolph und spähte durch das Tal.

»Sieht aus wie eine Schlange«, stimmte sie zu. »Aber nicht wie Stanley.«

Die Schlange kam näher. Ein Menschenkopf erschien anstelle des reptilischen. »Hallo.«

»Eine Naga!« sagte Dolph.

»Ja«, erwiderte die Naga. »Vielleicht könntest du mir helfen. Ich glaube, ich habe mich verirrt.«

»Natürlich«, erwiderte Dolph. »Ich habe die Naga immer gemocht. Ich bin Prinz Dolph von den Menschen, und das ist die Dämonin Metria. Was kann ich für dich tun?«

Die Schlange nahm Menschengestalt an. Es war eine junge Frau, durchaus anziehend nach Art jener, die ihr

Äußeres beliebig zu gestalten wußten. Kleidung besaß sie keine, weil sie in ihrem Naturzustand ebenfalls keine trug. Dolphs Augen taten dasselbe wie bei allen Männern, sie versuchten aus ihren Höhlen zu springen. Metria kam der Gedanke, daß die männliche Anatomie schlecht durchdacht war – ihre Augenhöhlen waren viel zu klein.

»Ich bin Anna Conda«, sagte die Naga. »Ich bin unterwegs zu den nördlichen Nagahöhlen, auf der unterirdischen Strecke, aber dieses Gebiet erkenne ich nicht wieder.«

»Das liegt daran, daß du dich in der Spalte befindest«, warf Metria ein. »Du bist zu früh an die Oberfläche gekommen.«

»Ach, die Spalte! Die hatte ich ganz vergessen!«

»So etwas kommt vor«, meinte Dolph. »Kann sein, daß es hier noch Überreste von dem achthundertjährigen Vergessenszauber gibt, der einmal auf der Spalte lag. Vielleicht bist du hineingeraten. Du brauchst einfach nur in die Höhlen zurückkehren und dich nach Norden zu halten, dann kommst du schon ans Ziel.«

»Das werde ich tun. Danke.« Schnell nahm sie wieder volle Schlangengestalt an, schlüpfte in ein Erdloch und verschwand.

Prinz Dolph schüttelte den Kopf. »Natürlich bin ich glücklich mit Electra«, sagte er. »Aber manchmal frage ich mich doch, wie es wohl mit Nada Nage geworden wäre.«

»Die liebt dich nicht«, erinnerte Metria ihn. »Electra schon.«

Er nickte. »Ja, das stimmt.«

Wie die meisten jungen Männer konnte er kaum über die körperliche Seite eines Mädchens hinausblicken, vor allem, wenn es zufälligerweise nackt war. Das war es ja gerade, was die Menschenmänner zu einer leichten Beute für Dämoninnen machte. »So, jetzt wollen wir mal Stanley suchen gehen.«

»Natürlich.« Er sah noch einmal zu dem Loch hinunter, in dem die Naga verschwunden war, als wäre er versucht, Schlangengestalt anzunehmen, um sie zu verfolgen, doch dann wurde er wieder zum Summvogel.

Metria nahm ihn in die Hand und schwebte hoch genug, um die Spalte besser zu überblicken. Dann nahm sie die Vorladungsmarke in die freie Hand und folgte ihrem Zug. So sauste sie in die richtige Richtung.

Kurz darauf erblickte sie den Spaltendrachen, der gerade vor sich hin*wompte*. Stanley war inzwischen voll ausgewachsen, ein langer, sehniger, leicht geflügelter, grüner Drache mit sechs Beinen. Die Beine waren zu kurz, um ordentliche Geschwindigkeiten zu entwickeln, weshalb er eben *wompte*: Er hob den vorderen Teil seines Körpers, schleuderte ihn nach vorn, setzte damit auf und zog den Rest des Körpers in einem Bogen hinterher. Das sah zwar umständlich aus, brachte ihn aber schnell ans Ziel. Hatte der Drache es erst einmal darauf abgesehen, gab es kaum ein Tier, das ihm in der Spalte entkommen wäre. Und wen seine Zähne nicht erreichten, der ließ sich mit einem sengenden Dampfstrahl niederstrecken. Tatsächlich war der Spaltendrache eine der gefürchtetsten Kreaturen Xanths.

Nur wenige Leute fürchteten sich nicht vor ihm. Dazu gehörte natürlich auch Metria, weil sie eine Dämonin war. Prinz Dolph zählte auch zu ihnen, weil er nach Belieben Drachengestalt annehmen konnte und weil er und Stanley Dampfer seit ihrer Kindheit miteinander befreundet waren.

Also ging sie im Schwebeflug in die Tiefe. »Hallo, Stanley!« rief sie.

Der Drache hielt inne, hob die Schnauze. Er stieß ein Dampfwölkchen aus.

»Nun mach mal keinen heißen Dampf«, sagte sie. »Ich bin es, Metria. Und Prinz Dolph.« Sie öffnete die Hand, worauf Dolph seine Menschengestalt annahm und zu Boden sprang.

Stanley erkannte ihn. Dolph kam auf ihn zu und schlang die Arme um den Drachen. Sie wälzten sich umher, rangen miteinander, kitzelten sich gegenseitig. Es war eine Umarmung, wie sie sonst kaum jemand in Xanth gewagt hätte. Aber sie hatten eben ihre Kindheit miteinander geteilt, auch wenn es für Stanley die zweite gewesen war. Er war vor mehr als dreißig Jahren mehr oder weniger unfreiwillig als Folge eines kleinen Mißgeschicks verjüngt worden. Stanley hatte daraufhin die Position eines Haustiers von Prinzessin Ivy eingenommen, bis die Zeit für ihn gekommen war, wieder seine Aufgabe als Spaltenwächter anzutreten.

In Xanth gab es drei Grundtypen von Drachen: Feueratmer, Raucher und Dampfer. Die Feuerdrachen wurden am meisten gefürchtet, tatsächlich aber waren die Raucher noch gefährlicher, weil sie mit ihrem Rauch andere blenden und ersticken konnten, vor allem an geschlossenen Orten. Die Dampfer kamen am seltensten vor, genossen aber stets Respekt.

Nachdem die beiden sich beruhigt hatten, streckte Metria die Marke aus. »Ich habe eine Vorladung für dich, Stanley«, verkündete sie. »Du sollst als Geschworener beim Prozeß gegen Roxanne Roc teilnehmen.«

Die Ohren des Drachen stellten sich verblüfft auf. Eins davon war kürzer als das andere; das stammte noch aus der Zeit, als Krach Oger ein Stück davon abgebissen hatte, was nicht einmal durch die Verjüngung rückgängig zu machen gewesen war. Die Schnauze nahm einen verwunderten Ausdruck an.

Dolph gab sich die Gestalt eines kleinen Drachen und knurrte ihn an. Drachensprache war nicht gerade Metrias Stärke, doch sie wußte, daß Dolph ihm gerade die Situation in allen Einzelheiten schilderte.

Stanley antwortete knurrend. Dann nahm Dolph wieder Menschengestalt an. »Er sagt, er muß erst seine Familie fragen.«

Dagegen konnte Metria nichts sagen. »Gut, dann gehen wir sie fragen.«

Stanley führte sie zu einem tiefen Seitenausläufer der Hauptspalte. Dort fanden sie eine weitere ausgewachsene Drachin vor, ebenso einen Babydrachen. Davon hatte Metria überhaupt nichts gewußt. Ein Anflug von Neid überkam sie. Sogar Drachen wußten die Aufmerksamkeit des Storchs zu erregen, während ihr selbst dies versagt blieb. Aber das Baby war süß.

»Seine Partnerin, Stella Dampfer, und ihr Sohn, Steven Dampfer«, stellte Dolph vor, wobei er das Baby unterm Kinn kitzelte. Steven stieß etwas warme Luft aus, was man zwar noch nicht als wirklichen Heißdampf bezeichnen konnte, aber es wirkte immerhin vielversprechend.

»Stanley steht zwar auf meiner Vorladungsliste, aber ich weiß nicht, ob auch seine ganze Familie im Namenlosen Schloß willkommen wäre«, meinte Metria zweifelnd.

»Stella sagt, daß irgend jemand die Spalte bewachen muß«, verkündete Dolph. »Sie wechseln sich normalerweise ab, wobei derjenige, der gerade keine Schicht hat, sich um Steven kümmert. Wenn Stanley zum Prozeß kommen muß, wird er Steven mitnehmen müssen, weil Stella nicht gleichzeitig *wompen* und auf das Baby aufpassen kann.«

Metria überlegte. »Laß mich das Kleine mal sehen«, sagte sie schließlich.

Dolph hob den kleinen Drachen auf und überreichte ihn der Dämonin. Die nahm ihn entgegen, und die kleine Schnauze streichelte ihren Hals mit warmem Dampf. Plötzlich verlor sie die Beherrschung. »Ach, du bist ja ein kleines, süßes Ding!« rief sie und preßte Steven eng an sich. Sie sehnte sich so sehr nach einem eigenen Kind.

»Ich denke, Steven dürfte beim Prozeß ganz gut durchkommen«, bemerkte Dolph. »Falls deine Reaktion einigermaßen typisch sein sollte.«

»Das wird wohl so sein«, stimmte sie zu und verpaßte Steven einen Kuß auf die süße Schnauze. »Es gibt schließlich kaum etwas Süßeres als ein Drachenbaby. Wann können sie kommen?«

Dolph beriet sich mit Stanley. Schließlich entschieden sie, Stanley und Steven unmittelbar vor dem Prozeßtermin aufs Namenlose Schloß zu befördern, damit der Familienalltag so wenig wie möglich gestört wurde.

Nur zögernd setzte Metria den kleinen Drachen wieder ab. »Ich muß noch weitere Vorladungen verteilen«, sagte sie, als sie bemerkte, daß die Abenddämmerung es sich zu überlegen begann. »Das ist eine richtige Hetzjagd.«

»Wer ist denn noch übrig?« wollte Dolph wissen.

Sie prüfte die fünf verbliebenen Marken. »Mark Knochen und Sherlock Schwarz sind wohl als nächste dran, glaube ich.«

»Das sind beides Familienväter. Die solltest du wohl morgen aufsuchen.«

»Wahrscheinlich hast du recht. Es bleiben mir ja noch ein paar Tage bis zum Beginn der Verhandlung.«

»Schön, wenn du nichts dagegen hast, fliege ich jetzt zu meiner Frau zurück«, meinte er.

»Dann bis morgen«, erklärte sie ihr Einverständnis.

Er verwandelte sich in den Roc, spreizte die Flügel und schwang sich mit kräftigen Bewegungen dem Streifen aus Tageslicht entgegen, der sich über der Spalte zeigte.

Mit einem Winken verabschiedete Metria sich von der Dampferfamilie und zischte nach Hause. Sie brauchte zwar keine Ruhepause einzulegen, doch würde es ihr trotzdem guttun, ein wenig auszuspannen.

Diese Tätigkeit war gar nicht so übel. Morgen würde sie ihre Vorladerei zu Ende geführt haben, lange vor dem vorgesehenen Termin.

13

MPS

Am Morgen kümmerte sie sich um Alltäglichkeiten, versorgte ihren Ehemann mit einer weiteren Tagesdosis Glückseligkeit und überprüfte noch einmal ihre Vorladungsmarken.

Überrascht stutzte sie. Sie hatte eigentlich geglaubt, daß noch fünf übrig seien, hatte aber offensichtlich nicht sorgfältig genug nachgezählt. Tatsächlich waren es nur vier: eine für das wandelnde Skelett, eine für den Schwarzen Mann sowie eine für den Simurgh selbst. Dazu die geheimnisvolle unmarkierte. Doch inzwischen war darauf eine Inschrift erschienen: MPS. Und auf der Rückseite: ZEUGE.

Die letzte Marke hatte sich inzwischen also selbst identifiziert! Na, dem würde sie wohl am besten sofort nachgehen, weil sie keine Ahnung hatte, wer MPS sein mochte, was wiederum bedeutete, daß sich der Betreffende möglicherweise nur schwer aufstöbern ließ.

Sie nahm die Marke hoch, um zu sehen, in welche Richtung der Zug ging. Dieser war sehr eindeutig, also steckte sie sie wieder weg und huschte zum Schloß Roogna hinüber, um Prinz Dolph abzuholen.

Der rieb sich gerade den Schlaf aus den Augen. »Der letzte Tag, wie?« fragte er träge. »Da bin ich aber froh.«

»Ich auch«, meinte sie. »Es war zwar eine interessante Erfahrung, aber ich bin doch ganz glücklich, wenn ich alles erledigt habe.«

»Da fällt mir wieder etwas ein«, sagte er. »Hast du mir überhaupt jemals erzählt, warum du das alles tust? Ich meine, klar, um deinen Dienst für den Guten Magier abzuleisten. Aber welche Frage hast du ihm gestellt?«

»Wie ich die Aufmerksamkeit des Storchs errege«, gestand sie. »Ich kenne zwar sämtliche Bewegungsabläufe, aber bisher hat der Storch mich geflissentlich ignoriert.«

»Ach so«, meinte er und blickte einigermaßen verlegen drein. Er war zwar einundzwanzig Jahre alt, verheiratet und selbst Vater, hatte sich aber doch eine gewisse, liebenswerte Naivität bewahrt. »Na schön, dann laß uns jetzt Sherlock und Mark holen gehen.«

»Es ist etwas vorgefallen«, sagte sie. »Ich hatte ursprünglich eine leere Marke dabei. Jetzt trägt sie plötzlich einen Namen. MPS, Zeuge. Im Norden.«

»Wer ist denn MPS?«

»Keine Ahnung. Aber die Marke sollte uns eigentlich zu ihm führen.«

»Dann gehen wir.« Er verwandelte sich in den Singvogel, worauf sie ihn wieder in die Hand nahm und nach Norden huschte.

Sie landete sicher nördlich des Nichts – doch da zog die Marke plötzlich gen Süden. Hm – das könnte Probleme geben. Nichts kam jemals unversehrt aus dem Nichts heraus, außer den Nachtmähren. Selbst als Dämonin wagte sie es nicht, den Ereignishorizont des Nichts zu überqueren, weil sie dann einer Nachtmähre eine halbe Seele abgeben mußte, damit diese sie wieder hinaus ins Freie trug – aber mehr als eine halbe Seele besaß sie nun einemal nicht. Und die würde sie bestimmt nicht aufgeben.

Doch als sie sich dieser gefürchteten Grenzlinie näherte, zog die Marke sie nach unten. Nach unten – einem Kürbis entgegen. Das war ja beinahe ebenso schlimm! Normalerweise betraten die Leute das Kürbisreich, indem sie in ein

Guckloch spähten; und wenn der Körper dabei auch draußen verblieb, blieb die Seele doch im Innern so lange eingesperrt, wie der Blickkontakt gehalten wurde – und der ließ sich nicht mehr aus eigener Kraft lösen. Wer also das Traumreich aufsuchen wollte, brauchte einen Freund, der zur vereinbarten Zeit den Blickkontakt unterbrach, indem er einen Finger auf das Guckloch legte und den Besucher solcherart befreite. Das funktionierte allerdings nicht bei Dämonen, die ja keinen dauerhaften physischen Körper besaßen; die betraten das Kürbisreich mit ihrer gesamten Persönlichkeit und konnten es daher auch nicht mehr ohne Hilfe des Nachthengstes wieder verlassen. Und Trojan, das Pferd der Anderen Farbe, hatte für Dämonen nicht allzuviel übrig. Was sollte sie also tun?

Nun, immerhin war sie im Auftrag des Simurghs unterwegs, das würde sie dem Pferd eben mitteilen müssen. Auf jeden Fall dürfte es recht interessant werden, das Traumreich ein wenig zu erkunden.

»Dolph, es sieht so aus, als müßte ich in den Kürbis«, verkündete sie. Vielleicht solltest du also lieber nach Hause zurückkehren, dann komme ich wieder, sobald ich hier fertig bin und dich wieder brauche.«

»Ich weiß ja nicht«, meinte er und nahm menschliche Gestalt an. »Der Kürbis ist ziemlich gefährlich, selbst für Dämonen. Vielleicht sollte ich dich doch besser begleiten.«

»Aber dann müßte dein Körper doch hier draußen zurückbleiben«, wandte sie ein. »Und aus eigener Kraft könntest du den Blickkontakt nicht mehr unterbrechen.«

»Das stimmt nicht so ganz«, widersprach er. »Ich habe nämlich einen Passierschein für den Kürbis. Der Hengst erlaubt mir jederzeit den Besuch. Es stimmt, ich möchte meinen Körper nicht ungeschützt zurücklassen müssen.« Er blickte sich um. »Vielleicht könnte ich ja eine gesicherte Gestalt annehmen, dann würde es gehen.«

»Eine gesicherte Gestalt?«

»Irgendein Wesen, das niemand behelligen wird. Beispielsweise eine Schlange.«

»Eine was?«

»Reptil, Schuppenhäuter, Viper ...«

»Ich weiß schon, was eine Schlange ist! Aber dann könnte jemand auf dich treten.«

»Nicht, wenn ich die richtige Schlangenart aussuche. Beispielsweise eine Buschmeisterin.«

»Aha. Ja, vielleicht.«

»Ich werde meine Gestalt verändern. Und du stellst den Kürbis für mich auf.« Er verwandelte sich in einen Busch mit reptilischen Schuppen und giftigem Laubwerk. In diesem Zustand würde ihn wirklich niemand behelligen.

Metria drehte den Kürbis herum, bis eins seiner Gucklöcher sich auf eins der Buschaugen richtete. Als der Busch sich versteifte, wußte sie, daß es funktioniert hatte. Nun löste sie sich selbst in Dampf auf und drang vorsichtig durch das Guckloch ein, darauf bedacht, Dolphs Sichtlinie nicht zu unterbrechen.

Innen war es dunkel und feucht. Sie konnte nichts sehen, also ließ sie an ihre Nasenspitze eine Glühbirne entstehen. Die Birne saugte die Dunkelheit auf und warf das Licht zurück, so daß alles halbwegs sichbar wurde.

Metria trieb tief unten in einem salzgrünen Meer. Irgendwo weit oben mochte es auch eine Oberfläche geben, doch die schien viel zu weit entfernt zu sein, um sich damit abzugeben. Von Dolph war nichts zu sehen, aber da er ja seine Gestalt hier drin ebenso verändern konnte wie im normalen Leben, war er vielleicht zu einem Fisch geworden, der vor ihr das Gebiet erkundete. Das Meer schien tatsächlich einen Grund zu haben, und auf diesem ruhte eine große verzierte Vase. Metria hatte keine Vorstellung, was sich darin befinden mochte, also formte sie einen Knöchel aus und klopfte dagegen.

Ein Kopf schoß hervor. »He?« fragte er. »Wer hat da an meine Urne geklopft?«

»Entschuldigung«, erwiderte Metria. »Ich wußte nicht, daß es verboten ist, gegen Urnen zu klopfen.«

Er starrte sie an. »Was für eine Kreatur bist du denn?«

»Ich bin die Dämonin Metria.«

Er sah enttäuscht aus. »Ach so. Eine von denen.«

Giftig gab sie zurück: »Was soll denn daran verkehrt sein?«

»Nichts, außer das du nur die Hälfte von dem bist, was ich mir gewünscht habe. Aber so ist das ja immer.«

Das versetzte ihre Neugier in Wallung, die dazu ohnehin nur selten eines besonderen Anstoßes bedurfte. »Du bekommst immer nur deine halben Wünsche erfüllt?«

»Ja. Ich bin Hal Halbling, ich trete in Alpträumen auf. Mein Schicksal ist es, immer nur die Hälfte dessen zu bekommen, was ich mir wünsche, egal was es ist. Diesmal habe ich mir anständige Gesellschaft gewünscht, und statt dessen habe ich dich bekommen.«

Metria nickte. »Und ich bin nun einmal unanständige Gesellschaft, so viel ist sicher. Nicht nur, daß ich keine richtige Person bin, ich besitze auch nur eine halbe Seele, und außerdem bin ich nicht gekommen, um hierzubleiben.«

»Ganz genau. Ich dachte, ich könnte mein Schicksal austricksen, indem ich mir Xanths schönste und willigste Frau wünsche, in der Hoffnung, dann wenigstens eine ganz gewöhnliche zu bekommen, aber es wurde schon wieder alles so halbiert, daß es mir nichts bringt. Alles umsonst xanthizipiert.« Er seufzte.

»Na schön, dann ist das eben deine Lektion im Fach Xanthropologie«, meinte sie. »Ich könnte die Gestalt von Xanths schönster Frau annehmen, aber mir ist nicht danach. Ich studiere die Männer zwar, versuche aber nur einen wirklich zufriedenzustellen, und das bist nun einmal nicht du.«

»Ganz offensichtlich. Ich weiß selbst nicht, warum ich ständig neue Wünsche formuliere, obwohl es immer schiefgeht.«

»Was war denn dein erster Wunsch?«

»Ich wollte ein Schlaumeier werden.«

»Das erklärt wohl alles.«

Er sah sie säuerlich an. »Ich würde mir ja wünschen, daß du abhaust, aber ...«

»... aber dann könnte eine Hälfte von mir zurückbleiben, um dich zu belästigen«, beendete sie den Satz für ihn. »Ich begreife dein Problem. Tatsächlich habe ich sogar vor zu gehen, sobald ich meinen Partner wiedergefunden und mir eine Möglichkeit gesichert habe, mich hier ungehindert zu bewegen.«

»Na klar, verlaß mich ruhig«, meinte Hal und schnitt eine Grimasse.

»Ist das nicht, was du wolltest?«

»Nein. Was ich wollte, war gute Gesellschaft.« Er riß sich ein Haarbüschel aus. »Warum kann ich eigentlich nie kriegen, was ich möchte?«

»Vielleicht hättest du dir lieber wünschen sollen, deine Gefühle in den Griff zu bekommen«, schlug Metria vor.

»Das habe ich. Ich kann sie nur halbwegs beherrschen.«

»Schade nur, daß du nicht die Gefühle anderer kontrollieren kannst.«

»Da würde ich auch nur die falsche Hälfte erwischen.«

»Sie hielt inne, ging einer Idee nach, die ihr gekommen war. »Vielleicht solltest du ja einen Wunsch für mich formulieren.«

»Du würdest doch nur die Hälfte davon bekommen.«

»Wer weiß. Begrenzte Wünsche haben durchaus ihren Nutzen. Wünsch mir, daß mein Schiff einläuft.«

Er zuckte die Schultern. »Wie du möchtest. Ich wünsche, daß dein Schiff einläuft.«

Ganz verschwommen in der Ferne erschien ein Licht. Es erwies sich tatsächlich als eine Art von Schiff, nur daß es tief unter der Wasseroberfläche dahinsegelte. »Was ist denn das?« fragte Metria.

Eine Luke ging auf. »Ein gelbes U-Boot«, erklärte Dolph in menschlicher Gestalt. »Ich hatte Fischgestalt angenommen, auf der Suche nach einer besseren Fortbewegungsmöglichkeit. Da habe ich das hier herumliegen sehen, deshalb habe ich es mitgebracht. Es erlaubt uns bequemes Reisen.«

»Siehst du?« fragte Hal. »Das ist ein halbes Schiff. Halb versunken.«

»In der Tat«, bestätigte Metria und schwebte durch die Luke. »Sag mal, wieso können wir uns hier unter Wasser überhaupt normal unterhalten?«

»Wir befinden uns im Traumreich«, erklärte Dolph. »Hier gelten die üblichen Gesetze nicht.«

»Das stimmt, ich hatte es schon vergessen.« Sie ließ sich im Innern des U-Boots am Boden nieder, während Dolph die Luke schloß. Hier drinnen war es auf wunderbare Weise trocken, durch Luken konnte man in das umgebende Meer hinausblicken. Außerdem sah das Innere durchaus bewohnt aus, so als hätten mehrere, nicht ganz stubenreine Personen hier einen Teil ihrer Zeit zugebracht.

»Wohin zeigt denn deine Vorladungsmarke?« wollte Dolph wissen.

Metria holte sie hervor. »Dort entlang«, sagte sie schließlich.

Er lenkte das Tauchboot in die angezeigte Richtung. Dann beschleunigte es und raste durch das Wasser.

Plötzlich trocknete das Meer aus. Es endete nicht einfach, es verdünnte sich lediglich zu Luft. Dem U-Boot war das egal – es schwebte statt dessen eben durch die Luft weiter. »Das ist eine ziemlich schöne Maschine«, bemerkte Dolph. »Ich verstehe überhaupt nicht, warum jemand die weggeworfen hat.«

»Da draußen ist ein Mann«, warnte Metria. »Fahr ihn nicht um.«

Das Luftschiff verlangsamte sein Tempo, doch da wurde der Mann zu einem Drachen und schnappte danach. »Oh ... ein Wehrdrachen«, sagte Dolph. Er öffnete die Luke. »He, schnapp nicht nach uns! Wir sind nur auf der Durchreise.«

Der Mann erschien wieder. »Oh, tut mir leid. Ich dachte, das wäre ein Eindringling aus Mundania.«

»Schon in Ordnung«, meinte Dolph. »Ich bin Prinz Dolph von Xanth. Wer bist du, und was machst du hier?«

»Ich bin Jay. Mein Vater war Mensch, meine Mutter ein Feuerdrachen. Ich habe mich weder bei der einen noch bei der anderen Art so richtig wohlgefühlt, also habe ich mir diese Tätigkeit besorgt und schmücke nun Alpträume aus. Meine Instruktionen nehme ich in menschlicher Gestalt an, um sie dann in meiner Drachenphase auszuführen. So hat man immerhin sein Auskommen.«

»Kennst du irgend jemanden hier namens MPS?«

Jay kratzte sich am Kopf. »Es gibt hier ein paar ziemlich komische Leute, aber den Namen erkenne ich nicht wieder. Vielleicht weiß der Cyborg es ja.«

»Der Cyborg?«

»Der ist halb Tier, halb Maschine. Wirklich komisch. Ich glaube, heute ist er gerade dabei, Pflanzen aufzubrechen. Fahrt einfach weiter, dann werdet ihr seinen Misthaufen schon früh genug finden.«

»Danke.« Das U-Boot schwebte weiter.

Da gelangten sie an ein Schild: KISTE RAUFEN.

»Wir sollten wohl besser ausweichen«, riet Metria. »Ich finde, das verheißt nichts Gutes.«

Das U-Boot steuerte nach links. Da war schon wieder ein Schild: VERSEHRT.

Metria sah sich um, konnte aber keinerlei Schäden am Boot feststellen. »Das sieht recht merkwürdig aus.«

Also schwenkte das U-Boot statt dessen nach rechts. Diesmal gelangten sie an ein Schild mit der Aufschrift: WICHTSICHTIG.

»Ich habe dir ja gesagt, daß das hier ein komischer Ort ist«, meinte Dolph. »Wir sollten besser noch einmal nachfragen.«

Sie stießen auf eine Frau, die gerade ein Schild bemalte. Dolph öffnete die Luke. »Hallo – ich bin Prinz Dolph von Xanth. Ich glaube, wir haben uns verfahren. Kannst du uns helfen?«

»Ich bin Weib Quäler«, erwiderte sie. Natürlich kann ich euch helfen. Aber warum sollte ich?«

»Ganz einfach: Je schneller wir gefunden haben, wonach wir suchen, um so schneller sind wir auch wieder weg.«

Weib Quäler nickte anerkennend. »Das ist mir die Sache

wert, Drinz Polf. Korrigier einfach meine Schilder, dann dürfte dir der Erfolg winken.«

»Drinz Polf?« wiederholte er verständnislos.

»Weib Quäler!« rief Metria. »Schreibfehler! Das ist also an den Schildern verkehrt!«

Seine Miene hellte sich auf. »Ach so, na gut!« Er schloß die Luke und lenkte das U-Boot wieder zurück.

»NICHT RICHTIG«, las Metria, das dritte Schild berichtigend. »VERKEHRT«, deutete sie das zweite. »Und MISTHAUFEN. Dort müssen wir hin!«

Und tatsächlich fanden sie einen Maschinenmann mit einem Stück Holz, umringt von Käfern. Die berührte er mit dem Holz, worauf sie BLumen zu Mist verarbeiteten. Es waren nicht mehr allzuviele Blumen da, und der Misthaufen hatte ein beachtliches Ausmaß angenommen.

Dolph öffnete die Luke. »Du mußt der Cyborg sein«, sagte er. »Aber warum vernichtest du diese Blumen?«

»Die gehörten zur letzten Aufnahme«, erklärte der Cyborg. »Da haben mehrere Träumer die Blumen von unten betrachtet. Jetzt müssen wir sie wiederverwerten, deshalb benutze ich das Umkehrholz, damit die Mistkäfer sie wieder in Mist verwandeln können.«

»Das klingt ganz vernünftig, jedenfalls im Traum«, meinte Metria. »Aber ich glaube, ich sehe da noch eine andere Art.« Sie schwebte hinaus und nahm einen Floh auf. »Dem setze ich einen Floh ins Ohr«, sagte sie, an Dolph gewandt. Dann plazierte sie den Floh tatsächlich ins Ohr des Cyborgs und flüsterte ihm etwas zu.

»Aber natürlich!« sagte der Cyborg plötzlich. »Einfach dort entlang.« Er zeigte in eine Richtung.

Dolph setzte das U-Boot wieder in Bewegung. »Was hast du getan?«

»Ich habe eine Andeutung fallen lassen«, erklärte sie. »Das war nämlich ein Andeutungsfloh. Nachdem ich ihm den ins Ohr gesetzt hatte, mußte er mir die Wahrheit sagen.«

Sie setzten die Fahrt fort. Die Landschaft zerfaserte in

einer Art fransiges Nichts, das von bunten Streifen durchzogen war. Der Zug der Marke wurde immer stärker.

Endlich entdeckten sie einen Mann, der, umringt von Musik, in einer Streifenschlaufe saß. Er hatte eine riesige Haarmähne, die er nach hinten gestrichen trug, dazu einen Anzug, der hinter ihm fast auf dem Boden schleifte. Obwohl er kein Instrument in den Hänen hielt und sein Mund geschlossen war, folgte die Musik ganz eindeutig seinem Willen, denn er nickte im Takt und bewegte die Hände, als würde er mal die eine, mal die andere Passage stärker hervorheben, während er weitere etwas abschwächte. Als Metria sich ihm näherte, hob er den Blick, und die Musik verstummte. »Ja?«

»Bist du MPS?« fragte sie.

»Ich bin Niemand Eins.« Zarte Geigenmusik ertönte im Hintergrund.

»Ich glaube aber, daß du MPS bist, denn diese Vorladungsmarke zeigt genau in deine Richtung. Du bist als Zeuge beim Prozeß gegen Roxanne Roc geladen.«

Die Musik grollte, Trommelwirbel setzten ein. »Wo findet dieser Prozeß statt?« fragte Niemand Eins.

»Im Namenlosen Schloß, im eigentlichen Xanth. Wir sind gekommen, um dich hinzubringen.«

Eine Posaune stieß ein schmutziges Geräusch aus. »Ich darf das Traumreich nicht verlassen. Ich kann nicht kommen.«

»Aber diese Vorladung verlangt es nun einmal von dir«, erwiderte sie und wollte ihm die Marke reichen.

Niemand Eins wischte sie weg. »Vergiß es, Dämonin.« Die Holzblasinstrumente pfiffen, als er von seiner Schlaufe glitt und in die Tiefe stürzte.

Metria setzte ihm nach, doch das Geflecht aus Bändern und Streifen wurde immer dichter und komplizierter, was ihr die Sicht und den Weg versperrte. MPS war verschwunden.

»*So eine* Vorladung wird das also«, brummte sie. »Na

schön, davon lasse ich mich nicht abschrecken.« Sie hob die Marke und folgte ihrem Zug.

Metria bahnte sich den Weg durch die bunten Bänder, die daraufhin zu dünnen Bonbonfäden wurden, um sich schließlich zu verdicken und die Gestalt bunter Baumwollfäden mit Geschmack anzunehmen. Aus der Baumwolle wurde Garn, dann Tuch, und das Tuch wiederum wandelte sich zu Kleidungsstücken. Und dort, inmitten der herumhängenden Anzüge und Kleider, saß plötzlich eine junge Frau mit blondem Haar und preßte Stoffteile aufeinander. Die blieben aneinander kleben, worauf die Frau die freien Teile umklappte und erneut zusammenpreßte, wodurch sie wieder hafteten, bis daraus die verschiedensten Kleidungsstücke entstanden.

»Ja?« fragte sie, als Metria herbeigeschwebt kam.

»Ich suche MPS. Hast du ihn gesehen?«

»Wen?«

»Sein Name ist MPS. Er hat eine gewaltige Haarmähne und macht Musik, indem er einfach an die Instrumente denkt.«

»Ach so, das ist der Maestro Niemand Eins. Vielleicht kann dir Ich Zwei weiterhelfen. Dort entlang.«

»Danke.« Metria schwebte schnell in die angezeigte Richtung. Die Kleiderständer verwandelten sich in Schleimklumpen. Metria wich ihnen aus, und schon bald waren sie zu verkohlten Holzblöcken geworden. Erneut hob Metria die Vorladungsmarke, die sie wiederum in eine neue Richtung zog, der die Dämonin folgte.

So stieß sie auf einen kleinen, stämmigen Mann mit feuerrotem Haar, der in einer rauchenden Grube stand. Vor ihm erschien ein Klumpen Schleim. Er starrte ihn an, worauf dieser in Flammen ausbrach. Einen Moment lang brannte er heftig, dann war er nur noch schwache Glut, um sich schließlich ebenfalls in einen Holzkohleklumpen zu verwandeln.

Der Mann sah auf, als sie herbeigeschwebt kam. »Ja?«

»Ich Zwei? Ich suche MPS.«

»Wen?«

Sie beschrieb den Maestro. Der Mann runzelte die Stirn. »Wer hat dir gesagt, daß er es ist, den du suchst?«

»Ich weiß es, weil meine Marke ihn ausgemacht hat. Aber eine blonde junge Frau hat mir gesagt, ich solle hierher kommen, weil Ich Zwei mir weiterhelfen könnte.«

»Das war Sie Drei. Sie hätte es dir nicht sagen sollen.«

»Warum denn nicht? Weißt du etwa nicht, wo MPS ist?«

»Ich weiß schon, wo der Maestro Niemand Eins ist, trotzdem hätte sie es dir nicht verraten dürfen.«

Langsam war Metria verärgert. »Ich glaube, ihr wollt mich hier an der Nase herumführen. Jetzt sag mir endlich, was du weißt.«

»Nein. Verschwinde, Dämonin. Mit deinesgleichen wollen wir hier nichts zu tun haben.«

»Hör mal zu, Fackelschnauze ...« brauste sie wütend auf, doch da bemerkte sie, daß er sie ja nur aufzog. Da sie ihn in Wirklichkeit gar nicht brauchte, weigerte sie sich auch, sich von ihm ihre Zeit stehlen zu lassen. Also hob sie die Marke – die mit ihrem Zug genau auf ihn zeigte.

»Was ist das?« wollte Ich Zwei wissen.

»Das ist eine Vorladungsmarke zu dem Prozeß gegen Roxanne Roc im Hauptteil von Xanth. Und sie scheint genau auf dich zu zeigen«, erklärte sie verwundert.

Der Mann blinzelte sie an – und plötzlich war sie zu einem Flammenmeer geworden. Er hatte sie entzündet!

»Du Schmutzknochen!« fluchte sie und verwandelte sich in Wasser. Zischend erloschen die Flammen. Doch die Ablenkung hatte funktioniert – Ich Zwei war verschwunden.

Metria hob die Marke und folgte sausend ihrem Zug. Aus den Holzkohleklumpen wurden polierte Holzblöcke, dann poliertes Metall, schließlich poliertes Glas. Überall glitzerte und spiegelte es. Und dort, inmitten der Spiegelungen, war eine ganze Heerschar kleiner alter Männer mit Schnurrbärten und Sammlungen aus kleinen Gegenständen.

Doch Metria kannte den Unterschied zwischen einer wirklichen Gestalt und einer widergespiegelten. Und so sauste sie auf das Original zu. »Wo ist MPS?« fragte sie gebieterisch.

Der Mann sah auf. »Wer?«

»Der Maestro! Ist der hier entlanggekommen?«

Der kleine Mann hob eine glitzernde rote Flashe. Er legte beide Hände darum, zog sie wieder auseinander und – hoppla! Plötzlich waren da gleich zwei davon! »Nein.«

Langsam hatte sie das Spiel so satt, wie es eine essensunfähige Dämonin nur satt haben konnte. »Heißt das, nein, du willst es mir nicht sagen, oder nein, er ist hier nicht entlanggekommen?«

»Nein beides.«

»Wer bist du?«

»Ich bin Wer Vier. Ich dupliziere unbelebte Gegenstände, wie du selbst sehen kannst. Und ich bin im Augenblick sehr beschäftigt, wie du ebenfalls sehen kannst. Und nun verschwinde, Dämonin.«

Doch langsam wurde Metria schlauer. Sie hob die Marke – und die zeigte mit ihrem Zug direkt auf Wer Vier. »Bist du MPS?«

»Ich weiß nicht, wovon du du redest.« Er hob eine kleine Puzzleschachtel, legte die Hände darum und führte sie wieder auseinander, diesmal zwei kleine Puzzleschachteln haltend.

»Nun, ich werde dir diese Vorladung verpassen, Wer Vier«, entschied sie.

Wer Vier machte einen Satz. Das geschah so plötzlich, daß Metria völlig verblüfft war. Er sauste auf einem Spiegelstrahl davon und verschwand. Sie folgte ihm sofort, fand aber nur noch Dutzende von Spiegelbildern ihrer selbst vor. Also machte sie sich unsichtbar – da spiegelte sich nur noch das Nichts. Aber Wer Vier blieb verschwunden.

Jetzt begann sie sich erst richtig aufzuregen. »Hier ist irgend etwas faul«, brummte sie. Sie hob die Marke und folgte einmal mehr ihrem Zug.

Diesmal ließ sie Glassäule und Strahlen hinter sich, kam an einem Wald aus auf dem Kopf stehenden Bäumen vorbei, bis sie die kahle Wand einer massiven Felsklippe erreichte. In das Felsgestein war eine Tür eingelassen, mit der Inschrift: KÜRBIS LAGERABTEILUNG – ZUTRITT VERBOTEN.

»Der kann mich mal«, murmelte sie und schwebte einfach hindurch.

Im ersten Augenblick bereute sie es noch, weil sich plötzlich etwas Furchterregendes vor ihr erhob. Metria schrie und zog sich halb wieder durch die Mauer zurück. Doch dann hatte sie sich wieder gefangen, legte eine Hand auf die Schulter, die andere aufs Knie und hielt sich fest. »Du bist eine Dämonin, Metria!« ermahnte sie sich. »Du fürchtest dich vor nichts, denn nichts kann einer Dämonin etwas anhaben.«

Dann gab es einen kleinen Strudel aus Blattwerk und Laub unmittelbar vor ihr. Sie kreischte ein zweites Mal auf und sauste sofort davon.

Doch schon in zwei Dritteln eines Augenblicks hatte sie die Lage erfaßt. »Das ist das Lager der Ängste«, begriff sie. »Kein Wunder, daß es einen erschreckt.« Denn ihre schlimmste Angst war es, über die Außengrenze der Magie hinaus in Mundania einzutreten und sich in einen geistlosen Staubwirbel aufzulösen. Hier aber war der Kürbis, das Reich der Träume, einer der magischeren Aspekte Xanths, hier würde sie sich nicht auflösen. Sie mußte nur ihre unvernüntige Furcht meistern und dem Zug der Marke folgen. Diesmal würde sie ihn nicht entkommen lassen. Denn inzwischen erhob ein beachtenswerter Argwohn sein gehörntes Haupt und bahnte sich den Weg in ihr Bewußtsein.

Also stählte sie sich und kehrte durch die Klippentür zurück. Wieder wirbelte der Staub, doch diesmal sprach sie ihn mit so viel Kühnheit an, wie sie nur aufzubieten vermochte: »Du bist lediglich eine Angst aus meiner Erinnerung an Mundania! Ich träume aber gar nicht. Du hast keine Macht über mich.«

»Ach, Mist«, murrte der Strudel und ließ ab.

Metria lächelte. Normalerweise pflegte Staub nicht zu sprechen wie Menschen, es sei denn, König Dor war gerade anwesend, doch dies hier war das Traumreich, wo der Nachthengst die Regeln festlegte. Sie hatte einen kleinen Sieg errungen.

Wo versteckte diese Person sich bloß? Metria hob die Marke und folgte dem Sog. Der Simurgh besaß eine gute Magie, denn diese Scheiben funktionierten in Xanth, in Mundania und sogar im Traumreich. Was einleuchtend war, denn Metria vermutete, daß wohl kein Wesen über größere Macht verfügte als der Simurgh, mit Ausnahme des Dämonen $X(A/N)^{th}$ selbst. Das erinnerte sie an die Ursache dieser ganzen Bemühungen: Was hatte Roxanne Roc nur angestellt, um einen derart aufwenigen Prozeß zu verdienen, gekoppelt mit der Drohung schlimmster Strafen? Der Simurgh mußte wirklich furchtbar verärgert sein!

Nun, das würde sie schon noch erfahren, sobald die Verhandlung begann.

Bis dahin brauchte sie nur die letzten drei Vorladungen zu überstellen, um sich dann beim Simurgh zurückzumelden und dem Vogel ebenfalls eine Marke zu überreichen. Natürlich wäre ihre Aufgabe damit noch nicht gänzlich erledigt, denn schließlich mußte sie auch dafür Sorge tragen, daß alle Vorgeladenen auch tatsächlich im Namenlosen Schloß eintrafen. Doch war sie zuversichtlich, daß sie diesen Teil ihrer Aufgabe schon bewältigen würde, denn wenn die Vorladung erst einmal überbracht und ausgehändigt worden war, konnte sich ihr keiner mehr entziehen.

So schritt sie durch die Lagerabteilung der Ängste, schaute Dinge, die für normale Sterbliche gewiß furchtbar und schrecklich sein mußten: geifernde Drachen, zischende Schlangen, zuckende Tentakel, Spinnen mit haarigen Beinen, Explosionen, Mieteintreiber und ein langer, hohler Stock.

Da blieb sie stehen. »Was ist denn an dir so furchtbar?« fragte sie den Stock.

»Ich bin aus dem Stamm einer Knallkorkenpflanze gemacht«, erwiderte der Stock.

»Und das flößt Träumern Entsetzen ein?« fragte sie mit einem leisen Unterton des Zweifels, von dem sie wußte, daß er ihn maßlos ärgern würde.

»Ja – wenn man mich auf solche Leute richtet und den Korken plötzlich knallen läßt, das erschreckt sie sehr«, erwiderte der Stock.

Achselzuckend ging Metria weiter. Sterbliche hatten schon merkwürdige Ängste. Da erblickte sie ein Eiland, das die Form eines in die Länge gezogenen Eises hatte. Die Marke zog sie in diese Richtung. Doch das Eiland war von Wasser umgeben, wie die meisten seiner Art. Metria wußte den Grund dafür nicht – vielleicht diente es ja dazu, Eier hart zu kochen. Sie hätte zwar hinüberschweben können, zog es aber vor, zu Fuß zu gehen, um nichts zu verpassen. Das war freilich problematisch.

Schön, dann würde sie eben hindurchwaten müssen. Sie setzte einen Fuß auf das Wasser – und stellte fest, daß es ganz fest war. Auf dieser Oberfläche konnte sie tatsächlich laufen!

»Was bist du denn für ein Wasser?« fragte sie.

»Hartes Wasser, selbstverständlich«, erwiderte es.

»Ach so, ja, natürlich«, bestätigte sie und kam sich ziemlich dumm vor. »Und was ist an dir so furchterregend?«

»Die Leute haben Angst, in mir zu ertrinken, vor allem wenn meine Wogen sich aufbäumen. Die können ziemlich heftig werden, besonders im Sturm.«

Auf all das hätte sie auch selbst kommen können. Sie setzte ihren Marsch zum Eiland fort. Da entdeckte sie einen Brillenstrauch, der natürlich überwiegend aus Glas bestand und anstelle von Blumen Glasaugen besaß. Diese Augen musterten sie auf furchterregende Art und Weise. Es schien hier eine ganze Menge brauchbarer Hilfsmittel zu geben; kein Wunder, daß die Traummannschaften keine Schwierigkeiten hatten, für alle passenden Gelegenheiten schlimme Alpträume herzustellen, und das dazu noch jede Nacht. Sie staunte, als ihr klarwurde, wie viele Alpträume doch gebraucht wurden. Da diese nur an Leute ausgeliefert wurden, die sie auch verdient hatten, mußte es doch ziemlich viele unvollkommene Bewohner Xanths geben. Um wieviel schlimmer mußte es erst in Mundania sein!

Wieder zerrte die Scheibe an ihr. Sie gelangte in einen felsigen Teil des Eilands. Vor einem großen Felsen blieb sie stehen. »Was ist an dir so furchterregend, Fels?«

Der schlug ein Auge auf. »Ich bin kein Fels, Dämonin, sondern ein Steinadler. Hast du den Unterschied immer noch nicht kapiert?« Er breitete eine seiner Schwingen aus, was den Eindruck des konturlosen Aussehens eines Felsbrokkens auslöschte.

»Entschuldigung«, meinte sie amüsiert. »Aber besonders versteinernd scheinst du mir nicht zu sein.«

»Besonders was?« fragte der steinharte Vogel.

»Abstoßend, entsetzlich, grausig, alarmierend, konsternierend ...«

»Angsterregend?«

»Was auch immer«, stimmte sie ägerlich zu. »Weshalb sollte ein Träumer sich vor dir fürchten?«

»Er soll sich vor dem fürchten, was ich tue«, erklärte der Steinadler. »So etwa.«

Plötzlich war Metria steinhart. Sie hatte sich in eine Statue verwandelt!

Sofort löste sie sich in Rauch auf und machte den Effekt zunichte. »Du stinkende Triefschleimmasse!« fluchte sie. »Du hast mich in einen Stein verwandelt!«

»Genau das pflege ich zu tun«, bestätigte der Fels. »Die Leute haben Angst davor, versteinert zu werden.«

Sie musterte die scharfkantige Spitze seines Schnabels, während er sprach. »Das ist nicht ganz verkehrt«, bestätigte sie schneidend und machte sich wieder auf den Weg.

Sie gelangte an einen häßlichen Baum mit noch häßlicheren Früchten. Es war ein Beutelbaum, an dem alle möglichen Arten von Beuteln wuchsen. Sie faßte einen davon an und mußte feststellen, daß er voller Müll war: ein Müllbeutel. In einem anderen befanden sich ein belegtes Brot und eine Flasche Saft: ein Essensbeutel. Einer ließ sie beinahe einschlafen: ein richtiger Schlafsack! Ein vierter grabschte nach ihr: ein Grabschbeutel eben. Da verwandelte sie sich in einen Sandsack und verpaßte ihm eins auf die Schnauze. »Verzieh dich, alter Drecksack!« sagte er darauf.

Die Marke führte sie zu einem Bücherregal, wo sie stehenblieb. Als sie versuchte weiterzugehen, hielt die Marke sie zurück. Begab sie sich zur Seite, zerrte die Marke sie dichter ans Regal. Doch es war niemand zu sehen, und so musterte sie das Ding etwas sorgfältiger.

Auf dem Regal befanden sich mehrere umgestürzte, unordentlich verstreute Bücher. Auf ihrem Rücken waren Bildteile zu sehen. »Die hat irgend jemand nicht ordentlich weggestellt«, sagte sie angewidert. Also richtete sie die Bücher auf und stellte sie zusammen. Doch die Bildteile ergaben zusammen nur ein heilloses Durcheinander. »So geht das nicht«, sagte Metria. Sie stellte die Bücher wieder um, dabei auf die Bildteile achtend, bis sie schließlich ein richtiges Bild ergaben.

Es zeigte ein gemütliches Zimmer, in dem ein Mann auf einer Couch schlummerte. Es war ein halbwegs attraktiver Menschenmann, der sich anscheinend zwischen zwei Arbeitsphasen ausruhte; neben ihm lag ein aufgeschlagenes Buch auf dem Tisch. Nun, da die Teile richtig zusammengesetzt worden waren, wirkte das Bild überraschend realistisch.

Und die Marke zog sie direkt darauf zu. Auf den schlummernden Mann.

»Das ist aber merkwürdig«, brummte Metria. Doch sie erinnerte sich daran, daß dies ja das Traumreich war, wo Merkwürdigkeit zum Alltag gehörte. Außerdem befand sie sich in einem Teil des Reiches, wo man die Ängste für zukünftigen Gebrauch lagerte. Die Szene vor ihr schien zwar nichts Angsterregendes an sich zu haben, andererseits hatte Metria sie aber auch möglicherweise noch nicht gänzlich verstanden.

Also wurde sie wieder zu Rauch, schrumpfte auf die richtige Größe zusammen und drang in das Bild ein. Sie fand sich in dem Zimmer wieder, neben der Couch stehend. »Bist du ...« setzte sie an.

Doch dann brach sie ab, denn der Mann war gar nicht mehr da. Er mußte aufgestanden und gegangen sein, als sie gerade gekommen war. Statte dessen stand er nun an der Tür. »Wer bist du?« wollte er wissen.

»Ich bin D. Metria, mit einer Vorladung für MPS«, sagte sie. »Und ich glaube, das mußt du sein.« Mit ausgestreckter Marke trat sie auf ihn zu. »Du mußt dich im Namenlosen Schloß als Zeuge melden.«

Doch der Mann hatte sich schon wieder entfernt. »Ich sehe keinen Grund, weshalb ich eine solche Vorladung annehmen sollte«, meinte er.

Sie fuhr zu ihm herum. »Dann sag mir doch mal, für wen du dich hältst.«

»Ich bin Nimm Fünf«, sagte er. »Und ich habe gerade geschlummert, als du in mein Haus eingedrungen bist.«

»Was hast du für ein Talent?«

»Ich kann fünf Sekunden in die Zukunft blicken. Deshalb wirst du mir auch nicht diese Vorladung überstellen können. Ich bin dir immer um fünf Sekunden voraus.«

»Ich bin eine Dämonin«, erwiderte sie gelassen. »Ich kann in jeder beliebigen Geschwindigkeit dahinschweben oder -fliegen. Mal angenommen, ich nehme die Verfolgung auf und lasse einfach nicht davon ab, egal wie schnell du fliehst? Dann siehst du es vielleicht kommen, wirst mich aber doch nicht daran hindern können, dir irgendwann diese Vorladung zu überstellen. Du wirst nicht einmal schlafen können, es sei denn, du kommst mit fünf Sekunden aus.«

Er überlegte und gelangte offensichtlich zu dem Schluß, daß sie nicht bluffte. Sein Talent hatte auch seine Grenzen. »Wieviel weißt du?« fragte er schließlich.

»Ich weiß nichts völlig sicher, aber ich habe den Verdacht, daß du eine Person mit multipler Persönlichkeit bist – und daß jede dieser Persönlichkeiten über ein anderes magisches Talent verfügt.«

Er nickte. »Wie bist du dahintergekommen?«

»Teilweise deshalb, weil ich das gleiche Leiden habe. Ich bin Metria und Mentia und Gnade Uns.« Während sie sprach, nahm sie kurz die bezeichnete Gestalt an. »Das ist zwar lästig, hat aber auch seine Vorzüge. Ich verurteile dich also deswegen nicht. Ich muß nur meine Pflicht tun.«

Das besänftigte ihn etwas. »Verstehe. Du leidest unter etwas Ähnlichem. Ich hielt dich für eine Schauspielerin.«

»Für was?«

»Betrügerin, falsch, betrügerisch, Ersatz ...«

»Getürkt?«

»Was auch immer«, erwiderte er lächelnd. »Ich konnte mir nicht vorstellen, weshalb jemand eine Wesenheit vorladen will, die doch nur im Angstlager des Traumreichs existiert. Ich habe viele Persönlichkeiten und Gestalten und Talente, weil ich eine Art Allzweckersatz bin. Wenn für eine bestimmte Traumsequenz kein anderer Darsteller zur Verfügung steht, mache ich so gut es geht den Lückenbüßer. Mein Geist wird dabei für unwesentlich gehalten. Deshalb bin ich davon ausgegangen, daß du wahrscheinlich nur irgend so ein Witzbold bist, den man vorbeigeschickt hat, um mich aus dem Gleichgewicht zu bringen.«

»Die machen Witze auf deine Kosten?«

»Manchmal. Anscheinend wird es zwischen den Aufnahmepausen auch mal langweilig.« Er zuckte die Schultern. »Trotzdem darf ich das Traumreich nicht verlassen, weil ich in der Wirklichkeit keine eigene Realität besitze. Es nützt also nichts, du kannst noch so ernsthaft und ehrlich sein, deine Vorladung ist es jedenfalls nicht.«

»Die stammt von Simurgh.«

»Das mag schon sein. Aber sofern sie nicht bereit sein sollte, mir eine Seele zu leihen, darf ich dieses Reich nicht verlassen. Mir fehlt die Festigkeit der wandelnden Skelette oder der Messingleute. Ich würde mich einfach nur in Vergessen auflösen wie ein gewöhnliches Hirngespinst.«

»Vielleicht kann die Marke das Problem ja lösen«, meinte Metria zweifelnd.

»Also gut, stellen wir sie auf die Probe. Ich muß wissen, ob sie mir auch im Außenreich das Überleben ermöglicht.«

Sie reichte ihm die Scheibe. Er nahm sie entgegen und hielt inne. »Nein, das belebt mich nicht. Es ist tot. Es wirkt sogar richtig leer.«

Sie sah noch einmal hin. Tatsächlich, auf keiner der beiden Seiten war noch eine Inschrift zu erkennen. »Das begreife ich nicht. Gerade eben stand da noch ›MPS – ZEUGE‹, da hat sie mich direkt zu dir geführt. Zu euch allen.«

»Irgend etwas ist hier faul. Versuch es noch mal.« Er gab ihr die Marke zurück.

Metria hob sie hoch – da waren die Worte wieder! Und wieder zog die Scheibe sie in seine Richtung. »Es funktioniert wieder. Schau mal – hier stehen die Worte.« Sie hielt sie ihm hin, damit er es besser erkennen konnte.

»Stimmt. Das Ding funktioniert also, solange du es hältst, aber nicht, sobald ich es in der Hand habe. Vielleicht bin ich einfach nur die falsche Persönlichkeit.«

»Dann versuchen wir es doch mal mit den anderen.«

Niemand Eins erschien. Die Marke zog, verblaßte aber sofort, kaum hatte er sie in Empfang genommen. Ich Zwei erschien, doch das Ergebnis war auch nicht besser. Ebenso erging es ihnen mit Sie Drei und Wer Vier.

»Hm, dann vielleicht ein paar meiner Alternativen«, schlug Nimm Fünf vor.

Eine neue Gestalt erschien, sie trug die Uniform einer Krankenschwester. »Ich bin Aufnahme Sechs. Mein Talent ist es, durch Berührung Schmerz zu nehmen.« Doch die Berührung der Scheibe konnte sie auch nicht beleben.

Da erschien eine weitere Gestalt, sie sah sehr freundlich aus. »Ich bin Rolle Sieben. Mein Talent ist es, Freundschaften zu schließen.« Immer noch keine Reaktion.

Und wieder erschien eine Gestalt, ein junger Mann, der Metria entfernt an Grey Murphy erinnerte. »Ich bin Acht

Spät. Mein Talent ist die Entzauberung.« Immer noch nichts.

Eine spitzbübisch lächelnde junge Frau trat auf den Plan. »Ich bin die Leine Neun. Mein Talent ist es, auf Entfernung zu kitzeln.« Sie gestikulierte mit den Händen, und plötzlich explodierte Metria fast vor Gelächter, weil es sie so furchtbar kitzelte. Sie mußte ihren ganzen Leib mit undurchdringlichem Schellack überziehen, bevor sie dem Reiz Widerstand leisten konnte. Doch dann begann das Kitzeln in ihrer Kehle, was sie husten ließ.

Die Scheibe reagierte auf keine der Varianten. »Ich glaube nicht, daß es mit deinen Aspekten zu tun hat«, meinte sie schließlich. »Ich begreife das nicht. Noch heute war die Marke leer, dann hat sie mich plötzlich hierher geführt, und jetzt scheint sie nicht ausgehändigt werden zu wollen.«

»Ist es vielleicht möglich, daß jemand anders sie verzaubert hat?« fragte Nimm Fünf, nachdem er sich wieder ausgebildet hatte.

»Wer könnte sich schon in etwas einmischen, was der Simurgh auf die Beine gestellt hat?«

Er nickte. »Das ist eine ausgezeichnete Frage. Vielleicht ist es aber auch weniger eine Einmischung als vielmehr bloße Illusion. Du sagst, daß das eine leere Scheibe ist, vielleicht enthält sie ja gar keine Magie. Wenn jemand dafür sorgt, daß sie so aussieht, als trüge sie einen Namen, und daß es den Anschein hat, als zöge sie in eine bestimmte Richtung, würde die Magie des Simurghs damit nicht unbedingt aufgehoben, sondern lediglich umgangen werden.«

Metria überlegte. »Das scheint mir möglich zu sein. Aber wer würde sich schon diese Mühe geben?«

Er zuckte die Schultern. »Das kann ich mir auch nicht vorstellen. Aber immerhin sieht es doch nach einer Möglichkeit aus, die eine Untersuchung verdient hätte.«

»Ja.« Sie steckte die Marke fort. »Dann will ich dich nicht weiter belästigen. Ich entschuldige mich dafür, daß ich dich verfolgt habe.«

»Eine Dämonin, die sich entschuldigt?«

»Ich habe eine halbe Seele. Bis dann.« Sie sauste davon.

Als nächstes kehrte sie in das Gebiet zurück, wo sie Prinz Dolph zurückgelassen hatte. Der befand sich im Tauchboot, mit einer Kreatur spielend, die er irgendwo aufgetrieben haben mußte. Sie hatte große, schwere Plattfüße, die ständig gegen den Boden klatschten. Als Metria hereinplatzte, sah er auf. »Das ist ein Plattfuß«, erklärte er. »Er stampft die Nickelfüßler zu kleinen Papierquadraten.« Tatsächlich lagen einige solcher Quadrate vor ihm. »Und, hast du deinen Vorzuladenden aufgetrieben?«

»Das war eine Sackgasse«, erklärte sie. »Verschwinden wir von hier.

Das U-Boot setzte sich in Bewegung und führte sie zurück. Unterdessen erklärte Metria ihm, was vorgefallen war. »Wirklich zu blöd, daß ich einen ganzen Tag damit verschwenden mußte, herauszufinden, daß das alles für die Katz war.«

»Wir sollten Eve wohl lieber mal diese Scheibe überprüfen lassen«, schlug er vor. »Sie müßte eigentlich feststellen können, ob irgend jemand daran gedreht hat.«

»Gute Idee.« Seine Zwillingstöchter waren zwar erst vier Jahre alt, aber ausgewachsene Zauberinnen.

Sie erreichten den Ausgang, und Metria glitt ins Freie. Sie wußte, daß es ihr wohl nicht gelungen wäre, hätte der Nachthengst Einwände gehabt, andererseits verlieh ihr ihre Mission für den Simurgh auch gewissen Vorrechte. Sie legte einen Finger zwischen das Auge der Buschmeisterschlange und das Guckloch des Kürbisses, um den Blickkontakt zu unterbrechen, damit Dolph wieder mit seinem Bewußtsein ins gewöhnliche Xanth zurückkehren konnte. Inzwischen war es schon spät am Tag.

Dolph nahm wieder seine Menschengestalt an. »Jedesmal, wenn ich den Kürbis betrete, ist es anders«, bemerkte er. »Diesmal war es nicht so wild wie sonst oft, aber doch sehr interessant. Dieses U-Boot hat mir gefallen. Und dieser Plattfuß könnte im wirklichen Xanth sehr nützlich sein.«

Dann wurde er zum Summvogel, sie nahm ihn in die Hand und huschte zu Schloß Roogna zurück.

Nun erklärten sie Electra die Lage, worauf diese sie zu den Zwillingen Dawn und Eve führte, die sich gerade in ihrem Spielzimmer aufhielten, wo sie mit ihrem achtbeinigen Kätzchen Octo Puss spielten. Nun zeigte Metria der kleinen Eve die Marke.

Das Kind bekam ganz runde Augen. »Das hat etwas furchtbar Mächtiges getan«, sagte Eve. »Aber ich weiß nicht, wer, denn sie hat es nie berührt.«

»Jemand hat die Marke verzaubert?« hakte Metria nach. »Aus der Ferne?«

»Ja. Eigentlich soll sie leer bleiben.« Eve verlor das Interesse und widmete sich wieder dem Kätzchen.

Metria tauschte einen Blick mit Dolph und Electra aus. »Es hat sich also tatsächlich jemand eingemischt. Und ich kann die Sache jetzt ignorieren.«

»Haben wir noch genug Zeit, um die letzten beiden Marken zuzustellen?« fragte Dolph.

»Gehen wir!«

Als erstes suchten sie Mark Knochen auf. Der lebte in einem Haus aus Knochen, zusammen mit seiner Frau Graci Knochen, ihrem achtjährigen Sohn Picka und der Tochter Gelenk.

»Wie gefällt dir denn nun deine Achtelseele?« erkundigte sich Metria. Sie war dabeigewesen, als Graeboe Riese Mark Knochen die Hälfte seiner Seele gegeben hatte, was es dem wandelnden Skelett ermöglichte, sich dauerhaft außerhalb des Kürbisses aufzuhalten. Mark hatte seine Seele natürlich wiederum mit Frau und Kindern geteilt. Nun besaß jeder von ihnen eine Achtelseele, weil sich Seelen von leblosen Leuten nicht wieder regenerierten.

»Es ist merkwürdig«, meinte Pick.

»Seltsam«, gestand Gelenk.

»Aber nett«, ergänzte Graci. »Nun können wir ganz von allein nette Dinge tun, ohne sie uns erst ausdenken zu müssen.«

Genau das war es, was es mit der Knochen-Familie auf sich hatte: Sie waren immer nett gewesen, obwohl sie gar keine Seelen gehabt hatten. Metria hatte darauf nicht weiter geachtet, bevor sie ihre eigene Seele erhielt, doch jetzt erschien ihr das bemerkenswert. Mark und Graci waren zwei der anständigsten Kreaturen von ganz Xanth gewesen – obwohl sie gleichzeitig das Gegenteil von sich geglaubt hatten. Das provozierte Metria zu der Überlegung, ob die Seele tatsächlich die Quelle der Güte sein mußte.

»Ich habe eine Vorladung für Mark«, verkündete sie. »Als Geschworener beim Prozeß gegen Roxanne Roc.« Sie schilderte ihnen die Lage, soweit sie selbst unterrichtet war.

»Ich werde gern daran teilnehmen«, sagte Mark schließlich und nahm die Marke in Empfang. »Obwohl ich mir schwer vorstellen kann, daß ein solcher Vogel etwas derart Strafwürdiges angestellt haben soll, oder daß ich selbst kompetent genug sein soll, ein Urteil darüber zu fällen.«

»Für mich ist das auch ein monströses Mysterium«, gestand Metria. »Ich war ja schon immer sehr neugierig, aber jetzt ist meine Neugier so angespannt, daß sie bald bricht.«

»Meinst du, Graci und die kleinen Knochen könnten vielleicht als Zuschauer mitkommen?« fragte Mark. »Es ist bestimmt sehr lehrreich für sie.«

Metria zuckte die Schultern. »Wir können sie ja mal mitnehmen und schaun, ob irgend jemand Einwände hat. Meine Aufgabe besteht schließlich nicht darin, irgend jemanden davon fernzuhalten, ich muß nur sicherstellen, daß alle Personen auf meiner List auch erscheinen.«

Die beiden Skelette hüpften auf und ab, klatschten in die knochigen Hände – es war ein sehr klappriges Geräusch. »Toll!« riefen sie. »Jetzt lernen wir das Namenlose Schloß kennen!«

»Seid ihr abmarschbereit?« erkundigte sich Metria. »Es ist zwar noch ein bißchen früh, aber mir ist es eigentlich lieber, die Leute sind etwas zu früh da als zu spät. Ich habe nur noch eine weitere Marke abzugeben, und wenn ihr nichts dagegen habt ...«

Mark und Graci tauschten einen augenlosen Blick aus. »Wir sind bereit«, verkündete Mark schließlich.

Also nahm Dolph wieder die Rocgestalt an, und Mark beugte sich vor, damit Graci ihn ins Gesäß treten konnte. Er flog auseinander und bildete sich zu einem Knochenkorb um, worauf die anderen diesen bestiegen, Dolph drei Klauen verhakte, die Flügel spreizte und sich in die Lüfte erhob.

»Ach, das macht aber Spaß!« rief Picka, während sie durch die Knochenstäbe des Korbs in die Tiefe spähten.

»Sieht genauso aus wie eine Landkarte!« rief Gelenk.

Metria stellte fest, daß auch sie den Flug genoß, wenn sie ihn durch ihre Augen betrachtete – es war ihr fast, als würde sie zum ersten Mal in ihrem Leben fliegen. Vielleicht war das auch ein kleiner Nebenvorteil, wenn man eine Seele besaß.

»Krächz!« Der große Vogel schwebte hoch oben im Kreis und orientierte sich.

Ach, das hatte sie schon ganz vergessen! »Flieg zum Ogersee«, rief sie Dolphs riesigem Schädel zu. »Zum Schwarzen Dorf.«

Der Vogel ging auf Kurs und hielt im Sauseflug auf den See zu. »Oooohhh!« machten die Kinder, als das Land unter ihnen dahinschoß, die Felder, Wälder, Flüsse, Berge und Siedlungen. Die Konturen wurden schärfer, denn auch das Land freute sich über Anerkennung und gab sich größte Mühe, einen guten Eindruck zu machen. Selbst die kleinen vorüberziehenden Wolken ließen ihre silbernen Ränder heller glänzen, ein hübscher Anblick. Im Gegensatz zum stürmischen Fracto waren die meisten Wolken von freundlichem Wesen.

Im Spiralflug gingen sie auf das Schwarze Dorf nieder, das sich inmitten einer hübschen Landschaft am Ogersee befand. Dolph landete auf dem Dorfplatz, gab den Korb frei, faltete die Flügel und nahm wieder seine menschliche Gestalt an.

Ein fröhlicher schwarzer Mann kam auf sie zu. »Welchem Anlaß verdanken wir das Vergnügen dieses Besuchs, Prinz Dolph?« fragte er. Sein Blick streifte die Skelette. »Wie ich sehe, kommst du recht stilvoll daher.«

»Die Dämonin Metria hat etwas für dich, Sherlock«, erwiderte Dolph.

»Eine Vorladung«, ergänzte Metria und erklärte es ihm.

Sherlock überlegte. »Ich denke, da könnte ich wohl hingehen. Es ist eine ruhige Zeit. Während der touristischen Hauptsaison sieht es anders aus. Wartet mal, ich werde eben mal meinen Namen auf der schwarzen Liste eintragen.« Dann eilte er davon.

Die kleinen Skelette betrachteten neugierig das Dorf. Alles war schwarz. Von den Häusern bis zu den schwarzäugigen Erbsen, die um den Dorfplatz herum wuchsen. Eine schwarzäugige Katze hockte auf einem schwarzen Pfahl und musterte sie, während Krähen am Rand des schwarzen Lochs hockten, das als Dorfbunnen diente, umgeben von Schwarzbeeren. Über den schwarzen Torf kroch eine schwarze Schlange. Die Männer im Dorf spielten Schwarzer Peter, und sie konnten die Schule ausmachen, wo schwarze Magie unterrichtet wurde. Auf einem Feld in der Nähe grasten schwarze Schafe zwischen schwarzäugigen Susannen.

»Das ist hier aber hübsch und ordentlich!« meinte Picka beeindruckt.

»Ja, wo wir wohnen, ist alles so langweilig knochenweiß«, stimte Gelenk zu.

»Schwarz ist schön«, bestätigte Graci. »Holen wir uns etwas schwarze Farbe, damit wir zu Hause das Haus und den Gebeinhof schwarzmalen können.«

Entzückt von diesem Vorschlag, folgten sie ihr auf der schwarzgepflasterten Straße zum Schwarzmarkt am anderen Ende des Dorfes.

Dolph verpaßte dem Knochenkorb einen Tritt, so daß die Knochen auseinanderflogen und sich wieder zu Mark zusammensetzten. »Das erweist sich doch als recht nützlich«, bemerkte das Skelett.

Sherlock kehrte zurück, einen schwarzen Hut tragend, womit er andeutete, daß er reisebereit war. »Als ich erzählt habe, daß ich weggehe, gab's zwar ein paar finstere Blicke, aber dann habe ich ihnen diesen schwarzen Beryll gezeigt, da wußten sie, daß die Sache ihre Ordnung hat.« Er sah sich um. »Oh – kaufen die etwa auf dem Schwarzmarkt ein? Das kann für Unerfahrene aber gefährlich werden.«

»Wieso?« wollte Mark wissen. »Haben die Besitzer denn so schwarze Seelen?«

»Das nicht gerade. Es ist nur, daß es da viel zu viele Dinge gibt.«

»Sie wollen nur schwarze Farbe holen.«

Nun kehrten Graci und die Kinder zurück. Gewiß, sie hatten auch einen Topf schwarzer Farbe dabei, gleichzeitig aber auch einen schwarzen Beutel mit Schwarzbrot und schwarzem Seidentuch, eine Schwarzer-Peter-Puppe, und die Kinder waren ganz schwarz verschmiert im Gesicht, weil sie auf schwarzen Lakritzstangen herumlutschten.

»Mir ist bei dem Anblick ganz schwarz vor Augen geworden«, gestand Graci verlegen. »Da gab es so viel schöne Dinge ...«

»Alles klar«, murmelte Mark. »Schwarzmärkte sind nun mal gefährlich.«

Mark nahm wieder seine Korbgestalt an, und die anderen drängten sich hinein. Als Roc hob Dolph sie wieder in die Höhe, und schon befanden sie sich auf dem Weg zum Namenlosen Schloß. Metrias Aufgabe war beinahe erledigt.

14
Anklage

»Du bist also die letzte, der ich die Vorladung zustelle«, teilte Metria dem Simurgh mit und hielt dem Vogel die Marke mit seinem Namen entgegen.

NATÜRLICH, bestätigte der Simurgh und nahm sie entgegen. DU HAST GUTE ARBEIT GELEISTET, DÄMONIN.

»Eine Marke ist allerdings noch übrig. Die ist leer, deshalb kann ich sie nicht zustellen. Willst du sie zurückhaben?«

Der Simurgh richtete ein riesiges Auge auf sie. NEIN. DAS BEDEUTET, DASS DEINE AUFGABE NOCH NICHT ERLEDIGT IST.

»Es stand auch mal kurz ein Name darauf, aber das war ein Irrtum.«

Das Auge blieb auf sie fixiert, und so erzählte Metria dem Simurgh von dem gescheiterten Abenteuer mit MPS. »Glaubst du, daß irgend jemand versucht sich einzumischen?« schloß sie ihren Bericht.

Der Simurgh seufzte. ICH HATTE GEHOFFT, DAS WÜRDE NICHT PASSIEREN, WENN ICH EINE UNBEDEUTENDE PERSON EINSETZE. ES SCHEINT, ALS HÄTTE DIE OPPOSITION IM LAUFE DER ZEIT ERFASST, WORUM ES HIER GEHT.

»Du meinst also, daß sich tatsächlich jemand ...«

JA.

»Aber wer würde es denn wagen, sich dir in den Weg zu stellen?« fragte Metria.

ES KOMMT VOR, DASS DIE GROSSDÄMONEN GELEGENTLICH UNTEREINANDER WETTBEWERBE ABHALTEN. DAS GESCHIEHT IM ZUGE IHRER NICHT ENDEN WOLLENDEN GIER NACH AUFWERTUNG. VOR DREI JAHREN FORDERTE DER KÄMON E(R/D)^{e} den Dämon Dämon X(A/N)th UM DIE VORHERRSCHAFT IM LAND XANTH HERAUS, UND DIESER STREIT ENTSCHIED SICH DURCH DEN AUSGANG DES BEGLEITERSPIELS VON XANTH, WIE ES VON ZWEI UNWISSENDEN MUNDANIERN GESPIELT WURDE. NUN FORDERT DIE DÄMONIN V(E/N)^{US} DEN DÄMON Dämon X(A/N)th HERAUS, UND ES SCHEINT, DASS DIESES GERICHTSVERFAHREN ZUGLEICH DEN SCHIEDSSPRUCH ÜBER IHREN STREIT VERHÄNGEN SOLL.

Metria konnte nur noch staunen. »Soll das heißen, daß Roxannes Prozeß über das Schicksal Xanths entscheiden wird?«

SO SIEHT ES AUS. DAS WAR ZWAR NICHT MEIN ANSINNEN, ALS ICH DAS VERFAHREN ANBERAUMTE, ABER INZWISCHEN HABEN SIE ES SICH SELBST ZUNUTZE GEMACHT. ICH HABE KEINE MACHT ÜBER DIE GROSSDÄMONEN, AUCH WEISS ICH NICHT, IN WELCHER FORM DAS VERFAHREN IHREN STREIT BEILEGEN WIRD.

»Aber weißt du denn nicht alles?«

ALLES BIS AUF DAS, WAS IM GEISTE DER GROSSDÄMONEN VOR SICH GEHT. DIE SIND SICH SELBST GESETZ!

»Aber woher sollen wir denn dann wissen, auf wessen Seite wir stehen?«

WIR WISSEN ES NICHT. DOCH SCHEINT ES WAHRSCHEINLICH, DASS DIE DÄMONIN DANACH TRACHTEN WIRD, DAS VERFAHREN ZU STÖREN, DENN DER

DÄMON HÄTTE ES GLEICH ZU BEGINN ABSAGEN KÖNNEN, WÄRE DAS SEIN ANLIEGEN GEWESEN. ES SCHEINT, DASS DIE WAHRSCHEINLICHE ENTSCHEIDUNG DES GERICHTS DEN DÄMON BEVORZUGEN WIRD, WESHALB SIE HOFFT, DIESE ENTSCHEIDUNG VERHINDERN ZU KÖNNEN.

»Dann müssen wir also sicherstellen, daß das Verfahren genauso abläuft, wie geplant«, schloß Metria.

GANZ GENAU, GUTE DÄMONIN. DOCH VERFÜGE ICH NICHT ÜBER DIE MACHT, DIESES SICHERZUSTELLEN, DA ICH IM GEGENWÄRTIGEN STADIUM LEDIGLICH ZEUGIN BIN.

»Wer soll denn dann ...«

Das Auge sah sie nur schweigend an.

Nein! »Aber meine Aufgabe besteht doch nur darin, die Zeugen zu holen!« protestierte Metria.

DEINE AUFGABE BESTEHT DARIN, DAFÜR SORGE ZU TRAGEN, DASS ALLE VORGELADENEN ZUR VORGESEHENEN ZEIT IM GERICHTSSAAL SIND.

»Gegen ein so machtiges Wesen wie den Dämon $X(A/N)^{th}$ kann ich doch unmöglich etwas ausrichten!«

VIELLEICHT DOCH. ES GIBT AUCH GRENZEN. WEIL DER DÄMON $X(A/N)^{th}$ OFFENSICHTLICH WÜNSCHT, DASS DIESE VERHANDLUNG STATTFINDET, KANN DIE DÄMONIN SICH NICHT OFFEN EINMISCHEN. DÄMONEN BEKRIEGEN EINANDER NIE DIREKT. SIE MUSS ALSO DAFÜR SORGEN, DASS DIE VERHANDLUNG SCHEINBAR ZUFÄLLIG VERHINDERT ODER UNTERBROCHEN WIRD, ODER SIE MUSS EIN ELEMENT INS SPIEL BRINGEN, DAS DEN URTEILSSPRUCH BEEINFLUSST. DAS WAR GEWISS IHRE ABSICHT, ALS SIE DEN FALSCHEN NAMEN AUF DER DREIZEHNTEN VORLADUNGSMARKE ERSCHEINEN LIESS. ES IST DENKBAR, DASS SIE NUR BEGRENZT DARAUF EINWIRKEN KANN, VIELLEICHT INSGESAMT DREIMAL, UND DASS DU DIE ERSTE DIESER EINFLUSSNAHMEN BEREITS NEUTRALISIERT HAST. DU MUSST AUF DER HUT SEIN UND AUF

SÄMTLICHE STÖRUNGEN ODER UNERKLÄRLICHEN VERÄNDERUNGEN ACHTEN, DAMIT DER PROZESS SO VERLAUFEN KANN, WIE URSPRÜNGLICH VORGESEHEN. NUR AUF DIESE WEISE KANNST DU SICHERSTELLEN, DASS XANTH NICHT ZUM SPIELBALL EINER FREMDEN WESENHEIT UND IHRER MAGIE WIRD.

Eine solche Veränderung könnte durchaus das Ende Xanths, wie sie es kannten, bedeuten, denn eine fremde Dämonin würde ganz andere Prioritäten setzen. Der Dämon X(A/N)th gestattete es dem Land zu funktionieren, ohne daß er sich einmischte, und so war es auch allen Bewohnern am liebsten. Die Dämonin V(E/N)^{us} dagegen könnte vielleicht dieselbe Haltung einnehmen, ebenso war es aber auch denkbar, daß sie alles auf den Kopf stellen würde, aus einer Laune heraus, oder um den früheren Herrscher zu ärgern. Metria, selbst Dämonin, wollte sich lieber nicht auf die Motive eines Mitglieds ihrer eigenen Art verlassen müssen. Es wäre besser – ja sogar unendlich viel besser –, wenn alles bei der jetzigen Regierung bliebe.

Metria schluckte, ein Zeichen von Streß, da sie ja eigentlich gar keinen Speichel zum Schlucken hatte. »Ich werde mein Bestes versuchen«, sagte sie.

TU DAS, GUTE DÄMONIN.

Dann war es Zeit zu gehen, und so sauste sie nach Hause zurück. Sie versah die Hausarbeit in zerstreuter Verfassung; tatsächlich erledigte ihre schlimmere Hälfte Mentia das meiste davon; sie hatte offensichtlich begriffen, daß dies nicht die Zeit für Unfug war.

Was würde die Dämonin V(E/N)^{us} als nächstes unternehmen, und was konnte Metria dagegen tun? Sie hatte nicht die leiseste Vorstellung. Und sollte doch auf alles gefaßt bleiben.

Also machte sie unentwegt die Runde, überzeugte sich davon, daß alle Geladenen bereit waren und daß sie sich zur rechten Zeit im Namenlosen Schloß einfinden würden. Sie ermunterte sie dazu, möglichst frühzeitig abzureisen, denn wenn sie erst einmal im Schloß waren, würden sie es nicht mehr verlassen können, bevor der Prozeß zu Ende war.

Glücklicherweise gab es im Namenlosen Schloß Unterkunft für jedermann, und außerdem ließ es sich dort sehr gut wohnen. Die Gerichtsdiener, die zukünftigen Geschworenen, die Zeugen sowie ihre Familien und Freunde amüsierten sich gut miteinander. Alle standen sie unter dem Schutz des Schlosses, weshalb sich zarte Wesen wie Jenny Elfe oder Mela Meerfrau auch nicht vor dem Drachen Stanley Dampfer oder dem realitätsverändernden Com-Puter zu fürchten brauchten. Tatsächlich genossen sie es in vollen Zügen. Rapunzel und Therenodia lernten von Kim und Dug Mundanier merkwürdige Spiele wei Bridge und Poker, die man tatsächlich mit Karten spielte, während die Kinder der Knochenfamilie mit Okra Ogerin und Stanley Dampfer würfelten; irgendwie gewannen sie ständig und forderten natürlich ihre Belohnungen ein: jeweils ein Ritt auf Oger- oder Drachenrücken. Prinzessin Ida war in eine tiefschürfende Debatte mit Com-Puter versunken, in der es darum ging, ob veränderte Wirklichkeiten überhaupt glaubwürdig waren. Kims Hund Bläschen und Jennys Kater Sammy spielten mit dem kleinen Steven Dampfer Fangen zwischen den Wolkenbänken. Die beiden Wasserspeier sorgten für einen steten Strom garantiert frischen Wassers, das sich in zwei Wolkenmulden sammelte, damit Nada Naga in eine, Mela Meerfrau im anderen schwimmen konnte, nachdem dieses fachgerecht eingesalzen worden war. Wenn sie sich darin tummelten, bekamen durch einen merkwürdigen Zufall alle ungebundenen männlichen Mitglieder plötzlich großes Interesse, zuzusehen. Vielleicht hatte ihre Vorliebe für das Schwimmen in nackter Menschengestalt etwas damit zu tun. Kurzum, alle verbrachten eine wunderschöne Zeit.

Doch das sollte nicht so bleiben.

Der Tag der Verhandlung kam. Sie versammelten sich alle in einem der Hauptsäle, die keine Verbindung zu Roxanne Rocs Kammer besaßen, denn die war auf Befehl des Simurgh isoliert worden. »Alles auf!« befahl der Magier Trent.

Die meisten der Anwesenden stellten sich auf. Zwei der Flügelwesen flatterten ein Stück höher, bis sie begriffen, daß dies von ihnen gar nicht erwartet wurde. Der Drachen hob den Kopf. Eins der Kinder hatte nicht zugehört, und so ging Trent hinüber und verwandelte es kurzerhand in einen Jungbaum. Dann machte er die Verwandlung wieder rückgängig, nachdem nun kein Zweifel mehr daran bestand, daß der Gerichtsdiener durchaus imstande war, seinen Forderungen Geltung zu verschaffen.

Der Dämon Fetthuf erschien mit einer abstoßenden Aura aus Bimsstein und rief die Versammlung von seiner hohen Richterbank herab zur Ordnung. »Mir ist zwar durchaus bewußt, daß sich in euren Köpfen immer noch viel zu viel hirnloser Brei befindet«, sagte er höflich, »aber wenn ihr euch wirklich konzentriert, dann könnte es vielleicht, ja ganz vielleicht passieren, daß ihr diese Prozedur hinter euch bringt, ohne euch bis auf die Knochen zu blamieren.« Doch er blickte äußerst zweifelnd dabei drein. »Sind die Vertreter der Anklage und der Verteidigung anwesend?«

Der Magier Grey Murphy und die Prinzessin Ida traten vor. »Ja, Euer Ehren«, sagten sie beinahe im Chor.

Fetthuf runzelte die Stirn, obwohl sich dies kaum von seinem gewöhnlichen Gesichtsausdruck unterscheiden ließ. »Hast du etwa Fliegen, Prinzessin Ida?«

»Nein, nur einen kleinen Mond.« Sie legte den Kopf schräg, damit der Mond deutlicher zu sehen war. Nun bemerkten auch die anderen im Gerichtssaal den Trabanten und waren beeindruckt.

Fetthuf blickte mißbilligend drein. »Und habt ihr die Akten gründlich studiert?«

»Jawohl, Euer Ehren.«

»Nehmt Platz.« Finster sah er in die Runde. »Und ist der Gerichtsdiener anwesend?«

Der Magier Trent trat vor, er wirkte so jung und so attraktiv wie noch nie. »Ja, Euer Ehren.«

»Und das Personal für die Spezialeffekte?«

Die Zauberin Iris trat vor, ebenfalls jung und hübsch. Ihre Verjüngung, die sie erst kürzlich durchlaufen hatte, stand ihr gut, obwohl sie ihr Aussehen wahrscheinlich noch anderweitig aufgemöbelt hatte. »Ja, Euer Ehren.«

»Und der Gerichtsdolmetscher?«

Grundy Golem trat vor. »Anwesend, Euer Ehren.«

»Nehmt Platz.« Der furchtbare Blick des Richters Fetthuf schweifte über die verbliebenen Menschen und Wesen. »Und die achtzehn wahrscheinlichen Geschworenen?«

»Hier, Euer Ehren!« riefen sie im Chor.

Der Richter legte die Stirn furchtbar in Falten. »Ich vernehme nur siebzehn Antworten.«

Fehlte etwa einer? Metrias Seele sackte ihr fast aus dem Körper. Sie hatte doch geglaubt, daß sie alle zusammen hätte!

»Identifiziert euch«, befahl der Magier Trent. »Grundy, du zählst sie dabei durch.«

Die zukünftigen Geschworenen standen abwechselnd auf, zeigten ihre Vorladungsmarken vor, nannten ihren Namen und wurden von Golem abgezählt. Als alle fertig waren, war er bei siebzehn angelangt.

In der Zwischenzeit hatte Metria selbst durchgezählt. Sie hatte sieben Marken für das Gerichtspersonal verteilt, siebzehn an die Geschworenen und fünf an die Zeugen. Das waren neunundzwanzig von dreißig Marken, die sie erhalten hatte.

Und das war zugleich auch der Schlüssel. »He, da fällt mir etwas ein …« fing sie an, doch der bösartige Blick des Richters Fetthuf brachte sie sofort wieder zum Verstummen. »Ich meine, falls es dem Gericht beliebt …«

Der finstere Blick wurde eine Spur milder. »Sprich, Dämonin!«

»Ich habe nur siebzehn Geschworene geladen. Alle, die

ich hatte. Ich habe eine Marke übrig – aber die ist leer. Die muß für den achtzehnten Geschworenen bestimmt sein.«

»Tritt vor.«

Sie trat näher, hielt die leere Scheibe hoch. Fetthuf nahm sie entgegen und musterte sie stirnrunzelnd einen großzügigen Augenblick lang. Dann sah er wieder auf. »Ist der Simurgh anwesend?«

ANWESEND, EUER EHREN, lautete der mächtige Gedanke des Simurghs. WENN AUCH IN EINEM ANDEREN SAAL DES SCHLOSSES!

Selbst die abweisende Miene des Richters wirkte doch ein wenig beeindruckt von der Macht dieser Gegenwart. »Weshalb ist diese Vorladungsscheibe leer?«

ES IST EIN RESERVESTÜCK, DAS ERST ZU EINEM SPÄTEREN ZEITPUNKT VERWENDET WERDEN SOLL.

Fetthufs Augen machten den Eindruck, als hätten sie sich in ihren brütenden Höhlen wahrscheinlich umgedreht, wäre diese Antwort von einer geringeren Kreatur gekommen. Doch er hielt sie mit den Lidern in Zaum, während er Metria die Marke zurückgab. »Die voraussichtliche Geschworenenbank ist mit siebzehn Personen vollständig. Sind die fünf Zeugen anwesend?«

»Hier, Euer Ehren.«

Der Richter nickte. »Angeklagt vor diesem Gericht ist Roxanne Roc wegen Verletzung der Erwachsenenverschwörung.«

Dies rief sehr gemischte Äußerungen hervor. Manche waren von der Schwere des Vorwurfs erstaunt, andere davon, daß eine solche Kreatur dazu imstande gewesen sein sollte. Schließlich hatte sich Roxanne schon jahrhundertlang nicht mehr in der Nähe irgendwelcher Kinder befunden.

Die schreckenerregenden Augenbrauen senkten sich. »Wir werden nun die Geschworenen bestimmen.« Der grimmige Blick konzentrierte sich. »Gerichtsdiener, Anklage, Verteidigung, walten Sie Ihrer Pflicht.« Dann schloß der Richter die Augen, als wollte er einschlafen.

Der Magier Trent rief den ersten Namen auf. »Threnodia Barbarin.«

Metrias schöne Tochter, die Halbdämonin, trat hervor und bestieg den Zeugenstand. Sie hatte ihr Haar zur Feier des Tages gerichtet und sah in ihrem kurzen Rock wirklich umwerfend aus, vor allem dann, wenn sie die Beine übereinanderschlug.

»Ist dir klar, daß du unter Eid stehst?« fragte Fetthuf sie.

»Natürlich. Du willst, daß ich die Wahrheit sage.«

Der Ankläger Grey Murphy trat zu ihr. »Du bist eine Barbarin«, sagte er.

»Durch Heirat«, erwiderte sie. »In unverheiratetem Zustand bin ich eine asoziale Halbdämonin.«

»Ist es dir um die Durchsetzung der Erwachsenenverschwörung zu tun?«

»Ich halte sie für lächerlich!«

»Heißt das ja oder nein?«

»Das heißt lächerlich!«

Der Richter schlug das linke Auge auf. »Die zukünftige Geschworene wird auf die Frage entweder bejahend oder verneinend antworten.«

»Was?«

»Das heißt ja oder nein«, erklärte Grey.

»Oh.« Sie überlegte. »Nein.«

»Dann hast du also kein Interesse daran, der Erwachsenenverschwörung zur Geltung zu verhelfen?«

»Richtig. Ich halte das für verrückt. Ich meine, was ist denn so Schlimmes daran, ein paar heiße Wörter zu verwenden oder einem Kind die Höschen zu zeigen? Die Kinder wissen doch ohnehin schon alles darüber.«

Grey runzelte die Stirn. »Ich fechte diese Geschworene an, und zwar aufgrund ...«

»Die Geschworene ist entlassen«, verkündete der Richter.

»Was, nur weil ich die Wahrheit gesagt habe? Ich dachte, Ihr wolltet die Wahrheit hören.«

»Wir wissen die Wahrheit zu schätzen«, erwiderte Grey

vorsichtig. »Wir sind nur nicht der Auffassung, daß du als Geschworene in diesem Prozeß geeignet bist.«

»Na schön, wenn Ihr das so seht, will ich auch nichts damit zu tun haben!« Threnodia stand auf, wobei sie um ein Haar ihre Höschen gezeigt hätte, und begab sich ins Publikum.

Angenommen, die Höschen wären tatsächlich zu sehen gewesen, was dann? fragte sich Metria. Im Publikumssaal waren auch Kinder. Hätte der Richter den Prozeß dann wegen Verfahrensfehlern für ungültig erklären müssen? Oder hätte er Threnodia einfach wegen Mißachtung des Gerichts von der Wolke schubsen können?

Der Gerichtsdiener rief den nächsten Namen aus: »Rapunzel Golem.«

Rapunzel trat in den Zeugenstand. Sie war ebenso hübsch wie Threnodia, aber auf sehr viel ungefährlichere Weise. Sie stimmte darin zu, daß der Erwachsenenverschwörung zur Geltung zu verhelfen sei, damit Kinder nicht geistig zu Schaden kämen. Die Anklage akzeptierte sie als Geschworene.

Die Verteidigung dagegen nicht. »Hast du irgendeine Affinität mit der Angeklagten, Roxanne Roc?« fragte Prinzessin Ida.

Rapunzel runzelte die Stirn. »Ich weiß nicht, was du meinst. Ich kenne sie nicht einmal, nur vom Namen her.«

»Hast du dir ein Urteil darüber gebildet, ob sie in dieser Sache schuldig ist oder nicht?«

»Na ja, es muß ja wohl irgendeinen Grund geben, weshalb sie unter Anklage steht. Ich bin jedenfalls bereit, mir die Beweise anzuhören und danach zu entscheiden.«

Idas Mond schwang bedeutungsvoll herum. »Angenommen, man würde *dir* einen solchen Verstoß vorwerfen?«

»Einspruch!« rief Grey. »Die Geschworene steht nicht unter Anklage.«

»Es geht hier um ihre Grundeinstellung und darum, was sie glaubt«, erwiderte Ida.

Der Richter zuckte die Schultern. »Abgelehnt. Die Geschworene soll antworten.«

Rapunzel reagierte schockiert. »Aber ich würde doch niemals ...?«

»Trotzdem bist du bereit zu glauben, daß ein Vogel, den du gar nicht kennst, dazu imstande wäre?« fragte Ida, und ihr Mond sah trübe aus.

»Das habe ich nicht gesagt! Aber wenn das Beweismaterial ...«

»Einspruch«, warf Grey ein. »Die Verteidigung schüchtert die Geschworene ein.«

Der Richter schlug mit dem Hammer auf seinen Tisch. Es war ein explosives Geräusch. »Zur Bank!«

Grey und Ida traten an die Richterbank. »Worauf willst du hinaus, Verteidigung?« fragte Fetthuf.

»Meine Mandantin hat das Recht, von einer Jury aus Artgenossen gehört zu werden«, erklärte Ida. »Rapunzel ist bestimmt eine nette Person, aber ihre Perspektive ist die einer gewöhnlichen Einwohnerin Xanths, nicht die eines isolierten Roc. Folglich ist sie auch keine Artgenossin.«

Der Richter sah tatsächlich leicht beeindruckt aus. »Wodurch würden sich deiner Auffassung nach Artgenossen qualifizieren?«

»Das könnte ein Flügelungheuer sein oder jemand, der vom restlichen Xanth isoliert ist.«

»Aber das würde doch so gut wie jeden ausschließen!« protestierte Grey.

»Nein, ich könnte innerhalb dieser Gruppe durchaus zwölf oder mehr qualifizierte Geschworene akzeptieren.«

Fetthuf nickte. »Einwand stattgegeben.« Dann sah er Grey an. »Hast du irgendwelche Einwände gegen einen Geschworenenrat aus Flügelungeheuern und isolierten anderen Wesen, vorausgesetzt, es ist eine ausreichende Anzahl vorhanden?«

Grey zuckte die Schultern. »Keine Einwände, Euer Ehren. Vorausgesetzt, sie akzeptieren die Erwachsenenverschwörung.«

»Also gut. Das sollte den Auswahlprozeß vereinfachen. Weitermachen.«

Doch in diesem Augenblick begann das Schloß zu wakkeln. Ein leises Heulen ertönte, dann legte sich der Boden langsam schräg.

»Was ist hier los?« fragte Fetthuf gereizt.

»Ich gehe nachsehen!« verkündete Metria und huschte ins Freie.

Draußen braute sich ein übles Gewitter zusammen. Dunkle Wolken huschten bedrohlich um das Schloß, und der Wind nahm an Kraft zu. Weil das Namenlose Schloß auf einer schwebenden Wolke stand, war es den Stürmen ausgesetzt.

»Fracto!« rief Metria.

Zur Antwort ertönte drohendes Donnergrollen. Tatsächlich, es war die böse Wolke! Wahrscheinlich war Fracto von der Dämonin $V(E/N)^{us}$ beauftragt worden, hier Unheil zu stiften: Das wäre dann ihr zweiter Versuch, die Verhandlung zu verhindern. Was wiederum bedeutete, daß sich das Gewitter nicht so leicht würde aufhalten lassen.

Metria sauste wieder ins Schloßinnere. »Cumulo Fracto Nimbus greift gerade an«, verkündete sie.

»Dieser impertinente Jammerlappen!« frauchte Fetthuf. »Ich erinnere mich noch, wie er aus einem meiner Seminare zum Thema Ethik der Magie geflogen ist, es ist noch keine hundert Jahre her.«

»Na ja, wir müssen jedenfalls eine Möglichkeit finden, ihn aufzuhalten, und das möglichst bald«, fuhr Metria fort, »bevor er sich noch mehr aufbläht und das ganze Schloß umpustet.«

»Ich könnte eine Reihe Leute in Rocs verwandeln«, schlug der Magier Trent vor. »Die könnten dann mit den Schwingen schlagen und ihn wegwehen.«

»Einspruch!« meldete sich Ida zu Wort. »Solange die ans Schloß gefesselt sind, könnte der Rückstoß es umstürzen.«

Und wenn sie das glaubte, konnte es tatsächlich so kommen.

»Wir brauchen etwas, das zugleich schnell und sanft ist«,

sagte Metria. Sie fühlte sich verantwortlich, vielleicht, weil der Simurgh sie vorgewarnt hatte.

»Im Publikum ist jemand mit dem Talent, ein Kraftfeld herzustellen«, erwiderte der Magier Trent. »Vielleicht könnte sich das Schloß damit stabilisieren lassen.«

»Nein«, wandte die Zauberin Iris ein. »Das Kraftfeld kann nur irgend etwas drinen oder draußen halten. Es würde das Schloß nicht davor bewahren, insgesamt umgekippt zu werden.«

Inzwischen verstärkte sich das Gewitter draußen immer mehr, brachte das Schloß zum Beben und Rutschen. Schon hielten sich die ersten Leute an ihren Stühlen fest, doch auch die Stühle setzten sich langsam in Bewegung.

Aus Roxannes Saal ertönte ein erschrecktes Krächzen. Sie versuchte wohl, ihr Ei in dieser immer gefährlicher werdenden Situation zu beschützen. Normalerweise wäre es zwischen einem Roc und einer harten Unterlage sicher gewesen, doch wenn es durchgeschüttelt oder allzu heftig gerollt wurde, lief es Gefahr, am steinernen Nest zu zerschellen. HALT! kam der Gedanke des Simurgh. Und dann, an Metria gewandt, TU ETWAS.

Aber was sollte sie denn tun? Sie war doch nur eine unbedeutende Dämonin. Hinauszugehen und Fracto zu beschimpfen, würde überhaupt nichts bringen und die Sache allenfalls noch verschlimmern.

Mit verzweifeltem Blick sah sie, wie die Flügelungheuer durcheinander flogen und sich um Stabilität bemühten, indem sie jeden Kontakt zum Schloß vermieden. Darunter war auch Chena Zentaur, das jüngste Exemplar dieser Gattung.

Chena! Metria sauste zu ihr hinüber. »Chena – ich brauche deinen Wunschstein. Wird er auch für mich funktionieren?«

»Da bin ich mir nicht sicher. Bisher hat ihn noch niemand ausprobiert außer mir.«

»Es muß einfach funktionieren. Gib ihn mir.«

Zerstreut griff die Zentaurin in ihren Rucksack und holte den kleinen Stein hervor. Metria nahm ihn in Empfang und sauste aus dem Schloß. Die Wolken ballten sich immer dichter und dichter; sie bildeten obszöne Blasen aus, die zu platzen und das Schloß mit ihren Saft zu bespritzen drohten. Das Schloß befand sich in der Mitte einer turbulenten Mauer aus grauschwarzem Wolkenstoff, der sich in einem geschlossenen Kreis um das Gebäude gelegt hatte und ein Stück nach oben und unten reichte, eine furchterregende Röhre bildend. Diese Röhre zog sich immer mehr zusammen, und die Wolken bewegten sich noch schneller als sie, wie ein Stein, der sich an einem wirbelnden Faden aufwickelte. Wenn diese Röhre erst einmal klein genug war, würde sie das Schloß selbst ins Kreiseln bringen und es vermutlich aus Xanth hinausschleudern. Fracto gab sich allergrößte Mühe. Und der Simurgh konnte ihn nicht daran hindern, denn der Vogel durfte sich nicht offen gegen die Dämonin V(E/N)^{us} stellen. Deshalb mußte Metria einen anderen Ausweg finden.

Sie hob den Stein. »Ich wünschte, Fracto würde verschwinden«, sagte sie.

Das Gewitter zögerte. Der Wunsch zeigte erste Wirkung!

Doch dann setzte es wieder ein. Metrias Wunsch genügte nicht, um den Anstrengungen der beiden Dämonen Fracto und V(E/N)^{us} die Stirn zu bieten. Doch was sollte sie nun tun?

Da leuchtete dicht über ihrem Kopf plötzlich eine Glühbirne auf. »Mentia, sprich du deinen Wunsch aus!

Mentia übernahm den Körper. Sie war zwar ein bißchen verrückt, aber nicht verrückt genug, um die mögliche Vernichtung ganz Xanths zu riskieren. Sie hob den Wunschstein hoch. »Fracto, verschwinde!« wünschte sie sich.

Wieder zögerte das üble Gewitter. Zwei Wünsche waren eben stärker als einer. Der Schacht aus dunklem Wolkenstoff verlor an Zusammenhalt und begann sich zu zerstreuen.

Doch dann zog er sich wieder zusammen. Fracto war so stur, daß nicht einmal zwei Wünsche genügten, um ihn aus der Bahn zu werfen.

»Gnade Uns!« rief Metria.

Nun übernahm das unschuldige Mädchen den Körper. Seine großen, seelenvollen Augen quollen fast über von allerliebsten Tränen. Sie hob den Wunschstein hoch. »Bitte, Fracto, verschwinde!« wünschte sie sich.

Das war zuviel. Der Wunsch eines unschuldigen Kindes war der stärkste von allen. *Mist! Wieder reingelegt!* Die Wolkenmauer zerstob, und die heftigen Winde erstarben. Das Gewitter zerfiel in ein großes Durcheinander bräunlicher Klumpen, so als würde ein Durchfall den Himmel besudeln, schließlich zerfaserte es in wirkungslosen Nebelfäden. Fracto war verschwunden.

GUTE ARBEIT, GUTE DÄMONIN.

Metria übernahm wieder die Kontrolle. Wenn das Kompliment sie auch nicht gerade umgehauen hatte, war sie doch immerhin angenehm berührt. Aber sie wußte auch, daß ihre Aufgabe noch nicht erfüllt war. Es konnte immer noch zu einem weiteren Versuch kommen, das Verfahren zu verhindern, und dagegen mußte sie gewappnet sein.

Sie huschte wieder ins Schloß. Das hatte aufgehört zu schaukeln, und die Kreaturen im Innern beruhigten sich langsam wieder. Der Richter Fetthuf erspähte Metria. »Hast du etwas damit zu tun gehabt?« fragte er mit einem finsteren Blick in ihre Richtung.

»Ja, Euer Ehren«, gestand sie, wie immer eingeschüchtert von seiner unmittelbaren Aufmerksamkeit.

»Vielleicht findet sich ja doch noch ein Funken Verstand in deinem Idiotenschädel«, meinte er und wandte sich ab. Und wieder fühlte sie sich zutiefst geschmeichelt, gewährte der Dämonenprofessor einem anderen Wesen seine Gunst doch nur in den allerallerseltensten Fällen.

Die Bestimmung der Geschworenen wurde fortgesetzt. In Anbetracht der Tatsache, daß die Angeklagte zu den Flügelungeheuern zählte, setzte sich die Hälfte der Geschworenen ebenfalls aus Flügelungeheuern zusammen: Gloha und Graeboe Riese-Harpyie, Gary Wasserspeier und Gayle Wasserspeier, Stanley Dampfer und Che Zentaur. Die anderen waren objektiv Fremde, wobei man davon ausging, daß ihnen diese Tatsache dabei helfen würde, den Standpunkt eines Vogels zu verstehen, der seit mehreren Jahrhunderten vom restlichen Xanth weitgehend isoliert geblieben war: Dug und Kim Mundanier, die nur über begrenzten Kontakt zu Xanth verfügten, Sherlock Schwarz und Jenny Elfe, die vor nicht allzulanger Zeit aus fernen Landen gekommen waren, Mark Knochen aus dem Kürbisreich sowie Com-Puter, der schon immer ein gestörtes Verhältnis zur normalen Wirklichkeit Xanths gehabt hatte. Cynthia und Chena Zentaur kamen auf die Ersatzbank für den Fall, daß einem der vereidigten Geschworenen etwas zustoßen sollte. Beide waren sie Flügelungeheuer geworden, nachdem sie etwas anderes gewesen waren, weshalb sie auch beide Perspektiven begreifen konnten. Insgesamt war es eine zwar ungewöhnliche, aber qualifizierte Jury.

Der Richter vergeudete keine Zeit. »Ist die Anklage bereit?«

»Ja, Euer Ehren«, erwiderte Grey Murphy.

»Fortfahren.«

Jetzt glitt die Wand, die den Gerichtssaal von Roxanne Rocs Nistkammer abtrennte, beiseite, wodurch ein noch viel riesigerer Saal entstand. Metria war überrascht – sie hatte gar nicht gewußt, daß derlei zu den Eigenschaften des Namenlosen Schlosses gehörte. Nun konnten alle, die am Prozeß teilnahmen, den großen Vogel in seiner Gänze erkennen. Roxanne schien das Verfahren gar nicht zu bemerken, sie zuckte mit keiner Feder und gab auch nicht das leiseste Geräusch von sich, sondern hockte einfach da, wie sie es schon seit Jahrhunderten getan hatte.

Grey trat in die Mitte des Gerichtssaals. »Die Anklage wird beweisen, daß die Angeklagte, Roxanne Roc, auf schwerwiegende Weise gegen die Erwachsenenverschwörung verstoßen hat, indem sie in Gegenwart eines Minderjährigen ein Erwachsenenwort aussprach und solcherart möglicherweise die gesamte Zukunft Xanths präjudiziert hat.«

Ein Murmeln durchlief die Gruppe. Roxanne öffnete das Auge. »Krächz!« protestierte sie.

Laut schlug der Hammer des Richters auf. »Ruhe im Gerichtssaal! Die Verteidigung wird noch beizeiten an die Reihe kommen.«

Aber das war nun einmal der Knackpunkt, begriff Metria: Wie hätte Roxanne so etwas tun sollen, da es doch in den ganzen Jahrhunderten ihrer Isolation hier im Schloß nicht einen einzigen Minderjährigen gegeben hatte? Immerhin handelte es sich hier um einen der bestgehüteten Orte Xanths; vor dem Verfahren hatten nur wenige Kreaturen von der Existenz des namenlosen Schlosses gewußt, noch weniger hatten es jemals besucht, und der Roc hatte mit keinem von ihnen schlimme Worte gewechselt. Deshalb schien die Anklage auch völlig unbegründet zu sein. Und doch nahm Grey Murphy sie offensichtlich ernst, und er war bestimmt kein Dummkopf. Sein Talent bestand darin, Magie zu neutralisieren, und er schien auch dazu imstande, törichte Vorstellungen zunichte zu machen. Wenn er glaubte, daß der große Vogel schuldig war, war er es wahrscheinlich auch.

Fetthuf wandte sich an Grey Murphy. »Fortfahren.«

»Zunächst zu dem Erwachsenenwort. Die Anklage ruft Phelra Mensch in den Zeugenstand.«

Phelra stand auf und begab sich an ihren Platz. Grundy Golem trat auf sie zu. »Schwörst du, die Wahrheit zu sagen, egal was?«

»Na klar.«

»Die Zeugin ist ordnungsgemäß vereidigt worden«, verkündete der Richter mit einer mehr als deutlichen Andeutung der Verärgerung über die formlose Vorgehensweise.

Grey trat zu der Zeugin. »Wo lebst du?«

»Ich lebe in einem Pilz im tiefsten Urwald nörlich des Ogersees.«

»Was ist dein Talent?«

»Ich zitiere Tiere, um mir zu helfen, oder auch andere Helfer.«

»Hattest du je Kontakt zu der Angeklagten, Roxanne Roc?«

»Ja, einmal, vor ungefähr zwei Jahren.«

»Beschreibe dieses Zusammentreffen.«

»Na ja, es war eigentlich eher ein Zufall, und es ist auch nicht viel passiert, nur ...«

»Einspruch!« sagte Ida, und ihr Mond wackelte. »Die Zeugin gibt nur eine Schlußfolgerung wieder.«

»Stattgegeben«, sagte der Richter.

Grey schnitt eine Grimasse, dann versuchte er es auf eine andere Tour. »Hast du mit Roxanne dem Roc ein Gespräch geführt?«

»Ja. Aber es war wirklich nicht sehr ...«

»Einspruch.«

»Stattgegeben.«

»Aber ich muß doch den Kontext dieser Begegnung erst einmal herausarbeiten«, protestierte Grey.

Der Richter erwies sich als wenig entgegenkommend. »Dann tu es auf eine Weise, die die Zeugin nicht dazu verleitet, Urteile über die Angeklagte zu fällen.«

Grey überlegte. Dann wandte er sich wieder an den Richter. »Die Anklage beantragt die Unterstützung der Spezialeffektgerichtsbeamtin, um diese Aussage bildlich darzustellen, sowie des Gerichtsdolmetschers, um das Gespräch wiederzugeben, ohne etwaige Urteile, Mutmaßungen oder Schlußfolgerungen der Zeugin zuzulassen.«

»Stattgegeben.«

Die Zauberin Iris trat auf den Plan, gefolgt von dem kleinen Grundy Golem. »Welche Szene willst du haben?« fragte Iris.

»Fang bei ihrem Zuhause an und führ uns dann ihre Beschreibung vor, damit Geschworene und Publikum alles mitbekommen.«

Iris baute sich neben der Zeugin auf und lauschte ihren Worten, die nun sehr leise gesprochen wurden, damit die Geschworenen sie nicht verstehen konnten. Etwa zweieinhalb Momente später entstand das Illusionsbild. Es begann mit einer Luftaufnahme ähnlich jener, wie sie Kreaturen zu sehen pflegten, die von einem Roc durch die Lüfte getragen wurden. Sie zeigte den Ogersee, südlich davon die Donnerkuppel der Fluchungeheuer, im Westen das Schwarze Dorf. Dann wandte sich der Blick nach Norden und wanderte immer tiefer, bis er schließlich den Boden berührte.

Dort befand sich tiefer Urwald, duch den sich der Küß Mich Fluß wand. Der Fluß war früher einmal sehr freundlich gewesen, bis die Dämonen ihn begradigt hatten, wodurch er zum Töte Mich Fluß geworden war. Später hatte man seine freundlichen Kurven wiederhergestellt, und seitdem wurden alle, die von ihm tranken, wieder zum Küssen freundlich.

Während sie zusah, wurde Metria selbst zur Mitwirkenden und begann, die Eindrücke und Gefühle der Frau, deren Szene dies war, nachzuempfinden. Sie wußte, daß ihre Halbseele am Werk war – früher hatte sie sich nie etwas aus Gefühlen gemacht.

Das aber erwies sich für Phelra eines Tages als Problem, als nämlich ein Mann namens Snide vorbeikam. Er beobachtete sie dabei, wie sie gerade ihrem Lieblingskatzalog Anweisungen erteilte, und machte abfällige Bemerkungen über die Katze. »Glaubst du etwa wirklich, daß diese mottenzerfressene Pelzkugel sich an deine Anleitungen erinnern wird?« fragte er höhnisch. »Dann mußt du mindestens genauso blöd sein wie der.«

Das Bild zeigte zwar Snide, die Stimme jedoch stammte von Grundy Golem, der den Dialog bestritt. Das spielte keine Rolle, weil Grundy eine natürliche Begabung für Beschimpfungen und Beleidungen hatte.

Nun war Phelra zwar niemand, der grundlos einzuschnappen pflegte, doch irgend etwas an der Haltung dieses Mannes ärgerte sie. Zum einen täuschte er sich, was die Katze anging, die nämlich tatsächlich Anweisungen genau ausführen konnte.

»Ach, geh doch einen heben!« versetzte sie, was einer Beschimpfung so nahe kam, wie ein nettes Mädchen es sich überhaupt leisten konnte. Doch dann hätte sie sich am liebsten auf die Zunge gebissen, als ihr plötzlich wieder einfiel, welche Wirkung das Flußwasser auf Leute hatte, die daran nicht gewöhnt waren. Das allerletzte, was sie sich jetzt wünschte, wäre, daß Snide allzu freundlich würde.

Also zog sie sich wieder inihren Pilz zurück und schloß die Tür hinter sich. Das Haus war natürlich etwas breiig, aber mehr konnte sie sich nicht leisten. Sie fürchtete, daß Snide hinter ihr herkommen könnte, und daß der Brei ihn vielleicht nur noch geneigter machen würde zu tun, was sie nicht wollte.

Sie spähte aus dem Fenster, wo sich ihre Furcht bestätigte. Snide war tatsächlich dabei zu trinken. Es würde nur noch einen Augenblick dauern, dann würde er nicht nur ätzend, sondern auch noch zudringlich werden. Sie mußte unbedingt fort!

Vielleicht sollte sie ihren Freund Alias suchen, der könnte ihr bestimmt helfen. Alias' Talent bestand darin, dafür Sorge zu tragen, daß alle um ihn herum auf den falschen Namen antworteten. Bei einer Menschenmenge konnte das ein derartiges Durcheinander auslösen, daß man schließlich eine Namensliste anfertigen mußte, um alles wieder ins Lot zu bringen. In einer solchen Menge würde Snide sie niemals wiederfinden!

Aber Alias war heute irgendwo anders, und außerdem gab es keine Menge hier, die ihr dabei hätte helfen können, alles zu verwirren. Wie wäre es dann mit ihrem Freund Tom, der eine kleine Wolke herbeizaubern und von dieser jedes Werkzeug und jede Waffe pflücken konnte, die er brauchte? Natürlich mußte er das Werkzeug erst wieder zurück auf die Wolke legen, bevor er sich das nächste besorgte, trotzdem war es ein ziemlich starkes Talent. Wenn er jetzt hier wäre, könnte er ein Schwert hervorholen und Snide sagen, er solle sich lieber in einen Sumpf verdrücken.

Aber Tom war nun einmal auch nicht hier. Keiner ihrer Freunde war im Augenblick greifbar. Also blieb ihr nur die Flucht – in der Hoffnung, daß Snide die Verfolgung bald aufgeben würde. Sie würde ihr Talent nutzen, ein Tier zu zitieren, das sie schnell davontragen konnte. Welches Tier wäre wohl das beste?

Nun kam Snide bereits auf das Haus zu, und er sah wirklich furchtbar aufdringlich aus. Sobald er sich ihr näherte, würde er sie mit seinen Händen überall begrabschen. Sie mußte sofort das Tier rufen.

Vielleicht eine Gebirgsziege, denn diese könnte sie schnell ins nächste Gebirge bringen, wo sie sich bei Bedarf hinter den Felsen verstecken konnte.

Oder eine Rockschlange, unter deren Rock sie dann kriechen könnte, bewacht von den giftigen Fängen des Tieres, an die sich Snide bestimmt nicht heranwagen würde.

Ja, das war es! Sie sperrte den Mund auf und aktivierte ihr Talent. »Rohk- …«

Da krachte Snide auch schon durch ihre Hauswand. »Krachen« war eigentlich nicht der richtige Ausdruck, es war mehr ein feuchtes Quietschen, als er ein Loch in den Schwamm riß. Das Ganze geschah so plötzlich, daß sie das Wort nicht mehr zu Ende sprechen konnte. Außerdem grabschte Snide bereits nach ihr und roch dabei auch furchtbar aufdringlich.

Wahrscheinlich war jetzt die Zeit gekommen, ordentlich zu kreischen.

Doch ihr Talent war nun einmal wachgerufen, und es orientierte sich nach dem nächstbesten Tier jener Art, die sie benannt hatte. Unglücklicherweise hatte sie aber kein Landtier, sondern einen Vogel bestimmt, was sie normalerweise nicht tat, denn zu den Besonderheiten ihres Talents gehörte es, daß sie …

Zu spät. Plötzlich flog sie durch die Luft. Sie war direkt durch das Loch in der Schwammwand in die Höhe geschossen. Sie wußte, was geschehen war: Sie hatte versucht, die falsche Tierart zu zitieren, weshalb das Tier nicht zu ihr kam, sondern sie zu ihm fortgerissen wurde. Und weil es eine Vogelart war, schoß sie nun durch die Lüfte darauf zu. Daran war ihre eigene verquere Magie schuld. Jetzt blieb nur noch zu hoffen, daß es dort, wo sie schließlich landen würde, nichts Schlimmeres gab, als von einem zudringlichen Mann gepackt zu werden.

Juchhei, da flog sie auch schon mitten in eine Wolke hinein. So sehr war ihr Talent bisher noch nie nach hinten losgegangen. Aber natürlich hielt sie nun auf den nächsten Vogel Roc zu, der wahrscheinlich hoch über den Wolken flog, wie diese Art das meistens tat, so daß sie durch die Magie der Perspektive von unten sehr viel kleiner aussahen, als sie in Wirklichkeit waren. Aus Gründen, die Phelra nicht so recht begriff, neigten die großen Vögel dazu, ihre Gegenwart zu verbergen, so daß die Menschen nur selten einen Roc aus der Nähe zu sehen bekamen.

Da erblickte sie zu ihrem Erstaunen ein Gebäude auf dieser Wolke. Ein Schloß mitten in der Luft! Und sie flog auch noch direkt darauf zu. Was für ein Unglück!

Schließlich landete sie in einem riesigen Saal, direkt vor einem Vogel Roc, der auf einem gewaltigen Steinnest hockte. Der Vogel war furchterregend groß, schien aber genauso erschrocken von ihrem plötzlichen Auftauchen, wie sie selbst es war.

»Krächz?« fragte der Vogel.

Phelra verstand zwar keine Vogelsprache, vermutete aber, daß es sich um eine Frage handeln mußte. Also fing sie an zu erklären, wie ihr Talent durcheinandergekommen war, was sie gegen ihren Willen hierher befördert hatte.

»Krächz!« sagte der Vogel, offensichtlich verärgert.

»Die Szene anhalten«, befahl Grey Murphy.

Die Szene wurde unterbrochen. Grundy wandte sich an die Zeugin, die genau dort saß, wo ihr Illusionsselbst stand. »Wiederhole genau, was Roxanne Roc zu dir gesagt hat.«

»Erst sagte sie ›Krächz?‹ und dann ›Krächz?‹, und dann hat sie ...«

»Das waren ihre genauen Worte?«

»Ja. Und dann ...«

Grey wandte sich an Grundy. »Und wie übersetzen sich diese Worte in menschliche Sprache?«

»Das erste lautete ›Was?‹, und das zweite heißt ›Verflixt!‹«, erklärte der Golem.

»Bist du dir sicher?«

»Natürlich bin ich mir sicher! Ich spreche und verstehe die Sprachen aller lebenden Kreaturen. Dafür wurde ich erschaffen, bevor ich lebendig wurde.«

»Und um was für eine Art von Wort handelt es sich bei dem zweiten Ausdruck?«

»Einspruch!« rief Ida. »Mutmaßung!«

Grey wandte sich an den Richter. »Dies ist das Fachgebiet des Dolmetschers. Er ist qualifiziert, das Wort zu definieren.«

Der Richter nickte. »Einspruch abgelehnt. Der Dolmetscher darf die Frage beantworten.«

»Es bezieht sich auf den Vorgang, zerrissenes Tuch mit Hilfe einer Reihe von Stichen zu flicken«, erklärte Grundy. »Es ist ein mühseliger, langweiliger Prozeß, und das Ergebnis ist meist unansehnlich, weshalb man es auch nicht sehr schätzt. Ein verflixter Gegenstand ist also weder so jungfräulich noch so wertvoll wie das Original. Bezeichnet man also etwas als verflixt, oder sagt man jemandem, er solle sich verflixt noch einmal ...«

»Komm gefälligst zur Sache!« knurrte der Richter.

»Es gilt als anstößiges Wort«, schloß Grundy. »Eins, das nicht für die zarten Ohren kleiner Kinder geeignet scheint.«

»Ein Wort, das nicht für kleine Kinder geeignet ist«, wiederholte Grey beton. »Eins, das einen Verstoß gegen die Regeln der Erwachsenenverschwörung bedeuten würde, spräche man es in Gegenwart eines sehr jungen Kindes aus.«

»Ganz genau. Natürlich ist es nur ein sehr geringfügiger Verstoß.«

»Danke.« Grey wandte sich wieder dem Richter zu. »Keine weiteren Fragen an diese Zeugin.« Er trat ab.

»Aber wo bleibt da die Relevanz?« wollte Metria wissen. »Es war doch überhaupt kein Kind anwesend!«

Der finstere Blick des Richters schwenkte zu ihr hinüber, doch sie fuhr sich mit der Hand über den Mund und ließ ihn sich sichtbar schließen, und so sah der Richter darüber hinweg. Immerhin wußte sie jetzt, daß sie besser daran tat, nicht wieder außer der Reihe zu sprechen.

Ida trat zu der Zeugin hinüber. »War ein Dolmetscher anwesend, als du Roxanne Roc begegnet bist?« fragte sie.

»Nein. Ich habe ihr Krächzen nicht verstanden.«

»Dann wußtest du also gar nicht, daß sie ein unanständiges Wort gesagt hatte.«

»Das ist richtig.«

»Tatsächlich hattest du bis zu diesem Augenblick nicht die leiseste Vorstellung, weshalb du überhaupt als Zeugin zu dieser Verhandlung geladen wurdest.«

»Einspruch!« sagte Grey. »Das ist irrelevant, unwichtig und lenkt vom Thema ab.«

»Stattgegeben.«

»Und was geschah danach?« fragte Ida.

»Einspruch! Irrelevant!«

»Für meine Verteidigung ist es sehr wohl relevant!« fauchte Ida mit einer für ihr normalerweise sehr sonniges Wesen recht ungewöhnlichen Schärfe. Ihr Mond sah ähnlich verärgert aus, wenn auch noch nicht völlig verfinstert.

»Aber dies ist eine Zeugin der Anklage.«

»Stattgegeben.«

»Dann werde ich sie aufrufen, wenn ich an die Reihe komme«, verkündete Ida und trat ab.

»Die Zeugin darf den Stand verlassen«, entschied der Richter.

Phelra kehrte ins Publikum zurück, ganz offensichtlich verwundert. Die Szene verblaßte.

Grey lächelte grimmig. »Zum zweiten geht es um die Anwesenheit eines Kindes. Die Anklage ruft den Simurgh in den Zeugenstand.«

Ehrfürchtiges Geraune quittierte diese Ankündigung, so daß der Richter einen generalisierten Finsterblick in die Runde werfen mußte, um den Lärm zum Verstummen zu bringen.

»DER SIMURGH ERBITTET ERLAUBNIS, AN ORT UND

STELLE ZU ANTWORTEN, UM DEN BESCHRÄNKTEN DIMENSIONEN DER BÜHNE RECHNUNG ZU TRAGEN.

Fetthuf hätte beinahe gelächelt. »Gestattet. Die Spezialeffektbeamtin wird eine kleine Illusion herstellen, die an Stelle der Zeugin im Stand befragt werden kann.«

Die Zauberin Iris nickte. Da erschien ein kleines Bild des Simurgh, wie der auf dem Rücken des Zeugenstands hockte. Falls irgend jemand im Publikum diese Darstellung komisch fand, war er jedenfalls gescheit genug, seine Reaktion zu unterdrücken.

Grundy Golem trat auf das Abbild zu. »Schwörst du, die Wahrheit zu sagen, egas was?«

ICH SCHWÖRE ES. Es schien, als käme die Antwort von dem Vogel im Zeugenstand.

»Die Zeugin ist ordnungsgemäß vereidigt worden«, verkündete der Richter.

Grey Murphy trat auf den Plan. »Was ist deine Aufgabe?«

»Einspruch«, warf Ida ein. »Irrelevant.«

Fetthuf runzelte die Stirn. »Ist Relevanz gegeben?«

»Ja, Euer Ehren. Es wird gleich deutlich zutage treten.«

»Dann fahre fort. Die Zeugin darf antworten.«

ICH BIN DAS ÄLTESTE UND WEISESTE GESCHÖPF IM UNIVERSUM. ICH HABE DIE VERNICHTUNG UND WIEDERAUFERSTEHUNG DES UNIVERSUMS DREIMAL MITANGESEHEN. ICH BIN UNTER ANDEREM DIE BEWACHERIN DES SAMENBAUMS.

»Empfindest du das als ermüdend?«

NACH MEHREREN JAHRTAUSENDEN WIRD ES DURCHAUS LANGWEILIG.

»Überlegst du dir Möglichkeiten, diese Langeweile zu lindern?«

ICH HOFFE, EINIGE DIESER AUFGABEN IM LAUFE DER ZEIT AN MEINEN NACHFOLGER WEITERZUGEBEN, DER IRGENDWANN GENAU SO WEISE WIRD, WIE ICH ES BIN.

»Und wer ist dein Nachfolger?«

MEIN NAMENLOSES KÜKEN.

»Wo ist dieses Küken?«

IN EINEM EI ZWISCHEN EINEM ROC UND EINEM HARTEN PLATZ, HIER IM NAMENLOSEN SCHLOSS, DAS ZU DIESEM BEHUFE ERBAUT WURDE.

»Und wo ist dieses Ei jetzt genau?«

UNTER ROXANNE ROC.

Wieder durchzog Gemurmel den Saal, trotz des wütenden Richterblicks. Das war wirklich eine gewaltige Neuigkeit!

»Wie lange dauert es, bis dein Küken aus dem Ei schlüpft?«

SECHSHUNDERT JAHRE.

»Und wann hast du das Ei gelegt?«

VOR SECHSHUNDERT JAHREN, IM JAHR 495.

»Dann ist es also dieses Jahr fällig?«

JA.

»In welchem Stadium befindet sich das Küken?«

DAS KÜKEN BESITZT BEWUSSTSEIN UND IST AUFNAHMEFÄHIG.

»Also lebendig und intelligent«, übersetzte Grey. »Kann das Küken verstehen, was im Nistsaal gesprochen wird?«

JA.

»Als Roxanne Roc dieses verbotene Wort ausgesprochen hat, konnte das Küken sie also ›hören?‹«

JA.

Roxanne, die im Nebensaal mitgehört hatte, machte einen Satz. Kein Zweifel – das war ihr völlig neu. Was wiederum niemanden überraschte. Im Publikum machte sich ein nur durch den bösen Richterblick gedämpftes Murmeln breit, während die Geschworenen auf ihrer Bank stumme Blicke austauschten.

Grey wandte sich ab. »Dein Zeuge.«

Ida trat auf das Abbild zu, und ihr Mond beäugte es neugierig. »Wenn du das weiseste Geschöpf im ganzen Universum bist, warum hast du dann diese Störung nicht vorausgesehen und verhindert?«

WEISHEIT IST NICHT DASSELBE WIE VORAUSWIS-

SEN. PHELRAS' BESUCH IM NAMENLOSEN SCHLOSS WAR IM PRINZIP EIN WILLKÜRLICHES EREIGNIS, DAS NICHT VORAUSZUSEHEN GEWESEN WÄRE. DER SCHADEN WAR BEREITS ANGERICHTET, BEVOR ICH HANDELN KONNTE.

»Also hast du nichts unternommen?«

ICH HABE DIE EREIGNISKETTE EINGELEITET, DIE SCHLIESSLICH ZU DIESEM VERFAHREN FÜHRTE.

»Obwohl du genau wußtest, daß die Angeklagte nichts von ihrer Verletzung der Erwachsenenverschwörung ahnte?«

»Einspruch! Spekulation! Mutmaßung!«

»Der Simurgh weiß alles«, erwiderte Ida gelassen. »Sie ist also qualifiziert, uns ihre Meinung mitzuteilen.«

»Trotzdem handelt es sich um Beeinflussung«, widersprach Grey.

Der Richter überlegte kurz. »Formuliere die Frage neu.«

»Glaubst du, daß die Angeklagte sich ihres Verstoßes bewußt war?«

NEIN.

»Warum hast du dann ...«

»Einspruch! Die Zeugin steht hier nicht unter Anklage.«

»Stattgegeben. Die Zeugin braucht die Frage nicht zu beantworten.«

ICH WERDE ES DENNOCH TUN. ICH HABE DIESES VERFAHREN EINGELEITET, WEIL UNWISSENHEIT KEINE ENTSCHULDIGUNG IST. ES HAT EIN VERSTOSS STATTGEFUNDEN, UND MIT DEM HAT SICH DAS GERICHT ZU BEFASSEN.

»Obwohl doch ...«

»Einspruch!«

»Stattgegeben.«

Ida zuckte die Schultern, sah aber gar nicht enttäuscht aus. Metria verstand, warum: Die Geschworenen – sowohl die menschlichen wie die Ungeheuer – verstanden den unausgesprochenen Einwand und ließen sich davon beeindrucken.

»Keine Fragen mehr an diese Zeugin«, sagte Ida.

»Die Zeugin möge den Stand verlassen.« Das kleine Abbild verblaßte.

Grey Murphy erhob sich. »Die Anklage verzichtet auf die Vernehmung weitgerer Zeugen«, verkündete er.

Er hatte nur zwei Zeugen in den Stand gerufen, doch hatte das genügt: Sie hatten zweifelsfrei belegt, daß die Angeklagte ein Verbotenes Wort ausgesprochen hatte, und dies in Gegenwart eines minderjährigen Kindes. Roxanne Roc steckte bis zu den Flügeln im Mist.

15

Verteidigung

Der verheerende Blick des Richters schweifte zu Prinzessin Ida hinüber. »Ist die Verteidigung bereit?«

»Ja, Euer Ehren.«

»Fortfahren.«

»Die Verteidigung ruft den Simurgh in den Zeugenstand.«

»Einspruch! Sie hat gesagt, daß sie keine Fragen mehr an diese Zeugin hat.«

»Das betraf nur das Kreuzverhör. Jetzt rufe ich sie als *meine* Zeugin in den Stand. Das ist etwas völlig anderes.«

Der Richter rollte ausdrucksstark ein Auge, entschied aber: »Einspruch abgelehnt.«

Das Abbild des Simurgh erschien erneut im Zeugenstand. Ida sprach es an: »Du hast erklärt, daß dein Ei vor sechshundert Jahren gelegt wurde und daß du das Namenlose Schloß errichtet hast, um es auszubrüten. Wann hast du Roxanne Roc zur Nisthenne bestimmt?«

IM JAR 500.

»Also fünf Jahre, nachdem du das Ei gelegt hast?«

JA.

»Und bis dahin mußtest du dich ganz allein um das Ei kümmern?«

»Einspruch! Das gehört nicht zur Sache!«

»Ich will die Bedeutung der Dienstpflicht der Angeklagten feststellen. Das steht auch in Zusammenhang mit ihrem Charakter.«

Grey schüttelte den Kopf. »Bedeutung und Charakter stehen nicht zwingend in einem Zusammenhang. Die Anklage räumt ein, daß die Aufgabe wichtig ist. So wichtig, um genau zu sein, daß jede Verletzung der Dienstpflicht als äußerst ernste ...«

»Einspruch! Die Anklage hat ihren Standpunkt bereits vorgetragen.«

Richter Fetthufs säuerlicher Mund zuckte. »Dem Einspruch der Verteidigung wird stattgegeben. Der Einspruch der Anklage wird abgelehnt. Doch man stelle die begrenzte Geduld dieses Gerichts nicht durch eine allzu freie Ausdeutung der jeweiligen Aufgabe auf die Probe.«

Ida lächelte den Richter zuckersüß an. Metria fiel auf, daß sie sehr hübsch aussah, wenn sie das tat. Wahrscheinlich glaubte sie, damit einen günstigen Eindruck zu machen, und wenn sie das glaubte, war es auch so. Sogar ihr kleiner Mond schien zu leuchten. Das würde noch größere Wirkung zeitigen, wenn sie sich erst an die Geschworenen wandte. Doch jetzt sprach sie wieder mit der Zeugin. »Du hast für das Ei gesorgt ...«

JA.

»War es schwierig, das Ei zu bebrüten, während du zugleich den Samenbaum auf dem Berg Parnaß bewachen und deinen anderen Verpflichtungen nachgehen mußtest?«

JA.

»Und deshalb hast du eine Nisthenne für dein Ei bestimmt?«

»Einspruch! Die Verteidigung legt der Zeugin Aussagen in den Mund.«

»Dieser Zeugin kann niemand etwas gegen ihren Willen in den Mund legen«, versetzte Ida.

»Abgelehnt.«

JA.

»War dir das Ei wichtig?«

Heiterkeit im Publikum, als der Simurgh antwortete: JA.

»Also hast du dir nicht gleich das erstbeste Wesen ausgesucht, um ihm dein Ei anzuvertrauen.«

DAS STIMMT.

»Hast du dir nicht tatsächlich das Geschöpf ausgesucht, das für diese Aufgabe am allerbesten geeignet war?«

JA.

»Und dieses Geschöpf war Roxanne Roc.«

JA.

»Deinem Urteil zufolge, und das ist per definitionem das kompetenteste, das es gibt, war Roxanne Roc also ein hochqualifizierter Vogel. Ja, genaugenommen ein Geschöpf von größter Kompetenz und allerbestem Charakter.«

JA.

»Und hat sie die Aufgabe so erfüllt, wie es sich gehörte?«

JA.

»Fast sechs Jahrhunderte lang.«

JA.

»Und ist sie noch heute qualifiziert genug?«

JA.

»Dann ist deine Verfolgung dieses Verstoßes also nicht dahingehend auszulegen, daß die Angeklagte in irgendeiner Weise inkompetent oder charakterlich ungeeignet wäre.«

DAS STIMMT.

»Und du vertraust ihr immer noch hinreichend, um dein Ei von ihr bebrüten zu lassen.«

JA.

Wieder entstand unterdrücktes Raunen im Gerichtssaal. Aussage und Handeln des Simurgh stellten beide die beste Referenz für Roxanne Rocs Charakter dar.

»Danke.« Ida wandte sich lächeln an Grey Murphy. Es war eine *Das*-widerleg-jetzt-mal-Miene, doch ihr Mond hellte sich dabei allerliebst auf. Metria sorgte sich, wie dies wohl auf einen Mann wirken mochte, der schon allzulange ohne Ergebnis verheiratet war. »Deine Zeugin.«

Grey trat an den Zeugenstand. »Die Angeklagte hat aber doch gegen die Erwachsenenverschwörung verstoßen?«

JA.

Und da lag auch die Crux, erkannte Metria. Es spielte kaum eine Rolle, was für eine großartige Persönlichkeit Roxanne Roc war – sie hatte die Tat nun einmal begangen. Und es spielte auch kaum eine Rolle, wie hübsch Prinzessin Ida mittlerweile strahlte – Greys Talent neutralisierte diese Magie.

Bedeutungsschwanger nickte er zur Geschworenenbank hinüber. »Danke. Keine weiteren Fragen.« Das Abbild verblaßte. Ida wandte sich an das Publikum. »Ich rufe Gwendolyn Kobold in den Zeugenstand.«

Die hübsche kleine Häuptlingsdame vom Koboldberg erhob sich und trat in den Stand. Auch sie wurde vereidigt.

»Bist du der Angeklagten einmal begegnet?« fragte Ida sie.

»Ja, einmal.«

»Beschreibe die Umstände dieser Begegnung.«

»Na ja, damals stand ich mit meinem verzogenen kleinen Bruder im Wettstreit um die Häuptlingswürde unseres Stammes, und da hat er dafür gesorgt, daß ich holen mußte, was zwischen dem Roc und dem harten Platz lag.« Während sie sprach, belebte die Zauberin Iris die Schilderung durch entsprechende Illusionen, so daß nun vor aller Augen die Szene im Koboldberg erschien. Gwenny Kobold befand sich in Begleitung von Che Zentaur und ihrer Freundin Jenny Elfe, die beide nun auf der Geschworenenbank saßen. Zu dritt bemühten sie sich, die Bedeutung der hier gestellten Aufgabe zu erfassen und erkannten schließlich, daß sie irgendwie ins Namenlose Schloß eindringen mußten, um das kostbare Ei des Roc zu holen.

Die Szene zeigte die komplizierte Route, die sie einschlagen mußten, um ins Namenlose Schloß zu gelangen. Das geschah im Schnelldurchlauf, so daß es schien, als würden sie fieberhaft durch ganz Xanth rasen und wie wild das Schloß erklimmen. Schließlich gelangten sie in den Hauptsaal, wo Roxanne im Nest saß. Gwenny benutzte ihren magischen Stab, um den vermeintlich schlafenden Vogel vom Nest zu heben und das wunderschöne Kristallei freizulegen. Dann berührte Che das Ei.

Und Roxanne krächzte. »Aufhören!« dolmetschte Grundy. »Das ist das Ei des Simurgh!« Und plötzlich war das ganze Schloß auf ihren Befehl hin versiegelt, so daß die Eindringlinge nicht mehr entkommen konnten.

Nun kam es zu einer Verfolgungsjagd, als der Große Vogel die drei einfangen und festnehmen wollte, während diese flohen. Es gelang ihnen, Roxanne in einen von Jenny Elfes Gruppenträumen zu locken und sich mit ihr auszutauschen. Bei dieser Gelegenheit erfuhren sie, wie Roxanne sich gegen den Simurgh vergangen und ihre Flugfähigkeit dabei eingebüßt hatte. Schließlich hatte sie den Simurgh ersucht, ihr das Fliegen wieder zu gestatten, worauf der Simurgh ihr diesen Gemeinschaftsdienst im Namenlosen Schloß auftrug, wo sie zu bleiben hatte, bis das dort aufbewahrte Ei endgültig ausgebrütet war. Sie wußte nichts davon, daß sie für diesen wichtigen Dienst bereits im Vorfeld ausgesucht worden war. Sie hielt es für eine Strafe, nicht für eine Würdigung, gab aber dennoch ihr Bestes, weil das eben ihrem Charakter entsprach.

Und so hatte sie dort sechs Jahrhunderte zugebracht, das Ei bewacht und es gewärmt. Es war ihr lediglich gestattet, jene Eindringlinge aufzufressen, die das Ei tatsächlich bedrohten, und da sie keinen Fehler begehen wollte, war sie damit äußerst vorsichtig. In diesem Fall hatte sie so lange gewartet, bis einer der Eindringlinge das Ei berührte, erst dann war sie zur Tat geschritten.

Metria erinnerte sich. Sie war damals dort vorbeigesaust, im Spieldienst des Professors Fetthuf, und hatte Jenny und Che in dem Käfig gesehen, wo der Roc die beiden eingesperrt hatte. Zwar hatte Gwenny Kobold den Vogel mit ihrem magischen Stab abgewehrt, so daß keine Seite so recht zum Zuge kam, doch sah es für die Eindringlinge alles andere als günstig aus.

»Die Angeklagte hat das Ei also treu verteidigt«, schloß Ida.

»Oh, ja!« bestätigte Gwenny. »Sie war eine ganz furchtbare Verteidigerin. Aber mit der Zeit begriffen wir, daß sie nur ihre Pflicht tat, und dafür respektierten wir sie. Am Ende deuteten wir unsere Aufgabe um und nahmen nur eine von Roxannes alten, abgelegten Krallen mit, weil die neben dem Ei ins Nest gefallen war und daher ebenso wie dieses zwischen dem Roc und dem harten Platz lag.«

Als nächstes rief Ida Okra Ogerin in den Zeugenstand. Die bestätigte, daß sie mit ihren Freundinnen Mela Meerfau und Ida Mensch vom Simurgh ausgeschickt worden war, um das gestrandete Dreigespann zu befreien, was sie mit Hilfe eines Zeitsamens und etwas Verhandlungsgeschick auch getan hatte. Da Roxanne schon seit einigen Jahrhunderten aus dem Verkehr gezogen war, hatte sie noch nichts davon erfahren, daß Che Zentaur von sämtlichen Flügelungeheuern geschützt werden mußte, damit er irgendwann einmal die Geschichte Xanths verändern konnte. Nachdem sie dies in Erfahrung gebracht hatte, hielt sie sich auch daran.

Erneutes Murmeln im Publikum, als die Illusion Ida selbst in der Szene zeigte, zusammen mit zwei weiteren Geschworenen sowie drei Zeugen. Doch wieder wurde jede Äußerung vom bösen Blick des Richters zum Verstummen gebracht.

Okra bestätigte, daß Roxanne sich ehrenhaft verhalten und das Ei tatsächlich so gut geschützt hatte, wie es in ihrer Macht lag.

Mela Meerfrau, die nächste Zeugin, trug zur Zeit Beine statt ihres Schwanzes. Sie brauchte etwas Zeit, bis sie ihr ansehnliches Hinterteil in den Zeugenstand bugsiert hatte, so daß die männlichen Zuschauer sogar noch dazu kamen, ihr Gaffen zu beenden, danach bestätigte sie die Aussage der Ogerin. Am Ende hatten sie Roxanne den Zeitsamen überreicht, und der große Vogel hatte ihn nicht dazu verwendet, sie zu vernichten, was er durchaus hätte tun können.

»Also bewies die Angeklagte, daß sie zu ihrem Wort stand«, schloß Ida.

»Ja. Sie ist ein gutes Geschöpf.«

Als nächstes kam Phelra an die Reihe. »Du hast die Angeklagte also krächzen hören, wußtest damals aber noch nicht, was ihr Ausruf zu bedeuten hatte«, sagte Ida. »Du warst dir nicht bewußt, daß sie ein Wort benutzte, welches innerhalb des Kontextes, von dessen Existenz sie nichts ahnte, unzulässig war.«

»Einspruch!«

»Ich werde es anders formulieren. Für dich war es nur ein gewöhnliches Krächzen.«

»Ja«, bestätigte Phelra.

»Vielleicht ein Ausdruck der Überraschung oder der Bestürzung, als sie erkannte, daß du nur durch einen Unfall dorthin gelangt warst und daß es eine Menge Mühe bedeuten könnte, dich wieder aus dem Namenlosen Schloß zu schaffen.«

»Ja. Genau so habe ich es verstanden.«

»Und tatsächlich hat sie es auch genauso gemeint. Sie konnte deine Sprache zwar verstehen, weil die meisten Tiere sich die Mühe machen, die Sprache der Menschen zu erlernen, obwohl sie sie selbst nicht sprechen können, ganz im Gegensatz zu der ignoranten Grundeinstellung der allermeisten Menschen selbst. Es frustrierte sie, daß sie dir nicht erklären konnte, wie du nach Hause zurückgelangen würdest.«

»Ja.«

»Tatsächlich hätte sie vielleicht als Bild von einer Socke sprechen können, die zerrissen war und erst mühsam und langwierig geflickt werden mußte, weil die Socke selbst das Problem natürlich nicht verstand.«

»Aber ja!« stimmte Phelra zu, und ihre Miene hellte sich auf. »So betrachtet wäre es dann gar kein böses Wort gewesen ...«

»Einspruch!«

»Stattgegeben. Die Geschworenen werden diesen Kommentar nicht berücksichtigen.«

Die Geschworenen sahen allerdings überhaupt nicht so aus, als wollten sie diesen Kommentar vergessen. Ida war außerordentlich erfolgreich darin, die Geschworenen in ihrem Sinne zu beeinflussen, was vielleicht an ihrem Talent lag. Wahrscheinlich hatte sie die Idee, daß sie Roxanne würde retten können, und alles, woran sie wirklich glaubte, wurde stets Wirklichkeit, denn sie war ja eine Zauberin.

»Aber sie hat euch doch sicher nach Hause befördert, oder?« fuhr Ida fort.

»Ja. Sie besaß einen Splitter Umkehrholz. Den habe ich festgehalten und dann mein Talent ausgeübt, um den Roc wieder herbeizurufen. Das Holz hat den Schub umgekehrt und mich direkt dorthin zurückbefördert, wo ich hergekommen war. Es war genau das, was ich gerade brauchte. Das half mir sogar dabei, Snide loszuwerden. Es tut mir nur leid, daß ich nie die Gelegenheit hatte, mich bei ihr zu bedanken oder ihr den Holzsplitter zurückzugeben.«

»Nachdem die Angeklagte also die Situation erst einmal verstanden hatte, behandelte sie dich höflich und hilfsbereit.«

»Ja. Sie war ganz großartig. Sie hätte mich auffressen können, aber das hat sie nicht getan.«

Metria sah, daß auch dieses die Geschworenen beeindruckte. Von Rechts wegen hätte Roxanne Phelra schließlich auffressen können, weil sie eingedrungen war, wo sie nicht hingehörte. Statt dessen hatte der Vogel Barmherzigkeit geübt, anstatt bösartig zu reagieren. Dennoch – das schlimme Wort hatte sie nun einmal gesagt!

Ida war mit ihrer Zeugin fertig, und Grey hatte keine weiteren Fragen; seine Argumentation war schon angeschlagen genug.

»Die Verteidigung ruft Roxanne Roc in den Zeugenstand.«

Richter Fetthuf fragte: »Bist du dir bewußt, daß die Angeklagte, sollte sie in eigener Sache aussagen, sich auch den

Fragen der Anklage stellen muß, die sie wiederum dazu bringen könnte, sich selbst zu belasten?«

»Ja, Euer Ehren.« Idas Mond sah ernst aus. »Aber ich meine, dieses Risiko müssen wir eingehen.«

»Fahr fort. Die Zeugin darf von ihrem gegenwärtigen Platz aus aussagen.«

Ida wandte sich dem Nebensaal zu. »Roxanne, bitte erzähl doch mal, was mit dir in der Zeit Ohne Magie geschah.«

Wieder ging ein unterdrücktes Raunen durch die Menge. Die Zeit Ohne Magie war im Jahr 1043 gewesen, also vor zweiundfünfzig Jahren, und einige der Prozeßbeteiligten waren damals noch gar nicht dagewesen. Für sie war es reine Geschichte und daher langweilig. Was konnte das schon mit dem gegenwärtigen Fall zu tun haben?

Doch Grey Murphy brachte keine Einwände vor. Entweder sah er durchaus einen Zusammenhang, oder er war selbst neugierig.

Roxanne begann zu krächzen. Grundy Golem dolmetschte, und die Zauberin Iris stellte die Szene dar. Sie zeigte das Namenlose Schloß auf seiner Wolke, in aller Ruhe über dem Land Xanth schwebend. Roxanne selbst döste gerade, wie es im Laufe der etwas langatmigen Jahrhunderte schon einmal vorkam, und in diesem Zustand sah sie aus, als wäre sie eine große Steinstatue.

Da plötzlich verschwand die Magie. Das lag daran, weil Bink Mensch, der gerade an einem Aspekt der Wirklichkeit des Dämons $X(A/N)^{th}$ teilnahm, dem Dämon gestattet hatte zu gehen. Der Dämon hatte sich nicht lange bitten lassen und sich sehr weit von Xanth entfernt, wobei er seine Magie mitnahm. Denn alle Magie Xanths entsprang der Magie des Dämons, war sie doch der Überrest dessen, was von ihm aussickerte, ähnlich wie die Wärme eines tierischen Körpers in die Umgebung abstrahlte.

Einige Magie hielt sich noch eine Weile, genau wie es die Körperwärme getan hätte, um sich schließlich aufzulösen. Doch diese Magie war so spärlich, daß sie so gut wie unbemerkt blieb.

Sofort begann der Wolkenstoff, auf dem das Schloß stand, weich zu werden, und auch die Wolke selbst verlor ihren Auftrieb. Schnell sank sie dem plötzlich trostlos daliegenden Boden entgegen. Roxanne hatte keine Ahnung, was die Ursache war; eins aber begriff sie: Wenn sie nicht schleunigst etwas unternahm, würde das Schloß zu Boden stürzen und vernichtet werden.

Sie sprang aus dem Nest und rannte hinaus. Dort lugte sie über den zerfransten Wolkenrand in die Tiefe. Dort lag Xanth, ausgebreitet wie sonst auch, nur doppelt so trostlos. Es sah fast so schlimm aus wie Mundania. Nicht weit entfernt der Küß Mich See, nur daß er so aussah, als hätte man ihm einen Tritt verpaßt, anstatt ihn zu küssen.

Vielleicht könnte sie das Schloß ja so steuern, daß es in den See stürzte anstatt auf dem Boden zu zerschellen. Das wäre immer noch ein furchtbarer Aufprall, doch könnte das Wasser ihn vielleicht soweit abfedern, daß wenigstens ihr Ei unversehrt blieb. Das war schließlich alles, was zählte.

Sie grub die Krallen in die zerfasernde Wolkenlandschaft, richtete sich auf und spreizte die riesigen Schwingen. Sie konnte zwar nicht fliegen, weil der Simurgh ihr für die Dauer ihrer Aufgabe diese Fähigkeit geraubt hatte, doch ihre Flügel konnten immer noch die Luft schlagen und einen kräftigen Rückstoß verursachen. Wenn sie das Schloß nur ein Stück in Richtung See treiben könnte …«

Das Schloß setzte sich in Bewegung – aber in die falsche Richtung. Natürlich, sie hockte ja mit dem Gesicht in Richtung See. Also legte sie die Schwingen schräg, so daß die Wolke herumwirbelte, bis ihr Gesicht vom Wasser fortzeigte. Dann pumpte sie so kräftig, wie sie konnte. Das Schloß war inzwischen wieder ein gutes Stück gesunken, doch bestand immerhin noch die Aussicht, daß es schließlich unten in den See stürzen würde.

Roxanne schlug so fest, daß sie schon glaubte, ihr Herz müsse gleich zerspringen, während das Land ihr unten entgegenraste. Sie konnte den See nicht mehr erkennen – war das denn wirklich noch die richtige Richtung? Es mußte sie sein, weil es die einzige war, in die sie nicht schauen konnte.

Doch sie durfte das Ei nicht ungeschützt dem Aufprall aussetzen, weil es sonst zerbersten konnte. Als die Baumwipfel immer näher kamen, ließ Roxanne los, wandte sich um und sprang zurück in den Nistsaal. Dort stürzte sie sich auf das Nest, da traf das Schloß auf die Wasseroberfläche.

Es gab eine riesige Fontäne. Überall um sie herum schossen Wände aus Wasser in die Höhe, bis sie durch die höchstgelegenen Fenster schimmerten. Das Schloß beendete seinen Sturz mit einem plötzlichen, aber nicht verheerenden Aufprall – und sprang wieder in die Höhe. Es hüpfte auf dem Wasser wie ein tolpatschiger Stein! Denn es war Roxanne gelungen, es schneller in die Schräglage zu bringen, als es stürzte. So schoß sie an dem Nest vorbei, weil alles außer ihr plötzlich bremste. Schnell fuhr sie herum, um wieder das Nest zu erreichen und es schützend zu umhüllen.

Da kehrte sich alles um, und das Schloß schoß wieder in die Tiefe. Das Ei flog aus dem Steinnest. Roxanne sprang darauf zu, erwischte es mit ihren Krallen – ganz, ganz vorsichtig! –, damit es nicht wieder gegen den Stein prallen konnte. Doch nun stürzte auch sie immer weiter. Also schlug sie hart die Schwingen, um den Fall abzubremsen und das Ei von dem harten Nest fernzuhalten. Normalerweise war die Stelle zwischen dem Roc und dem harten Platz der sicherste Ort in ganz Xanth, doch nicht unter diesen Umständen.

Das Schloß machte wieder einen Satz und schoß ein zweites Mal in die Höhe. Hart stieß es von unten gegen sie. Die Flügel pufferten den Aufprall ab, und es gelang ihr, auf dem Nest zu landen und das Ei sanft wieder hineinzulegen. Sie spürte einen schrecklichen, betäubenden Schmerz und wußte, daß einer ihrer Flügel gebrochen war.

Doch hatte sie keine Zeit dafür. Das Schloß hüpfte noch immer über das Wasser, in immer kleiner werdenden Sprüngen, wobei es das Ei gefährlich durchschüttelte. Roxanne schlug die Flügel unter sich und dem Ein ein und federte seinen Kontakt mit dem haten Nest ab.

Endlich hörte die schreckliche Bewegung auf. Halb erleichtert stieß Roxanne einen Krächzer aus – dann merkte sie, daß doch noch Bewegung vorhanden war. Das Schloß versank im See!

Sie verließ das Nest, das im Augenblick in Sicherheit war, und kletterte wieder hinaus. Wasser bedeckte bereits die Oberfläche der Wolke und leckte am Fundament des Schlosses. Das Schloß war zwar leicht, aber der Wolkenstoff saugte immer mehr Wasser auf, so daß er früher oder später in die Tiefe sacken mußte. Wie tief war der See überhaupt? Sie wußte es nicht, befürchtete aber, daß die Tiefe die Höhe des Schlosses bei weitem übersteigen würde. Unten am Boden des Sees würde das Ei ertrinken.

Es sei denn, sie könnte es irgendwie oben halten. Wenn sie es etwa zum Treiben brächte ...

Mit den Krallen riß sie an dem Wolkenstoff, packte den Außenrand der Wolkeninsel und zerrte daran. So riß sie ein Stück aus der Wolke, was ein Loch entstehen ließ. Schnell rammte sie es wieder hinein, doch diesmal verkeilt, so daß sich ein Vorsprung bildete. Ein Vorteil des sich auflösenden Wolkenstoffs war der, daß er nun formbar geworden war, so daß sie ihn nach Belieben kneten konnte.

Roxanne begab sich an die Kante, bog sie hoch und rammte sie fest. Schon bald hatte sie eine Art Boot oder Floß fertiggestellt. Doch das war vollgesogen mit Wasser und sank noch immer, wenn auch langsam. Also formte sie einen Rampenkanal, innen niedrig, außen hoch, hockte sich auf die untere Seite, grub sich ein und begann wieder die Flügel zu schlagen. Schmerz schoß ihr bei jedem Schlag durch den linken Flügel, doch sie biß den Schnabel zusammen und erzwang die Bewegung. Diesmal lenkte sie ihren Rückstoß durch den primitiven Kanal zurück ins Wasser.

Je heftiger sie schlug, um so stärker preßte der Wind das Wasser aus dem Kanal und von der Wolkenbank. Zwar strömte frisches Wasser nach, doch wurde auch dieses durch den Kanal hinausgetrieben. Schon bald hatte Roxanne ein dünnes Rinnsal hergestellt, das über den Rand der Wolkeninsel sickerte, so daß der Wasserstand auf der Insel sich zunehmend senkte. Damit gewann die Insel selbst frischen Auftrieb, und das Schloß hob sich langsam wieder aus den Fluten. Es gelang ihr, das Schloß schwimmtauglich zu machen!

Endlich war die Wolkenoberfläche weitgehend trocken, so daß sie mit ihren Anstrengungen nachlassen konnte. Ihr gebrochener Flügel schmerzte furchtbar, und auch sonst war sie fast am Ende ihrer Kräfte. Doch es war ihr gelungen, das Schloß zu retten und mit ihm das Ei – das war alles, was zählte.

Sie überprüfte das Ei und konnte feststellen, daß es unversehrt geblieben war. Sie brauchte nicht die ganze Zeit darauf zu hocken; es war groß und dicht genug, um seine eigene Wärme eine Weile zu wahren. Trotzdem würde es nicht schaden ...

Das Schloß erbebte. Roxanne kroch wieder hinaus, um nachzusehen. Da war ja ein Schiff, das gerade versuchte, mit der Wolke zusammenzustoßen! Ein großes Boot, an Bord haufenweise Leute, die ziemlich widerlich aussahen. Das Boot klatschte mit der Flanke gegen die Wolkenwand und drohte sie einzubeulen, so daß das Wasser wieder einströmen würde.

»Was tust du da?« fragte sie zornig. »Verschwinde!« Doch alles, was dabei herauskam, waren natürlich nur zwei Krächzer, die, wie sie aus Erfahrung wußte, für Menschen unverständlich waren. Tatsächlich standen die Leute an der Reling des Schiffes und gafften sie nur dämlich an.

Da erblickte sie den Namen des Schiffs:

VERWANDSCHAFTSKAHN. Das war also das Fahrzeug, das die gesamte bucklige Verwandtschaft mit sich trug! Kein Wunder, daß die Leute es nicht gern sahen, weil Verwandte meist nur Ärger bedeuteten, vor allem die des Ehegatten.

Wahrscheinlich waren diese Leute hier schmusende Cousins und Cousinen, weil es sich ja um den Küß Mich See handelte. Im Augenblick wirkten sie freilich ziemlich säuerlich, denn die Magie war verschwunden.

Roxanne stemmte einen Fuß gegen das Schiff und verhakte den anderen im Wolkenstoff, und es gelang ihr, das Schiff wegzuschieben. So trieb es nun davon, wahrscheinlich irgendeiner anderen Familie entgegen, die bald unter seinem Aufkreuzen zu leiden haben würde.

Jetzt hatte Roxanne endlich Zeit zum Nachdenken. Die Magie war offensichtlich verschwunden, obwohl sie keine Ahnung hatte, warum. Das Namenlose Schloß hatte seinen Zauber eingebüßt, und das gleiche galt zweifellos für jenen Zauber, der ihr das Fliegen verwehrte – nur daß die Magie der Rocs ja gerade aus ihrer Flugfähigkeit bestand, da das Fliegen einem Wesen von solcher Größe sonst unmöglich gewesen wäre. Daher hatte das Verschwinden der Magie und der Verlust derselben auf sie die gleiche Wirkung wie der Neutralisierungszauber. Und außerdem hätte ihr gebrochener Flügel ihr das Fliegen sowieso verwehrt. Die Frage war nur, ob die Magie zurückkehren würde. Davon mußte sie einfach ausgehen, sonst wären sie und das Schloß und das Ei verloren. Sie gehörten eigentlich alle an den Himmel, wo es sicher war; hier unten, sei es auf dem Land oder zu Wasser, wäre es nur eine Frage der Zeit, bis irgendwelche Landungeheuer angriffen oder ein Sturm alles umwehte.

Doch darauf hatte sie keinen Einfluß. Ihr blieb nur eins – zu warten und zu hoffen. Und das kostbare Ei warmzuhalten.

Sie kehrte zum Nest zurück und hockte sich auf das Ei. Sie versuchte etwas zu schlafen, aber der Flügel tat ihr viel zu weh. Sie wünschte, sie könnte eine Heilquelle aufsuchen, doch dann wurde ihr klar, daß das Heilelixier ohne Magie auch nicht wirken würde. Daher stählte sie sich einfach gegen den Schmerz und wartete ab.

Ab und zu begab sie sich hinaus und besserte den sich auflösenden Rand wieder aus. Sie schätzte, daß sie wohl nichts mehr würde für das Schloß tun können, sollte die Magie länger als einen Tag verschwunden bleiben. Denn der Wolkenstoff sackte weiter ab und würde schließlich doch noch in den Fluten versinken.

Es sei denn, sie könnte das Schloß an Land bringen, wo es wenigstens nicht absaufen konnte. Ja – das war wohl das Klügste.

Sie krallte sich wieder mit den Füßen ein und schlug erneut mit den Schwingen. Der Schmerz flammte entsetzlich auf, doch sie machte weiter, bis die wässrige Insel schließlich ans Ufer stieß. Sie schob sie so weit an Land, wie sie nur konnte, dann begab sie sich zur Ruhe. Wenigstens würde die Insel jetzt nicht mehr sinken.

Roxannne kehrte zum Ei zurück und setzte sich darauf, wärmte es mit ihrem Leib. Sie brauchte eine Weile, bis sie einschlummerte, weil Schmerz und Erschöpfung ihr so heftig zusetzten – und als es ihr schließlich gelang, gab es gleich neuen Ärger.

Ein gräßliches Heulen ertönte in der Nähe des Schlosses. Irgendein Ungeheuer nahte, und es hörte sich gefährlich an. Roxanne begab sich hinaus, um die Lage zu erkunden, denn sie wollte nicht im Nest überrascht werden. Der große Nachteil daran, die Insel an Land geschoben zu haben, war der, daß sie nun den Landgeschöpfen ausgeliefert war, die ungefähr so schlimm waren wie die Seeungeheuer. Eigentlich sogar noch schlimmer, denn im Küß Mich See hatte es bestimmt keine unfreundlichen Geschöpfe gegeben.

Es war etwas, das früher mal ein Drache gewesen sein mochte, jetzt aber nur wie eine Ausgeburt nächtlichen Wahnsinns aussah. Es schnappte nach dem Rand der Wolkenmasse und riß riesige Stücke heraus. Dann hielt es auf das Schloß selbst zu.

Roxanne stieß ein drohendes Krächzen aus und stürmte ihm entgegen. Sie durfte nicht zulassen, daß es den immer weicher werdenden Wolkenstoff auffraß und sich möglicherweise bis an das Ei selbst durchkämpfte. Sie war zwar alles andere als kampffähig, doch mußte sie unbedingt beschützen, was ihr geblieben war, für den Fall, daß die Magie jemals zurückkehren sollte.

Das Ungeheuer zischte und fuhr wirbelnd auf sie zu. Seine Augen gleißten bedrohlich. Der Verlust der Magie hatte es verwirrt und in den Wahnsinn getrieben, aber es war groß und bösartig. Vielleicht war es ja der Überrest einer Sphinx. Roxanne wünschte sich nur, daß es verschwinden möge, fürchtete aber, daß es schmerzunempfindlich war und sich nicht bluffen ließ.

Sie behielt recht. Das Ungeheuer schnappte und schlug nach ihr, riß ihr Federn und Fleisch aus dem Leib. Sie wich zurück – fort von dem Schloß. Das Untier folgte, es war die schiere Bösartigkeit. Also lenkte Roxanne es weiterhin ab, um es vom Schloß fortzulocken. Sie hätte auch fliehen können und wäre damit einer schlimmen Prügelei entgangen, doch sie wollte das Ungeheuer erst weit genug fortlocken, damit es nicht wieder ins Schloß trampelte. Deshalb ließ sie die gnadenlose Attacke über sich ergehen, obwohl dabei kaum ein Teil ihres Körpers ohne Kratzer und Wunden davonkam.

Als sie schließlich genug Entfernung zum Schloß hergestellt zu haben meinte, wich sie schnell zurück und entkam dem fast gänzlich geistlosem Ungetüm. Doch inzwischen war sie derart erschöpft und zerschunden, daß sie kaum noch glaubte, es aus eigener Kraft zum Schloß zurück zu schaffen, ganz davon abgesehen, es vor weiteren Raubtieren zu beschützen. Sie wäre am liebsten zusammengebrochen und gestorben.

Doch das tat sie nicht. Sie schleppte sich in, wie sie hoffte, die richtige Richtung, bis tödliche Erschöpfung sie schließlich überwältigte und sie sich bewußtlos zu Boden sinken ließ. Doch kurz darauf hatte sie sich wieder ein wenig erholt und schleppte sich weiter. Sie durfte das Ei nicht ungeschützt im Schloß lassen!

Sie wußte selbst nicht, wie lange sie sich vorwärts schleppte und immer wieder zusammenbrach, um erneut aufzustehen und wieder zusammenzubrechen, doch es bestand kein Zweifel, daß darüber eine Menge Zeit verging. Ihre Sorge um das Ei wuchs – wann würde es sich zu weit abgekühlt haben? Sie mußte unbedingt zu ihm. Sie könnte auf dem Ei selbst zusammenbrechen, Hauptsache, es wurde geschützt, gleich, was danach mit ihr geschehen mochte. Selbst wenn sie sterben sollte, würde ihr Körper doch noch eine Weile brauchen, bis er sich ausgekühlt hatte – vielleicht lange genug bis zur Rückkehr der Magie. Und dann ...

Und dann – was? Das Ei bedurfte ihres Schutzes, ob mit oder ohne Magie.

Auch wenn ihr die Sinne zu schwinden drohten, begriff sie, daß sie noch mehr Anstrengungen unternehmen mußte. Sie mußte das Schloß unbedingt irgendwie an den Himmel zurückbekommen, wo es zusammen mit dem Ei in Sicherheit wäre. Falls die Magie zurückkehrte, würde das Schloß sich vielleicht erholen und wieder in die Höhe emporschweben. Doch dann mußte sie dabeisein, um das Ei zu wärmen und zu schützen.

Aber was sollte sie noch tun? Sie war schon so erschöpft, daß sie es möglicherweise nicht einmal mehr bis zum Schloß schaffen konnte, und selbst dann würde sie kaum mehr ausrichten können, als das Ei warmzuhalten.

Sie dachte nach, und mit diesem Nachdenken kehrte ihr Bewußtsein ein Stück weit zurück. Erstens: Falls die Magie nicht zurückkehrte, war alles verloren – das Ei, Roxanne selbst und ganz Xanth. Zweitens: Falls die Magie zurückkehrte, würde sie helfend eingreifen können. Doch zunächst einmal mußte sie sich selbst helfen, sonst wäre das Ei in der Tat verloren. Und falls die Magie wirklich zurückkehrte, gab es auch einen Weg dazu.

Sie mußte eine Heilquelle finden. Sie erinnerte sich daran, daß es in dieser Gegend eine gab, welche zu den zahlreichen Zuströmen gehörte, die den Küß Mich See speisten. Denn im Küssen lag auch Heilung. Doch wo war sie nur?

Sie marterte ihr Gedächtnis und kam schließlich zu dem Schluß, daß die Quelle nicht weiter entfernt sein konnte als das Schloß selbst. Also änderte sie den Kurs und schleppte sich darauf zu. Falls die Magie nicht zurückkehren sollte, würde es zwar nichts nützen, aber da in diesem Fall ohnehin alles verloren wäre, spielte es keine Rolle. Kehrte die Magie aber zurück, könnte es die Rettung des Eises bedeuten.

Endlich erreichte sie den Ort, an den sie sich erinnert hatte. Sie sah einen unscheinbaren Teich vor sich, der aber von üppiger Vegetation umgeben war, ein Hinweis darauf, daß er unter normalen Umständen vor Gesundheit nur so strotzte. Das mußte es sein.

Sie würde etwas von dem Wasser mitnehmen. Also mühte sie sich ab, einen wasserdichten Behälter anzufertigen. Sie sammelte Laubwerk und Lehm, fügte sie in mühsamer Kleinarbeit zu einem Beutel zusammen, auf Vogelwissen zurückgreifend, das älter war als die Magie. Falls die Quelle jemals ihre Kraft zurückgewinnen sollte, wäre sie darauf vorbereitet.

Sie stand am Ufer und ruhte sich aus. Sie hatte getan, was sie konnte. Und während sie sich entspannte, verlor sie den Halt und stürzte vornüber in die Quelle. Sie landete mit einem gewaltiegen Platschen und sank unter Wasser, zu erschöpft, um auch nur den Versuch zu unternehmen, wieder hinauszuklettern. Sie wußte, daß sie jetzt ertrinken würde, doch mit dem Anfertigen des Beutels hatte sie auch ihre letzten Körperkräfte aufgezehrt. Jetzt konnte sie nicht einmal sich selbst retten.

Da geschah etwas. Sie fühlte sich besser! Schmerz und Qual ihres zerschundenen Körpers waren verschwunden, und sie stellte fest, daß ihr zerrupftes Gefieder wieder heil geworden war. Aber das war doch unmöglich, es sei denn …

Die Magie war zurückgekehrt!

Doch warum war sie dann nicht ertrunken? Schließlich trieb sie noch immer mit dem Schnabel unter Wasser, ohne zu atmen.

Da erkannte sie, daß es unmöglich war, in einer Heilquelle zu ertrinken, weil diese ununterbrochen jeden Schaden heilte, den der Körper erleiden mochte. Die Magie war gerade noch rechtzeitig zurückgekehrt, um ihr das Leben zu retten. Vielleicht war sie aber auch vorher schon ertrunken und von der Magie nur wiederhergestellt worden. Es spielte keine Rolle – jetzt fühlte sie sich kräftig genug, um weiterzumachen. Die Mattigkeit war verschwunden, ihr gebrochener Flügel geheilt.

So kämpfte sie sich ans Freie und füllte den Beutel mit dem kostbaren Elixier. Dann stürmte sie zum Schloß zurück, unendlich viel schneller als zuvor. Keine zweieinhalb Momente später war sie schon am Ziel – und sah, wie sich die Mauern des Schlosses wieder versteiften. Die Magie gab ihnen ihre alte Härte zurück.

Doch es brauchte mehr als das. Roxanne hob den Beutel und hielt ihn über die schartige Kante der Wolkeninsel. Falls das funkionieren sollte ...

Die Scharte heilte. Der Wolkenstoff war gerade noch belebt genug, um auf das Heilelixier zu reagieren. Ihr verzweifelter Plan erwies sich als erfolgreich. Roxanne umschritt die ganze Insel; vorsichtig beträufelte sie sämtliche Wunden mit dem Elixier. Dann begab sie sich ins Innere des Schlosses und behandelte auch dessen Wunden damit. Und auch diese heilten. Schließlich gelangte sie zum Nest, wo das Ei vor Kälte bereits zitterte, und gab den letzten Tropfen darauf. Sofort hörte das Zittern auf, das Ei war geheilt.

Sie bestieg es – und spürte, wie sich das Schloß in Bewegung setzte. Es schwebte wieder! Es hob sich vom Boden, erst ganz gemächlich, dann immer schneller, als das Heilelixier bis in die letzten beschädigten Ritzen eindrang.

Roxanne hatte es geschafft. Sie hatte das Ei gerettet. Das war alles, was zählte. Alles war wieder gut.

»Keine Fragen mehr an die Zeugin«, verkündete Ida, als sich das Illusionsbild auflöste. »Sie gehört dir.«

»Doch aus irgendeinem Grund mochte Grey Roxanne nicht weiter befragen.

»Nun zu den Plädoyers«, verkündete Richter Fetthuf.

Grey Murphy trat vor und wandte sich an die Geschworenen. »Es gibt nur eins, was ihr entscheiden müßt«, sagte er grimmmig. »Hat Roxanne Roc die Erwachsenenverschwörung verletzt? Ihre Persönlichkeit tut nichts zur Sache; die Anklage räumt ein, daß sie ein prächtiger Vogel ist. Ihre Absichten tun auch nichts zur Sache; die Anklage räumt ein, daß ihr Verstoß unabsichtlich geschah. Nur eins aber zählt: *Hat sie es getan oder nicht?* Das vorgelegte Beweismaterial zeigt, daß sie es getan hat. Es bleibt euch keine andere Wahl, als sie schuldig im Sinne der Anklage zu sprechen.« Er nahm wieder Platz.

Ida trat zu den Geschworenen hinüber. »So einfach ist das nicht«, sagte sie. »Die Absicht spielt sehr wohl eine Rolle. Vielleicht mag sie den Verstoß nicht gänzlich entschuldigen, aber sie kann ihn doch relativieren. Ihr müßt abwägen, was Roxanne Roc alles getan hat. Angenommen, sie hätte sich anders verhalten – was wäre dann mit dem Ei geschehen? Wäre es ohne sie besser drangewesen? Das ist der Kontext, innerhalb dessen ihr euer Urteil über sie fällen müßt.«

Sie hielt inne, ordnete ihre Argumente, und ihr Mond konzentrierte sich. »Stellt euch vor, ihr würdet in aller Unschuld an einer Gegend vorbeikommen, von der ihr nicht wüßtet, daß sie verboten ist, um euch plötzlich an den Boden gefesselt wiederzufinden, genau wie Roxanne es getan hat, damit gestraft, jahrhundertelag ein Ei auszubrüten. Meint ihr nicht, daß euch das eine Spur rebellisch werden ließe?«

Nun kam die Macht der Zauberin zum Tragen. Ihr Talent war die Idee, und alles, woran sie glaubte, wurde auch Wirklichkeit, vorausgesetzt, die Idee stammte von niemandem, der um ihr Talent wußte. War es möglich, daß es Mitglieder unter den Geschworenen gab, die von ihrem Talent nichts ahnten? Metria bezweifelte es zwar, war sich aber nicht ganz sicher.

»Angenommen, ihr würdet dennoch diese Buße in aller Ehrenhaftigkeit absitzen, auch wenn es bedeuten würde, fast völlig isoliert von eurer eigenen Art sowie von allen anderen Wesen zu bleiben, bis auf ungewollte Eindringlinge? So daß ihr immer nur Kontakt zu feindseligen

Geschöpfen hättet, auch wenn ihr selbst von Natur aus eher freundlich gesinnt wäret?«

Metria sah Jenny Elfe nicken, ebenso Graeboe Riese-Harpyie und Sherlock Schwarz. Idas Worte zeigten Wirkung.

»Und weiterhin angenommen, ihr bekämt Gelegenheit zur Flucht, weil der Zauber, der euch gefesselt hielt, plötzlich verschwunden ist, nämlich in der Zeit Ohne Magie? Hättet ihr es getan?« Stanley Drache nickte, ebenso Mark Knochen.

»Roxanne Roc hat es nicht getan. Sie ist ihrer Berufung treu geblieben, hat Schmerz, Entbehrung und Gefahr erlitten. Sie hat außerordentliche Anstrengungen unternommen, um das Ei zu erhalten, und hatte Erfolg, wo manch eine andere Kreatur gescheitert wäre.« Kim Mundanier nickte, gefolgt von Gayle Wasserspeier.

»Nehmen wir ferner an, daß ihr dann plötzlich einen belanglosen, ungewollten Fehler begangen hättet, indem ihr einfach frustriert eurem Zorn Luft machtet, als euch klar wurde, daß ihr nicht dazu in der Lage wart, einem zufälligen Eindringling die Situation zu erklären. Wäret ihr darauf gekommen, daß ein Küken, das schon mehr als fünf Jahrhunderte stumm in seinem Ei verweilt, ausgerechnet jetzt zuhört? Und daß es euch verstehen würde?« Diesmal waren es nur drei, die nicht nickten: Com-Puter, dessen Schirm ohnehin nicht nicken konnte, Stanley Drache und Che Zentaur, der als Zentaur wahrscheinlich klüger war als alle anderen zusammen.

»Und angenommen, daß ihr wegen dieses folgenlosen Verstoßes plötzlich wegen Verletzung der Erwachsenenverschwörung unter Anklage gestellt worden wäret. Daß ihr trotzdem eurer Loyalität, weit über die Grenzen der normalen Pflichterfüllung hinaus, einer Bestrafung wegen des Bruchs einer Regel entgegensehen müßtet, von der viele meinen, sie sei tatsächlich nur eine sinnlose Einschränkung kindlicher Rechte?« Da zeigten sich auf Com-Puters Schirm eine Reihe von Punkten, die sich zu einem Ausrufezeichen anordneten: seine Art, Zustimmung zu signalisieren. Und

Che Zentaur, der jüngste unter den Geschworenen, nickte ebenfalls. Das taten auch Cynthia und Chena Zentaur auf der Ersatzgeschworenenbank.

Und Ida folgte diesem Beispiel. »Ihr müßt wissen, wenn ihr einmal genauer darüber nachdenkt, ist das Gesetz manchmal mangelhaft. Manchmal ist es nicht die Person, sondern das Gesetz, das der Berichtigung bedarf. Wenn äußerste Ehrenhaftigkeit und Treue wegen eines Formfehlers bestraft werden anstatt Belohnung zu erfahren, müßte euch das zu erkennen geben, daß hier etwas nicht mehr stimmt.« Che Zentaur nickte erneut, ebenso einige weitere Geschworene. Auch der Großteil der Zuschauer tat es.

Inzwischen schimmerten Tränen in Prinzessin Idas Augen, und ihr Mond bewölkte sich. »Roxanne Roc hat die besten Jahre ihres Lebens aufgeopfert, um das Beste aus einer manchmal äußerst schwierigen Situation zu machen. Dabei hat sie einen winzigen Fehler begangen. Wer von uns hätte es besser gemacht? Wer von uns hätte nicht auch einmal in seinem Leben einen kleinen Fehler begangen? Wie sollte irgendeiner von uns sie schließlich dafür verurteilen, daß sie nicht vollkommen ist? Dieses Ei hätte sich keine bessere Bewacherin wünschen können, vom Simurgh persönlich abgesehen! Wie sollen wir die hingebungsvolle Dienerin dieses Eises belohnen, die so viel getan hat, um es zu erhalten, und die niemals auch nur in die Verlegenheit geraten wäre, diesen Verstoß zu begehen, hätte sie das Ei nicht so treu und fürsorglich bewacht?« Die Tränen spiegelten sich in Kims Augen wider, in Jennys, in Gayles und in Glohas, ebenso in denen der Ersatzgeschworenen, und die anderen blickten unbehaglich drein.

»Wenn dies der Lohn der Tugend sein soll, welche Hoffnung bleibt uns anderen dann noch? Ihr müßt entscheiden, ob es sich mit eurem Gewissen vereinbaren läßt, Roxanne Roc in einem Prozeß zu verurteilen, der eine Schande für das gesamte Wertgefüge Xanths darstellt. Ihr müßt darüber befinden, was hier Recht und was Unrecht ist. Denn wozu sollten wir sonst hier sein?«

Ida wandte sich ab und ihr Mond versteckte sich hinter ihrem Kopf, als würde ihn die ganze Sache anwidern. Schweigen im Gerichtssaal. Metria empfand sicherlich genauso wie die anderen: dieser Prozeß war letztendlich völlig lächerlich.

Der Richter richtete die grimmigen Augen auf die Geschworenen. »Es ist nicht eure Aufgabe, über die Gerechtigkeit des Gesetzes zu befinden, nur darüber, ob dagegen verstoßen wurde. Beweismittel und Argumente sind euch unterbreitet worden. Ich wünsche, daß ihr euch darüber im klaren seid, daß ich in dieser Angelegenheit eine angemessene Entscheidung erwarte. Ich erwarte kein Hängeverfahren. Sollte meiner Erwartung freilich nicht entsprochen werden, so werde ich entscheiden, wie es sein muß. Seht.« Er deutete auf eine von Iris' Illusionen, die hinter ihm erschien. Es war eine Art Galgen mit zwölf Schlingen, die sich quälend langsam im Wind drehten. »Ich hoffe, ich habe mich klar genug ausgedrückt.«

Die Geschworenen schluckten im Chor und nickten. Dies würde kein Hängeverfahren werden.

Richter Fetthuf knallte mit seinem Hammer. »Die Geschworenen werden sich zur Beratung zurückziehen, und jeder Kontakt zur Außenwelt wird untersagt. Die Verhandlung ist vertagt.«

Geschworene und Ersatzleute begaben sich in ein abgelegenes Zimmer, während sich im Publikum erleichtertes Gemurmel breitmachte. Der Prozeß war fast am Ende.

Metria hoffte inständig, daß die Geschworenen zur richtigen Entscheidung finden würden. Doch sie hatte das flaue Gefühl, daß dies keineswegs sicher war.

16

Urteil

Mela und Nada waren wieder in ihren Teichen, wo sie einander anspritzten und kreischten und zurückzuckten, wenn sie von Salz- oder Süßwassertropfen getroffen wurden. Sie waren umgeben von einer Schar männlicher Wesen, die das Geschehen verfolgten, als sei dies die interessanteste Darbietung Xanths. Wenn man den beiden zusah, wäre man nie darauf gekommen, daß es sich um erwachsene Prinzessinnen handelte, oder daß die eine bereits eine Tochter besaß, die fast annähernd so gut bestückt war wie sie selbst. Zur Untätigkeit verdammte weibliche Wesen in der Umgebung bewunderten dafür den süßen Steven Dampfer; als Ida ihn aufhob, schnappte er nach ihrem Mond, doch der ließ sich nicht so schnell fangen. Die kleinen Skelette jagten einander zwischen den Stühlen im Gerichtssaal. Andere wiederum taten sich an den bereitgestellten Erfrischungen gütlich.

Metria trat zu Roxanne Roc hinüber, die immer noch in ihrem steinernen Nest hockte. »Sie können dich nicht schuldig sprechen«, meinte sie. »Die ganze Sache ist doch völlig lächerlich.«

»Krächz?«

»Albern, doof, blöd, dämlich, absurd ...«

»Krächz?«

»Was auch immer. Es wäre der Gipfel der Torheit, dich nach sechshundert Jahren treuem Dienst auch noch zu verurteilen.«

Doch der große Vogel wirkte alles andere als beruhigt.

»Metria.« Das war der Gerichtsdiener Magier Trent. »Der Richter wünscht dich zu sprechen, in seinem Zimmer.«

»Oh. Danke.« Sie sauste davon, überließ Trent das Gespräch mit Roxanne.

Fetthufs finsterer Blick war unverändert. »Metria, bring Prinzessin Ivy her.«

»Aber ich kann doch keine Erwachsenen tragen«, protestierte sie.

»Dann laß Prinz Dolph das machen. Genaugenommen kannst du auch noch Electra und die Zwillinge mitbringen. Und König Dor sowie Königin Irene.«

Eine Glühbirne leuchtete über ihrem Kopf auf. »Ooohh, Fetti, mir schwant da etwas ...«

»Nenn mich nicht Fetti, du impertinenter Spuk!« Als er feststellte, daß sie hinreichend eingeschüchtert war, fuhr er fort: »Und sprich nicht von irgendwelchen Vermutungen, die du haben magst. Sag ihnen einfach nur, daß ich sie zum Abschluß des Verfahrens hier haben möchte.«

»Jawohl, Euer Ehren!« Sie sauste schnellstens nach Schloß Roogna.

Kurz darauf reiste die gesamte königliche Familie in einem Korb an, den Prinz Dor in seiner Rocgestalt in den Krallen trug. Metria huschte ins Zimmer des Richters zurück. »Melde Vollzug, Richter«, berichtete sie.

»Gut. Und nun verschwinde mit dem Pelzknäuel.«

»Dem was?« Doch dann sah sie Jenny Elfes Kater Sammy, wie er auf sie zukam. »Oh, er muß sich verirrt haben. Ich bringe ihn zu Jenny zurück.« Sie hob ihn auf und schritt zum Geschworenenraum hinüber.

Jenny Elfe erwartete sie bereits. Die anderen Geschworenen saßen in einem weitem Kreis. »Danke, Metria«, sagte

Jenny. »Und jetzt setz dich bitte zu uns und schau zu, was wir tun.«

»Aber ich habe doch nur den Kater zurückbringen sollen«, protestierte die Dämonin. »Ich darf hier gar nicht sein.«

»Oh doch, das darfst du«, widersprach Jenny unbeirrt. »Ich habe Sammy gesagt, er soll die Person suchen, die für unsere Zwecke am geeignetsten ist. Da hat er dich gefunden. Das scheint mir auch durchaus angemessen, da du halbbeseelt bist. Richter Fetthuf versteht das schon.«

»Aber was …?«

»Wir möchten kein Hängeverfahren, weil die Geschworenen sich nicht einig werden können, aber so ist es nun einmal. Deshalb haben wir uns auf eine andere Möglichkeit geeinigt. Wir haben eine Vorführung für dich.«

»Eine was?«

»Demonstration, Ausstellung, Anordnung, Auslage …«

»Ich weiß selbst, was eine Vorführung ist! Aber weshalb wollt ihr mir irgend etwas vorführen, wenn ihr euch doch eigentlich miteinander beraten solltet?«

»Das werden wir schon noch beizeiten erklären. Es ist uns wichtig, daß du es nicht schon vorher weißt.«

»Ich habe keine Ahnung, worum es überhaupt geht!«

»Hervorragend. Und nun schau bitte zu, ich werde es während des Verlaufs erklären.«

»Während was für eines Verlaufs?«

»Während des Stücks über den Traum der Seelen.«

»Den …?«

»Was auch immer. Es war einmal eine junge Frau namens Donna, aber du kannst dir auch jede beliebige andere darunter vorstellen.« Da stand Kim Mundanierin auf und trat in die Kreismitte. »Um diese warb ein sehr gutaussehender, sensibler, nachdenklicher und liebenswürdiger junger Mann.« Dug Mundanier erhob sich und gesellte sich zu Kim, nahm ihre Hand und küßte sie. Kim sah entzückt aus.

»Er besaß ein Paar wunderschöner Flügelzentauren, die ihn überall hinbrachten, wo die beiden hinwollten«, fuhr

Jenny fort, und ihre Stimme begann zu summen, während Che und Cynthia Zentaur sich zu den beiden im Kreis gesellten. »Er führte sie an hübsche Orte. Sie unternahmen viele interessante Dinge, und Donna verliebte sich sehr in ihn, glaubte auch, daß er sie ebenfalls liebte. Er schien einfach viel mehr an Seelenmasse zu besitzen, als es normalerweise der Fall war.«

Metria sah verwundert zu. Was sollte dieses kleine Schmierentheater?

Da entstand um die beiden Menschen und ihre Reittiere eine weitere Szene. Nun befanden sie sich nicht mehr in einem Schloßsaal, sondern in einem Vergnügungszentrum, wo sie miteinander Spaß hatten. Sie sah, wie Dug seine Kim (Donna) neckte, indem er sie aufforderte, auf einen hübschen Teppich zu treten. Als sie das tat, warf der Teppich sie ab, so daß sie in einem Federbett landete. »Das ist ja ein Wurfteppich!« rief sie in glücklicher Empörung.

Er lachte und bestieg selbst den Teppich. Der warf ihn ihr prompt hinterher. So landeten sie als Knäuel gemeinsam im Bett. Kim quiekte und strampelte mit den Beinen, während er sie kitzelte, offensichtlich genoß sie das Ganze.

Ein Licht beleuchtete das Geschehen. Kim setzte sich hastig auf und versuchte ihr Haar zu richten, wollte nicht den Eindruck erwecken, daß sie in der Öffentlichkeit etwas sehr Privates tat. »Was ist denn das für ein Scheinwerfer dort?« fragte sie und zupfte eine Feder von ihrem Rock.

»Das ist kein Scheinwerfer, es ist ein Suchlicht«, teilte Dug ihr mit.

»Und was ist der Unterschied?«

»Das Suchlicht hat noch nicht gefunden, wonach es Ausschau hält.«

Kim grabschte ein Federkissen und schlug es ihm über den Kopf. Es folgte erneut eine Runde Kitzeln und Quieken. Doch Metria fiel dabei etwas Seltsames auf: Dug sah nicht hin, wenn Kims Rock hochflog, um viel zu viel von ihren Beinen freizugeben, und er gestattete seinen Händen auch nicht, auf Wanderschaft zu gehen, wenn er sie unter den

Armen kitzelte. Dabei waren das doch Gelegenheiten, die jeder normale junge Mann ganz automatisch ausgenutzt hätte. Es war fast so, als verfolgte er einen ganz anderen Zweck.

Dann betraten sie den Speisesaal des Schlosses. Kim griff nach einer großen, hübschen, aber merkwürdig geformten Frucht. Der obere Teil war durchsichtig, im Innern bewegten sich Blasen.

»Ich würde dir nicht empfehlen, die zu essen«, warf Dug ein.

»Warum denn nicht? Sieht doch lecker aus.«

»Das ist eine Kneif-dich-später-Frucht. Sie schmeckt zwar gut, raubt dir aber dafür hinterher den Schlaf.«

»Oh.« Sie legte die Frucht wieder beiseite. Die Blasen hörten auf zu perlen. »Ich merke schon, wie ich müde werde. Ich möchte keine Schlafstörungen haben.«

»Hier«, sagte er und holte einen kleinen Metallgegenstand hervor. Mit dem Daumen ließ er ein darauf befindliches Rad schnappen, während er das Ding an ihren Arm hielt.

»Was ist das denn?« wollte sie wissen.

»Ein Leichter. Er macht dich leicht, dann bist du nicht so müde.«

»Ach ja, ich fühle mich auch schon viel leichter«, bestätigte sie, und ihr Schritt wurde tatsächlich federnder.

Sie gingen auf den Hof hinaus. Dort befand sich eine Eismauer mit merkwürdigen Formationen. Dug streckte den Arm aus und nahm eine davon ab. »Was ist denn das?« fragte Kim.

»Ein Eisrad. Sollen wir ein Wettrennen veranstalten?«

»Und wie geht das?«

»Jeder von uns setzt sich auf ein Eisrad und tritt in die Pedale, um so schnell wie möglich vorwärts zu kommen, bevor es schmilzt.«

»Oh, das hört sich aber lustig an!« sagte sie begeistert. Sie nahm sich ebenfalls ein Rad.

Die beiden bestiegen die Räder und stellten die Füße auf

die kalten Pedalen. Auf den Rädern konnten sie durch den Hof und hinaus in den Garten jagen. Ihre treuen Reittiere folgten, sie wirkten etwas betreten, so als könnten sie an dem ganzen nichts Spaßiges finden. Wieder überfiel Metria eine leichte Bangigkeit. Um sie herum ertönte feundliches Gebell, zugleich neigten sich ihnen einige der blühenden Pflanzen zu. »Ach, wie süß!« rief Kim. »Was sind denn das für Blumen? Sie erinnern mich irgendwie an Hunde.«

»Das ist Dackelwurz«, erklärte Dug. »Aus denen werden später Hundsholzbäume. Eigentlich glichen sie von Aussehen und Klang eher den beiden Wasserspeiern, doch Metria verspürte keine Lust, an der Traumbelebung herumzunörgeln.

Kim lachte, sie genoß es. Doch weder Dug noch die Reittiere taten es ihr gleich. Dug wirkte ziemlich ernst, solange er sich nicht bemühte, Kim zu erheitern, und die Zentauren wirkten regelrecht niedergeschlagen.

Sie sausten auf eine Frau zu, die gerade auf einem Musikinstrument spielte. Sie sah aus wie Jenny Elfe, und das Instrument hatte eine gewisse Ähnlichkeit mit Sammy Kater. Sie hob an zu singen, unterbrach sich aber selbst. »Was ist denn los?« fragte Kim besorgt.

»Ich bin Marcia die Sängerin. Mir ist gerade klargeworden, daß es zu früh für mich ist, um zu singen«, erwiderte die Sängerin.

»Oh ... du leidest bestimmt unter einem prämusikalischen Trauma«, meinte Kim mitfühlend.

»Ja. So ist das eben.«

Sie fuhren weiter durch eine Reihe von Bögen. Doch da stand ein Mann mit einem Vorschlaghammer, der diese gerade zum Einstürzen brachte. Er sah aus wie Graeboe Riese-Harpyie. »Warum machst du denn die ganzen Bögen kaputt?« wollte Kim von ihm wissen.

»Ich muß. Ich bin darauf spezialisiert, Bögen zu schlagen.«

»Das ist vielleicht ein komischer Ort!« rief Kim, als sie weiter auf eine Schafsweide radelten. Doch inzwischen fingen die Räder an zu schmelzen. Schon bald hatten sie sich in Pfützen aufgelöst, auf denen die Brise kleine Wellen warf. Nun standen Kim und Dug mitten auf der Weide.

»Du hast gewonnen«, sagte Dug. »Du bist ein Stück weiter gekommen als ich, bis dein Rad geschmolzen ist.«

Kim sah sich lachend nach den Schafen um. »Fast hätte ich es aufgebockt.« Sie merkte nicht, daß weder Dug noch die Zentauren lachten.

Da erblickten sie den schönen Sonnenuntergang. »Ach, das war gerade der schönste Tag meines jungen Lebens!« rief Kim. »Ich könnte platzen vor Aufregung! Ich glaube, meine Seele wird sich gleich in schieres Glück auflösen.«

»Ja«, bestätigte Dug. Er nahm sie in die Arme und küßte sie fest. Die Zentauren zuckten zusammen.

Irgend etwas stimmte hier nicht. Kim schien zu schrumpfen, immer kleiner zu werden, von ihm abzufallen, als hätte er sie geschlagen. »Ach, ich bin erledigt!« rief sie. »Du hast mir die Seele aus dem Leib gesaugt!«

»Richtig«, bestätigte Dug zufrieden. »Und es ist eine prächtige Seele.« Pfeifend ging er davon. Die Zentauren folgten ihm betrübt.

»Was hat er getan?« fragte Metria. Erst jetzt, viel zu spät, fiel ihr auf, daß sie sich in einem von Jennys Träumen befand, genau wie die anderen.

»Er hat ihr die Seele ausgesaugt«, erklärte Jenny. »Er ist ein Seelenvampir.«

»Das ist ja furchtbar!«

Jenny antwortete nicht. Metria sah entsetzt mit an, wie Kim davon torkelte und kaum noch den Weg nach Hause fand. Sie wirkte verzweifelt, hoffnungslos, leer und von einem Todeswunsch erfüllt. Doch entdeckte Kim, wie Jenny erklärte, daß vereinzelte Stücke ihrer Seele noch übrig waren, sie hingen an ihren tiefsten Vorlieben, beispielsweise an ihrem grünen Lieblingsdrachendampfer, der nun herauskam und nach ihr suchte, um ihr schließlich auf dem Weg nach Hause behilflich zu sein. All die Teile kamen zusammen, um sie am Leben zu erhalten, doch waren sie natürlich nur ein Schatten dessen, was sie vorher gewesen war.

Kim war jetzt überwiegend seelenlos, und zusammen mit dieser Hohlheit kamen auch die niederen Gefühle. Einst war sie glücklich gewesen, jetzt war sie deprimiert. Hatte sie vorher das Leben geliebt, so packte sie nun der Drang zu töten. Sie war auf Rache aus. Sie besorgte sich ein scharfes Messer und fertigte eine verborgene Scheide dafür an, damit sie es stets am Leib tragen konnte.«

»Nein, nicht!« riefen die schwächlichen Überreste ihrer Seele matt. »Das ist nicht richtig!«

Doch weil ihr diese Überreste teuer waren, versuchte Kim auf sie zu hören. Sie begab sich zu einem weisen, sanften Mann, um ihn um Hilfe zu bitten. Das war Graeboe Riese-Harpyie, der inzwischen nicht mehr damit beschäftigt war, Bögen zu schlagen. »Mein Kind«, riet er ihr, »strebe nicht nach Rache. Bleibe zu Hause und erhole dich erst einmal. Aus den Bruchstücken, die du noch besitzt, kann deine Seele eines Tages wieder aufs neue erwachsen.«

Es war ein guter Rat, doch fehlte es ihr an Seele, um ihn wirklich ernst zu nehmen. Rache war eine sehr unkomplizierte Vorstellung, Verzeihen dagegen schwierig, jedenfalls für jemanden, dem es an einer vollständigen Seele gebrach. Sie hatte geglaubt, daß Dug sie liebte, dabei war er nur hinter ihrer Seele hergewesen. Er hatte mit ihr gespielt, bis das Glück ihre Seele schwerelos und beschwingt gemacht und ihre Fesseln gelockert hatte, um sie um so leichter zu stehlen. Völlig gefühllos hatte er ihren wertvollsten Besitz geraubt. Dafür sollte er ihr büßen.

Tatsächlich wollte sie ihn umbringen. Doch gleichzeitig fürchtete sie, er könne zurückkehren, falls er merken sollte, daß er gar nicht ihre vollständige Seele erwischt hatte. Sie wußte nicht, wie sie auf ein Wiedersehen reagieren würde, schließlich war es der Hauptteil ihrer Seele gewesen, der ihn am meisten geliebt hatte. Irgendwie fürchtete sie sich, daß sie, sollte sie ihn aufspüren, nicht imstande sein könnte, ihn zu vernichten, und zwar wegen jenes kleinen bißchens

Liebe, das noch in ihr war, und daß er sie dann gänzlich vernichten könnte, sie ihrer letzten Stücke und Seelenteile berauben, um sie schließlich verödet zurückzulassen. Deshalb war sie sich nicht sicher, ob sie ihn töten sollte und ob sie dies überhaupt fertigbrächte. So rang sie mit den Ungeheuern in ihrem Geist und versuchte zu einer eindeutigen Entscheidung zu gelangen.

Im Traum erschienen jene Ungeheuer persönlich; sie glichen zwei Wasserspeiern und einem wandelnden Skelett. Kim kämpfte gegen sie an, doch ihr Messer konnte gegen Stein und Knochen nichts ausrichten, und so mußte sie bald den Rückzug antreten.

Sie erkannte, daß sie nicht das einzige Opfer war. Dug mußte vor ihr dasselbe auch vielen anderen Mädchen angetan haben. Oh, das machte sie noch wütender! Vielleicht würde sie es doch übers Herz bringen, ihn zu vernichten.

Da erschien Dug wieder. Sie wußte, was er wollte: den Rest ihrer Seele, der sich schon ein wenig erholt und regeneriert hatte. Sie wußte auch, was sie tun mußte: ihn erstechen. Doch er sah so gut aus, und sie hatte so viel Spaß mit ihm, und seine beiden traurigen Zentaurenreittiere waren doch so nett. Er brachte ihr eine Süßpastete, die sie garantiert süß machen würde. Er versprach ihr, sie auf einen Ausflug zum flaschennasigen Zweck zu bringen, einem von Xanths hilfsbereitesten Meereswesen. Er sagte, sie könnten gemeinsam einen Besuch in der Waschstraße unternehmen, deren Bewohner stets blitzeblank gewaschen waren. Es klang alles so verlockend!

So umwarb er sie aufs neue, und obwohl sie es eigentlich besser wußte, merkte sie, wie sie wieder nachgab. Sie hätte doch zu gern geglaubt, daß alles stimmte, daß sie ihre Freude mit ihm teilen könnte wie schon einmal, und daß der Verlust ihrer Seele nur ein Alptraum gewesen war. Sie wollte ihn so gerne lieben. Zugleich war ihr aber klar, daß sie sich völlig töricht benahm und ihn eigentlich töten sollte. Sie rang darum, die Hand an das verborgene Messer zu führen, es herauszuholen und ihn zu erstechen, doch ihre Willenskraft war schwach und verblaßte immer mehr.

Dug nahm sie in die Arme und legte die Lippen auf ihre. Jetzt würde er es tun! Jetzt würde er ihr auch noch den mageren Rest ihrer Seele aussaugen und sie völlig entleert zurücklassen.

Sie unternahm eine letzte Anstrengung. Ihre Messerspitze schnellte ein Stück in die Höhe. Erstechen konnte sie ihn zwar nicht, nur seine Kleidung ein wenig durchbohren.

Da explodierte er wie ein platzender Ballon. Überall stoben die Seelen umher. Einige waren ganz frisch, andere verfault; manche in gutem Zustand, einige schrecklich eingeschrumpft. Es waren Hunderte, vielleicht Tausende von ihnen – und doch hatte er in seiner Gier nach immer mehr verlangt. Er war bis zum Bersten mit Seelen angefüllt gewesen, und ihr winziger Nadelstich hatte den Ausschlag gegeben. Schließlich hatte sie ihn doch noch umgebracht.

Kim war ernsthaft erschüttert, zugleich entsetzt, angewidert und eingeschüchtert, verfügte aber doch noch über ausreichend Verstand, um ihre eigene Seele einzufangen, bevor sie davonschwebte, und sie wieder in sich aufzunehmen. Es war eine von den Seelen in gutem Zustand – sie hatte noch keine Zeit gehabt, sich zu zersetzen. Jetzt war Kim wieder vollständig!

Auch die beiden Zentauren griffen nach ihren Seelen. Dann löste sich ihre Traurigkeit auf und sie lächelten. »Du hast uns gerettet!« sagten sie zu Kim. »Du bist eine Heldin!« Sie spreizten die Flügel und flogen fröhlich nach Hause, nicht länger gefesselt an den, der ihre Seelen gestohlen und sie ausgebeutet hatte.

Und so kehrte denn auch Kim nach Hause, sie fühlte sich jetzt um einiges besser, auch wenn sie es bedauerte, einen so attraktiven Bewerber verloren zu haben.

Leider gab es in der Nachbarschaft aber auch einen Möchtegern. Der liebte es, sich die Eigenschaften anderer Leute zuzulegen, die ihm gar nicht entsprachen. Diesmal schlüpfte er in das Kostüm des Anständigen Bürgers. Er war

Augenzeuge geworden, wie sie Dug gepiekst hatte, und zeigte sie bei der Gewerbeaufsicht an. Sie wurde festgenommen und vor Gericht gestellt. Da es keine Leiche gab, warf man ihr etwas anderes vor, denn eine Festnahme aus den falschen Gründen kam nicht in Frage.

Der Richter war eine Maschine mit einem strengen Bildschirm, der genau wie Com-Puter aussah. Der Ankläger war ein finsterer Mann, der an Sherlock erinnerte.

»Wir werden beweisen, daß die Angeklagte gegen die Regeln der Erwachsenenverschwörung verstoßen hat«, verkündete der Ankläger.

»Aber das geschah doch nicht absichtlich«, protestierte die Verteidigung. Sie sah aus wie Gloha Kobold-Harpyie.

»Wer behauptet das überhaupt?« wollte Kim wissen.

»Ich tue das«, erwiderte ein Flügelungeheuer. »Ich bin der Simurgh. In meiner Allwissenheit habe ich gesehen, wie du, als du dich mit dem jungen Mann in den Federn gewälzt hast, nicht darauf achtetest, daß dein Rock hochrutschte, so daß ein Mäusebaby, das gerade aus seinem Loch lugte, deine Höschen zu sehen bekam. Das ist ein Gesetzesverstoß.«

»Aber das ist doch lächerlich!« protestierte Kim. »Ich wußte ja nicht einmal, daß die Maus da war!«

RUHE, erschien in Druckschrift auf dem Bildschirm des Richters. WORAUF PLÄDIERST DU?

»Das ist doch verrückt!« fuhr Kim fort. »Da habe ich gerade erst überlebt, daß mir meine Seele gestohlen wurde, ganz zu schweigen davon, daß ich meinen Freund verloren habe, und alles, worum es euch geht, ist ...«

NICHT ZUR SACHE GEHÖRENDE AUSSAGE GELÖSCHT, druckte der Richter, und plötzlich war es, als hätte sie es niemals gesagt, denn die Wirklichkeit hatte sich verändert.

»Es tut nichts zur Sache, was die Angeklagte wußte oder wann sie es tat«, warf Sherlock grimmig ein. »Ich bin bereit, die Maus in den Zeugenstand zu rufen, um das Verbrechen zu bezeugen.«

»Aber die Angeklagte ist doch eine Person von gutem Leumund und stammt aus einem fernen Land«, warf Gloha ein. »Sie weiß nichts von einem solchen Gesetzesverstoß.«

»Unwissenheit schützt vor Strafe nicht«, beharrte Sherlock.

»Außerdem hat sie vielen Leuten die Seele zurückgegeben«, meinte Gloha. »Ich kann zwei Zentauren als Zeugen laden, die das bestätigen werden. Das Gute, was sie getan hat, dürfte doch das unbeabsichtigte Böse bei weitem überwiegen.«

»Sie hat das Verbrechen begangen«, sagte Sherlock.

»Sie ist eine gute Person«, erwiderte Gloha.

Der Schirm des Richters blitzte. DIE PLÄDOYERS SIND BEENDET. DIE GESCHWORENEN WERDEN NUN IHR URTEIL VERKÜNDEN.

Plötzlich richteten sich alle Augen auf Metria. »Wie, ich?« fragte sie.

JA, DU.

»Das ist doch alles nur ein verrückter Traum!« rief Metria. »Das Ganze kommt mir vor wie ein Kartenhaus. Ich verschwinde jetzt.« Und sie löste sich aus Jennys Traum.

Nur um sich mitten im Geschworenensaal wiederzufinden, wo mindestens ein Dutzend Augenpaare sie beobachteten. NUN MUSST DU ENTSCHEIDEN, DENN WIR KÖNNEN ES NICHT, UND WIR DÜRFEN KEIN HÄNGEVERFAHREN RISKIEREN, druckte Com-Puter, während zugleich das Abbild einer Schlinge auf seinem Schirm erschien. »Ich bin doch nicht einmal Geschworene.«

DÄMONIN ÜBERLEGT ES SICH ANDERS. Plötzlich stellte Metria fest, daß sie es sich anders überlegt haben mußte. »Ja, natürlich werde ich entscheiden«, willigte sie ein. »Laßt mich nur noch ein bißchen darüber nachdenken.«

ANDERE ENTSPANNEN SICH, WÄHREND DÄMONIN NACHDENKT. Musiknoten erschienen auf Com-Puters Schirm, und Jenny Elfe begann wieder zu summen. Bald bildete sich ein neues Bild aus, mit sämtlichen Geschworenen auf dem Zauberschloß, wie sie im Ballsaal tanzten. Mark vollführte den *Danse Macabre*, wobei er prächtiges Knochengeklapper zum besten gab. Gloha und Graeboe vollführten Pirouetten in der oberen Kuppel. Stanley Dampfer hielt den Takt durch Zähneklappern, während die beiden Wasserspeier steinerne Kreise umeinanderzogen. Der Rest machte sich an einen großartigen Squardance, an dem auch Mark teilnehmen mußte, um ihn zu vervollständigen, dann folgte ein Rundtanz und schließlich ein Dreieckstanz. In diesem Traum war Dug attraktiv und förmlich gekleidet, Kim wunderschön in einem wallenden Kleid, und auch die anderen sahen hervorragend aus. Alle amüsierten sich köstlich.

Bis auf Metria. Die hatte das Urteil zu fällen. Die anderen konnten sich nicht entscheiden, also sollte sie ihnen die Bürde abnehmen, und Com-Puter hatte die Wirklichkeit so verändert, daß sie nicht ablehnen konnte. Sie sollte entscheiden, ob Kim schuldig war, einer Babymaus ihre Höschen gezeigt zu haben; doch sie wußte, daß das nur eine Stell-dir-vor-Geschichte war. Denn das wirkliche Urteil galt Roxanne Roc, die sich für einen ebenso unbeabsichtigten Fehltritt zu verantworten hatte.

Wie konnte nur eine vernünftige Jury ihre Verantwortung solcherart abschütteln, indem sie die Entscheidung einer leicht verrückten Dämonin überließ! Das war doch ein eindeutiger Verstoß gegen ihr Wasauchimmer.

Tatsächlich war dies ja ein Dämonenschönheitswettbewerb. Die Frage würde nicht etwa durch jene entschieden werden, die hier das große Wort führten, sondern von einer unschuldigen Person, die kaum wußte, was los war. Diese Person aber war Metria selbst. »Wer anderen eine Grube gräbt!« brummte sie zornig.

»Eine was gräbt?« erkundigte sich Mentia. »Hast du gerade etwas Schmutziges gesagt?«

»Ich bin über meine eigenen Füße gestolpert. Ich habe Beihilfe geleistet, um eine Heirat zu arrangieren, indem ich einen dämonischen Schönheitswettbewerb aus der Taufe hob, und jetzt läßt mich die Jury auf ähnliche Weise das Urteil für sie fällen.«

»Wie sind sie nur darauf gekommen?«

Da leuchtete eine Glühbirne auf. Das mußte das Werk der Dämonin V(E/N)^{us} sein! Ja, es war ihr dritter Versuch, die Gerichtsverhandlung zu sabotieren! Sie hatte die rechtmäßig bestimmte Jury dazu gebracht, ihr Amt zugunsten einer unqualifizierten Kreatur niederzulegen. Das begriff Metria jetzt – und konnte doch nichts daran ändern, weil Com-Puter dieses verhinderte. Es mochte zwar falsch sein, dennoch mußte sie das Spiel mitspielen.

Na ja, einen Ausweg gab es doch: Sie könnte zu Richter Fetthuf zurücksausen und ihm schildern, was geschehen war. Com-Puter beobachtete sie im Augenblick gerade nicht, da konnte sie schnell handeln, bevor er ihre Entscheidung wieder zunichte machte.

Doch was würde dann geschehen? Fetthuf würde den Prozeß für gescheitert erklären – und das wäre wahrscheinlich auch der Sieg der Dämonin V(E/N)^{us}, die es ja nur darauf abgesehen hatte, den Prozeßverlauf zu stören. Nein, es mußte unbedingt zu einem Urteil kommen – sonst würde der Dämon Xanth verlieren, und dann würde ganz Xanth den Preis dafür zu zahlen haben.

Also mußte Metria es tun – auch wenn es schließlich zu einem ungerechten Urteil kommen sollte.

Aber nicht allein! »Mentia! Gnade Uns! Ihr steckt auch mit drin. Also sollt *ihr* auch entscheiden!«

»Na klar«, erwiderte die seelenlose Mentia. »Das Gesetz mag zwar verrückt sein, und ich bin auch verrückt; deshalb sage ich: Sie hat ihre Höschen gezeigt und ist deswegen schuldig.«

»Nein, das ist sie nicht!« protestierte Gnade Uns. »Sie ist ein gutes Mädchen, das von einem bösen Mann verführt wurde. Er hat sie bedrängt, hat sie dazu gebracht, sich mit ihm in den Federn zu wälzen. *Er* ist der Schuldige.«

»Aber er steht hier nicht vor Gericht«, wandte Mentia ein. »Vielleicht sind sie ja beide schuldig. Zu entscheiden haben wir aber über sie, über niemanden sonst. Und sie hat es getan.«

»Aber es gab doch mil-mil-mil ...« stammelte Gnade Uns, die mit diesem Erwachsenenwort nicht so recht fertig wurde.

»Mildernde Umstände«, ergänzte Metria.

»Ja. Also ist sie unschuldig.«

Mentia und Gnade Uns standen auf entgegengesetzten Seiten, was wiederum ein Hängeverfahren für sich bedeutete. Also lag es nun doch wieder bei Metria. Schließlich durfte sie nicht zulassen, daß die anderen deswegen aufgehängt wurden.

So wie ihr der Fall geschildert worden war, sprach alles gegen Kim Mundanierin, die getäuscht und verführt und des größten Teils ihrer Seele beraubt und beim Versuch, sich zu wehren, festgenommen worden war. Anstatt ihr das Verbrechen zur Last zu legen, einen üblen Räuber umgebracht zu haben, hatte man sie wegen eines albernen Kleinvergehens vor Gericht gestellt, weil man hoffte, dies leichter beweisen zu können. Denn Kim hatte in Notwehr gehandelt und vielen anderen dazu verholfen, ihre Seele zurückzugewinnen, weshalb sie eigentlich eher belobigt als verurteilt werden müßte. Aus diesem Grund stand sie wegen etwas Unwichtigem vor Gericht, weil es jemand auf eine Verurteilung abgesehen hatte. Diese Taktik stank doch zum Himmel!

Roxanne Roc hatte ihrerseits sechs Jahrhunderte treu gedient und sich tadellos verhalten, wie es keine zweite Kreatur in Xanth zuwege gebracht hätte. Doch anstatt belobigt zu werden, wie sie es verdiente, stand sie wegen einer lächerlichen Formalie vor Gericht. Wozu nur? Damit man sie nicht belohnen mußte? Diese schlimme Ungerechtigkeit war es sicher, was die Geschworenen heillos zerstritten machte, und diese Zerstrittenheit galt auch für Metria. Sie wollte Roxanne lieber belobigen, anstatt sie zu bestrafen, doch war die Situation so eingefädelt worden, daß ihr dies unmöglich war. Sie hatte auf der Grundlage formaler Rechtlichkeit zu entscheiden. Ja, gewiß, die Geschworenen hatten die Situation aufs neue erschaffen, unter dem Mäntelchen einer anderen Geschichte, damit niemand behaupten konnte, daß eine unbefugte Person den Urteilsspruch über Roxanne gefällt hatte. Aber in Wirklichkeit hatten sie die ganze Schändlichkeit nur Metria ans Bein gebunden. Und die mußte jetzt entscheiden.

Warum hatte der Simurgh das getan? Warum spielten Fetthuf und die anderen dabei mit? Wo blieb überhaupt die Gerechtigkeit bei dieser Angelegenheit? Metria besaß zwar nur eine halbe Seele, doch selbst sie konnte nicht übersehen, daß die ganze Sache eine Travestie war. Die Jury sah das ebenfalls so. Warum dann der Simurgh nicht? Das sollte doch eigentlich ein außerordentlich gerechtigkeitsliebender und weiser Vogel sein. War sie in Wirklichkeit vielleicht doch bloß eine bösartige Kreatur, die es nur auf ein manipuliertes Urteil abgesehen hatte?

Doch der Simurgh stand hier nicht vor Gericht, sondern Roxanne Roc. Metria mußte das Problem lösen, das tatsächlich vor ihr lag, nicht jenes, das sie viel lieber angegangen wäre. Vielleicht hatte sich die Dämonin $V(E/N)^{us}$ ja gedacht, daß die Jury sich weigern würde, dieses Problem anzugehen, was dann wiederum ihren Sieg bedeutete. Und wenn Metria sich ebenfalls weigerte, welches Unheil mochte sie damit auf Xanth herabbeschwören?

Immer wieder ging sie die Sache durch, plagte sich damit ab, doch schließlich kam sie, wenn auch unabsichtlich, zu einer Entscheidung. »Es ist verrückt, es ist verkehrt, es ist albern, es ist eine Schande für uns alle, das Gesetz ist mangelhaft, aber technisch gesehen ist Kim schuldig im Sinne der Anklage«, sagte sie.

Abrupt endete der Tanz. Alle lebenden Geschworenen sahen aus wie vom Donner gerührt. Doch es war nicht zu bestreiten, daß sie eine Abmachung getroffen hatten, an die sie sich nun auch hielten.

SO SOLL ES SEIN, druckte Com-Puter. DÄMONIN, TEILE RICHTER FETTHUF MIT, DASS DIE GESCHWORENEN ZU EINEM URTEIL GEFUNDEN HABEN. DU WIRST NICHT DARÜBER SPRECHEN, WIE DAS ZUSTANDE

GEKOMMEN IST. Die anderen nickten grimmig dazu. Das war ihr Geheimnis – und auch Metrias.

Hatte sie soeben Xanth gerettet – auf Kosten eines edelmütigen und tatsächlich unschuldigen Vogels? Metria befürchtete es.

Sie huschte hinaus. Fetthuf funkelte sie streng an. »Die Geschworenen sind bereit«, verkündete sie barsch. Und wünschte sich dabei, daß sie im Boden hätte versinken können.

Der Richter rief das Gericht zur Ordnung. Die Feiernden unterbrachen ihr Tun und eilten in den Hauptsaal zurück. Durch das Eintreffen von König Dor, Königin Iris und dem restlichen Personal von Schloß Roogna war das Publikum weiter angewachsen. Selbst der Gute Magier Humfrey und die Mitglieder seines Haushalts waren inzwischen eingetroffen. Metria staunte. Sie hatte zwar Fetthufs allgemeinen Ruf selber verbreitet, dennoch war es überraschend zu sehen, daß diesem so vollständig Folge geleistet wurde. Der Gute Magier verließ sonst so gut wie nie sein düsteres Studierzimmer.

Die Geschworenen kehrten auf ihre Bank zurück. Metria sah, wie sich merere weibliche Mitglieder der Jury mit Taschentüchern über das Gesicht fuhren, während einige männliche Geschworene betrübt aus der Wäsche guckten. Sie waren mit ihrer Entscheidung ebenso unglücklich wie Metria selbst. Nur Com-Puter wirkte zufrieden. Wahrscheinlich war er der einzige gewesen, der auf einen Schuldspruch gedrängt hatte, wodurch sie Gefahr gelaufen waren, aufgehängt zu werden. Und Metria hatte mit ihm gemeinsame Sache gemacht. Was für eine Schande!

»Habt ihr zu einem Urteil gefunden?« erkundigte sich Richter Fetthuf rhetorisch mit bösem Blick.

»Das haben wir, Euer Ehren«, antwortete Sherlock. Er war offensichtlich der Geschworenensprecher. »Wir befinden die Angeklagte, Roxanne Roc, schuldig im Sinne der Anklage.«

Entsetztes Raunen im Publikum. Prinzessin Ida sah wie

vor den Kopf gestoßen aus, und ihr Mond wandte das strahlende Gesicht ab, verdunkelte sich. Im Nebensaal senkte sich Roxannes Schnabel; falls sie ein günstigeres Urteil erwartet hatte, war ihre Hoffnung vergebens gewesen.

Und doch war da in der Ferne eine düstere Schwingung wahrzunehmen, als eine mächtige Dämonin fluchend den Rückzug antrat. Metria glaubte zu wissen, wer das war. RICHTIG, DÄMONIN, kam der Gedanke des Simughs. DU HAST XANTH GERETTET. DIE DÄMONIN V(E/N)^{us} HAT GEWETTET, DASS ROXANNE NICHT VERURTEILT WERDEN WÜRDE. SIE GLAUBTE, DASS SICH KEINE JURY FINDEN LIESSE, DIE STRENG AUF GRUNDLAGE DES BEWEISMATERIALS ALLEIN ENTSCHEIDEN WÜRDE.

Sie hatte Xanth tatsächlich gerettet! Doch um welchen Preis? Metrias halbe Seele schmerzte.

Der Richter Fetthuf nickte. »Roxanne Roc, du bist für schuldig befunden worden, gegen die Erwachsenenverschwörung, die interessante Dinge von Kindern fernhalten soll, verstoßen zu haben. Weil dieses ein außerordentlich wichtiges Küken in Gefahr bringen könnte, verurteile ich dich dazu, deine Verantwortung für diesen Vogel weiterhin wahrzunehmen, bis die Erwachsenenverschwörung für ihn nicht mehr gilt.«

»Einspruch!« rief Ida. »Das könnte noch Jahrhunderte dauern!«

Der Richter ignorierte sie. »Du wirst weiterhin das Wohlergehen dieser Kreatur vor alles andere stellen, bis sie erwachsen und unabhängig geworden ist. Kein anderes Verlangen und keine andere Verpflichtung soll gegenüber dieser Mission den Vorrang bekommen.« Finster sah er in ihre Richtung. »Verstehst und akzeptierst du dieses Urteil, Roxanne Roc?«

Langsam hob sie den Kopf. »Krächz.«

»Sie versteht das Urteil und nimmt es an«, dolmetschte Grundy Golem. »Sie wird ihr Bestes tun.«

»So möge es sein«, verkündete der Richter und schlug mit dem Hammer auf seinen Tisch. Das Geräusch war so hart und laut, daß es das ganze Schloß erschütterte. Dann wandte er sich den Geschworenen und dem Publikum zu. »Die außerordentliche Wichtigkeit dieser Mission macht es erforderlich, die Standhaftigkeit jener Person zu überprüfen, die zu ihrer Ausführung bestimmt worden war. Zu diesem Behufe wurde ein Vorwand konstruiert. Ich habe fünf rhetorische Fragen und eine Erklärung abzugeben.«

Er hielt einen Augenblick inne. Das war bestimmt nur eine Kunstpause, denn der Dämonenprofessor zögerte sonst nie. »Hier die Erklärung: Kein anderes Verlangen und keine andere Verpflichtung soll gegenüber dieser Mission den Vorrang bekommen.«

Sein unheilgebietendes Auge fixierte die Geschworenenbank. »Du, Che Zentaur, wirst zu gegebener Zeit gerufen werden, um dieses Küken in allen Dingen zu unterweisen, die es wissen und verstehen muß. Dies ist auch der Grund für deine Existenz: geflügelt, um mit ihm fliegen zu können, ein Zentaur, um über den entsprechenden Intellekt zu verfügen. Du wirst für eine Weile sein Schicksal teilen. Verstehst und akzeptierst du diese Mission?«

Che Zentaurs Unterkiefer war heruntergeklappt, genau wie die der anderen Geschworenen. Langsam begannen sie zu begreifen, daß das Urteil, das sie soeben gefällt hatten, noch viel weitergehende Konsequenzen beinhaltete, als sie vermutet hatten. »Ich ... ja«, stammelte Che. Sein Wort war natürlich unumstößlich, schließlich war er ein Zentaur. Und doch war er benommen davon; er hatte gerade den Sinn seines Lebens erfahren.

Der Blick des Richters heftete sich auf Grundy. »Dieses Küken wird gelegentlich mit anderen Wesen kommunizieren müssen. Du, Grundy Golem, wirst bei Bedarf deine Dienste als Dolmetscher zur Verfügung stellen. Verstehst und akzeptierst du das?«

Für einen Moment war selbst der großmäulige Golem sprachlos. »Äh, na klar«, willigte er schließlich ein. Er sah durchaus geschmeichelt aus.

Fetthufs gestrenger Blick schweifte über das Publikum,

das pflichtschuldig erbleichte. Er heftete sich auf den Guten Magier. »Und zum Behufe einer erfolgreichen Bewältigung dieser Aufgabe wirst du deine Ressourcen Che Zentaur und Roxanne Roc ohne Einschränkung zur Verfügung stellen. Verstehst und akzeptierst du das, Magier Humfrey?«

»Natürlich«, sagte Humfrey und wirkte wenig überrascht. Metria begriff, daß hinter dem Dienst, den man ihr abverlangt hatte, erheblich viel mehr steckte, als sie oder sonst irgend jemand sich hätten ausmalen können.

Nun schweifte der Blick des Richters zu dem Saal hinüber, wo der Simurgh hockte. »Das gleich gilt für dich. Akzeptierst du das, Simurgh?«

JA. Auch dies überraschte niemanden. Schließlich war es ja ihr Küken.

Der Blick richtete sich nun auf eine andere Kreatur, die Metria bisher nicht bemerkt hatte, vielleicht, weil sie jetzt erst sichbar wurde. Es war ein großes Pferd, so schwarz wie der Mitternachtshimmel, von dem die kleinen hellen Lichter der Sterne abstrahlten. Das war Nachthengst, der Herr des Traumreichs! »Auch dich rufe ich in die Pflicht. Akzeptierst du das, Trojan?«

Das tue ich. Das Pferd von der Anderen Farbe verblaßte wieder.

Jetzt wandte sich der Richterblick wieder der Angeklagten zu, die den Schnabel hob, um ihn zu erwidern. »Zur Erleichterung der Ausübung deiner weiteren Pflichten, die dir nun auferlegt wurden, Roxanne Roc, wird deine Flugfähigkeit hiermit wiederhergestellt und erweitert. Dir wird die Freiheit gewährt, ohne Einschränkung in Ausübung deiner Aufgabe jeden Ort Xanths aufzusuchen. Keine Kreatur und kein Gegenstand soll dich in irgendeiner Weise daran hindern, unter Androhung der Verbannung ins Reich der Träume und der Bestrafung durch den Nachthengst und seine Nachtmähren.« Stöhnendes Gemurmel im Saal; es war kein schlimmeres Schicksal denkbar, als auf alle Zeiten in Alpträumen gefangen zu bleiben. »Du wirst alle für erforderlich erachteten Schritte unternehmen, um die Sicherheit und das Wohlergehen deines Schützlings zu gewährleisten, und zu diesem Behufe steht es dir zu, dich der Dienste eines jeden Lebewesens und Gegenstands in ganz Xanth zu vergewissern, sollte dies erforderlich sein. Denn das vor dem Schlüpfen befindliche Küken …« Fetthuf musterte sein linkes Handgelenk. » … wird in einem Dreiviertelmoment dazu bestimmt sein, Nachfolger des Simurgh zu werden, wenn dieser sich zurückzieht. Es bedarf daher der besten Erziehung und Ausbildung sowie der ständigen Obhut und Fürsorge, in guten wie in schlechten Zeiten. Das Gericht hat sich davon überzeugen können, daß du für diesen Dienst ausreichend qualifiziert bist.«

Ein ehrfürchtiges Murmeln durchzog Publikum und Geschworenenbank. Metria begriff, daß Roxanne Roc soeben in die mächtigste Stellung Xanths befördert worden war, eine Folge der großen Bedeutung ihrer Aufgabe. Das Urteil war nicht etwa eine Strafe, sondern vielmehr eine Belohnung für ihren außerordentlich treuen Dienst. Damit hatte keiner der Geschworenen gerechnet!

»Und weil diese Mission in der Tat noch einige weitere Jahrhunderte in Anspruch nehmen kann, soll der Zauber, der dir bislang deine Jugend erhalten hat, für die Dauer dieser Aufgabe verlängert werden. Du wirst solange nicht altern, bis du deine Aufgabe erfüllt hast.« Richter Fetthuf hob den Blick. »Jetzt ist die Zeit gekommen.«

Wieder schlug der Hammer zu und erschütterte das Schloß. Es gab einen lauten Knacks, als sei etwas außerordentlich Hartes zerbrochen. Roxanne krächzte und sprang aus dem Nest.

»Oh!« dolmetschte Grundy.

Das Ei brach auf. Es zerfiel in zwei Teile. Während dies geschah, vernahm man das Rauschen von Flügeln, und ein Storch flog herbei, im Schnabel ein Bündel. Er landete auf dem Nest, das Roxanne gerade freigegeben hatte, setzte das Bündel ab und holte etwas daraus hervor – ein flauschiges Handtuch. Dieses Handtuch gab er in das geöffnete Ei und trocknete damit jemanden im Innern desselben ab. Dann ließ er das Handtuch fahren.

Metria sah verwundert zu. Wenn der Storch die Vögel brachte, was sollten dann die Eier? Und wie hatte sich das Küken dann überhaupt im Ei aufhalten können, um das schlimme Wort zu hören? Dann wurde ihr klar, daß es sich wahrscheinlich eher um einen Höflichkeitsbesuch handelte, um das Schlüpfen zu überwachen und sicherzustellen, daß alles seinen gewohnten Gang lief. Denn immerhin war dies ja kein gewöhnliches Schlüpfen.

Aus dem Handtuch stieg Das Küken. Es schillerte in der doppelten Anzahl der Farben des Regenbogens, funkelte wie eine Kollektion brillantgeschliffener Edelsteine. Insgesamt betrachtet war es das schönste und kostbarste Küken, das jemals jemand zu Gesicht bekommen hatte.

Es blinzelte – und erblickte Roxanne. »Piep!« rief es.

»Amme!« dolmetschte Grundy.

Das Küken ging auf Roxanne zu, die eilig in ihr steinernes Nest zurückkehrte und schützend einen Flügel über das Kleine breitete. Es war nicht zu übersehen, daß die beiden gut miteinander auskommen würden.

Die Trennwand schob sich wieder dazwischen und schnitt die Szene ab. »Es sind noch einige Kleinigkeiten zu erledigen«, verkündete Fetthuf. »Ist die Hochzeitsfeier vorbereitet?«

Der Magier Trent stand auf. »Jawohl, Euer Ehren.«

»Dann fahrt fort damit.«

Die Zauberin Iris erhob sich und konzentrierte sich auf den Saal. Daraus wurde ein festlich geschmückter Raum, auch das Publikum war plötzlich angemessen gekleidet. Sogar ein Storch war anwesend, der sich bereit hielt, weil der erste, der zum Abtrocknen des Kükens gekommen war, an der anderen Zeremonie teilnehmen wollte. Das war zwar ungewöhnlich, andererseits war ja überhaupt alles an dieser Veranstaltung jenseits des Gewöhnlichen.

Trent trat an die Seite und holte den Dämon Vore zurück. »Stell dich hier auf«, sagte er. Dann schritt er zur anderen

Seite und brachte den Magier Grey Murphy zurück. »Und du hier.«

»Aber ich bin doch gar nicht …« protestierte Grey.

»Doch, bist du wohl.«

Irgendwo draußen krachte es. Alles zuckte zusammen, und Idas Mond blickte bestürzt drein.

»Was war das?« fragte Grey.

»Sonne und Mond sind soeben zusammengestoßen«, warf Che Zentaur ein, und Gwenny Kobold kicherte. »Glücklicherweise ist niemand zu Schaden gekommen.«

Metria erinnerte sich, wie sie früher darüber gewitzelt hatten, daß Grey und Ivy wohl erst auf dieses Ereignis warten würden, bevor sie endlich heirateten. Jetzt war ihrer letzten Ausrede der Wind aus den Segeln genommen worden.

Dann setzte die Musik ein. Metria hielt Ausschau nach ihrer Quelle und bemerkte zu ihrer Überraschung den Maestro Niemand Eins, der in einer Grube mit der Aufschrift ORCHESTER saß und eine ganze Reihe von Musikinstrumenten beschwor, das Thema zu spielen. Anschließend war es ihm ermöglicht worden, zur Feier des Tages den Kürbis zu verlassen, vielleicht weil der Nachthengst selbst an den Festlichkeiten teilnahm.

Jetzt manifestierte sich eine große Orgel und spielte mit gewaltiger Autorität den Hochzeitsmarsch.

Zwei junge Frauen erschienen im hinteren Teil des Saals, beide trugen das gleiche Hochzeitskleid. Prinzessin Nada Naga und Prinzessin Ivy Mensch. Sie waren seit ihrem vierzehnten Lebensjahr Freundinnen. Nun heirateten sie gemeinsam. Metria erkannte das Hochzeitskleid, das Electra als erste getragen hatte. Man hatte es geändert, damit es Nada paßte, was sie auf magische Weise schön erscheinen ließ, obwohl sie es von allen Frauen Xanths am wenigsten brauchte. Ivy trug ein blaßgrünes Kleid, das ihre Mutter angefertigt haben mußte und eine ähnliche Wirkung erzielte. Gemeinsam traten sie den langen Marsch durch den Mittelgang an, den beiden stattlichen Männern entgegen, die vorn bereits auf sie warteten. Nada wurde dabei von König Nabob Naga geführt, Ivy von König Dor Mensch: Natürlich nahmen ihre Väter an den Feierlichkeiten teil, auf die sie so lange hatten warten müssen.

Metrias Augen verschleierten sich. Nun, da sie selbst verheiratet war und eine halbe Seele besaß, pflegte sie bei Hochzeiten zu weinen, und da dies eine Doppelhochzeit war, weinte sie gleich doppelt so heftig. Ihre Tränen ließen die meisten Einzelheiten verschwimmen, doch schien es eine schöne, wenn auch etwas unscharfe Veranstaltung zu sein. Bevor sie sich versah, war die Zeremonie auch schon vorbei, und die beiden glücklichen Paare beschäftigten sich damit, die monströse Torte anzuschneiden, die irgend jemand bereitet hatte. Nun bildeten sich kleine Gruppen, als Gleichgesinnte zusammenkamen, um sich zu unterhalten. Der Magier Trent sprach mit Che, Cynthia und Chena Zentaur, wahrscheinlich ging es um das Projekt, einige normale Leute in Flügelzentauren zu verwandeln. Dazu mußten sie erst geeignete Freiwillige suchen, und gewiß gab es auch normale Zentauren, die sich dafür interessierten. Rapunzel sprach mit der Familie Knochen; schwer zu sagen, was solche Leute miteinander verband. Metria wiederum fand sich in einem Haufen nasser Taschentücher wieder.

Nur mit halbem Ohr nahm sie den Dialog zwischen Dug und Kim wahr, als diese sich in der Nähe niederließen, um ihren Hochzeitskuchen zu essen. »Furchtbarer Gedanke, nach alledem wieder nach Mundania zurückkehren zu müssen«, sagte Dug. »Ich wünschte, ich könnte bleiben und das Spiel noch einmal spielen. Fetthuf hat angedeutet, daß der nächste Preis, der dem Sieger winkt, das Talent der Schöpfung ist. Das würde sich gut mit deinem Talent des Ausradierens ergänzen.«

Kim zerzauste ihm das Haar. »Nächstes Mal vielleicht, Dug. Der Prozeß war wichtiger, und die Hochzeit war himmlisch. Wenigstens dürfen wir unsere Vorladungsmarken als Andenken mitnehmen, obwohl ich vermute, daß uns niemand glauben würde, wenn wir jemals die Wahrheit darüber erzählten. Und eigentlich sollte ich dir das gar nicht sagen, nachdem du mir meine Seele gestohlen hast ...«

»Komm, du hast dich ja wohl ordentlich revanchiert!« protestierte er. »Mit einem Piekser hast du mich zerplatzen lassen.«

»Das hattest du auch verdient. Wie dem auch sei, der Simurgh hat mir jedenfalls gesagt, daß wir nicht mit einer Bestrafung wegen Schwänzens rechnen müssen, sondern beide eine Eins bekommen. Es scheint, daß Com-Puter mit der Zensurdatenbank der Schule verbunden ist. Es ist gewissermaßen unsere Belohnung für den geleisteten Geschworenendienst.«

»Großartig! Es gibt kaum etwas, was ich mir mehr wünsche, als eine leichtverdiente Eins.«

»Wie, überhaupt nichts?«

Er sah sie an. »Na ja ...«

»Nichts da! Dieser Storch dahinten ist mir entschieden zu nah!« Bläschen hob den Kopf und musterte den Storch, der wie schlafend an einer Wand stand. Wirklich merkwürdig, einen Storch dabeizuhaben, dachte Metria; vielleicht war er ja in Bereitschaft, für den Fall, daß dem Küken etwas zustoßen sollte.

Dug seufzte. »Weißt du was – so ein Mond wie Idas würde dir auch stehen. Vielleicht könnte ich dann an seinen Phasen ablesen, ob du ...«

Kim trat ihm auf den Zeh, aber nicht sehr heftig. »Du darfst mich küssen, sofern du mir versprichst, mir nicht wieder die Seele aus dem Leib zu saugen.«

»Abgemacht.«

Metria fiel ein, daß sie ihren Ehemann schon seit einigen Stunden nicht mehr gesehen hatte. Für den hatte sie mehr als Küsse auf Lager. Dann fiel ihr noch etwas ein. Sie erhob sich, die Taschentücher von sich schüttelnd, und machte sich auf den Weg durch den Saal.

»Metria.«

Sie zuckte zusammen. Es war Fetthuf. »Ja, Euer Ehren?«

»Vergiß das mal schön. Meine Pflicht ist erfüllt. Wo gehst du hin?«

»Zum Simurgh, um die übriggebliebene Marke zurückzugeben.«

»Hast du eigentlich wirklich nichts als Schlamm im Kopf? Der Simurgh will sie nicht zurückhaben.«

»Aber was soll dann ...?«

»Was glaubst du wohl, Dämonin? Du hast deinen Auftrag erfüllt, und indem du ermöglicht hast, daß der Prozeß seinen Lauf nehmen konnte und ein Urteil gesprochen wurde, hast du viel Schaden von Xanth abgewendet. Der Simurgh hatte diese Marke als Belohnung für dich vorgesehen. Jetzt mußt du deinem letzten Ruf folgen und dich nach Hause zu deinem Ehemann begeben.«

»Aber wem soll ich sie denn zustellen? Sie ist doch leer.«

»Ist sie das?« Eigentlich sagte sein Tonfall *Schlammhirn*. »Wessen Aufmerksamkeit und Dienstbereitschaft hast du dir denn am meisten gewünscht? Du weißt doch genau, daß dieses Wesen nicht ewig hier herumstehen und warten wird.«

Sie holte noch einmal die letzte Marke hervor und betrachtete sie. Nun stand darauf DER STORCH. Und auf der Rückseite: BELIEFERUNG.

»Aha«, bemerkte Mentia, während Gnade Uns das Ding in kindlichem Erstaunen musterte.

»Oho!« rief Metria, und eine Glühbirne leuchtete auf. Dann marschierte sie, entschieden und aufgeregt zugleich, auf den langweiligen Vogel zu.

Der Dämon Fetthuf hätte beinahe gelächelt.

Glücklicherweise gelang es ihm gerade noch rechtzeitig, diesen unschicklichen Gesichtsausdruck zu unterdrücken.

ENDE

Band 20 279

Piers Anthony

Wasser-Speier

Deutsche Erstveröffentlichung

In einer fernen Dimension, jenseits von Zeit und Raum, liegt das magische Land Xanth. Zauberer und Elfen, Drachen und Zentauren, Kobolde und Einhörner leben in diesem wunderbaren Reich der Phantasie. Und jedes Wesen besitzt seinen eigenen Zauberspruch, mit dem es sich immer dann retten kann, wenn das Leben zu gefährlich oder zu langweilig wird.

Noch ahnt der arme Wasserspeier Gary nichts Böses, doch dann wird er vom guten Magier Humfrey in einen Menschen verwandelt und für ein Jahr zu einer Aufgabe verpflichtet, die nur er erfüllen kann: Er soll Lehrmeister für ein kleines Mädchen spielen – keine leichte Aufgabe, sind da doch noch die Hexe Iris (gerade zu verführerischen dreiundzwanzig Jahren verjüngt) und die Dämonin Mentia und ihr eher perverser Sinn für Humor. Alle zusammen gelangen sie nach Stone Hinge, einer Stadt im Reich des Wahnsinns, wo sich alles in sein genaues Gegenteil verkehrt und die Magie noch stärker wirkt als in Xanth. Als alle Einwohner Xanths sich zu verwandeln drohen, erweist sich Gary Wasserspeier unerwartet als Held des Tages.

BASTEI LÜBBE

Sie erhalten diesen Band im Buchhandel, bei Ihrem Zeitschriftenhändler sowie im Bahnhofsbuchhandel.

Band 20 301

Jonathan Wylie

Das Zeitalter des Chaos

Deutsche Erstveröffentlichung

So steht es geschrieben: Der Erd-Geist schläft und träumt, und er träumt die Welt, die Menschen und alles, was geschieht. Doch die Menschen haben den Erd-Geist geweckt, und so kam es zur großen Verwüstung, die alles verändert und die Magie als Kraft der Natur ausgelöscht hat.

Auf dem südlichen Kontinent erreicht der Kampf um die Zukunft des Landes seinen Höhepunkt. Nun, da Gemma endlich die magischen Kräfte in sich akzeptiert und sich nicht mehr gegen die Rolle wehrt, die das Schicksal ihr zugedacht hat, glaubt sie fest daran, daß sie den bevorstehenden Wandel beeinflussen kann, um die zweite große Verheerung abzuwenden, die im Zeitalter des Chaos droht. Zusammen mit Arden und ihren Gefährten stellt sich Gemma der entscheidenden Schlacht …

BASTEI LÜBBE

Sie erhalten diesen Band im Buchhandel, bei Ihrem Zeitschriftenhändler sowie im Bahnhofsbuchhandel.

Band 20 300

Angus Wells

Die Herren des Himmels

Deutsche Erstveröffentlichung

Als kleiner Fischerjunge sieht Daviot die gigantischen magischen Luftschiffe der Kho-rabi – und sein Leben ändert sich für immer. Er beschließt, Mnemonikos zu werden, ein Geschichtenerzähler, dessen Aufgabe es ist, durch die Lande zu ziehen und das überlieferte Wissen zu verbreiten. Schließlich gelangt er nach Dharbek, einem Land, das seit Urzeiten im Krieg mit den ›Zauberern des Himmels‹ liegt. Und er erkennt, daß es seine Aufgabe ist, Frieden zu stiften. Auf der Suche nach Hilfe wendet er sich gen Norden, in das Land, in dem die Drachen leben: die Giganten aus den Legenden – die wahren Herren des Himmels.

Wie sein Held Daviot ist Angus Wells ein hervorragender Geschichtenerzähler, was er mit diesem überschäumenden Fantasy-Roman wieder einmal unter Beweis stellt.

BASTEI LÜBBE

Sie erhalten diesen Band im Buchhandel, bei Ihrem Zeitschriftenhändler sowie im Bahnhofsbuchhandel.